BUZZ

© 2022, Chelsea Abdullah
© 2023, Buzz Editora
Publicado mediante acordo com Triada US.
Título original: *The Stardust Thief*

Publisher ANDERSON CAVALCANTE
Editora TAMIRES VON ATZINGEN
Assistente editorial LETÍCIA SARACINI
Preparação BONIE SANTOS
Revisão ARIADNE MARTINS, ALEXANDRA MARIA MISURINI, CRISTIANE MARUYAMA
Projeto gráfico ESTÚDIO GRIFO
Assistentes de design ANIELLE DE LUCCA, LETÍCIA ZANFOLIM
Capa © 2022 HACHETTE BOOK GROUP, INC. DESIGN LISA MARIE POMPILIO
Ilustração MIKE HEATH | MAGNUS CREATIVE
Mapa TIM PAUL

Nesta edição, respeitou-se o novo Acordo Ortográfico da Língua Portuguesa.

Dados Internacionais de Catalogação na Publicação (CIP)
(Câmara Brasileira do Livro, SP, Brasil)

Abdullah, Chelsea
O Ladrão de Estrelas / Chelsea Abdullah
Tradução: Juliana Lima
São Paulo, Buzz Editora, 2023

Título original: *The Stardust Thief*
ISBN 978-65-5393-218-0

1. Ficção norte-americana I. Título.

23-155191   CDD-813

Índice para catálogo sistemático:
1. Ficção: Literatura norte-americana 813

Aline Graziele Benitez, Bibliotecária, CRB-1/3129

Todos os direitos reservados à:
Buzz Editora Ltda.
Av. Paulista, 726, mezanino
CEP 01310-100, São Paulo, SP
[55 11] 4171 2317
www.buzzeditora.com.br

Chelsea Abdullah

O LADRÃO DE ESTRELAS

Tradução **Juliana Lima**

Trilogia
Mar de Areia

Livro 1

Para minha mãe, que fomentou o meu amor pelas palavras e pela escrita.
Meu pai, que me ensinou o poder dos contos inesquecíveis.
E minha irmã, que sempre pedia mais uma história.
Esta história é para vocês.

Nem aqui nem lá,

O conto dos Jinn

Nem aqui nem lá, mas muito tempo atrás...
    Nosso mundo pertencia aos jinn, aquelas criaturas condenadas que vagam pelo deserto como espíritos perdidos. Ao contrário de nós, humanos, que fomos criados a partir da terra, os deuses esculpiram os jinn a partir de uma chama antiga que lhes permitiu viver por centenas de anos e lhes deu o poder de usar magia. É por isso que alguns jinn podem mudar de forma e outros podem cuspir fogo ou viajar pelo mundo em um piscar de olhos.
    Durante algum tempo, os jinn agiram conforme os deuses ordenaram: eles amaram e cuidaram do mundo que lhes foi dado, e houve paz. Mas, enquanto a maioria dos jinn era grata aos deuses, havia sete reis jinn que estavam insatisfeitos com sua escassa magia e expressaram seu descontentamento destruindo a terra. Eles criaram ventos tão ferozes que sopraram as águas para fora de lagos e oceanos e chamas tão quentes que incendiaram campos verdes, deixando em seu rastro nada além de areia.
    Quando os deuses viram a destruição causada pelos reis, decidiram puni-los. Deram a eles o que mais desejavam: tornaram sua magia mais poderosa, mas ao custo de ser incontrolável. A magia era tão intensa que abriu buracos na areia, afundando as cidades dos jinn e fazendo com que eles desaparecessem deste mundo.
    Logo após seu desaparecimento, os deuses nos criaram, os humanos. Ainda que sem magia e mortais, somos os servos mais fiéis dos deuses.

Há quem acredite que devemos usar a nossa fé para restaurar a vida neste mundo estéril. Dizem que a única razão pela qual ainda temos algum resquício de natureza é porque existem caçadores que capturam jinn fugitivos e os sacrificam aos deuses. Alegam que o sangue prateado de um jinn é carregado de vida — tem a capacidade de transformar areia em água e fazer árvores e flores desabrocharem.

Mas a nossa fé não precisa ser tão distorcida.

Lembre-se, Layla, nem todo jinn é mau.

✦ ⋯ ✦

Loulie havia enterrado muitas coisas desde a última vez que sua mãe lhe contara essa história.

Seu nome. Seu passado. Seus pais.

Mas nunca tinha se esquecido da história.

1

Loulie

Quando o Mercador Caolho instruiu Loulie al-Nazari a encontrá-lo em um pequeno e humilde dhow,* ela esperava, com toda a razão, um pequeno e humilde dhow. Mas o dhow não era nem pequeno nem humilde. Na verdade, era exatamente o oposto.

O *Aysham* era uma embarcação colossal, com velas completamente içadas, convés espaçoso, uma variedade impressionante de cabines e uma gávea imponente. Era, de todas as formas, um belo navio. Se ela estivesse ali como passageira, certamente teria adorado explorá-lo.

Mas Loulie não estava ali como passageira. Estava ali como a Mercadora da Meia-Noite, uma respeitada comerciante de magia, e tinha vindo para se encontrar com um cliente que a estava fazendo esperar muito além do horário agendado para a reunião. *Vou chamar você na primeira hora do nascer da lua*, dizia a mensagem dele. A hora tinha chegado e passado, no entanto, e ela ainda esperava por ele no convés, vestindo a túnica de mercadora com estampa de estrelas que a fazia se destacar como um elefante.

Loulie virou as costas para os passageiros curiosos e bem-vestidos e se concentrou no horizonte. Não havia nenhuma constelação conhecida no céu, e a noite estava escura e sombria, o que não ajudava nada em seu humor. Provavelmente pela décima vez naquela hora, ela suspirou.

— Gostaria que você estivesse em sua forma de lagarto — disse para o homem que estava ao seu lado.

---

* Este e os demais termos árabes podem ser consultados no glossário ao fim do livro. [N.E.]

Ele inclinou a cabeça para olhar para Loulie. Embora a expressão dura no rosto dele mal tenha se alterado, ela percebeu uma diferença mínima de altura entre suas sobrancelhas. O homem certamente estava arqueando uma em resposta a ela.

— E que bem isso nos faria em uma situação como esta?

— Você poderia se infiltrar abaixo do convés e encontrar os aposentos do nosso cliente. Sua forma humana é inútil.

O homem de pele marrom-avermelhada não disse nada, mas seu silêncio era fácil de decifrar. Loulie o conhecia havia nove anos — tempo suficiente para entender todas as suas manias e magias. Ela não se surpreendia mais com a mudança de forma ou com o fogo que dançava em seus olhos quando ele se emocionava. Naquele momento, estava quieto porque sabia que ela não gostaria do que ele tinha a dizer.

— Estamos oferecendo magia ao cara — falou Loulie. — O mínimo que ele podia fazer era chegar na hora em uma reunião que *ele* propôs.

— Não fique remoendo isso. O que tiver de ser será.

— Sábio conselho, ó poderoso jinn — ela murmurou baixinho.

Os lábios de Qadir se contraíram em um breve sorriso. Ele gostava de brincar com ela: era o único que conseguia se safar.

Loulie estava considerando invadir o interior do navio quando ouviu o som de passos se aproximando. Ela se virou e deparou com um homem em uma túnica branca.

— Mercadora da Meia-Noite. — Ele se curvou. — Fui enviado por Rasul al-Jasheen para levá-la até o local designado para o encontro.

Loulie e Qadir trocaram um olhar. O rosto inexpressivo dele dizia: *Eu disse para você não se preocupar.*

— Já estava na hora. — Ela gesticulou na direção de Qadir. — Este homem é o meu guarda-costas. Ele me acompanhará.

O mensageiro assentiu antes de conduzi-los através de uma multidão de nobres vestidos com roupas coloridas até uma obscura porta dos fundos do outro lado do navio. Ele bateu na porta em um ritmo específico até ela ser aberta por um homem corpulento que os guiou ao longo de um corredor mal iluminado. Ao final do corredor, o homem bateu em uma porta diferente em um ritmo diferente. Houve o som de uma fechadura e uma chave, então o mensageiro abriu a porta e fez sinal para que eles entrassem.

Loulie olhou para Qadir. *Você primeiro*, indicou o silêncio dele. Ela sorriu antes de se enfiar lá dentro.

A primeira coisa que ela notou ao entrar foram os mercenários — três deles, cada um posicionado em um canto diferente da pequena sala. Ao contrário dos nobres no convés vestindo mantos brilhantes, esses homens trajavam principalmente armas.

Sua mente foi preenchida por imagens de derramamento de sangue e assassinato. De sua mãe, apontando desesperadamente para uma jarra vazia, dizendo para ela se esconder. De seu pai, estendido em uma poça do próprio sangue.

Loulie respirou fundo a fim de se estabilizar e olhou para o centro da sala, onde um mercador vestido em tons de verde estava sentado em uma almofada atrás de uma mesa baixa. Fiel ao seu título, Rasul al-Jasheen tinha apenas um olho de cor castanho-escuro. O outro era uma esfera branca lustrosa meio escondida sob camadas de pele cicatrizada. Ele tinha um nariz que parecia ter sido quebrado e recolocado no lugar muitas vezes e uma testa que era ao mesmo tempo impressionante e lamentavelmente grande. Era vagamente familiar, e Loulie se questionou sobre a possibilidade de ter passado por sua tenda em algum azoque no passado.

Os lábios do mercador se abriram, revelando um sorriso brilhante composto de dentes brancos, dourados e de bronze.

— Mercadora da Meia-Noite. Que prazer vê-la pessoalmente. Peço desculpas pela convocação tardia. Eu estava atendendo convidados importantes.

Seus olhos passearam sobre Loulie. Ela pôde imaginar o que ele via: uma mulher baixa, aparentemente frágil, vestida em camadas de xales de veludo azul polvilhado com um branco suave. Estelar era o nome da estampa. Apropriado, pois tinha pertencido à sua tribo. A tribo Najima. Os Habitantes da Noite.

Como de costume, o mercador encarou o rosto semicoberto dela por mais tempo do que suas vestes. A maioria dos homens nessa linha de negócio tentava intimidá-la olhando diretamente em seus olhos.

Nunca funcionava.

— Por favor. — Rasul al-Jasheen gesticulou em direção à almofada do outro lado da mesa. — Sente-se.

Loulie olhou por cima do ombro para Qadir, que não se moveu de seu lugar perto da porta. Embora o mercador não o tivesse percebido, os mercenários o encaravam com cautela. Qadir não dava nenhum sinal de se sentir perturbado. Mas, por outro lado, ele raramente o fazia.

Loulie se sentou.

— Rasul al-Jasheen. É uma honra. — O mercador estendeu a mão para ela.

— Loulie al-Nazari. — Ela apertou a mão dele rapidamente, cautelosa com a forma como os olhos dele se demoraram em seus anéis de ferro.

— Devo confessar, eu não esperava que você fosse tão... jovem.

Ah, claro. Porque vinte anos é bem jovem.

Ela sorriu divertidamente para ele.

— Você é exatamente como eu esperava. Caolho e tudo.

Silêncio. Então, surpreendentemente, o mercador começou a rir.

— Sim, foi daí que veio o meu título. Como você pode imaginar, essa é também a razão pela qual a chamei aqui esta noite. Suponho que você tenha a magia que solicitei. — Loulie assentiu. Rasul pigarreou. — Bem, vamos vê-la então.

Ela enfiou a mão no bolso e sacou uma moeda. O mercador observou com ceticismo enquanto a moeda desaparecia por entre os dedos dela. De seu lado da mesa, ele não conseguia ver as faces do objeto: um guerreiro jinn de um lado e um sultão humano do outro. Cada vez que a moeda reaparecia, exibia uma face diferente.

Humano, jinn, humano, jinn.

— Devo lembrá-lo do nosso acordo? — Loulie ergueu a moeda pinçada entre os dedos.

— Já lhe paguei adiantado. — Rasul franziu a testa.

— Você pagou adiantado a *primeira* parte. Agora deve pagar a outra metade.

— Não vou pagar por uma magia que ainda não vi com meus próprios olhos.

Loulie fez o possível para ignorar os olhares dos homens armados ao seu redor. *Nada pode acontecer comigo. Não enquanto Qadir estiver aqui.*

Ela deu de ombros, fingindo indiferença enquanto enfiava a mão em sua bolsa de mercadora. A bolsa infinita, era como Qadir a chamava, pois parecia não ter fundo.

— Se precisa ver para crer... — Loulie sacou uma ampola. Era uma coisinha pequena, praticamente do tamanho de um dos seus dedos. No instante em que o Mercador Caolho viu o líquido cintilante dentro do frasco, tentou arrancá-lo da mão dela.

Ela o guardou na manga.

— Quero a outra metade do meu pagamento agora.

— Isso pode ser água, até onde eu sei!

— E? Se for água, roube seu ouro de volta. — Loulie gesticulou na direção dos humanos armados que contornavam o ambiente. — É por isso que eles estão aqui, não? Para garantir que essa negociação ocorra conforme o planejado.

O mercador apertou os lábios e estalou os dedos. Um dos homens colocou um saco nas mãos de Rasul, que o entregou à mercadora. Ela examinou as moedas que estavam lá dentro e, só para ter certeza de que não estava sendo enganada, jogou a moeda de duas faces. O lado do humano caiu para cima. *Verdade*.

Loulie ofereceu o frasco a ele.

— A magia solicitada por você: o Elixir do Renascimento.

O mercador o arrancou das mãos dela, e Loulie sorriu por baixo do cachecol enquanto ele se atrapalhava com a rolha. Estava tão empolgado que suas mãos tremiam.

Se ele soubesse como essa magia era fácil de encontrar.

Os olhos dela deslizaram para Qadir. Embora a expressão dele estivesse dura como sempre, ela imaginou um sorriso presunçoso em seus lábios. Lembrou-se das palavras que ele havia dito quando ela compartilhara o pedido de Rasul com ele: *O sangue de um jinn é a cura de um homem humano*.

Havia uma razão pela qual os humanos o chamavam de Elixir do Renascimento.

Essa razão se tornou aparente quando o Mercador Caolho pingou o conteúdo prateado do frasco em seu olho. Loulie observou enquanto lágrimas cintilantes escorriam pela bochecha dele, fazendo sua pele brilhar. Mas, enquanto esse efeito era temporário, algo mais permanente acontecia com o olho cego do mercador.

Uma escuridão floresceu no centro de sua íris como uma mancha de tinta se espalhando em um pergaminho. Ela se espalhava a cada piscada, ficando cada vez mais ampla, até que a escuridão clareou para um marrom-escuro.

Cura de fato.

Logo, não era apenas o elixir que vazava de seus olhos, mas lágrimas reais. Até mesmo os mercenários foram incapazes de mascarar seu choque quando Rasul fixou os dois olhos neles.

— Louvados sejam os deuses — ele sussurrou.

Loulie sorriu.

— Vale o preço?

— Tal milagre não tem preço. — Rasul esfregou o rosto manchado de lágrimas, cuidadosamente evitando o olho recém-revivido. — Que mil bênçãos caiam sobre você, Loulie al-Nazari.

Loulie assentiu com a cabeça.

— E mil sobre você. Posso dar um conselho? — Rasul olhou para ela. — Sugiro que pense em um novo título. Caolho é um pouco melodramático.

O mercador desatou a rir. Loulie percebeu, para sua surpresa, que estava rindo com ele. Depois que Rasul terminou de cobri-la de elogios e insistiu em oferecer-lhe um banquete estupendo mais tarde naquela noite, ela foi embora.

Loulie e Qadir trocaram um olhar enquanto caminhavam de volta pelo corredor. O jinn levantou uma das mãos para exibir a cicatrização de uma ferida autoinfligida poucos dias antes.

Ela murmurou as palavras: *Shukran, ó santo e inestimável milagre.*

Qadir deu de ombros. Ele parecia tentar não sorrir.

Mama e Baba estão mortos. As palavras continuaram circulando por sua mente. Toda vez que Layla as enterrava, elas ressurgiam como uma realidade da qual ela não podia escapar.

Se o jinn não a estivesse arrastando pelo deserto, ela teria sucumbido ao peso de sua tristeza dias atrás. Mas, mesmo quando o corpo dela pesou com a fadiga, ele continuou arrastando-a. A princípio, Layla o achou desprezível por isso — chegou até a temê-lo.

Mas o medo acabou desaparecendo. Primeiro se transformou em resistência, depois, em derrota. Por que importava para onde o jinn a estava levando? Ele dissera a Layla que a bússola que seu pai lhe dera os levaria a uma cidade, mas ela não se importava com a cidade.

Ela não se importava com nada.

Muitas alvoradas depois, a menina desmaiou. Queria chorar, mas seu peito estava muito pesado, e seus olhos, muito secos. O jinn esperou pacientemente. Quando ela não se levantou, ele a pegou e a colocou sobre os ombros. Layla foi forçada a se agarrar ao jinn enquanto ele escalava um penhasco.

Naquela noite, depois que o jinn fez uma fogueira com nada além de um estalar de dedos, ele tirou uma moeda do bolso e a colocou na palma da mão.

— Veja.

Ele curvou os dedos sobre a moeda. Quando os esticou novamente, a palma estava vazia. Mesmo sem querer, Layla ficou intrigada. Quando ela perguntou se era magia, o jinn dobrou e esticou os dedos, e a moeda estava de volta à palma de sua mão.

— Um truque — disse ele.

A menina olhou atentamente para a moeda. Parecia ser uma moeda estrangeira, com o rosto de um sultão humano de um lado e um jinn envolto em fogo do outro.

— Existem duas terras neste mundo — falou Qadir. — A dos humanos e a dos jinn. E, portanto, há dois lados dessa moeda.

Ele fez a moeda desaparecer e reaparecer entre os dedos, movendo-se tão rapidamente que ela não conseguiu rastrear o movimento.

— Pode ser um truque, mas a moeda em si é mágica. Ela lhe dirá a verdade real ou moral de qualquer situação.

O jinn colocou a moeda na palma da mão de Layla.

— Veja você mesma. Jogue-a e, se cair no lado humano, a resposta é sim. Se cair no outro, a resposta é não.

Layla não teria acreditado que era realmente mágica se a moeda tivesse sido dada a ela alguns dias antes. Mas as coisas haviam mudado. Ela não era mais tão ingênua.

— Minha família está morta — Layla sussurrou enquanto jogava a moeda.

Caiu no lado humano.

Ela suspirou e tentou novamente.

— Um jinn salvou minha vida.

Humano.

Lágrimas brotaram em seus olhos enquanto a moeda continuava a cair no lado humano, confirmando sua nova realidade. Verdade. Verdade. Verdade.

— Estou sozinha. — Seus ombros tremiam com soluços enquanto jogava a moeda no ar. A moeda ricocheteou em seu joelho e rolou para longe, de volta para o jinn. Por alguns momentos, Qadir não disse nada. Então ele silenciosamente pegou a mão dela e colocou a moeda em sua palma.

Jinn.
Ele fechou os dedos dela em torno da moeda.
— Não está sozinha — disse Qadir. — Não mais.

Loulie estava perdida em memórias e distraidamente fazendo com que a moeda de duas faces desaparecesse entre seus dedos quando voltou ao convés do *Aysham* na manhã seguinte. A multidão da noite anterior havia se dispersado, e os marinheiros nem prestaram atenção quando ela passou por eles vestida em sua túnica marrom comum. Ela havia trocado os lenços que obscureciam seu rosto por um véu leve, que enrolou frouxamente em volta da cabeça e dos ombros para poder sentir melhor o sol nas bochechas. Como sempre, era um alívio tirar as roupas de mercadora e aproveitar o anonimato no dia posterior a uma venda.

Também um alívio: a forma familiar e nebulosa de Madinne à distância. Loulie sorriu ao ver a cidade.

— Qadir, está vendo isso?

O jinn, agora em forma de lagarto, se mexeu sobre o ombro de Loulie e cantarolou baixinho no ouvido dela. Ele emitiu um som de confirmação.

A mercadora se aproximou da amurada do navio. Mesmo através de um véu alaranjado de areia, o sol brilhava o suficiente para que ela pudesse distinguir as camadas da grande cidade desértica de Madinne. Na parte mais alta ficava o palácio do sultão, composto de belas torres abobadadas brancas e minaretes que quase alcançavam o sol. Era cercado de todos os lados por prédios coloridos — construções de pedra e madeira, tanto abobadadas quanto planas, altas e atarracadas. E, em algum lugar no meio desses prédios, aninhado em um elo de becos tortos e sinuosos, estava o lar. O lar deles.

— Me pergunto como vai Dahlia. — A voz de Qadir, muito mais suave em sua forma menor, soava diretamente no ouvido dela.

— Independentemente de como esteja, ela ficará muito melhor quando chegarmos com o dinheiro do aluguel.

Qadir emitiu um som de estalo — ela ainda não tinha certeza se ele fazia isso com os dentes ou com a língua — e respondeu:

— Claro, porque nosso aluguel equivale a todo o dinheiro que há em nossos bolsos.

— Não vou entregar a ela *tudo* o que recebemos.

— Essa última negociação foi em troca do meu sangue, sabe.

Loulie reprimiu um sorriso enquanto olhava para os marinheiros por cima do ombro. Embora os homens estivessem longe de ser graciosos, ela não podia deixar de compará-los a bailarinos pela maneira natural com que faziam os preparativos para a ancoragem.

— Então você gostaria que eu ficasse com o dinheiro do seu sangue?

Qadir chiou.

— Eu não preciso de seu ouro humano.

— Ah, que pena. Pensei que você pudesse apreciar gastá-lo com vinho ou mulheres. Você sabe que os comerciantes não aceitarão suas moedas comemorativas.

Ela olhou para a moeda de duas faces que segurava entre os dedos.

— Loulie?

— Hum? — Ela guardou a moeda no bolso.

— Estou ouvindo rumores sobre o sultão.

Suprimindo um gemido, Loulie se virou e examinou o convés. Além dos marinheiros, viu grupos dispersos de pessoas por entre as quais caminhou mantendo o rosto inexpressivo enquanto escutava as conversas. Por menor que fosse seu interesse pelo sultão, ela não podia se dar ao luxo de ignorar os rumores. Não quando ela, uma criminosa, sempre tentava evitar os homens dele.

Mas, embora tenha flagrado dois marinheiros trocando opiniões carregadas de palavrões, um casal confessando amor proibido um ao outro e ouvido um estranho jogo de charadas, não escutou nada sobre o sultão.

Loulie estava prestes a desistir quando viu Rasul al-Jasheen conversando com um homem vestido com o uniforme da guarda do sultão. Ela rapidamente desviou o olhar e diminuiu o passo ao se aproximar deles.

— Os conselheiros do sultão estão fora de si — dizia o guarda.

Rasul bufou.

— Por que ele não envia o sumo príncipe para procurar pela relíquia?

O guarda olhou de relance na direção de Loulie. Ela agarrou um marinheiro que passava e perguntou com sua voz mais agradável se ele sabia onde iriam atracar. O marinheiro respondeu, mas ela não prestou atenção. Não a ele, pelo menos.

— Poderia tal tesouro realmente existir? — perguntou Rasul.

— Os rumores dizem que a falecida esposa do sultão mencionou a relíquia em uma de suas histórias.

Ela agradeceu ao marinheiro e inclinou a cabeça para ouvir a resposta de Rasul.

— Pobre homem. Ele realmente acredita que as histórias de Lady Shafia eram verdadeiras?

O guarda deu de ombros.

— Talvez. Elas tinham poder o suficiente para impedir os assassinatos. — Houve uma pausa lúgubre. Todos os habitantes do deserto sabiam sobre os assassinatos da esposa do sultão, da mesma maneira que sabiam sobre Shafia, a pessoa capaz de deter os assassinatos com seus contos. Ela era uma lenda tal qual as histórias que contava.

— Sua Majestade acredita que haja algo em uma das histórias dela que o ajudará a triunfar sobre os jinn.

— Sobre os jinn? Eles são como moscas, certamente é impossível matar todos. — Rasul baixou o tom de voz. Quando o vento levou a conversa de volta aos ouvidos de Loulie, eles já falavam sobre outra coisa.

— Mas me fale desse milagre! — disse o guarda. — Ouvi dizer que a Mercadora da Meia-Noite entregou o elixir pessoalmente a você. Tem alguma ideia de como ela o conseguiu?

— Nenhuma. Mas suponho que não seria um grande milagre se soubéssemos como conseguir. — Rasul riu. — Seja como for, eu abençoo os deuses pela minha boa sorte. Não pensei que ela fosse acatar tão prontamente meu pedido.

Qadir suspirou no ouvido de Loulie.

— Por que os humanos agradecem aos deuses por coisas que eles não fazem?

— Porque eles são tolos que acreditam no destino — respondeu ela amargamente. Se esses deuses existiam, eles não devem nem ter piscado quando a família dela fora assassinada.

Loulie olhou por cima do ombro para a cidade iminente, perto o suficiente agora para que ela pudesse ver as pessoas nas docas acenando para o navio. Ela se virou e foi em direção à proa para ter uma visão melhor. Atrás dela, o guarda ainda falava.

— Que pena que ela desapareceu! Gostaria de ter conhecido essa lendária mercadora.

Rasul suspirou.

— Ela certamente tinha a língua afiada, mas que joia rara era. Se não tivesse desaparecido ontem à noite, eu a teria convencido a jantar comigo em Madinne. Você consegue imaginar? Ter a Mercadora da Meia-Noite ao seu lado?

Loulie pensou novamente em como estava aliviada por ter tirado a roupa de mercadora e limpado o kohl dos olhos pela manhã, pois, se o antigo Mercador Caolho a tivesse convidado para jantar com a intenção de ostentá-la, ela lhe teria dado um soco.

— Então. — Qadir falou em seu ouvido. — O sultão está atrás de uma relíquia. Você acha que conseguimos encontrar a magia antes que ele envie seus cães para rastreá-la?

Loulie parou na proa do navio e admirou a cidade sem dizer uma palavra. Esticou os braços, permitindo que o vento balançasse as mangas de sua roupa. Qadir teve o bom senso de se calar. Mais tarde eles falariam de relíquias, ouro e magia. Mas, por enquanto, tudo havia desaparecido da mente dela. O mundo se dobrava em uma única e simples verdade.

Ela estava em casa.

2

Mazen

Quando o servo mais confiável de Mazen bin Malik lhe informou que seu irmão mais velho retornaria à casa na primeira hora do pôr do sol, ele esperava, com razão, que isso acontecesse.

Omar nunca voltava de suas caçadas pela manhã, e era comum que passasse as tardes ao lado de seus larápios. Foi por isso que Mazen já estava com metade do corpo para fora da janela quando Omar abriu as portas de seu quarto. À medida que Omar se aproximava, Mazen percebeu que não levar em consideração o possível retorno antecipado de seu irmão havia sido um grave descuido.

Ele tentou visualizar a cena pelos olhos de Omar: Mazen, o filho mais novo do sultão, vestido de plebeu e esgueirando-se pela janela de seu quarto em plena luz do dia. A última vez que havia sido pego assim, ele era uma criança fingindo ser um aventureiro. Não supunha que essa desculpa fosse soar tão adorável agora, vinda de um homem de vinte e dois anos.

Mazen limpou a garganta.

— Salaam, Omar.

Omar ergueu uma das sobrancelhas a ponto de enrugar a testa.

— Salaam, Mazen.

— Como foi a caçada?

— Encontrei ambos os alvos. — Com um gesto, Omar apontou para suas roupas: uma túnica bordada enfiada por dentro da calça saruel que estava presa por um cinto adornado por facas. As manchas de sangue prateado dos jinn nas suas roupas estavam mais para pó estelar cintilante do que para sangue coagulado.

— Você brilha como a lua, irmão meu. — Mazen ofereceu um sorriso.

— Ainda que eu aprecie a sua bajulação, estou mais interessado na verdade. — Omar fechou a porta atrás de si. — Talvez seja mais fácil conversar do lado de dentro?

— Mas é tão abafado do lado de dentro.

— O pai sabe que você está saindo escondido?

Mazen congelou. Não, seu pai certamente *não* sabia. Se descobrisse essa ou quaisquer outras excursões clandestinas de Mazen, ele o trancaria para sempre em seu quarto. Ficar aprisionado no palácio já era ruim, imagine ser preso em seu próprio quarto. Mazen morreria.

Ele forçou uma risada.

— Eu não estava saindo escondido! Estava só tomando um pouco de ar puro.

— Se pendurando precariamente para fora de uma janela.

— De forma alguma. Essa cortina é surpreendentemente forte.

— Você deve escapar com frequência, hum? — Com as mãos unidas atrás do corpo, Omar se aproximou.

Mazen olhou de relance para as facas no cinto dele e engoliu em seco. A criancinha interior de Mazen que ainda temia o irmão ficou preocupada que ele pudesse pegar uma daquelas facas e cortar a cortina.

— Então, qual é? Você está saindo para se encontrar com uma mulher? — Omar parou no parapeito da janela e se inclinou para a frente, seu sorriso a centímetros de distância do rosto de Mazen. — Para passear? Tramar algo nefasto?

— Nenhuma dessas coisas! — Mazen agarrou sua corda improvisada com mais força. — É só que... Ouvi boatos de que o Velho Rhuba retornaria a Madinne hoje.

Inexpressivo, Omar o encarou.

— Você está escapando para ouvir um homem velho contar histórias?

— Ele é de Dunas Claras, Omar. *Dunas Claras*. Você sabe o que dizem sobre a areia de lá. Que é feita das cinzas de carniçais que...

— Muito bem. — Com um suspiro, Omar se afastou dele. — Saia. Vá ouvir o bater de línguas de homens velhos.

Mazen piscou.

— Você não vai dizer nada ao pai?

— Será nosso segredo. — Omar sorriu. — Por um preço, é claro. — Antes que Mazen pudesse protestar, Omar levantou uma das mãos. — Neste caso, você não tem escolha. Ou você paga pelo meu silêncio ou eu saio por aquela porta e conto tudo ao sultão.

Mazen quase esqueceu como respirar. Um preço, o preço de Omar. Ele não conseguia imaginar em qual tipo de chantagem estava se metendo, mas fecharia uma dúzia de acordos com seu irmão antes de ter que dizer a verdade ao sultão: que, apesar das ordens de seu pai, saía do palácio sem a companhia de um guarda. Que ele, um príncipe, caminhava desprotegido por ruas supostamente infestadas por jinn.

— Lembre-se, Mazen. Um favor em troca de outro. Você me deve uma, akhi. — Omar sorriu para ele uma última vez antes de deixar o quarto, fechando as portas atrás de si.

O sorriso sinistro se manteve estampado na mente de Mazen à medida que ele se esgueirava pelo pátio do palácio. Ele tentou se distrair focando na beleza do jardim, mas a paisagem majestosa foi ofuscada por sua preocupação. De repente, os caminhos de pedregulho margeados por rosas brancas pareciam mundanos e sem cor, e a elegante fonte feita de figuras de vidro dançantes nem sequer brilhava à luz do sol. Até as topiarias do jardim, podadas na forma das criaturas fantásticas das histórias de sua mãe, pareciam carentes de seu esplendor habitual.

Vestido em sua túnica e calça simples, Mazen atravessou a paisagem como um fantasma, seguindo os caminhos sinuosos do jardim, passando por riachos carregados de peixes coloridos e pavilhões vazios com tetos de padronagem intrincada. Bancos almofadados jaziam imperturbáveis sob os telhados em arco, e assim permaneceriam até o fim do dia, quando os conselheiros do sultão suspendessem as discussões sobre política para fofocar. O pensamento deixava Mazen tenso. Ele havia planejado o passeio para que ninguém na corte sentisse sua falta e estava confiante em seus preparativos — só esperava que Omar cumprisse com sua palavra e não desse com a língua nos dentes.

Os pés de Mazen pesaram de pavor até ele alcançar a entrada de serviço, quando se animou. O homem que guardava o portão de prata era quem ele esperava, e Mazen pôde comprar sua saída. Tentou não pensar em como o guarda parecia ansioso quando o deixou passar ou na rapidez com que embolsou as moedas que Mazen lhe entregou.

Todos temos nossas necessidades. Eu preciso escapar e ele precisa do ouro porque seu filho está prestes a nascer. Na visão de Mazen, era uma troca respeitável.

A parte elevada de Madinne que abrigava o palácio e o bairro nobre era um pequeno oásis na planície que formava a cidade; portanto, alcançar o azoque dos plebeus no bairro inferior era tarefa simples. Os campos verdes se transformaram em poeira estéril, as largas ruas de paralelepípedos se estreitaram em caminhos pavimentados de terra e as lojas foram substituídas por frágeis, porém charmosas, barracas com placas pintadas de forma grosseira. A paz e o silêncio deram lugar aos sons melódicos de alaúdes e tambores, e o ar se encheu de aromas: almíscar e suor, óleo e bakhoor, e uma mistura tentadora de especiarias que lhe deu água na boca.

Os comerciantes marcavam suas lojas com cores vivas a fim de se destacarem no mercado. A busca de Mazen pela lona dourada do Velho Rhuba o guiou por caminhos repletos de todos os tipos de barracas. Mas foram as mercadorias artesanais que chamaram sua atenção. Com admiração, ele observou tigelas de cerâmica, tabuleiros de xadrez, pratos zodiacais esmaltados... então parou, olhos cravados em um pequeno, mas intrincado tapete com uma série de padrões geométricos na superfície. Ele reconheceu o desenho. Tinha um tapete com formas quase idênticas no chão de seu quarto.

Mazen olhou para cima e viu a comerciante atrás da barraca. Uma mulher de meia-idade vestida em camadas de tecido vermelho-alaranjado. Um jovem esquelético estava sentado em um banquinho atrás dela, observando fixamente o azoque com um olhar entediado. Mazen presumiu que fosse o filho dela, e que estava ali por questões de segurança.

— Salaam, ya sayyid. — A mercadora o cumprimentou com a voz suave, quase inaudível em meio ao barulho.

— Salaam — disse Mazen automaticamente. Ele desviou de dois músicos trôpegos e parou do outro lado da barraca. Com um gesto, indicou a peça que havia chamado sua atenção. — Seus tapetes são lindos.

Os olhos da tecelã se enrugaram em um sorriso.

— Shukran. Embora eu não possa levar os créditos por este que você está olhando. Ele foi obra da minha filha. Eu apenas supervisionei. — A mulher estendeu a mão e correu os dedos pelas borlas. — Foi tecido com pelo de camelo da melhor qualidade ao longo de muitas semanas, enquanto viajávamos com nossa tribo-irmã através dos penhascos com vista para Ghiban.

Tribo. A palavra provocou um anseio confuso em Mazen. Embora sua família descendesse de andarilhos, eles já não eram nômades havia muito tempo — ao menos não por parte de pai. Ele se perguntou como seria a sensação de poder chamar o deserto inteiro de lar.

Mazen sorriu.

— Os deuses abençoaram sua filha com um talento natural. Este tapete me lembra um que ganhei anos atrás. A textura e o desenho são muito semelhantes. Diamantes azuis sobre fundo branco, com uma lua crescente no centro. Me disseram que foi tecido por um mestre.

— Ah, essa estampa é minha. — A tecelã riu. — Que honra ser chamada de mestre.

Mazen sorriu de volta.

— É uma honra conhecê-la pessoalmente.

— Você é bem galanteador, não é?

— Eu falo a verdade, nada menos. — Ele olhou para o tapete novamente, um dos muitos modelos impressionantes estendidos sobre blocos de madeira. Se fosse capaz de levar de volta consigo um tapete sem que ninguém percebesse, provavelmente o teria feito. Mas essas saídas não eram passeios para compras.

— Por acaso você não conhece um contador de histórias chamado Velho Rhuba, conhece?

Os olhos da tecelã brilharam.

— A pergunta melhor seria quem *não* o conhece. Eu não o vi hoje, mas você não terá dificuldade para localizar a lona dourada de sua barraca. — Ela ergueu uma sobrancelha. — Se são histórias que você procura, esses tapetes contam fábulas únicas.

— Ah, fábulas para as quais não tenho dinheiro. — A mentira era tão ultrajante que o fez estremecer.

— Como assim, você não vai nem *tentar* pechinchar?

— Pagar qualquer valor que não o preço integral seria certamente um insulto.

— Você tem sorte de ter a língua afiada. — A tecelã o dispensou com uma risada e um aceno de mão. — Volte quando puder me exaltar com ouro em vez de palavras.

Mazen deu sua palavra com um aceno de cabeça e um sorriso antes de retomar a busca pelo Velho Rhuba. Quando investigou mais adiante, descobriu que o navio em que Velho Rhuba estava, o *Aysham*, ainda não tinha atracado. Não havia nada que ele pudesse fazer a não ser esperar, então decidiu passar o tempo em uma loja de chai próxima. Escolheu uma mesa na extremidade do estabelecimento, com uma boa visão dos navios que chegavam, e pediu um café com cardamomo.

Enquanto esperava, entreteve a si mesmo criando histórias sobre os transeuntes. O homem vestido com camadas multicoloridas fugia de sua trupe de performance, e os homens que falavam em sussurros conspiratórios eram traficantes ilegais de álcool. A criança segurando firme a mão de seu pai e sorrindo de maneira brilhante era uma estrangeira visitando o azoque de Madinne pela primeira vez.

Seu café tinha acabado de chegar quando ele ouviu uma conversa na mesa ao lado, onde cinco homens estavam debruçados sobre suas bebidas, fofocando como velhas.

— Dizem por aí que o sumo príncipe voltou acompanhado de um jinn.
— Para quê? Algum assassinato cerimonial?

Mazen olhou de relance para o homem que falava e imediatamente se virou. Ele reconheceu o homem; um guarda do palácio à paisana. *Relaxe!*, pensou. *Ele não vai te reconhecer*.

Era um pensamento esperançoso, se não inteiramente racional. A única razão pela qual a população não o reconhecia durante essas saídas era porque Mazen nunca usava seus ornamentos reais. Ele tirava os três brincos que o marcavam como o terceiro filho do sultão e removia o lenço da mãe. Também se despia de todo o ouro e a prata.

Mas, embora tudo que o marcasse como príncipe tivesse desaparecido, ele não conseguia esconder suas feições. Nem seu cabelo preto ondulado ou seus olhos dourados. Ele ainda era Mazen, com as roupas largas de cor bege e tudo. E não achava que o ghutra em sua cabeça ajudaria em alguma coisa caso olhassem em seus olhos.

Relaxe. Não há necessidade de chamar atenção para si mesmo.
Ele tomou o café.

E imediatamente se engasgou com a bebida. Os guardas pararam de resmungar para encarar suas costas.

Que dia amaldiçoado.

Um guarda se aproximou de Mazen para perguntar se ele estava bem. Mazen tentou rir e falhou.

— Tudo certo — disse ele. — Estou bem. Obrigado pela preocupação.

Seu coração estremeceu de pânico. *Vire-se, vire-se.*

Felizmente, o homem voltou à sua conversa.

— Recentemente tem havido uma quantidade maior de jinn na cidade.

— Mais jinn? Achei que as medidas de segurança do sumo príncipe fossem para mantê-los afastados.

Mazen agarrou a xícara. Entrar em Madinne era uma sentença de morte para os jinn. Que motivo eles teriam para invadi-la?

— Quem precisa de medidas de segurança complicadas? — Um homem fez um gesto desdenhoso com a mão. — Eles deveriam ser assassinados publicamente. Sangre as criaturas, depois colha as flores de seu sangue e as entregue ao público. Isso vai assustá-los e mandá-los embora.

Mazen pensou no terrível sangue prateado que manchava as roupas do irmão. Ele se perguntou onde Omar havia matado seus alvos e que tipo de vida havia surgido a partir do sangue deles. Teriam eles implorado a seu irmão sem coração que poupasse suas vidas? Ou lutado inutilmente até o fim? Mazen não gostava de imaginá-los suplicando. Não gostava de pensar em suas vidas sendo interrompidas com derramamento de sangue.

Era incrível — terrivelmente incrível — que o sangue prateado derramado naquela luta violenta pudesse estimular a existência da natureza.

Ao contrário do sangue humano, que só significava perda. Dor. Ausência.

Sem querer, Mazen se lembrou da última vez que vira a mãe. Fazia dez anos; ele tinha apenas doze. Ele se lembrava de que ela estava dormindo. Ou assim ele acreditara. Mazen tinha ido entregar uma mensagem de seu pai e a encontrou deitada na cama, olhando fixamente para o teto, com uma mancha vermelha no peito.

Mazen respirou devagar enquanto tentava afastar essa memória para longe. De vez em quando, ela ressurgia com força extrema. Um jinn havia matado sua mãe — era por essa razão que seu pai o proibia de sair do palácio sem guardas.

Ele levantou a cabeça, procurando desesperadamente por uma distração. Não precisou procurar muito; a poucos metros de distância, uma mulher estava parada na multidão, sorrindo para ele. Era alta e delicada, com curvas generosas e pernas longas acentuadas pelas finas camadas de seda que usava.

O desejo queimou na boca do estômago de Mazen quando ele absorveu a aparência radiante da mulher e encarou seus olhos encantadores, que mudavam de cor na luz, oscilando de preto-café para âmbar.

No fundo de sua mente, ele reconheceu que o tremor lascivo que o percorria não era natural, mas a parte mais presente dele não pretendia pensar nisso.

A mulher piscou, virou-se e foi embora.

Uma tensão estranha pairou no ar como uma corda esticada.

E definhou.

Mazen se levantou, um sorriso preguiçoso esticando seus lábios enquanto seguia a deusa por entre o caos do azoque. Afinal, o que mais ela poderia ser?

Ele nunca havia sentido uma luxúria tão profunda tomar conta dele. Era claro que tinha de segui-la. Tinha de... tinha de...

Torná-la minha.

3

Loulie

— O que me diz, lagarto falante? Prefere amêndoas açucaradas ou pistaches torrados?

Ninguém podia ouvir Loulie sussurrando para o jinn em forma de lagarto sob o lenço em sua cabeça, assim como ninguém ouviu a resposta dele: um suspiro exasperado.

Qadir estava de mau humor desde que haviam atracado em Madinne uma hora antes, sugerindo que voltassem à casa de Dahlia a cada oportunidade que tinha. Loulie o ignorava. Por que correr de volta para a taverna quando eles tinham dinheiro para gastar?

— Pistache torrado então. — Ela se aproximou da barraca com duas moedas de bronze. O dono, um velho gentil que cheirava a gergelim, ficou feliz em trocá-la por um saco de pistache.

— Que maravilha vê-la de novo, Layla. Chegou no *Aysham*, não foi?

Layla. Ao longo dos anos, seu nome de nascimento havia virado seu pseudônimo, que ela falava para as pessoas em quem não confiava a fim de manter em segredo sua identidade como Mercadora da Meia-Noite. Ela preferia assim: uma identidade enterrada, um passado enterrado.

— Cheguei, sim. — Ela atirou um pistache na boca e suspirou. Como sempre, estavam perfeitos. A única coisa que os tornaria melhores eram as cascas, mas só porque gostava de quebrá-las para irritar Qadir.

— Alguma notícia do azoque?

O velho fez um sinal para que ela se aproximasse.

— Não conte a ninguém que eu lhe disse isso, mas...

A garota deixou que ele falasse, assentindo ocasionalmente para indicar que estava ouvindo. O dono da barraca gostava de fofocar, e ela ficava feliz em satisfazê-lo. Às vezes, sem saber, ele dava pistas sobre clientes em potencial ou a informava sobre boatos do governo. Qadir estava especialmente interessado neste último; ele se importava mais com política do que ela.

No entanto, até mesmo Qadir acabou ficando entediado.

— Podemos ir para casa? Deveríamos... — Suas palavras se transformaram em uma golfada aguda de ar. — Loulie, à sua direita.

No início, ela não viu nada fora do comum. Os donos das barracas sacudiam as mãos e acenavam para a multidão. O povo da cidade passeava pela rua apertada vestindo desde véus pretos até mantos de seda coloridos.

Mas então ela viu a mulher aparecendo e sumindo dentre a horda de pessoas como uma miragem. Alta e radiante, com feições inacreditavelmente esculpidas que não transpareciam nenhuma imperfeição. Loulie ficou impressionada com sua beleza.

Qadir sibilou em seu ouvido, e ela esfregou apressadamente os anéis de ferro nos dedos. Devagar, a mente de Loulie clareou. Ocorreu a ela que, apesar da perfeição sobrenatural da mulher, ninguém sequer olhava em sua direção. Ela podia muito bem ter sido uma aparição. Mesmo agora, Loulie tinha de se concentrar para mantê-la à vista. Se Qadir não a tivesse alertado sobre a presença da mulher, o olhar de Loulie teria passado por ela como água.

Uma jinn?

No momento em que chegou à conclusão, ela viu um homem humano em trajes bege simples no encalço da jinn. Ele tinha um sorriso estranho no rosto que não se refletia em seus olhos inexpressivos.

— O que poderia trazer um jinn a Madinne? — Qadir se aproximou de sua orelha.

— Não sei — murmurou ela. — Mas gostaria de descobrir.

Educadamente, Loulie interrompeu a conversa com o mercador, então seguiu a jinn e o homem sorridente a uma distância segura.

— Você acha que o humano é um caçador? — Ela sacou a moeda de duas caras e a jogou. O lado dos jinn caiu para cima. *Não.*

— Estranho. Eu só conheci jinn que seguiram humanos até cidades por vingança — disse Qadir. Loulie acelerou o passo. Qadir sibilou em seu ouvido. — O que você está fazendo?

— Seguindo-os.

A moeda de duas faces nunca havia mentido para ela, o que significava que os jinn haviam encantado aquele homem por outras razões. Ela devolveu a moeda ao bolso e tirou a bússola.

— Leve-me na direção da jinn — ela sussurrou. A flecha encantada obedeceu, apontando para a jinn desaparecida.

— Isso é imprudente — alertou Qadir.

— E quando foi que isso me impediu?

Qadir suspirou.

— Um dia, sua curiosidade vai te matar.

Mas Loulie não o escutou. Seu foco estava na bússola, a magia que nunca havia permitido que ela perdesse o caminho. A magia que, muitos anos antes, salvara sua vida.

— Como funciona? — Layla perguntou enquanto remexia a bússola em suas mãos.

Ela estava viajando com o jinn pelo deserto havia uma semana, e notara a maneira como ele comandava a bússola para conduzi-los até algum abrigo ou comida.

— Me fornece uma direção. Quando estou procurando algo, ela me ajuda a localizar. — Qadir olhou para a bússola com um sorriso carinhoso no rosto.

Layla a inclinou para a esquerda e para a direita, mas a flecha vermelha sempre voltava para a posição inicial. *Temperamental*, o pai dela costumava dizer. Mas ele não entendia a magia quando lhe deu a bússola, da mesma maneira que não tinha previsto que Qadir, seu verdadeiro dono, voltaria para buscá-la.

E que, ao fazê-lo, ele salvaria a vida dela.

Qadir se aproximou do fogo moribundo. Ele agitou as mãos sobre as brasas que ardiam timidamente e elas voltaram à vida. Além do fogo, havia pouca coisa no acampamento além da barraca desgastada pelo tempo e a bolsa infinita de Qadir.

O jinn deu de ombros.

— A bússola é minha. Ela insistiu que eu a acompanhasse, então é com você que ficarei até que ela me aponte em outra direção.
— E por que você faria uma coisa dessas?
Ele olhou para ela por um longo momento.
— Eu estava perdido em seu deserto humano e não podia voltar para casa. Foi por isso que, quando rastreei a bússola até você, achei adequado deixá-la me guiar por um caminho diferente. — Seus olhos escuros a perfuraram. — O seu caminho.
Layla engoliu um nó na garganta.
— Por que você não pode voltar para casa?
Qadir balançou a cabeça.
— Porque não sou mais bem-vindo lá. Mas não importa; a bússola nunca me enganou. — Ele disse essas palavras com destemida certeza, mas seus olhos... Mesmo inundados pela luz do fogo, havia neles uma obscuridade sombria.

Loulie passou por vários becos antes de ver a jinn novamente. Ela guiava o homem para uma mesquita abandonada, a estrutura humilde de barro com janelas de treliça tinha padrões desbotados de meias-luas e estrelas subindo pelas paredes. As grandes portas de metal que davam para o prédio estavam abertas, revelando apenas uma câmara banhada em escuridão sobrenatural.
— Qual é o seu plano? — A voz de Qadir era um sussurro.
— Vou falar com ela. Mas só para garantir... — Loulie enfiou a mão na bolsa para pegar sua arma preferida: uma adaga curvada com um cabo de obsidiana negra. Um *qaf*, a primeira letra do nome de Qadir, estava pintado em ouro na parte de trás. Era a única marca de sua propriedade.
— O que você espera ganhar ameaçando uma jinn?
— A vida de um homem, talvez.
A adaga seria seu último recurso. Loulie evitava violência quando possível, e a última coisa de que precisava era que a jinn percebesse que a lâmina era uma relíquia: uma ferramenta encantada com magia jinn. Ela

sabia por experiência própria que exibir relíquias na frente de um jinn era estupidez. Era como pedir para morrer.

A garota entrou no prédio. A espaçosa sala interna estava escura e vazia, havia alcovas de adoração esculpidas nas paredes cobertas de poeira e teias de aranha. O teto, apesar de retratar o céu ensolarado, era sombrio e cinzento. A pouca luz que entrava pelas janelas era abafada e empoeirada. Era como se toda a cor do ambiente tivesse sido sugada.

A jinn estava no centro da sala, de braços cruzados. Loulie olhou para ela. Seu cabelo era um rio de escuridão viva que descia em cascata pelos ombros e desvanecia em fumaça às costas. O homem humano estava ao lado dela com o sorriso estranho ainda estampado no rosto.

— Garota humana — disse a jinn categoricamente. — Saia. Não tenho nada para tratar com você. — Seu olhar pousou nas mãos de Loulie. Loulie percebeu que a jinn podia ver seus anéis. Ela juntou as mãos atrás das costas, mas era tarde demais. — Você ousa se aproximar de mim com esses anéis? — sibilou a jinn.

Loulie reprimiu um gemido. Os anéis eram uma proteção comum contra a incorporação dos jinn em um humano. Naturalmente, eles também invocavam sua ira. Embora cético quanto à eficiência dos anéis, Qadir insistia que ela os usasse. *Superstições que não matam podem salvar*, ele costumava advertir.

— Os anéis são para evitar mal-entendidos infelizes como este — Loulie falou cuidadosamente. — E eu só vim para aconselhá-la a não ferir um humano dentro dos limites da cidade.

Seus olhos voaram para as sombras nas paredes, que se estendiam em direção a ela como tinta derramada. Loulie lutou contra um tremor quando a voz suave da jinn preencheu o espaço silencioso.

— Você sabe quantos do meu povo este homem matou? — Ela cutucou o peito dele com um dedo. — Ele é meu para eu fazer o que quiser.

A jinn deu um passo para trás e brandiu o pulso. A escuridão nas paredes criou braços que, sem cerimônia, empurraram Loulie para fora das portas e em direção à luz. Loulie piscou. Olhou para trás, para a escuridão que se afastava.

Ela hesitou por um instante. Dois. Três.

— *Loulie*. — Qadir cravou as garras no ombro dela em advertência. Ela o ignorou e perseguiu as sombras de volta para dentro. As portas se fecharam, prendendo-a na escuridão. Ela ouviu um movimento atrás dela, mas, quando se virou, não viu nada.

— Nunca vi um humano tão disposto a morrer. — A voz da jinn vinha de todos os lugares e de lugar nenhum ao mesmo tempo.

Loulie sacou a lâmina. Firmou as mãos trêmulas no objeto.

— O homem não é um caçador.

Nenhuma resposta. Ela agarrou a adaga com mais força, esperando que algo a golpeasse. Mas o momento nunca chegou. Em vez disso, começou a sentir um ardor sutil nos pulmões.

Fumaça.

Loulie apunhalou desesperadamente o ar à sua frente e atrás de si. Não houve resistência. A pressão aumentou em seus pulmões até ela não conseguir respirar. Até cair de joelhos, ofegante. A lâmina deslizou por entre seus dedos e despencou no chão. Se emitiu algum som, Loulie não conseguiu ouvir. Não havia nada além daquela pressão, crescendo, crescendo, crescendo...

— Lute o quanto quiser, garota estúpida. Você não pode derrotar sombras.

Loulie estava vagamente ciente de Qadir rastejando para fora de seu ombro. Então o mundo desabou e só a dor permaneceu. Os ossos de Loulie estalaram. Suas orelhas estalaram. Sua visão ficou turva, e na névoa agonizante ela viu fragmentos de suas próprias memórias encharcadas de sangue.

Poças de carmesim na areia do deserto. Cadáveres. Homens de preto empunhando espadas.

Sua mãe e seu pai, mortos. Sua tribo, destruída.

— Ah... — A voz da jinn ecoou pela sala estéril.

A dor diminuiu até que Loulie estivesse ciente de cada centímetro ardente de seu corpo. Sua cabeça parecia estar cheia de algodão quando ela olhou para cima e viu olhos vermelho-rubi a encarando no escuro.

— Você é uma vítima dos homens de preto? — A escuridão ondulou e Loulie teve a impressão de que a jinn estendia a mão para ela. A voz de sua agressora suavizou com hesitação. — Você...

A palavra se transformou em um grito agudo quando a luz do sol irrompeu pela sala. A sombra se contorceu e urrou até se transformar em nada além de escuridão sangrando pelas rachaduras dos ladrilhos. Lentamente, Loulie se virou na direção das portas, onde viu um homem parado, envolto em um clarão de luz solar.

Manchas escuras dançavam atrás das pálpebras dela enquanto o mundo lentamente se enchia de cor.

Ela inspirou uma lufada abençoada de ar antes de desmaiar.

4

Mazen

Mazen não fazia ideia de há quanto tempo estava paralisado na frente daquela adorável criatura, mas descobriu que não se importava. Já havia decidido que não queria nada mais além de se deleitar em toda a glória dela pelo resto dos dias. Nenhum desejo além de provar seus lábios vermelhos.

Mas...

Passar as mãos sobre a pele lisa de seus quadris, seu ventre...

Mas...

Enfiar as mãos no cabelo dela, pressionar os lábios em seu pescoço...

Mas...

Sua voz interior era tão persistente quanto um alarme. Tornava impossível focar na divindade. E havia outra perturbação também, algo que a distraía dele. Mazen estava considerando investigar a sala escura quando a beldade olhou para ele e disse: *Ele é meu para eu fazer o que quiser*, e Mazen parou de pensar novamente.

Ela estendeu a mão e correu um dedo pela bochecha dele. Um tremor impotente percorreu seu corpo ao toque dela.

— Oh doce humano. — Sua voz era suave como néctar. — Doce, ardiloso humano... quantos de nós você matou?

A beldade se aproximou até que seus corpos estivessem nivelados. O coração de Mazen acelerou quando ele sentiu a pressão quente da pele dela contra a sua. Em algum lugar nas profundezas de sua mente, ele deu um grito.

— Você pensou que poderia escapar — a beldade sussurrou em seu ouvido. — Mas eu conheço seu sangue. Perseguiria você até os confins do mundo se fosse preciso.

Ele piscou. Preto e vermelho dançavam diante de seus olhos. Por trás das cores suaves, Mazen viu um sorriso malicioso que desvanecia na escuridão. Sua divindade não era nada além de um fantasma, seus lábios, um sorriso sangrento.

— Não terei pressa com você, para que seu sofrimento não acabe rápido demais. — Ela pressionou os lábios contra os dele. Soprou ar para dentro de Mazen. E inalou ar para fora dele também? Ele tinha uma vaga consciência de seus pulmões entrando em colapso, seu corpo convulsionando.

Mazen tentou afastá-la, mas não havia nada para empurrar. A mulher era uma silhueta de fumaça. Ele tentou dar um passo para trás, mas seus pés não se moviam, e sua garganta estava em chamas e, ó, deuses, ele ia morrer...

Abruptamente, conseguiu respirar. Tentou falar, mas nada saiu de seus pulmões famintos de ar. A consciência queimou dentro dele como uma chama, mas durou pouco.

— Nunca vi um humano tão disposto a morrer. — As palavras da feiticeira o envolveram como seda, e sua mente escureceu quando ela se afastou.

Em algum lugar no escuro, ele ouviu alguém se engasgar. Tentava decifrar o som quando sentiu algo percorrer seu corpo, movendo-se tão rapidamente que não teve tempo de ignorar. Sentiu uma pontada de dor no ombro. Uma voz rouca no ouvido.

— Encontre as portas — disse a voz. Então, tanto a voz quanto a dor desapareceram.

Mazen piscou lentamente enquanto tentava compreender o ambiente ao seu redor. Arriscou um passo trêmulo à frente, apertando os olhos no escuro. Foi então que viu um pequeno objeto flamejante se deslocando pela sala. Só que aquilo era impossível, não era? O fogo engolia tudo em seu caminho; nunca poderia ter tanto autocontrole.

Mazen tropeçou no objeto de qualquer maneira. Foi uma perseguição breve: a chama se apagou quando ele colidiu com uma parede. Ele estendeu o braço e sentiu um metal frio sob as mãos. As portas. Ele as empurrou sem pensar. Com um suspiro, as portas se abriram e a luz invadiu a sala, corroendo a escuridão, que estava... gritando?

Um arrepio subiu pela espinha de Mazen quando ele se virou para encarar a feiticeira. Piscou confuso ao vê-la sangrando nos azulejos. Tinha-a seguido pelas ruas ensolaradas, apaixonado pela forma como a luz refletia em seus lindos olhos. Agora ela não era mais uma mulher, mas uma sombra, e a luz do sol corroeu sua forma até que não restasse mais nada.

No lugar onde a mulher estivera, havia agora uma estranha vestida em túnicas marrons simples.

Mazen a encarou, imaginando se a roupa era uma ilusão.

A pessoa olhou para ele sob a sombra de seu xale. Então colapsou.

Mazen avançou, observando as sombras que sangravam no chão. Tinha acabado de alcançar a estranha quando ela se ergueu de repente. O xale em sua cabeça se soltou, revelando um ninho de cachos castanhos selvagens. Era uma mulher. Uma mulher com olhos marrons notáveis da cor de ferrugem. Ele deu um passo para trás.

A garota fez uma careta.

— Bem, salaam para você também — disse ela com uma voz rouca.

Ele engoliu em seco.

— Me desculpe. — Suas palavras saíram suaves, trêmulas. Mazen limpou a garganta para estabilizar a voz. — Eu não sabia se você era uma ilusão. Se você era... — Ele gesticulou indicando a sala ao redor deles, mas as sombras já haviam sido substituídas por pontos de luz solar.

A estranha olhou ao redor da sala com os olhos semicerrados, como se procurasse algo. A feiticeira, talvez.

Mazen percebeu que suas mãos tremiam e as enfiou nos bolsos.

— Deveríamos sair daqui — disse ele. Um lampejo de prata chamou sua atenção e ele parou, notando a lâmina nas mãos da mulher. Ela a enfiou na bolsa que estava ao seu lado antes que Mazen pudesse dar uma boa olhada.

— Você conseguiu sair do transe sozinho. — A garota se levantou e limpou a roupa. O movimento era lento, pronunciado, como se exigisse grande esforço.

— Sim? — disse ele, hesitante.

— Você parece confuso.

Mazen pensou na voz misteriosa em seu ouvido e na estranha chama que o levara até as portas. Teria sido uma alucinação? Ele decidiu que era melhor não mencionar essa parte.

— Eu acho que foi você — falou ele em vez disso. Tinha ouvido um embate na escuridão, afinal. Quem mais poderia ter sido além dela? — Você distraiu a feiticeira e me deu uma abertura.

— Eu fui uma *distração*? — ela resmungou baixo. — Ela se foi, então? Está morta?

— Ela, hum, desapareceu entre os azulejos.

Ambos permaneceram em silêncio enquanto olhavam desconfiados para o chão.

Mazen limpou a garganta.

— Mas me diga, o que você estava fazendo aqui para começo de conversa... — ele hesitou, percebendo que não sabia o nome dela — ... flor do deserto? — Foi a primeira coisa que surgiu em sua mente confusa. Ele se arrependeu imediatamente.

A mulher foi na direção dele com uma expressão feroz. Mazen se encolheu, imaginando que ela poderia agredi-lo, mas ela simplesmente passou por ele e foi em direção à saída.

— Vi pessoas entrando neste lugar abandonado e fiquei curiosa o bastante para investigar. — Perto das portas, ela se virou para encará-lo. — Vi uma sombra de olhos vermelhos... — Ela fez um gesto com a mão, e Mazen viu anéis brilhando em seus dedos. — E você, imóvel como uma tamareira.

Lá fora, a cidade estava envolta nos tons vermelhos e dourados do pôr do sol. Ao sair, Mazen apreciou o ar quente do deserto em sua pele e o barulho da areia sob seus pés. Suspirou quando uma brisa suave despenteou seu cabelo. O tremor em suas mãos diminuiu um pouco.

Ele se virou para a estranha.

— Meus agradecimentos por me salvar, hum...

— Layla. — Ela baixou a cabeça e olhou para ele com expectativa.

Mazen fez uma pausa, percebendo que ainda não tinha falado seu nome para ela.

— Yousef. — Foi o primeiro nome falso em que conseguiu pensar. — Mil bênçãos sobre você, Layla. Se não tivesse vindo investigar, eu teria perdido minha alma para o Grande Mar de Areia. — Ele cruzou os braços enquanto olhava para o prédio abandonado. — Você acha que ela era uma jinn?

— É difícil imaginar que pudesse ser qualquer outra coisa. — Layla ergueu uma sobrancelha. — Você é um caçador, Yousef?

A pergunta descarada o pegou desprevenido. Um caçador? Ele? Só de pensar nisso seus joelhos fraquejaram.

— Não! Eu não sou um assassino.

Assassino. A constatação o atingiu como um relâmpago. Havia muitos assassinos naquela cidade — caçadores e ladrões que matavam jinn por dinheiro e diversão —, mas havia apenas um assassino que ele conhecia bem. Ele se lembrou de seu irmão coberto de sangue prateado. Seu irmão, que tinha voltado mais cedo do que esperado.

Você pensou que poderia escapar, a jinn tinha dito. *Mas eu conheço seu sangue. Eu perseguiria você até os confins do mundo se fosse preciso.*

Layla estava sorrindo.

— Eu não achei que você fosse um assassino. Você teria sido muito mais competente se fosse.

Mazen franziu a testa.

— Eu estava *possuído*.

Layla apenas riu, como se ele tivesse dito algo engraçado. Ela se virou e foi embora.

Mazen a seguiu.

— Espere! Existe alguma forma de eu te agradecer? Posso acompanhá-la de volta para casa ou... ah. — Ele fez uma pausa, lembrando o motivo pelo qual fora à cidade em primeiro lugar.

Layla se virou.

— Ah?

— Eu estava indo ver alguém no azoque quando tudo isso aconteceu. Um contador de histórias chamado Rhuba. — Ele olhou para o céu, para o sol mergulhando abaixo das construções. Precisava voltar ao palácio em breve para se encontrar com um dos convidados de seu pai; não tinha tempo para se perder vagando pelo azoque. Mas só de pensar em se sentar diante do sultão e manter tudo aquilo em segredo...

— Vamos. — Layla voltou a andar.

— Para onde você está indo?

— Até o Velho Rhuba. — Ela lançou um olhar por cima do ombro para ele. — Tente acompanhar o ritmo, Yousef.

Mazen hesitou. Estava exausto, e tudo o que queria era esquecer que aquele dia tinha acontecido. Mas estava relutante em se separar de Layla. Ela havia salvado sua vida. Melhor ainda, ela não sabia quem ele era, o que significava que Mazen tinha a oportunidade de falar com a garota sem que sua reputação influenciasse a opinião dela sobre ele. Quem sabia quando teria uma chance como aquela novamente?

Talvez ele ainda pudesse salvar o dia.

Mazen correu atrás dela.

O azoque estava mais tranquilo quando Mazen voltou, sonolento com a chegada do crepúsculo. Embora os mercadores e as multidões continuassem lá, eles se moviam mais languidamente, menos como ondas incessantes quebrando na praia e sim como ondas suaves. A maioria dos frequentadores do mercado tinha continuado suas negociações nos restaurantes no centro do azoque, onde aromas picantes de carne temperada e massa frita pairavam no ar.

Mazen falhou em ignorar o ronco de seu estômago enquanto caminhava atrás de Layla. Os aromas apetitosos o lembraram de que não tinha comido nada desde o iftar e de que a refeição da manhã consistira em nada além de azeitonas e homus. Ele fazia o melhor que podia para *não* pensar em quão vazio seu estômago estava quando, inesperadamente, Layla o puxou para uma barraca cheia de panelas com damascos desidratados em pasta.

A pasta grossa e elástica tinha sido enrolada em tamanhos variados. Um dos homens atrás da barraca empilhava os rolinhos e os entregava aos clientes, enquanto o outro cortava o doce cuidadosamente em tiras mais cômodas de se mastigar. Layla abriu caminho pela longa fila até a frente, onde acenou para o vendedor. Mazen ficou maravilhado ao ver a maneira familiar como eles brincavam, inclinando-se para perto um do outro e falando em voz baixa, como se estivessem trocando fofocas ilícitas. Ao final da conversa, Layla saiu com um único rolo de damasco desidratado, que entregou a Mazen.

— Não é uma refeição, mas deve aquietar um pouco o seu estômago, pelo menos. — Quando Mazen lhe lançou um olhar curioso, ela desviou os olhos. — Vim entregar uma mensagem para o dono da barraca. Ele me devia um favor e resolvi tomar na forma de sobremesa.

Mazen sorriu.

— Você não precisava desperdiçar esse favor comigo. Shukran.

Layla simplesmente deu de ombros e voltou a andar. Mazen correu atrás dela.

— Quer dizer que você é uma mensageira, então? — Ele rasgou um pedaço da pasta e mordeu. Era surpreendentemente doce e agradável de mastigar.

Layla acenou com a cabeça enquanto eles seguiam para um dos becos do azoque.

— Isso mesmo. E você? Em que bairro você trabalha? — A pergunta parecia indiferente, mas Mazen havia falado com nobres astutos o suficiente para reconhecer uma busca por informações.

Uma história começou a se desenrolar em sua cabeça. A história de Yousef.

— Eu trabalho como escriba para um nobre de alto escalão. — Ele sorriu timidamente. — Receio não poder oferecer mais detalhes sobre as correspondências. Essa informação é confidencial.

Layla inclinou a cabeça.

— E o que um escriba está fazendo no azoque, procurando um contador de histórias?

Mazen enfiou outro pedaço da sobremesa na boca, engoliu e continuou.

— É tão estranho assim um homem procurar entretenimento além de sua ocupação?

Ou liberdade além das paredes de sua casa? Ele engoliu as palavras.

Os lábios de Layla se curvaram.

— Claro que não. Eu apenas nunca vi um homem adulto procurar um contador de histórias em seu tempo livre.

Mazen riu.

— E até conhecer você, eu nunca tinha visto ninguém mergulhando de cabeça em um prédio escuro para investigar um estranho.

A princípio, Mazen pensou que fosse um truque da luz, mas não, Layla realmente corou com suas palavras. Quando ela falou novamente, foi em um murmúrio.

— Você tem sorte que eu tenha ido investigar.

— Tenho. Serei eternamente grato por isso.

— Cuidado, Yousef. — Ela sorriu. — A eternidade é tempo demais para estar em dívida com alguém.

Layla parou de repente e apontou para a frente. Mazen comeu o resto do doce enquanto observava a vista diante deles. Finalmente, haviam chegado à barraca de lona dourada do Velho Rhuba, que estava aberta. O espaço era humilde e austero, nada além de um tapete simples estendido sob um dossel de tecido vistoso. O Velho Rhuba estava sentado de pernas cruzadas no tapete com uma bengala elaborada sobre os joelhos. Ainda que só tivesse se encontrado com o contador de histórias uma única vez, Mazen imediatamente percebeu que havia novos entalhes no instrumento. A constatação o encheu de admiração, pois sabia que cada marca constituía uma nova história que o Velho Rhuba acrescentara ao seu repertório de contos.

Embora a bengala fosse notável, o contador de histórias era ainda mais; ele era o único mercador do azoque que tinha olhos tão únicos: um da cor de carvalho e o outro da cor de areia dourada. Seu rosto era como um pergaminho enrugado, e ele tinha uma barba prateada impressionante que se amontoava em seu colo. Embora fosse impossível ver seus lábios sob a barba, Mazen pôde perceber pelas rugas nos cantos dos olhos que ele sorria.

— Ora, se não é a Layla! E eu já vi seu rosto antes, sayyidi, mas receio que você nunca tenha me dito seu nome.

Mazen ficou surpreso — e satisfeito — pelo homem lembrar dele. Não conseguiu reprimir o sorriso.

— Yousef. É um prazer vê-lo novamente.

— Igualmente, Yousef. — O velho voltou sua atenção para Layla. — E você, Layla. Entregaria uma mensagem a Dahlia para mim? Diga que aceito o convite para atuar amanhã à noite.

Layla sorriu. Não o sorriso torto que abrira antes, mas um sorriso iluminado que fez seus olhos brilharem.

— É claro. É sempre uma honra tê-lo conosco.

Mazen piscou.

— Você vai contar uma história especial?

— Sem dúvida! Passei os últimos meses reunindo histórias das tribos beduínas das planícies orientais. Amanhã será a primeira vez que as compartilharei. Estes são contos de Dhahab.

Mazen ofegou. Contos de Dhahab! Era um deleite raro ouvir sobre as cidades jinn. Dizia-se que eram cheias de feras mágicas e místicas que ninguém via havia centenas de anos.

O Velho Rhuba riu.

— Você é um apreciador dessas histórias, Yousef?

— Sim — admitiu Mazen com um sorriso tímido. — Eu esperava ouvir você contá-las hoje mais cedo. Mas então, ah, surgiu um imprevisto.

— Você fala como se houvesse uma hora específica para contar histórias. — Os olhos do Velho Rhuba brilharam de alegria. — Por favor, sente-se um pouco e ouça um velho tagarelando sobre lendas.

Mazen não precisava ser persuadido. Entrou na tenda do contador de histórias enquanto Layla ficou do lado de fora, na entrada. O Velho Rhuba começou fazendo perguntas. Se Mazen sabia alguma coisa sobre os carniçais de Dunas Claras. E sobre a Rainha das Dunas, a poderosa jinn que dizia comandá-los.

A cada pergunta, a voz do Velho Rhuba ficava mais alta e mais clara, até que ele havia atraído uma multidão para seu espaço. Frequentadores do mercado velhos e jovens se reuniram ao redor dele, e, uma vez que conseguira a atenção de todos, ele começou.

— Povo do deserto, permita-me elucidá-lo! Vou lhes contar a história dos carniçais de osso e sua guardiã, a Rainha das Dunas. Nem aqui nem lá, mas muito tempo atrás...

Mazen estava à mercê da história no momento em que ela começou. Era como estar no meio de uma tempestade. Mal conseguia recuperar o fôlego enquanto era esbofeteado pelas palavras. Quando a história acabou, havia perdido a noção do tempo, estrelas brilhavam no céu e as ruas do azoque estavam cobertas por lanternas acesas. Mazen voltou a si abruptamente. O Velho Rhuba o fizera esquecer da jinn, de seu irmão e da reunião que aconteceria aquela noite. Precisava ir embora agora.

Depois de confirmar a localização da apresentação do dia seguinte do contador de histórias, ele saiu da barraca e encontrou Layla nos arredores da multidão.

— Cansado, Yousef? — Ela arqueou uma sobrancelha. — Você teve um longo dia.

Mazen balançou a cabeça.

— Acabei de perceber que horas são. Eu tenho um toque de recolher, sabe.

Layla parecia cética.

— Ah.

— Vejo você amanhã na taverna de Dahlia? — Ele já havia decidido que faria o que fosse necessário para comparecer. Fingiria estar doente e pagaria quantos guardas fossem necessários.

Layla simplesmente deu de ombros.

— Talvez.

Ele ficou um pouco desanimado com a resposta evasiva, mas não tinha tempo de convencê-la a comparecer. Não enquanto o sol, implacável frente à indecisão dela, continuava a se pôr.

— Talvez, então. — Mazen sorriu. — Seria uma honra falar com você novamente.

Ele agradeceu uma última vez antes de correr de volta para sua gaiola dourada.

5

Loulie

No minuto em que Yousef partiu, Loulie o seguiu. *Um homem adulto com um toque de recolher? Está mais para um homem com segredos.* Mesmo que ele não fosse um caçador, havia algo suspeito em Yousef, e ela pretendia descobrir o que era. Ela não acreditara em sua nebulosa história de vida e se recusava a permitir que ele continuasse a ser um mistério depois de tê-lo resgatado.

— Não se esqueça de que fui eu quem o salvou — disse Qadir.

Loulie reprimiu um suspiro. Ele já havia explicado isso a ela. Enquanto ela sufocava sob a magia da jinn, Qadir tirara Yousef do transe e o guiara até as portas e para a luz do sol que havia — temporariamente — derrotado a jinn. Ele voltara para o ombro de Loulie antes de saírem da mesquita.

— Você não podia mesmo ter me ajudado? — ela perguntara a ele mais cedo, na barraca do Velho Rhuba.

— E revelar minha identidade a outro jinn? Nunca.

— Eu poderia ter morrido.

— E teria sido sua própria maldita culpa por me ignorar. — E ali estavam eles, perseguindo Yousef na esperança de descobrir por que a jinn o confundira com um caçador. Loulie apostaria ouro que tinha a ver com laços familiares.

Por fim, os caminhos de terra dos bairros dos plebeus deram lugar a ruas pavimentadas de paralelepípedos, e as casas em ruínas tornaram-se pequenas mansões em forma de caixa com impressionantes portas douradas e belas janelas de treliça. As casas mais extravagantes tinham vários andares e jardins cercados. Uma residência especialmente luxuosa tinha duas varandas.

Loulie desviou sua atenção dos prédios ostensivos e a direcionou de volta para Yousef, que se escondia nos becos entre eles.

Definitivamente um homem com segredos.

Ela havia acabado de segui-lo pela esquina de um beco particularmente estreito quando viu um homem encostado em uma das paredes e parou. Assim que ele olhou para cima, o coração dela pulou até a garganta.

Omar bin Malik, o filho mais velho do sultão, olhou para ela com um sorriso deslumbrante.

Quando ele se movia, parecia brilhar; Loulie viu anéis de prata em seus dedos e um cinto de adagas na cintura. Até seu brinco, uma lua crescente que se curvava ao redor do lóbulo de sua orelha, parecia reluzir ameaçadoramente sob o luar.

Loulie não se deixou enganar pelo sorriso dele. Embora Omar bin Malik tivesse fama de carismático, também era, sobretudo, um caçador. E não qualquer caçador, mas o Rei dos Quarenta Ladrões — o mais prestigioso bando de assassinos de jinn do deserto.

Ela o examinou com cautela, observando características que só havia visto à distância. Pele morena, olhos cor de amêndoa, cabelo cortado rente ao pescoço e um sorriso deslumbrante que de alguma forma não se refletia em seus olhos.

Loulie considerou brevemente fingir ingenuidade, então decidiu pela humildade e caiu de joelhos.

— Sumo Príncipe!

O príncipe riu.

— Em carne e osso.

— É uma honra, sayyidi. — Ela tentou não tremer quando ele se aproximou. Ali estava um dos caçadores mais temidos do deserto, e sentado no ombro de Loulie estava um jinn que ele mataria num piscar de olhos apenas para aumentar sua contagem. Qadir, felizmente, desceu pelo pescoço dela e sumiu de vista.

— Imagino que seja. — Ela pôde ver a sujeira nas botas dele quando ele parou na sua frente. — Por favor, levante-se. Você vai sujar suas vestes.

Loulie se levantou com o maior orgulho que conseguiu reunir. O sumo príncipe ainda sorria para ela, mas suas sobrancelhas estavam arqueadas o suficiente para tornar o olhar em seu rosto um de condescendência. Ele enfiou a mão em um dos bolsos e tirou algumas moedas de cobre.

— Aqui — ofereceu o príncipe. — Para as suas despesas.

Ela piscou. Ele pensou que ela fosse uma *pedinte*?

— Ah, não, sayyidi, eu sou...

— Eu insisto. — Ele sacudiu as moedas na palma da mão e esperou, ainda com aquele sorriso arrogante no rosto, que ela as pegasse. Era melhor olhar diretamente para ele ou desviar o olhar?

A melhor e a pior coisa seria dar um soco nele, pensou Loulie, irritada.

Ela resolveu olhar para além do príncipe, e tentou não vacilar quando seus dedos se tocaram. Depois, ele retraiu a mão e disse:

— Volte para casa. Está ficando tarde e coisas perigosas rondam as ruas à noite.

Ela se irritou com o que era claramente uma ordem, mas se forçou a assentir e se virar. O príncipe a chamou.

— Tenha cuidado com as sombras. É por onde vagam os jinn.

Loulie se virou, mas o grande príncipe já se afastava com as mãos nos bolsos. Ela não sabia quanto tempo ficara ali, esperando que a sombra dele desaparecesse, mas depois lhe ocorreu que ela havia perdido Yousef de vista.

A mercadora poderia usar a bússola para encontrar seu rastro novamente, mas... não, haveria tempo mais tarde.

— Vamos para casa — ela murmurou para o ar.

— Sim — disse Qadir suavemente. — Vamos.

A exaustão caiu sobre os ombros de Loulie como um cobertor pesado à medida que ela retornava à taverna de Dahlia.

As estrelas já haviam tomado conta do céu noturno quando eles chegaram em casa. Loulie atirou um pistache na boca enquanto tentava, sem sucesso, se concentrar nas constelações. Após o encontro com a jinn, fora difícil se desviar da memória da morte de sua família. De alguma forma, a jinn das sombras vira os assassinos em sua mente e os reconhecera.

Ela franziu a testa para o céu. *Ela deve ter conhecido os homens de preto antes que Qadir os matasse.*

Qadir emitiu um som no fundo da garganta que poderia ser uma tosse, mas parecia um chiado.

— Lembre de entrar na taverna pela porta dos fundos desta vez.

Loulie suspirou.

— Sim, claro. — Ela desviou a atenção para a taverna, um prédio nada espetacular de dois andares com um telhado inclinado e em ruínas. Lanternas pendiam dos andaimes baixos, iluminando as janelas de vidro empoeiradas. Loulie mal conseguia distinguir a multidão bêbada uivando e vibrando do lado de dentro. Era o início do inverno, o que significava que Dahlia acabara de receber uma nova carga de vinho — e *isso* sempre era motivo de comemoração. Loulie não tinha dúvidas de que os foliões estavam se embriagando até o estupor.

— Não cometa o mesmo erro da última vez. — Loulie deu um peteleco no rabo dele, mas Qadir continuou, implacável. — *Ninguém vai notar uma garota simples como eu*, você disse. E então eu precisei morder um homem.

Ela estava feliz por Qadir não estar em sua forma humana; ele a teria provocado pelo rubor em suas bochechas.

O jinn já tinha rastejado para dentro de sua bolsa e sacado a chave de que precisavam quando chegaram à porta dos fundos. Loulie a destrancou e passou por um depósito cheio de barris de vinho até a escada nos fundos do prédio. Lá dentro, as vozes barulhentas ficaram mais altas até que ela conseguiu decifrar versos de poesia. Embora ela própria preferisse negociar com moedas em vez de palavras, gostava de ouvir os saraus improvisados na taverna. Naquela noite, no entanto, estava exausta demais para participar. Conversaria com Dahlia no dia seguinte.

Loulie caminhou pelo corredor do andar de cima até seus aposentos, que estavam no mesmo estado em que ela os havia deixado. No centro da sala ficava a mesa baixa onde ela e Qadir testavam suas relíquias e comiam as refeições juntos, e havia o divã junto à janela, onde Loulie gostava de tomar sol. À direita, uma série de prateleiras cheias de tomos que continham de tudo, de mapas a histórias e reflexões filosóficas. Suas paredes eram o lar de uma coleção de tapeçarias com paisagens desérticas, e uma variedade de tapetes, a maioria comprada das tribos beduínas que vendiam no mercado de Madinne, se estendia pelo chão.

O quarto era pequeno, familiar e confortável. Um bom lugar para descansar entre viagens.

Quando Loulie apoiou a bolsa infinita sobre a mesa, seus olhos focaram o único item à vista que pertencia a Qadir. Enfiada em um canto quase invisível quando se olhava da porta, estava a shamshir que ela havia comprado para ele anos antes, pendurada na parede ao lado das prateleiras. Era uma simples, mas elegante, lâmina de aço com cabo de marfim que tinha uma única gema vermelha na guarda. Qadir raramente usava a lâmina, preferindo arco e flecha quando não podia usar magia e tinha que confiar em uma arma, mas Loulie nunca se arrependeu de ter dado o presente a ele.

Fora a primeira coisa que ela comprara para o jinn com seus próprios recursos. Ela sempre se lembraria de Qadir contentemente surpreso, bem como do sorriso atípico e cheio de dentes que estampava seu rosto quando recebeu a lâmina das mãos dela. Sorrisos como aquele eram raros, e Loulie se sentia realizada quando conseguia arrancá-los de Qadir. Não importava que a lâmina fosse usada principalmente como decoração agora. Ele a valorizava à sua maneira, e isso era o suficiente.

Loulie fechou a porta, entrou no quarto e se jogou no divã perto da janela.

— Finalmente em casa. — Ela suspirou enquanto se esticava nos travesseiros.

— Poderíamos ter voltado mais cedo, mas você insistiu em perseguir um homem pelo azoque.

Loulie olhou para cima e viu Qadir pairando sobre ela em sua forma humana. Como sempre, a expressão em seu rosto era de indiferença.

— Pelo que me lembro, tinha uma jinn vingativa envolvida — disse ela.

Qadir franziu a testa.

— O que você fez hoje foi perigoso.

— Sim, eu sei. Você me disse isso mil e uma vezes.

— O que você ganhou intervindo?

— *Eu* não ganhei nada, mas um homem pôde manter sua vida. Embora... — Ela se sentou e afastou os cachos dos olhos. — Eu te falei mais cedo que a jinn das sombras disse algo estranho.

Qadir se sentou em uma almofada ao lado da mesa.

— Sobre os assassinos de preto? Não significa nada. Talvez criminosos prefiram essa cor.

Loulie olhou pela janela. Àquela hora da noite, as ruas estavam cheias de bêbados, muitos vindos da taverna de Dahlia. Ela podia ouvi-los no andar de baixo batendo nas mesas e cantando alto, desafinados.

Ela engoliu.

— Talvez. — Loulie não conseguia evitar pensar que a jinn estava prestes a revelar informações importantes. Ela tinha assistido à morte dos assassinos de sua tribo, mas, independentemente da distância que colocasse entre si mesma e o passado, as memórias sempre estariam lá.

— Eles estão mortos, Loulie. — Qadir estava organizando as relíquias, mas parou para olhar para ela. — Eu me certifiquei disso.

Sua confiança aliviou a tensão no coração de Loulie, mesmo que ela ainda estivesse cautelosa. Ela assentiu, então se juntou a ele na mesa para ajudar no inventário. A maioria das relíquias em sua bolsa não era espetacular: uma ampulheta de areia eterna; um espelho empoeirado que refletia a pessoa amada; e um colar de contas que, quando esfregadas, emitiam um som suave que era capaz de embalar o sono da pessoa.

Mas havia outras relíquias mais úteis também. A favorita de Loulie era um orbe amortecido entre duas asas luminosas. Ele brilhava ao toque e ficava cada vez mais brilhante quando pressionado contra a palma da mão. Qadir e ela o usavam para iluminar seu caminho pelo deserto.

Agora ela estava sentada olhando carrancuda para as sombras que o objeto projetava nas paredes, pensando em tudo o que tinha acontecido durante o dia. Ela pensou no príncipe Omar. Se ele era um caçador tão competente, por que não capturara a jinn das sombras antes que ela viesse para Madinne? Por que não tinha capturado *nenhum* dos jinn que supostamente infestavam a cidade?

— Príncipes — resmungou Loulie.

Qadir ergueu uma sobrancelha.

— Ouvi dizer que o príncipe Mazen e o príncipe Hakim não são tão terríveis.

— Como vamos saber? Nenhum deles sai do palácio. — Loulie cruzou os braços sobre a mesa e apoiou o queixo sobre eles. — Você acha que Omar sabe que a jinn das sombras está em Madinne? — Ela não conseguia parar de pensar no comentário dele a respeito das sombras.

Qadir deu de ombros.

— Pelo bem dela, espero que não.

Loulie observou Qadir limpar as relíquias com um pano. Ela pensou em perguntar a ele como e por que ele era capaz de viver em um mundo onde os jinn eram perseguidos por simplesmente existirem, mas hesitou. Havia perguntado outras vezes e recebido a mesma resposta enigmática. *Sou apenas um único jinn*, Qadir dizia. *Não posso mudar os preconceitos de sua terra.*

Era uma resposta irritante porque *não era* uma resposta. Mas Loulie aprendeu havia muito tempo que Qadir não era como ela. Enquanto ela metia o nariz na vida dos outros com frequência, ele nunca se envolvia a menos que fosse necessário. Era curioso como ambos se mantinham distantes das pessoas e ainda assim tinham formas tão diferentes de conviver com elas.

— Hum — murmurou Qadir. — Você está estranhamente quieta.

Loulie soprou um cacho solto para longe dos olhos.

— Estou pensando.

— Sobre?

— Sobre você.

Qadir franziu a testa.

— Agora estou ainda mais preocupado.

— Você deveria parar com isso. A preocupação, quero dizer. Vai criar rugas em sua pele eternamente jovem.

As bordas dos lábios de Qadir se curvaram levemente.

— Eu envelheci mais nesses nove anos desde que te conheci do que nas centenas que vivi antes do nosso encontro.

Loulie pegou uma almofada do chão e atirou nele. Ela resmungou quando ele pegou a almofada e a apoiou no colo.

— Quantos anos você tem, afinal?

O meio-sorriso ainda estampava seus lábios.

— Muitos.

— Não é à toa que você é tão cínico. Deveria tirar mais sonecas, elas poderiam melhorar seu temperamento. — Ela fez um gesto com a mão indicando a porta fechada à direita, onde ficava o quarto deles. Havia duas camas lá dentro, embora a de Qadir raramente estivesse ocupada. — Como é aquela frase que você gosta tanto de me dizer? Que mesmo pessoas irritantes se tornam toleráveis depois de uma boa noite de descanso?

Qadir bufou.

— Se você realmente quisesse tornar minha vida mais fácil, não se colocaria em perigo de forma tão descuidada. — Ele colocou uma relíquia de lado e pegou outra: o colar de contas indutoras de sono. — Eu não preciso dormir. Você, por outro lado, esteve atrás de problemas o dia todo.

E eu gostaria muito de chegar à raiz desses problemas.

Quando viera a Madinne pela primeira vez, Loulie pagara por suas acomodações entregando mensagens e coletando rumores para Dahlia. A taverneira havia lhe ensinado que conhecimento era poder. Chantagem, favores, conexões... tudo surgia de uma teia de rumores em constante mudança. Não entender a teia aumentava o risco de alguém ficar preso nela.

Loulie levara a lição a sério. Era por esse motivo que ela sempre tinha como prioridade procurar boatos e por isso que ainda entregava e recebia mensagens para Dahlia quando estava em Madinne. Não havia se tornado tão bem-sucedida ignorando pessoas e ocorrências suspeitas.

Esse pensamento espiralou em sua mente como um redemoinho até se transformar em nada. Até ela sentir as pálpebras caírem.

Qadir escureceu o orbe com o toque da mão.

— Você deveria descansar. Uma mercadora cansada é fácil de enganar no azoque. — Ele estava passando as contas do colar entre os dedos.

— É por isso que tenho você como guarda-costas, velho espantoso. — Loulie sorriu enquanto fechava os olhos, e quando a escuridão chegou, ela se deixou levar.

6

Mazen

— Uma jinn! — Mazen abriu a porta do quarto do irmão. — Tem uma jinn na cidade!

Não havia luz no quarto de Hakim, exceto por uma única lanterna. Mazen parou à porta. Após o incidente com a jinn, ele não tinha pressa para pisar em um quarto escuro. Mas este não era o prédio abandonado. Era o quarto de Hakim — uma prisão aconchegante, embora um tanto claustrofóbica, abarrotada de pilhas de livros e mapas. Eles cercavam até o espaço em volta da cama de Hakim, tornando impossível vê-la da porta.

— Hakim? — Suplicante, ele encarou as costas do irmão.

Hakim permaneceu curvado sobre os pergaminhos e instrumentos cartográficos que estavam em sua mesa.

— O que você está falando sobre uma jinn? Isso é de uma de suas histórias, Mazen?

— Antes fosse. Não, estou falando de uma jinn de verdade, Hakim.

— Hum. — Hakim continuou trabalhando no que quer que estivesse fazendo.

Mazen piscou. *Talvez eu não tenha sido claro?*

Ele se aproximou até ver o que seu irmão estava desenhando: um intrincado mapa do deserto que mostrava cidades e oásis tão detalhados que pareciam respirar através do pergaminho. Era incrivelmente bonito, e, por um momento, Mazen se permitiu admirar as paisagens que só havia visitado em histórias. Os lugares para os quais sonhava em viajar desde criança. Ele observou o irmão trabalhar e esqueceu por que tinha ido até ali.

Então, repentinamente, ele se lembrou.

— Hakim, a jinn era real. Ela me prendeu com magia! Era uma mulher, sabe, e ela me enfeitiçou com sua beleza.

— Que ótimo, Mazen.

— Ela me levou para um prédio abandonado e quase me sufocou até a morte!

— Devo dizer, essa história não tem o suspense de seus contos habituais.

— Não é uma história! — Mazen agarrou o ombro do irmão. — É a verdade, Hakim.

O irmão pousou o pincel na mesa cuidadosamente e ergueu o olhar. Na iluminação do ambiente, ele poderia ter se passado por filho do sultão, mesmo com seus olhos castanhos.

— Você parece inteiro para mim — disse Hakim.

— Graças a uma transeunte aleatória.

Hakim o observou em silêncio por alguns momentos, franzindo as sobrancelhas. Então, lentamente, pousou a mão sobre a de Mazen.

— Fique em paz, Mazen. Eu acredito em você. — Seus olhos se deslocaram para a ampulheta na mesa. — Devemos nos encontrar com o convidado do sultão em breve, mas temos tempo para você me contar mais sobre essa história.

Mazen ficou muito feliz em obedecer. Depois que ele terminou, Hakim olhou para as mãos de Mazen.

— Você não está usando os anéis.

Mazen encarou seus dedos nus.

— Por que eu andaria com os anéis reais enquanto estou disfarçado? Os guardas viriam correndo se eu sequer levantasse a mão.

Hakim suspirou.

— Melodramático como sempre. — Ele levantou a própria mão, revelando cinco anéis de ferro elaborados quase idênticos aos que o sultão havia dado de presente a Mazen. — Nós temos esses anéis por uma razão. Use luvas se precisar, mas não se coloque em perigo para tornar um disfarce mais convincente.

Mazen não tinha nada a dizer. Hakim estava certo, um disfarce não era armadura se tivesse fraquezas tão exploráveis.

— Estou feliz que você esteja seguro. — Hakim se inclinou para a frente na cadeira. — Eu sei que você não gostaria de contar isso a Omar, mas já considerou...

— Omar sabe.

Hakim beliscou a ponta do nariz.

— Ah.

— Ele me pegou fugindo e disse que manteria em segredo desde que eu lhe fizesse um favor. — Mazen só podia rezar para que Omar honrasse o acordo.

Hakim parecia prestes a repreender Mazen quando parou, olhando para a areia depositada na ampulheta. Ele se levantou.

— Devemos ir ao encontro do sultão. — Ele olhou para o traje folgado de Mazen. — Talvez você queira vestir algo mais apropriado. Vá rápido. Direi ao sultão que você estava me ajudando com o mapa.

Mazen suspirou de alívio.

— Bendito seja você, Hakim.

Hakim simplesmente sorriu enquanto o expulsava do quarto.

— Yalla, você não tem a noite toda.

Sabendo que seu pai realmente desprezava atrasos, Mazen correu para seus aposentos para se trocar. Os criados não disseram nada após o seu retorno — eles nunca diziam quando Mazen os pagava para guardar segredo — e deixaram o quarto em silêncio quando ele os dispensou.

Sem eles, o espaço parecia enorme. Mazen passara anos tentando preenchê-lo, mas sem sucesso. Porque ele era obrigado a receber convidados estimados de vez em quando, seu pai o obrigara a se desfazer de qualquer coisa que fosse "muito pessoal". Então Mazen mantinha seus bens mais preciosos fora de vista. Os dois baús de madrepérola de cada lado de sua cama de dossel continham mapas da cidade que Hakim havia desenhado para ele ao longo dos anos, e ele guardava as moedas comemorativas que roubara do tesouro em um armário de madeira extravagante ao lado da janela. A única coleção afetiva que tinha exposta eram as dezenas de miniaturas de barro que havia comprado no azoque com sua mãe quando ainda era criança. A coleção ficava na alcova onde ele entretinha seus convidados, em prateleiras que cercavam o perímetro.

E então havia o tapete azul e branco sob seus pés — aquele que era quase idêntico ao que tinha visto no azoque. Mazen dissera à tecelã que tinha sido um presente, quando, na verdade, ele o tinha pego nos aposentos de sua mãe sabendo que era um de seus bens favoritos. Mazen ainda conseguia se lembrar de como os olhos dela se iluminaram quando o sultão deu o tapete a ela. Sua mãe havia sido uma andarilha antes de se casar; sem dúvida o tapete a lembrava de sua própria tribo e de suas viagens.

Mazen nunca conhecera a família do lado de sua mãe, nunca conhecera outra cidade além de Madinne, mas era atormentado pelo mesmo desejo de viajar.

Ele suspirou enquanto tirava sua túnica insípida e vestia uma túnica vermelha e calça de sarja. Prendeu o cachecol vermelho-dourado que fora da mãe — a única herança que ele possuía da tribo dela — em volta do pescoço e colocou seus dez anéis nos dedos. Por último, vieram os três brincos reais: uma pequena lua crescente, uma estrela e um sol.

Uma vez pronto, ele saiu do quarto e correu pelos corredores ao ar livre até chegar ao gabinete marcado por portas gigantescas com pinturas extravagantes que representavam a vida na cidade de Madinne: clientes do mercado negociando com comerciantes, mergulhadores pilotando zambucos através das ondas, soldados caminhando por campos nascidos de sangue jinn. As imagens sumiram de vista quando os guardas abriram as portas.

O gabinete do sultão era intimidador em sua grandiosidade. As paredes brilhavam com imagens em mosaico que mostravam o primeiro sultão de Madinne matando vários jinn e fazendo amizade com criaturas fantásticas. Lanternas com pinturas elaboradas pendiam acima da arte, iluminando o restante do interior: mezaninos espaçosos; o palanque impressionante; e, no coração do gabinete, a sala de jantar.

Apenas quatro pessoas estavam sentadas à mesa baixa, embora a comida tivesse sido servida para ao menos seis. À cabeceira da mesa, vestido nos mais requintados mantos e joias, estava o sultão. Ele usava um xale de seda luxuoso na cabeça, com uma faixa de ouro enrolada na testa como um diadema. Sob o tecido, seu cabelo era de um tom cinza esfumaçado.

Sentado à sua direita estava Omar, cuja definição de vestir-se casualmente era remover *algumas* das facas de seu corpo. À esquerda do sultão estava seu convidado, um homem de meia-idade vestido de verde vibrante. Ele parecia vagamente familiar, embora Mazen não conseguisse lembrar quando e onde o tinha visto. Hakim estava sentado à esquerda do convidado, segurando um pergaminho. A tensão em seus ombros deixava claro seu desconforto: ele parecia se sentir menos em casa do que o estranho.

Mas, de qualquer forma, Hakim sempre fora um estranho. Um príncipe no título, mas não no sangue. Ele era um lembrete vivo da infidelidade da segunda esposa do sultão — fato do qual era sempre lembrado. Mazen afastou o pensamento sombrio enquanto se sentava e cumprimentava o convidado.

— Mazen — seu pai disse enquanto ele se acomodava. — Este é Rasul al--Jasheen, um dos comerciantes com quem faço negócios. Você o reconhece?

Mazen sorriu.

— Sayyidi, peço perdão. Sua aparência é familiar tal qual um sonho. Alguma coisa em você mudou?

O comerciante sorriu.

— Só no rosto, sayyidi.

Então ele se lembrou. Caolho, belas vestes, a boca cheia de dentes coloridos — sim, Mazen conhecia o homem. Ele recebia uma generosa compensação do sultão por apresentar suas raras bugigangas a ele primeiro.

— Você tinha... — Mazen deu um tapinha no olho direito.

O mercador riu.

— Pois é, não sou mais caolho. Um milagre, não acha?

O sultão limpou a garganta.

— Você estava prestes a nos contar sobre esse milagre quando meu filho chegou, Rasul.

— Ah, sim! Permita-me, meu sultão.

Então ele contou sobre o elixir entregue a ele pela indescritível Mercadora da Meia-Noite. Mazen ficou fascinado. Ele tinha ouvido histórias sobre a mercadora e suas aventuras, mas nunca conseguira provas de alguém que a tivesse *conhecido*. Ele não pôde evitar sentir inveja.

— Conheço a expressão em seus olhos, sayyidi. — Rasul sorriu para o sultão. — Você quer encontrar essa Mercadora da Meia-Noite, não é? Espero que não planeje jogá-la nas Entranhas.

Mazen estremeceu. As Entranhas — nomeadas dessa maneira por serem prisões erguidas em buracos profundos sob a cidade — eram inescapáveis. Qualquer um tolo o suficiente para cair em uma delas nunca mais via a luz do sol.

— Ainda que ela *esteja* envolvida em muitos negócios ilegais, não. Tenho um propósito mais útil para ela. — O sultão gesticulou para Hakim, que desenrolou seu pergaminho, revelando o mapa do deserto.

Rasul o fitou intensamente, como se avaliasse seu valor monetário. O sultão não parecia impressionado; nunca elogiava Hakim por suas habilidades. Simplesmente esperava que ele as aplicasse sob demanda. O sultão correu o dedo pelos oásis cuidadosamente desenhados, passando pelas cidades de Dhyme e Ghiban, até um oceano de areia cintilante rotulado como Mar de Areia Ocidental. Os olhos de Mazen se arregalaram quando ele viu a palavra impressa no centro do Mar de Areia: *Dhahab*. A cidade perdida dos jinn.

— Se a Mercadora da Meia-Noite é tão hábil em rastrear e coletar magia, então talvez ela possa encontrar o que outros não conseguiram: uma relíquia inestimável da cidade de Dhahab.

Mazen empalideceu. Ele conhecia a relíquia de que seu pai falava. O sultão já havia enviado dezenas de homens para encontrá-la. Todos falharam. Ninguém que se aventurasse no Mar de Areia sobrevivia.

Ele estaria enviando a mercadora para a morte. Mazen quis protestar, mas questionar o sultão minaria sua autoridade, então ele lidou com sua angústia calado.

A sala ficou tensa após a proclamação do sultão, a refeição foi feita quase em silêncio. Mazen ficou aliviado quando seu pai os dispensou mais cedo, dizendo que queria falar com Rasul a sós. Do lado de fora do gabinete, Hakim foi escoltado de volta ao seu quarto enquanto Omar desviou na direção do pátio. Mazen o seguiu.

No entanto, apesar de sua determinação em alcançar o irmão, ele de alguma forma conseguiu perdê-lo.

Quando Mazen dobrou a esquina que dava para o jardim de rosas, Omar havia desaparecido. Mazen ficou frustrado, mas continuou determinado. Correu pelos caminhos entre as flores, seguindo-as por um pomar cheio de árvores frutíferas, até chegar ao pavilhão de luta, uma grande plataforma de madeira cercada de todos os lados por colunas em forma de árvore.

A princípio, não viu nada. Mas então recuou um passo e percebeu que havia pessoas paradas na plataforma. Uma mulher encapuzada e, à sua frente, Omar. Ao se aproximar, Mazen se repreendeu mentalmente por sua miopia.

Os dois estavam no meio de uma conversa quando Omar se virou abruptamente para Mazen, os lábios curvados.

— Ora, se não é meu irmãozinho aventureiro.

Foi um esforço retribuir o sorriso de Omar.

— Salaam, Omar. Quem é sua amiga? — Ele olhou para a companheira de seu irmão, cujo rosto estava escondido sob o capuz. Mazen conseguia distinguir olhos castanho-escuros, sobrancelhas espessas e nariz aquilino.

— Esta é Aisha bint Louas — disse Omar. — Uma das minhas melhores ladras.

Mazen empalideceu. Aquela mulher, uma caçadora? Um dos Quarenta Ladrões de Omar? Mazen tinha visto os ladrões de passagem, mas nunca falara com eles. Na verdade, tentava evitá-los a todo custo. Na maioria das vezes, era algo fácil de realizar. Os ladrões não participavam da vida da corte, simplesmente existiam ali para se reportar a Omar.

Mazen definitivamente nunca tinha visto essa mulher antes. Ele teria se lembrado de seu olhar penetrante. Ele colocou a mão no peito e fez uma reverência.

— É um prazer.

Aisha ergueu uma sobrancelha.

— É mesmo?

Mazen piscou, sem saber como responder.

Omar apenas riu.

— Aisha também é minha ladra mais honesta. Ela pode derrubar um homem com suas palavras tão facilmente quanto com suas facas. — Ele fez um gesto com a mão. — Você está dispensada, Aisha.

Aisha balançou a cabeça e foi embora. Quando ela partiu, Omar se recostou em uma coluna do pavilhão e sorriu.

— Não se ofenda, Mazen. Aisha não gosta da maioria dos homens.

— Mas gosta de você?

Omar deu de ombros.

— Não importa muito se ela gosta de mim. Ela é uma excelente caçadora e obedece às minhas ordens sem hesitação. Isso é tudo que importa. Mas... — Ele arqueou uma sobrancelha. — Você não está aqui para falar sobre Aisha. O que você quer?

Mazen respirou fundo e de modo entrecortado.

— Quero saber por que você voltou mais cedo hoje.

— Você está com problema de memória? Eu disse que encontrei todos os meus alvos. Não tenho motivos para permanecer no deserto depois que meu trabalho termina. — Ele sorriu. — Tenho certeza de que você teve um dia muito mais interessante do que eu. Você me disse que ia ao azoque procurar um contador de histórias, mas essa não é toda a verdade, é? Havia uma mulher.

Mazen o encarou.

— O quê?

— Você deve ter deixado uma boa impressão para ela perseguir você pelas ruas.

Mazen começava a se sentir fraco.

— Do que você está falando?

— Uma mulher o seguiu até o bairro nobre. Eu pensei que você tivesse partido o coração dela, do jeito que ela estava perseguindo você.

Layla. Ou... a jinn das sombras? Mazen afastou o medo antes que o sentimento criasse raízes. Ele se concentrou nas palavras de Omar. No que elas implicavam.

— Você estava me seguindo — disse ele. — Porque você estava rastreando um jinn, não estava?

Omar nem pestanejou.

— Um passatempo valioso, não é?

Mazen podia sentir seu batimento cardíaco nos ouvidos.

— Você sabia que havia um jinn na cidade quando saí do palácio. Poderia ter me dito que a criatura estava atrás do seu sangue. Do *nosso* sangue.

Omar deu de ombros.

— Talvez eu tenha esquecido de mencionar isso.

O medo de Mazen foi embora, substituído por uma raiva que disparou por suas veias como gelo. Ele se moveu sem pensar, agarrando a gola da túnica do irmão e empurrando-o contra a coluna.

— Isso não é motivo de graça, seu idiota. Eu poderia ter morrido!

Sua mão tremeu quando ele olhou nos olhos do irmão. Mesmo agora, eles brilhavam com diversão. Mazen queria socá-lo.

— Pelo contrário, acho muito divertido. — Omar colocou a mão sobre a de Mazen. Mazen se encolheu com a frieza de seus dedos. — Ver você com raiva é sempre uma diversão, akhi. Mas, como sempre, você está preocupado com as coisas erradas. Deixe que eu me preocupo com os jinn. *Você* deveria se preocupar com a possibilidade de o pai descobrir o que aconteceu. Imagine o que ele faria se percebesse que você não apenas deixou o palácio, mas foi atacado.

Omar arrancou os dedos de Mazen de sua túnica.

— Você acha que ele te daria uma segunda chance? Não, ele fará com você o que fez com Hakim. Fará de você um prisioneiro neste lugar. Não haveria escapatória, nem mesmo com guardas.

Mazen se afastou. O olhar de Omar se tornara pensativo, como se ele pudesse ler todas as inseguranças no coração de Mazen.

— Lembre-se, akhi, de qual de nós tem a vantagem.

Omar sorriu descontraidamente, enfiou as mãos nos bolsos e foi embora. Em silêncio, Mazen o observou partir. Nenhum argumento poderia salvá-lo dessa situação. Não importaria se ele provasse a incompetência de Omar como caçador ao pai. Na pior das hipóteses, Omar seria repreendido e Mazen ficaria preso.

Um bom tempo se passou até ele engolir o pavor e voltar para o quarto.

7

Aisha

Quando Aisha bint Louas recebia uma ordem de seu rei, ela obedecia.

Havia brigas que valia a pena comprar, e havia as brigas com Omar bin Malik: embates unilaterais travados com palavras elegantes e sorrisos condescendentes. Era um campo de batalha que Aisha evitava a todo custo. Ela era ladra, não política. Reivindicava suas vitórias com lâminas — shamshirs forradas com o sangue prateado de suas vítimas.

Ainda assim, isso não significava que ela ficasse *feliz* em ceder. Aisha se irritou quando Omar pediu para encontrá-la no pátio do jardim após o jantar, e agora, com a mensagem dele martelando em sua cabeça, estava ainda mais irritada. O encontro inesperado com o príncipe caçula azedou seu humor. Ela estava ansiosa para passar a noite enrolada em sua alcova favorita à janela, apenas na companhia de suas adagas e pedras amoladoras. No entanto, ali estava ela, entregando uma mensagem a um dos soldados mais irritantes do sultão.

Aisha arrastou os pés pelos corredores que brilhavam à luz da lua e pelas escadas iluminadas por lamparinas empoeiradas até chegar ao quarto do comandante na ala dos soldados, sem identificação exceto por um amuleto pendurado na porta para afastar mau-olhado. Ela bateu: quatro toques rápidos seguidos de dois mais altos. A porta se abriu, revelando um homem corpulento de meia-idade em um turbante.

O comandante fez uma careta quando a viu.

— Ladra.

— O meu nome não é *ladra*. — Ela cruzou os braços. — Você pode dizer "Aisha"?

Ele a ignorou, dando um passo para o lado e fazendo um gesto para que ela entrasse no quarto. Aisha passou por ele, os olhos correndo das armas alinhadas nas paredes para os pergaminhos espalhados por sua mesa. Certamente parecia o quarto do líder militar do sultão.

— O que você quer, bint Louas? — O comandante a olhou com cautela enquanto fechava a porta.

— Trago uma mensagem do príncipe Omar para você. — Ela fez uma pausa para saborear o medo nos olhos dele antes de continuar. — Meu rei levou suas preocupações ao sultão. Felizmente, Sua Majestade ignorou. Então, de acordo com a proposta original, o príncipe Omar enviará alguns de meus camaradas para preencher as lacunas em sua segurança até o final do mês.

O comandante simplesmente a encarou boquiaberto por alguns instantes, os lábios se abrindo e fechando inutilmente enquanto ele tentava formular um argumento infrutífero. Então, com os olhos brilhando, ele travou a mandíbula e deu um passo na direção dela.

— Por que o príncipe não me entrega esta mensagem pessoalmente?

Porque ele é um majestoso pé no saco.

— Pergunte a ele você mesmo. Não fui enviada aqui para responder às suas perguntas.

Aisha se moveu em direção à porta — e conseguiu dar um único passo antes que o comandante bloqueasse seu caminho.

— Diga ao seu príncipe que não há brechas na minha segurança. Meus homens são mais do que capazes de proteger esta cidade. Não queremos sua ajuda. Nem *precisamos* dela.

A ladra poderia ter rido na cara dele. Tudo o que esses tolos faziam era jogar as pessoas nas Entranhas e temer sangue prateado. Até o sultão sabia que seus homens eram incompetentes; só os deuses sabiam como eles tinham sido incapazes de proteger sua falecida esposa.

Aisha não era presunçosa o suficiente para se autointitular heroína, mas pelo menos *ela* nunca havia deixado nenhum de seus alvos escapar. Pelo menos não desde que pegara em uma lâmina e prometera matar todos eles.

— Sua Majestade parece pensar o contrário. Talvez seja tudo culpa sua. Um líder competente não precisaria se provar com palavras; suas ações falariam por si. — Ela rapidamente desviou do comandante e se dirigiu à porta. O homem visivelmente tremia de raiva e, quando se virou para ela, foi com tanta velocidade que a deixou tensa.

Mas a única reação do comandante foram as palavras, que ele cuspiu como se arremessasse adagas.

— Não pense que esse esquema lhe dará poder sobre nós, bint Louas. — Ele a encarou com raiva. — Vocês todos são assassinos, ninguém jamais os confundiria com soldados.

Aisha olhou para ele por um longo momento. Então bufou e se virou.

O que ele pensava que os soldados fossem, senão assassinos glorificados?

Ela não se incomodou em responder ao comandante enquanto saía do quarto. Uma brisa fresca beliscou sua roupa quando fechou a porta, bagunçando sua capa e repuxando seu capuz. O mundo silenciou por alguns instantes, e Aisha se permitiu apreciar a tranquilidade da noite. Não passou despercebido por ela que esse tipo de silêncio era raro naquele lugar, mas ela não se importava com isso. O silêncio era mais sereno do que tenso e a lembrou da calma refrescante que vinha após uma tempestade. Até o clima estava agradável: não gélido, mas frio o suficiente para vestir camadas extras de roupa.

Aisha ainda contemplava a paz quando um borrão em movimento chamou sua atenção e ela olhou para cima a tempo de ver um mensageiro, marcado como tal por causa de sua bolsa. O homem baixou o olhar enquanto se aproximava, e Aisha notou que seus ombros se endireitaram quando passou por ela. Ele só conseguiu relaxar quando alcançou as escadas. Em silêncio, Aisha o observou desaparecer. Estava acostumada com esse tipo de encontro, aqueles que a conheciam mantinham a guarda alta. Ela supunha que fosse melhor dessa maneira, pois preferia evitar conversas com tolos covardes sempre que possível.

Ainda assim, imaginou como seria vagar por aqueles corredores como uma visitante em vez de uma ladra — ser servida em vez de evitada.

Aisha deixou que a reflexão evaporasse quando começou a percorrer o caminho de volta, descendo as escadas e retornando ao térreo. Ela esteve ciente de cada lampejo de luz e movimento enquanto caminhava pelo corredor que dava no esconderijo dos ladrões. Não deixou de notar os servos que se esquivavam dela ou os soldados que a encaravam com clara hostilidade. Também não deixou de reparar nos passos que a seguiam — passos que eram tão familiares quanto sua própria respiração.

Ela nem sequer pestanejou quando Omar passou a caminhar ao lado dela, saindo não se sabe de onde. Ele fazia isso às vezes — aparecia das sombras de repente, como um fantasma. Irritava-a o fato de nem sempre ser capaz de ouvi-lo.

— Não vou entregar mais nenhuma maldita mensagem para você — murmurou Aisha.

Omar estalou a língua.

— Imagino que o comandante não tenha recebido a novidade de forma agradável.

— Trabalhar com ele vai ser um inferno.

Omar abriu um sorriso simpático para ela. Mesmo na escuridão, era deslumbrante.

— A boa notícia é que você não será uma das pessoas que vou designar para a força militar dele.

Aisha se virou com um resmungo.

— Eu esfaquearia a sua garganta se você tentasse me enfiar naquele uniforme. Essa infiltração é realmente necessária?

Omar riu.

— Não é infiltração se todos, com exceção do comandante, consentirem. Você conhece as falhas da segurança de Madinne tão bem quanto eu. Meu próprio irmão foi atacado por um jinn no azoque hoje, sabia?

Um jinn que você *deveria ter matado*, Aisha pensou, mas não expressou sua opinião. Os jogos tortuosos de Omar nunca a atraíram. Ela preferia matar seus alvos à vista, com o mínimo de esforço possível. Não fazia sentido brincar com algo que acabaria morto.

— Seu irmão idiota foi ao azoque por vontade própria.

Outra risada de Omar.

— Você não acha essas pequenas aventuras dele corajosas?

— Eu acho *estúpidas*.

Eles estavam andando pelo pomar agora, por um caminho que atravessava árvores carregadas de maçãs e laranjas. Lanternas pendiam de alguns dos galhos, cobrindo o chão com uma luz nebulosa que fazia a grama brilhar. Aisha achou que parecia coberta por orvalho.

Ela colheu uma maçã dourada de um dos galhos e a jogou distraidamente entre a palma das mãos.

— O que você quer de mim, sayyidi?

Omar piscou com falsa ingenuidade.

— Como assim, não posso simplesmente apreciar sua companhia?

— Pare com a bajulação. *Você* não aprecia a companhia de ninguém sem um motivo oculto. — Ela deu uma mordida na maçã e torceu o nariz por causa da acidez. Quando Omar estendeu os dedos, ela entregou a fruta a ele com o maior prazer.

— Que tolice a minha. — O príncipe ergueu a maçã, cuja coloração estava obscurecida sob a luz do luar. — Eu deveria saber que é inútil tentar um diálogo informal com você. — Ele mordeu a fruta, forçando uma pausa na conversa.

Eles caminharam em um silêncio cortês até o abrigo, seguindo a muralha externa do palácio e passando pela modesta torre que servia de sentinela na ala sudeste. O edifício era uma sombra entre os minaretes pálidos, um lugar de aparência sinistra escorado tão profundamente contra a parede que parecia na iminência de desmoronar sobre ela.

Locais ostensivos são os melhores esconderijos, Omar lhe dissera uma vez, quando ela perguntara por que ele tinha situado sua base ali. Ele alegara que era mais fácil manter segredos dos nobres que deliberadamente os ignoravam do que de plebeus curiosos que os idolatravam como heróis.

Aisha não se importava com nada daquilo. Havia uma porta do lado de dentro da muralha do palácio que eles podiam usar para entrar discretamente na cidade, isso era tudo que importava. Quanto menos tempo ela tivesse que passar caminhando por aquela armadilha folheada a ouro, mais feliz ficaria.

A ladra se virou para Omar em expectativa. O príncipe girava o miolo da maçã pelo cabinho, os lábios levemente curvados para cima.

— Você quer saber por que estou te seguindo? Culpa.

Indiferente, Aisha franziu o cenho.

— Não me olhe assim. Eu queria me desculpar por ter dispensado você tão abruptamente mais cedo. Meu irmão tem o péssimo hábito de fazer perguntas cujas respostas não vai entender. Achei melhor evitar essa conversa com ele.

— Você quis evitar o comandante também. Foi por isso que me enviou para falar com ele.

— As pessoas da corte esperam que *eu* seja agradável. Já você... — Ele deu um sorrisinho. — Valorizo que faça uso dessa honestidade afiada para o bem maior.

Fiz aquilo porque você mandou, seu desgraçado.

Apesar do pensamento, ela percebeu os próprios lábios se curvando. Ela gostava do príncipe — o suficiente para não se importar em receber ordens dele, ocasionais brigas frustrantes à parte. Ele era objetivo, honesto, e não perdia tempo com palavras que não queria dizer.

— Shukran, Aisha. — Omar a examinou com a cabeça inclinada. — Prometo que não te entregarei ao comandante. Aquele cabeça-dura estúpido da guarda real não merece você.

— Não, não merece. — Ela bufou. — Estou livre para ir agora?

— É claro. Eu só queria te agradecer. — Ele parou para observar a torre, e Aisha seguiu seu olhar até uma das janelas acima deles: a janela dela, encoberta por uma fina cortina que esvoaçava suavemente com a brisa.

— E te alertar, eu acho.

Com as palavras de Omar, ela imediatamente voltou a prestar atenção. Ele a encarava novamente, qualquer vestígio de sorriso tinha desaparecido de seu rosto.

— A jinn que atacou meu irmão ainda se esconde nas sombras. Tenha cuidado para não cair em uma emboscada. E se você a vir, ignore. Esse alvo é *meu*.

Aisha se eriçou. Ela sabia de sua tendência a roubar mortes, mas por que deveria importar quem destruía as criaturas condenadas pelos deuses? Criaturas que assolavam aldeias inteiras, que matavam crianças impiedosamente e entalhavam suas vitórias na carne de suas vítimas...

Ela cravou as unhas nas palma das mão com força o suficiente para voltar ao presente. As cicatrizes escondidas sob seu manto coçaram com a memória.

— Tudo bem — respondeu bruscamente.

A aquiescência relutante pareceu suficiente para Omar. Ele sorria novamente quando ela se despediu, dando a noite por encerrada. Assim que ele partiu, Aisha suspirou e começou a destrancar as fechaduras complicadas das portas. Por fim, os parafusos cederam, e ela estava prestes a entrar na torre quando ouviu um barulho de grama sendo pisada e gelou. Olhou por cima do ombro, os dedos pairando sobre uma das adagas no cinto.

Mas, embora ela pudesse jurar ter ouvido passos, não havia nada atrás dela além de sombras em forma de árvore ondulando na brisa.

Aisha observou a escuridão por um longo tempo só para ter certeza de que não havia ninguém lá. Então, descontente consigo mesma por estar tão nervosa, entrou na torre.

A última coisa que ouviu antes de fechar a porta foi o sussurro sinistro do vento, que soava desagradavelmente como uma risada.

8

Loulie

— Então. — Dahlia bint Adnan abaixou o cachimbo e exalou uma nuvem de shisha no ar. A fumaça pairava como uma névoa azul acima da cabeça dela e de Loulie. — Você conheceu Rasul al-Jasheen. — Os olhos cor de âmbar da taverneira brilharam como moedas na penumbra. — O que achou dele?

— Feio de doer.

Dahlia sorriu.

— Não que eu não concorde, mas isso não responde à minha pergunta.

— Ele me pareceu o.k. para um mercador. — Loulie olhou para a porta de seu quarto pelo que deveria ser a décima vez naquela hora. Embora não se importasse de contar a Dahlia sobre suas aventuras, a segunda hora do nascer da lua estava quase chegando, e ela estava ficando impaciente.

Qadir tinha saído havia algum tempo para bisbilhotar os arredores do azoque, prometendo que ficaria atento a rumores a respeito dos assassinos de preto. Ela presumira que ele voltaria a tempo da visita ao Mercado Noturno, mas horas haviam se passado e, embora ela estivesse em suas vestes de mercadora e pronta para partir, Qadir ainda não tinha voltado.

— Você parece agitada — disse Dahlia com um estalo da língua. — Deixe-me adivinhar: Qadir?

Loulie fez uma careta.

— Ele está atrasado.

— Ele está sempre atrasado. Você deveria encontrar um guarda-costas mais pontual. — Ela sorriu. — Ou melhor ainda, um marido para distraí-la de seus negócios. Alguém que Qadir não assuste.

Loulie não fumava shisha, mas, naquele momento, não sentiu vontade maior do que roubar o cachimbo das mãos de Dahlia e soprar fumaça na cara dela. Elas haviam tido essa conversa muitas vezes. Loulie sempre dava a Dahlia a mesma resposta.

— Prefiro me casar com uma relíquia coberta de poeira a me casar com um homem — falaram em uníssono.

Loulie corou. Dahlia sorriu.

— Sim, sim, eu sei. Se ao menos você tivesse pretendentes melhores, hein? Talvez se dispensasse seu guarda-costas quando se encontrasse com eles...

— Jamais. Prefiro deixar a parte das rejeições por conta dele.

Elas riram juntas, e a tensão nos ombros de Loulie diminuiu. Por um breve momento, ela se sentiu tentada a dizer a verdade a Dahlia, que *existia* um homem em Dhyme por quem ela tinha sentimentos, ainda que contra a sua vontade. Mas o nome de Ahmed era um nó em sua garganta. Ela conseguira evitar pensar nele nas últimas semanas; a última coisa de que precisava era que Dahlia fizesse perguntas diretas sobre o relacionamento deles.

Felizmente, ela foi poupada do tumulto de desvendar sentimentos complicados quando a porta se abriu e Qadir entrou. Ele se curvou.

— Dahlia.

Dahlia sorriu carinhosamente.

— Brutamontes.

— Você está atrasado. — Loulie conteve um suspiro de alívio ao se levantar. A bolsa infinita pendia de um de seus ombros, ela havia colocado um xale brilhante sobre a cabeça e delineado seu olhar com kohl. Puxou o xale em volta do rosto, escondendo tudo, menos os olhos.

— Mas estou aqui — disse ele. — Podemos ir?

— Podemos. — Ela abanou a fumaça para longe de si enquanto caminhava em direção à porta.

Dahlia se levantou de sua almofada no chão.

— Tem certeza de que não quer ficar para ouvir as histórias do Velho Rhuba? — Ela cruzou os braços fortes. — Ele sentiu sua falta, sabe? Você é uma cúmplice muito boa na plateia.

Loulie pensou em Yousef, o homem de olhos brilhantes e apaixonado por histórias.

— Acredito que vá haver um homem aqui que ficaria mais do que feliz em fazer esse papel. — Na verdade, ela estava um pouco arrependida de não poder ficar para conversar com Yousef. Teria sido muito mais fácil arrancar segredos dele cara a cara.

Dahlia levantou uma sobrancelha.

— Ele é bonito, esse homem?

— Sinto dizer que estava muito distraída com suas roupas terrivelmente largas para notar.

Dahlia suspirou.

— Você só tem olhos para coisas brilhantes, não é?

— Porque eu posso trocar coisas brilhantes por ouro.

Quando ela se virou e foi embora, Dahlia a chamou.

— Se você o vir novamente, dê minhas saudações a Rasul. Ele pode ser feio, mas tem alguns dos produtos mais desejáveis do mercado.

Então a mente de Loulie clareou: por que Rasul parecia tão familiar. Ele, assim como ela, era um comerciante do Mercado Noturno. Ela provavelmente passara por sua barraca muitas vezes sem perceber.

Qadir e Loulie voltaram para a adega, onde abriram um alçapão escondido entre barris de vinho e entraram no caminho que levava aos túneis subterrâneos de Madinne. Anos antes, o pai de Dahlia, Adnan, construíra os túneis com um grupo de criminosos com ideias semelhantes. Ele criara o que era agora o Mercado Noturno, um azoque subterrâneo onde bens preciosos e ilegais eram vendidos longe do olhar atento do sultão. Após a morte de seu pai, Dahlia assumira o negócio.

Loulie tirou o orbe brilhante da bolsa e o usou para iluminar o caminho pelos túneis. Alguns davam para fora da cidade e eram usados por criminosos em fuga. Mas ela não conhecia esses caminhos; conhecia apenas o caminho para o mercado subterrâneo.

Voltas depois, Qadir começou a cantarolar. Ele fazia isso às vezes para preencher o silêncio. Quando estava de bom humor, cantava. Era sempre a mesma música sobre um rei que viajara pelo mundo em busca de seu amor perdido. Ela havia ouvido o suficiente para saber a letra de cor.

As estrelas queimam a noite
E guiam o caminho do xeique
Vá até ela, vá até ela, dizem eles,
A estrela dos seus olhos
Vá até ela, vá até ela,
A bússola de seu coração...

Loulie tossiu.

— Quais são as notícias do azoque?

Qadir parou de cantarolar.

— Em geral, os mesmos rumores sobre o aumento dos ataques de jinn. Ouvi muitas histórias ridículas sobre jinn levando pessoas para o Mar de Areia.

— Os caçadores de jinn adoram embelezar sua propaganda, não é?

Qadir grunhiu.

— Parece ser da natureza deles.

Viraram outra esquina. Não muito longe, Loulie viu as lanternas vermelhas brilhantes que marcavam o túnel que levava ao Mercado Noturno.

— Alguma menção a assassinos de preto?

Qadir balançou a cabeça. Loulie abafou um gemido. Se ao menos ela tivesse sido capaz de falar com a jinn das sombras por mais tempo. Ela se perguntou, vagamente, se haveria uma maneira de convocá-la.

— Tem mais uma coisa. — A voz de Qadir cortou o barulho de seus pensamentos. — Você se lembra da relíquia que Rasul mencionou no *Aysham*? Consegui coletar informações de que o sultão está procurando um tesouro inestimável, mas nenhum dos rumores especificava o que era.

— Não poderíamos simplesmente comandar a bússola para nos levar até "aquela coisa que o sultão quer"?

Um leve sorriso tocou os lábios de Qadir.

— Receio que não. Precisamos saber o que é.

— E ainda assim a bússola consegue guiá-lo para algo tão vago como o "seu destino"?

O sorriso dele se alargou enquanto caminhava à frente dela.

— Só porque eu tenho uma conexão especial com ela. Conheço o jinn que a enfeitiçou.

Loulie fez uma careta para as costas dele. Ela não via a correlação, mas deixaria passar. Qadir era feito de pequenos segredos, assim como ela. Contanto que seus segredos não a prejudicassem, ela se contentava em deixar que ele os mantivesse.

Loulie o seguiu, e não demorou muito para que o túnel desse lugar a uma caverna espaçosa, iluminada por lanternas multicoloridas. Sob as luzes, o cenário composto de barracas com dossel era caótico. Embora o azoque fosse pequeno se comparado ao de Madinne, as mercadorias vendidas no Mercado Noturno eram cem vezes mais valiosas. Os comerciantes montavam barracas em alcovas revestidas de pedras preciosas e anunciavam produtos artesanais raros sob letreiros pintados com caligrafia elaborada. Tapetes felpudos com desenhos intricados, belas adagas criadas a partir de cobre, osso e vidro, cerâmicas trabalhadas por famosos artistas ocidentais — era, certamente, uma variedade impressionante de produtos importados, mas nada tão precioso quanto o que ela levava.

Loulie sabia disso. Era por esse motivo que sorria como uma vigarista toda vez que visitava o mercado.

Mas ninguém podia ver o sorriso sob seu cachecol enquanto ela serpenteava pelas ruas estreitas, passando por clientes barulhentos que lhe davam passagem no instante em que notavam Qadir. Embora fosse ela quem tivesse fama, todos no azoque subterrâneo conheciam seu suposto guarda-costas misterioso. Apesar dos rumores que ainda circulavam sobre Qadir, Loulie ficava feliz por eles terem diminuído nos últimos anos. A experiência de ter que ouvir clientes tentarem adivinhar qual a relação entre eles costumava ser profundamente desconfortável.

Qadir tinha posto fim à especulação inicial quando um cliente especialmente descarado se aproximara da barraca deles para perguntar a quantia que Qadir tinha oferecido a Loulie por seu preço de noiva. O jinn o encarou no fundo dos olhos e disse: *Minha* empregadora *não é uma mercadoria a ser comprada*.

Qadir era muitas coisas — parceiro de negócios, guardião, amigo —, mas marido nunca seria uma delas. Loulie estremecia só de pensar. Qadir não era exatamente família, mas era como se fosse. Ela lançou um olhar por cima do ombro e sorriu quando o viu examinar a multidão com cautela. Sua carranca se aprofundou quando ele a flagrou observando.

— Está rindo do quê?

— Nada. Só sou grata pelo seu olhar carrancudo que infunde medo no coração dos homens.

A expressão de Qadir suavizou.

— Ah, é? Seu *sorriso* infunde medo no coração dos homens.

— Mas não a ponto de fazer com que eles hesitem em abrir suas carteiras. — Ela balançou um dedo para ele. — Isso é o que importa.

A única resposta de Qadir foi um longo suspiro lamurioso. Ele se arrastou silenciosamente atrás de Loulie enquanto ela virava em outro beco ocupado por lojas. Ela caminhou até um espaço vazio espremido entre duas barracas. Atrás estava um jovem vendendo pacotes de shisha caro; seu rosto enevoado pelos grandes anéis de fumaça que ele soprava. A outra barraca era administrada por um velho vendedor de moedas estrangeiras raras que estavam dispostas empilhadas em colunas perfeitas atrás de caixas de vidro.

O jovem abaixou o cachimbo e a encarou boquiaberto, os olhos arregalados o suficiente para mirar moscas.

— Mercadora da Meia-Noite — disse ele com admiração.

O velho gargalhou.

— O que eu fiz para merecer que você se instalasse ao meu lado, Loulie al-Nazari?

— Salaam para você também, sadiqi. — Loulie sorriu enquanto começava a montar sua barraca.

O jovem correu os olhos entre eles, confuso.

O velho mercador balançou a cabeça.

— Chegue perto o suficiente de uma estrela e ela te queima, garoto.

— Como você é exagerado. — Com a ajuda de Qadir, Loulie acomodou os tesouros deles nas prateleiras. — Só queimo quem atrapalha os bons negócios. — Ela sorriu enquanto colocava o orbe mágico no balcão e batia nele com a mão.

— Mágica — o jovem sussurrou à medida que o orbe se iluminava sob o toque dela.

Não demorou muito para que os frequentadores do mercado se reunissem para ver a mercadoria. Dahlia havia dito mais cedo que Rasul tinha algumas das mercadorias mais procuradas do mercado. Loulie não sabia o que ele vendia, mas sabia que *seus* produtos eram superiores. As relíquias que ela reunia eram extremamente raras; um viajante teria sorte extraordinária se encontrasse *uma* delas em vida.

Mas Loulie tinha uma bússola que podia levá-la ao encontro de qualquer coisa, incluindo magia perdida.

E ela era a única que ousava ignorar a proibição de venda de relíquias determinada pelo sultão, o que significava que sua bravura era recompensada. Com dinheiro.

Em algum momento, Qadir se afastou da mercadoria para se posicionar atrás dela e parecer intimidador. Sua expressão era ao mesmo tempo focada e abrangente; ninguém jamais ousava roubar uma relíquia sob o olhar atento dele.

Finalmente, quando todos os objetos estavam expostos, Loulie anunciou a abertura de seu negócio. A multidão se aglomerava em sua barraca como pombos famintos, cutucando e testando a magia com mãos gananciosas. O jovem mercador observava de sua barraca com uma mistura de admiração e inveja.

Loulie ergueu as mãos e balançou os dedos para ele.

— Mágica — ela sussurrou.

9

Mazen

Na noite seguinte ao confronto com a jinn, o sultão ofereceu um banquete improvisado para o qual vários políticos da corte foram convidados. O gabinete do palácio foi decorado em vermelho e dourado e preparado para cinquenta convidados. Os melhores dançarinos e músicos foram chamados para se apresentar, e iguarias de todo o sultanato foram preparadas. Foi uma festa extravagante. Todos os convidados estavam claramente se divertindo.

Exceto Mazen, que estava infeliz.

Ele havia prometido ir à taverna de Dahlia bint Adnan naquela noite, e ainda assim ali estava ele, misturando-se com pessoas vestidas de sorrisos falsos. Manter um sorriso falso afixado em seu próprio rosto quando, por dentro, estava gritando era um grande esforço.

As reuniões no gabinete eram sempre um grande evento, mas a celebração dessa noite era um espetáculo ainda maior. Como nenhuma reunião real era completa sem presentes, alguns dos políticos convidados decidiram competir entre si trazendo produtos caros. O sultão, naturalmente, havia os exibido para demonstrar seu agradecimento. O conjunto de lanternas em formato de flor pendurado acima da cabeça de Mazen era novo, assim como as cortinas de brocado com pedras preciosas emoldurando as janelas. Uma enorme placa de vidro com espirais douradas, que o convidado alegara ser uma representação do pátio real, pendia atrás do palanque, e tapeçarias pequenas, porém intrincadas, gravadas com o legado do sultão estavam penduradas nas paredes.

Só de ver os presentes luxuosos, Mazen ficava cansado. Ele olhou mal-humorado para seu prato, que tinha um amontoado de carneiro, fatuche e tabule. Ele mal havia tocado na comida, estava muito ocupado refletindo sobre o compromisso que estava perdendo. Inquieto, olhou para a multidão reunida na mesa baixa e depois para as janelas. O pátio parecia brilhar, as rosas brancas cintilando sob o luar. *Como sangue jinn*, ele pensou aborrecido. Mas é claro que o pátio brilharia como sangue jinn; tinha brotado dele.

Mazen se virou, enjoado. Quantos jinn haviam sangrado naquele solo outrora estéril para que sua família pudesse viver aquela vida de luxo? Embora não tivesse nenhuma lembrança das vítimas de seu pai, ainda ficava tomado pela culpa quando participava de celebrações complacentes como essa. Era difícil não pensar em todas as vidas perdidas naquele jardim. Dos jinn massacrados por seu irmão e das mulheres que seu pai havia matado.

Assassinos, os dois. *E família*, ele lembrou a si mesmo, com o coração pesado.

Ele percebeu que Hakim estava olhando para ele do outro lado da mesa, com as sobrancelhas abaixadas. *Você está bem?*, dizia o olhar. Mazen respondeu com o que esperava ser um sorriso tranquilizador. Hakim não pareceu convencido. Mas, antes que pudesse expressar suas preocupações, foi puxado para uma roda de conversa por um dos conselheiros do sultão, um homem gentil que sempre elogiava Hakim por seus mapas. Ele era um dos únicos funcionários da corte que tratava Hakim com respeito.

Apenas alguns lugares adiante, o chefe do Conselho — o vizir ancião do sultão — estava sentado assistindo à conversa com desgosto evidente. Mazen não gostava do homem, mas, até aí, ele não gostava de vários conselheiros. Ele ficava feliz por suas interações com eles serem principalmente limitadas a essas reuniões.

Mazen não estava interessado em escutar a conversa de Hakim, e ficou aliviado quando apareceu uma distração. As lanternas acima deles escureceram, e ele voltou sua atenção para um par de artistas subindo no palco com espadas flamejantes. Moedas de ouro e bugigangas pendiam de suas roupas de seda, piscando como estrelas enquanto eles subiam as escadas escuras. Eram uma visão cativante e, no entanto, Mazen encontrou seus olhos vagando, espontaneamente, para as sombras irregulares que projetavam.

Seu estômago se contorceu de nervosismo. *Você está seguro. A jinn nunca viria até aqui.*

Ele tentara se assegurar disso na noite anterior também, mas sem sucesso. Mazen mal dormira com medo de que as sombras em seu quarto o sufocassem quando fechasse os olhos.

— Por que a cara feia, akhi? Achei que você gostasse de celebrações decadentes. — Mazen se assustou quando Omar deslizou para a almofada recentemente desocupada ao lado dele. — Você tinha outros planos? — Ele se inclinou para a frente. — Por acaso estava pensando em ir a uma certa taverna para ver um certo contador de histórias?

A boca de Mazen ficou seca. Ele não tinha contado seus planos a ninguém, nem mesmo a Hakim. Então era impossível que Omar soubesse, a menos que...

— Por quanto tempo você ficou me espionando?

— Tenho coisas melhores para fazer com meu tempo do que espionar você. Você simplesmente subestima a habilidade dos ouvidos que tenho no azoque. — Omar parou para ver a artista girar uma espada flamejante acima da cabeça. — Honestamente, é bom que você não esteja na taverna esta noite. Afinal, papai já colocou seu plano em ação.

Mazen parou de remexer no fatuche em seu prato e ergueu o olhar.

— Plano?

— Para encontrar a Mercadora da Meia-Noite. — Quando Mazen simplesmente o encarou, Omar sorriu. — O sultão soube de uma fonte inestimável que existe uma entrada secreta para o mercado clandestino ilegal na taverna de Dahlia bint Adnan. A Mercadora da Meia-Noite estará lá.

Uma entrada secreta? O Velho Rhuba sabia disso? Layla sabia? Essas eram perguntas que ele não podia fazer a Omar, não faria *nem se pudesse*.

— O que papai planeja fazer? — perguntou em vez disso.

Omar ergueu uma sobrancelha.

— Preocupado com a sua mulher, não é?

— Ela não é *minha* mulher... — Tarde demais, Mazen percebeu seu erro.

Omar riu.

— Ah, então você saiu para vê-la?

— Eu não... — O palco, envolto em sombras, começou a ficar embaçado. Mazen sentiu as pálpebras caírem, os ombros afrouxarem. Ele alcançou os fios de sua consciência, apenas para que estalassem sob seus dedos. O presente sumira. Havia apenas escuridão. Olhos vermelho-rubi. Uma voz suave e calmante. *Eu perseguiria você até os confins do mundo se fosse preciso.*

— Você parece um pouco corado, akhi. — A voz de Omar estava estranhamente distante. — Bebeu vinho demais?

Mazen agarrou a borda da mesa. Ele tinha uma vaga noção de quão quentes estavam seus dedos e seus anéis de ferro. O mundo passou a ser uma névoa de cores suaves.

— É possível que você esteja com raiva de mim? O que eu fiz para merecer sua ira?

Mazen *não queria* ter pavor de seu irmão. Mas como poderia não ter? Omar era um assassino a sangue frio. Ele tinha matado vários jinn e tinha *matado o amado dela. Ele era um monstro e ela não queria nada mais do que arrancar seus olhos e...* Mazen piscou.

Sua mente estava... nebulosa.

— Ah, eu sei por que você está bravo. Está frustrado com sua própria incompetência. — Omar olhava diretamente para ele, a expressão solene. Mazen foi dominado pelo repentino e violento desejo de atacá-lo. — Você é um covarde — continuou Omar. — Tem medo de falar o que pensa, então se esconde nas sombras. Reprime sua raiva e deixa que ela o consuma.

Mazen olhou para a sombra de Omar. Era uma bela sombra, pensou. Muito melhor que seu dono. Ele olhou para sua própria sombra que, inexplicavelmente, tinha olhos — fendas de luar pálido.

Omar ainda estava falando.

— Então, o que você vai fazer?

Mazen pensou em seu pai e nos toques de recolher, em Layla e na jinn das sombras e *no caçador esfaqueando o amado dela, de novo e de novo e de novo. Quando terminou, ele se virou para a jinn e disse: "Eu nunca soube que os jinn eram tão covardes". Ele riu enquanto ela lutava contra as correntes de ferro que o caçador tinha usado para prendê-la. Lágrimas nublaram seus olhos enquanto a jinn olhava para o vibrante espaço verde onde o corpo de seu amado estivera.*

Eu vou te encontrar, caçador, ela pensou. Mesmo que leve anos. Mesmo que eu tenha que atravessar a porcaria do mundo inteiro. *Ela nunca estivera tão certa de algo em sua vida.*

— Ah — disse Omar. Sua voz soava como se viesse das profundezas do oceano. — Eu tinha minhas suspeitas, mas parece que você estava *mesmo* se escondendo na sombra do meu irmão.

À distância, Mazen estava ciente de suas pernas se mexendo, seu coração batendo forte, sua cabeça latejando. Mas observava todas essas coisas de longe. Seu corpo estava paralisado, todos os sentidos entorpecidos, exceto a visão. Em seguida, até sua visão ficou turva, e tudo o que ele via era Omar. Omar, encarando-o com um olhar assassino. Omar, segurando uma faca que havia tirado da manga.

Mazen sorriu um sorriso que não era o dele.

— Eu disse que iria encontrá-lo, assassino.

Tudo o que aconteceu na sequência foi mais sombrio do que seu pior pesadelo. Sua visão se expandiu até que ele estivesse olhando para o gabinete inteiro. Ele não tinha um olho, mas muitos, todos escondidos na escuridão ao seu redor. Seus dedos anelados de repente ficaram frios, mas todas as outras partes de seu corpo estavam insuportavelmente quentes, como se fogo corresse por suas veias. Alguém chamava seu nome — "Mazen, Mazen, Mazen" —, mas ele não respondeu. Não conseguiu responder. Com esforço, levantou uma mão.

E convocou as sombras a si.

Elas suspiraram e assobiaram enquanto se esticavam em direção a ele, bloqueando a luz da lua, avidamente devorando o caminho e gargalhando de prazer quando os humanos começaram a gritar.

Mazen se virou para Omar e sorriu. *Eu ganhei*, pensou. *Mesmo um caçador sem coração não atacaria seu próprio irmão.*

Mazen sacudiu o pulso e a sombra mais próxima empurrou Omar de joelhos, pegou sua faca e a segurou contra sua garganta. Mesmo assim, o caçador teve a audácia de rir.

— Você iria tão longe a ponto de possuir meu irmão por vingança, jinn? Você é mesmo uma covarde.

A raiva de Mazen era tangível. Fazia até suas sombras tremerem de medo.

— Uma covarde que terá sua vingança — ele disse suavemente. — Adeus, caçador.

Ele estalou os dedos, e as sombras avançaram.

10

Loulie

— Te pago cinquenta moedas de ouro por isso.

O jovem que estava de olho na ampulheta eterna finalmente deu um passo à frente da barraca de Loulie. Ele segurava um saco de moedas. Supostamente cinquenta delas.

Loulie fez questão de olhar para a bolsa, depois para a ampulheta. O homem a encarou, ignorando os murmúrios da multidão. Loulie fez uma contagem regressiva na cabeça, esperando.

Como previsto, outro homem, com aparência significativamente mais marcada pelo tempo, entrou e levantou um saco de moedas que aparentava ser mais pesado.

— Sessenta — disse ele.

E assim começa. Loulie estava feliz por seu xale, pois escondia seu sorriso diabólico.

Ela adorava negociar, mas, mais que isso, adorava ver os clientes discutindo entre si. Era ainda mais divertido quando eles brigavam por uma magia inútil como a ampulheta. Quando ela e Qadir encontraram a relíquia pela primeira vez em um covil de carniçais, ela havia pensado que o objeto poderia reverter o tempo ou talvez desacelerá-lo.

— Não — dissera Qadir em resposta à especulação dela. — Ela apenas se recarrega infinitamente.

— Nós lutamos contra uma horda de carniçais por isso? É inútil!

Qadir tinha acabado de erguer as sobrancelhas e disse:

— Você já deveria saber que magia vende simplesmente por ser magia.

Ele estava certo. O lance foi finalizado em 120 moedas.

A ampulheta foi a última coisa que Loulie vendeu naquela noite. Agora que atingira sua cota pessoal, estava ansiosa para ver se conseguiria pegar uma das histórias do Velho Rhuba. Se ela tivesse sorte, Yousef estaria lá.

— Você está sorrindo — comentou Qadir com cautela.

Ela terminou de empacotar as últimas relíquias e colocou a bolsa infinita sobre o ombro.

— *Você* não está animado para ouvir as histórias sobre Dhahab?

Qadir bufou.

— Dificilmente. Vocês, humanos, inventam as histórias mais ridículas.

— O que você espera que façamos? Ninguém aqui teve as mesmas experiências que você. — Loulie manteve os olhos atentos a Rasul enquanto caminhavam pelo azoque. Estava curiosa sobre a mercadoria dele. — Até porque... — acrescentou incisivamente. — *Você* se recusa e me contar qualquer coisa sobre a cidade.

— Não sou um contador de histórias. — Qadir deu de ombros.

Ela revirou os olhos.

— Bobagem. Você não precisa ser um contador de histórias para me contar sobre sua casa. — Dhahab era outro dos muitos segredos de Qadir. Ele nunca havia entrado em detalhes a respeito; levou bastante tempo para lhe dizer que era *nativo* da grande cidade jinn.

— Você quer saber mais sobre Dhahab? Tem areia e sol e jinn.

Loulie sorriu; não conseguiu evitar.

— Nossa, me sinto tão bem informada.

— Como você deveria ser. — Qadir parecia perigosamente perto de um sorriso.

Desceram uma curva do caminho e chegaram ao coração do azoque, onde os mercadores mais experientes vendiam suas mercadorias. Loulie conhecia a maioria daquelas pessoas pelo nome e já havia negociado com elas antes, oferecendo magia em troca de ferramentas. Foi ali que ela adquirira a shamshir de Qadir, trocando uma relíquia — um copo cheio de fogo que ganhava vida com um único toque — pela lâmina.

Loulie olhou para a oficina do ferreiro de passagem, notando a variedade de espadas e adagas penduradas nas tábuas de madeira montadas. A adaga que Qadir dera a *ela* não era tão ornamentada quanto qualquer uma das armas naquela vitrine, mas ela não podia imaginar substituí-la. Sua mão foi até um bolso escondido em sua veste, onde podia sentir a forma da lâmina encantada.

Pequena, mas letal, Loulie pensou. E então se lembrou de seu encontro com a jinn das sombras e fez uma careta. Da próxima vez que se metesse em uma briga, ela se certificaria de não perder.

Os dois ainda não haviam encontrado Rasul ao se aproximarem dos limites do mercado, mas Loulie não estava preocupada. Haveria outras oportunidades de encontrá-lo antes de partirem para o deserto. Hoje, ela daria a noite por encerrada no azoque.

A mercadora estava se aproximando da entrada quando ouviu os gritos. O mesmo chamado, subindo e subindo em um crescendo de pânico que fez sua visão escurecer de medo.

— Rato! — alguém gritava. — Rato no azoque!

Alguém havia revelado a localização do mercado para a guarda do sultão.

O alarme disparou imediatamente, atravessando o mercado como um maremoto. A partir daí, o pandemônio aumentou. Loulie ouviu o silvo do metal e os passos em fuga de comerciantes e clientes. Eles se aproximaram em massa, empurrando-a em várias direções ao mesmo tempo. Alguém pisou no seu pé com força e ela quase caiu. Qadir a agarrou antes que ela desabasse no chão.

— Precisamos nos mover. — A voz dele era suave, mas firme, uma âncora no caos.

Loulie transformou seu medo em um plano. Havia muitas entradas para o azoque. Se aqueles eram os homens do sultão, provavelmente tinham vindo de uma entrada mais próxima do bairro nobre.

— Vamos sair por onde entramos — disse ela.

Qadir assentiu. Ele assumiu a liderança para protegê-la da multidão crescente, que ficava cada vez mais frenética. Loulie avistou um dos homens do sultão em meio ao caos, lutando para capturar uma mulher de túnica azul-escura. Ele tinha acabado de agarrar o braço dela quando um homem o atacou por trás e o derrubou no chão.

— Solte a minha esposa!

A mulher gritava enquanto seu marido lutava com o guarda. Então...

O brilho de uma espada. Um esguicho carmesim. O marido caiu, agarrando o braço ferido. O guarda recuperou o equilíbrio, segurando a espada que pingava com o sangue do homem. Ele se virou e cruzou o olhar com o dela. Os olhos do guarda se arregalaram, mas antes que ele pudesse dizer qualquer coisa, Qadir deu uma cotovelada na cabeça dele e o deixou inconsciente.

Loulie tropeçou para trás. *Eles estão procurando por mim.* Ela sabia disso com certeza. Sabia que era a razão pela qual haviam tentado capturar a mulher de azul.

— Eles cercaram o perímetro. — Qadir apontou, e Loulie seguiu seu gesto até a entrada por onde tinham chegado. Os guardas já haviam se reunido, bloqueando a saída. — Qual é o seu plano, Loulie?

Ela pressionou um punho contra a testa. *Pense. Você já se livrou de brigas com carniçais! Com jinn! Pense!* Mas com jinn e carniçais ela podia resolver seus problemas com uma lâmina. Nessa situação, haveria consequências por agressão.

Um chamado veio do centro do azoque, não muito longe de onde eles estavam.

— Mercadora da Meia-Noite, o sultão a convoca! — A voz tinha a qualidade profunda e retumbante de um trovão. — Avance, ou vamos levar abaixo este lugar e as pessoas que estão aqui!

Todos olhavam para ela agora. Um homem mais velho avançou para agarrá-la, mas Qadir o empurrou para trás antes que ele pudesse tocá-la. O jinn olhou para ela com expectativa, com urgência. Loulie sabia que, se ela ordenasse que ele encontrasse uma saída, ele o faria. Queimaria um caminho se fosse necessário. Mas e depois? Ela não poderia correr por muito tempo. Aquela era a cidade do sultão.

Loulie apertou os olhos. As pessoas ao seu redor conheciam os perigos do mercado ilegal. Ela não tinha motivos para se entregar por nenhum deles. E ainda assim...

Não vou deixar ninguém morrer por mim.

— Loulie? — De perto, os olhos de Qadir brilhavam dourados, como se um fogo tivesse se acendido neles.

Ela bateu na faca escondida em seu bolso.

— Me encontre.

Qadir hesitou. Quando ele olhou para a bolsa no ombro dela, ela balançou a cabeça e murmurou a palavra *Garantia*. Afinal, Loulie não era a Mercadora da Meia-Noite sem suas relíquias.

Os dois se entreolharam por um longo momento antes que a ameaça viesse de novo. Lentamente, Qadir recuou em direção à multidão. Loulie respirou fundo e continuou em frente. As multidões se separaram sem um comando.

Os guardas do sultão formavam um meio círculo no centro do azoque, com Dahlia bint Adnan no meio. Apesar do xale em frangalhos e do longo cabelo preto desarrumado, ela ainda era a orgulhosa taverneira em cada centímetro. E parecia tão surpresa ao ver Loulie quanto Loulie estava ao vê-la.

Por alguns instantes, as duas se encararam. Então, silenciosamente, Dahlia apertou os lábios e deu um passo para o lado. Loulie se aproximou dos guardas com as mãos levantadas.

— Vocês queriam me ver?

Foi um esforço não lutar quando eles puxaram a bolsa de espaço infinito de seu ombro e algemaram suas mãos atrás das costas. O líder do ataque, o homem com a voz retumbante, assistia estoicamente aos procedimentos.

Loulie olhou para ele com raiva.

— Então é assim que o sultão trata as pessoas que ele convoca?

O homem riu.

— Posso lhe assegurar que ele não tem nada além de grande respeito por você, Mercadora da Meia-Noite. Se não tivesse, você e todos os seus amigos criminosos já estariam em cinzas. — Ele se virou e gritou ordens para seus homens. Quando o caminho foi liberado, os guardas conduziram Loulie através da multidão de volta em direção ao mundo iluminado pela lua.

Ela lançou um último olhar para Dahlia. A taverneira colocou a mão no peito e fez uma reverência. *Boa sorte*, ela murmurou. Loulie se agarrou àquelas palavras, por mais inúteis que fossem.

Felizmente, o azoque acima do solo estava vazio, as lanternas, apagadas, o que significava que quase não havia cidadãos por perto para testemunhar sua humilhação pública. De vez em quando, persianas se abriam e as pessoas a observavam através das janelas. Quando o faziam, Loulie fazia questão de manter a cabeça erguida. Ela era a única mulher entre um mar de homens e não pretendia parecer frágil ou patética. Ainda que se *sentisse* frágil e patética.

Os guardas a levaram pelas ruas até o palácio do sultão, que, a essa hora da noite, brilhava com um aspecto fantasmagórico, as rosas vermelhas agarradas às paredes parecendo feridas sangrentas. O pátio interior era igualmente bonito e assustador. Loulie se sentiu mal ao contemplar as rosas brancas artificiais e as árvores carregadas de frutas, sabendo que tinham nascido a partir de sangue jinn. Para onde quer que olhasse, via uma elegância excessiva: arandelas em forma de girassóis, uma fonte de dançarinas de vidro giratórias, um jardim cercado por altas topiarias.

Ela se encheu de repulsa. *Quantos jinn foram assassinados para fazer este jardim imortal?*

Eles a conduziram até portas duplas elaboradas, onde uma dúzia de soldados se aglomerava, gritando uns com os outros enquanto um homem barbudo de turbante — sem dúvida, o comandante — gritava ordens.

— O que vocês são, covardes? Não precisamos dos ladrões do príncipe. Entrem lá!

— O jinn vai nos matar antes mesmo de levantarmos nossas espadas!

— E o príncipe Mazen!

Loulie olhou para as portas, perplexa. *Um jinn? Não...*

O líder do ataque foi à frente e exigiu uma explicação. Aparentemente, o príncipe Mazen tinha sido possuído por um jinn e estava causando estragos no gabinete. Nenhum dos convidados conseguira escapar, e todos os soldados que haviam entrado ainda não haviam retornado.

A mente de Loulie rodopiava com especulações. Seria a jinn das sombras? O caçador que a jinn procurava estava aqui? Seria *Omar*?

Ela limpou a garganta.

— Com licença.

O comandante e o líder do ataque pararam para olhar para ela.

— Mercadora da Meia-Noite — o comandante disse friamente. Ele olhou para o soldado ao lado dela, para a bolsa de espaço infinito que ele carregava. No momento em que estendeu a mão para pegá-la, Loulie instintivamente parou à frente dele.

— Mantenha suas mãos longe da minha bolsa. Se usar minhas relíquias sem pagar por elas — ela olhou para ele com raiva —, você será amaldiçoado com uma morte lenta e dolorosa.

O comandante a empurrou para fora do caminho sem cerimônia.

Loulie se virou para encará-lo quando os guardas a agarraram por trás.

— Tudo bem, tente a sorte. Eu sou a única que sabe como usar a magia que está naquela bolsa. Só eu posso manusear essas relíquias para salvar seu sultão e os filhos dele.

Ela se encolheu quando o comandante lhe lançou um olhar duro. Loulie era uma maldita tola! O sultão quase incendiara um mercado para capturá-la, e agora ela iria ajudá-lo? Mas... Madinne entraria em colapso sem ele. E Madinne ainda era sua casa.

Além do mais, isso forçaria o sultão a ficar em dívida com ela.

O comandante cedeu, mas os guardas mantiveram suas armas à vista enquanto desamarravam as mãos da mercadora. Ela enfiou a mão na bolsa para retirar o orbe de que precisaria para navegar na escuridão, então sacou a adaga de Qadir do bolso e se dirigiu às portas. A noite tinha ficado mortalmente silenciosa, e o único som era o bater de suas sapatilhas pontudas no chão.

Em frente às portas, Loulie vacilou, imaginando se poderia fazer aquilo sem Qadir. Da última vez, quase morrera sufocada. Ela expulsou o pensamento da cabeça.

Desta vez, as coisas serão diferentes. Desta vez, estou pronta.

Ela agarrou a adaga e entrou na escuridão.

11

Loulie

A primeira coisa que Loulie viu quando entrou no gabinete foi... nada. A escuridão era tão absoluta que engolia até mesmo as faixas de luar que deveriam iluminar a sala. Ela foi tomada pela súbita vontade de fugir, mesmo que isso significasse correr de volta para os braços de seus captores. Ela não era uma heroína. Era simplesmente uma comerciante com uma adaga e um orbe brilhante. Que chance teria contra uma jinn que usava sombras como arma?

No entanto, as portas se fecharam antes que Loulie pudesse recuar. Ela teve apenas alguns momentos para entrar em pânico antes de um peso invisível empurrar seus ombros e derrubá-la no chão. Então seu pânico deu lugar ao desespero, e ela reagiu por instinto, pressionando as mãos no orbe até que estivesse brilhante o suficiente para trazer à luz a força invisível.

A garota viu sombras. Coisas estranhas, parecidas com membros, que se afastavam com um grito quando a luz as tocava. Ela tropeçou e caiu quando as sombras recuaram, revelando a sala que estivera escondida momentos antes. Homens e mulheres apertavam os olhos contra a luz e olhavam para Loulie como se estivessem em transe. Quanto mais ela se aproximava deles, mais conscientes dos arredores eles pareciam ficar, até que os olhos deles se iluminaram com medo.

— Cuidado! — gritou um homem, e Loulie mal conseguiu se virar a tempo de ver a sombra que vinha em sua direção. No instante em que alcançou a luz, a sombra estremeceu e recuou. Ao redor de Loulie, a escuridão ondulava e sussurrava.

Quando ela se virou para o homem que a havia alertado, não viu nada. A escuridão novamente engolfou tudo e todos.

— Jinn! — Loulie ergueu o orbe. A escuridão mal recuou. — Onde está você, jinn?

Uma risada ecoou atrás dela. A risada de um homem.

— Você não aprendeu sua lição da primeira vez, garota humana? — Ele deu um passo na escuridão. Embora Loulie nunca o tivesse visto pessoalmente, ela soube imediatamente que tinha que ser o príncipe Mazen, pois ele estava vestido com roupas finas e ricas.

O homem alternou o peso do corpo entre os pés, e as sombras abaixo dele se estenderam lentamente em direção a ela, sangrando na luz. Ela deu um passo para trás. Uma, duas vezes, até que estava andando de costas, tentando colocar a maior distância possível entre si e o príncipe possuído.

— Você veio de novo para me "convencer"? — O príncipe estendeu os braços e as sombras avançaram, beliscando seus calcanhares. — Você não tem poder algum aqui.

Loulie deu outro passo para trás. Outro e outro — até que sentiu a pressão fria da parede contra suas costas. O príncipe Mazen se aproximou o suficiente para que fosse possível distinguir suas feições. Ela viu seus olhos... e parou. Ela conhecia aqueles olhos. Estavam cheios de admiração inocente da última vez que os tinha visto.

— Yousef?

O príncipe parou na frente dela. Ela pensou ter visto algo passar pelo rosto dele — medo ou arrependimento — antes que ele sorrisse.

— Não mais.

— Ele não é quem você quer — disse Loulie com calma forçada. Sua mão tremia, o que fez a luz estremecer nas paredes. — Eu já te disse: ele não é um caçador.

— Não — falou a jinn que vestia a pele do príncipe. — Não é. Ele é, na verdade, insignificante.

Insignificante. A palavra foi como um golpe contra suas memórias sombrias.

Loulie se lembrou de seu pai, com olhos sonhadores e cheio de alegria. Sua mãe, com seus sorrisos espertos e abraços calorosos. Lembrou-se de uma faca contra sua garganta, um homem com um sorriso serpentino. *Vocês são todos insignificantes*, dissera ele.

Loulie respirou suavemente. Ela se forçou a olhar nos olhos do príncipe.

— Nenhuma vida é insignificante. — Ela não sabia mais com quem estava falando. Só esperava que quem quer que fosse visse a verdade em suas palavras.

— Ah, é? — indagou o príncipe secamente.

Em seguida, algo estranho aconteceu. A escuridão no cômodo diminuiu, dando lugar a um cinza-escuro. Loulie ouviu os gritos de uma plateia que, momentos antes, estivera presa no escuro. Viu o príncipe estremecer como uma folha ao vento, depois cair de joelhos com um suspiro.

Sua sombra se ergueu do chão. Afiou a si mesma na forma de uma lâmina.

O mundo de repente parecia rápido demais, e ela, lenta demais. Loulie gritou um aviso, mas os movimentos do príncipe eram lentos. Ele olhou para cima. Reconhecimento lampejou em seus olhos.

Então a sombra o apunhalou no peito e seus olhos se arregalaram de dor.

Ele caiu silenciosamente no chão quando a sombra recuou. O carmesim se acumulou no chão abaixo dele, e Loulie teve a impressão de que era a única cor na sala.

— Eu te disse. — A voz da jinn estava em todos os lugares e em lugar algum ao mesmo tempo. — Ele é insignificante.

Loulie podia sentir a criatura a observando das sombras, mas não conseguia parar de olhar para o príncipe, desejando que ele se movesse.

Ele não o fez.

Loulie ouviu gritos, mas o som parecia vir de muito longe. Ela não percebeu a origem do ruído até que o sultão correu para o lado de seu filho e caiu de joelhos. Ele gritou o nome de Mazen enquanto pegava seu corpo inerte nos braços.

Loulie só conseguia olhar entorpecida. *Isso é... culpa minha?*

Das sombras, a jinn se lançou sobre ela como uma raivosa corrente de fumaça. Encheu a visão de Loulie, aparecendo diante dela como um espectro de olhos vermelhos. Loulie passou a lâmina pela forma esfumaçada, mas sua adaga assobiou no ar vazio.

— Você é bondosa demais para o seu próprio bem — disse a jinn suavemente. — Como pretende se vingar dos assassinos de preto com um coração tão frágil?

Loulie balançou a lâmina descontroladamente no ar. A cada movimento, tomava consciência de uma sensação familiar de queimação nos pulmões. Mas não se importou. Continuou cortando e gritando até seu corpo tremer de fadiga. Memórias de sangue, estrelas e cadáveres passaram diante de seus olhos. *Eu não sou frágil*, pensou ela. *Eu não sou frágil. Eu não sou frágil.*

Mas as sombras eram persistentes. Elas agarraram seus braços e suas pernas e a jogaram no chão. Houve um estalo alto, e a luz do orbe piscou e morreu. A sala se transformou em um breu sombrio como pesadelo. Loulie arranhou o chão. Agarrou sua adaga com dedos dormentes. Não morreria ali; *recusava-se* a morrer ali...

LEVANTE-SE. Uma voz profunda, familiar como seu próprio batimento cardíaco, ressoou em sua mente.

Loulie engasgou e abriu os olhos. Viu a faca de Qadir ao lado dela, ardendo com fogo azul. Olhos vermelhos piscaram para ela da superfície da lâmina.

Encontrei você, disse Qadir.

As chamas na lâmina estalaram suavemente em seus dedos, incitando-a a agir. Loulie se levantou lentamente. Olhou de relance para o orbe quebrado no chão, então olhou para a jinn, que a encarava com olhos arregalados.

— Impossível. — A jinn deu um passo para trás. — Essa lâmina... como você conseguiu essa lâmina?

Mexa-se, ordenou Qadir, e, embora ele não estivesse na sala com ela, sua magia — sua presença — deu a ela a confiança para agir. Loulie rasgou a escuridão até abrir caminho, então caiu sobre a jinn das sombras com sua lâmina.

A jinn bloqueou o golpe com uma parede de sombra solidificada. Loulie cerrou os dentes contra o choque do impacto. Ela apertou a faca e direcionou o peso do corpo para a facada. O fogo que cobria o gume da lâmina cintilou, e o obstáculo se desintegrou como um pergaminho em chamas.

Mas a jinn já havia fugido.

Atrás de você, berrou Qadir.

Loulie girou bem a tempo de pegar uma ponta de escuridão afiada como lâmina contra sua faca. Os olhos brilhantes da jinn lampejaram de surpresa. Foi abertura suficiente para Loulie transformar seu desvio em uma defesa e desequilibrar sua oponente. A jinn recuou, respirando pesadamente. Ela não era uma guerreira, Loulie percebeu. Apenas uma marionetista tentando comandar magia selvagem.

Ótimo. O fogo em sua lâmina cintilou, como se estivesse se divertindo. *Somos duas*.

Elas lutaram — fogo contra escuridão, barreiras sombrias contra adaga flamejante — até que a faca carbonizou a magia da jinn pouco a pouco e a cor da sala voltou ao normal. A jinn das sombras caiu para trás, seu corpo ficou oscilando dentro e fora da realidade como uma chama moribunda.

Embora ela estivesse desaparecendo, Loulie sabia que não estava ferida. O fogo conseguia fazê-la desaparecer, mas não a matar. A jinn, reduzida a nada além de uma forma tênue ao luar, começou a desaparecer através das paredes. Foi exatamente como acontecera na mesquita. Loulie hesitou. A lâmina se aqueceu em suas mãos.

Mas antes que pudesse decidir se deveria persegui-la, ela foi distraída por uma faísca de prata no escuro. Um objeto afiado e brilhante passou por sua cabeça e acertou a jinn no peito. Ela soltou um grito tão agonizante que fez o ar tremer.

Loulie se virou para procurar o agressor. Ela congelou quando viu Omar bin Malik saindo da escuridão. Ele abriu um sorriso quando passou por ela em direção à jinn evanescente, que se solidificou em uma linda mulher com rios de escuridão escorrendo pelas costas. Sangue escorreu por seus lábios quando ela tossiu.

— Você... — a jinn se engasgou quando Omar removeu a faca. — Impossível. — Ela cambaleou para longe. — Você... eu te *matei*!

O sorriso de Omar era um clarão feroz de dentes.

— Você? Matar o Rei dos Quarenta Ladrões? Que ideia presunçosa.

Loulie olhou para ele. Para a estranha faca preta. *Ele a tornou tangível. Mas como?*

A jinn das sombras tentou fugir, mas estava lenta demais.

Omar a esfaqueou. De novo e de novo e de novo. Até que seus gritos diminuíram e cessaram.

Loulie se virou e fechou os olhos. Ela sabia, mesmo sem olhar, que o corpo da jinn se transformaria em pó e seu sangue se infiltraria nas telhas e atrairia a natureza para onde ela não existia antes.

— Saiam! — Seus olhos se abriram ao comando do sultão. — Todos vocês, *fora*!

Tanto os convidados quanto os guardas fugiram da sala, tropeçando em direção às portas como se tivessem acabado de acordar de um sonho. Loulie ficou. Agora que todos haviam saído, ela podia ver o sultão novamente. Ele e um jovem de olhos castanhos inclinavam-se sobre o príncipe Mazen ensanguentado.

O fogo em sua lâmina desapareceu quando ela arriscou um passo à frente.

— Omar! — O sultão nem a viu. — O que você está fazendo, garoto? O sangue!

O príncipe Omar virou-se rigidamente para a jinn morta. Loulie observou enquanto ele rasgava uma de suas mangas e a encharcava de sangue jinn. A compreensão explodiu dentro dela quando ele se agachou ao lado do príncipe Mazen e torceu o tecido sobre o ferimento fatal do irmão. Quando o príncipe Mazen começou a se debater, o sultão e o homem de olhos castanhos o seguraram. O processo foi repetido até que a ferida do príncipe estivesse selada, e ele, inerte no chão. Inconsciente, mas não morto.

O Elixir do Renascimento, o povo o chamava. *O milagre do sangue jinn*, pensou Loulie. Seu estômago se retorceu com repulsa. E alívio.

O sultão encostou a testa na do filho. O homem de olhos castanhos — Hakim, o príncipe bastardo, Loulie percebeu — juntou as mãos trêmulas em oração. Mas Omar não estava olhando para Mazen nem para o restante de sua família. Estava olhando para *ela*. Não desviou o olhar em momento algum, nem mesmo quando chamou o comandante para removê-la do gabinete. Do lado de fora, ela entendeu que não fora o olhar dele que a desarmara, mas a raiva que escurecia seus olhos.

12

Mazen

Mazen sonhou que estava sendo esfaqueado até a morte por seu irmão. Ele estava no gabinete do palácio, e a sala estava vazia, exceto por Omar, que se aproximou dele com uma faca preta. Mazen ergueu as mãos. Implorou. Gritou. Mas não havia compaixão nos olhos de Omar, apenas um ódio terrível contra tudo e todos. Ele golpeou Mazen na garganta. No peito. De novo e de novo e de novo e...

Mazen acordou em pânico, com o coração apertado e o corpo tremendo. No minuto em que abriu os olhos, a luz do sol atacou seus sentidos. Ele se encolheu com um gemido. Ouviu-se uma voz e passos e, em seguida, mãos o empurrando contra os travesseiros.

— Shh, sayyidi. Você está seguro.

Era uma voz que Mazen reconhecia. *Karima?* De fato, quando ele olhou para cima, sua serva pessoal estava sobre ele. Os cabelos castanhos grossos estavam presos em um coque e havia um sorriso abatido em seu rosto.

— Bem-vindo de volta ao mundo dos vivos, sayyidi.

Mazen vacilou ao ver as lágrimas nos olhos castanhos dela.

— Karima, por que você está chorando?

— Porque você está vivo.

Vivo? Ele olhou para seu peito descoberto e congelou quando viu o enorme corte deformando a pele acima do coração.

— Karima. — A voz de Mazen estava fraca. — Quando isso aconteceu?

Mesmo quando Karima contou o que havia acontecido, ele não conseguia resgatar a memória do incidente. Ele se lembrou de querer se vingar do irmão por uma razão que não conseguia mais recordar. Lembrou-se da escuridão e da dor. Da Mercadora da Meia-Noite parada à porta segurando o que parecia ser uma estrela inchada. De uma palavra — *insignificante* — e da sensação de afundar em seu próprio corpo.

Como podia *não* se lembrar de quase morrer? De acordo com Karima, os únicos que tinham estado lá para testemunhar seu renascimento haviam sido o sultão, seus irmãos e...

— A Mercadora da Meia-Noite. — Ele se sentou abruptamente. Uma dor aguda atravessou seu peito, fazendo sua visão ficar irregular. Mazen exalou com os dentes cerrados enquanto o quarto se transformava em um borrão colorido. Karima resmungou e tentou fazê-lo se deitar, mas ele fez um gesto para que ela se afastasse. — O que o sultão fez com a mercadora?

Mazen ainda conseguia se lembrar da faísca de reconhecimento quando vira o rosto dela na escuridão. Loulie al-Nazari e Layla, a garota do azoque, eram a mesma pessoa.

Karima balançou a cabeça.

— A informação que tenho é que o sultão planeja falar com ela no almoço. Não se preocupe, sayyidi. Darei a notícia de sua recuperação imediatamente.

— Não. — A Mercadora da Meia-Noite o salvara, duas vezes, e agora o sultão ia mandá-la para a morte? Ele não permitiria. Levantar-se era uma provação, mas Mazen se forçou a ficar de pé. O suor escorria por sua testa e ele respirava com dificuldade e esforço, mas era um pequeno preço a se pagar por se movimentar.

Lentamente, meticulosamente, ele foi até seus armários.

— Sayyidi! — Karima colocou uma mão firme em seu ombro. — Não entendo. Por que você quer ver a Mercadora da Meia-Noite agora? Mal consegue ficar de pé! Se o sultão descobrir que o deixei sair de seus aposentos...

— Direi a ele que passei por você como um camelo desgovernado.

— Mas suas feridas...

— Já estancaram. Ora, eu nem precisei de pontos! — A dor cintilou através de seu peito quando Mazen riu, e ele teve que respirar fundo para se recompor. Karima mordeu o lábio. Então, após alguns momentos de indecisão, ela decidiu colaborar. Ela o ajudou a puxar uma túnica sobre a cabeça e prender cuidadosamente o xale de sua mãe. Assim que ele ficou apresentável, Karima o acompanhou até as portas e os guardas do lado de fora. Quando os homens protestaram contra a saída de Mazen, ele se levantou o mais alto que conseguiu sob a dor paralisante e disse:

— Vou ver meu pai, mesmo que tenha que rastejar até seu gabinete.

Os homens cederam, embora tenham insistido em ajudá-lo a descer as escadas e atravessar os corredores. Aonde quer que Mazen fosse, os criados olhavam para ele em estado de choque e ofereciam saudações apreensivas. Os corredores nunca pareceram tão longos, o sol, tão brilhante. Mas então, finalmente, eles alcançaram as portas do gabinete. Os guardas do lado de fora o olharam com cautela.

— Sayyidi — falou um deles. — O gabinete está diferente. Por favor, tome cuidado onde pisa.

Mazen não entendeu o que ele quis dizer até entrar na sala. Ele quase parou de respirar quando viu a abundância de verde diante de si: folhas verde-sálvia e caminhos verdes de grama e raios de luz esmeralda que irrompiam através das copas das árvores. Maravilhado, Mazen encarou tudo enquanto navegava pela vegetação rasteira vibrante. Cercado pelo zumbido dos insetos e pelo chilrear dos pássaros, ele não podia acreditar que aquele lugar fosse o gabinete. Mas então viu o azulejo enterrado sob a grama e as paredes de mosaico escondidas atrás das trepadeiras e das árvores.

Se ele tinha dúvidas sobre o que acontecera na noite anterior, elas desapareceram naquele instante. Ali estava a prova de que um jinn havia morrido naquela sala.

Mazen entrou no gabinete com lentidão, pisando com cuidado em raízes e arbustos. Por fim, a floresta se atenuou e ele conseguiu distinguir pessoas sentadas em um tapete. Lá estava seu pai vestindo túnica e ghutra incomumente simples de cor bege e, ao lado dele, Omar, também vestindo trajes simples e um cinto de punhais. Hakim estava sentado do outro lado do sultão, vestido quase inteiramente de branco — a cor da oração. E sentada de costas para ele, vestida com xales azul-escuros salpicados de branco, estava a Mercadora da Meia-Noite.

Seu pai o viu primeiro. Ele parou a conversa no meio, visivelmente empalidecido ao vê-lo.

— Mazen? — Os outros se viraram para olhá-lo, igualmente atordoados. Hakim foi o primeiro a se levantar. Ele correu em direção a Mazen e colocou uma mão gentil em seu ombro.

— Akhi, você está bem? — Ele começou a levar Mazen para onde os outros estavam reunidos. — Você não deveria estar fora da cama! Você... — Hakim parou, engolindo em seco.

— Quase morri? — A risada de Mazen saiu como um chiado. — Eu *me sinto* um pouco como um carniçal.

— Mazen. — A voz do sultão era suave. — O que faz aqui?

— Você me conhece, yuba. Nunca foi da minha natureza ficar sentado sem fazer nada. Como eu poderia ficar sentado em meu quarto abafado quando todos vocês estão aproveitando uma conversa tão agradável nesta bela floresta? — Ele sorriu e tentou se curvar, mas o movimento causou uma fisgada de dor em seu corpo, e ele quase desabou.

— Pelo amor dos deuses, *sente-se*. Você não se curva para mim quando está ferido, criança. — A voz de seu pai estava tensa, cheia de uma emoção que surpreendeu Mazen. A última vez que o pai expressara tão abertamente seus sentimentos foi quando a mãe de Mazen tinha acabado de morrer.

Lentamente e sem elegância alguma, Mazen se sentou no chão e cruzou as pernas.

— Como está se sentindo? — As sobrancelhas cinzentas do pai estavam franzidas. — Você mal teve tempo de se recuperar, não deveria estar aqui.

— Estou bem o suficiente para me sentar e ouvir você falar. Além do mais... — Ele se virou para a Mercadora da Meia-Noite, cuja expressão era ilegível. Mesmo que metade do rosto dela estivesse coberto, ele reconheceu seus olhos: eles o lembravam fogo abafado. — Tive que vir agradecê-la pessoalmente, Mercadora da Meia-Noite.

A Mercadora da Meia-Noite inclinou ligeiramente a cabeça. Em reconhecimento, talvez.

— Eu simplesmente fiz o que qualquer cidadão fisicamente capaz de Madinne faria. — Ela fez uma pausa, seus olhos se estreitaram. A princípio, ele pensou que a mercadora estivesse se lembrando dele no azoque, que pudesse mencionar o primeiro encontro perigoso entre os dois. Seu coração se apertou de medo, mas ela apenas concluiu. — Estou feliz por sua milagrosa recuperação.

— Milagrosa mesmo. — A voz de Omar era suave, porém letal. Mazen sentiu um medo inexplicável tomar conta de si enquanto olhava para o irmão. Omar, no entanto, não olhava para ele. Olhava para a Mercadora da Meia-Noite. — Mas tenho certeza de que você já testemunhou o poder do sangue jinn antes, al-Nazari. Você vendeu um frasco para Rasul al-Jasheen, não?

Mazen instintivamente colocou a mão no ferimento. Ele sentiu um peso terrível afundando em seu peito ao pensar no sangue da jinn das sombras sendo usado para restaurar seu corpo.

A Mercadora da Meia-Noite zombou.

— Rasul. Então é ele o rato?

O sultão sorriu levemente.

— Mesmo os mercadores que juraram sigilo podem ser comprados com a quantidade certa de ouro. — Ele se inclinou para a frente, as mãos no colo. — Então me diga, Loulie al-Nazari: qual é o seu preço?

Mazen respirou fundo. Até Omar ergueu uma sobrancelha. O sultão não estendera essa generosidade a nenhuma outra pessoa que enviara em sua missão. Por outro lado, aqueles homens tinham ido voluntariamente — por glória ou por medo, Mazen não tinha certeza.

— Não estou à venda — disse a mercadora friamente. Mazen se encolheu com a ousadia dela.

O sultão não se comoveu.

— Uma pena. Eu esperava comprar seus serviços.

— Você normalmente inicia suas transações ameaçando queimar um azoque?

Omar tossiu bruscamente na mão para esconder um sorriso. Mazen não compartilhava de sua diversão. Ele olhou para o pai, cuja expressão se tornara ainda mais dura.

— Sim, se a pessoa com quem estou lidando for um criminoso. — Ele inclinou o queixo ligeiramente para que Mazen tivesse a impressão de que ele estava, apesar de sua proximidade, olhando para baixo na direção da mercadora. — É necessário, às vezes, incutir uma dose saudável de medo nessas pessoas. Para lembrá-las de que acabar com suas vidas seria uma coisa simples.

Seguiu-se um silêncio cortante. Mazen não percebeu que estava prendendo a respiração até que a mercadora quebrou o silêncio com um suspiro.

— Você quer que eu procure por uma relíquia — disse ela.

— Então você já ouviu falar da minha empreitada. — O sultão ergueu uma sobrancelha. — E o que me diz? Eu vi sua bolsa de relíquias, sei que você tem alguma maneira de localizá-las. A maioria dos viajantes teria a sorte de encontrar uma única relíquia na vida, mas você as vende como se fossem doces de tâmara. Se alguém pode encontrar a relíquia que estou procurando, é você.

A Mercadora da Meia-Noite não respondeu, apenas olhou friamente para o sultão como se o avaliasse. Embora Layla se apresentasse com a mesma altivez, havia leveza nela. A mulher diante do sultão agora, no entanto, poderia muito bem ser feita de pedra.

Por fim, ela falou.

— A questão não é o que ganho com esse esforço, mas o que vou perder se não aceitar.

O sultão sorriu. Um sorriso torto que lembrava tanto o de Omar que fez o coração de Mazen se contorcer.

— Mulher inteligente. Você é uma cidadã de Madinne e fará o que eu mandar, ou me desafiará abertamente. E você sabe o que acontece com aqueles que me desafiam.

O clima no gabinete ficou tenso.

Seu pai sempre havia tido uma tendência para a violência. Ele abrandara depois de se casar com a mãe de Mazen, mas ainda era o homem que começara a caça aos jinn após a morte dela e, antes de sua chegada, matara uma dúzia de suas esposas sem pestanejar. Antes de entregar a responsabilidade a Omar, ele havia sido o primeiro Rei assassino dos Quarenta Ladrões, liderando seus próprios companheiros em missões de caça aos jinn. Sim, seu pai era adepto da arte da punição.

Mazen nunca negaria essa realidade, nunca poderia negá-la, mesmo quando tentava esquecê-la.

Ser despido de seus títulos e exilado no deserto seria a sentença mais branda que o sultão ofereceria. Na pior das hipóteses, ele buscaria vingança e ninguém poderia fugir dele. Ele tinha homens por todo o deserto, não havia onde se esconder.

O sultão estendeu as mãos.

— Eu sou generoso, no entanto, e desejo pagar a você. Diga um preço. Qualquer um. Posso deixá-la rica além de seus sonhos mais loucos, al-Nazari.

— Yuba... — disse Mazen suavemente. A careta dura do sultão desapareceu quando ele olhou para o filho. Mazen pigarreou. — E se essa relíquia *for* impossível de encontrar?

O sultão zombou.

— "Impossível" é uma desculpa dada para os fracassos. Não, a relíquia existe, e eu vou encontrá-la. — Ele olhou para Loulie. — *Você* vai encontrá-la.

— E? — Ela apertou as mãos no colo. — O que é essa relíquia impossível que estou sendo forçada a encontrar?

Sob o comando do sultão, Hakim pegou um mapa — o mesmo que havia mostrado a Rasul — e o entregou ao sultão. Seu pai o desenrolou, encontrou o Mar de Areia Ocidental e apontou a submersa cidade jinn de Dhahab. A mercadora respirou fundo.

— Há muito tempo, o primeiro sultão enterrou uma antiga relíquia no Mar de Areia Ocidental. É a relíquia mais poderosa do mundo, pois contém um jinn vivo, que respira, vinculado ao serviço de quem a encontra. Há uma história passada em nossa família, uma lenda que descreve como a relíquia foi criada e onde foi enterrada. É um segredo da família Real, mas vou compartilhá-lo com você agora na esperança de convencê-la da verdade.

Seu pai já havia contado essa história muitas vezes, mas nunca do mesmo jeito que a mãe de Mazen. Ela havia sido uma contadora de histórias. *Mazen* era um contador de histórias, e sempre o deixava ansioso ouvir seu pai contar a versão dele, com tão poucos detalhes.

— Yuba — ele falou suavemente. — Por favor, deixe-me contar a história.

Seu pai fez uma pausa. A Mercadora da Meia-Noite ergueu as sobrancelhas. Mazen se encolheu ao ver as expressões deles.

— A história está nos detalhes, e eu conheço todos eles. — Um plano improvisado se formava em sua mente. Se ele não pudesse discordar abertamente, então talvez pudesse convencer seu pai da mesma forma que sua mãe fizera uma vez.

O sultão concordou, mas só depois que Mazen se restabelecesse com comida e bebida. Depois de comer uma travessa de nozes e beber um copo de água, Mazen se endireitou, juntou as mãos e falou com uma voz que se elevava acima do som do assobio das folhas e do canto dos pássaros.

— Pai, irmãos, Mercadora da Meia-Noite, permitam-me compartilhar com vocês um antigo conto.

O conto de Amir e a lâmpada

Nem aqui nem lá, mas muito tempo atrás...
    Era uma vez um xeique beduíno chamado Amir, que era conhecido por seu coração de ouro e sua mente astuta. Ele tinha um irmão mais novo, um valente guerreiro chamado Ghazi, que era forte de coração e corpo. Muitos anos se passaram pacificamente sob sua liderança até o surgimento de uma Temporada de Tempestades como nenhuma outra antes. Os ventos eram tão fortes que derrubavam as tendas da tribo; o sol, tão quente que secava a água e fazia bolhas na pele das pessoas.
    Viajar nunca havia sido tão difícil, e os irmãos não sabiam como sustentar seu povo. Então, um dia, a tribo deparou com um oceano de areia movediça e sabia que não poderia avançar, pois havia alcançado o temido Mar de Areia. Foi então, olhando para aquela extensão infinita de areia movediça, que Amir teve uma ideia.
    Ao nascer da lua, ele chamou seu irmão e disse:
    — Sob esta areia em constante mudança está o mundo dos jinn. Contam-se histórias de jinn que abrem caminho e vêm a este mundo em busca de vingança. — Ele deu um tapinha na pequena bolsa que havia levado consigo. — É aqui que vou esperar para encontrar um desses temíveis jinn.
    Ghazi ficou perplexo com o plano de seu irmão.
    — O que você espera ganhar falando com um jinn? A criatura te despedaçaria em vez de falar com você!
    Amir apenas sorriu.
    — Os jinn são poderosos, mas eu tenho inteligência para ser mais esperto que eles. Se quisermos sobreviver a esta temporada, precisaremos da magia deles.

E assim Amir descreveu seu plano. Mostrou a Ghazi os itens da bolsa — um par de algemas de ferro e uma simples lamparina a óleo — e disse a ele que precisaria de três semanas. No final, Ghazi concordou em liderar a tribo através do deserto até as Dunas Douradas, onde eles se encontrariam. Foi assim que os dois irmãos se separaram: Ghazi foi para as dunas e Amir para os limites do Mar de Areia, onde esperou por dias com nada além de um manto para evitar que se queimasse ao sol.

Quando apareceu um jinn, o xeique estava faminto e magro. Ainda assim, forçou-se a se curvar quando a criatura se aproximou. O jinn tinha mais de dois metros de altura com olhos de fogo ardente e pele como areia dourada. Seu rosto se transformava a cada passo — um chacal em um momento e uma águia no momento seguinte. Era uma coisa tão terrivelmente majestosa que teria feito o mais corajoso dos homens correr para as dunas.

O jinn parou diante de Amir com uma risada.

— Ei! O que é esse fragmento de humano que vejo diante de mim? Seria simples esmagá-lo sob minha bota.

Amir respondeu com uma voz rouca pela falta de água.

— Ó poderoso jinn, não tenho motivos para implorar por minha vida. O sol queimou meu corpo e enfraqueceu meus olhos, e estou chegando às portas da morte. Mas, infelizmente, lamento a vida que vivi como caçador. Eu era bem conhecido no deserto. Se você me desse um arco e flecha, nenhuma criatura teria chance contra mim.

O jinn pensou a respeito. Debateu os méritos de matar o homem ou forçá-lo a ser seu servo. Por fim, decidiu que um escravo era mais útil que um cadáver, então estalou os dedos e conjurou um arco e uma aljava de flechas para Amir.

— Prove seu valor, então — disse o jinn. — Vire meu caçador e pouparei sua vida. Falhe e eu te devorarei.

Amir consentiu, e ele e o jinn se aventuraram adiante. Amir caçava para o jinn todos os dias e, embora não fosse tão forte quanto seu irmão, tinha uma mira espetacular — não estava mentindo quando dissera que podia derrubar a maioria das criaturas. Foi assim que o jinn ficou relutantemente impressionado com seu servo humano e que, com o tempo, passou a confiar nele.

— Diga-me, ó poderoso jinn — perguntou Amir um dia. — Por que você não caça? Certamente seus olhos são melhores, e sua mira, mais precisa que a minha.

— Nós, jinn, somos tão poderosos quanto deuses! Caçar com ferramentas está abaixo de nós. Por que completar tarefas que até um humano pode fazer? — respondeu o jinn.

— E me diga, poderoso jinn, que coisas você pode fazer que um humano não pode?

O jinn riu e disse:

— Posso realizar qualquer façanha, por mais impossível que seja, pois sou um dos sete reis jinn, e o poder do mundo está ao meu dispor.

Amir ficou pensativo.

— Você pode fazer o mundo se mover?

O jinn bateu palmas, e o chão tremeu e rachou sob seus pés.

— Você pode fazer o céu gritar?

O jinn assobiou, e o vento cortou o céu e rasgou as nuvens.

— Você pode fazer as nuvens chorarem?

O jinn suspirou, e as nuvens acima deles soltaram uma torrente de chuva.

— Você realmente é um deus, poderoso jinn! — Amir exclamou e se curvou diante dele. Com o passar das semanas, Amir desafiou o jinn para outras tarefas.

— Ouvi histórias de que sua raça pode ser aleijada por ferro. Isso é verdade? Você pode suportar a queimadura? — O jinn hesitou, mas seu orgulho superou o medo, então disse a Amir que certamente poderia suportar a queimadura de ferro. Amir tirou as algemas de sua mochila e desafiou o jinn a viajar com elas em seus pulsos.

Presunçoso, o jinn permitiu. Imediatamente depois que o ferro foi colocado em seus braços, suas pernas ficaram pesadas como chumbo, e seus sentidos, nublados. No entanto, por ser uma criatura orgulhosa, ele apenas cerrou os dentes.

— Viu? Eu sou um rei e não posso ser derrotado pelo ferro.

Então os dois continuaram suas viagens, e agora era Amir quem liderava o caminho, pois o jinn mal conseguia ficar de pé.

— Poderoso jinn — disse Amir um dia. — Eu sou inútil sem sua magia. Você não vai tirar as algemas para criar fogueiras para nós e parar os ventos do deserto? — Mas o jinn se recusou a tirar as algemas, pensando que seria uma fraqueza. Em vez disso, perguntou a Amir se ele tinha outros itens em sua bolsa, e quando Amir entregou a ele a lâmpada a óleo, o jinn desenhou runas sobre ela com seu sangue, encantando-a. Ele soprou fogo na lâmpada e disse a Amir que poderia capturar qualquer coisa dentro dela — fosse fogo, vento ou água — e ordenar que o obedecesse com as seguintes palavras: *Você está ligado a mim e me servirá*.

Nos dias seguintes, Amir testou as limitações da lâmpada — prendeu vento, areia e até estrelas dentro dela. A lâmpada sem fundo se encaixava em todo tipo de coisa. Quando Amir e o jinn chegaram às Dunas Douradas, Amir sabia que seu plano funcionaria.

Naquela noite, ele se aproximou do jinn com a lâmpada nas mãos. A criatura, pensando que ele pretendia liberar seu fogo cativo, suspirou de alívio. Em vez disso, Amir estendeu a lâmpada e começou a falar.

— Ouça-me, poderoso jinn. Com esta lâmpada eu o amarro por sua própria magia. De hoje em diante, você será meu servo, como eu fui seu, e fará tudo o que eu lhe pedir. — O jinn ficou de pé e correu na direção de Amir com fogo nos olhos, mas Amir não teve medo. — *Você está ligado a mim e me servirá* — ordenou ele, e o jinn foi forçado a se ajoelhar.

O gênio praguejou e assobiou, mas não resistiu quando Amir ordenou que o seguisse. Juntos, eles foram para o acampamento dos xeiques. O retorno de Amir foi comemorado por sua tribo, que temia que ele estivesse morto. Ele ordenou ao jinn que providenciasse um grande banquete, e a tribo faminta comeu e bebeu o suficiente para três homens cada. Depois, quando seus apetites foram saciados e todos estavam dormindo, Ghazi se aproximou de Amir e apontou para a lâmpada, onde o jinn agora dormia.

— Amir, sua inteligência e astúcia realmente nos trouxeram grande prosperidade, mas o que você planeja fazer com o jinn? Abusar de seu poder seria imprudente.

Amir balançou a cabeça.

— Bobagem. Eu servi ao jinn por muitas semanas, agora estou forçando-o a fazer o mesmo. Amanhã você conhecerá meus planos.

No dia seguinte, Amir fez o rei jinn construir muros para proteger a tribo dos ventos ferozes. Então ordenou que ele criasse uma cidade, que crescia à medida que mais e mais beduínos vinham em busca de abrigo. O jinn fez o trabalho de cem homens em poucas semanas — nunca antes uma cidade tão próspera fora criada em tão pouco tempo. Quando a criatura terminou, Amir ordenou que ela construísse um palácio para que ele pudesse vigiar sua tribo do alto.

Relutante, o jinn ergueu um palácio do mais puro mármore branco e construiu minaretes para que o xeique pudesse ver todo o deserto. Quando terminou, o palácio era o edifício mais notável da cidade, grandioso demais até mesmo para um xeique, então as pessoas chamaram Amir de sultão e imploraram para que ele fosse seu governante. Eles apelidaram a metrópole do deserto de Madinne, que se tornou um lugar para o comércio florescer. Amir se casou e teve muitos filhos, e dessa forma a linhagem real da cidade foi estabelecida.

Enquanto Amir governava do trono dourado de Madinne, o jinn tramava pelas costas dele. Os temores de Ghazi se confirmaram: um homem com muito poder ficava cego. Um dia, Amir deu a lâmpada para sua esposa e disse que ela poderia comandar o jinn enquanto ele estivesse fora.

Amir não percebeu seu erro até que voltou de sua caçada e encontrou sua esposa morta. Ele havia se esquecido de dizer a ela para ser clara em suas instruções, e quando ela ordenou que o jinn providenciasse um banquete, ele envenenou a comida. Amir ficou atormentado pela dor. Ele trancou o jinn na lâmpada e a deu a seu irmão, que ele havia feito comandante de seu exército.

— Você tinha razão, Ghazi — confessou Amir com lágrimas nos olhos. — Eu me apoiei no poder e isso me destruiu. Devemos enterrar a lâmpada para evitar que essa tragédia aconteça novamente.

E assim, ele pediu a seu irmão que enterrasse a lâmpada para que ninguém pudesse encontrá-la. Ghazi cavalgou forte e rápido e, quando chegou ao Mar de Areia, jogou a lâmpada na areia movediça e ficou ali tempo suficiente para vê-la desaparecer.

Depois do luto por sua esposa, Amir resolveu nunca mais confiar na magia, pois ela o deixara ganancioso. Ele governou Madinne até que seu filho assumiu e depois seu neto e assim por diante. Centenas de anos se passaram desde que Ghazi jogou a lâmpada no Mar de Areia. Mas, ao passo que os humanos por fim sucumbem à morte, os jinn são praticamente imortais, e diz a lenda que o poderoso rei jinn ainda está enterrado no Mar de Areia. Dizem que quem possuir a lâmpada terá o mundo na palma das mãos. Mas cuidado, gentis amigos, pois também falam que a morte assombrará os passos de qualquer um que deseje seu poder proibido...

13

Loulie

Mazen bin Malik era um bom contador de histórias. Seu rosto era como areia movediça, com a expressão se alternando entre exuberância e solenidade com fluidez invejável. Se ela tivera dúvidas de que ele era Yousef, não tinha mais. O príncipe ficava tão deslumbrado quando contava histórias quanto quando as ouvia.

Loulie não percebeu o quanto estava entretida até que ele terminou. Por alguns momentos, ela se sentira como uma criança ouvindo histórias ao redor de uma fogueira. Mas ali não havia fogueira alguma, e a lenda fantástica não era uma história inofensiva. Possivelmente, a mandaria para a morte.

Ela olhou com raiva para o sultão.

— Você quer que eu acredite que essa lâmpada lendária existe?

O sultão olhou para Hakim, que começou a desenrolar uma série de pergaminhos empoeirados e de aparência antiga. O papiro estava manchado, as palavras rabiscadas nos pergaminhos desbotadas com o tempo. Loulie viu letras e datas escritas em caligrafia oblíqua e uma assinatura: um alif, seguido de um meem, um ya e um ra. *Amir*.

O sultão apontou para os documentos.

— Estes são os papéis que fundaram nosso reino. Neles, Amir escreve sobre o jinn que escravizou. Escreve sobre os itens que o jinn encantou para ele e o enterro da lâmpada. E escreve, principalmente, sobre maneiras de entrar no Mar de Areia. Há caminhos, al-Nazari: cavernas sob a areia e estradas escondidas entre as ondas.

— Se outros não conseguiram localizar sua lâmpada, o que faz você pensar que *eu* posso encontrá-la? — Quanto mais Loulie olhava para os pergaminhos, mais apertados seus pulmões ficavam. Ela já tinha estado frente ao Mar de Areia antes, mas nunca se aventurara nele. Era uma terra sem volta. Mesmo Qadir, que já tinha viajado por ele uma vez, não se aproximaria novamente.

— Eles não eram colecionadores de relíquias antigas — disse o sultão. — Mas *você* é.

— Por que eu? — Loulie insistiu. — Por que não seu filho, príncipe Omar? — Ela olhou para o príncipe mais velho e franziu a testa. Não havia esquecido seu último encontro ou a forma como a raiva nublara os olhos de Omar quando o sultão se inclinara sobre Mazen. Ocorreu a ela então que o sultão nunca havia perguntado a Omar se *ele* estava bem.

— Meu filho é um caçador, não um rastreador. — Ele fez uma pausa, e o silêncio tinha um peso sinistro, um mau presságio que os cercava como fumaça. Loulie queria ignorá-lo, afastar *tudo* para longe como se fosse um sonho ruim.

— Omar. — O sultão se virou para o filho, e Omar baixou a cabeça em cumprimento. — Você acompanhará a mercadora para garantir que ela não fuja da responsabilidade.

— O quê? — ela e o príncipe falaram ao mesmo tempo.

— Ouvi dizer que você emprega um guarda-costas, al-Nazari. Pense no meu filho como segurança adicional.

Omar se mexeu, franziu a testa.

— Mas, yuba, meus ladrões...

— Vou assumir seus planos com eles — rebateu o sultão, com um tom de voz frio, que não dava abertura para desacordo. Um músculo se contraiu no rosto de Omar enquanto ele cerrava a mandíbula. Mas Loulie não se intimidaria. Já era ruim o suficiente que estivesse sendo chantageada, e agora estava sendo forçada a viajar com o Rei dos Quarenta Ladrões? Com um *assassino de jinn*?

— Eu não preciso de outro guarda-costas.

O sultão balançou a cabeça.

— Isso não está em negociação.

— Você não confia em mim?

O sultão zombou.

— Confiar em uma ardilosa mercadora mulher? Acho que não. — Ele se inclinou para a frente. — Não se esqueça, al-Nazari: você é uma criminosa. Eu poderia jogá-la nas Entranhas. Poderia tirar sua liberdade e colocar uma corda em seu pescoço.

Loulie tremia. De medo. De raiva. Porque ela sabia que o sultão não mentia. Ela ainda não era nascida quando ele matara suas esposas a sangue frio, mas tinha ouvido as histórias. E o vira sentenciar pessoas à prisão nas Entranhas por crimes muito menores.

Ela nunca se sentira tão desamparada.

O sultão se inclinou para trás, um leve sorriso nos lábios.

— Uma palavra de advertência: não pense que você pode roubar a lâmpada. O jinn é o prisioneiro do *meu* ancestral. Você não será capaz de usar sua magia.

Canalha arrogante. Loulie mordeu a língua antes que pudesse pronunciar as palavras.

— Yuba — interrompeu Mazen, sem força. — Amir jogou a lâmpada no Mar de Areia porque seu poder o cegou. Não acho sensato...

— Silêncio, garoto. — As palavras tiveram a força de um tapa, e o príncipe ficou mudo ao lado de Loulie. — Não é o poder que corrompe, mas a intenção — continuou o sultão. — E minhas intenções são as mais puras possíveis.

— Ah, é? — Loulie se obrigou a olhar para cima, diretamente nos olhos do sultão. O que um assassino poderia querer com um servo jinn?

— Os jinn têm sido uma praga em nossa terra por anos. Caçá-los se provou ineficiente. Eles ainda existem, e não podemos desenterrá-los do Mar de Areia, é verdade. Mas devemos eliminá-los. Não vou deixar que tirem minha família de mim. — Seus olhos se voltaram para Mazen, que, com o rosto pálido, desviou o olhar. — Com essa magia, terei o poder de acabar com eles.

Ah. Loulie apertou as mãos no colo, desejando que parassem de tremer.

— Derrotar magia com magia — disse Hakim suavemente. — Jinn contra jinn.

Loulie estava com dificuldade para respirar. *Qadir*, ela pensou. *Ele mataria Qadir*.

— Não apenas um jinn, mas um dos sete reis — afirmou o sultão. Ele nivelou seu olhar impassível com o de Loulie. — Você vê, al-Nazari? Esta é uma missão justa.

Que desencadeará um massacre.

— Então, o que será? — Os olhos escuros do sultão a perfuraram. — Você encontrará a relíquia e se tornará uma heroína? Ou fugirá como uma criminosa e perecerá no deserto, sem ninguém para chorar por você?

Loulie havia evitado a política para escapar desse exato cenário: ser um peão no jogo de outra pessoa. Ela era uma andarilha, não uma mercenária. No entanto, ali estava, sentada à beira de um precipício com perigo de ambos os lados. E, pela primeira vez em sua vida, foi forçada a ceder.

— Aceito seu pedido. — Ela olhou para baixo, envergonhada. — Vou encontrar sua lâmpada.

Loulie não viu a expressão de triunfo no rosto do sultão, não queria ver. O sultão insistiu que ela permanecesse no palácio. Ele precisaria discutir detalhes específicos com ela nos dias seguintes e a ajudaria a se preparar para sua jornada.

A garota mal estava ouvindo. Ela pensava no príncipe Omar, que a seguiria como um abutre, e em Qadir, que não teria escolha a não ser permanecer em sua forma humana enquanto viajavam. Pensou em sua jornada pelo deserto e nas cidades e nos oásis que eles teriam que atravessar. Mas, principalmente, pensou no Mar de Areia e na relíquia lá enterrada. A relíquia que *ela* deveria obter de alguma forma.

Quando Loulie foi dispensada, a floresta parecia hostil. Para onde quer que olhasse, via sangue prateado reluzindo nas folhas e brilhando como orvalho na grama e nas janelas.

Atrás dela, o sultão e seus filhos haviam começado a falar sobre outra coisa.

— Você encontrou aquilo que eu lhe disse para procurar?

— Eu procurei em todo o gabinete, meu sultão — disse Omar. — Não está aqui.

— Você tem certeza?

Um segundo de silêncio.

— Sim.

Loulie saiu sem absorver as palavras. Não tinha tempo para o presente, não quando era muito mais provável que no futuro ela e Qadir acabassem mortos.

Ela forçou o ar para dentro dos pulmões. *Não vou deixar isso acontecer*. Levantou a cabeça enquanto saía do quarto. *Sou Loulie al-Nazari, a Mercadora da Meia-Noite, e sou dona do meu próprio destino.*

14

Mazen

Antes do incidente com a jinn das sombras, Mazen nunca havia tido medo do escuro. Agora ele não conseguia dormir sem acender uma lamparina de querosene. Embora não banisse completamente seu medo — como poderia, quando a própria existência da luz causava a formação de sombras? —, a luz era uma presença bem-vinda quando ele acordava de seus pesadelos, que eram sempre os mesmos: Omar no gabinete, caminhando em direção a ele com a faca erguida.

Às vezes, quando Mazen estava sendo esfaqueado, ele se lembrava de algumas coisas — sangue prateado nos lábios de um homem morto, assassinos de preto cavalgando pelo deserto, Omar sorrindo, com sangue prateado nas bochechas.

Ele sempre acordava suando frio, cobertores empurrados para longe enquanto lutava para respirar. *Você está aqui*, ele se lembrava. *Você é você*. Mas, embora as palavras o confortassem quando estava acordado, elas não afastavam os pesadelos.

Às vezes, Mazen olhava para as paredes e via a sombra de olhos brancos da jinn sorrindo para ele. *Insignificante*, ela murmurava. Então, quando ele piscava, a sombra desaparecia. Só podia rezar para que sua mente sonolenta estivesse pregando peças nele.

No terceiro dia de estadia da mercadora, Mazen estava exausto. Se sentia cansado e abatido, uma sensação que era exacerbada pela dor de sua ferida. Ao menos, sentia-se grato por a dor ter diminuído para um latejar ameno. Ainda assim, foi preciso um grande esforço para se levantar para a refeição matinal. Havia dias ele tentava fazer o sultão voltar à razão, e não era agora que iria parar.

Apesar dos olhos sonolentos, Mazen estava determinado enquanto se trocava cuidadosamente e saía de seu quarto. Estava atravessando o jardim quando notou a Mercadora da Meia-Noite agachada em um canteiro de rosas brancas. Ela olhava para o sol como se ele a tivesse ofendido pessoalmente.

Mazen a achava bonita.

Você realmente deveria parar de pensar em uma criminosa dessa forma, sua voz interior repreendeu.

Mas ele não podia evitar. Ali estava a Mercadora da Meia-Noite, a lenda mais indescritível de Madinne! Uma história que ganhara vida. E ela o salvara duas vezes. E isso só a deixava ainda mais encantadora aos olhos dele. A mercadora, infelizmente, não compartilhava do mesmo sentimento.

No minuto em que ela o viu, sua carranca se aprofundou.

— Sayyidi.

— Mercadora da Meia-noite. Vai se juntar a nós para a refeição matinal?

Ela inclinou o queixo.

— Não.

Mazen não ficou surpreso. O sultão a forçara a participar de muitos eventos nos dois dias desde que ela chegara. Ela claramente tinha odiado cada momento de sua estadia.

Ele tentou um sorriso.

— Ah. — Seguiu-se um silêncio constrangedor. A mercadora se virou primeiro. Mazen limpou a garganta. — É um belo dia, não é?

— Longe disso. É impossível aproveitar o dia quando você está ocupada temendo o futuro.

O príncipe engoliu em seco.

— Eu sinto muito. — O pedido de desculpas saiu de seus lábios antes que ele pudesse pensar. — Pela missão, por meu pai, pela jinn das sombras...

A mercadora ergueu o olhar, uma expressão peculiar em seu rosto.

— Por que você sente muito pela jinn?

Porque meu irmão a deixou viva e ela machucou você. A mim. A nós dois.

Quando ele não respondeu, a mercadora mudou de assunto.

— Então, devo chamá-lo de Príncipe Mazen? Ou...? — Suas sobrancelhas se ergueram.

— Mazen. Yousef é outra identidade, para outra ocasião. — Ele trocou o peso do corpo entre os pés, pensando, então arriscou uma pergunta. — Mas você sabia que aquele não era o meu nome verdadeiro, não é? Foi por isso que me seguiu.

A única evidência de que a mercadora tinha sido surpreendida foi uma piscada lenta e cuidadosa.

— Um jinn fez de seu propósito caçar você. Eu sabia que você era mais do que um simples escriba. — As palavras pairaram entre eles, uma acusação silenciosa.

Mas, de qualquer maneira, ele não tinha sido o único a mentir.

— E você? — Mazen disse. — Como eu deveria te chamar? — *Loulie ou Layla?*

Os lábios da mercadora se curvaram.

— Loulie. Layla é outra identidade, para outra ocasião.

Ela se virou, deixando Mazen encarar suas costas com admiração. Ele hesitou. Ela fugiria se ele fizesse mais perguntas? Ela obviamente não estava interessada em falar com o sultão, mas talvez falasse com ele?

Com cuidado, Mazen entrou na cama de rosas e se agachou ao lado dela.

— As histórias que contam sobre você... as histórias de Loulie al-Nazari, a Mercadora da Meia-Noite... são verdadeiras?

A mercadora deu de ombros.

— Depende do que dizem. Por exemplo, eu não derrotei sozinha um grupo de notórios ladrões com magia. *Mas* uma vez ateei fogo a um esconderijo e deixei que os ladrões lutassem pelos espólios resgatados até que derrotassem uns aos outros. — Havia humor dançando em seus olhos. — E você, príncipe?

Ela mudou de posição, de modo que seus olhos castanho-ferrugem se cravaram nele.

— Contam muitas histórias de seu irmão, mas você é um mistério. Você é filho de uma contadora de histórias, além de ser um você mesmo, mas não há histórias sobre você.

As palavras eram uma simples observação, mas caíram em seus ombros como se tivessem sido materializadas.

— Sim. Não há muitas histórias para contar sobre um príncipe aprisionado em um palácio.

— Você não pode sair?

— Não sem uma comitiva. — Ele riu fracamente. — Cada saída seria como uma procissão.

— E é por isso que você se torna Yousef. — Ela ainda olhava para ele com a testa franzida. Mazen percebeu que não havia julgamento em sua voz; a mercadora falava com naturalidade.

— Verdade seja dita, eu era apenas um homem anônimo no azoque antes de conhecer você. Você foi a primeira a questionar minha identidade. — Um sorriso triste curvou seus lábios. — Embora eu duvide que consiga escapar de novo tão cedo, foi bom viver uma vida fictícia por um tempo.

Loulie não respondeu, não imediatamente, mas quando o fez, suas palavras foram um murmúrio frígido.

— Eu entendo o que você quer dizer. Uma reputação pode ser um incômodo. Aparentemente, pode até ser usada para chantagear uma pessoa a aceitar uma missão perigosa.

Mazen se encolheu. Ele sabia que as palavras amargas não eram dirigidas a ele, mas isso não o fazia se sentir menos responsável pela crueldade de seu pai. Estava lutando para encontrar uma resposta quando alguém colocou a mão em seu ombro, assustando-o. Ele se virou para ver Omar surgindo atrás deles, examinando a cena com um sorriso preguiçoso.

— Salaam, Mazen. — Ele olhou para Loulie. — Mercadora da Meia-Noite. — Sua voz era fria.

A expressão de Loulie ficou rígida.

— Sumo Príncipe.

— É sempre um prazer. Espero que você não se incomode de eu roubar meu irmão por uns minutos.

Mazen franziu a testa. O que tinha acontecido agora? Ele certamente não estava atrasado para a refeição matinal.

— De forma alguma. — A mercadora se levantou do canteiro de flores e limpou as vestes. Parecia deslocada ao sol: um pedaço de noite em um campo de flores brilhantes. No entanto, portava-se com a confiança de alguém que pertencia. Com a confiança de alguém que merecia *mais* do que aquele lugar, aquela missão.

Com um suspiro relutante, Mazen deixou que Omar o conduzisse para longe. Eles não tinham se afastado muito quando a mercadora os chamou.

— Estou curiosa, Sumo Príncipe. Suas facas pretas, onde você as conseguiu? Elas solidificaram até mesmo um jinn incorpóreo.

Mazen pensou na faca preta de seu sonho e se encolheu. Não havia considerado isso antes, mas as facas de seu irmão *eram* estranhas, não eram?

— Elas são iguais à sua lâmina. Uma arma encantada por jinn. — Omar sorriu por cima do ombro. Seu sorriso matador, como Mazen e Hakim chamavam, embora Loulie não parecesse impressionada. — Não se preocupe, vou usá-las para proteger você se for necessário.

A mercadora apenas revirou os olhos. Ela se virou e foi embora sem dar outra palavra, as vestes escuras tremulando em seu encalço. Mazen desejou poder se juntar a ela. Loulie não estava exatamente livre, não mais, mas fora livre antes que o pai dele a encontrasse. Livre para vagar pelo deserto e viver como quisesse, sem o peso de um reino em seus ombros.

— Ela tem uma personalidade tão agradável — disse Omar. Ele gesticulou para que Mazen o seguisse.

Ela tem a personalidade melhor que a sua, pelo menos, pensou Mazen.

Ele seguiu Omar por um dos corredores ao ar livre. Eles subiram uma escada e chegaram a uma porta simples de madeira. Antes mesmo de entrar ele sabia que era um depósito, pois um pedaço de pergaminho listando o inventário estava preso à porta. Antes que Mazen pudesse perguntar o que eles estavam fazendo ali, Omar o puxou para dentro.

A sala estava cheia de material de limpeza e móveis de má qualidade empoeirados. Dois servos estavam sentados a uma mesa, jogando shatranj. Eles perceberam a entrada de Omar e apressadamente desocuparam a área sob o comando dele. Assim que eles saíram, Omar deslizou para uma das cadeiras e sorriu.

— Isso servirá perfeitamente para um momento de paz e tranquilidade.

— Existe uma razão para termos essa conversa aqui?

— Eu precisava de um cômodo, e este era o mais próximo que não estava cheio dos seus servos espiões.

Mazen rastejou até o parapeito da janela e se posicionou na soleira. *Apenas no caso de eu precisar chamar alguém para me resgatar*, ele pensou. Mas o corredor do lado de fora estava vazio àquela hora do dia. Conhecendo Omar, ele havia planejado até isso.

— Você se lembra do favor que me prometeu, Mazen? — Os olhos de Omar brilharam quando ele enfiou a mão na bolsa em seu cinto e tirou um objeto dourado. — Encontrei uma maneira de você me retribuir. — Ele jogou o objeto para Mazen.

Mazen se inclinou para a frente e quase não conseguiu pegar a coisa dourada antes que caísse no chão. Ele olhou para o que estava em suas mãos. Era uma pulseira dourada e vistosa com joias brilhantes.

— Um presente? Você não precisava se incomodar, Omar. — Ele tentou esboçar um sorriso, esperando que mascarasse sua confusão.

— Ah, precisava, sim. — Omar enfiou a mão na bolsa novamente e tirou de lá... a mesma pulseira.

Mazen olhou a réplica com cautela.

— Achei que você detestasse joias.

Omar bufou.

— Não detesto, só as acho inconvenientes. — Ele sacou uma das facas de seu cinto e a estendeu para Mazen. — Encha uma das gemas do bracelete com seu sangue. — Instintivamente, Mazen recuou. Omar apenas acenou com a faca para ele. — Eu garanto a você que tem uma boa razão.

— Bem, então me diga qual é. Não vou me *cortar* por um motivo desconhecido.

Omar pousou a faca na mesa com um suspiro.

— Tá bom. Você quer uma explicação? — Ele estendeu a segunda pulseira. — Coloque isto.

— Mas eu...

— Coloque logo, Mazen.

O príncipe pegou a pulseira quando Omar a jogou para ele. Depois de um segundo de hesitação, ele a prendeu no pulso esquerdo. A sensação que se seguiu foi uma das mais estranhas que já experimentara: sentiu-se tonto e sem equilíbrio, como se seu cerne tivesse mudado. Seu corpo parecia muito gelado, muito alto. Mazen sentiu um desejo inexplicável de esfregar a pele até que ela descascasse. Ele piscou e sua visão se aguçou, os detalhes da sala foram se tornando mais vívidos.

— O que acabou de acontecer? — Ele congelou ao som de sua voz. Porque não era sua voz. O timbre era muito grave, as palavras muito pesadas em sua língua.

— Omar, o que... — Mazen parou abruptamente. Ele viu sua aparência em um espelho encravado num canto da sala. Desviou o olhar. Em seguida, olhou novamente. A imagem permanecia inalterada.

Omar bin Malik olhava de volta para ele, os olhos arregalados de choque.

Mazen tocou seu rosto — agora o rosto de seu irmão — e se engasgou. A princípio, não disse nada, apenas olhou para seu reflexo alterado. Então veio o pânico, agudo e selvagem, e ele arrancou a pulseira do pulso e a jogou nas almofadas.

Quando Mazen olhou novamente no espelho, estava de volta ao seu próprio corpo. Ele passou as mãos pelo rosto com um gemido. Omar teve a audácia de rir.

— Suas reações melodramáticas nunca deixam de me divertir.

Mazen ergueu os olhos bruscamente.

— O que *foi* isso? Magia? Essas pulseiras são um par de relíquias? — Ele se lembrou da bolsa de relíquias da Mercadora da Meia-Noite. — Você roubou isso da mercadora?

Omar estalou a língua.

— Só roubo coisas que não consigo obter por outros meios. A mercadora não é a única que coleciona itens mágicos.

Mazen sabia disso. Seu pai tinha uma pequena coleção de relíquias que haviam sido "doadas" a ele por caçadores e nômades que vagavam pelo deserto. Ele pagava um bom ouro por elas, é claro, mas a verdadeira razão pela qual alguém entregava relíquias ao sultão era porque temiam que ele descobrisse que as possuíam. Não era um problema comum; afinal, as relíquias eram raras.

Omar continuou falando devagar, com calma, como se falasse com uma criança.

— Essas pulseiras são especiais. Você se lembra da lâmpada que o rei jinn encantou para Amir? As pulseiras também foram criadas pelo mesmo jinn. Elas são tão antigas quanto os pergaminhos de Amir.

Mazen pegou uma das pulseiras e passou os dedos sobre as pedras com admiração.

— Herança de família?

— Há centenas de anos. Estavam no cofre acumulando poeira, então duvido que sentirão falta. — Ele se inclinou para a frente. — Como você pode ver, eu já dei meu sangue para uma delas. Para executar nossa ilusão, você deve oferecer seu sangue à outra.

O estômago de Mazen deu um nó.

— Ilusão?

Omar sorriu.

— Vamos trocar de lugar, Mazen.

A pulseira caiu de suas mãos.

— Mas o pai quer que *você* acompanhe a mercadora...

— E esse é exatamente o problema. Estou me preparando para uma operação importante com meus ladrões e não posso perdê-la. — Ele descansou os cotovelos nos joelhos e se inclinou para a frente. — Pensei que você fosse ficar animado com a ideia. Você sempre quis passear pelo deserto, não? Agora pode.

Mazen conteve uma risada autozombeteira. Quando criança, ele sempre ansiara por aventura — o tipo de aventura das histórias de sua mãe, com heróis e criaturas mágicas fantásticas. Mas isso tinha sido naquela época, e agora era agora.

— Não esse tipo de aventura.

Omar franziu a testa.

— Guardei seus segredos, akhi, e salvei sua vida. Você me deve isso. Ou... — Seus olhos brilharam. — Você gostaria que eu explicasse ao sultão como aquela jinn chegou a possuir sua sombra?

Mazen sentiu o coração batendo na garganta. *Foi você quem trouxe a jinn das sombras de volta. Você que a provocou!* Ele segurou a língua. Sabia que não podia se dar ao luxo de dizer essas palavras, sabia que a decepção do sultão com Omar só viria depois de sentir raiva de Mazen.

Mas o pedido de Omar era impossível.

— Eu não sei usar uma lâmina. Nunca poderia fingir ser você.

Omar enfiou a faca na mesa e sorriu quando Mazen recuou.

— Não tema. Enviarei Aisha, minha melhor ladra, com você. Ela e meus outros ladrões saberão sua verdadeira identidade. Se houver alguma batalha a ser disputada, deixe com ela.

Mazen se lembrava vagamente da mulher encapuzada que vira com Omar no pátio. Nem parecia que aquela reunião tinha acontecido havia menos de uma semana.

— O que me diz, Mazen? — Omar inclinou a cabeça.

Mazen soltou um único e tenso "ha" que era meio riso, meio grito de socorro.

Antes da morte de sua mãe, ele achava que o mundo fora de Madinne era um lugar mágico. Sua mãe o fizera parecer cheio de vida, luz e infinitas possibilidades. E então ela havia sido morta por uma das criaturas de suas histórias, e a magia desapareceu.

Ainda assim...

Morrer ao ar livre é melhor do que viver em uma gaiola dourada.

Ele tinha dito a Loulie al-Nazari que gostava de viver uma vida em que podia ser outra pessoa além de si mesmo. Alguém que não fosse o filho superprotegido de uma lendária contadora de histórias.

Aquela era sua chance de deixar Madinne. Sua única e arriscada chance.

Não seria a primeira vez que fingiria ser outra pessoa que não ele mesmo.

— Está bem. — Mazen levantou a cabeça e encontrou os olhos de seu irmão. — Eu irei em sua aventura.

15

Loulie

— Você precisa mesmo de outra bebida? — Dahlia bint Adnan segurava a garrafa de vinho a uma distância segura de Loulie, que estava sentada no balcão da taverna, balançando um copo precariamente inclinado na direção de Dahlia.

— Não. — Loulie franziu a testa. — Mas eu quero uma mesmo assim.

Dahlia suspirou enquanto colocava a garrafa de volta na prateleira de bebidas atrás de si.

— Mais vinho e você cairá do cavalo amanhã durante o cortejo. Você não quer isso, quer? Pode não se importar com o que o sultão pensa de você agora, mas certamente se importará amanhã.

Loulie fez uma careta.

— Deixe ele pensar o que quiser. Estou cansada de permitir que ele me exiba por aí. *Olhe* para mim, Dahlia! — Ela agarrou a gola da túnica terrivelmente brilhante que estava usando. — Imagine meu constrangimento por ser forçada a usar isso esta noite. E pior! Ser forçada a usar isso enquanto terei que estar pendurada no braço do príncipe Omar.

O príncipe Omar ficou cheio de sorrisos arrogantes enquanto a conduzia ao redor do gabinete mais cedo naquela noite, apresentando-a a convidados que ela nunca quisera conhecer. Os nobres ficaram boquiabertos, como se ela fosse algum tesouro em exibição, arrulhando sobre seu vestido e erguendo as sobrancelhas para ela.

Loulie odiou todos eles.

Foi um pequeno alívio escapar dos nobres e receber *permissão* do sultão para passar a última noite antes de sua terrível jornada na taverna de Dahlia.

— Escute a si mesma. Você não soa nada como a Mercadora da Meia-Noite.

Loulie riu. Um som oco e amargo.

— A Mercadora da Meia-Noite que você conhece se foi. Eu posso muito bem ser uma celebridade agora. — Ela se concentrou intensamente no interior de sua caneca vazia, era a única maneira de manter suas lágrimas de frustração sob controle.

O que ela estava fazendo confiando em Dahlia? Ela nunca havia desmoronado na frente da mulher, nunca a deixara ver nenhuma de suas inseguranças. Dahlia pode ter sido uma proprietária generosa e uma confidente astuta, mas Loulie se esforçava muito para esconder dela as partes mais íntimas de sua vida pessoal. Quanto menos vulnerável se mostrasse a alguém, mais fácil seria deixar a pessoa para trás.

Foi por isso que, mesmo com Ahmed, ela...

Loulie interrompeu o pensamento com um grunhido. *Maldito seja aquele homem por se infiltrar em meus pensamentos assim que baixo a guarda.* Ela ignorou a sobrancelha erguida de Dahlia e voltou sua mente para reflexões mais produtivas. Perguntou-se, não pela primeira vez, onde estaria Qadir. Embora ele a tivesse ajudado no gabinete, estava desaparecido desde a separação deles no Mercado Noturno, três dias antes.

— A reputação de uma pessoa é determinada pela forma como ela interage com os outros — disse Dahlia enquanto colocava outra garrafa na prateleira. Ela estava limpando as garrafas com um pano, como era de costume quando não conseguia dormir. Normalmente, todas as mesas estariam ocupadas a essa hora e a taverna estaria cheia de clientes compartilhando vinho e petiscos. Mas, depois do incidente no azoque, todos os clientes de Dahlia haviam desaparecido. Era provável que tivessem decidido ficar quietos após o expurgo.

— A Mercadora da Meia-Noite não conversa com *nobres* arrogantes. — Loulie bateu a caneca na mesa. Então repetiu o ato mais algumas vezes, porque a fazia se sentir melhor.

Dahlia gemeu.

— Ah, pelo amor dos deuses...

Foi nesse momento que a porta da frente da taverna se abriu e um homem entrou. Loulie se virou, meio que esperando um dos guardas do sultão. Mas não era um soldado.

Era Qadir, de pé diante delas em toda a sua glória impassível.

Ele ergueu uma sobrancelha.

— Quem é essa bêbada infeliz?

Dahlia deu um sorriso torto.

— Eu não sei, mas estou meio que pensando em expulsá-la.

Loulie se endireitou. Rápido demais. O mundo ficou embaçado e ela teve que se apoiar no balcão antes que pudesse focar em Qadir.

— Onde você esteve?

Ele suspirou enquanto se sentava no banco ao lado dela.

— Um caloroso "salaam" para você também. — Seu olhar congelou quando viu o vestido que ela estava usando.

— Um presente do sultão — falou ela. — Tenho certeza de que os clientes vão adorar, eles não serão capazes de desviar os olhos.

— É exatamente por esse motivo que eu deveria queimá-lo — disse Qadir.

Dahlia apenas bufou. A taverneira não tinha ideia de que Qadir realmente *podia* queimar o vestido com apenas um estalar de dedos. Ela deslizou uma última garrafa na prateleira antes de se virar para eles com as mãos nos quadris.

— Vou deixar vocês dois conversarem. Apaguem as lanternas quando terminarem.

Qadir se curvou.

— Tesbaheen ala khair.

Dahlia respondeu com um bocejo antes de subir, deixando Loulie e Qadir sozinhos. Loulie sentiu vontade de jogar os braços em volta do pescoço dele e chorar em seu ombro. Ela esperou que isso passasse antes de perguntar novamente:

— Onde você esteve?

— Observando à distância. Já estou sabendo sobre a missão.

Loulie pensou nos cômodos em que havia entrado e nas lanternas que iluminavam aqueles cômodos. Qadir poderia observá-la daquelas fogueiras se quisesse; a magia do fogo era sua especialidade, afinal. Além de mudar de forma para um lagarto, não havia outra magia que ele pudesse realizar.

— E o que você acha? — Ela girou a caneca distraidamente entre as mãos. — Sobre a lenda e a lâmpada. — Ela olhou para cima. — E sobre o que vem depois.

Qadir tomou a caneca antes que Loulie pudesse girá-la novamente.

— Acho inútil se preocupar com um futuro que não está gravado em pedra. Quanto à lâmpada... você tentou perguntar à bússola onde ela está?

Loulie apoiou o queixo na mesa com um suspiro.

— Ela existe. Perguntei para a moeda *e* para a bússola.

— Então ela pode ser encontrada.

— E você não sente remorso em entregar um jinn preso ao sultão? — Ela fez uma pausa. — *Você* sabe alguma coisa sobre essa lâmpada?

— Eu? — Qadir deu de ombros. — Nada. Não estou no mundo humano há tanto tempo. Mas se a história do seu sultão contiver um pingo de verdade, é provável que o jinn que ele procura seja um ifrit. — Seus lábios se curvaram com a confusão de Loulie. — Ifrit é como chamamos os sete reis jinn em nossa terra. É um título concedido a seres de fogo que são poderosos o suficiente para usar várias afinidades mágicas.

Ifrit. A palavra soava como poder bruto, muito mais sinistra do que *rei jinn*.

— Por que você não me contou sobre os ifrit antes?

Ele encolheu os ombros.

— Nós nunca encontramos um, e ninguém em sua terra usa a palavra. *Rei jinn* pode ser um título impreciso, mas não merece uma lição de história.

Era verdade que todos os jinn que eles haviam encontrado eram especializados em apenas um tipo de magia. Oponentes como a jinn das sombras, que podem manipular o mundo através de um único elemento. Os jinn eram raros, e os chamados reis jinn eram lendas. Não era de admirar que Qadir não tivesse mencionado o termo antes.

— Justo. — Ela suspirou. — Então, digamos que encontremos esse ifrit todo-poderoso. Simplesmente o entregamos ao sultão?

— Quem disse que temos que entregar alguma coisa? — Qadir inclinou a cabeça em direção à lanterna mais próxima. A chama dentro dela vacilou e se apagou, e as outras lanternas se apagaram pouco depois. Os olhos de Qadir dançaram com um fogo brincalhão que fez suas íris brilharem em ouro e vermelho. — Pense no sultão como um cliente a ser enganado.

Acho inútil se preocupar com um futuro que não está gravado em pedra.

Talvez Qadir tivesse razão. Loulie não tinha se tornado tão bem-sucedida por pensar demais.

— Você está recomendando que eu pule antes de pensar? Que irresponsável da sua parte.

Qadir colocou a mão sobre a mesa.

— Eu vivo para ser uma má influência.

Loulie pousou a mão sobre a dele, saboreando o calor de seu toque. De repente, percebeu que estava ficando sonolenta e que isso era possível apenas porque Qadir tinha retornado e estava sentado ao lado dela. Era difícil baixar a guarda quando ele estava ausente. Ela passara as últimas três noites se preocupando com o que aconteceria com ele nessa missão.

Como sempre fazia, Qadir conseguiu ler a preocupação em seu rosto.

— Eu nunca pensei que veria a destemida Mercadora da Meia-Noite tão derrotada antes mesmo de a jornada começar.

— O ifrit na lâmpada não é o único jinn em perigo. — Ela lançou um olhar aguçado para ele.

— Você deveria ter mais fé em mim. Não vivi tanto tempo apenas para ser superado por um humano arrogante. — Qadir arqueou uma sobrancelha. — E eu também nunca vi *você* admitindo derrota para alguém.

Loulie se eriçou. Ele estava certo, ela podia até ser cidadã de Madinne, mas não era serva de ninguém. Ela se recusava a permitir que o sultão destruísse a vida que trabalhara tanto para erguer.

— Você tem razão, a Mercadora da Meia-Noite nunca cederia a algum nobre presunçoso. Nem mesmo o sultão. — Ela entrelaçou os dedos nos de Qadir, sentindo-se subitamente decidida. — Ele vai se arrepender de nos ameaçar.

Qadir sorriu.

— Eles sempre se arrependem no final.

16

Aisha

Era uma noite estranhamente tranquila.

Geralmente, em noites como aquela, quando o sultão tinha convidados, o pátio ficava repleto de nobres barulhentos e irritantemente curiosos. Naquela noite, no entanto, a área estava vazia, e Aisha não hesitou em abrir a cortina. Ela se sentou na alcova da janela e, com apenas a lua e as estrelas como plateia, posicionou um pincel na mão e começou a pintar.

A maioria dos viajantes tinha rituais pré-viagem. Alguns oravam, outros beijavam seus entes queridos. Aisha não podia fazer nenhuma dessas coisas havia muito tempo. Então, em vez disso, ela desenhava.

Pintava desenhos de henna sobre suas cicatrizes e se permitia o breve luxo da contemplação. Permitia-se lembrar da maciez do pincel de henna da mãe enquanto desenhava pétalas em sua pele. Lembrava-se da bronca das irmãs quando ela não esperava o suficiente para a henna secar e acidentalmente borrava a tinta enquanto cozinhava, limpava ou cavava nos campos.

Mal posso esperar pelo dia em que você aprenderá a ter paciência, sua mãe muitas vezes a provocava. *Você será uma força a ser reconhecida.*

Agora, enquanto Aisha pintava as tatuagens em sua pele, ela estava paciente. Cuidadosa. Imaginava que cada pincelada era uma memória que se desenrolava em sua pele. Um fio, encaixado e reaproveitado para criar uma nova tapeçaria. Cheio de determinação em vez de tristeza. Ela ergueu o braço para o luar e observou a manga pintada de folhas e flores irregulares.

Sua mãe estava certa. Paciência era uma lição difícil, mas necessária. Obter vingança não era uma corrida, era uma viagem. Aisha suspirou enquanto baixava o braço para o colo.

Uma hora se passou em paz. Então, quando ela dava os retoques finais em sua última tatuagem, uma batida soou a sua porta. Aisha ficou tensa, depois relaxou quando ouviu a voz de Samar.

— Permissão para entrar, princesa?

O título — um dos muitos apelidos irritantes do ladrão para ela — a fez gemer.

— Me chame de *princesa* de novo e eu arranco seu olho na faca. — Ela pegou o xale leve como uma pluma que descansava em seus travesseiros e, cuidadosamente evitando a tinta de henna fresca em seus braços, colocou-o sobre os ombros. — O que você quer?

A porta se abriu, e um homem de bochechas rosadas entrou cambaleando.

Em um piscar de olhos, Aisha pegou a shamshir recém-afiada de sua parede e se aproximou com a lâmina apontada para o peito dele. O homem ergueu os olhos e a encarou como uma coruja.

Aisha olhou para ele em choque.

— Príncipe Mazen?

O desajeitado príncipe estava vestido com um manto preto-azulado que parecia muito grande para ele. Seus olhos dourados estavam desfocados quando ele piscou para ela lentamente, como se estivesse saindo de um torpor. Atrás dele, Samar entrou na sala. Aisha lançou-lhe um olhar, mas o ladrão apenas deu de ombros. Se isso fosse algum tipo de brincadeira, ela iria matá-lo.

— A-ah — disse o príncipe suavemente. — Eu sinto muito. Não percebi... — Ele olhou ao redor dos aposentos e Aisha se encolheu quando o olhar dele recaiu sobre o quarto vazio. Quase não havia nada para observar: o lugar era tão impessoal quanto um quarto de pousada, com nada além de uma cama, uma mesa simples e um baú para as roupas. O único toque individual eram as folhas de padrões de henna penduradas na parede. Mas isso não importava. Este ainda era o quarto *dela*. Independentemente do que tivesse levado o príncipe até lá, ela se recusava a deixá-lo ficar.

— Saia.

Os olhos do príncipe se arregalaram quando ela deu um passo em direção a ele.

— Eu sinto muito. — Ele balançou nervosamente seu pulso com uma joia. — Por favor, deixe-me explicar...

Aisha estava a poucos metros dele quando parou, notando sua pulseira — a pulseira cravejada de joias que Omar lhe mostrara dias antes, quando viera até ela com o pedido bizarro para acompanhar seu irmão em uma viagem. Seus olhos pousaram novamente no rosto do príncipe. Os lábios estavam curvados em um sorriso muito familiar que *não* pertencia ao príncipe Mazen.

Com uma reverência exagerada, ele soltou a pulseira do braço e, entre uma piscada e outra, de repente era Omar. A túnica não estava mais mal ajustada, e seus olhos brilhavam de diversão.

— O que acha? Eu sou um Príncipe Mazen convincente, não sou?

Aisha retribuiu o sorriso com uma carranca. Ela não esperava Omar antes da meia-noite, quando o jantar dele acabasse. E definitivamente não esperava por ele disfarçado.

Ela deu um empurrão no ombro do príncipe.

— Eu *deveria* ter arrancado seu olho na faca.

Samar riu. O grandalhão se encostou na parede e cruzou os braços sobre a túnica preta.

— Se isso faz você se sentir melhor, ele fez essa cena com todos nós. A *maioria* de nós foi enganada. — Seus olhos escuros a encararam com um sorriso provocante. — Exceto este que vos fala. Achei que valeria a pena perder um olho para ver sua reação.

Aisha apontou para a porta.

— Eu vou te jogar pela janela se você não sair agora.

Samar piscou para ela.

— Sensível como sempre. — Ele estava alcançando a porta quando ela notou algo em seu braço: um corte irregular tão incolor que parecia uma rachadura na pele.

— O que em nove infernos você fez para si mesmo?

Quando Samar apenas piscou para ela em confusão, o príncipe balançou a cabeça.

— Esse idiota foi cortado por um jinn no caminho de volta de uma caçada ontem.

Samar pôs a mão no ferimento.

— Ah, claro. Eu matei a criatura, mas não antes de ela me ferir. Não foi meu momento mais heroico. — Ele sorriu timidamente. — Na verdade, eu estava prestes a refazer o curativo quando o príncipe apareceu com... essa cara. Ele tem sido uma terrível distração.

Aisha olhou com ceticismo para a ferida.

— Você não remendou o corte com sangue jinn antes que cicatrizasse?

Samar suspirou.

— Prefiro não ter essa coisa vil nas minhas veias. Mas ainda bem que eu tenho casca grossa, hein? Útil para nossa ocupação. — Ele lançou um olhar por cima do ombro enquanto saía da sala. — Omar me disse que você concordou com a missão. Boa sorte lá fora, pequena ladra. Enalteceremos você quando voltar.

Ele inclinou a cabeça em saudação antes de fechar a porta atrás de si. Aisha zombou enquanto colocava sua shamshir de volta na parede ao lado de sua gêmea.

— Me enaltecer pelo quê? Não vou fazer nada além de manter um príncipe patético seguro. — Ela voltou para a alcova da janela, onde estavam seus pincéis de henna e a jarra de tinta. Ela os colocou de lado enquanto Omar afundava nos travesseiros à sua frente.

Ele arqueou uma sobrancelha.

— Você subestima a importância de sua tarefa. Além disso, você *ameaçou* me esfaquear na garganta se eu a recrutasse para o exército do comandante. Achei que enviar você com meu irmão seria uma alternativa mais agradável para nós dois.

— Achou certo. — Aisha descansou os braços sobre os joelhos e virou o olhar para a vista do lado de fora da janela. De sua torre inclinada, ela podia ver toda a cidade, até as luzes distantes do bairro inferior. Era estranho pensar que morava naquelas ruas nove anos antes. Que foi onde ela tentara roubar os bolsos de Omar. Ele poderia tê-la enforcado pelo crime. Em vez disso, nomeou-a a primeira de seus Quarenta Ladrões.

— Imagino que seu jantar tenha sido bom?

Omar deu de ombros.

— Se por "bom" você quer dizer irritante, então sim.

— Essa não é a experiência usual?

— É diferente para o meu irmão. Os nobres gostam de bajulá-lo, pensando que isso os aproxima do sultão. Mas eu? Os esnobes têm medo de fazer qualquer coisa além de beijar minhas botas.

Aisha viu um brilho com o canto do olho: não a pulseira, mas uma lasca de prata que Omar girava preguiçosamente nas mãos. Ela reconheceu o brinco de lua crescente imediatamente.

— Você esqueceu de entregar isso ao seu irmão? Não é uma parte importante do disfarce dele?

Omar enrijeceu e curvou os dedos sobre a lua crescente.

— A semelhança é mais que convincente. Ele não precisa do brinco. — Havia um desamparo em seu olhar quando ele falou, uma vulnerabilidade que deixou Aisha desconfortável.

Às vezes ela se esquecia de que o brinco dele era a única coisa que restava de sua mãe. Que, enquanto ela ao menos tinha memórias daqueles que havia perdido, o príncipe nunca seria capaz de se lembrar da mãe que morrera trazendo-o ao mundo.

— Não — ela disse depois de alguns momentos. — Acho que ninguém fora de Madinne pensaria em procurá-lo. — Seus olhos caíram sobre a pulseira. — *Essa* coisa, por outro lado, é impossível não notar. Tem certeza de que ninguém vai reparar?

Ela não deixou de perceber a forma como os ombros dele caíram com a mudança de assunto. Omar estendeu a mão para encaixar o brinco no lóbulo da orelha.

— Deixe que notem. Meu irmão usa bugigangas chamativas o tempo todo, o que é mais uma? Embora...

Ele olhou para ela, e havia uma pergunta silenciosa em seus olhos.

— Não — Aisha falou simplesmente. — Não sou *eu* que estou disfarçada. Não preciso de relíquias.

— É mais fácil matar jinn com sua própria magia, você sabe.

— Vou matá-los com uma lâmina ou não vou matá-los. — O pensamento de usar relíquias, de usar magia *jinn*, fez seu estômago revirar. Maldita seja a política moralista. Ela não estava matando jinn por nenhum deus; os estava matando por vingança. E cortaria suas próprias mãos antes de se vingar usando a magia perversa que antes de mais nada arruinara sua vida.

— Teimosa como sempre. — Ele a examinou em silêncio. Aisha reconheceu o olhar vazio em seu rosto: era a expressão que ele usava quando estava avaliando alguém.

Ela cruzou os braços.

— Em dúvida sobre ficar para trás?

— Nunca. — Omar sorriu. — Posso confiar em você para levar isso até o fim?

— É claro.

— Promete não morrer?

Aisha zombou.

— Ladrões roubam vidas. Eles não têm suas vidas roubadas.

— Belas palavras. — Ele enfiou a pulseira em um dos bolsos de seu manto e se levantou. — Receio que precise ir. Tenho que ajudar meu irmão a fazer as malas antes de todos vocês partirem amanhã. — O príncipe fez uma pausa. — Mazen me deve seu sigilo, mas você o ajudará a manter o personagem, espero?

— Vou tentar o meu melhor, mas sem promessas. — Ela descansou a cabeça na janela com um suspiro. — Agora eu vejo por que seu pai o mantém trancado lá dentro. Ele é um alvo fácil.

— É por isso que depend de você para protegê-lo. — Omar sorriu. — Estou em dívida com você, Aisha.

A garota fez um gesto de indiferença com a mão. Ela nunca se importou em ganhar ou trocar favores.

Omar levou a mão ao peito e fez uma reverência.

— Até amanhã.

Depois que ele partiu, Aisha olhou para a colcha de retalhos de cicatrizes em seus braços. Para as flores que tatuara como uma armadura. Ela não aceitava ficar lamentando o passado. Mas o presente... isso era algo que ela poderia mudar para melhor com sua lâmina.

A cidade era a arena do príncipe. A dela sempre havia sido o deserto.

E ela estava ansiosa para voltar.

17

Mazen

A aventura de Mazen ainda não tinha começado, mas ele já estava cansado dela. Andar pelos corredores no corpo de seu irmão e mostrar seu sorriso condescendente para os outros estava sendo um trabalho árduo. Ele odiava a maneira como os servos olhavam para ele com medo nos olhos. Pelos deuses, até os *nobres* ficavam nervosos e começavam a tagarelar perto dele.

Mas nenhuma resposta foi pior que a da Mercadora da Meia-Noite. Enquanto os outros desviavam o olhar, ela o encarou com raiva. Mazen sabia que ela o odiava. Ele não podia culpá-la, não depois que seu pai ordenara que ele a seguisse na noite anterior. Mazen culpava Omar. Seu irmão achou prudente testar os disfarces, então, na celebração da noite anterior, Omar havia ido como Mazen e Mazen fora como seu irmão. Ele odiava ter sido tão convincente.

Mazen suspirou enquanto tomava café. O sultão ergueu os olhos da xícara.

— Você não parou de suspirar desde que nos sentamos. No que está pensando, Mazen?

Um pouco da tensão caiu de seus ombros ao ouvir seu nome. Naquela tarde, ele se tornaria Omar, Rei dos Quarenta Ladrões e sumo príncipe de Madinne. Mas agora, sentado diante de seu pai no gabinete, ele era ele mesmo, felizmente.

— O de sempre. — Mazen soprou seu café. — Jinn, sombras, pesadelos.

O sultão pousou a xícara. Era a mesma que ele sempre usava — uma pequena xícara de porcelana decorada com rosas multicoloridas. O desenho era igual ao que a mãe de Mazen costumava usar, ela e o sultão compartilhavam um conjunto de xícaras. — A jinn está morta e, se os deuses são justos, queimando no inferno.

Mazen quase se engasgou com a bebida. Não importava que a jinn das sombras quase o tivesse matado — ele ainda sentia pena dela. Era uma fraqueza, sabia, uma que ele não tinha o direito de sentir. No entanto, não conseguia parar de pensar na raiva e na dor que nublavam a mente dela.

O sultão balançou a cabeça.

— Isso nunca vai acontecer de novo. Assim que tiver a lâmpada, destruirei os jinn. Todos eles. — Como Mazen não disse nada, o sultão se inclinou para a frente, sobrancelhas espessas franzidas. — Por que você é contra essa missão? A Mercadora da Meia-Noite é uma *criminosa*. Estou dando a ela uma chance de se redimir.

— Nem todos os jinn são maus, yuba. Mamãe costumava dizer isso em suas histórias, você se lembra?

Mazen sabia que havia dito a coisa errada quando a expressão do sultão ficou gelada.

— Sua memória ficou tão irregular que você não se lembra que ela foi *morta* por um daqueles jinn?

— Mas ela acreditava...

— Sua mãe, que os deuses abençoem a alma dela, tinha o coração mole. — Seus olhos brilharam com uma emoção que Mazen não conseguiu identificar. — Raios me partam se eu deixar os jinn te levarem porque você herdou o sentimentalismo dela. Lembre-se, Mazen, o deserto não é lugar para corações moles.

A mãe de Mazen certa vez dissera o contrário: que em seu país, um coração mole era mais valioso porque o deserto secava as emoções de uma pessoa. Mas ele não disse isso ao pai.

O sultão recuou com um suspiro.

— Espero que você entenda que eu só quero o melhor para você. — Ele estava pensativo enquanto ele pegava o dallah e enchia sua xícara. — Foi por isso que eu decidi que você treinará esgrima. — Ele nem olhou para cima quando Mazen se encolheu. — Isso dará a você algo para preencher seus dias. Até que Omar retorne, quero que você permaneça no palácio. Aqui é mais seguro.

Mazen pousou a xícara antes que ela caísse de suas mãos. Sua mãe não acreditava em responder à violência com violência. Era a razão pela qual ele nunca tinha sido treinado para usar uma arma. Era a razão pela qual o sultão abandonara o cargo de Rei dos Quarenta Ladrões. Mas isso havia sido *antes* de ela morrer. Mazen deveria saber que seria apenas uma questão de tempo até que seu pai colocasse uma lâmina em suas mãos.

Se ele soubesse que seria Omar quem ia empunhar a lâmina. Era quase engraçado. Enquanto ele teria que fingir ser adepto ao uso da espada, Omar teria que fingir ser incompetente. Parecia que ambos teriam trabalho a fazer.

Seu pai sorriu. Não um sorriso torto, mas um sorriso sincero.

— Isso será bom para você. Quem já ouviu falar de um príncipe que não sabe usar uma arma? Você carrega o peso de um reino em seus ombros, Mazen. Não pode protegê-lo apenas com boas intenções.

Seu pai tinha razão. Não importava o fato de que Mazen mal conseguia pegar em uma lâmina por medo de ter que cravá-la em algum ser vivo, ou que ele detestasse violência. Ele estava feliz, pelo menos, que seria Omar que suportaria o peso sangrento de seu reino no futuro. Mazen nunca quisera menos algo do que queria o trono.

— Se é o tédio que você teme, não se preocupe. — O sultão soprou seu café. — Vamos preencher seus dias com trabalho produtivo. Já avisei aos conselheiros que você vai começar a frequentar nossas reuniões. Espero vê-lo em nossa reunião da tarde amanhã. Entendido?

Ah, então esgrima e política seriam sua rotina para o futuro próximo. Mas Mazen não entraria nessa vida — ainda não.

— Sim, yuba — disse ele suavemente.

Foi assim que ele se despediu do pai — não com um abraço ou um beijo na testa, mas com uma admissão. Quando deixou o gabinete, seu coração estava pesado com tudo o que não fora dito.

Era a quinta hora do nascer do sol quando ele chegou ao escritório de Hakim. Ele estivera se preparando para sua jornada, arrumando roupas que não eram suas e conversando com Omar sobre coisas que precisava saber como o Rei dos Quarenta Ladrões. Seu irmão tinha entregado a ele a maior parte de seus pertences, tudo exceto o brinco de lua crescente, do qual ele se recusava a se separar. Era também a única coisa que faltava no disfarce de Mazen agora que ele estava do lado de fora da porta de Hakim.

Hesitante, ele bateu na madeira no ritmo que sempre fazia, e entrou quando Hakim permitiu.

O quarto de Hakim era o mesmo, ainda cheio de livros, sombras e mapas.

— Mazen? Você está estranhamente quieto hoje. — Hakim girou na cadeira. No momento em que viu Mazen, ficou tenso. — Omar?

Mazen odiava ver seu irmão normalmente contido ficar desconfortável com a presença de Omar. Era culpa sua, Mazen sabia. Anos antes, depois que sua mãe lhe contara sobre a existência de Hakim, ele implorara ao pai para trazê-lo de volta ao palácio do qual havia sido banido. Ele queria alguém com quem brincar, alguém que o tratasse como um irmão, ao contrário de Omar. E assim, a contragosto, o sultão havia rastreado a tribo da mãe de Hakim e o trouxera para o palácio. Por Mazen, ele dera a Hakim o título honorário de príncipe, embora não fosse de seu sangue.

Hakim, dois anos mais novo que Omar, era mais próximo de Mazen em idade e temperamento. Sua chegada havia marcado o início de uma época mais pacífica. Pelo menos até a mãe de Mazen morrer e o sultão trancar Hakim em seu quarto e permitir que Omar o menosprezasse.

Minha culpa, minha culpa. Mazen sentiu uma pontada de vergonha, sabendo que havia sido ele quem separara Hakim de sua tribo. Quando criança, ele insistia que Hakim era *sua* família. Ele havia percebido apenas em retrospecto, uma vez que seu irmão estava preso ali, quão egoísta havia sido.

Mazen forçou o pensamento para o fundo de sua mente enquanto puxava a pulseira do braço e conseguiu dar um sorriso fraco quando Hakim se assustou.

— Salaam, Hakim.

— Mazen! — Hakim caiu de costas contra sua mesa. — Você quase me matou do coração.

— Me desculpe. Eu não tive a oportunidade de tirar essa maldita coisa até agora.

— Existe uma razão para você estar usando magia para se disfarçar de Omar? — Hakim olhou para a pulseira. — Isso é... uma relíquia?

— Sim e sim. — O sorriso de Mazen diminuiu quando ele se aproximou. O mapa que o sultão tinha apresentado a Rasul e Loulie estava estendido sobre a mesa de Hakim. Seu irmão tinha acrescentado mais rotas de viagem.

Ele podia sentir Hakim o examinando. Ele esperava um suspiro, um resmungo, mas, quando Hakim falou novamente, sua voz estava calma.

— Você planeja tomar o lugar de Omar hoje.

Mazen engoliu.

— Você se lembra do favor que devo a ele? É isso. Ele quer que eu acompanhe a mercadora, que finja ser ele.

— E você vai fazer isso? — Hakim se levantou abruptamente. Seus ombros largos e altura impressionante faziam Mazen se sentir pequeno. — Você iria de bom grado para um deserto cheio de assassinos e jinn apenas para manter seu segredo a salvo do sultão?

Mazen deu um passo para trás e saiu da sombra de seu irmão.

— Mas se ele soubesse...

— Ele *ama* você, Mazen! Você é o favorito dele. Ele nunca te machucaria.

Mazen quase riu. *Eu? O favorito dele?* Como Hakim podia pensar aquilo? Seu pai nunca *escutava* o que ele tinha a dizer. Ele nem mesmo confiava em Mazen; dava todas as responsabilidades importantes para Omar. Mas Mazen sabia que Hakim discutiria com ele até o pôr do sol, então entrou na onda.

— Então o amor dele o cega. Ele nunca me dá razão.

— É tão errado que ele queira que você tenha uma escolta fora do palácio?

Mazen balançou a cabeça.

— Agora vou ficar preso no palácio o tempo todo. — Ele fez uma pausa, percebendo quão mimado soava. Hakim não podia nem participar de eventos do palácio sem a permissão do sultão. E ali estava ele, reclamando.

Ele desejou poder retirar as palavras, mas não conseguiu falar no silêncio constrangedor. Em vez disso, ocupou as mãos, enfiando uma delas na bolsa para pegar o cachecol de sua mãe, vibrante mesmo na penumbra do escritório escuro de Hakim.

Hakim se acomodou em sua cadeira, de ombros caídos.

— Você não está indo apenas por causa do sultão, está? É pela Mercadora da Meia-Noite. E porque você quer escapar do palácio.

Mazen engoliu em seco. Ele *queria* deixar Madinne. Ele *queria* ajudar a Mercadora da Meia-Noite, mesmo que não tivesse certeza de que estava à altura da tarefa. Ele estava em dívida com ela.

Hakim riu, um som suave que fez o coração de Mazen afundar.

— Conheço você melhor do que você conhece a si mesmo. — Ele estendeu a mão. — Eu sei que você trouxe o cachecol até aqui porque quer que eu o mantenha seguro. E sei que sua cabeça está decidida. Você tem a teimosia do sultão em você.

Mazen queria objetar, mas Hakim tinha razão.

— Como sempre, você vê através de mim.

— Você deixa transparecer o que sente. — Hakim pegou o cachecol dele e começou a enrolar o mapa. — Quem mais sabe dessa troca? Seus servos? Karima?

Mazen balançou a cabeça.

— Ninguém. Não posso arriscar compartilhar esse segredo.

— E a Mercadora da Meia-Noite? Você não acha que ela estaria mais disposta a viajar com você se soubesse sua verdadeira identidade?

O coração de Mazen se contorceu de culpa. Ele odiava mentir para Loulie al-Nazari, mas que escolha tinha? Ela desprezava o sultão. Se ela descobrisse o segredo de Mazen, o que a impediria de usá-lo como chantagem contra o pai dele? Se isso acontecesse, o sultão nunca o perdoaria.

Mazen gostava de Loulie, mas temia mais o pai.

Hakim assentiu solenemente quando Mazen lhe disse isso.

— Então eu, sozinho, ficarei de olho em Omar. — Ele franziu a testa. — Me incomoda o fato de ele colocar seus negócios pessoais acima dos do sultão. E que ele vá enviá-lo em uma jornada tão perigosa.

Era incômodo, mas não surpreendente. Quando criança, Omar desafiava Mazen a fazer todo tipo de coisa perigosa apenas para rir quando ele se machucava.

— Eu marquei as rotas mais percorridas no mapa. — Hakim entregou a ele. — A mais rápida levará você através de Dhyme e Ghiban.

Mazen sorriu ironicamente.

— Ah sim, exatamente o que eu preciso: cidades cheias de pessoas para quem atuar.

Hakim não disse nada, apenas o encarou em silêncio, seus olhos brilhantes sombreados pela luz fraca do fogo. Com o coração subitamente apertado, Mazen apertou o mapa contra o peito. Ele não tinha o direito de lamentar sua trapaça na frente de seu irmão. Seu irmão que estava preso ali por causa dele.

— Eu sinto muito, Hakim. — O pedido de desculpas saiu como um sussurro.

Hakim piscou.

— Pelo quê?

Mazen gesticulou ao redor da câmara. Para as pilhas altas de livros, os mapas colados uns sobre os outros nas paredes porque não havia *espaço*. Se não fosse por ele, Hakim estaria no deserto desenhando seus mapas. Em vez disso, estava sentado ali, um prisioneiro, entregando a Mazen a chave para a fuga *dele*.

As sombras no rosto de Hakim mudaram quando ele sorriu, desenhando crescentes escuros sob seus olhos que o faziam parecer muito mais velho do que seus vinte e cinco anos.

— Já te disse que você não me deve desculpas. Além disso, agora não é a hora para elas.

Mazen engoliu o nó na garganta. *Não, agora é a hora das despedidas*.

Hakim se levantou e o abraçou primeiro, e tudo que Mazen pôde fazer foi retribuir sem estremecer. Quando Hakim se afastou, seus olhos brilhavam com lágrimas não derramadas.

— Que as estrelas guiem seu caminho e os deuses o mantenham seguro. E lembre-se, Mazen — ele colocou a mão no ombro do irmão, na dúvida, não há pessoa melhor para ser do que você mesmo.

Mazen se forçou a sorrir.

— Eu nunca esperaria ser outra pessoa.

Ele não disse ao irmão que, nessa jornada, ele seria inútil como ele mesmo. E que, no fundo, temia que esse fosse sempre ser o caso.

18

Loulie

Normalmente, as partidas de Loulie de Madinne eram acontecimentos discretos. Ela e Qadir se levantavam com o sol, tomavam chai com Dahlia e depois saíam a cavalo com seus suprimentos na bolsa infinita e a bússola na mão.

Hoje foi diferente. Dessa vez, todos em Madinne estavam aqui para vê-la partir. Ou assim parecia. Loulie nunca tinha visto as vias públicas tão cheias. Ela sabia que tinha uma reputação, mas nunca havia esperado que *tantas* pessoas soubessem a respeito dela. Era estranho que eles ainda estivessem encantados por Loulie, embora ela estivesse longe de parecer misteriosa, parada em pé no palco do sultão erguido às pressas com suas vestes cor de meia-noite. Normalmente, ela deixava Madinne em seus xales marrons; não havia razão para chamar a atenção para si mesma no deserto.

Agora, no entanto, aqui estava ela — a indescritível Mercadora da Meia-Noite, revelada ao pôr do sol.

Rasul al-Jasheen, o mercador, parou na beira do palco, tentando atrair seu olhar. Loulie o ignorou. *Ele* a colocara nessa confusão, e ela não o perdoaria por isso.

Ela encarou a multidão quando o discurso do sultão chegou ao fim. Os aplausos pulsaram como um batimento cardíaco em seu corpo e bateram dolorosamente em sua cabeça. Seu estômago revirou, e ela não soube dizer se era consequência do álcool da noite anterior ou de sua própria ansiedade. Estava tudo muito barulhento, muito brilhante. Os aplausos eram a pior parte — a prova de que aquelas pessoas aprovavam sua jornada e não a perdoariam caso ela fugisse.

Ao comando do sultão, Loulie montou na égua castanha que esperava à frente do cortejo. Ela se forçou a ficar ereta quando ele apareceu ao lado dela com votos de boa sorte que eram claramente ameaças adoçadas. Embora ela se recusasse a fazer mais do que cumprimentar ele e os filhos, seus olhos se demoraram no príncipe mais jovem quando ele se virou de costas.

— Príncipe — disse ela baixinho. — Os ataques jinn não foram sua culpa. — Ela estava querendo dizer isso a ele desde a conversa no pátio.

O príncipe inclinou a cabeça e sorriu.

— Shukran. Boas viagens, al-Nazari. — Ele seguiu o sultão e seu irmão. Ela piscou, assustada com a rispidez e a falta de sinceridade na voz dele.

Ela conteve sua irritação enquanto guiava a égua adiante, lutando contra a tontura enquanto o mundo balançava. O príncipe Omar e sua ladra carrancuda, Aisha, esperavam por ela junto com Qadir, que cavalgava um garanhão largo com seu arco e aljava amarrados às costas. Loulie ficou surpresa ao ver a shamshir do quarto deles embainhada em seu quadril.

— Estamos sentimentais, não estamos? — Ela sorriu. — E eu aqui pensando que a shamshir seria sempre apenas uma decoração bonita.

Ele se virou quando ela se aproximou.

— Seria imprudente se aventurar no deserto sem uma lâmina, não? — Seus olhos brilharam com humor. — Estava juntando poeira na parede. Achei que poderia trazê-la comigo caso finalmente tivesse um motivo para usá-la.

Espero que nunca *haja um motivo*. Loulie conteve um suspiro quando se juntou a ele.

Qadir se recostou na sela, acenando com a cabeça para os habitantes da cidade.

— Eu não tinha ideia de que você era tão popular na terra dos vivos. — Os olhos dele percorriam a multidão, que gritava e aplaudia.

— Você me faz parecer um fantasma.

— Ou uma lenda. — Qadir chamou a atenção dela.

Ela suspirou.

— E eu aqui pensando que estava vivendo uma vida simples e humilde.

Ele se virou com um chiado. Loulie olhou para ele de canto de olho, considerando. Havia muito que ela ainda precisava perguntar a ele. Sobre a lâmpada, a viagem e...

Os assassinos. Ela não tinha esquecido o aviso da jinn das sombras. Que, para buscar vingança, ela precisaria vedar seu coração. Essas palavras tinham que significar alguma coisa. E ela as discutiria com Qadir assim que conseguissem um momento a sós.

Mas quem sabia quando isso aconteceria? Mesmo agora, ela podia sentir o príncipe Omar sorrindo para ela. Loulie nunca sentira um desejo tão grande de arrancar o sorriso do rosto de alguém no tapa.

Ela olhou além de Omar, para sua ladra: uma mulher alta e graciosa com cabelos escuros trançados que roçavam as costas. Loulie se sentiu insignificante sob seu olhar carrancudo, como um besouro sendo esmagado sob o salto de uma bota. Tinha certeza de que nunca estivera em pior companhia.

Pelo menos ainda tenho Qadir. Ela se apegou ao pensamento quando eles começaram a avançar.

Sua dor de cabeça se transformou em um latejar doloroso enquanto a multidão assobiava e vibrava ao redor deles. Crianças acenavam com bandeirolas decorativas dos telhados, mulheres ululavam e aplaudiam, e homens jogavam moedas de cobre que reluziam nas ruas. Os soldados do sultão estavam de sentinela na beira da estrada, observando estoicamente os procedimentos enquanto vigiavam as massas.

Embora Loulie estivesse acostumada com multidões, aquela era a maior quantidade de pessoas juntas que ela já tinha visto em um só lugar, e o espetáculo quase a fez congelar. Mas então ela se lembrou das palavras de Dahlia: *A reputação de uma pessoa é determinada pela forma como ela interage com os outros*.

A identidade de Loulie foi criada a partir do mistério, e ela pretendia mantê-la dessa forma. Ela se forçou a se endireitar na sela e levantar a cabeça. Quando estava quase na entrada do azoque, uma voz familiar chamou seu nome, e ela se virou antes que pudesse evitar. Rasul al-Jasheen abria caminho pela multidão enquanto acenava para ela.

Ele se aproximou o suficiente para tocá-la.

— Eu não tive escolha — disse ele. Loulie não disse nada, embora suas mãos tremessem nas rédeas. Os olhos de Rasul dispararam para a frente e para trás, procurando os guardas que já se aproximavam. — Era minha tribo. Eu não podia... não podia arriscá-los.

O coração de Loulie batia tão descontroladamente que ela mal conseguia se ouvir pensar. *Tribo*. A palavra soava como lar e desgosto. Se ela tivesse sido capaz de salvar sua tribo todos aqueles anos antes destruindo a vida de outros, ela teria feito o que Rasul fizera?

— Não o desobedeça — murmurou Rasul enquanto se afastava. Suas vestes verdes se misturaram à agitação vibrante do azoque e, entre um piscar de olhos e outro, ele se foi.

Loulie estava abalada quando se virou para o portão. Seu olhar vacilou novamente, sem sua permissão, e ela viu Dahlia parada nos limites da multidão, braços volumosos cruzados de modo desafiador, olhos âmbar apertados contra o sol. No minuto em que seus olhares se encontraram, Dahlia colocou a mão sobre o coração e se curvou.

Loulie soltou um suspiro suave e acenou de volta.

Adeus, Dahlia.

— *Você está certa disso?* — *disse a taverneira.*

Layla sorriu.

— Completamente. Você me disse que eu tinha que ganhar meu sustento de alguma forma.

Dahlia bufou.

— O que eu *disse* é que eu não aceito órfãos aproveitadores. As tarefas que você executa são pagamento mais que suficiente. Nunca sugeri que você perambulasse pelo deserto procurando relíquias que podem ou não existir. Como você planeja encontrar essas coisas?

Layla olhou para Qadir, que colocava açúcar na xícara. Sem pestanejar, ele ergueu a xícara e bebeu. Layla teve que morder o lábio para não rir. Ela duvidava que Qadir soubesse que ela havia descoberto seu segredo — que ele apenas fingia colocar açúcar no chai. Seu copo estava vazio. Qadir bebia o açúcar puro.

Ela esperou pacientemente que ele terminasse, então estendeu a mão para a bússola, que apresentou a Dahlia. A taverneira encarou o objeto com ceticismo.

— Uma bússola antiga?

Layla bateu na superfície de vidro. A seta vermelha estremeceu.

— Uma bússola mágica.

Dahlia não pareceu impressionada.

— Volte em trinta dias com essas relíquias e eu acreditarei em você. Um dia a mais e enviarei um grupo de busca.

Layla ergueu as sobrancelhas.

— Se eu não a conhecesse, até pensaria que está preocupada *comigo, Dahlia bint Adnan. E eu achando que você não tinha coração.*

— Me preocupo com você como um investimento, garota. Você vale mais para mim viva do que morta. — Seu olhar suavizou. — Você vai ter cuidado, não vai? O deserto é perigoso.

— Eu sei. — Layla girou a xícara entre as mãos. — Sinto falta dele.

— Vocês, beduínos, e seu desejo de viajar. — Dahlia suspirou, mas estava sorrindo. — Bem, trate de voltar. Você ainda me deve ouro pelo aluguel.

— Farei melhor que isso. — Layla se inclinou para a frente e ergueu a xícara. — Vou trazer relíquias suficientes para vender por uma pequena fortuna. E então vou dividir com você.

Dahlia riu enquanto erguia a própria xícara.

— Às pequenas fortunas, então. — Elas brindaram.

— Às pequenas fortunas — repetiu Layla.

19

Mazen

A primeira vez que Mazen se aventurou no deserto, ele estava aprendendo a andar a cavalo. Embora houvesse campos no bairro nobre liberados para tais práticas, o sultão insistira que o melhor lugar para ele aprender era no terreno onde ele faria a maior parte de sua cavalgada. Mazen ainda podia se lembrar de sua admiração quando pisou além do portão da cidade pela primeira vez e testemunhou a majestade do deserto de perto.

Ele se lembrava do ar brilhando com partículas de poeira tão finas que pareciam estrelas cintilantes. Lembrava-se da paisagem — um mar de areia dourada que brilhava sob o pôr do sol — e do vento que fazia suas roupas esvoaçarem.

As lições de hipismo tinham sido difíceis, mas Mazen gostara delas mesmo assim. Naquela época, as coisas eram mais simples. Ele era apenas uma criança, ansioso pelas importantes viagens de negócios em que acompanharia seu pai um dia. Ficava imaginando aventuras em que cavalgava pelas dunas e deparava com criaturas lendárias das quais se gabaria mais tarde para a mãe.

E então sua mãe morreu, e esses dias nunca chegaram.

Uma estranha nostalgia o invadiu enquanto seguiam a rota dos viajantes para fora do portão principal de Madinne. Mazen ficou impressionado com a sensação peculiar de que estava cavalgando em direção ao passado, e não ao futuro. Havia aquele mesmo pôr do sol pintando as dunas ao longe de vermelho-dourado, e a poeira que brilhava fracamente no ar, conduzida por uma brisa suave. Ele olhou para baixo ao notar flores silvestres amarelas brotando da areia e se perguntou se alguém as havia plantado ali ou se mesmo aquele pequeno rebento de vegetação havia nascido de sangue jinn.

Teria feito a pergunta em voz alta se fosse ele mesmo.

Discretamente, Mazen se mexeu na sela. Fazia muito tempo que não montava a cavalo, ainda estava se lembrando de como relaxar o corpo. Não, o corpo de *Omar*, que era muito mais pesado — mais resistente — que o dele. Felizmente, nenhum de seus companheiros de viagem estava atento a seus movimentos inquietos. Na verdade, nenhum deles falou nada. Mazen tentou ser otimista em relação ao silêncio. No mínimo, isso dava a ele tempo para apreciar a viagem.

Uma viagem incrivelmente *curta*.

Quando o caminho rochoso desapareceu, a mercadora pegou uma bússola e a usou para guiá-los na direção certa. A partir dali, só precisaram seguir os rastros de outros viajantes por algumas horas até chegarem à primeira parada em seu mapa: um entreposto não muito longe da cidade, um local chamado al-Waha al-Khadhra'a, o Oásis Verde. Era mais um retiro que uma parada, uma cidade em miniatura feita de prédios de barro e barracas coloridas. No centro do Entreposto ficava o Oásis, um grande corpo de água cercado por grama amarela, tamareiras inclinadas e tendas. Mazen não pôde deixar de se perguntar quantos jinn haviam morrido para que aquele lugar pudesse existir.

O pensamento sombrio pairava sobre ele como uma nuvem escura quando entraram no Entreposto e Loulie al-Nazari se virou para falar com eles.

— Vamos acampar aqui esta noite — disse ela rigidamente, e então seguiu em frente sem esperar por uma resposta. Mazen a observou abafar um bocejo enquanto se dirigia com seu guarda-costas para o espaço perto da água reservado para acampamento noturno.

Ele se questionou brevemente a respeito da exaustão dela antes de voltar sua atenção a tudo que acontecia de novo e desconhecido ao redor. Viu mulheres andando com cestos trançados nas cabeças, homens encostados nas árvores, mastigando espetos de cordeiro, e crianças correndo atrás das barracas, rindo enquanto se escondiam umas das outras.

A cena levou um breve sorriso ao seu rosto antes que ele percebesse que deveria ser Omar, e Omar não ficaria admirado com esse tipo de coisa. Ele puxou o cavalo para a frente, tirando poeira de suas roupas enquanto seguia atrás de Aisha bint Louas, que tinha parado a uma curta distância. Ela não dissera nada durante a viagem. Na verdade, não havia sequer falado com ele, exceto para sugerir que arrumasse a postura durante o cortejo.

O silêncio entre o grupo persistiu enquanto montavam sua barraca. Loulie al-Nazari não voltou a falar com eles pelo resto da noite, embora Mazen a tivesse visto vagando pelas barracas do Entreposto. Cada momento que passava acordada, ela estava com seu guarda-costas, que pairava atrás dela como uma sombra. Toda vez que Mazen pensava em se aproximar dela, o guarda-costas — Mazen a ouvira chamá-lo de *Qadir* — franzia a testa para ele à distância. Mazen achava o olhar impassível do homem ainda mais desconcertante do que a carranca permanente de Aisha.

Quando deu meia-noite, Mazen mal tinha falado com os viajantes ao redor do Entreposto, exceto alguns que reconheceram seu rosto sob o capuz. Era estranho ser reconhecido como seu irmão. Mais estranho ainda era quando as pessoas sorriam para ele com brilho nos olhos e o chamavam por títulos que não lhe pertenciam.

Rei dos Quarenta Ladrões, o chamavam. *Herói*. Mas o mais estranho era o terceiro título, que ele nunca tinha ouvido antes: *Ladrão de Estrelas*. Era o pior dos títulos porque provava que todos sabiam o que Omar realmente era: um homem que roubava vidas de jinn. Um assassino banhado em sangue prateado.

Mazen ainda pensava no título quando adormeceu em sua barraca naquela noite. O pensamento adentrou seus pesadelos, um sussurro em seus lábios quando Omar se aproximou com sua faca preta. *Poupe minha vida, Ladrão de Estrelas. Poupe minha vida.* Mas Omar, o terrível e sorridente Omar, não teve piedade. Ele abaixou a faca e...

Mazen acordou com o coração na garganta. A princípio, não conseguia respirar, só conseguia ficar sentado em estado de choque enquanto observava as paredes desconhecidas de tecido que o cercavam. Estava em uma tenda, percebeu. Não no quarto dele. Não no palácio. Passou as mãos trêmulas pelo cabelo, notando que seus cachos haviam sumido, substituídos por fios grossos e curtos.

— Algo errado, príncipe? — Mazen ergueu o olhar e viu Aisha esticada no saco de dormir à sua frente. Ela estava apoiada sobre um cotovelo e franzia a testa para ele.

Deuses, a queda de uma pena conseguia acordá-la.

— Não foi nada — murmurou ele. — Apenas um pesadelo.

Aisha ergueu uma sobrancelha.

— Precisa que eu cante uma canção de ninar para você?

Mazen piscou. Aquela era a primeira vez que ela respondia a algo que ele dissera. Exausto, ele balançou a cabeça e se levantou. Aisha continuou a observá-lo.

Ela era muito bonita, pensou Mazen, mesmo sendo mais do que um pouco assustadora. Tinha olhos sedutores de um castanho tão escuro que quase chegavam a ser pretos. Seu cabelo, que antes estava trançado, agora caía em uma cortina de seda ao redor dos ombros. Seu rosto era todo angular: maçãs do rosto e nariz pontiagudos, sobrancelhas oblíquas e queixo pontudo. Se as lendas eram verdadeiras e os humanos haviam sido feitos da terra, então Aisha bint Louas fora esculpida na pedra mais dura e resistente.

— Vou tomar um ar fresco.

Ele estava saindo quando a ladra falou.

— Os pesadelos são normais. Eu também os tive quando lutei com um jinn pela primeira vez. Eles vão embora. — Ela se acomodou de volta em seu saco de dormir e se virou com um suspiro. — Em algum momento.

O coração de Mazen se acalmou com a garantia, ainda que ríspida.

— Fico aliviado de ouvir isso.

Aisha não respondeu, mas ele não se ofendeu. Agora que o silêncio entre eles havia se quebrado, já não parecia tão pesado. Um sorriso tocou seus lábios quando ele abriu a aba da barraca.

— Tesbaheen ala khair — murmurou Mazen.

— Wa inta min ahlah — resmungou Aisha quando ele saía.

Mais cedo, a área externa estivera animada, cheia de visitantes dividindo comida e compartilhando fofocas. Agora estava quieta, as fogueiras tinham sido apagadas e a única luz vinha das tochas distantes que cercavam o perímetro do acampamento. À primeira vista, a escuridão era sufocante. Assobiava e sussurrava, atraindo Mazen de volta para seus pesadelos.

Então ele viu o céu. Não havia fumaça, nem árvores, nem prédios — apenas a extensão infinita de azul meia-noite, pontuada por estrelas cintilantes.

Mazen pensou em Hakim, que, anos antes, o ensinara a ver constelações. Quando menino, Hakim tinha aprendido a se guiar por elas. Mazen pensara que seria capaz de fazer o mesmo assim que deixasse a cidade, mas, se as estrelas eram uma bússola, ele ainda não sabia lê-las.

O vento sacudia gentilmente suas roupas enquanto Mazen vagava em direção ao oásis no centro do acampamento. À medida que circundava o lago, ele notou que a brisa não penetrava na pele de Omar como fazia na dele. No corpo de Omar, Mazen se sentia mais quente, mais leve. E, embora ainda estivesse se familiarizando com a estabilidade do corpo do irmão, percebeu que se sentia mais confiante naquela casca. Mais *capaz*. A melhor parte da mudança, no entanto, era o fato de o ferimento deixado pela jinn das sombras ter desaparecido, o que possibilitava que ele se esquecesse que havia sido uma das vítimas dela.

Até os pesadelos voltarem. Um pavor se instalou em seu peito. Quando conseguisse convencer Aisha a falar com ele de novo, teria que perguntar quanto tempo havia levado para que os pesadelos *dela* se abrandassem.

Ele suspirou enquanto voltava para a clareira onde estava a barraca deles. Uma fogueira que não estava lá antes crepitava no centro. Ele olhou para o fogo. Sem dúvida alguém teria lembrado de apagá-lo, certo?

— Perdido, Príncipe?

Mazen pulou ao ouvir o som da voz. Perto do fogo, onde ele tinha certeza de que não havia nada antes, de repente estava a sombra de um homem. Um fantasma de pele escura com brasas ardentes nos olhos. Mazen quase desmaiou ao vê-lo. *Não é um jinn*. Ele respirou fundo para acalmar seu coração. *Não é um jinn*.

Ele deu um passo à frente e a visão se dissipou. As sombras deram lugar à luz e Mazen viu um homem familiar sentado à luz do fogo. Qadir, o guarda-costas da Mercadora da Meia-Noite.

Mazen engoliu o nervosismo e deu uma risadinha.

— Perdido, eu? Que pensamento divertido.

— Hum. — O guarda-costas desviou o olhar, voltando a atenção para algo que estava equilibrado em seu joelho. Uma bússola. Mesmo no escuro, Mazen podia ver a flecha balançando para a frente e para trás. Ele se perguntou se era a bússola pela qual a mercadora se guiara durante a viagem. Sem dúvida parecia ser a mesma, embora não parecesse particularmente confiável agora.

Mazen ergueu uma sobrancelha.

— Uma bússola quebrada?

Qadir nem sequer ergueu o olhar.

— Quebrada não, apenas rigorosa.

— Rigorosa?

O guarda-costas não respondeu. Mazen esperou por um tempo, mas ele não conseguia transformar o silêncio em uma arma como seu irmão fazia. Por fim, ele se afastou. Estava curioso, mas também estava cansado. Esperava que desta vez conseguisse dormir.

20

Aisha

Após semanas em Madinne, Aisha estava feliz de voltar ao deserto.

Não estava feliz, no entanto, com a atual companhia. Ela estava acostumada a trabalhar sozinha ou, em raras ocasiões, com Omar ou outro ladrão. Acampar com estranhos era irritante.

Aisha resmungou para si mesma enquanto se inclinava sobre a fogueira. As coisas poderiam ser piores, ela supôs. Pelo menos o guarda-costas e a mercadora não eram incompetentes. Pelo contrário, Qadir era bom com arco e flecha, e Loulie sabia limpar e cozinhar as presas que ele caçava. Nos últimos três dias desde que deixaram Madinne, eles haviam ajudado a montar acampamento e traçar o caminho para Dhyme. Em geral, Aisha reconhecia que eles tinham sido companheiros de viagem decentes.

Por outro lado, tinha o príncipe Mazen. Embora estivesse familiarizado o suficiente com os maneirismos de Omar para ser um ator decente, ele era um peso morto. Tudo o que ela conseguira ensinar a ele até agora era como fazer uma fogueira. Todas as outras tarefas ela fazia sozinha. *Não seria tão terrível*, pensou ela, *se não estivesse fingindo servir a um homem que não era seu rei.*

Aisha arrancou um galho das beiradas da fogueira e começou a desenhar formas na areia distraidamente. Foi só quando Loulie al-Nazari se juntou a ela e olhou para as linhas que Aisha percebeu que estava rabiscando flores na terra. Com indiferença fingida, apagou os desenhos.

A mercadora puxou os joelhos contra o peito.

— Seu passatempo? — ela perguntou.

— Não é da sua conta — respondeu Aisha.
— Você não gosta muito de conversar, né?
— Fale por você. Não finja que não estava nos evitando.

A garota deu de ombros enquanto se inclinava para mais perto do fogo.

— E? Você tem *nos* evitado. — Assim que ela começou a aquecer as mãos, uma rajada de vento passou, agitando a areia e fazendo a chama tremeluzir. A mercadora recuou. Aisha reprimiu um tremor enquanto puxava o capuz. Sempre levava algumas noites para se acostumar com os ventos fortes quando voltava para o deserto.

Passos soaram atrás delas e, momentos depois, o príncipe Mazen e Qadir apareceram. O príncipe, com o mapa que ela insistira que ele estudasse, e Qadir, com uma sacola de tâmaras que aparentemente tinha comprado no Oásis dois dias antes. Mazen se sentou a poucos metros de distância enquanto Qadir se acomodava ao lado da mercadora. Ela se aproximou dele, perto o suficiente para roubar o saco de tâmaras de seu colo. Qadir não pareceu se importar quando ela começou a mastigar.

— Vejo que houve uma mudança no tempo — disse ele.

Mazen sorriu de canto. Era um reflexo desconcertantemente perfeito do sorriso habitual de Omar.

— Que observação astuta.

Aisha olhou para o céu. A lua cheia parecia nebulosa, quase como uma miragem. Ela não via nuvens invasoras, então era improvável que uma tempestade estivesse chegando. O que era, então? O guarda-costas estava apenas se referindo aos ventos mais frios? Eles não eram incomuns naquela época do ano.

— Longe de ser relevante. — Ela voltou seu olhar para a mercadora, que parecia lutar contra um calafrio com os braços cruzados sob o manto. Qadir, por outro lado, parecia completamente imperturbado pelo frio. E o príncipe Mazen... Aisha podia dizer, pelo jeito que ele cerrou a mandíbula, que estava tentando evitar que os dentes batessem.

— Com ou sem mudança, chegaremos a Dhyme amanhã — falou Mazen. — Não precisaremos temer que o tempo seja um obstáculo quando estivermos dentro dos muros da cidade.

A mercadora ergueu uma sobrancelha.

— Que observação *astuta*, Sumo Príncipe.

Mazen piscou, parecendo estupefato.

Aisha pigarreou e desviou a conversa.

— Não se esqueça do wali de Dhyme, sayyidi. Ele espera que façamos uma visita a ele quando chegarmos à cidade. — Omar nunca passava por Dhyme sem visitar o guardião da cidade.

O fato de ele estar familiarizado com o comportamento de Ahmed era um pequeno alívio. Afinal, Mazen era um príncipe, e certamente já havia se encontrado com o wali quando ele visitava Madinne a negócios.

O príncipe suspirou.

— É claro. Eu nunca poderia me esquecer de Ahmed. Ele é dramático demais para isso.

Loulie al-Nazari se encolheu. Foi um movimento leve, mas perceptível, dado o silêncio dela. *Ela o conhece*, pensou Aisha. Mas sua curiosidade despertou e morreu no mesmo fôlego. Ela não conseguia ler os sentimentos da mercadora em seu rosto, e não se importava o suficiente para bisbilhotar.

O silêncio tomou conta deles. Todos encararam o fogo de forma ritualística. Até que a mercadora atirou um graveto qualquer em direção às labaredas. As chamas estalaram e se alargaram, pintando o rosto dela com sombras que fizeram seu olhar desdenhoso parecer ainda mais severo.

— Bem — disse ela. — No que diz respeito ao tempo, suponho que não há nada a fazer além de esperar e ver o que o amanhã vai trazer.

O dia seguinte trouxe uma maldita tempestade.

Ventos tenazes cortavam a paisagem e rajadas duras rasgavam as roupas e chicoteavam na pele de todos eles. Bastava uma olhada para o sinistro céu alaranjado para saber que eles estavam no meio de uma tempestade de areia. A cidade de Dhyme, que deveria estar a algumas horas de distância, não era nada além de uma forma borrada quase invisível além das nuvens de poeira. A única indicação de que estavam indo na direção certa era a bússola da mercadora, que apontava obedientemente para o norte.

Ou assim supunha Aisha. A mercadora e seu taciturno guarda-costas tinham desaparecido na neblina, e ela não conseguia mais vê-los.

O vento uivava em seus ouvidos, jogando tanta poeira em seu rosto que ela teve que se esconder atrás de seus lenços. Aisha xingou enquanto o mundo desmoronava em areia, vento e escuridão. A areia estava lá mesmo quando ela fechava os olhos, grudando em seus cílios e pinicando a parte interna de suas pálpebras. Estava em sua garganta, transformando cada expiração em uma tosse dolorosa e ofegante.

Aisha queria se bater por não ter percebido que o céu enevoado tinha sido um precursor disso. Estupidamente, esperara um tempo mais ameno durante a viagem, porque era o início do inverno, mas já deveria saber que o clima do deserto era algo inconstante.

Ela arriscou olhar ao redor quando o guincho do vento morreu em um gemido triste, apertando os olhos na poeira em busca de qualquer sinal de movimento humano. A Mercadora da Meia-Noite ainda estava fora de vista, mas Aisha pôde ver outra figura se aproximando. Seu rosto estava coberto, mas ela teria reconhecido Omar em qualquer lugar.

Mesmo quando ele não era ele mesmo.

Aisha impulsionou sua égua em direção ao príncipe. Cada vez mais perto — até que o vento voltou a aumentar e uma espessa cortina de poeira caiu sobre eles. Sua visão escureceu.

O tempo deixou de existir na escuridão. Era inútil avançar, então Aisha segurou as rédeas, enfiou o rosto nos lenços e recuou para a tranquilidade de sua mente. O vento a golpeava com tanta força de todos os lados que ela logo perdeu qualquer senso de direção. Sentia-se simultaneamente sendo lançada no ar e enterrada na areia. Era difícil — quase impossível — respirar. Apenas um pensamento a mantinha ancorada na sela: *Eu não serei derrotada por uma tempestade.*

Longos minutos se passaram, e Aisha repetiu as palavras várias vezes, até que, finalmente, o vento diminuiu e o céu clareou para um tom escuro de vermelho. Aproveitando a brecha na tempestade, ela puxou para baixo o pano que cobria seus olhos e ergueu o olhar. Areia escorria por suas bochechas como lágrimas enquanto ela examinava o deserto.

A paisagem estava vazia. Nenhum sinal de príncipe, de mercadora ou de guarda-costas. Nada além de areia.

De repente, o pavor a atingiu com a força de um soco no estômago. Aisha se curvou em sua sela. Ela apertou as rédeas com as mãos trêmulas. Omar lhe dera esse trabalho único e simples. Se ela confessasse a ele que tinha perdido seu irmão simplesmente porque subestimara a tempestade e não tomara as devidas precauções, que ela nem se preocupara em amarrar seus cavalos juntos...

Não. A ladra mordeu o interior da bochecha com força. *Autopiedade é para os fracassados.*

Ela *encontraria* o príncipe. Era sua missão protegê-lo, e ela não falharia. Aisha se concentrou em sua respiração, exalando lenta e profundamente sob o lenço para acalmar seu coração palpitante. A mercadora e seu guarda-costas estavam indo para o norte, provavelmente em direção a algum tipo de abrigo. Se ela pudesse encontrar uma maneira de se reorientar nessa direção...

— Aisha!

O chamado era apenas um murmúrio, mas Aisha ainda conseguia discernir a direção de onde vinha. Seu coração se alegrou e se entristeceu ao mesmo tempo com alívio quando ela se virou em sua sela e viu a sombra do príncipe acenando para ela à distância. Acenou de volta — um movimento curto para indicar a ele que o tinha visto.

O príncipe levantou a mão e apontou para o leste. Aisha se virou para a esquerda, seguindo o mesmo caminho de longe enquanto caminhava para diminuir a distância entre eles. Mas era uma distância considerável, e o vento começava a aumentar de novo, trazendo consigo uma espessa camada de areia que tornava difícil dizer se ele estava a quilômetros ou metros de distância. A visibilidade era tão baixa que ela nem conseguia ver o rosto dele.

Aisha controlou a frustração e se concentrou em seguir adiante. Não importava que houvesse areia em cada fenda de seu corpo, ou que cada uma de suas respirações fosse áspera porque havia areia demais em seus pulmões. Não importava que o vento estivesse soltando seus xales e que o uivo tivesse se suavizado em um sussurro que soava, estranhamente, como uma voz...

Ya Awasha, essa careta vai se fixar no seu rosto se você não relaxar!

Aisha ficou tensa. Espontaneamente, seus olhos correram para uma mancha colorida no limite de seu campo de visão. Ela respirou fundo com a cena impossível diante dela: um homem parado no meio da tempestade e acenando para ela com um sorriso torto no rosto.

Mas... não, Aisha estava enganada. Não havia tempestade. Havia apenas seu irmão, de pé nos campos de Sameesh, provocando-a porque sabia que era a melhor maneira de despertar sua motivação. *Eu te conheço, querida irmã. Negue o quanto quiser, mas sei que é o ódio que melhor te alimenta.*

Quanto mais ela encarava, mais nítida a face de seu irmão ficava: o rosto anguloso, os olhos escuros, a barba por fazer que ele nunca tivera a oportunidade de deixar crescer...

Uma porta se fechou na mente de Aisha, e seu irmão desapareceu de repente. Ela apertou as rédeas e pensou: *Os mortos não falam.*

Normalmente, ser autoconsciente era suficiente para superar as alucinações induzidas pelo calor do deserto. Mas essas miragens eram tão persistentes quanto a tempestade. Cada vez que Aisha se afastava de uma delas, outra se materializava diante de seus olhos. Viu sua mãe, acenando para ela debaixo de uma tamareira enquanto trabalhava em uma de suas cestas. Viu o tio, levando um rebanho de ovelhas ao pasto.

Aisha cravou as unhas na palma das mãos com força suficiente para rasgar a pele.

— Os mortos não falam — murmurou para si mesma. — Os mortos *não* falam.

— Que curioso o fato de você conseguir silenciar as vozes deles.

Ela girou e de repente lá estava seu irmão, inexplicavelmente cavalgando ao lado dela no cavalo do príncipe. Não, não do príncipe. A sombra que ela havia pensado que era Mazen não era ele de forma alguma.

— Diga-me, assassina. Silenciar suas vítimas tranquiliza sua consciência? — Os olhos do fantasma se escureceram com seu sorriso, as pupilas sangrando no branco dos olhos até eles ficarem pretos como carvão. — Típica caçadora, acha que está acima da morte.

Magia jinn. A epifania queimou através de Aisha como fogo. Ela se moveu por instinto, sacando uma faca da manga e atirando-a no rosto do irmão. A miragem que tinha sido sua carne e sangue se desfez em pó, e o cavalo desapareceu com ela.

Mas Aisha não estava mais sozinha.

Sob as camadas de vento e poeira, ela podia distinguir uma duna. E no topo da duna estava uma sombra solitária e sorridente. *Me encontre, assassina de jinn*, a sombra sussurrou em sua mente. Os anéis de resistência à possessão queimaram nos dedos de Aisha; não os arrancar exigiu um enorme esforço.

Ela sabia que deveria voltar ao caminho. Que deveria tentar encontrar o príncipe novamente. Lutar naquela tempestade era loucura, e o jinn estava claramente a provocando. Mas a criatura tinha olhado dentro de sua mente. Tinha pensado em *enganá-la*. E Aisha se recusava a ser enganada por um jinn.

Uma calma mortal a invadiu enquanto esporeava sua égua adiante. Ela lidaria com esse monstro e suas ilusões, e então retomaria sua busca pelo grupo. Não demoraria muito para despachar a criatura; já havia enfrentado muitos como ele antes.

A sombra não se moveu, apenas ficou ali sorrindo para ela à distância. *Me encontre*, sussurrava. *Me encontre. Me encontre.* Quando Aisha desmontou da égua, a voz era de um escárnio implacável, incitando-a a seguir em frente e fazendo sua visão pulsar vermelha de raiva.

Aisha escalou a duna. Mesmo quando o vento a golpeou de todas as direções e o mundo caiu em escuridão mais uma vez, ela escalou. Apertou os lábios — areia esmagada entre os dentes — e, com esforço, posicionou um pé na frente do outro. Repetidas vezes, até que seu calcanhar encontrou ar.

Houve uma pausa. Então Aisha tropeçou, deslizando de forma deselegante pela encosta de areia com as pernas inertes. Um de seus lenços se soltou e, quando ela chegou ao pé da duna, sua garganta estava tão cheia de areia que ela mal conseguia respirar.

Irritada e abalada, Aisha xingou enquanto pegava suas lâminas. Ficou aliviada ao sentir ambas ainda embainhadas em seus quadris.

Ótimo. Seus olhos ardiam e seu corpo doía, mas pelo menos ela ainda tinha suas armas. Curvou os dedos ao redor dos cabos enquanto encarava a poeira. Foi quando viu o abismo: uma escuridão sinistra parcialmente escondida atrás de uma cortina de areia cintilante.

Aisha lançou um olhar por cima do ombro para o deserto. A tempestade ainda rugia, violenta, ofuscante e implacável — tão impenetrável quanto o vazio diante dela. Aisha reconhecia uma armadilha quando via uma. O jinn tinha orquestrado isso para que ela se visse perdida independentemente de para qual lado se virasse.

Me encontre. A provocação ecoando da escuridão tinha a cadência de uma música.

Aisha encarou a sombra com um olhar furioso. Não tinha como saber se o jinn era a causa da tempestade de areia, mas isso não importava. Era seu trabalho exterminar as criaturas. Que tipo de caçadora ela seria se deixasse esse monstro escapar para levar caos a viajantes desavisados?

Ela lidaria com o jinn primeiro, depois encontraria o grupo. Simples.

Aisha deu um passo à frente.

— Prepare-se, jinn.

A ladra começou a caçada.

21

Loulie

Loulie viu o fogo de Qadir antes de tudo: uma chama brilhante, quase azul, que cintilava fortemente à distância. Era a única luz guia naquela tempestade de areia escura como breu. Ela cavalgou em direção ao fogo, parando apenas quando os cascos de seu cavalo estalaram em vez de rangerem.

Então Qadir estava ao seu lado, conduzindo seu cavalo para dentro da caverna. Loulie xingou ao desenrolar os xales do rosto. Seus olhos ardiam como o inferno, e havia areia em seus dentes. Qadir lhe entregou o odre sem dizer uma palavra enquanto ela descia da égua, e ela encharcou o rosto e a garganta com água antes de sacudir a espessa camada de poeira depositada em suas roupas.

— Sem areia nos pulmões? — perguntou Qadir.

Loulie tossiu.

— Só um pouco mais do que o normal.

Logo após Qadir amarrar seu cavalo, o príncipe entrou na caverna através de uma cortina de areia escura. Seus olhos estavam vermelhos quando ele desceu da sela e desenrolou os lenços. Loulie esperava um sorriso torto, não o olhar assombrado em seu rosto.

— Aisha chegou? — perguntou o príncipe. Loulie olhou para Qadir, que balançou a cabeça. Ele xingou. — Eu a perdi na tempestade.

Embora tenha falado com calma, Loulie viu o pânico na forma como a garganta dele se mexia e na maneira como ele olhou não apenas uma, mas duas vezes por cima do ombro, como se esperasse que sua confissão convocasse a ladra. Antes que Loulie pudesse dizer qualquer coisa, o príncipe foi até a entrada da caverna. A areia o atacava de várias direções, mas ele permaneceu firme e imóvel enquanto olhava para o vazio escuro que se tornara o deserto.

— Deuses — ela o ouviu murmurar. Ficou surpresa com a emoção em sua voz.

— Vamos procurá-la depois que a tempestade passar. — Qadir se aproximou do cavalo do príncipe e deu um tapinha na sujeira de seu focinho.

O príncipe girou.

— Mas Aisha... bint Louas... — Ele parecia sem palavras.

Loulie quase — *quase* — sentiu pena dele. No entanto, mais que isso, ficou desapontada por ele não ter desaparecido junto. Por ela não poder se livrar dele e fugir daquela terrível missão.

Abruptamente, como se percebesse que tinha deixado sua máscara cair, ele se afastou da entrada e suspirou.

— Certo. Esperamos a tempestade passar.

E eles esperaram. Quando a noite caiu, dividiram o pão em volta da fogueira e se revezaram observando a entrada da caverna. Quase não houve conversa entre eles, e Loulie ficou feliz por isso. Ela não queria falar sobre a ladra desaparecida. E não queria falar sobre Dhyme novamente, especialmente quando o assunto era Ahmed.

A mercadora estava tentando esquecê-lo desde que ele fora mencionado na noite anterior, mas agora a conversa estava gravada no fundo de sua mente: um lembrete de que ela também teria que visitá-lo. Um lembrete de que, apesar de todos os seus sentimentos complicados pelo wali, ela *queria* visitá-lo. Distraidamente, Loulie remoeu o pensamento em sua cabeça. Ele desapareceu apenas quando ela dormiu, mais uma vez se dissipando em um problema a ser resolvido depois. Sempre depois.

A tempestade não diminuiu até o início da manhã, momento em que eles empacotaram seus suprimentos e saíram para procurar a ladra desaparecida. Loulie presumia que Aisha tivesse encontrado refúgio em algum outro lugar, mas não viu nada por perto que pudesse servir de abrigo. Também não havia sinal de seu cavalo. Loulie pensou em usar a bússola para rastreá-la, mas acabou decidindo não fazer isso; ela não queria revelar sua magia ao príncipe. Ele era um ladrão, afinal, e ela não duvidava que ele pudesse ser baixo o bastante para roubá-la.

Retraçar o caminho do dia anterior era impossível — a tempestade havia coberto completamente seus rastros. Era impossível dizer onde eles tinham se separado de Aisha; exceto pelos ocasionais cactos ou arbustos, o deserto era apenas uma paisagem de dunas ondulantes, vales íngremes e penhascos atarracados. A única civilização próxima era Dhyme, que parecia mais distante que no dia anterior. Não passava de um pontinho no horizonte, visível apenas quando ganhavam altitude.

Loulie gemeu quando passaram por um arbusto amarelo e desgrenhado pelo qual certamente já haviam passado mais cedo. Talvez ela *devesse* usar a bússola...

— Acho que vejo outra caverna à distância — disse Qadir. Ele apontou e, embora Loulie não visse nada além de manchas, as manchas eram de cor cinza, o que era promissor em uma paisagem tomada por dourados e vermelhos. — Vou até lá verificar. — Ele olhou para ela e levantou uma sobrancelha. *Espere por mim*, dizia o olhar.

Loulie hesitou. Ela e o príncipe Omar, sozinhos? O pensamento a deixava nervosa. Não porque ela tivesse *medo* dele, não, mas porque abominava a ideia de ter que permanecer no mesmo espaço que ele sem Qadir. No entanto...

Ela lançou um olhar furtivo para o príncipe. Ele estava mal-humorado, os lábios apertados em uma careta que era mais ansiosa que zangada.

Omar é suportável assim, Loulie pensou, e balançou a cabeça para Qadir demonstrando isso.

No minuto em que Qadir partiu, o príncipe desceu de sua sela e começou a escalar a colina de areia mais próxima. Loulie franziu a testa para ele.

— O que você está fazendo?

— Tentando chegar a um ponto de visão privilegiado. — Ele hesitou quando a areia se moveu sob seus pés, então se virou para olhar para ela com expectativa. Loulie se eriçou. Ela se recusava a ser olhada de cima, figurativa *ou* literalmente.

Suas pernas estavam doloridas quando chegaram ao topo, mas Loulie ficou revigorada com a vista. A leste, a sombra do que era a cidade de Dhyme. E a oeste, ela viu um pontinho que era Qadir. Omar estava indo em direção à mancha cinzenta, que, dali ela podia ver, era de fato uma caverna. Ao longe, ela viu uma linha de sombras que poderia ser uma caravana, mas estava muito distante para que Aisha a tivesse alcançado em uma única noite.

Loulie olhou para baixo. A colina em que estavam dava em um vale pequeno e íngreme, cercado por encostas de areia. Era uma visão espetacular, embora assustadora.

— Estou vendo alguma coisa — murmurou o príncipe. Ele apontou, e Loulie seguiu com o olhar até um ponto de cor mais abaixo. À distância, parecia uma sombra amarrotada sem dono.

Loulie deslizou até o vale à frente para investigar.

Ela cavou a areia até desenterrar o fragmento de cor. Seu coração se apertou quando viu o que era.

Um lenço de veludo.

Omar arrancou o pano leve de suas mãos.

— Parece um dos lenços de Aisha.

Loulie se levantou e olhou ao redor deles. Se aquele lenço *era* da ladra e estava aqui entre as dunas, isso significava que ela havia tropeçado neste vale? Ou o vento simplesmente carregara o lenço até aqui?

Ao lado dela, Omar respirou fundo. Ele girou no lugar, os olhos estreitos.

— O que é esse... — Seu olhar parecia estranhamente desfocado. — Som *infernal*? — Loulie aguçou os ouvidos, mas tudo o que conseguiu ouvir foi o barulho distante de um falcão.

— Tem uma voz. — Omar deu um passo em direção à duna. Ele fez uma pausa, inclinou a cabeça. — A voz de uma mulher? — Ele pressionou a palma da mão na gigantesca colina de areia. Por alguns momentos ficou ali parado, apertando os olhos. Então começou a arranhar a terra.

Loulie deu um passo para trás, se afastando da poeira que voava.

— Ah, que ótima ideia, Sumo Príncipe. Eu nem tinha considerado a possibilidade de Aisha ter se enterrado na areia!

O príncipe continuou cavando como um homem possuído, jogando mais poeira no rosto dela. Ela suspirou: que ideia terrível. Loulie inalou um punhado de areia e se engasgou com a própria respiração. Quando o ar clareou, sua garganta estava em chamas.

Ela se virou para o príncipe com um xingamento na ponta da língua, que morreu no mesmo fôlego. Apesar de toda a areia jogada, a duna estava exatamente igual a momentos antes.

E Omar tinha desaparecido.

Loulie meio que esperava que ele aparecesse para assustá-la. Mas isso não aconteceu, e o príncipe não respondeu quando ela chamou seu nome.

Magia?

Só havia uma maneira de descobrir. Ela enfiou a mão no roupão e tirou a bússola. Antes mesmo de olhar para a flecha, sabia o que a bússola mostraria. O instrumento zumbia sempre que uma relíquia desconhecida estava próxima.

Como esperado, a seta vermelha apontava diretamente para a parede de areia, tremendo como se estivesse ansiosa. Loulie encarou a duna com cautela. Não era raro uma relíquia manipular o espaço ao seu redor. Quanto mais forte a relíquia, mais poderosa a manipulação. Mas... uma duna?

A mercadora colocou a mão na colina e se assustou quando seus anéis aqueceram. A indecisão tomou conta dela enquanto olhava para a bússola. Ela nunca havia investigado uma relíquia sem Qadir. Nunca o tinha deixado sem uma forma de encontrá-la. Mas...

Eu só preciso resgatar o príncipe e sair. Estarei de volta antes que Qadir retorne.

Loulie enfiou a bússola no bolso e deu um passo à frente. Dessa vez, a magia não se escondeu dela. A areia cedeu, revelando uma entrada que não estava lá antes. Loulie entrou na escuridão e desapareceu do vale.

22

Mazen

O corredor era glorioso, com belos mosaicos brilhando do chão ao teto. Pilares de pedra sustentavam o teto abobadado coberto de vitrais decorativos. Arandelas em forma de caveira pendiam das paredes e continham velas brancas flamejantes que faziam o piso de ladrilhos brilhar em um azul cerúleo reluzente. Era, apesar de sua estranheza, o corredor mais bonito que ele já tinha visto.

Mazen não fazia absolutamente nenhuma ideia de como fora parar ali. Ele se lembra vagamente de ver uma duna. Cavar a duna. Cair dentro da duna. Uma vez lá dentro, gritar no breu da duna. Ele se lembrava de entrar em pânico, batendo os punhos contra as paredes escuras em um esforço para encontrar a saída. Mas, depois disso, sua memória era um borrão.

Mazen respirou fundo quando se virou para a imagem trincada à sua direita. Viu uma representação caótica e aglomerada do que imaginou serem os sete reis jinn. Um deles era metade pássaro e metade homem, ostentando torso e pernas humanos, mas asas de pássaro e cabeça de falcão. Ele se perguntou se era uma representação do rei jinn aprisionado por Amir.

O segundo jinn estava retratado no meio de um giro, suas feições escondidas atrás de um véu de névoa. O terceiro jinn segurava uma caveira em uma mão e um cetro na outra; o quarto tinha barbatanas brotando de suas costas e escamas brilhando em sua carne. O quinto era um jinn usando uma túnica partida em duas metades — uma reluzente com joias e a outra preta e rasgada. Os dois últimos jinn eram os mais estranhos: um era feito de madeira e tinha flores crescendo entre os dedos, enquanto o outro era uma sombra com presas e olhos vermelhos brilhantes.

Mazen deu um passo para trás, o coração martelando em seus ouvidos. O último o fizera lembrar da jinn das sombras. Mas... não. Certamente ela não teria sido um rei jinn?

Ele sufocou uma risada nervosa e se forçou a avançar. Cada passo ecoava muito alto no salão silencioso, e os jinn nas paredes pareciam segui-lo com os olhos.

Não entre em pânico. O príncipe arrancou uma adaga do cinto de Omar na esperança de se sentir mais corajoso. As ruínas estavam tão silenciosas que ele podia ouvir o farfalhar de suas roupas, as batidas frenéticas de seu coração. Geralmente, até o silêncio tinha um som — alguma cadência subjacente que passava despercebida até que todos os outros ruídos desaparecessem. Mas essa ausência de som era absoluta. Anormal.

Não entre em pânico. Mazen se forçou a andar. E andar. E andar.

Seu estômago pulou na garganta quando viu novamente a imagem dos sete jinn. Ele sabia que era a mesma porque a pedra estava lascada nos mesmos lugares. Ele não estava andando por um corredor sem fim: estava andando sem sair do lugar.

Uma vela próxima oscilou. O aperto de Mazen na lâmina se intensificou. Seus músculos ficaram tensos, sua respiração deu um nó, e ele pensou: *Ó deuses, por favor, não deixem que eu seja possuído, por favor...*

— Salaam.

Mazen se virou e atacou com a adaga para a frente. Ela cortou o ar. A estranha estava longe o suficiente para que a lâmina nem sequer roçasse sua pele.

Ele congelou. Conhecia aquela mulher.

Cabelos compridos que brilhavam como madeira polida, pele morena cheia de sardas, olhos dourados salpicados de um marrom irregular... Mazen baixou sua lâmina. Aqueles eram os olhos *dele*. Os olhos de sua mãe.

— Uma? — Ele piscou e, de alguma forma que ele não conseguia compreender, ela não desapareceu.

— Habibi — ela murmurou. Mazen se encolheu, mas não se afastou quando a mulher colocou a mão em seu rosto. Sua pele estava fria, muito fria. Mas sua mão era extremamente *macia*. Quando ela a tirou, Mazen teve a sensação de que a mulher estava desenrolando algum fio vital de dentro dele. Ele piscou, e sua mãe oscilou no local como uma miragem.

— Uma... — Seus dedos varreram o ar.

— Habibi.

Mazen se virou e a viu parada mais adiante no corredor, segurando uma lanterna que brilhava com a mesma luz berrante que as velas nas arandelas. Ela gesticulou para ele, um sorriso suave no rosto.

— Me siga.

Ele deu um passo à frente.

— Para onde você está indo?

Mas Shafia não respondeu. Ela se virou e foi embora, e as chamas nas arandelas tremeluziram e morreram em seu encalço. A escuridão beliscou os calcanhares de Mazen. *Insignificante*, sussurrou. Ele se afastou e correu atrás de sua mãe.

Seu coração batia em seus ouvidos e latejava atrás dos olhos. O príncipe tinha vaga ciência do peso repentino de seu corpo e da estranha pressão crescendo em sua cabeça. Sentiu os anéis de ferro muito quentes e apertados em seus dedos — e depois nada. Toda vez que ele piscava, sua mente ficava mais nebulosa, até se esvaziar completamente, exceto por um zumbido suave. O corredor deixou de existir. Havia apenas sua mãe, cantando uma música baixinho.

As estrelas queimam a noite
E guiam o caminho do xeique...

Mazen não reconheceu a letra, mas se pegou murmurando a melodia com os olhos semicerrados, saboreando a estranha sensação de nostalgia que o invadiu.

Eles passaram por câmaras que floresciam diante de seus olhos. Em um momento, estavam sujas e cheias de teias de aranha, e, no momento seguinte, tapeçarias elaboradas se estendiam pelas paredes e tapetes ricos se desenrolavam sob seus pés. Os dois entraram no que parecia ser um gabinete, onde esqueletos estavam debruçados sobre xícaras cheias de besouros. Mas, quando Mazen passou, os esqueletos se tornaram pessoas vivas que ergueram suas taças para ele e gritaram.

— Salvador! Salvador!

Mais de uma vez, ele se perguntou se deveria expressar suas preocupações. *Do que estou salvando vocês?*, queria perguntar. Ou talvez: *Como você está viva, Uma?* Mas a vontade desaparecia toda vez que sua mãe cantava.

A música ainda ecoava em sua mente muito depois que ela parou, ainda entorpecendo seus pensamentos, quando a mãe falou no silêncio.

— Você conhece a história da Rainha das Dunas, Mazen?

Mazen ouviu as palavras, mas por algum motivo não conseguiu entender o significado. Ele sorriu, esperando que fosse a resposta apropriada.

Sua mãe sorriu de volta. Era o mesmo sorriso radiante que ela sempre tivera, que fazia covinhas aparecerem nos cantos da boca.

— A rainha pode fazer todos os seus desejos se tornarem realidade. Até os impossíveis. — Ela parou ao pé de uma escada que espiralava em uma torre escura. Subiu as frágeis escadas de madeira. — Mas todos os desejos têm um preço — continuou. — Ela fará um pedido a você. Você deve aceitar antes que ela lhe dê o que seu coração deseja.

Se você desejar, posso até ressuscitar os mortos. Uma voz profunda, mas gentil, acariciou sua mente.

O coração de Mazen deu um pulo ao ouvir isso. Sua visão ficou turva e sua mãe desapareceu. Em seu lugar havia uma criatura pálida e desengonçada com membros longos e buracos ocos nas órbitas oculares. A criatura falou com ele na voz de sua mãe.

— Você vai me ajudar, não vai, Mazen?

Mazen abriu a boca — para ofegar, para gritar —, mas então o zumbido recomeçou e acalmou seus medos. A criatura desapareceu e, de repente, sua mãe estava em pé diante dele de novo, sobrancelhas franzidas de preocupação.

Claro que vou ajudar você, Uma.

Ela sorriu.

— Eu sabia que podia contar com você, Mazen.

O príncipe piscou, pensando que não dissera as palavras em voz alta. Mas presumiu que isso não importava. Sua mãe sempre havia sido boa em decifrar suas expressões...

Ele parou. Tinha esquecido que estava no corpo de Omar. Como sua mãe...

— Chegamos. — Ela gesticulou para a frente, em direção a um conjunto de portas de bronze no patamar da escada. — Lembre-se do que eu disse. Sem sacrifício, sem ganho.

Mazen hesitou. Aquela estranha névoa estava invadindo sua mente novamente, o impossibilitando de entender seus pensamentos. Mas então sua mãe colocou a mão em seu ombro, e ele perdeu o foco completamente.

— Tenha fé, Mazen. — Suas palavras eram suaves, um sussurro conspiratório. — Nem tudo o que nos é roubado deve permanecer assim.

Mazen se virou. Respirou fundo. Então se aproximou lentamente das portas.

Ele sabia tudo sobre perda. Havia perdido a mãe. Havia perdido sua liberdade. Agora havia perdido até sua identidade.

Posso trazê-la de volta, disse a voz sussurrante em sua mente. *Posso trazer sua mãe de volta.*

As portas se abriram para uma câmara circular iluminada por tochas fracas. Um vento ágil soprou pelas rachaduras nas paredes decrépitas, agitando as cortinas de cor marrom. Exceto pelo farfalhar, o espaço estava perturbadoramente silencioso. Uma câmara circular vazia feita de paredes rachadas.

Então Mazen ouviu um barulho ao entrar no ambiente.

Ele olhou para baixo e viu ossos no chão de ladrilhos. No fundo de sua mente, reconhecia que tal descoberta deveria ser perturbadora. Que provavelmente era motivo de preocupação. Mas ele não tinha tempo para se preocupar, então guardou a percepção para ser avaliada mais tarde e continuou em direção a um estrado de pedra que se elevava acima do mar de ossos. Em cima do estrado havia uma tiara — um arco de caveiras douradas primorosamente esculpidas. Alguma parte distante de Mazen se perguntou por que ele gravitava em direção ao objeto, mas ele não se permitiu demorar no pensamento, pois sabia que aquela tiara faria seus desejos se tornarem realidade. Ele só tinha que tomar posse dela e...

Então serei rainha mais uma vez.

Mazen começou a cantarolar enquanto se aproximava do estrado. Os ossos sussurraram quando ele alcançou a coroa. *Rainha, rainha, rainha.* A palavra pulsou através de seu corpo. Pela ponta dos dedos.

Ele agarrou a tiara de ossos.

23

Loulie

Foguinho? Acorde, Foguinho.
Era como se o mundo tivesse sido reduzido a cinzas.
Loulie! Lou-Lou-Loulie!
Loulie se assustou.
— Baba? — Ninguém mais usava aquele apelido ridículo além de seu pai. Grogue, ela procurou por ele na escuridão.
Estou aqui, Foguinho.
A estranha escuridão recuou abruptamente, revelando um corredor cheio de mosaicos elaborados e arandelas em forma de caveira. Loulie apertou os olhos no escuro, mas não enxergou o fim do corredor. Um silêncio espesso pairou no ar, deixando-a desagradavelmente consciente de sua respiração. Mas se despedaçou antes que ela pudesse refletir sobre isso.
— Aqui, Loulie.
Ela o viu ao longe, uma silhueta na luz azul emitida pelas velas: seu pai. Ombros largos e alto, com olhos castanhos profundos que brilhavam em permanente diversão. Em uma mão ele segurava uma lanterna. Com a outra, a chamava para mais perto.
— Baba? — O coração dela disparou. Uma vez. *Não pode ser.* Duas vezes. *Você está morto.*
Em transe, Loulie se moveu em direção ao pai. Ou tentou se mover, pelo menos. Mas, cada vez que dava um passo à frente, ele parecia mais distante.
— Foguinho — ele chamou de longe. — Venha. Me siga.

O homem se virou, e suas vestes — as mesmas que ela usava como Mercadora da Meia-Noite — roçaram o chão com o movimento.

Loulie hesitou. Era claramente um truque. Ela não tinha tempo para perseguir miragens através de corredores escuros. Ela se virou, procurando a entrada, mas viu apenas um beco sem saída.

A visão a deixou irritada. *Maravilhoso.*

— Depressa! — o fantasma chamou. — Coisas desagradáveis vagam pela escuridão, Foguinho.

Como esperado, ela notou o movimento e os sussurros em seus ouvidos. Reprimiu um tremor e começou a andar. Começou a formular um plano. Primeiro passo: evite ser engolida pela escuridão senciente.

Mas, ainda que pudesse escapar da escuridão, Loulie não podia fugir das vozes. Quanto mais se aproximava da miragem de seu pai, mais altas elas ficavam. Ela cerrou os dentes e tocou seus anéis, focada na queimação na ponta dos dedos. *Nada disso é real. Isto é magia. Isto é...*

Seu pai começou a cantar.

As estrelas queimam a noite
E guiam o caminho do xeique...

Loulie se assustou. De onde ela reconhecia aquela música? Quanto mais pensava a respeito, mais nublada sua mente ficava, até que apenas a letra permaneceu. A canção a encheu de calor e saudade. Isso a fez sentir como se estivesse voltando para casa.

— Sim — disse seu pai suavemente. — Estamos indo para casa.

— Casa? — A palavra era fraca em seus lábios. A Mercadora da Meia-Noite havia desistido de voltar havia muito tempo, porque... porque algo havia acontecido. Ela se lembrava do fogo, da dor e da morte. Lembrava-se da perda e da negação da perda. De não querer se lembrar.

— Casa — afirmou seu pai gentilmente. — Mas primeiro, devemos trazer todos de volta.

Loulie assentiu com lentidão, decidindo que isso parecia razoável. Plausível, até. Ela podia confiar em seu pai, ele nunca a tinha guiado na direção errada antes. Nunca...

Uma memória veio à tona. Fragmentada e frágil, como vidro quebrado. Nela, Loulie estava sentada de joelhos ao lado de uma fogueira com o pai. Ele enfiou a mão no bolso e tirou um disco plano feito de madeira e vidro.

Uma bússola. *Há muitas coisas misteriosas no deserto, Foguinho. Se alguma vez você encontrar tais itens, tome muito cuidado com eles, pois podem ser relíquias encantadas por jinn.*

Loulie se lembrou do calor das mãos dele ao depositar a bússola em sua palma. *Esta bússola é mágica, então?*, ela perguntou.

O pai riu. *Não funciona para mim, mas talvez guie o seu caminho.*

A memória se dissipou. Loulie apertou os olhos, retomou o foco. Eles estavam prestes a virar uma esquina quando seus olhos se detiveram em um mosaico particularmente horrível. Nele, marinheiros afundavam sob um oceano azul-escuro e tentavam inutilmente alcançar o céu. Suas bocas estavam abertas e seus olhos saltavam grotescamente dos crânios. Loulie arqueou a cabeça e viu o deus que eles tentavam alcançar: uma mulher com pele artificialmente branca e olhos negros que brilhavam como tinta. Seu cabelo era um caos de flocos de cinzas que queimavam como brasas quando caíam no chão. Um colar de ossos dourados circundava sua garganta.

— Loulie? — seu pai chamou, mas a voz estava longe.

Ela tocou o mosaico. Estava frio. Frio o suficiente para lembrá-la de seus anéis em chamas. A realidade a atingiu com força. Ela lembrou, de repente, onde tinha ouvido a música. *Qadir. Esta é a música que Qadir canta.*

Loulie se virou, mas a miragem já tinha avançado. A luz era uma fagulha de azul na escuridão. Então desapareceu. O fogo se extinguiu e seus arredores sumiram.

O murmúrio em sua cabeça se tornou um zumbido estridente que fez seus ouvidos estalarem e seus joelhos tremerem. Ela sentiu gosto de metal, de sangue nos lábios. Estava sangrando pelo nariz, e sua cabeça latejava tanto que começou a se sentir fraca.

Corra, Loulie pensou, e a voz era afiada, como a de Qadir. *Corra ou você vai morrer.*

Ela se virou e fugiu sem pensar duas vezes. A escuridão a perseguiu. Caiu em seus ombros e agarrou seus tornozelos e gritou em seus ouvidos. *Matadora de jinn! Assassina!*

A mercadora estava apavorada demais para contestar.

Se ao menos o orbe brilhante não tivesse sido destruído no gabinete do sultão! Teria sido útil agora, teria pelo menos iluminado o inimigo. Mas não, ela estava sozinha, estava...

... presa de repente sob algo cheio de arestas e ângulos afiados. Loulie entrou em pânico e deu uma cotovelada no ar. Houve um estalo, a coisa assobiou e recuou. Ela ficou de pé e correu. Quando olhou para trás, a escuridão tinha engolido seu agressor por inteiro.

Loulie ainda estava correndo quando a escuridão se rompeu em fragmentos de ouro azul. Tarde demais, ela percebeu que era alguém segurando uma lanterna. Eles colidiram um contra o outro, e ambos caíram no chão em uma confusão de braços e pernas.

Loulie se desemaranhou e se sentou. Ficou chocada ao ver Aisha bint Louas agachada na frente dela, os olhos brilhando como punhais. Ela segurava uma lâmina apontada para o pescoço de Loulie, mas a abaixou quando viu seu rosto. Houve um momento de incerteza tensa.

Verdade ou ilusão?

Antes que Loulie pudesse decidir, Aisha levantou o braço e lançou a adaga. Ela passou zunindo acima de seu ombro. Loulie ouviu o som de um pano se rasgando e depois um grito. O som invadiu até seus ossos. Era um som que ela nunca tinha ouvido, e ainda assim o reconheceu.

Era o grito de seu pai.

Loulie se virou para ver a coisa gritando na voz de seu pai. Uma criatura musculosa que tinha forma humana, mas olhos vazios e carne esfarrapada, com membros muito longos e ossos rangentes que se projetavam para fora de sua pele fina como facas.

Um carniçal.

Não é meu pai. O pensamento soou como um alarme quando ela sacou a adaga de Qadir e correu até o carniçal. Seu pânico a tornou cruel, e Loulie separou a carne incruenta do osso sem parar para respirar. Ela esfaqueou, cortou e esmagou seu oponente até não sobrar nada para destruir. Estava tremendo quando esmiuçou o último dos ossos quebrados até virar pó.

Loulie havia enfrentado carniçais antes, mas nunca um como esse, nunca um distorcido pela ilusão. Ela só sabia que eles eram rastreadores: criaturas quase cegas que sentiam cheiro de magia à distância e perseguiam os humanos que a carregavam. Eram criaturas furtivas; abafar o som era sua habilidade mais letal. Muitas vezes, um silêncio sobrenatural cobria o deserto quando eles se aproximavam.

Agora, pelo menos, ela sabia por que o corredor estivera tão quieto antes.

Aisha bint Louas passou por ela com um suspiro.

— Salaam, al-Nazari.

Loulie se assustou com a calma dela. Uma camada de areia ainda brilhava na capa e no cabelo de Aisha por causa da tempestade, mas fora isso ela estava ilesa. A mercadora não pôde evitar sua irritação. Ela estava ali para *salvar* a ladra, e Aisha tivera a audácia de suspirar como se Loulie tivesse sido o incômodo?

— Onde em nove infernos você esteve? Procuramos por você em todos os lugares! — Loulie não se incomodou em suavizar a voz.

Aisha deslizou a faca para dentro do cinto.

— Acho que a resposta é óbvia. Eu estava caçando um jinn. Ele foi simpático o suficiente para me receber em sua casa.

Loulie se lembrou do olhar estranho no rosto do príncipe quando ele parou diante da duna. Ele disse algo sobre ter ouvido a voz de uma mulher. Ocorreu a ela que talvez ele já estivesse sob o feitiço da voz, e que havia uma chance de que ainda estivesse. Mas parecia improvável. O Omar que ela conhecia era um assassino, não uma vítima.

— É assim que você chama quando um jinn a prende em uma ruína subterrânea? — Loulie fez uma careta. — Está *recebendo* você na casa dele?

Aisha franziu a testa.

— Cuidado, mercadora. Tenho pouca paciência para seus comentários sarcásticos.

— E eu tenho pouca paciência com ladrões cujos egos são tão grandes que se recusam a admitir que estão *perdidos*. Se você é uma caçadora tão boa, por que ainda não rastreou esse jinn?

Quando Aisha se virou e se afastou, Loulie a seguiu.

— E aí?

Ela estava prestes a estender a mão e agarrar o ombro de Aisha quando parou, notando as marcas em seus braços. Aisha geralmente usava a capa fechada, então Loulie nunca tinha notado os padrões de henna subindo pelos braços dela: desenhos florais intrincados que envolviam os cotovelos e contornavam os ombros. Ela teria achado pouco característicos se não tivessem tantos espinhos e folhas afiadas.

No entanto, não foram os desenhos que fizeram Loulie hesitar, mas as marcas sob a henna — camadas de cicatrizes simultaneamente veladas e acentuadas pela tinta na pele de Aisha.

A ladra se virou.

— Tem algo que você queira dizer, mercadora?

— Parece inútil fazer outra pergunta quando você nem respondeu à minha primeira.

Ela e Aisha franziram a testa uma para a outra. Loulie se obrigou a não piscar.

Finalmente, Aisha se virou.

— Você quer a verdade? Sim, estou perdida. Me perdi na tempestade de areia e agora estou presa neste inferno. Não consegui encontrar a saída desde que fui sugada para dentro. Se *você* está tão cheia de boas ideias, por que não nos mostra a saída?

Loulie corou. Além da faca, ela carregava apenas dois outros itens. Supôs que, se havia alguma ocasião para usá-los, era agora.

Ela pegou a bússola primeiro, mas rapidamente abandonou a ideia de usá-la quando viu a flecha girando em um círculo frenético. Nem mesmo um comando silencioso a acalmaria. A moeda apenas confirmava que Loulie estava, de fato, perdida e que sim, havia uma saída. Em algum lugar.

Aisha bufou.

— Então até a lendária Mercadora da Meia-Noite está perdida.

— Você pode ficar quieta? Estou tentando pensar.

Loulie se lembrou do carniçal disfarçado de seu pai. Ele estava tentando levá-la a algum lugar antes que ela saísse do transe, tinha certeza disso.

Ela olhou para Aisha.

— Um carniçal tentou te levar a algum lugar?

A boca de Aisha se torceu em uma careta.

— Não fui muito longe, mas sim.

Olhando para a carranca mais severa que o normal no rosto da ladra, ocorreu a Loulie que ela também deve ter visto um carniçal distorcido pela ilusão. Ela se perguntou: quem Aisha teria visto? Alguém de sua família? Seu desprezível mestre matador de jinn?

Aisha olhou para ela, inexpressiva.

— O que você estava dizendo?

Loulie imaginou que sua curiosidade fosse uma chama e a apagou. A última coisa que ela precisava era se envolver mais do que já estava envolvida com assassinos de jinn. Ela balançou a cabeça.

— Acho que os carniçais são a chave para encontrar nosso caminho neste lugar.

Aisha ergueu uma sobrancelha.

— A única maneira de passar por aqui é ter um carniçal como guia?

Era *isso* que ela estava dizendo? Fisicamente, não havia nada que o carniçal tivesse que elas não possuíssem. Ele carregava uma lanterna, mas elas tinham uma também. Ele andava pelos corredores, assim como elas estavam andando agora. E ele estava...

— Cantando. — A percepção a atingiu como um trovão.
Aisha cruzou os braços.
— Talvez, se é que podemos chamar aquela lamúria de música. Mas o que isso tem a ver?

Uma ideia absurda lhe ocorreu. Tão ridícula que Loulie quase riu alto. Mas a música era a única coisa que faltava, então por que não tentar cantá-la?

Ela encarou a escuridão infinita e respirou fundo. Ignorando o calor em suas bochechas e a contorção em seu estômago, deixou a música de Qadir se estabelecer em sua mente. Concentrou-se nas palavras, ignorando o fato de que Qadir as tinha cantado.

As estrelas queimam a noite
E guiam o caminho do xeique...

As palavras vieram, lentas no início, depois mais rápidas, um lago parado transformado em corrente rápida. Ela ignorou a risada de Aisha e se concentrou na música.

Vá até ela, vá até ela, dizem eles,
A estrela dos seus olhos
Vá até ela, vá até ela,
A bússola de seu coração...

Loulie sentiu como se estivesse flutuando. A canção tornou-se um mapa, a letra um caminho através de uma memória nebulosa e desconhecida. Enquanto cantava, as ruínas ao seu redor se borraram e se transformaram em um magnífico palácio de mármore e ouro. Tudo era gloriosamente brilhante.

O sol aquece a areia
E incendeia o coração do xeique
Ela espera na sombra, diz o sol,
A amada de seus sonhos
Ela espera na sombra, na sombra

Os pés de Loulie se moviam sozinhos, guiando-a por um caminho deturpado entre passado e presente. Ela perambulou por salas ao mesmo tempo cheias e desprovidas de cor, por pátios repletos de plantas e cheios de cinzas. As duas passaram por câmaras com dançarinos flutuantes em um momento e esqueletos inanimados no momento seguinte, e corredores brilhando de tão novos e opacos com a idade. E então, finalmente, chegaram a uma escada de aparência frágil.

Uma voz ressoou alto na mente de Loulie, dispersando seus pensamentos.

Bem-vindas, minhas convidadas! Era uma voz de mulher, profunda e sonora. *Traiçoeiras assassinas de jinn! Matadoras da mais alta estima! Vocês vieram em busca de glória? Poder além de sua imaginação?* A voz riu e, de alguma forma, apesar de estar dentro da cabeça delas, o som fez as paredes tremerem. *Receio que estejam muito atrasadas. Alguém já reivindicou essas honras. Mas, já que vocês vieram até aqui, por favor, venham até meus aposentos. Que tipo de anfitriã eu seria se não entretivesse meus convidados?*

— Omar? — Aisha murmurou ao mesmo tempo que Loulie pensou: *A Rainha das Dunas.*

Loulie subiu correndo a escada, pensando o tempo todo na mulher da pintura, aquela com a pele branca macabra e os buracos ocos no lugar dos olhos. A Rainha das Dunas. A história do Velho Rhuba sobre a rainha dos jinn fluiu em sua mente como areia movediça.

O conto da Rainha das Dunas

Nem aqui nem lá, mas muito tempo atrás...

Era uma vez uma escrava chamada Naji, que servia a um comerciante cruel. Todos os dias e noites, Naji sofria nas mãos dele, pois ele a espancava impiedosamente e sem razão. Ela passou anos torturantes o servindo, até que um dia fugiu no meio de uma tempestade de areia. Naji correu até não poder mais, então caiu em um vale isolado e rezou aos deuses pedindo ajuda.

Para sua surpresa, um dos deuses respondeu e, com uma voz suave como seda, a instigou a ir mais fundo no vale, até um magnífico palácio escondido atrás de um véu de areia. Naji ficou tão chocada que esqueceu sua exaustão e explorou o palácio com a inocência vertiginosa de uma criança. Finalmente, chegou à sala do trono, decorada de maneira tão esplêndida que fazia até a riqueza de seu mestre parecer opaca em comparação.

No fundo do cômodo havia um lindo trono, e sentada nele estava uma mulher com pele branca como porcelana e olhos negros como a meia-noite.

— Bem-vinda, minha estimada convidada! — ela cantou, e Naji reconheceu a voz que a levara até o palácio. — Por favor, fique e descanse um pouco, habibti. Vou providenciar comida e entretenimento para você.

Naji ficou tão agradecida que quase chorou. Mas, assim que viu os artistas, seu bom humor desapareceu, pois o que estava diante dela era uma paródia da vida real. Os dançarinos não passavam de cascas humanas com olhos vazios. Como marionetes, eles dançavam e cantavam sob o comando da sua anfitriã.

Quando terminaram, Naji caiu de joelhos e apertou as mãos frias de sua anfitriã.

— Você tem sido muito gentil comigo, sayyidati, mas devo pedir sua licença. Estou sendo perseguida por um homem perigoso e não quero guiá-lo ao seu palácio.

— Não se preocupe comigo, criança. Eu não temo homem algum. Não, são eles que temem a mim. — A anfitriã sorriu calorosamente. — Você gostaria que eu eliminasse esse monstro para você?

Naji ficou tão admirada com a coragem de sua anfitriã que se esqueceu de seus artistas não naturais.

— Você poderia realmente impedi-lo de me perseguir?

— Ah, eu posso fazer isso e muito mais! Posso fazer todos os seus desejos se tornarem realidade, mesmo os impossíveis. — Seus olhos escuros brilhavam com estrelas distantes. — É claro que todos os desejos têm um preço. Para que eu realize tal façanha, vou exigir algo de você.

Naji estava tão desesperada que imediatamente abaixou a cabeça e perguntou como poderia servir.

— Para realizar minha magia, devo deixar este lugar, e para isso preciso do seu corpo. — Ela ergueu uma coroa de ossos dourados de sua cabeça e o entregou a Naji. — Prenda isso no pescoço e eu lhe darei o poder de destruir seus pesadelos.

Naji fez o que foi ordenado, e enquanto sua anfitriã murchava em fumaça e cinzas, ela se enchia de um poder terrível e assustador. Sua fome e sede desapareceram, substituídas por um desejo insaciável de vingança. Ela voltou para o deserto, viajando quilômetros até chegar ao acampamento de seu cruel mestre. Ele tinha contratado mercenários para ajudar a rastrear Naji e ficou chocado quando ela apareceu diante deles.

— Então você retornou, escrava! — O mercador se aproximou, segurando um chicote. — Vai me implorar por perdão, ou eu vou ter que puni-la?

Naji levantou a cabeça e olhou seu antigo mestre diretamente nos olhos.

— Nunca mais vou implorar por perdão. — Ela ergueu os braços e convocou a magia sombria em suas veias.

Criaturas feitas de ossos e carne dilacerada responderam ao seu chamado, emergindo da areia com uivos de raiva. Quando o mercador e seus homens fugiram, os carniçais os perseguiram como cães de caça, quebrando seus ossos e rasgando seus corações. Depois, Naji chamou as criaturas de volta para si. Ela ficou chocada quando os cadáveres dos homens mortos se levantaram e cambalearam em sua direção também.

Ela deu um passo para trás com um grito.

— Que tipo de magia suja é essa?

Sua anfitriã riu dentro de sua mente.

— Minha querida menina, esta é a magia da Rainha das Dunas. *Minha* magia. E agora que estou livre, você a soltou sobre o mundo.

Naji nunca conhecera um medo tão profundo quanto o que sentiu então, pois a Rainha das Dunas não era uma mulher mortal: era um dos sete reis jinn. Naji tentou arrancar a argola de ossos do pescoço, mas não teve sucesso. A Rainha das Dunas riu.

— Nosso acordo ainda não está terminado, habibti. Eu destruí seus pesadelos, então agora você é obrigada a entregar seu corpo para mim. Não chore, querida menina! Juntas, seremos indestrutíveis.

Então a perversa Rainha das Dunas apagou as memórias de Naji com a mesma facilidade com que se apaga uma vela e começou a tramar. Ela liderou seu exército pelo deserto até uma brilhante cidade humana, onde se encontrou com o wali que a governava. Ela prometeu ao guardião da cidade um poder que ele nunca tinha visto caso lhe desse abrigo. O homem ganancioso aceitou seu acordo e não lamentou quando a rainha matou seus soldados, pois ela reanimou seus cadáveres e os transformou em um exército temível e imortal.

O wali ficou tão admirado com a magia da criatura que se esqueceu de temê-la. Esse foi seu erro mais terrível. Semanas depois de assumir seu exército, a Rainha das Dunas o assassinou em um campo de batalha estéril.

— Um homem cruel não precisa de coração — proclamou ela, e arrancou o coração pulsante do homem de seu peito antes de ordenar que seu cadáver a seguisse.

A Rainha das Dunas vagou pelo deserto por muitos anos, formando seu exército de mortos. Eles construíram um palácio para ela, ainda mais magnífico que as ruínas onde Naji a encontrara. Foi lá que ela residiu por anos, satisfeita em ser adorada e temida.

Então apareceu Munaqid, um camponês de um povoado próximo. Ele, ao contrário do restante dos habitantes da cidade, se recusou a adorar a rainha.

— Os jinn são blasfemos banidos pelos deuses por sua maldade — disse ele aos outros. — E os sete reis são os piores de todos, pois são a raiz desse mal. — O camponês procurou uma maneira de acabar com o reinado de terror da rainha. Seu plano o levou ao palácio dela, onde ele se prostrou diante da criatura e ofereceu falsas orações. Dia após dia, ele voltava e enchia a rainha de elogios.

A Rainha das Dunas ficou aturdida com sua dedicação e decidiu deixá-lo ficar no palácio para que ele pudesse servi-la. Ela o mantinha vivo, pois gostava de ver sua expressão em constante conflito entre adoração e medo. Com o tempo, passou a confiar nele.

Um dia, enquanto caminhavam pelo pátio cheio de poeira, Munaqid perguntou sobre sua aparência.

— Você possui a beleza divina de uma deusa. O que inspirou sua forma?

— Sou apenas uma sombra do que já fui. Para existir neste mundo, preciso de um hospedeiro. Este corpo foi uma oferenda.

— Ela sorriu com carinho enquanto acariciava os ossos em seu pescoço.

Munaqid entendeu o que tinha de fazer. Quando a noite chegou, foi até o quarto da rainha, silenciando quaisquer carniçais que entrassem em seu caminho. Ele a encontrou dormindo em sua cama e arrancou a coroa de seu pescoço antes que ela acordasse. O que havia sido impossível para Naji era possível para Munaqid, pois ele não estava preso à magia. Ele jogou a tiara no chão, agarrou Naji e fugiu do palácio enquanto os carniçais da rainha os perseguiam.

O camponês estava sangrando e exausto quando escapou, e ainda ouvia a voz da rainha em sua mente. *Traidor!*, ela gritava. *Maldito traidor!* Ele estava começando a temer que pudesse ser refém da voz dela para sempre quando uma tempestade de areia chegou e abafou o som. Munaqid procurou abrigo em uma caverna e segurou Naji contra si enquanto a tempestade se alastrava. Quando acabou, ele saiu e viu que, onde o palácio estivera, agora não havia nada além de uma enorme colina de areia dourada.

— Os deuses ouviram minhas orações — Munaqid sussurrou. — Eles enterraram a Rainha das Dunas mais uma vez. Agora somos todos livres.

Munaqid voltou para a caverna e encontrou outro milagre: Naji, revivida. Ele pegou a mão dela, e, juntos, caminharam de volta para o povoado. A vitória do camponês foi celebrada em todo o reino do deserto, e o povo mais uma vez conheceu a paz. Centenas de anos se passaram desde sua retumbante vitória. Mas cuidado, belo povo do deserto, pois a paz é uma promessa frágil. Se alguma vez você entrar no deserto e ouvir uma voz de que se lembra lhe oferecendo seus maiores desejos, afaste-se. Esse caminho é cheio de mentiras quebradas e letais.

24

Mazen

No momento em que Mazen tocou na coroa, um calor irresistível correu por suas veias. Era poder, inebriante e esmagador, e ele quase cedeu sob seu peso.

Vamos lá, disse uma voz gentil em sua mente.

Sua mão tremia enquanto erguia a coroa. Mazen podia discernir outra sensação por baixo do calor: um frio elétrico que entorpecia seus ossos enquanto os anéis de ferro queimavam contra sua pele em resistência à magia. Seus dedos se apertaram ao redor da coroa quando ele a levou ao... pescoço?

Não é uma coroa, ele pensou. *É um colar*.

Mazen congelou. Uma memória repleta de sombras passou diante de seus olhos, um fantasma com olhos vermelho-rubi estava diante dele, brilhando artificialmente no escuro. Ele se engasgou quando as sombras se aproximaram, desmoronando em fumaça e entrando em seus pulmões e...

— Não. — O colar reluzente estava a centímetros de seu pescoço.

O terrível zumbido em sua mente dizia *Sim*. Era ao mesmo tempo um sussurro, um lamento e um grito. *Vamos lá*, insistia. *Vamos lá, vamos lá, vamos...*

— Tudo bem — disse Mazen com os dentes cerrados. Ele ergueu o colar. Mais alto, mais alto... e então jogou o objeto longe. Ele se recusava a ser possuído novamente.

Então, muitas coisas aconteceram. O zumbido cessou, o colar começou a *gritar*, e o mar de ossos emergiu em uma onda, uivando de raiva. Mazen viu lampejos de ossos reanimados, pele dilacerada e lâminas reluzentes.

Os carniçais se formaram tão rapidamente que o príncipe não percebeu que eles tinham ganhado vida até que estivessem diante dele em toda a sua glória sangrenta.

Se não vai sucumbir a mim, então você me servirá, falou a voz sussurrante.

O medo foi imediato. Disparou nas veias de Mazen como um relâmpago, pulsando na ponta dos dedos enquanto ele tentava pegar suas facas, que escorregavam das palmas cobertas de suor.

Quando finalmente conseguiu pegar uma delas, os carniçais estavam perto o bastante para esfaqueá-lo. Eles cheiravam a sujeira, podridão e decomposição — um cheiro que fazia bile subir na garganta de Mazen. Ele engoliu enquanto tentava se concentrar em qualquer coisa além dos rostos mutilados das criaturas. Mas não conseguia parar de olhar para os dentes afiados. As órbitas oculares afundadas. Os narizes esmagados.

Um dos carniçais emitiu um rosnado do fundo da garganta quebrada e estendeu a mão na direção dele. O corpo de Mazen estremeceu. Ele empurrou a lâmina para a frente em um arco selvagem e desesperado.

Surpreendentemente, o carniçal recuou, sibilando para ele através de dentes quebrados.

Essa lâmina! A voz atravessou sua mente, afiada como uma faca. *Abominação! Matador de jinn!* Cada palavra apunhalava Mazen no coração. Quantas vezes elas haviam sido arremessadas contra ele quando nem mesmo eram a verdade?

Você não é digno de ser meu servo. Mazen teve a nítida impressão de que a voz estava se afastando dele. *Mate-o,* dizia. *Destrua tudo, até mesmo seus ossos.*

Dessa vez, os carniçais não hesitaram. Eles o atacaram, e o único instinto de Mazen foi brandir sua lâmina no ar desesperadamente na esperança de se manter vivo. Ele era mais rápido e mais forte no corpo de Omar, mas o medo ainda embaralhava sua mente.

Os carniçais eram implacáveis. Embora não tivessem a coordenação para um ataque organizado, eles vinham de todos os lados. Uma flecha assobiou na orelha de Mazen quando um carniçal o atingiu. Ele tropeçou, o suficiente para outro carniçal atingir sua barriga com a parte plana da lâmina. Uma espada rasgou sua manga, enquanto outra por pouco não atingiu sua perna.

Mazen cambaleou para trás. Aterrissou forçando o calcanhar. A dor atravessou seu tornozelo, fazendo-o gritar. Ele cerrou os dentes contra a dor enquanto evitava um golpe e desviava para esfaquear outro carniçal em suas cavidades oculares sem olhos.

O príncipe se assustou quando a criatura se transformou em cinzas brancas e caiu no chão.

Mazen olhou para a lâmina de Omar. Vagamente, lembrou-se do comentário da Mercadora da Meia-Noite sobre as facas serem encantadas. Mas não teve tempo para pensar sobre o significado disso. Ele se preparou para a próxima onda de carniçais.

Foi quando viu um borrão de cor na paisagem branca. Olhou para a entrada da sala e viu túnicas marrons sem graça. Loulie al-Nazari o encarou de longe. Momentos depois, juntou-se a ela Aisha bint Louas, que suspirou ao vê-lo.

A expiração dela quebrou o silêncio sinistro. Os carniçais se espalharam, alguns indo em direção às portas, outros para o pedestal onde Mazen ainda estava de pé. Ele se concentrou em permanecer vivo. Cortou o ar com sua lâmina, às vezes atingindo carne e osso. O que quer que ele tocasse se desintegrava em cinzas, e logo percebeu que tudo o que tinha que fazer para destruir as criaturas era tocá-las com a lâmina.

A informação não o tornava invencível. Nem cessava o tremor em suas mãos ou clareava sua mente. Mas era melhor do que ficar indefeso, então Mazen se debruçou desesperadamente em cada golpe, esperando que levasse a uma fuga. Um fim.

Instantes ou minutos ou horas se passaram. Quando Mazen finalmente ergueu o olhar para além da carnificina de cinzas à sua frente, viu a mercadora e a ladra. Aisha confiava na velocidade em vez do poder, derrubando carniçais e cortando seus membros antes que eles pudessem persegui-la. Loulie al-Nazari estava do outro lado da sala, usando as cortinas como cobertura. Tinha acabado de desaparecer atrás de uma delas quando ele ouviu um estalo.

Quando a mercadora reapareceu, sua faca estava pegando *fogo*. Ela sorria triunfante enquanto brandia a lâmina no ar e incendiava carniçais. Mazen viu um deles desmoronar com um gemido, suas mãos estendidas como se estivessem procurando algo. Ele rastreou seu olhar e xingou quando viu o colar caído no chão.

A Mercadora da Meia-Noite parou para olhar a relíquia. Por alguns instantes, ficou absolutamente imóvel, com a cabeça inclinada como se estivesse ouvindo alguma coisa. Mazen se aproximou dela com as pernas trêmulas.

— Al-Nazari. — Ele se forçou a dizer o nome dela através de lábios frios. Ela o ignorou. — Mercadora da Meia-Noite! — Ela começou a caminhar lentamente em direção ao colar, dedos estendidos.

— Pare, al-Nazari!

Ela se abaixou para pegá-lo.

Mazen colidiu contra Loulie de cabeça, fazendo o objeto voar das mãos dela e a derrubando no chão. Ele se engasgou quando ela deu uma joelhada em seu estômago, mas se forçou a segurar os pulsos da mercadora firmemente enquanto cerrava os dentes contra a dor. Ele a prendeu no chão.

— Saia do transe!

A garota cravou as unhas na pele dele. Mazen se afastou com um grito, e ela usou a abertura para golpeá-lo com sua adaga. Ele se afastou da lâmina flamejante com os olhos fechados e sentiu apenas calor em sua pele. Quando abriu os olhos, a chama azul da adaga dançava diante de seus olhos, brilhante, mas inofensiva. A mercadora não lhe deu brecha para refletir sobre o motivo de ele não ter sido queimado.

Loulie desferiu um soco na cara dele. Estrelas dançaram diante de seus olhos enquanto ela se levantava. Mazen piscou para clarear a visão. A escuridão recuou o suficiente para que ele pudesse ver um borrão das vestes marrons de Loulie quando ela se virou. Instintivamente, ele esticou uma perna e a fez tropeçar. Ela caiu com força.

Os dois lutaram um contra o outro até que não eram nada além de uma malha emaranhada de corpos, lâminas e xingamentos. Quando Mazen viu o rosto da mercadora com clareza, ela pairava sobre ele com a lâmina flamejante apontada para seu rosto.

O desespero tomou conta dele. Mazen apenas rolou para longe do ataque e cravou sua adaga na mão dela. Loulie caiu de cima dele com um grito animalesco. Seu estômago se apertou de culpa quando ele viu a ferida aberta — o corte profundo e excessivo que *ele* tinha causado.

— Príncipe! — Mazen se virou e viu Aisha atrás deles, coberta de poeira branca. Seus olhos correram até o ferimento de Loulie e de volta para Mazen. — Nós temos que ir. Onde está o jinn? — Os olhos dela se fixaram no colar antes que ele pudesse responder. Uma carranca perplexa rasgou seus lábios. — É... uma relíquia?

Não! Antes que ele pudesse alcançar o colar, Aisha o pegou e o guardou em sua bolsa.

No momento em que o objeto desapareceu, a sala estremeceu e grunhiu como se corresse o risco de ceder sob um peso gigantesco. Os carniçais restantes sangraram até virarem areia, e as chamas na lâmina da mercadora se dissiparam em fumaça. Acima deles, o teto começou a rachar, e areia começou a entrar pelas frestas.

Ninguém disse nada. Aisha rasgou uma parte de seu xale, enrolou-o na mão da mercadora para estancar o sangramento, então a agarrou pelo braço saudável e a ergueu do chão. Os três correram — a mercadora tropeçando atrás deles com sangue escorrendo entre os dedos.

Eles desceram a escada em ruínas e chegaram ao andar térreo antes que uma parede desmoronasse e uma torrente de areia caísse pela fissura. A intensidade do impacto derrubou Mazen. Ele caiu com força sobre as mãos e os joelhos, sibilando de dor. Quando recuperou o equilíbrio, o corredor estava escuro com uma densa camada de poeira que caía. As paredes rangeram, os mosaicos sangraram sujeira colorida e o chão tremeu.

Alguém o empurrou para a frente. Aisha, já correndo adiante com Loulie.

Ouviu-se um gemido terrível. Um guincho ensurdecedor como pedra raspada. E então o teto acima deles se despedaçou e a areia engoliu o mundo, indo na direção dos três em uma onda.

Mazen correu.

Ele seguiu Aisha e Loulie, correndo por corredores que desmoronavam e ziguezagueando entre os escombros até que o labirinto se estreitou em um único corredor, e luz — gloriosa luz enviada pelos deuses — entrava através da saída ao final.

As ruínas, como se soubessem desse fato, começaram a despencar mais rápido. As paredes se estreitaram, os tetos caíram. Um tremor percorreu o prédio, forte o suficiente para balançar o corpo de Mazen e fazê-lo perder o equilíbrio. Ele se chocou contra uma parede, os joelhos tremendo.

A pressão crescia em seus ombros e pesava em seus membros enquanto a construção gemia e tombava. Havia areia, areia por toda parte. Em seus olhos, ouvidos, pulmões.

Ele não conseguia respirar. Mal podia correr. Mas...

Quase lá.

Mazen se colocou de pé. O chão inclinou para o lado. Ele escorregou. Rapidamente recuperou o equilíbrio.

Quase lá, quase lá.

Ele correu até que a luz não estivesse mais distante, até sobrecarregar seus sentidos e tropeçar cega e loucamente pela saída atrás de Aisha e Loulie. Houve uma cortina de poeira. Um suspiro de ar fresco. E um sussurro, trêmulo de excitação.

Finalmente, disse a Rainha das Dunas. *Estou livre*.

25

Loulie

Loulie sonhou com fogo.

Em seu sonho, a areia era cinza e o céu estava cheio de brasas crepitantes. O acampamento de sua tribo ardia ao longe, envolto em tanta fumaça que era impossível distinguir a vítima do assassino. Quando Loulie tentou se aproximar da matança, as brasas no céu sopraram com mais força, e o chão sob seus pés começou a queimar.

Uma das sombras emergiu da fumaça, vestida com mantos no tom da meia-noite mais escura. Os olhos de carvão travaram nela. Sangue vermelho brilhou na sua faca quando ela deu um passo na direção de Loulie. *Você deseja a morte ou a escravidão, menina?*

Loulie voltou ao mundo dos vivos engolindo um grito. A memória do acampamento em chamas foi desaparecendo enquanto ela enxugava gotas de suor da testa. O movimento a fez perceber a dor na mão, e se lembrou, de repente e com grande clareza, do ferimento que o sumo príncipe tinha infligido a ela.

— Finalmente, a morta despertou.

Loulie olhou para cima e viu Qadir sentado ao lado dela, franzindo a testa. Uma lanterna estava na mesa ao lado dele, piscando em um verde sinistro. A luz contornava o rosto de Qadir com sombras, fazendo sua carranca parecer mais profunda, mais severa.

Loulie olhou para ele com cuidado.

— Você não é uma ilusão, é?

Quando ele simplesmente ergueu uma sobrancelha, ela suspirou. A calma de Qadir, por mais cética que fosse, sempre a deixava à vontade. Os olhos dela viajaram até a mão dele, onde viu um familiar cordão de contas enrolado nos dedos. A relíquia indutora do sono.

— Para ajudá-la a dormir — explicou Qadir. — Você estava com tanta dor no caminho até Dhyme que achei melhor você entrar na cidade desmaiada.

Chegamos a Dhyme?

Loulie parou para observar os arredores. Reconheceu o quarto do Santuário do Andarilho, onde ela e Qadir ficavam toda vez que vinham à cidade. Era pequeno, contendo apenas uma cama de solteiro e uma escrivaninha sem graça. A bolsa de espaço infinito e a shamshir de Qadir estavam enfiadas em um canto, bem ao lado de uma alcova que abrigava um conjunto de pequenos deuses de pedra. Às vezes, Loulie se divertia reorganizando as estátuas em miniatura para fazer parecer que travavam uma batalha simulada. Agora os deuses estavam em linha reta, olhando para ela. Mesmo sem rosto, pareciam julgadores.

A mercadora voltou a atenção para sua mão e se encolheu quando viu o pano encharcado de sangue. Agora que estava acordada, era impossível ignorar a dor aguda sob a pele. Ela se lembrou de Aisha cobrindo a ferida e puxando-a pelas ruínas decadentes.

— O que aconteceu?

— Aconteceu que você foi impulsiva e quase morreu — retrucou Qadir.

Loulie ergueu o olhar ao ouvir o tom de voz dele. Ela se encolheu quando viu seus olhos. Tinham passado de seu habitual marrom para um surpreendente azul-prateado que tremeluzia como fogo.

— Quantas vezes você precisa quase morrer para perceber que não é invencível, Loulie? — O jinn se inclinou para a frente, os olhos tão brilhantes que estavam quase brancos. — Primeiro você ataca a jinn das sombras sem motivo, depois caminha *direto* para uma ilusão letal sem pensar nas consequências.

A vergonha de Loulie fez um nó em sua garganta, e isso a impediu de formar palavras. *Você não precisa me mimar*, ela queria dizer. *Não sou fraca*. A garota fechou a mão boa em punho e vacilou quando sentiu a frieza dos anéis contra a pele. Eles tinham sido inúteis nas ruínas. Ela havia sucumbido à Rainha das Dunas, quase cedido a ela...

Não sou fraca. Independentemente de quantas vezes pensasse nas palavras, elas soavam vazias.

— Sinto muito. — Foi um esforço evitar que sua voz tremesse. — Eu só queria trazer o príncipe de volta. — Loulie já podia ouvir as respostas de Qadir em sua mente. Sabia que, se ele quisesse, poderia usar suas palavras para cortar sua bravata.

Mas esse não era o jeito dele.

Lentamente, o branco em seus olhos desapareceu, como gelo derretendo ao sol. Sua carranca suavizou quando ele segurou a mão ferida dela. Embora Qadir tenha sido gentil, a dor ainda atravessava os dedos de Loulie quando ele levantou a palma, e ela teve que morder a língua para impedir que um gemido escapasse de seus lábios. Ela observou enquanto ele desembrulhava suas bandagens, revelando o ferimento asqueroso endurecido em sangue seco, o corte no centro tão profundo que era possível ver o osso. Seu estômago se embrulhou com a visão.

Qadir tirou uma adaga do cinto e cortou a palma da própria mão. Loulie ficou olhando enquanto o sangue prateado escorria na superfície da pele dele. Ele não deu a ela tempo para questionar, simplesmente colocou a mão ensanguentada sobre o ferimento dela e pediu:

— Me conte o que aconteceu.

Loulie engasgou. Fazia muito tempo desde que sentira a magia do sangue dele em suas veias. Qadir raramente a curava. Ele não considerava remendar ferimentos leves — especialmente os que ela sofria por causa de suas próprias decisões "imprudentes". A magia irradiava uma sensação desagradável de frio e formigamento sob sua pele, que alternava entre dor e dormência. Ainda mais desconcertante: ela podia *sentir* os tendões rasgados em sua mão se costurando novamente.

— Me conte. — A voz de Qadir era suave. Ela sabia que ele estava tentando distraí-la.

Loulie decidiu agradá-lo. Contou a ele sobre o desaparecimento do príncipe e sobre ter vagado pelas ruínas. Contou sobre a música, a voz em sua cabeça, os carniçais e o colar. Quando tentou se lembrar de sua briga com o príncipe, havia apenas a sensação persistente de dor. O choque de acordar de um sono cheio de pesadelos. A última coisa de que se lembrava era de sair cambaleando das ruínas e então... o calor do peito de Qadir e a calmaria intoxicante do sono.

Quando chegou ao fim de seu relato, sua mente estava confusa com a dor. Ainda assim, forçou-se a se concentrar para poder fazer as perguntas que zuniam em sua mente.

— O que aconteceu com a relíquia?

Qadir fez uma careta.

— A ladra do sumo príncipe se recusa a entregá-la. Ela acredita que, porque o príncipe a localizou, pertence a ele. — Sua carranca se aprofundou. — Não sei como, mas devemos encontrar uma maneira de recuperá-la. Ela é... especial.

Ele retirou a mão, e, no lugar do corte horroroso, havia agora uma cicatriz levemente brilhante. Loulie sabia que teria que enfaixar a mão ferida novamente depois de limpá-la: não podia deixar que o príncipe e a ladra a vissem curada tão rápido.

— Shukran — ela murmurou enquanto passava o polegar sobre a pele sensível. — Por curar minha ferida. — Loulie olhou para cima e focou o olhar dele. — E por me ajudar nas ruínas. — Mesmo à distância, ele continuou cuidando dela.

Qadir simplesmente assentiu enquanto se virava para a janela, os olhos fixos nas estrelas penduradas no céu de ébano. Loulie sabia que, se ela deixasse, ele ficaria sentado ali a noite toda, admirando as estrelas. Era o que ele fazia toda vez que queria evitar falar com ela.

A mercadora empurrou as cobertas e jogou as pernas para o lado da cama a fim de encará-lo.

— Você vai me dizer por que a relíquia é especial? Tem algo a ver com pertencer à Rainha das Dunas? — Até o nome era uma pergunta.

Qadir suspirou.

— Títulos inúteis à parte, sim, a jinn que você encontrou nas ruínas é uma ifrit especializada em magia da morte. É o que permite que ela controle os movimentos dos carniçais.

Loulie cutucou seu ferimento e se encolheu com a dor fraca que atingiu seus membros. Ela podia sentir os olhos de Qadir sobre ela.

— E a música que ela cantou? — ela perguntou suavemente.

— É uma música antiga. — Seus olhos escureceram quando ele se recostou na cadeira, longe do fogo. — Uma música nostálgica, herança dos jinn que chamam Dhahab de lar.

Lar. Loulie sentira um desejo insaciável por seu lar nas ruínas. Ela se perguntava se a razão de ter visto seu pai era porque ele era uma manifestação do significado de *lar*.

— Eu nunca soube que a música tinha o poder de *possuir* pessoas.

Qadir sorriu fracamente.

— A ifrit não usou a letra da música para seduzir você. Ela usou magia. — O sorriso desapareceu. — É por isso que os ifrit são perigosos: sua manipulação é sutil, mas poderosa. Pior, eles podem possuir pessoas à distância, apenas por meio de suas relíquias.

— E o que vai acontecer quando conseguirmos tomar essa relíquia de Aisha, de alguma forma? — Loulie fez uma pausa. — E se a ifrit a possuir antes que possamos recuperá-la?

— A relíquia parece estar em silêncio por enquanto, mas sim, o tempo é essencial. — Ele cruzou os braços. — Assim que tivermos o colar, vou mantê-lo comigo até descobrirmos o que fazer com ele. Como um jinn, sou imune à possessão ifrit.

— E você acha que *eu* sou arrogante. — Ela se arrependeu das palavras imediatamente depois de dizê-las.

Mas, para sua surpresa, Qadir deu a ela... bem, não exatamente um sorriso, mas os cantos de seus lábios se curvaram em algo vagamente parecido com um.

— Conheço minhas limitações, ao contrário de você. — Ele se virou para a lanterna e a luz diminuiu. A forma de Qadir se atenuou em sombra, e então ele desapareceu. Loulie o viu curvado na base da lanterna em sua forma de lagarto. Ele descansou a cabeça contra o metal e fechou os olhos.

— Tem um hamame no final do corredor — disse Qadir, sua voz um sussurro. — Você deveria lavar a mão e depois dormir um pouco.

Loulie gemeu quando deslizou para fora da cama. Havia quase chegado à porta quando parou, os olhos em sua mão curada.

— Qadir? Você conhece o conto da Rainha das Dunas. Acha que a ifrit na relíquia é a rainha da história?

O jinn falou baixinho na escuridão, como se tivesse medo de ser ouvido.

— Quem sabe? Os humanos inventam grandes histórias o tempo todo, mas mesmo as mentiras derivam de um núcleo de verdade.

Era uma resposta duvidosa, uma resposta bem *Qadir*, e pouco fez para aplacar as preocupações dela. *Bem*, pensou enquanto abria a porta, *pelo menos agora posso me preocupar de verdade.*

26

Loulie

Quando Loulie acordou, Qadir estava lendo uma carta que tinha chegado para ela naquela manhã. Mesmo sem olhar, ela sabia que era um convite para a residência do wali. Ahmed bin Walid era um homem de hábitos; ele e Loulie dançavam a mesma música toda vez que ela vinha a Dhyme. A única diferença era que dessa vez ela não o havia avisado sobre sua chegada.

Excelente. Ela esfregou os olhos incrustados de sono. *Agora minha reputação* realmente *me precede*.

— Ahmed? — Loulie perguntou a Qadir.

Ele amassou a carta no punho.

— Ahmed — confirmou. — Haverá uma reunião social em seu gabinete esta noite.

— Tente não parecer animado demais para vê-lo.

— Fale por você. Está sorrindo como uma tonta.

Tarde demais, Loulie percebeu que estava corando. Ela se levantou com uma carranca e caminhou para fora do quarto em direção ao hamame. Quando voltou, estava limpa e vestida com suas vestes marrons simples.

— E aí? — Ela olhou para Qadir com expectativa. — Vamos ao iftar ou não?

À luz do dia, a cidade era animada e colorida, as ruas sinuosas cheias de crianças rindo e adultos fofoqueiros vestindo todo tipo de túnicas e roupas coloridas. Casas de cor clara em forma de caixa assomavam acima deles, suas janelas circulares entrecruzadas com padrões de treliças. Varais de roupa se estendiam entre os andares superiores, proporcionando um alívio temporário — e provavelmente não intencional — aos pombos migratórios. No chão, os caminhos de terra da cidade eram ladeados de palmeiras e carroças, estas últimas com as laterais decoradas com pinturas brilhantes.

A loja onde Loulie comprou o pão pita e a coalhada ficava na praça principal e exibia pinturas de padeiros girando pão no ar. Ela admirou de longe enquanto um deles partia pedaços de pão e os oferecia a Qadir, que estava sentado em seu ombro. Eles se estabeleceram em seu local favorito de espionagem, uma fonte simples que tinha os nomes de poetas famosos esculpidos na pedra. Loulie estava sentada de pernas cruzadas na borda, distraidamente mastigando pão enquanto conversas passavam por ela.

Ela pegou trechos de fofocas, alguns sobre si mesma. Não a surpreendia que os cidadãos de Dhyme soubessem que a Mercadora da Meia-Noite estava viajando com o príncipe — as cidades recebiam notícias de falcões, que viajavam muito mais rápido que cavalos. No momento em que ela deixara Madinne, havia se resignado ao fato de que seria esperada tanto em Dhyme quanto em Ghiban.

Loulie havia acabado de pegar a última colherada de coalhada quando ouviu uma conversa que a fez prender a respiração.

— ... levado a ser chamado de Caçador de Preto — um homem de turbante dizia ao seu companheiro de bigode.

O bigodudo riu.

— Anônimo? Que enigmático.

— Melodramático, se quer saber minha opinião. Mas o que importa é a contagem dele. Sua *técnica*. Dizem que ele matou mais jinn que o sumo príncipe.

O homem de bigode deu um tapa no pescoço do amigo.

— Shh! Se alguém ouvir você... — Sua voz caiu em um sussurro. Loulie se esforçou para entender o restante da conversa, mas sem sucesso. *O Caçador de Preto*. E se ele fosse um dos assassinos aos quais a jinn das sombras estava se referindo? E se ele fosse um dos assassinos que haviam matado a tribo dela?

— Al-Nazari?

Ela se virou. O sumo príncipe estava atrás dela, parecendo confuso.

— Você parece terrivelmente suspeita. Não está tramando algo nefasto, está?

Loulie se eriçou.

— O que você quer?

O sorriso do príncipe desapareceu quando ele olhou para a mão ferida dela. Loulie a enfiou no bolso sem pensar. Havia amarrado a mão com bandagens novas pela manhã, mas as amarrações não esconderiam a flexibilidade de seus dedos.

Omar limpou a garganta.

— Eu queria me desculpar por ter machucado sua mão.

Loulie piscou.

— O quê?

A testa do príncipe franziu com algo que parecia surpreendentemente preocupação, mas a expressão desapareceu tão rápido quanto havia aparecido. O sorriso voltou.

— Eu disse...

— Desculpas aceitas. — Loulie se virou, o coração disparado. A verdade era que o príncipe a salvara de si mesma. Ele tinha *se* salvado dela. Ela não podia esperar que ele se desculpasse por isso. *Mas não vou agradecê-lo. Ninguém em sua família desonesta merece minha gratidão.*

Loulie já estava indo embora quando o príncipe a chamou.

— Vejo você hoje à noite! — Ela não respondeu. Claro que Omar tinha sido convidado para a reunião daquela noite. Ela estava apavorada com a ideia de ter que conversar com Ahmed bin Walid enquanto ele estava lá.

Loulie chegou à pousada antes de perceber que tinha esquecido de seguir os fofoqueiros no azoque. Qadir suspirou em seu ouvido.

— Começou muito bem, não foi?

Seu humor não estava melhor quando a noite caiu, e só piorou quando ela entrou no pátio do wali. Era o jardim mais bonito e grotesco que ela já tinha visto — um labirinto permanentemente verde, cheio de árvores floridas e lagoas brilhantes. Pontes forradas por lanternas se curvavam sobre a água enquanto estátuas de mármore posavam em vários pontos de um campo gramado. Loulie não tinha dúvidas de que os visitantes de Ahmed achavam aquele lugar sereno. Mas ela nunca enxergava paz em uma terra encharcada de sangue prateado.

E as estátuas... eram horríveis. Esculpidas para parecerem jinn moribundos, eram a decoração mais deselegante que ela já tinha visto. As estátuas pareciam se aproximar dela desesperadamente, com seus olhos esbugalhados e as bocas abertas de horror. Loulie se lembrou dos homens se afogando no mosaico das ruínas. Tentou não olhar para as estátuas enquanto os guardas do wali os conduziam através da floresta originada de jinn até o gabinete. Não queria refletir sobre o fato de que, quando estava vivo, o pai de Ahmed tinha criado as estátuas para comemorar os assassinatos que cometera. Embora o próprio Ahmed sempre lamentasse suas vítimas, as figuras eram um lembrete do legado assassino que ele carregava.

Loulie olhou por cima do ombro para Qadir, que exibia abertamente seu desprezo no rosto.

Até a floresta, apesar de toda a sua beleza, tinha um ar opressivo. Havia algo nas árvores, crescidas tão próximas umas das outras que quase bloqueavam a luz da lua. E havia aquele maldito som do vento ao passar pelas folhas, um gemido sinistro que sempre fazia sua pele formigar. Loulie ficou aliviada quando eles finalmente chegaram ao gabinete no centro do pátio. Um conjunto de escadas levava a uma grande plataforma de madeira aninhada entre duas sebes floridas, e equilibrado sobre elas havia um teto de madeira com uma abertura no centro que proporcionava uma visão das estrelas.

Mais de uma vez, Loulie se sentara embaixo dele com apenas o wali como companhia, os olhos fechados enquanto ela se apoiava em seu ombro e lhe contava sobre suas aventuras em busca de relíquias. Ela havia compartilhado histórias sobre os carniçais que enfrentara com Qadir, os penhascos que escalara e os oceanos que atravessara. Ahmed era um bom ouvinte e sempre pedia mais detalhes com entusiasmo. Loulie odiava que ele fosse tão confiável. Ele era um maldito caçador, não merecia sua confiança.

Com um esforço consciente, ela abandonou a memória e se concentrou no gabinete. O ambiente estava lotado de nobres reclinados em almofadas e trocando fofocas enquanto desfrutavam de comida e vinho luxuosos.

Loulie suspirou sob seu lenço. Um rawi que recitava poesia ficou mudo, e o músico no palco parou de tocar seu oud. Loulie ignorou o silêncio e se concentrou no wali, que se levantou de um divã próximo ao palco.

Ahmed bin Walid estava vestido em camadas de vermelho e laranja vibrantes. Seu belo rosto estava descoberto, revelando feições que brilhavam sob as luzes das lanternas. A barba por fazer sombreava a metade inferior de seu rosto, desenhando os lábios curvados em completo relevo, e ele tinha delineado os olhos castanhos com kohl, o que os fazia parecer maiores, mais brilhantes.

Ele se aproximou dela com um sorriso encantador.

— Ah, nossos convidados mais importantes chegaram! — O coração de Loulie acelerou quando ele deu um passo em direção a ela. *Ele é apenas um homem*, pensou. *Não tem poder sobre mim*.

Qadir colocou uma mão firme em seu ombro.

— É um prazer vê-lo novamente, bin Walid.

Ahmed estalou a língua.

— Ya Qadir, você me trata como um estranho! Somos amigos, não somos? — Ahmed deu um tapinha nas costas dele antes de se virar para Loulie, uma pergunta familiar queimando em seus olhos. Uma que ela havia deixado sem resposta por meses.

Deixe-o se questionar. Ele também não receberia uma resposta esta noite.

— É bom ver você de novo, sayyidi.

— O prazer é sempre meu, al-Nazari. — Ele não parou de sorrir ao se virar para seus convidados. — Por que tão sérios, meus convidados? Alegrem-se, pois esta noite temos a Mercadora da Meia-Noite do próprio sultão conosco! — Aplausos ruidosos ecoaram com a fala, e Loulie lutou contra a vontade de se encolher.

A Mercadora da Meia-Noite do *sultão*? As pessoas estavam realmente a chamando assim?

Todos no ambiente se soltaram após os aplausos. As conversas retomaram, o rawi começou outro poema e o tocador de oud, uma música. Ahmed levou Loulie e Qadir para a área perto do palco, onde o sumo príncipe e Aisha estavam sentados de pernas cruzadas em almofadas, comendo manjar turco e parecendo deslocados. Loulie compartilhava do sentimento. Embora Ahmed tivesse orquestrado várias reuniões entre ela e outros comerciantes, ele nunca a convidara para uma grande festa como aquela. Ele sabia que ela as desprezava.

Havia duas almofadas livres — uma ao lado de Ahmed e outra entre Omar e Aisha. Qadir a salvou de sua indecisão ficando ao lado de Ahmed.

— Pensei que alguém que odiasse atenção evitaria chegar tarde — disse Omar como forma de cumprimento enquanto Loulie se sentava.

— *Alguns* de nós têm coisas mais importantes para fazer — ela retrucou.

Ahmed riu enquanto acenava para uma criada.

— A Mercadora da Meia-Noite é uma mulher ocupada. Tenho sorte de ela sequer me visitar.

Aisha ergueu uma sobrancelha.

— Eu não tinha ideia de que você era tão íntimo de uma criminosa, sayyidi.

— *Criminosa* é um título tão básico! Acho *empreendedora ousada* muito mais adequado.

Loulie se perguntou qual era a importância de saber com quem o wali se associava. O sultão sem dúvida tinha suas próprias conexões ilegais, inclusive ela. Por que ele se importaria com o wali de Dhyme?

A criada começou a servir espumante em suas taças. Conhecendo Ahmed, provavelmente era a bebida alcoólica mais cara do mercado. Como guardião da cidade nomeado pelo sultão, ele era uma das pessoas mais ricas de Dhyme — e *era* o funcionário do governo mais poderoso da cidade. Ele havia dito a Loulie uma vez que exibir sua riqueza na frente de pessoas influentes não era apenas um privilégio, mas uma necessidade para manter o poder. Ou assim Ahmed dizia, de qualquer maneira. Loulie era cética às suas opulentas garrafas de vinho.

A criada havia acabado de pegar a taça de Loulie quando Ahmed acenou para ela ir embora.

— Por favor. — Seus olhos brilharam de alegria quando ele tomou a garrafa e serviu ele mesmo a última taça. — Esta noite, deixe-me servi-la. — O anfitrião estendeu a taça, e Loulie lutou para se manter inexpressiva quando seus dedos se tocaram. Seu coração batia tão forte que parecia um milagre que ninguém mais pudesse ouvi-lo.

Felizmente, a conversa ainda não havia começado entre eles quando outro criado apareceu e disse a Ahmed que havia um convidado perguntando por ele. O wali ficou de pé com um sorriso.

— Por favor — disse dirigindo-se a sua comitiva. — Sintam-se em casa. — E abriu um sorriso para todos antes de se afastar.

Omar suspirou em sua taça de vinho.

— Aquele homem sabe como *não* sorrir?

Loulie limpou a garganta. Estava decidida a evitar falar sobre o wali enquanto ele não estivesse ali. Além disso, agora que ele se fora, teria a oportunidade de falar sozinha com os ladrões.

— Dane-se o wali. Tenho algo importante para discutir com vocês. É sobre...

— A relíquia? — Aisha riu com ironia. — Não vai me convencer a entregá-la a você.

Loulie fez uma pausa. Seus olhos se voltaram para Omar, que a observava em silêncio.

— É perigosa — ela insistiu. — Você viu do que foi capaz.

— É claro. Como eu poderia me esquecer de você tentando me matar? — Omar riu quando ela corou. — Espero que você se lembre de que era *você* quem estava possuída, mercadora.

Loulie estava desapontada. Nas ruínas, o príncipe tivera medo do colar. E agora o bastardo presunçoso agia como se tivesse estado no controle da situação o tempo todo? Queria protestar, mas percebeu que não tinha como saber se ele ou sua ladra tinham caído sob o feitiço do ifrit. Ela nunca descobriu o que havia acontecido com os dois na duna.

— Foi pura sorte sua lâmina flamejante não ter queimado meu rosto — disse Omar. — Tal agressão, mesmo acidental, teria sido difícil de perdoar.

Loulie cerrou os lábios. Deuses abençoem Qadir. Seu controle sobre o calor de seu fogo — mesmo à distância — era surpreendente. Mas ela não podia dizer isso ao príncipe quando ele pensava que a lâmina era uma mera relíquia.

— Fogo mágico distingue amigo de inimigo — Loulie murmurou.

Omar ergueu as sobrancelhas.

— Impressionante.

Ela limpou a garganta.

— Como eu ia dizendo, tenho um jeito de neutralizar a magia. — Loulie olhou para Qadir, esperando que ele interviesse para ajudá-la, mas ele estava olhando melancolicamente para o outro lado do gabinete, onde o wali falava animadamente com uma banda de músicos.

— Neutralizar? — O príncipe inclinou a cabeça. — Conte mais.

— Não, não conte — interrompeu Aisha bruscamente. Loulie não deixou de notar a carranca que o príncipe lançou na direção dela. — Não adianta tentar me convencer. Eu já te disse, não pretendo entregar a relíquia. Foi encontrada pelo meu príncipe e pertence a ele.

Loulie estreitou os olhos.

— Se esse é o caso, por que você continua falando como se a decisão fosse *sua*?

Loulie ignorou o olhar cortante da ladra e calmamente tomou um gole de seu vinho enquanto considerava suas próximas palavras. Ela poderia continuar por esse caminho e tentar trazer o príncipe para o lado dela, ou...

Aplausos repentinos a tiraram de seus pensamentos. Ela ergueu o olhar e viu que os ocupantes do gabinete batiam palmas para os músicos com quem Ahmed estava falando.

— Agora... — o wali gritou no palco, juntando as mãos. — Temos uma apresentação muito especial! — Uma onda de música animada irrompeu com suas palavras, e o gabinete foi preenchido com o assobio da flauta, a batida do pandeiro e o *dum* do tambor.

A sala vibrava com uma energia inebriante, do tipo que inspirava estranhos a procurar parceiros de dança. Foi assim que Loulie se viu puxada para a multidão por um jovem alegre que claramente tinha bebido vinho demais. Ela olhou para Qadir, mas ele apenas a observou, se divertindo, enquanto Aisha e Omar recuavam entre a multidão.

Covardes. Loulie fez uma careta. *Fugindo antes que pudéssemos terminar nossa conversa!*

A princípio, ela tentou correr. Mas toda vez que lutava contra a multidão, a puxavam de volta. Então ela desistiu e começou a dançar a contragosto. Constrangida, no início, mas depois, à medida que se sintonizava com o ritmo da melodia, com mais confiança.

A música tornou-se uma corrente, guiando-a pelos passos da dança e de um parceiro para outro. Loulie estava tão imersa nos movimentos que mal notou o rosto de seus parceiros. Até que viu o lampejo de um sorriso familiar, olhou para cima e viu Ahmed bin Walid se aproximando. Ele deslizou em direção a ela graciosamente, unindo suas mãos — a mão esquerda dele com a mão "boa" dela — e levantando-as acima de suas cabeças antes que ela pudesse escapar.

Ahmed sorriu para ela.

— Excelente encaixe, Loulie.

Ela se distanciou enquanto eles rondavam um ao outro.

— *Mercadora da Meia-Noite* está ótimo — Loulie murmurou. A última coisa que ela precisava era que alguém notasse a familiaridade excessiva de Ahmed.

Ele riu.

— Me desculpe. Diga-me, Mercadora da Meia-Noite, você pensou na minha proposta desde nosso último encontro?

Loulie pisou com muita força e tropeçou no pé de Ahmed. Ele agarrou a mão dela e a segurou antes que ela caísse. Ela desviou o olhar do rosto dele enquanto ele a ajudava a se levantar, e viu as letras tatuadas ao redor de seu pulso como uma algema. Quatro letras: um meem, um kha, um lam e um saad. *Mukhlis* — leal. Leal a seus deuses, Ahmed havia explicado a Loulie uma vez. Então ele havia olhado para ela e dito: *E, se você me aceitar, leal a você*. Ele lhe mostrara a tatuagem quando a pedira em casamento, e agora ela não conseguia parar de olhar, de *procurar* por ela.

Quatro meses antes Ahmed a pedira em casamento, e havia quatro meses que ela não lhe respondia. Era cruel da parte dela deixar a pergunta sem resposta por tanto tempo. Ainda mais cruel tentar esquecê-lo quando Loulie não estava em Dhyme, mas Ahmed bin Walid era um caçador de jinn. Um *político*. Ele era tudo o que ela odiava. E ainda assim ela se via inexplicavelmente atraída por ele. *Você e eu somos semelhantes*, ele disse uma vez. *Sofremos do desejo de viajar e encontramos desculpas para sair de casa*.

Só que, enquanto Loulie caçava tesouros no deserto, Ahmed caçava jinn. Ele os matava porque era seu dever, dizia. Era pelos seus deuses, pelo seu povo. Ele até orava por suas vítimas. Loulie sempre disse a si mesma que ele tinha boas intenções, que ela poderia fazê-lo ver o erro de seu caminho. Ela odiava pensar que Ahmed valia o esforço. Que, naquelas noites em que eram apenas os dois trocando histórias, ela o visse não como um caçador, mas como uma alma gêmea. Um homem, não um monstro.

— Não. — Loulie mal conseguiu dizer a palavra, de tão apertada que estava sua garganta. — Ainda não.

Ahmed continuou, como sempre, emocionalmente intacto.

— Eu entendo, você tem andado ocupada. — Ele a puxou para mais perto quando outro par de dançarinos passou.

Loulie segurou a manga dele para manter o equilíbrio. O movimento a virou em direção a ele, e ela percebeu, de repente, quão perto eles estavam. Perto o suficiente para ela poder sentir o calor irradiando do corpo dele. Perto o suficiente para que pudesse alcançar o rosto dele e...

Seu coração errou uma batida. Loulie rapidamente se reajustou para ficar ao lado em vez de na frente dele, então se concentrou em acompanhar seus passos. Cruzar, chutar, pisar. Cruzar, chutar, pisar.

Suas pernas pareciam instáveis, como se pudessem ceder sob o peso de seu corpo a qualquer momento. Era impossível não se fixar na pressão quente da palma dele, na curva firme, porém suave, de seus dedos contra os dela.

— Mercadora da Meia-Noite. — Ahmed se inclinou o suficiente para sussurrar no ouvido de Loulie. Ela estremeceu com o calor da respiração dele contra seu pescoço. — Espero que saiba que não quero ser arrogante. Se você quiser falar comigo sobre isso ou qualquer outra coisa, minhas portas estão sempre abertas. Lembre-se de que minha casa é sua casa, se assim desejar.

Sua casa. Loulie engoliu em seco.

— Você é muito gentil.

Talvez algum dia ela encontrasse a confiança necessária para rejeitar Ahmed bin Walid completamente e parar de esperar por algo que partisse seu coração em dois. Mas... o pensamento de perder sua conexão com ele era tão aterrorizante quanto dar um nome ao que eles tinham. Ela sempre disse a si mesma que era mais fácil se afastar de alguém quando enterrava seus sentimentos pela pessoa, e não podia perder alguém com quem não estivesse comprometida.

No entanto, havia meses que Loulie relutava em rejeitar Ahmed.

Ela estava tão distraída com seus pensamentos que não percebeu que os outros convidados tinham trocado de parceiros de dança até ver que eles olhavam para ela e Ahmed, a curiosidade evidente em suas sobrancelhas erguidas e lábios arrebitados. Loulie estava acostumada com atenção, mas não com *esse* tipo de atenção. Ela puxou abruptamente sua mão da de Ahmed e se afastou.

A preocupação brilhou no rosto do wali.

— Lou...? — Ele fez uma pausa, de repente notando a mão enfaixada. — O que aconteceu com a sua mão? — Instintivamente, ela a escondeu atrás das costas.

— Apenas um pequeno ferimento — murmurou.

Os olhos de Ahmed se aqueceram com esperança quando ele deu um passo na direção dela.

— Quer me contar? Podemos conversar hoje à noite, quando todos forem embora?

Por alguns momentos, ela hesitou. Considerou ficar e contar sobre sua missão para ele. Loulie lhe contaria sobre a jinn das sombras e a Rainha das Dunas, a tempestade de areia e as ruínas afundando. Então ficaria sonolenta o suficiente para baixar a guarda. Ela se inclinaria em direção ao toque dele e mergulharia em seu calor sem sentir vergonha.

E se perguntaria, como sempre fazia, como seria aceitar a proposta de Ahmed. Compartilhar uma vida com alguém e ser tão aberta que a pessoa conheceria todos os seus segredos e sentimentos.

A reflexão fez um terror selvagem crescer dentro dela.

— Não — disse Loulie. Era seu desejo por essa vulnerabilidade frágil e assustadora que a afastava. — Não esta noite.

Ela correu pela multidão e saiu do gabinete antes que ele pudesse chamá-la de volta.

27

Mazen

Mazen nunca gostara de Ahmed bin Walid.

Sua antipatia vinha de muitos anos antes, desde a primeira vez que Ahmed foi a Madinne com seu pai, que era o wali de Dhyme na época. Mazen, com apenas dez anos de idade, recebera ordens de seu pai para vigiar Ahmed. Ele tinha levado a responsabilidade muito a sério. Ahmed, que era uma criança magricela de treze anos com um sorriso largo demais, não. Mazen logo descobriu que Ahmed era o que as pessoas chamavam de espírito livre, um menino alegre que preferia fazer qualquer coisa menos o que lhe ordenassem.

Ao contrário de Mazen, que se metia em problemas por desobedecer às ordens de seu pai, Ahmed nunca era castigado. Toda vez que ele desaparecia e Mazen o rastreava, o menino mais velho sorria inocentemente e dizia: *Ya Mazen! Eu pensei que você estava atrás de mim o tempo todo! Onde você esteve?* Mais tarde, quando Ahmed oferecia essa explicação aos adultos, eles o perdoavam e direcionavam sua ira para Mazen.

Os sorrisos eram a moeda preferida de Ahmed. Com eles, comprava o que quisesse: afeto, posses, até conexões. Todos eram atraídos por seu sorriso — todos, exceto Mazen.

Mesmo agora, sentado diante de Ahmed no corpo de Omar, ele não conseguia se livrar de sua antipatia. Era aquele maldito sorriso. Era largo demais, brilhante demais — uma máscara jovial forçada. Ele vestia aquele sorriso agora enquanto estavam sentados em seu gabinete na manhã seguinte à reunião e falavam sobre coisas com as quais Mazen não se importava.

— Você se lembra do caçador que gosta de doces? Issa? Ele veio me ver antes de viajar para o norte.

Mazen supunha que, se fosse Omar, saberia do que Ahmed estava falando. Foi por isso que fingiu que ouvia, balançando a cabeça e oferecendo um comentário quando achava seguro. Mas sua cabeça estava em outro lugar. Tinha estado desde o incidente na duna. Ele não conseguia parar de pensar no colar. Ainda estava tentando convencer Aisha a se desfazer dele.

Mais cedo, quando confessara a ela que quase havia sido possuído, Aisha tinha revirado os olhos e dito que ele *sempre* era quase possuído. Também dissera que coletar relíquias para Omar era parte de suas responsabilidades como ladra. Então ela o ignorara. E ainda o estava ignorando, e foi por isso que optou por esperar por Mazen nos degraus do gabinete em vez de se juntar a ele lá dentro.

— Mas chega de falar de mim. — Ahmed reclinou-se em seu divã, os lábios curvados em um sorriso satisfeito. — Conte-me sobre as *suas* viagens recentes, sayyidi. Vejo que encontrou uma nova relíquia. — Mazen quase engasgou quando percebeu que Ahmed olhava para a pulseira encantada em seu braço.

— Antes fosse. — Ele pressionou os dedos na joia. — Receio que esta seja apenas uma herança espalhafatosa de família.

Ahmed riu, um som suave e alegre que fez Mazen se arrepiar.

— E eu aqui pensando que você preferia a utilidade ao sentimentalismo. O único floreio que já vi você se permitir é o seu brinco. — Ele bateu na orelha de Mazen e ergueu uma sobrancelha. — Trocou uma joia pela outra?

Mazen engoliu uma risada nervosa. Omar havia insistido que ninguém notaria a falta do brinco, mas era *claro* que o wali irritantemente atento de Dhyme seria a exceção.

— Você é sempre tão perspicaz. Eu o tirei quando estávamos viajando para a cidade. Tivemos que enfrentar uma tempestade de areia e achei que o brinco ficaria mais seguro onde o vento não pudesse alcançá-lo.

Era uma ficção espontânea e de má qualidade, então Mazen ficou aliviado quando o wali sorriu.

— Ah, uma tempestade de areia. Uma ótima maneira de começar uma missão, com certeza. Espero que o resto de sua jornada venha sendo mais agradável?

Tem sido infernal. Mazen limpou a garganta.

— Tem sido, como posso dizer, tediosa.

— Ah, é?

— Eu te disse ontem. Tivemos alguns problemas no caminho para cá.

— Você me disse que teve de lidar com um jinn problemático, mas não elaborou. — Ahmed se inclinou para a frente, os braços cruzados sobre os joelhos. De certa forma, conseguiu fazer o desleixo parecer refinado. — Mas você precisa me contar! O que aconteceu?

Mazen hesitou. Qual era o perigo de se gabar? Ele tinha ouvido seu irmão se gabar para Ahmed sobre seus feitos antes, afinal. Enfiou a mão na bolsa para pegar a relíquia, que Aisha havia embalado com o restante de seus pertences para o caso de serem feitas perguntas sobre a propriedade. Ambos sabiam que Omar nunca entregaria uma relíquia a um de seus ladrões por segurança.

Claro, isso não impedia Aisha de se agarrar à bolsa quando eles *não estavam* na companhia de outra pessoa.

— É uma história e tanto... — Ele contou a Ahmed a versão curta, omitindo as partes sobre ele e Loulie terem sido possuídos. No final, o anfitrião soltou um assobio baixo e estendeu uma mão ansiosa para a relíquia. Mazen a entregou.

— Incrível... — Ahmed revirou o colar em suas mãos. — Pensar que uma coisa tão pequena poderia conter tanto poder.

Mazen deu de ombros. Ele esperava que parecesse indiferente.

— Não é sempre assim com as relíquias? É impossível dizer seu valor apenas pela aparência. — Ele não conseguia parar de olhar para a pulseira enquanto falava. Era difícil acreditar que seu próprio corpo estava a um fio de cabelo de distância, que tudo o que Mazen precisava fazer para ser ele mesmo era removê-la.

Ahmed ficou pensativo.

— É verdade. Embora eu não possa dizer que já encontrei relíquias o suficiente para saber com certeza. — Ele riu e apoiou o colar no colo. — Estou surpreso que a Mercadora da Meia-Noite não tenha tentado negociar isso com você.

Ah, ela tentou. Ela e o seu guarda-costas também.

O príncipe rapidamente mudou de assunto.

— Você parece conhecer bem al-Nazari. Faz negócios com ela com frequência?

— Eu encontrei a Mercadora da Meia-Noite em muitas ocasiões, mas não, nunca comprei nada dela. Prefiro não confiar em magia jinn que não entendo.

Mazen ergueu uma sobrancelha.

— Qual o sentido de se encontrar com uma mercadora se não para comprar algo dela?

Ahmed sorriu.

— Gosto da companhia dela.

Mazen abriu a boca para dizer alguma coisa. E não disse nada. Ahmed riu de sua confusão.

— É tão estranho que eu goste de passar tempo com ela? Loulie al-Nazari é como uma vela: ilumina até as noites mais escuras com seu sorriso.

Loulie al-Nazari, *uma vela iluminando a noite*? Ela parecera tudo menos calorosa em relação a Ahmed na reunião da noite anterior. Será que o homem estava simplesmente em negação?

Ahmed não registrou o choque de Mazen ou o ignorou.

— Acho que nós dois combinamos — disse ele com um olhar sonhador no rosto. — Pelo menos, gosto de pensar que sim.

Mazen tentou imaginar Loulie al-Nazari, nuvem de tempestade perpétua, ao lado do sempre iluminado Ahmed bin Walid. Ele não percebeu que estava rindo até que o sorriso desapareceu do rosto de Ahmed.

— Algo te diverte, sayyidi?

— *Você* me diverte, Ahmed. Loulie al-Nazari é uma andarilha. Se ela é casada com alguma coisa, é com o deserto.

A expressão no rosto de Ahmed estava estranhamente estoica.

— Você fala como se a conhecesse, sayyidi, mas ela não é apenas um peão para você, um meio para um fim?

Mazen o encarou. Como responderia àquela pergunta com honestidade? Como *Omar* responderia?

— Meu relacionamento com a mercadora não é da sua conta. — Não precisou se esforçar para que as palavras saíssem geladas. — O que isso tem a ver com a *sua* atração por ela?

Ahmed considerou por alguns momentos antes de se recostar e soltar o ar.

— Nada. Eu só quis dizer que ela tem outros lados que você não conhece. Se conhecesse, não acharia nosso relacionamento tão estranho. — Ele sorriu, mas foi um sorriso que não alcançou seus olhos.

O silêncio constrangedor que se seguiu foi a prova de que nenhum deles estava ansioso para continuar a conversa. Era a abertura que Mazen estava esperando. Ele se levantou com um suspiro, esticando-se lentamente para fazer parecer que não estivera esperando por aquele momento desde que chegara.

— Acho que sou muito inquieto para essas cenas domésticas. — Mazen abriu o que esperava ser um sorriso convincente como o de Omar. — Agradeço sua hospitalidade, mas temo que deva ir agora. Preciso mapear nossa rota de viagem antes de partirmos amanhã.

O sorriso de resposta de Ahmed foi rígido.

— Claro, sayyidi. Você ao menos conseguirá comparecer à reunião com os outros caçadores esta noite?

A reunião dos caçadores de jinn era aparentemente uma reunião mensal em Dhyme. Aisha tinha explicado para ele na noite anterior depois que Ahmed os convidara pessoalmente. Nem ele nem Aisha estavam entusiasmados com o convite. Mazen porque a última coisa que queria era ouvir assassinos se gabarem do sangue em suas mãos, e Aisha porque duvidava da capacidade dele de mentir convincentemente sobre ter aquele sangue nas mãos.

Mazen resolveu dar uma resposta evasiva.

— Se o tempo permitir, estarei lá.

Ahmed franziu as sobrancelhas com a resposta. Mazen se encolheu. *Idiota! Por que Omar deixaria passar a oportunidade de exibir suas proezas?* Mas era tarde demais para retirar as palavras, então ele fez a melhor coisa que pôde: fugiu antes que pudesse cavar um buraco ainda mais fundo.

28

Aisha

Quando Aisha e o príncipe voltaram para a taverna Santuário do Andarilho, o pequeno ambiente estava abarrotado de clientes do mercado e viajantes e cheio de sons de vidro tilintando e risos retumbantes. O caos a fez sentir falta da solidão tranquila e segura de seu quarto. Agora ela não podia se dar ao luxo de baixar a guarda. O príncipe — e a maldita *relíquia* falante — era uma preocupação constante. Ela estava começando a se perguntar se ficar em Madinne teria sido a escolha menos irritante, afinal.

Eles tinham acabado de entrar na taverna quando o príncipe congelou no lugar. Aisha seguiu seu olhar na direção da escada, Loulie al-Nazari a descia em seu manto marrom. Seu rosto estava sem pintura, os olhos vermelhos como se ela não tivesse dormido. Seu guarda-costas não estava à vista.

Aisha olhou para o príncipe. A expressão de anseio em seu rosto era quase embaraçosa de testemunhar. Quando a mercadora se aproximou, ele abriu a boca como se fosse dizer alguma coisa, mas acabou oferecendo um aceno cordial enquanto ela saía pela porta sem notá-los. Ele parecia cabisbaixo.

Aisha o cutucou.

— Sua paixonite está transparecendo, sayyidi.

O príncipe corou.

— Eu não estou...

Mas ela não estava interessada em sua desculpa e já caminhava em direção às escadas. Quando ele a alcançou, Aisha havia usado uma chave reserva para entrar no quarto dele e estendera o mapa do príncipe Hakim sobre a cama.

— Espero que você não tenha se humilhado demais na frente do wali. — Ela apontou para a mesa da sala, onde Mazen depositou a mochila e suspirou.

— Se você estava tão preocupada, deveria ter estado lá — ele murmurou. — Teria sido mais produtivo do que ficar de mau humor nas escadas.

— Omar não me mandou aqui para tomar conta de você.

— Não? Ele me disse o contrário. "Deixe a luta com Aisha. Ela vai proteger você."

— Acho que você está confundindo guarda-costas com babá. Venha. — Ela deu um tapinha na beirada da cama. — Vamos acabar com isso.

O príncipe obedientemente se sentou enquanto Aisha delineava qual seria o caminho mais rápido até o destino. Ela começou apontando assentamentos e acampamentos beduínos nos quais eles poderiam descansar durante a viagem vindoura em direção a Ghiban, a cidade das cachoeiras. Aisha ficou impressionada; as representações do príncipe Hakim dos penhascos e rios eram tão detalhadas que poderiam ter sido extraídas das memórias dela. Ela fez uma pausa, o dedo pairando sobre Ghiban.

— Interessante.

O príncipe Mazen olhou para cima.

— O quê?

— Seu irmão. — Quando o príncipe simplesmente piscou para ela, Aisha levantou uma sobrancelha. — Como é que um homem aprisionado conhece o deserto tão bem?

A pergunta pareceu pegá-lo de surpresa. Ele apertou os olhos para o mapa como se pudesse desenterrar uma resposta entre as camadas de linhas e cores.

— Antes de meu irmão vir para Madinne, ele viajou pelo deserto com a tribo de sua mãe. Ele viu muito mais do mundo do que eu. — Um sorriso carinhoso, distintamente diferente do de Omar, repuxou seus lábios.

Aisha olhou para ele com ceticismo. Era impossível um cartógrafo desenhar de memória quando a paisagem mudava com tanta frequência. Afinal, novos oásis brotavam do sangue dos jinn mortos todos os dias, e aldeias humanas eram varridas do mapa em um piscar de olhos. Uma vez, antes de ser totalmente queimada, sua própria aldeia estivera em um mapa como aquele.

Aisha afastou a memória de Sameesh antes que criasse raízes. As habilidades de cartografia do príncipe Hakim não eram de sua conta. Tudo o que importava era que seu mapa era confiável.

Ela voltou sua atenção para a rota.

— Haverá menos oásis quando sairmos de Ghiban, mas há cavernas construídas nas falésias que fornecerão um bom abrigo. — A ladra traçou os penhascos até os arredores do Mar de Areia Ocidental. — O último entreposto está bem aqui, no limite do Mar de Areia. — Ela circulou a área com o dedo. — Seu irmão marcou cavernas que podem nos conduzir por baixo do Mar de Areia, mas não há nada conclusivo. Teremos que procurar a pé quando chegarmos.

O príncipe assentiu distraído. Estava olhando o mapa como um homem faminto em um banquete. Ela se esquecera de que, enquanto aquela viagem era apenas mais uma para ela, o príncipe nunca tinha se aventurado fora de Madinne. Que aquela era, de certa forma, uma introdução a um mundo totalmente novo para ele.

— Então, se Dhyme está aqui... — Mazen apontou a cidade com o dedo. — A ruína onde encontramos a relíquia está... — Ele se calou abruptamente, sua expressão se transformou de admiração em horror.

Aisha ficou imediatamente desconfiada.

— Por que essa cara? Você parece culpado.

Ele engoliu em seco.

— Culpado? Não, a única coisa de que sou culpado é de ferir a mercadora, e ela está bem agora.

Aisha o observou cuidadosamente.

— Você *ainda* está pensando nisso? Poderia ser pior do que ferir alguém, sabe. — Ela ergueu as sobrancelhas. — Poderiam esperar que você os matasse.

— Isso é diferente. Você escolhe matar jinn.

O comentário, dito tão levianamente, não deveria tê-la incomodado. Mas, talvez porque a memória de Sameesh estivesse tão crua, as palavras fizeram seus pensamentos se dispersarem.

Em sua mente, ela viu campos verde-ouro. Viu suas irmãs rodopiando pela grama alta, suas tias descansando sob as tamareiras e sua mãe parada na porta da frente com um prato de bolinhos caramelizados chamando todos para a sobremesa.

E então ela viu tudo — os campos, a casa, os corpos — queimado em cinzas.

— Que coisa idiota de se dizer. — As palavras saíram suavemente de seus lábios, tão desbotadas quanto suas visões. — Nem todos os assassinos escolhem empunhar uma lâmina. Alguns de nós fazem isso por necessidade.

O príncipe pareceu surpreso.

— Pensei que os ladrões de Omar o procurassem porque queriam matar jinn?

Talvez Aisha devesse ter ficado chateada porque o príncipe estava se metendo, mas fazia muito tempo que ninguém perguntava sobre sua vida antes de Omar, e ela percebeu que *queria* falar sobre aquilo. Seu passado nunca havia sido um segredo; talvez por isso ninguém o achasse valioso o suficiente para roubá-lo dela.

— Talvez. — Ela deu de ombros. — Mas não é como se eu tivesse crescido desejando empunhar uma lâmina. Eu morava em uma fazenda em Sameesh; a única coisa afiada que eu deveria manusear era uma foice. Mas as expectativas mudam quando sua aldeia é dizimada por jinn. Ferramentas agrícolas não me mantiveram viva; uma lâmina, sim.

Mazen olhou para ela com tristeza.

— Desculpe — ele murmurou.

Ela desviou o olhar, desconcertada ao ver tamanha empatia no rosto de Omar.

— Não preciso de suas desculpas. Se tem uma coisa que aprendi desde que peguei em uma espada, foi que empatia é fraqueza.

— Você fala como...

— Uma assassina? Você vai se acostumar com isso.

Aisha se jogou de costas na cama dele e fechou os olhos. Seu manto se abriu com o movimento e ela deduziu, pelo silêncio do príncipe, que ele estava olhando para suas cicatrizes.

— É falta de educação encarar — disse a ladra sem abrir os olhos.

— Eu só estava observando...

— As minhas cicatrizes? Elas são tão fascinantes assim? — Ela suspirou. — Algumas pessoas escondem suas cicatrizes, eu prefiro usar as minhas como distintivos. Elas me lembram de tudo a que sobrevivi e de quem devo me vingar.

Sob a escuridão de suas pálpebras, Aisha viu Sameesh novamente: brilhante, queimando, morrendo. E viu as criaturas esfumaçadas no meio da destruição, os olhos ardendo de ódio. Os viajantes jinn que eles haviam recebido em casa... retribuindo hospitalidade com violência.

A voz do príncipe saiu fraca.

— Os jinn de Sameesh...

— Estão mortos, mas minha sede de vingança não. É por isso que estou aqui, príncipe. — Ela abriu um olho. — Você não tem coisas melhores para fazer do que ficar me encarando de boca aberta?

O príncipe se levantou tão abruptamente que esbarrou na mesa e quase derrubou a bolsa. Seu olhar disparou para a janela, para o céu agora brilhando com estrelas.

— Esqueci algo na residência de Ahmed — ele murmurou. — Algo que eu gostaria de recuperar antes de a reunião começar. — Mazen se afastou, mas parou à porta. — Aisha? — Ele olhou por cima do ombro, os olhos brilhando com... esperança? — Obrigado por se abrir comigo. Eu agradeço sua honestidade.

Aisha explodiu em uma risada antes que pudesse evitar. Que engraçado aquele príncipe pensar que ela compartilhar seu passado com ele — um passado que estava tão claramente escrito em sua pele — significava alguma coisa. Ela ainda ria sozinha muito depois que os passos do príncipe desapareceram no corredor. Quando pegou a bolsa e, por hábito, procurou a relíquia dentro dela.

A risada morreu em sua garganta quando seus dedos roçaram o vazio.

29

Mazen

Mazen havia esquecido a relíquia no gabinete de Ahmed.

O peso de sua culpa era tanto que quase o fez tropeçar em seus pés quando saiu da estalagem. Mal pôde evitar correr direto para a mansão do wali. Talvez, se ele fosse rápido o suficiente, pudesse recuperar o objeto antes que Aisha desse falta dele. Mazen não queria que ela o achasse mais incompetente do que já era.

Ahmed está bem. Ele é um caçador, não há como ele cair sob o feitiço de um jinn.

Afinal, Aisha pegara o colar nas ruínas sem vacilar. Quando Mazen perguntou se o jinn tentara manipulá-la, ela tinha rido.

— *Eu* não sou ingênua como você.

Ainda assim, quanto mais se aproximava da residência de Ahmed, mais tenso ele ficava. Seu pavor se tornou uma âncora, afundando-o nas águas escuras da paranoia da qual ele vinha tentando emergir desde seu encontro com a jinn das sombras.

Enquanto se apressava pelas ruas labirínticas de Dhyme, o príncipe percebeu a escuridão se contorcendo nas paredes. As sombras com olhos vermelhos envoltos em palmeiras e penduradas pelos caminhos iluminados por lanternas. *Ingênuo*, Aisha o havia chamado. Mas como sua ingenuidade poderia ser a causa de tais visões mórbidas? Para onde quer que ele se virasse, via a escuridão invadindo. *Insignificante*, ela murmurava em seus ouvidos.

Mazen tentou se convencer de que estava alucinando, de que seus pesadelos estavam se transformando em realidade, mas as sombras não o deixavam em paz.

Você pensou que poderia escapar. Mas eu conheço seu sangue.

Ele estava a apenas algumas ruas de distância da mansão do wali quando uma náusea repentina tomou conta dele e ele foi forçado, com as pernas trêmulas, a ir até o beco mais próximo a fim de desmoronar contra a parede. O suor escorria por sua testa, e ele podia sentir o batimento cardíaco na sola dos pés.

Então a escuridão o estava pressionando, agarrando-se a seus calcanhares. *Matador de jinn!*, ela gritava. *Você não é digno de ser meu servo!*

— Não é real. — Mazen respirou lentamente. — Não é real.

Ele fechou os olhos, mas conseguiu apenas mergulhar em uma escuridão diferente, iluminada pelos mosaicos dos sete jinn. A sombra de olhos vermelhos sorriu para ele. Mazen se afastou da imagem apenas para enfrentar outra representação mais assustadora. Ele viu o terceiro jinn: uma mulher segurando uma caveira. *A Rainha das Dunas*.

Nas ruínas enterradas, Mazen não se lembrara da história do Velho Rhuba; só depois conectou os dois jinn. Não tinha levantado suas suspeitas para Aisha. Ela pensaria que ele era louco.

Vou me demorar com você, para que seu sofrimento não termine muito rapidamente.

Mazen pressionou as mãos nos ouvidos, mas as vozes não podiam ser abafadas. Ele cravou as unhas na palma das mãos e, quando a dor se tornou muito intensa, as empurrou através da terra.

O chão *enrugou* sob seu toque.

A sensação foi tão inesperada que ele abriu os olhos e olhou para baixo.

E viu sua sombra, emaranhada sob seus dedos como cetim. Mazen olhou, puxou a mão de volta. A sombra se afundou no chão como uma mancha de tinta. Não o atacou. Nem se mexeu.

Lentamente, com cautela, estendeu a mão novamente para a sombra. Quando ela ondulou sob seu toque, ele respirou fundo, então *a arrancou* do chão. No momento em que a sombra envolveu sua mão, ela desapareceu de vista.

Deuses. Realmente estou ficando louco.

Por alguns minutos, tudo que Mazen conseguiu fazer foi olhar com cautela para sua mão — ou a falta dela. Então, lentamente, deslizou outras partes de seu corpo através do tecido das sombras. Ele assistiu com espanto a tudo desaparecer. Sua mão, seu braço, sua perna — qualquer coisa sob o manto de sombras desaparecia.

Era magia. Tinha que ser. Mas de onde vinha?

Mazen torceu a sombra nas mãos e ficou maravilhado com a forma como ela desaparecia e reaparecia. Em um momento, tinha a aparência de um tecido preto e, no seguinte, a sombra — e a pele por baixo dela — desaparecia completamente.

Minha sombra é mágica. O pensamento era tão ridículo que ele caiu na gargalhada.

Um casal que passava pelo beco parou e, quando Mazen ergueu o olhar, se afastou apressado. Uma ideia lhe ocorreu. Ele agarrou a sombra e, certificando-se de que a coisa cobria todas as partes de seu corpo, saiu do beco.

Nenhum transeunte deu qualquer sinal de que o enxergava. Às vezes eles olhavam para a parede, como se sentissem seu olhar, mas nunca diretamente para Mazen. Ele era uma sombra. Estava invisível.

A mente de Mazen zumbiu com perguntas muito depois que ele se despiu da sombra e deixou que ela seguisse atrás dele. O príncipe se perguntava se aquilo era uma maldição lançada sobre ele pela jinn das sombras. Talvez fosse a razão pela qual ela assombrava os sonhos dele.

Ou talvez, pensou Mazen com um arrepio, *seja um mau presságio*.

30

Loulie

— Se olhares pudessem matar, você já teria matado todo mundo no azoque — disse Qadir enquanto comia o último faláfel que eles haviam comprado. Ele amassou o saco vazio e, quando Loulie não respondeu, jogou-o no topo da cabeça dela. Ela o pegou e jogou de volta para ele. Loulie sabia que Qadir estava apenas tentando incitá-la a compartilhar seus problemas — ele vinha tentando melhorar o humor dela desde a caminhada da tarde —, mas ela não dava a mínima para suas palhaçadas agora. Não quando estava ocupada se preocupando com seu encontro com Ahmed.

Nem mesmo o caos do azoque conseguiu distraí-la. As lanternas penduradas nas palmeiras lançavam uma luz muito lúgubre, e os desenhos antes atraentes dos carrinhos coloridos agora pareciam extravagantes demais. Embora o azoque estivesse mais vazio do que antes, suas muitas ruas sinuosas o tornavam mais claustrofóbico que o de Madinne. Loulie se sentia sufocada.

Qadir se aproximou.

— Tem certeza de que não quer que eu a acompanhe esta noite?

Loulie olhou para um bando de crianças sentadas em um telhado próximo. Sorriu quando apontaram para ela e começaram a sussurrar animados.

— Vou ficar bem. Ahmed é inofensivo. — Mesmo sem olhar para ele, ela sabia que Qadir estava levantando uma sobrancelha. — A noite passada foi... — Ela vacilou. Estivera sobrecarregada, envolvida em autodepreciação. Esta noite seria diferente. Esta noite não era sobre ela e Ahmed. Era sobre negócios.

Loulie havia acordado com mais um convite naquela manhã, com a promessa de que Ahmed a apresentaria a alguns amigos seus — clientes em potencial — antes que ela partisse. Loulie não se importava de coletar ouro manchado de sangue de assassinos de jinn. Na verdade, evitava vender para eles quando podia. Não, não haveria vendas naquela noite. Ela só sentia falta de ter a liberdade de recusar um acordo que não lhe agradasse. Naquela noite, tomaria de volta algum controle de sua vida.

Qadir suspirou.

— A noite passada foi patética. — Quando Loulie olhou para ele, ele bufou. — Aí está de novo. O olhar assassino. Você não *parece* bem.

— Acho que não pedi sua opinião. — Dobraram uma esquina e entraram na rua dos joalheiros, onde os comerciantes exibiam bugigangas de ouro e prata sob caixas de vidro. Os olhos de Loulie correram distraidamente por colares e anéis incrustados de safiras e rubis, por grandes pulseiras douradas e correntes preciosas que continham pequenas pérolas. Cada vitrine brilhava incrivelmente sob as lanternas, sedutora até que o joalheiro mencionasse seu preço absurdo.

Que os deuses ajudem os pobres idiotas que não sabem pechinchar, ela pensou.

Eles estavam se aproximando do centro de Dhyme, onde a residência de Ahmed ficava localizada em meio a um aglomerado de mansões pretensiosas, quando Qadir parou na frente dela.

— Esta é a sua última chance. Tem certeza de que não quer que eu a acompanhe?

— Sim. — Loulie cruzou os braços. — Eu não preciso de você aqui para ter uma conversa *civilizada*, Qadir. Prefiro que você siga esses rumores sobre o assassino de preto.

Qadir suspirou.

— Rumores que, sem dúvida, não significam nada.

— Ainda é uma maneira melhor de gastar seu tempo. Você não precisa me mimar. — Era o que ela vinha dizendo a ele o dia todo. Não tinha certeza se para convencê-lo ou a si mesma.

Qadir lançou a ela um olhar duro. Quando ela não vacilou, ele finalmente cedeu. Depois que ele saiu, Loulie se virou para a residência de Ahmed e respirou fundo.

Ahmed bin Walid é apenas um homem. Eu não preciso *dele*. Ela repetiu as palavras em sua mente enquanto os guardas a conduziam pelo pátio.

Ouviu os convidados de Ahmed antes de vê-los. Havia uma dúzia deles sentados ao redor de um tapete no gabinete — caçadores vestidos com sedas e joias caras. Todos usavam armas sob suas camadas de roupas elegantes.

Loulie deu uma olhada ao redor e notou que o espaço tinha sido esvaziado em sua ausência. O palanque e os móveis luxuosos da noite anterior não estavam mais ali. Agora havia apenas o tapete e os assassinos sentados ao redor dele. Ahmed bin Walid estava sentado na ponta mais distante do tapete. Ele trajava roupas modestas: uma simples túnica e calça bege, com um lenço azul-escuro pendurado nos ombros. Ele sorriu quando a viu — o mesmo sorriso familiar que fazia seu coração afundar e pular.

— E eis que chega a convidada de honra. Bem-vinda, Mercadora da Meia-Noite. — Ahmed gesticulou indicando a almofada vazia à sua direita.

Loulie se forçou a relaxar enquanto caminhava na direção dele. Com esforço, deixou de lado a memória de suas mãos entrelaçadas e da respiração dele em seu pescoço. Abaixou os ombros e exalou, soltando um suspiro felizmente abafado pelo lenço sobre sua boca, quando se sentou na almofada ao lado dele.

— Como sempre, é um prazer. — Os caçadores a examinaram com curiosidade. Um dos homens, o mais jovem, pelo aspecto de seu rosto, a olhou desconfiado. Loulie franziu a testa. — Há algo errado, ya sayyid?

O caçador corou.

— Perdoe-me, mercadora. Você é mais jovem do que eu esperava.

Loulie resistiu à vontade de revirar os olhos. Ela sabia que não era apenas uma questão de juventude. Os homens eram elogiados por serem bem-sucedidos em tenra idade, mas uma mulher bem-sucedida era um quebra-cabeça desconcertante. A maioria dos homens não sabia como responder à sua confiança.

Ela levantou uma sobrancelha.

— Não, *eu* que peço desculpas. Eu não deveria ter falado tão duramente com uma criança.

O rosto do caçador queimou em um vermelho profundo quando ele olhou com raiva para ela. Loulie gostou de ver a raiva no rosto dele, mas saboreou ainda mais o riso de seus companheiros. Até Ahmed sorria.

— Uma coisa que você deve saber sobre Loulie al-Nazari é que ela não admite insultos. Não sem responder à altura, de qualquer maneira. — Ele olhou ao redor do círculo, com os olhos brilhando. — Bem, parece que estamos todos aqui.

— E o sumo príncipe? — perguntou um dos caçadores, um velho grisalho com várias cicatrizes no rosto.

Ahmed suspirou.

— Eu o convidei, mas imagino que ele esteja muito ocupado para comparecer.

Murmúrios emergiram do grupo. Loulie ficou imaginando o descontentamento deles. O príncipe era tão próximo desses homens que eles esperavam sua presença? Ou eles o viam como uma celebridade?

Ahmed bateu palmas, acalmando-os.

— Acalmem-se! Não precisamos do sumo príncipe para nos divertir.

Ele acenou com a mão, e os criados que esperavam nas alas serviram um banquete. O estômago de Loulie roncou quando eles dispuseram pratos de halloumi e pita, tigelas de babaganoush e fatuche, espetos de frango e cordeiro além de dolmas recheadas com arroz e cebola.

— Por favor, vamos comer e conversar! Vocês estão em boa companhia esta noite.

Loulie ficou feliz em obedecer. Sem Omar bin Malik ali, ela aparentemente era a pessoa mais interessante, e os caçadores faziam perguntas sucessivas. Eles perguntaram a ela sobre seus bens e suas viagens, seu guarda-costas — Loulie bufou quando o chamaram de *misterioso* — e sua história. Ela lhes contou um eco da verdade, uma meia-mentira trivial, mas interessante.

Então, quando os caçadores devoraram a comida e passaram para a sobremesa, ela mostrou a eles suas relíquias. Havia apenas algumas — Loulie havia vendido a maioria delas no Mercado Noturno de Madinne —, mas eram o suficiente para saciar a curiosidade deles.

— Como você encontra relíquias suficientes para vender? — A pergunta viera do caçador com cicatrizes enquanto pratos de baclava e kanafeh eram servidos. Loulie recusou o último e pegou dois pratos do primeiro. Baclava era seu favorito, e as guloseimas preparadas na mansão de Ahmed eram algumas das melhores que ela já comera.

A mercadora se virou para o caçador, falando enquanto saboreava a massa folhada cheia de mel:

— Receio que isso seja um segredo comercial.

— Hum. — Outro caçador, Nariz Arrebitado, como Loulie o chamava, pensativo, passou as contas indutoras de sono entre os dedos. — Por que vendê-las quando você pode ter a coleção mais valiosa do país?

— Coleções são um passatempo. — Loulie ergueu uma sobrancelha. — Eu administro um negócio.

Além disso, de que adiantava reunir itens encantados que simplesmente ficariam em suas prateleiras acumulando poeira? Eram os usos das relíquias que as tornavam valiosas — e que lhe permitiam ganhar a vida. Uma coleção de itens proibidos não lhe renderia nada.

O jovem caçador irritadiço inclinou a cabeça.

— O que você está fazendo não é ilegal? — Ele olhou para Ahmed, e, aproveitando a deixa invisível, os outros caçadores também olharam para ele.

Loulie fez uma careta.

— Posso falar por mim mesma, shukran. — Ainda assim, ela olhou para Ahmed, curiosa sobre sua resposta. Ficou surpresa com a firmeza do olhar dele.

O olhar não passou despercebido pelos demais. O caçador irritadiço franziu a testa.

— Ahmed?

— Tem algo errado? — disse outro caçador.

Ahmed piscou. Ele tinha a aparência de alguém saindo de um sonho.

— Hum? Ah, não. Peço desculpas, estava aprisionado em meus pensamentos. — Ele sorriu, mas o movimento foi apenas uma contração desanimada dos lábios. — Nós estávamos falando sobre relíquias, certo? Colecioná-las e vendê-las como se fossem ferramentas?

Loulie franziu a testa.

— Elas *são* ferramentas.

— Você realmente acredita nisso? — O sorriso débil do wali desapareceu. — Você já considerou, mercadora, que seu negócio capitaliza o sofrimento?

Suas palavras afiadas a fizeram estremecer. Relíquias eram itens que tinham sido encantados por jinn e abandonados no deserto. Onde o sofrimento estava envolvido?

— Receio não ter entendido o que você quer dizer.

Loulie sentiu uma pontada de inquietação enquanto se afastava do wali, cautelosa ao perceber o vazio que tinha se instalado em suas feições. Ela nunca tinha visto aquele olhar antes. Sem pensar, juntou as mãos — e se encolheu quando sentiu o calor de seus anéis através das bandagens.

Ahmed riu. Uma risada suave e sem humor.

— Claro que não. — Ele voltou sua atenção para o círculo. — Digam-me, amigos. — Seus lábios se torceram em um sorriso afiado e oblíquo; um sorriso horrível e desconhecido que fez o sangue de Loulie congelar. —

Vocês matam jinn porque esperam roubar a magia deles? Ou fazem isso pelo sangue? Pela emoção da matança? — Ele ergueu a mão. — Não, não falem. A resposta não importa.

Loulie olhou para o wali, perplexa. Quem era aquele estranho sorridente sentado diante dela?

Uma semente de medo se enraizou em seu peito enquanto ela observava os caçadores pegarem facas e armas escondidas. Instintivamente, sua mão foi parar na bússola em sua bolsa — sua relíquia orientadora.

— Sayyidi? — disse ela suavemente.

Ahmed colocou a mão em seu lenço e sorriu.

— Olá de novo, matadora de jinn. Você gostaria de cantar comigo? — Ele começou antes que ela pudesse responder, cantando uma música que ela reconhecia. A canção nostálgica, como Qadir a chamara. Mas para Loulie parecia uma lamentação por uma jornada infrutífera e infinita.

Ela estava vagamente ciente do canto. Estava ficando difícil manter o foco. Ela reconheceu a voz de um dos caçadores. Viu algo brilhar no ar — uma lâmina, talvez —, mas então sua visão se foi e havia apenas seu batimento cardíaco ficando cada vez mais alto, e era estranho, porque quase parecia estar vindo da bússola e...

Ela mal conseguiu respirar quando o caçador apertou a algema de ferro ao redor de sua garganta. A dor, quente e aguda, lanceou através de suas veias e perfurou seus ossos.

O caçador se aproximou, os olhos escuros se estreitaram.

— Quantos anos você acha que esta aqui tem?

— Pelo menos uns cem anos — respondeu seu companheiro. — Talvez mais.

— Um monstro ancestral — ponderou o caçador. — Esperava que ela fosse lutar mais.

O companheiro do caçador se moveu para ficar ao lado dele. A única característica que ela conseguia distinguir em seu rosto velado eram os olhos, que pareciam fragmentos de ouro.

— Você sabe falar, monstro?

Ela não se preocupou em responder. Tinha ouvido histórias de jinn que tiveram suas línguas cortadas por falar. Abaixou a cabeça e começou a orar. Tentou não pensar na grama sob seus pés, no sangue que os caçadores haviam derramado de suas veias para fazê-la crescer.

Ela se forçou a alterar a rota de seus pensamentos até pensar Nele. Se Ele acordasse e a visse com esses humanos, Ele iria, Ele iria... bem, Ele tentaria salvá-la e morreria. E ela não se resignara a esse destino só para que Ele morresse. Ela O havia libertado. Não permitiria que Ele fosse capturado novamente.

Quando os caçadores perceberam que não seriam capazes de fazê-la gritar, fixaram as correntes que a prendiam à pedra e a empurraram sem cerimônia para dentro do lago. Mesmo assim, à medida que a morte se aproximava, ela não parou de orar. Não parou de lembrar.

Ela pensou no olhar assombrado nos olhos Dele, no sangue nas mãos Dele. A maneira como Ele ficara, com as costas tão retas, quando eles O torturaram e O marcaram.

Então ela pensou no futuro Dele, que se desenrolou em sua mente como um mapa. Ela viu um acampamento no deserto. Vestes brilhando com estrelas. Um bando de assassinos. Ele, movendo-se pelas chamas como fumaça, aproximando-se de uma garota que chorava com uma bússola nas mãos. E ela soube, de repente, que a bússola era dela — era ela. *Sentiu o peso no bolso e pensou:* Se não posso guiá-lo pelo deserto de mãos dadas, usarei essa flecha para apontá-lo em direção ao destino Dele. *Ela manteve a forma Dele em sua mente enquanto o último fio de ar deixava seus pulmões. E então...*

Loulie abriu os olhos com um arquejo. O mundo diante dela estava inclinado. Ela deslocou a cabeça repentinamente pesada e percebeu que estava deitada no chão, segurando a bússola. Toda vez que respirava, ouvia o eco de seu batimento cardíaco no instrumento de madeira.

Não, não o *seu* batimento cardíaco. A relíquia... era uma coisa viva.

Não apenas uma bússola, mas uma alma. Uma *vida*.

Sua mente vagou, e por alguns instantes ela estava de volta sob a água, *incapaz de respirar, morrendo*. Loulie soltou a bússola. A visão desmoronou, trazendo-a de volta para uma realidade em que Ahmed bin Walid pairava sobre ela com uma adaga, olhos cintilando de ódio. Seu lenço pendia torto no pescoço, revelando o brilho de um colar dourado em sua garganta.

— Agora você sabe como é a morte para a minha espécie — disse ele. — Mas não é suficiente para você se redimir.

Loulie apertou os olhos contra a névoa no ambiente. Ela viu os outros caçadores esparramados nas proximidades, parecendo tão desorientados quanto ela.

— Quantos jinn você matou? Tudo para que pudesse roubar nossa magia e pintar seu mundo com nosso sangue?

Nenhum, pensou Loulie. *Eu não matei nenhum jinn.* Mas seus lábios se recusaram a formar as palavras.

Ela sentiu Ahmed agarrar seu braço. Sentiu-o levantá-la do chão.
— Chega. — A voz dele estava pesada de tristeza. — Adeus, matadora de jinn.

Ele pressionou a lâmina contra a garganta dela.

31

Mazen

Mazen ainda estava pensando em sua sombra quando atravessou os portões da residência de Ahmed bin Walid. Os guardas não se preocuparam em conduzi-lo até o gabinete. Sem dúvida, confiavam no sumo príncipe para encontrar seu caminho por conta própria.

A paranoia se apertou em seus pulmões enquanto ele caminhava pelo pátio vazio. Não conseguia evitar que seu olhar vagasse para sua sombra. *Parecia* uma sombra normal, mas, toda vez que ele a cutucava com o pé, ela grudava na bota.

Como isso é possível? Mazen considerou a pergunta enquanto cruzava o jardim permanentemente verde. Mesmo no escuro, o pátio era lindo. E... diferente?

As árvores pareciam mais próximas, como se tivessem se movido para bloquear seu caminho, e o uivo do vento era estranhamente triste. A luz da lua que se infiltrava pelas copas era de um prateado sinistro, e ele se pegou se abaixando entre as árvores para evitá-la. Sentia como se estivesse sendo observado.

Afastou o pensamento conforme se aproximava dos degraus do gabinete. Enquanto suas pernas desaceleravam e seus olhos caíam e o mundo ficava borrado. Mazen tinha acabado de se dar conta de sua lentidão quando uma música — uma música delicada e terrível que ele reconhecia — surgiu em sua mente.

O príncipe cambaleou. Não percebeu que tinha desabado até sentir a suavidade de sua sombra sob a ponta dos dedos. Ele se deu conta de um segundo som, uma vibração em seu braço, seus pés... tudo ao seu redor? Empalideceu.

Minha sombra tem um batimento cardíaco. Seu estômago deu um nó de medo.

Antes que pudesse puxar a mão, sentiu o *sangue escorrer pelos lábios enquanto ela tossia.*

— Como...? — Ela se engasgou quando a faca foi puxada de seu ombro. Cerrando os dentes contra a dor, ela se virou, a mão sobre a ferida aberta. Estava chocada com a aparição diante dela.

— Impossível. — Ela deu um passo para trás. — Você... Eu matei *você!*

Ele tinha que ser uma miragem. Uma alucinação. Não podia estar vivo, não depois que ela sufocara seu coração com magia. Não quando vira a vida desaparecer de seus olhos. Não quando todos os humanos no gabinete o viram desmoronar, sem vida.

E ainda assim, o caçador estava diante dela com sua terrível faca preta, sorrindo.

— Você, matar o Rei dos Quarenta Ladrões? Que ideia arrogante.

— Não! — Ela deu um passo para trás. Se ela morresse aqui, não haveria como impedi-lo de transformá-la em sua escrava. Ele a mataria, assim como matara seu amado, e então roubaria sua magia. Seus olhos se voltaram para as sombras, o que poderia ser sua fuga final.

Mas não havia como fugir do caçador. Em instantes, ele estava sobre ela, afundando sua adaga amaldiçoada no coração dela, e...

Mazen mal respirava quando a visão da jinn das sombras desapareceu. O mundo — o mundo dele — voltou em todo o seu caos estrelado. Ele podia distinguir sons do presente, o mais reconhecível dos quais era uma voz. Ele tinha passado bastante tempo desprezando sua cadência tranquila para conhecê-la de cor, mesmo que estivesse estranhamente suave.

Ahmed. Mazen cambaleou em direção às escadas. Manchas escuras dançavam diante de seus olhos, ameaçando puxá-lo de volta para uma memória que não era sua. Desesperado, ele alcançou seus anéis. Calor disparou por entre seus dedos. Queimava como o inferno, mas foi o suficiente para enraizá-lo no momento, para lembrá-lo da suavidade incomum da voz de Ahmed. O Ahmed que ele conhecia não falava em sussurros conspiratórios. O Ahmed que ele conhecia não suportava o silêncio; ele o quebrava.

— Quantos jinn você matou? — questionou o wali em sua voz estranhamente dura. Por baixo de sua cadência havia outra voz, tão suave que era quase inaudível. — Tudo para que você pudesse roubar nossa magia e pintar seu mundo com nosso sangue?

Mazen entrou no gabinete.

Os convidados de Ahmed estavam deitados no chão, olhando indiferentes para os arredores. Parecia que eles estavam no meio de um banquete, pois comida e bebida estavam espalhadas pelo chão, manchando o luxuoso tapete e os azulejos. Ahmed estava no centro da bagunça, segurando a mercadora pela gola de seu manto. Ela estava mole como uma boneca de pano em suas mãos.

— Chega. — O wali ergueu a mão. Mazen viu um lampejo de prata. — Adeus, matadora de jinn.

Mazen não pensou. Ele se moveu.

Em um momento estava invisível na entrada do gabinete e, no momento seguinte, derrubava Ahmed no chão. Ahmed ficou atordoado por alguns momentos, o rosto empalidecendo ao ver a aparição repentina de Mazen — de Omar.

— *Você* — ele se engasgou.

Os olhos de Mazen voaram para o lenço pendurado frouxamente no pescoço do wali, para o colar de ossos dourados que não estava mais escondido embaixo dele. Ele estendeu a mão para os crânios carrancudos.

Mas, antes que Mazen pudesse alcançar o colar, Ahmed agarrou seu pulso e o jogou bruscamente para o lado. Uma dor gelada percorreu o braço de Mazen. Ele reprimiu um grito quando o wali o arremessou para longe. Por um instante, ficou atordoado no chão, dominado pela dor que atravessava seus ossos. Em seguida, a adrenalina entrou em ação e ele conseguiu se levantar.

Foi bem a tempo de ver um caçador grogue se aproximar de Ahmed com uma lâmina na mão.

— Criatura nojenta! — gritou o caçador. — Deixe o wali em paz!

Ahmed pegou uma de suas adagas enquanto o homem corria em sua direção. Suas lâminas se encontraram com um guincho ensurdecedor. A paralisação durou um batimento cardíaco, dois. Então Ahmed passou pela guarda do caçador. O homem perdeu o equilíbrio, e Ahmed usou a abertura para dar um chute forte em suas pernas. Dessa vez, o caçador tombou, e o wali caiu sobre ele com a adaga.

Mazen já tinha assistido a batalhas simuladas antes. Tinha visto soldados do palácio dilacerando carne e tirando sangue enquanto manobravam uns aos outros. Mas não havia táticas ardilosas nessa luta. Houve apenas uma derrota fatal quando Ahmed entalhou a morte em um único golpe no pescoço do caçador. O grito do moribundo se desvaneceu para um gorgolejo e depois para um chiado terrível e fragmentado quando Ahmed se levantou. Quando ele se virou, seu manto estava encharcado de sangue.

Mazen não ouviu seu próprio grito por causa do alvoroço que se seguiu, mas o sentiu rasgar seu peito enquanto se afastava do sangue. Um grito do outro lado do gabinete chamou sua atenção, e ele ergueu o olhar para ver outro caçador — um homem grisalho com cicatrizes no rosto — indo na direção do wali com uma espada. Ahmed deslizou para longe de seu alcance e cravou uma adaga na parte de trás de seu pescoço ao passar por ele.

O caçador tombou com um suspiro, vermelho borbulhando em seus lábios.

Imediatamente, um par de caçadores foi até Ahmed de ambos os lados do gabinete em um movimento de pinça. O wali evitou um dos homens e se lançou para pegar o outro pelo pulso. Houve um momento de choque quando o caçador tentou se libertar. Mas ele foi lento demais.

Ahmed o atirou contra seu companheiro, e os dois desmoronaram em uma pilha. O wali pisou com força nas costas de um homem, provocando um estalo tão alto que pôde ser ouvido por cima dos gritos, então se inclinou e, em um movimento rápido, sacou uma adaga da manga e a enfiou na garganta do outro homem.

Mazen assistia ao massacre se desenrolar como um espectador atordoado, mal respirando enquanto Ahmed matava caçador após caçador. Ele viu ossos se partirem, corpos se quebrarem, sangue jorrar, e tudo o que conseguia fazer era conter as lágrimas de pânico. Se Ahmed o atacasse, ele não seria capaz de correr.

Mas o wali só tinha olhos para os homens que o encaravam como guerreiros. O próximo oponente que ele enfrentou foi o mais jovem que Mazen já tinha visto, um garoto com determinação faiscando nos olhos redondos e assustados. O menino e Ahmed se encararam sobre um cadáver.

O menino atacou primeiro. Ahmed se defendeu. Suas lâminas se conectaram, deslizaram e colidiram no ar.

Houve um momento — o coração de Mazen batia com uma esperança frenética — em que o jovem conseguiu pegar Ahmed desprevenido e empurrá-lo para longe. Ahmed tropeçou quando o garoto ergueu a lâmina.

O cadáver abaixo deles estremeceu.

Mazen ficou de pé e gritou.

— Cuidado!

Tarde demais.

O cadáver agarrou o tornozelo de seu companheiro ainda vivo e puxou. O menino caiu. Ahmed estava preparado — ele o acertou no peito com uma lâmina roubada. Quando o jovem caiu no chão, seus olhos estavam sem vida.

Mazen se encolheu contra a parede, tremendo de terror enquanto um silêncio sinistro tomava conta do gabinete. Os olhos do wali deslizaram sobre ele enquanto ele se virava para os seis caçadores restantes que o cercavam em um semicírculo quebrado. Ao ver seu rosto manchado de sangue, eles recuaram, armas empunhadas como escudos.

Um sorriso torcido vincou os lábios de Ahmed quando ele se abaixou e arrancou a espada de um dos cadáveres.

— O que há de errado? Achei que os caçadores não temessem a morte. Nenhum de vocês vai me encarar?

Quando ninguém se levantou para enfrentar seu desafio, o wali bufou e estalou os dedos. Como marionetes puxadas por cordas invisíveis, os cadáveres no chão se levantaram cambaleando, com olhos sem vida e desfocados.

— Tudo bem, então. Vou forçá-los a olharem a morte nos olhos.

Os mortos-vivos avançaram, e os caçadores recuaram para a floresta. Mazen estava entorpecido — tão entorpecido que, quando Ahmed o encarou, suas pernas não se moviam. O pavor havia congelado seus membros.

— Achei que você fosse corajoso — disse o jinn vestindo a pele de Ahmed. — Mas você é um covarde como o resto deles, não é? — Ele deu um passo à frente.

Mexa-se, Mazen ordenou para seu corpo. *Mexa-se!* Mas ele se recusava a obedecer.

Ahmed puxou sua lâmina para trás — e congelou quando o som de fogo crepitando de repente preencheu o gabinete. Loulie al-Nazari tinha recuperado o equilíbrio. Ela estava atrás deles, segurando uma adaga. Um punhal que estava, visivelmente, em chamas. Ela deu um passo à frente, e Mazen viu o fogo da lâmina refletido nos olhos dela.

— Não sei como você cravou suas garras nele, mas o wali não pertence a você. Deixe-o em paz.

— Ele pertence agora. — Ahmed acompanhou os passos da mercadora. Quando ela desviou, ele se moveu na direção oposta, de modo que eles rondassem um ao outro.

— Deixe-o em paz agora, ou eu vou te arrancar do corpo dele — Loulie sussurrou.

Ahmed piscou. Sorriu.

— Menina idiota. Você não pode me exorcizar com fogo.

A mercadora disparou para a frente como uma flecha, deixando brasas em seu rastro. Ahmed pegou a adaga dela com sua espada. Mas, embora tenha parado a lâmina, não conseguiu desviar o fogo, que cuspiu, assobiou e se *esticou* na direção dele. Ele recuou com um grunhido quando a chama queimou seu pulso.

— *Você* pode ser imune ao fogo, mas os humanos não são.

— Você machucaria o homem que quer salvar? — Ahmed riu. O som era agudo, quase desesperado. — Vocês, humanos, realmente não têm coração.

— Não temos menos coração do que um jinn que não deixa os mortos descansarem.

O conflito tornou-se um borrão, uma cacofonia de gritos metálicos. Ahmed era o lutador superior, mas a mercadora tinha o fogo. Ele queimava mais forte a cada golpe, até que explodiu. Ahmed recuou rápido o suficiente para evitar o centro da explosão, mas a bainha de sua manga queimava tão ferozmente que ele não teve escolha a não ser baixar a espada e se concentrar em apagá-la.

Instintivamente, Mazen alcançou sua sombra na parede e a colocou sobre a cabeça enquanto o wali se aproximava. Fora de vista, ele finalmente relaxou o suficiente para recuar. Notou duas coisas enquanto se afastava. Primeiro, que, embora a manga de Ahmed estivesse em chamas, sua pele não estava queimada. Era como a mercadora tinha dito: *Fogo mágico distingue amigo de inimigo.*

Segundo: a mercadora estava, por mais impossível que fosse, empunhando sua adaga com a mão ferida.

Mas essas foram percepções fugazes, que Mazen afastou de sua mente quando a luta deu uma reviravolta abrupta. Ahmed não corria na direção da mercadora; ele estava *fugindo* dela, descendo as escadas do gabinete dois degraus por vez enquanto ela o perseguia.

O que você está esperando? Sua voz interior gritava entre as batidas de seu coração em pânico. *Você é o Ladrão de Estrelas! Tem que ir atrás deles!*

A voz estava errada. Ele não era seu irmão, o destemido caçador de jinn. Era Mazen, o príncipe covarde, e cada fibra de seu ser gritava para ele correr. Mas, quando tentava correr, quando tentava se *mover*, via o sangue espirrando no chão e congelava, o coração subindo pela garganta.

Mazen cerrou os punhos. Obrigou-se a expirar.

Não precisava haver mais matança. Ele só precisava tirar o colar do pescoço de Ahmed.

Ele se forçou a se mover, a seguir os sons da batalha até o aglomerado de árvores que formavam a floresta feita de sangue jinn. A adrenalina o empurrou para a frente, por entre as árvores com galhos retorcidos e afiados e pelos combates entre os vivos e os mortos. Cada luta era um confronto desesperado; os vivos lutavam para permanecer vivos enquanto os mortos buscavam, obstinadamente, matar. Observar a luta fez Mazen se sentir como se estivesse no meio de uma dança mórbida e mortal. Uma em que todos, menos ele, conheciam os passos.

Ele correu para a clareira seguinte tão rápido que quase se prostou no centro da luta de Ahmed e Loulie. Mal se esquivou do ataque da mercadora quando ela disparou um arco flamejante no ar. Era evidente, pela maneira como ela se movia, que sua força estava diminuindo.

Assim que Mazen pensou nisso, Loulie tropeçou, e Ahmed ergueu a espada. Mazen fez uma oração aos deuses e se jogou contra Ahmed, sentindo a sombra deslizar de seus ombros enquanto agarrava o homem por trás. Se Mazen estivesse em seu próprio corpo, Ahmed poderia facilmente derrubá-lo. Mas, sob o peso de Omar, ele vacilou.

— Pegue o colar! — gritou Mazen quando o wali arfou sob suas mãos.

— Como você... — A mercadora piscou, então apontou sua adaga flamejante para ele. — Pegue *você* o colar! Você é quem está o estrangulando!

Quando Mazen pensou em colocar os dedos na garganta do wali, Ahmed havia recuperado o equilíbrio e o arremessou contra uma árvore. O impacto cortou o ar dos pulmões de Mazen. Ele caiu no chão, respirando com dificuldade, quando o wali se virou.

Quando ele atacou, Mazen se abaixou para o lado, mas a espada de Ahmed ainda atingiu seu ombro, cortando tecido e carne. Mazen gritou em pânico antes que pudesse evitar.

— Você é uma abominação — Ahmed sibilou. Quando Loulie correu em sua direção, ele habilmente se virou e desviou do golpe. — É por causa de humanos como você que meu povo sofre. Por sua causa eles são *escravos*, mesmo além da sepultura. — Ele empurrou a mercadora para longe. Tentou, pelo menos. O fogo na adaga dela se acendeu, e Ahmed foi forçado a recuar.

Mazen levou a mão ao ferimento e sentiu sangue sob os dedos. Embora o corte doesse, felizmente era apenas um corte superficial. A dor não era importante. Ele se levantou, sacou uma lâmina e correu para Ahmed.

Mazen e a mercadora erraram a mira. Ahmed deu um passo para trás, com um sorriso triunfante no rosto.

Foi quando Mazen ouviu um farfalhar nas árvores. Viu movimento nas sombras.

Antes que Ahmed pudesse se virar, uma figura disparou para a clareira e pulou nele por trás. Mazen reconheceu a voz dela, mesmo gritando. Em combate, a carranca no rosto de Aisha bint Louas era letal como uma faca. Mazen pôde vê-la brevemente antes que ela prendesse Ahmed no chão e agarrasse seu pescoço.

— Aisha... — falou Mazen, sem fôlego. Ele se aproximou lentamente, com a mão sobre seu ferimento.

Aisha fez uma pausa, com o colar nas mãos, de olhos nublados. Mazen correu na direção dela. Ela se assustou quando ele agarrou o colar. Foi esse momento de surpresa que lhe permitiu tirar a relíquia das mãos dela. Ele a jogou para a mercadora, que mal conseguiu pegá-la antes que caísse.

— Fique com isso — Mazen ofegou. — Espero que você a *neutralize* da maneira que achar melhor.

Um silêncio sinistro pairava sobre eles, pontuado apenas pelo som áspero de suas respirações. Aisha olhou para Mazen. Mazen olhou para Loulie. Loulie olhou para o colar, o rosto pálido.

Então houve um som: a respiração trêmula de Ahmed, que chorava.

— Sinto muito — disse ele, a voz atada com tanta vergonha que Mazen teve que desviar o olhar. — Sinto muito. Sinto muito.

Foi a mercadora que o alcançou primeiro, que tentou consolá-lo quando os outros caçadores chegaram cobertos de sangue e sujeira. Foi ela quem o acompanhou quando os guardas o levaram. Aisha estava prestes a segui-los quando notou Mazen segurando o ombro.

— Está tudo bem — ele disse fracamente. — É apenas uma ferida superficial. Vá indo na frente que eu já te encontro em um instante.

Aisha se virou sem dizer mais nada. Foi só quando ela e todos os outros tinham ido embora que a dormência desapareceu e Mazen finalmente foi capaz de examinar sua lesão. Ele puxou a mão e olhou para o sangue. Ele piscou. De novo e de novo, mas a visão inacreditável não desapareceu.

Seu sangue estava preto.

32

Loulie

— Este não é o caminho para Madinne, é? — Layla olhou por cima do ombro para a cidade à distância. Havia uma semana que a bússola apontava naquela direção, e eles estavam perto o suficiente agora para ela saber que não era uma miragem.

A vista era um alívio. Depois de semanas viajando com o coração vazio, Layla ansiava por um lugar para descansar. Fazia menos de um mês desde que ela perdera sua família, e o jinn havia insistido que a vivacidade da cidade ajudaria a preencher o vazio dentro dela.

Mas agora a atenção de Qadir estava focada não na cidade, mas na bússola, que apontava para o sul.

— Às vezes precisamos fazer as paradas necessárias antes de chegar ao nosso destino.

Layla resmungou enquanto o seguia até uma tamareira. Qadir olhou da bússola para a pequena árvore ainda jovem, de sobrancelhas franzidas. Então ele a guardou e começou a subir. Layla sabia que não devia questioná-lo.

Quando Qadir desceu, ele segurava um pedaço de seda. Um xale.

— Você acha que um viajante o perdeu em uma tempestade de areia? — ela perguntou.

Em resposta, Qadir jogou o lenço para ela.

— Vista.

— Por quê? — A menina olhou desconfiada.

Qadir lançou O olhar para ela. Aquele em que ele levantava uma sobrancelha, mantinha a boca em uma linha reta e olhava para Layla com tanta força que a fazia querer murchar. Ela enrolou o xale no pescoço e notou *a mudança imediatamente. A seda era fria, tão fria contra sua pele que parecia uma brisa contida.*

— Você o encantou? — Layla perguntou, a voz suave de admiração.

Ele deu de ombros.

— Já estava encantado quando o encontrei. Todas as relíquias são assim.

Ela inclinou a cabeça.

— Relíquia?

— Uma relíquia... — Qadir fez uma pausa, como se tentasse encontrar as palavras certas. — Uma relíquia é um item encantado por um jinn. Ela contém a magia deles. — Ele ergueu a bússola. — Como esta bússola.

— Você encantou a bússola?

Um sorriso irônico puxou os lábios dele.

— Não, já estava encantada quando a recebi.

— E este xale?

Qadir deu de ombros.

— Provavelmente pertencia a um jinn viajante.

— Você acha que o dono vai voltar para procurar?

Silêncio. Uma emoção cintilou no rosto dele, mas rapidamente desapareceu.

— Não — disse ele depois de alguns instantes. — Por que voltaria, quando pode facilmente encantar outro?

Era um bom ponto. Ferramentas eram facilmente substituídas. Ainda assim... havia algo terrivelmente triste sobre aquele tecido esvoaçando na árvore, esquecido. Qadir se virou e começou a caminhar em direção à cidade. Layla o seguiu, ainda segurando o xale.

— Por que eles são chamados de relíquias? Faz com que pareçam ancestrais.

Qadir falou sem se virar para olhar para ela.

— Os jinn são ancestrais. É tão surpreendente que as coisas que encantamos sejam tão ancestrais quanto?

✦⋯✦

Qadir tinha mentido para ela.

A percepção de cair na real infeccionou como uma ferida aberta, ficando mais e mais dolorida até que, no momento em que Loulie deixou o gabinete de Ahmed, causava dores físicas.

A cidade estava escura quando ela retornou ao Santuário do Andarilho, os prédios brilhantes entorpecidos sob a mortalha da noite profunda. A maioria das luzes ao redor do azoque tinha sido apagada, mas isso pouco fez para dissuadir os meliantes de se esgueirarem pelas sombras.

Meliantes como eu, ela pensou severamente.

Loulie encontrou Qadir sentado no telhado inclinado da pousada, olhando calmamente para as estrelas. Ela usou os caixotes do beco para subir e, engolindo sua raiva, avançou cuidadosamente na direção dele. Tentou não pensar no desamparo que sentira quando a ifrit vestindo a pele de Ahmed colocou uma faca contra sua garganta. Tentou não pensar no modo como os olhos dele — dela — queimaram com acusação quando ele disse: *Vocês matam jinn porque esperam roubar a magia deles?*

Ela tentou não pensar na dor que atormentara seu corpo quando ficou presa na memória que não era dela, em seu horror quando entendeu o significado por trás disso.

As palavras da ifrit martelaram em sua mente. *Você já considerou, mercadora, que seu negócio capitaliza o sofrimento?*

Muito tempo antes, Qadir havia dito que suas relíquias eram itens encantados. Mas os objetos encantados não tinham memória de estarem *vivos*. Havia sido preciso uma ifrit com magia da morte para ajudá-la a perceber que estava enganada.

Qadir baixou o olhar para encontrar os olhos dela quando ela parou na frente dele.

— Acho que você me deve algumas respostas — disse ela. Cada palavra era fria, frágil.

Qadir deu um tapinha no espaço ao lado dele.

— Não tive notícias de seu assassino de preto.

Loulie se irritou com a fala evasiva. Ela sempre respeitara os segredos de Qadir porque entendia o conforto em ser enigmático — Qadir lhe mostrara esse apelo —, mas uma história secreta que não tinha relação com sua vida era diferente daquela que moldava sua moral.

— Você vai se sentar ou prefere me encarar toda torta assim?

Ela fez o que Qadir sugeriu, embora tenha se sentado longe o suficiente para que ele não pudesse alcançá-la. Qadir não pareceu ofendido. Olhou para ela com expectativa. Loulie tentou falar, mas descobriu que todas as suas acusações estavam travadas em sua garganta. *Isso é culpa minha*, ela pensou. *Eu* deixei *Qadir mentir para mim.*

— Você quer me perguntar sobre o que aconteceu esta noite. — Ele falou devagar, como se estivesse falando com uma criança a segundos de um acesso de raiva.

Num impulso, Loulie enfiou a mão na bolsa infinita que tinha levado consigo, puxou a bússola e a segurou sobre o telhado. — O que aconteceria se eu quebrasse esta bússola?

A calma de Qadir nunca desaparecia, mas Loulie viu um músculo em sua mandíbula cerrar, traindo seu pânico.

— Você liberaria a alma dentro dela, e o item perderia sua magia.

— O que é isso sobre liberar uma alma? Você me disse que as relíquias eram itens encantados.

Os olhos de Qadir piscaram entre ela e o objeto.

— E *são* itens encantados. — Ele se aproximou dela e da bússola.

Loulie segurou-a fora de seu alcance.

— Não, isso é uma prisão.

— Não. — Qadir estava tão tenso que poderia ser feito de pedra. — Não é uma prisão. Nós, jinn, vivemos nos itens mais preciosos para nós. É assim que guiamos os vivos, mesmo após a morte. Você deveria entender... os humanos deixam heranças valiosas para seus entes queridos também.

— Nós não vivemos nesses itens! — A voz de Loulie ficou mais aguda sem que ela pudesse evitar. — Você me disse que relíquias eram objetos mágicos, bugigangas substituíveis com encantamentos. Sua adaga e a moeda de duas caras também contêm almas?

Qadir ergueu as mãos em um gesto apaziguador — ou talvez derrotado.

— Vocês, humanos, usam a palavra *relíquia* para se referir a todos os itens mágicos, mas não é mentira que podemos encantar objetos. Como a adaga e a moeda. — Ele se aproximou. — Mas os encantamentos são temporários e desaparecem com a morte. A única maneira de manter nossa magia viva para sempre é contê-la no que *nós, jinn*, chamamos de relíquia: um objeto ao qual prendemos nossa alma para que possamos viver depois que nossa mente e corpo perecerem. É isso que a bússola é.

Loulie se afastou do olhar suplicante de Qadir com o coração apertado. Ela não precisava que ele lhe dissesse o óbvio: se os encantamentos desapareciam após a morte, então as chances de eles encontrarem posses mágicas deixadas para trás por jinn ainda vivos eram extremamente pequenas.

— Loulie. — Qadir estava perto o suficiente para tocar nos ombros dela. Loulie se inclinou mais sobre a beirada do telhado. O jinn congelou. — Loulie, por favor — ele disse, a voz tão suave que a fez tremer. Ele nunca tinha implorado assim antes. Isso fez algo dentro dela se quebrar. — Essa bússola contém a alma de alguém que é importante para mim.

— E as almas nas outras relíquias? — As mãos dela tremiam. — As vidas de outros jinn são tão inúteis que você me deixaria vendê-las como se fossem meras ferramentas? Eu sou tão cruel quanto um traficante de escravos!

Todo esse tempo, ela estivera vendendo almas cativas.

— Loulie. — Qadir colocou a mão no pulso dela.

Os batimentos dela aceleraram.

— Não me venha com *Loulie*. Mentir por omissão ainda é mentir, Qadir.

— Eu queria te dar um propósito. Você se lembra quando nós viemos para Madinne? Dahlia fazia você entregar mensagens para ganhar seu sustento, mas não era o suficiente. Você disse que a cidade era pequena demais para você, que queria voltar para o deserto. — Ele respirou fundo. — Antes de te conhecer, a bússola estava me levando aos jinn para que eu pudesse dar a eles um lugar para existir após a morte. Eu sabia como era estar perdido, não queria que outros sofressem o mesmo destino, nem mesmo como relíquias. Achei que você poderia me ajudar a manter seus legados vivos enquanto colhia os benefícios.

— Você me disse que eu seria uma caçadora de tesouros. — Loulie podia sentir o formigamento de lágrimas se formando em seus olhos; ela os esfregou furiosamente com a mão enfaixada. — Mas esses são mais do que tesouros perdidos, Qadir. São artefatos vivos de valor inestimável. E tenho fixado preços neles como se não fossem nada além de ferramentas convenientes.

— Foi errado da minha parte esconder essa verdade de você, eu sei. Mas pense: as relíquias às quais a bússola nos leva pertencem a jinn como eu, pessoas que fugiram do meu mundo porque temiam por suas vidas. Não há volta para eles. Você acha que teria sido melhor deixá-los no deserto, abandonados e sozinhos? No mínimo, podemos encontrar novos lares para eles, lugares com pessoas que entendem e apreciam sua magia.

Loulie engoliu em seco. Havia muito tempo, seu pai lhe dera uma bússola — uma relíquia. Ele não conhecia a natureza de sua magia, só sabia que era valiosa. Ele pensou que a bússola iria guiá-la. E guiou. Através dela, Qadir a encontrou. Mas ela não era tão ingênua a ponto de pensar que todos os seus clientes apreciariam relíquias dessa maneira.

— E quem pode garantir que esses jinn preferem ajudar os humanos a permanecer perdidos?

Qadir sorriu tristemente.

— Ninguém sabe o que os mortos querem, Loulie. Tudo que podemos fazer é honrá-los da maneira que sabemos. De onde eu venho, não podemos decidir para quem nossas relíquias serão passadas, mas esperamos que elas guiem os vivos. Em seu reino, acredito que essa seja a forma que a lembrança assume. Não acredito que o que estamos fazendo seja errado.

Loulie sabia que Qadir estava tentando conquistá-la com a razão, tentando acalmar suas arestas desgastadas até que ela o perdoasse. Ele sempre fazia isso — sempre voltava atrás depois de cometer algum erro. E ela sempre o perdoava.

E se ele mentir para mim de novo?

Mas... Qadir a salvou. Quando sua tribo pereceu e ela foi deixada para morrer sozinha, Qadir a resgatou com seu fogo mágico. *Layla Najima al--Nazari*, ele havia dito, *parece que salvar sua vida era meu destino*. Ele gesticulou para a bússola que ela segurava — mostrou a seta vermelha apontando diretamente para ela.

Qadir havia feito mais que resgatá-la; ele dera um propósito à vida de Loulie.

A voz da mercadora estava embargada quando ela falou:

— Você decidiu o curso da minha vida sem me dizer toda a verdade. Se eu não tivesse visto a magia da ifrit esta noite... se eu não tivesse *vindo* até você com essas preocupações, você teria me contado tudo isso?

Qadir fixou os olhos — olhos nublados de desespero — nela.

— Sim. Quando fosse a hora certa.

— E quando seria a hora *certa*?

Qadir balançou a cabeça.

— Sei que foi errado mentir para você, Loulie, mas você deve entender que eu não estou acostumado a enfrentar meus erros. Eu sempre fugi deles.

Ela se lembrou de palavras que ele lhe dissera muito tempo antes: *Eu estava perdido em seu deserto humano e não podia voltar para casa. Foi por isso que, quando rastreei a bússola até você, ela achou por bem me guiar por um caminho diferente. O seu caminho*. E quando Loulie perguntara por que Qadir não podia voltar, ele simplesmente respondera: *Porque eu não sou mais bem-vindo lá*.

Seu último fio de resistência se rompeu quando ele falou novamente.

— Peço desculpas. Você merecia toda a verdade. Inicialmente, pensei que a bússola tivesse me guiado até você porque você era uma maneira de cumprir meu propósito.

— E agora? — Ela apoiou a bússola no colo.

Qadir relaxou visivelmente.

— Você não é uma ferramenta, você é minha responsabilidade. — Ele pareceu hesitar, depois continuou. — Se você discorda desse estilo de vida, renuncie a ele.

— É fácil me oferecer uma alternativa *depois* que isso se tornou minha vida. — Ela era a Mercadora da Meia-Noite: vendedora de itens mágicos raros. Sem as relíquias, ela não era nada.

— Eu sei que está errado. Mas é tudo o que posso oferecer. O que estamos fazendo não é imoral, Loulie.

— Quem disse? — De repente, ela se sentiu cansada. Muito cansada. — A bússola? Você deixa o jinn dentro dela decidir a moralidade de suas ações também?

— Ela é o ser mais moralmente correto que conheço — respondeu Qadir com segurança. Ele estendeu a mão. Relutante, Loulie entregou a bússola. Mas Qadir a surpreendeu segurando sua mão. — A jinn nesta bússola foi minha salvadora. Ela me livrou de um destino terrível e me guiou através do seu deserto para que eu não perecesse. Devo tudo a ela, inclusive minha vida.

Loulie afastou a mão com um olhar fulminante.

— Você não deve a *minha* vida a ela.

— Sim. — Qadir desviou o olhar, a testa franzida enquanto olhava para as estrelas. — É claro.

Um silêncio desconfortável pairou entre eles, cheio de perguntas e acusações. Loulie fechou os olhos em um esforço para se acalmar. Quando o fez, foi assaltada por memórias que não eram suas. Estava algemada a uma rocha, preparando-se para morrer, pensando *Nele*. Qadir, ela percebia agora.

— O que aconteceu no gabinete só foi possível porque você estava lidando com uma ifrit. — Ela abriu os olhos e olhou para Qadir, que falava para as estrelas. — Eu te disse antes que ela pode usar magia da morte, o que permitiu que ela mostrasse as memórias da jinn na bússola para você.

Apenas um ifrit é poderoso o suficiente para interagir com almas confinadas em uma relíquia.

Uma brisa acariciou os braços de Loulie e a fez estremecer. Ela sentiu, de forma muito aguda, que eles estavam sendo observados. Qadir pareceu sentir a mesma coisa. Ele enfiou a mão na bolsa infinita e tirou o colar que Omar tinha entregado. No momento em que Qadir o segurou, ele brilhou em um prateado suave, e a sensação desapareceu. Loulie não percebeu que estava prendendo a respiração até expirar pelos lábios frios.

— Foi bom você ter encontrado uma maneira de roubar isso de volta. Sem dúvida, a ifrit teria possuído outra pessoa se tivesse tido a oportunidade. Conosco, a relíquia não pode fazer mal.

— O que você fez?

— Eu amarrei a magia dela.

— E você não poderia ter feito isso mais cedo, antes... — *Antes de Ahmed ser forçado a matar seus companheiros?* Ela nunca esqueceria a agonia nos olhos dele.

— Não. Mesmo que eu conseguisse selá-la, a relíquia precisaria ficar perto de mim. Você viu como a ifrit era poderosa. Será preciso muita concentração para mantê-la contida. — Qadir deu um tapinha na bolsa infinita. — De agora em diante, isso fica comigo.

Loulie enrijeceu. A bolsa era uma tábua de salvação para seus negócios, e, se Qadir já havia mentido para ela antes, então talvez tivesse mentido sobre outras coisas. Ela havia aberto seu coração demais naquele dia.

— Não — Loulie disse bruscamente. — Encontre outra maneira de carregar o colar. A bolsa fica comigo.

Ela franziu a testa para Qadir até que ele cedeu, empurrando a bolsa de volta para ela.

— Se você insiste.

— Me perdoe por não confiar em você depois de ser vítima das suas mentiras.

A expressão de Qadir murchou.

— Loulie, eu...

— Sim, eu sei. Você está arrependido. — Ela colocou a bolsa no ombro. — Vou voltar para a mansão do wali. Eu disse a ele que voltaria, e... — Ela suspirou. — Preciso de um tempo para pensar, Qadir.

Ela foi embora sem esperar pela resposta dele.

33

Mazen

Mazen estava ouvindo o batimento cardíaco de sua sombra quando Aisha irrompeu em seu quarto como uma nuvem de tempestade. Ele se encolheu com o olhar furioso no rosto dela. Embora tivesse se preparado mentalmente para lidar com a ira da ladra, não estava preparado para a vergonha que o dominou de repente.

No dia anterior, estivera muito atormentado para admitir que tinha esquecido a relíquia no gabinete de Ahmed. E, depois da batalha, ficara tão alarmado com a visão do sangue preto escorrendo de sua pele que fugira para tratar seu ferimento em particular. Os médicos nem sequer piscaram quando ele roubou algumas bandagens — estavam muito ocupados lidando com ferimentos potencialmente fatais.

Mazen havia conseguido evitar Aisha na noite anterior, mas não podia ignorar seu olhar penetrante agora.

— Você entregou uma relíquia de valor inestimável ontem — ela soltou.

— Nunca foi nossa.

— *Você* a encontrou...

— E a dei para a mercadora. Prefiro não ser possuído por um jinn vingativo, shukran.

— Você é um covarde.

A acusação o assustou. Pouco importava que fosse verdade.

— Você não estava lá quando o wali foi possuído pela primeira vez. Nem mesmo um fragmento da consciência permaneceu. Você arriscaria esse perigo?

— Sim. — A resposta dela foi tão imediata e segura que o deixou sem palavras. — Eu sou um dos Quarenta Ladrões. É meu *trabalho* coletar relíquias para o meu rei.

Rei. Mazen odiava aquele título. Dava a seu irmão uma autoridade que ele não merecia. Ele olhou para sua sombra e pensou no sonho que o atormentava desde a morte da jinn das sombras, aquele que ele agora reconhecia como uma memória dela. Seu irmão a havia matado — impiedosamente. E a parte dela que permanecera estava presa à sua sombra, de alguma forma. Havia transformado a sombra em uma *relíquia*.

Depois de testemunhar a memória da jinn das sombras e ouvir as palavras da Rainha das Dunas, Mazen não tinha dúvidas. Não sabia como a magia jinn funcionava além do milagre de seu sangue, mas isso pelo menos explicava seu novo poder. Havia pensado brevemente em contar a Aisha sobre a sombra, mas agora reconsiderava.

Se ela soubesse da existência, tentaria roubá-la. Não importava a impossibilidade do ato. Se alguém podia encontrar uma maneira de roubar uma sombra, era Aisha bint Louas.

Ele a encarava agora, tentando avaliar seu conhecimento.

— Você sabe o que elas são? As relíquias que você está colecionando para o meu irmão?

— Deixe de rodeios, príncipe.

Hesitante, Mazen contou a ela sobre o que havia percebido no gabinete. Aisha pareceu não se abalar com a explicação dele, o que significava que ela pensava que ele estava mentindo, ou...

— Então você sabe — disse ele suavemente.

— É claro que eu sei. — Aisha deu de ombros. — Nosso rei é o caçador mais talentoso do deserto. Você sabe quantas relíquias ele roubou dos cadáveres? Ele deduziu que havia almas dentro delas há muito tempo.

Mazen olhou para ela, horrorizado.

— Todos os caçadores sabem?

— Nenhum que eu tenha conhecido. Mas um caçador sábio examinaria um cadáver procurando por magia de qualquer maneira.

O príncipe devia estar com uma expressão sombria, porque ela fungou antes de continuar.

— Tire esse olhar azedo do rosto. Os jinn são monstros. Usamos o sangue deles para devolver a natureza ao mundo, o que importa se usarmos a magia da alma deles também? — Ela se recostou contra a porta, beliscou a ponta do nariz. — Você consegue pensar direito?

Ele se eriçou.

— Pelo menos não sou cabeça dura como você. — As palavras o surpreenderam quase tanto quanto a Aisha. Quando ele tinha se tornado tão direto?

A ladra recuperou a compostura com bastante rapidez.

— Eu, pelo menos, sei levar a sério minhas obrigações. *Eu* não saio por aí esquecendo relíquias na casa dos outros.

Mazen se encolheu. Por causa de seu esquecimento, pessoas haviam morrido. A revelação foi tão pesada que roubou o fôlego de seus pulmões. Na noite anterior, tudo que ele tinha visto na escuridão atrás de suas pálpebras fora carnificina. Sangue nas paredes e cadáveres com corpos dilacerados e olhos sem vida.

Minha culpa, minha culpa. Seu coração ardia de remorso.

— Eu nunca quis a responsabilidade dessa relíquia — ele murmurou.

— Se você tivesse me dito que a tinha perdido, eu teria parado o derramamento de sangue antes mesmo de começar.

— E se tivéssemos entregado a relíquia à mercadora em primeiro lugar, poderíamos ter evitado completamente essa situação. — A irritação de Mazen se intensificou em uma dor de cabeça iminente. Ele esfregou as têmporas. — Pelo menos eu *tentei* tomar essa decisão por mim mesmo.

Aisha o encarou.

— O que você está querendo dizer?

— Que não saio por aí fazendo as coisas só porque Omar mandou. Tudo de que você fala são relíquias e suas obrigações para com meu irmão.

— Eu não tenho que falar com você sobre qualquer outra coisa — Aisha retrucou já segurando a maçaneta. — Meu rei ordenou que eu fosse sua guarda-costas, não sua amiga.

Mazen deu um passo à frente enquanto ela girava a maçaneta.

— Por que você o chama assim? Rei. — Aisha parou para olhar para ele por cima do ombro. — Você fala como se fosse criada dele, não camarada.

Aisha sorriu para ele. Um sorriso zombeteiro.

— Você acha que somos *amigos*? Você é ainda mais idiota do que eu pensava, príncipe.

— Mas você se juntou voluntariamente a Omar...

— Para matar jinn. Enquanto as ordens dele me permitirem fazer isso, eu as seguirei sem questionar. Meu *único* objetivo é matar jinn. Estou mais do que feliz em deixar meu rei ficar com os despojos, se houver algum a ser encontrado.

— Mas por quê?

Aisha bufou enquanto abria a porta.

— Minhas razões não são da sua conta.

Ela havia acabado de sair quando Mazen a chamou de volta. Embora ele não quisesse mencionar sua sombra, decidira mais cedo que havia um segredo que precisava compartilhar com ela.

— Espere! Antes de você ir... — Mazen puxou uma das facas de Omar do cinto e, depois de hesitar por uns instantes — *É apenas um ferimento superficial* —, cortou a palma da mão. Mesmo que ele tivesse se cortado propositalmente com uma lâmina em vários lugares desde o incidente na noite anterior, seu coração ainda parava ao ver o sangue preto. Ele ergueu a mão para Aisha, que fechou a porta com o rosto pálido.

Ela atravessou o quarto e pegou a mão dele.

— Quando você descobriu isso? — Aisha limpou o sangue com o dedo. Parecia uma mancha de sujeira na pele dela.

— Ontem à noite, quando o wali cortou meu ombro. — O príncipe se lembrou do pânico pulsando em seu peito quando lavou o ferimento sozinho e longe de olhares indiscretos, na mansão do wali.

Aisha examinou o sangue por um longo momento antes de bater na pulseira que ele usava.

— Tire isso — disse ela.

Mazen piscou.

— O quê?

— Apenas tire. Quero ver uma coisa.

Mazen se afastou da janela e, depois de lançar um último olhar furtivo para a porta, puxou a pulseira do braço. A sensação familiar e desconfortável de não pertencer à própria pele voltou, seguida de uma náusea que o obrigou a buscar o equilíbrio contra a parede. Tremendo, olhou para a mão. Não estava mais calejada, não era mais a mão de *Omar*. Mas, o mais importante, o sangue em sua palma não era mais preto.

Aisha balançou a cabeça.

— O sangue preto parece ser um efeito colateral da magia jinn.

Mazen passou a mão ensanguentada pelo cabelo — *seu* cabelo! — e quase chorou ao senti-lo sob os dedos. Fazia tanto tempo desde que havia sido ele mesmo pela última vez.

— Eu não sabia que as relíquias *tinham* efeitos colaterais — comentou ele suavemente.

— Nem eu. — Aisha tomou o bracelete de Mazen e apertou os olhos enquanto o virava nas mãos. — Desde que o sangue não seja venenoso e não tenha efeitos nocivos, não acho que seja um problema. — Ela devolveu o bracelete, mas, quando ordenou que o colocasse de volta, ele hesitou.

Embora os reflexos de Omar o tivessem ajudado a sobreviver até aqui, ele sentia falta de se sentir confortável em seu próprio corpo.

— Só por alguns minutos, eu gostaria de fazer uma pausa de toda essa traição.

Aisha riu.

— Tudo bem. — Ela colocou as mãos nos quadris. — Mais alguma coisa que você queira me dizer antes de eu ir cuidar de uns afazeres e encontrar a mercadora?

Mazen piscou para ela.

— Afazeres?

— Esqueceu que eu preciso comprar outro cavalo?

Mazen corou. Ele *tinha* esquecido. O cavalo fugitivo de Aisha tinha sido a última coisa em sua mente quando eles fugiram das ruínas. A mercadora mal estava consciente, então Qadir havia preferido sentá-la na frente dele para segurá-la no caminho até Dhyme enquanto Aisha montava o cavalo de Loulie.

— Que memória impressionante você tem. — Aisha bufou. — Então? Alguma outra revelação?

Mais uma vez, ele pegou seus olhos vagando para a sombra, uma silhueta muda na parede sem cor. Ele negou com a cabeça.

— Não, mas não se preocupe em ir atrás da mercadora. Pode deixar que vou ao encontro dela. Eu sei onde ela está.

Mazen a vira saindo da pousada e indo na direção da residência do wali quando voltara na noite anterior.

Aisha lançou um olhar cético, e ele continuou:

— Há algumas coisas que preciso discutir com ela. Não se preocupe, você terá a jornada inteira para perturbá-la a respeito da relíquia.

E, embora estivesse nervoso em relação a isso, precisava ver Ahmed novamente. Não importava sua ansiedade ao encontrar o wali — *Por culpa minha ele foi possuído; eu esqueci a relíquia em seu gabinete* —, como sumo príncipe, ele tinha a responsabilidade de checar se Ahmed estava bem. Não achava que isso absolveria a culpa que se agarrava a ele como uma segunda pele, mas tampouco esperava que isso acontecesse. Mazen não merecia essa libertação, não quando ele tinha sido a causa do desastre.

— Muito bem. — Ela levantou a cabeça, projetando o queixo de forma desafiadora. Então bateu a porta atrás de si, deixando Mazen sozinho. Ele suspirou.

E imaginou se ele e Aisha algum dia conseguiriam confiar um no outro.

34

Aisha

Você fala como se fosse criada dele, não camarada.

As palavras martelaram na mente de Aisha, transformando-se em uma dor de cabeça incômoda enquanto ela percorria o azoque central de Dhyme. Ela passou pelas multidões matinais que se movimentavam lentamente e pelos comerciantes de olhos sonolentos, o tempo todo ignorando o ronco de seu estômago ao passar por carrinhos que vendiam pães frescos, homus e coalhada.

Criada! Aisha não era uma criada. Nove anos antes, quando Omar começou a reconstruir a força de ladrões dizimada de seu pai do zero, ela foi a primeira que ele recrutou da rua. Eles não eram amigos — *nunca* seriam amigos —, mas ela não era um soldado sem cérebro.

Sim, Aisha estava ali por causa de Omar. Mas ela era um de seus ladrões, tinha se comprometido a servi-lo todos aqueles anos antes e nunca havia renegado suas promessas.

Aisha gemeu. A capacidade do príncipe Mazen de irritá-la era incrível. Ela estava tentada a culpar sua privação de sono, uma consequência embaraçosa de seu pensamento excessivo.

Até a noite anterior, o jinn — o *colar* — tinha estado em silêncio desde o episódio na duna. Aisha se achava imune ao deboche interno da criatura. A última coisa que esperava quando arrancou o colar do pescoço de Ahmed bin Walid era que o jinn se comunicasse com ela em memórias — reminiscências que nem eram dela.

Havia ficado tão perdida nessas memórias que esquecera a realidade. Foi só quando viu a mercadora segurando o colar que percebeu que quase tinha sucumbido ao seu poder.

E como se *aquele* quase fracasso não tivesse sido humilhante o suficiente, as memórias bizarras arrastaram Aisha para a cama e envolveram seus sonhos como neblina. Mesmo agora, ela conseguia se lembrar da visão que a mantivera acordada: o homem humano, sangrando carmesim na areia enquanto os companheiros de sua tribo serravam seus membros. Ela se lembrou de sangue em seus pulmões, paredes de areia e a sensação de se afogar quando os companheiros da tribo de sua amante atingiram seu coração...

Aisha esbarrou em um jovem nobre usando um turbante adornado com penas de pavão. Esperou que ele se desculpasse. Ele esperou que *ela* se desculpasse. Quando Aisha simplesmente olhou para ele com expectativa, ele fez uma careta e a empurrou para o lado.

— Ralé — murmurou o jovem.

Aisha aproveitou a oportunidade para roubar dele um pedido de desculpas em dinheiro — três moedas de prata, facilmente furtadas de seus bolsos bordados.

— Idiota — disse ela com um sorriso enquanto deslizava a prata para dentro do bolso.

O roubo melhorou um pouco seu humor enquanto ela passava pelo bairro mais pobre de Dhyme, por ruas cheias de lixo e esgoto. Aisha não estava mentindo quando dissera ao príncipe que precisava de um novo cavalo, mas tinha *outra* tarefa mais importante que precisava fazer primeiro.

À medida que adentrava mais no bairro, pôde sentir os aromas pungentes, odores de comida podre e esterco que se impregnavam no ar. O cheiro sempre a pegava de surpresa, não importava quantas vezes fosse àquele lugar, e Aisha precisava se lembrar de prender a respiração enquanto caminhava em direção ao bairro abandonado que era seu destino.

Ela encontrou um mendigo enquanto caminhava pelas vias degradadas: um velho de olhos vazios. Aisha sacou uma moeda do bolso e jogou para ele.

O homem transpareceu uma expressão de surpresa quando a prata ricocheteou em seu joelho e rolou até uma parede.

— Que os deuses te abençoem — disse ele com uma voz rouca enquanto ela se afastava.

Mais algumas voltas e Aisha chegou ao beco sem saída que estava procurando. Não havia nada além de uma parede rachada e rebocada na frente dela. Ou era o que pareceria para a maioria das pessoas. Havia uma fissura no ponto onde a parede encontrava a esquina, e Aisha se espremeu por ela para chegar a outro beco. Atravessou várias outras passagens escondidas que apenas ela e outros quarenta conheciam, então finalmente chegou à casa de tábuas que procurava.

Poeira cobria as paredes e o chão, levantando-se a ponto de nublar sua visão enquanto caminhava por cômodos abandonados em direção a uma escada rangente. No patamar, havia uma porta, na qual Aisha bateu em um ritmo particular. Ela esperou um instante, dois, e então entrou.

A primeira coisa que viu lá dentro foi a prateleira na parede dos fundos: local onde repousavam ornamentos bizarros e mundanos, luxuosos e sem graça. Um punhado de relíquias que valiam uma pequena fortuna, escondidas no bairro mais pobre de Dhyme.

Os olhos de Aisha piscaram para a única janela aberta da casa abandonada. Um homem estava ao lado dela de braços cruzados, observando-a. Ele a olhou com olhos pesados.

— Aisha — falou em seu tom monótono de sempre.

— Junaid. — O nome saiu em um suspiro. Ela não tinha certeza de que ele estaria ali. Dhyme era o terreno de caça de Junaid, mas ele raramente estava na cidade. Como o ladrão era o cavaleiro mais rápido do bando, Omar muitas vezes dependia dele para fazer entregas urgentes.

O homem magricela de meia-idade se acomodou no chão, com as pernas ossudas enfiadas embaixo do corpo.

— Ouvi falar sobre sua missão. — Seus lábios se ergueram em um sorriso. Em seu rosto afundado, parecia o sorriso de um homem morto. — E também sobre o massacre na mansão do wali. Imagino que você esteja aqui para me contar a história para que eu possa entregá-la ao nosso rei.

Aisha assentiu. Omar não havia pedido relatórios, mas os esperava.

Ela reduziu a história aos fatos mais básicos — não estava interessada em compartilhar os detalhes de sua derrota. O ladrão mais velho ouviu atentamente, reagindo apenas quando Aisha mencionou a habilidade do colar de manipular os mortos.

Seus olhos brilharam com admiração.

— Então ela ainda está viva — murmurou ele.

— A jinn? — Aisha cruzou os braços. — Está mais viva do que qualquer relíquia que *eu* já tenha visto.

— Talvez pelo fato de ser a relíquia de um rei jinn. Imagino que essas sejam mais poderosas. — Junaid ficou pensativo. — Existe um boato por aqui sobre uma rainha jinn morta-viva, não? É possível que o colar que você encontrou pertença a ela.

Aisha franziu a testa. Ele estava se referindo à Rainha das Dunas, um conto de advertência destinado a desencorajar as crianças a vagarem pelo deserto sozinhas. Ela não tinha pensado em conectar a jinn nas ruínas a uma velha história de fogueira, mas a teoria de Junaid fazia sentido.

— E onde está? — Junaid se inclinou para a frente. — Onde está a relíquia desse rei jinn que devo entregar ao nosso rei?

— Com a mercadora. O príncipe idiota entregou a ela depois da luta. Se desaparecer, eles saberão que eu a roubei.

Junaid piscou para ela.

— E?

Aisha fez uma careta.

— *E* que já é difícil o suficiente manter a confiança deles. A última coisa de que preciso é que eles comecem a suspeitar de nós. Suspeitar do *príncipe Mazen*.

Quando Junaid continuou a olhá-la placidamente, ela balançou a cabeça e disse:

— Prometa isso ao nosso rei: diga a ele que *vou levar* a relíquia comigo no final da jornada. Ele confiou em mim para vigiar o príncipe. Pode confiar em mim para cuidar de uma relíquia.

Não importava que a relíquia a tivesse feito esquecer de si mesma. Que a coisa a tivesse feito parecer uma idiota *duas vezes*. Aisha não deixaria isso acontecer novamente. Era mais forte que qualquer jinn, rei ou não.

Junaid se levantou com um suspiro. Seus joelhos estalaram quando ele se endireitou.

— Está bem. Sou apenas um humilde mensageiro. Vou entregar suas palavras a Omar. — Ele passou por ela em direção à porta e apanhou uma bolsa volumosa que Aisha não havia notado. Ela presumiu que estivesse cheia de armas de Dhyme para serem entregues a Omar. Aisha ficou surpresa que o corpo magro de Junaid não se partisse sob seu peso.

— Você deve ter a força de um jinn nesse corpo franzino — comentou Aisha.

Junaid ergueu o olhar de forma brusca.

— Essa não é uma piada engraçada no nosso ramo de trabalho.

Ela levantou uma sobrancelha.

— E Samar diz que *eu* sou sensível. — Ela seguiu o ladrão até a porta, observando a escassa exibição de relíquias que passava por eles. Armas, joias, roupas: era intrigante quantas formas uma relíquia podia assumir.

— Você poderia pegar uma emprestada. — Junaid apontou para as opções. — Para sua próxima luta.

Aisha pensou no sangue preto manchando a mão do príncipe. Nunca tinha confiado em magia jinn; agora confiava menos ainda.

— Não. — Ela descansou a mão no punho de uma de suas lâminas. — Não preciso delas.

Junaid encolheu os ombros pontudos.

— Como achar melhor. — Ele empurrou a porta. Parou no limiar. — Estarei ansioso para brindar sua lealdade quando você retornar a Madinne.

Aisha riu com deboche.

— Lealdade não é lealdade se depender de uma recompensa.

Mais uma vez, Junaid sorriu o sorriso de um morto.

— Sábias palavras, bint Louas. Sábias palavras.

Ela esperou que seus passos desaparecessem no corredor antes de segui-lo escada abaixo. O ladrão sem dúvida tinha sua própria saída — seria impossível passar aquela bolsa gigantesca por fendas tão estreitas.

Aisha, por outro lado, sentiu-se aliviada. A jornada não tinha sido tranquila até ali, mas eles estavam progredindo, e isso era o mais importante.

Assim como Aisha não lamentava o passado, ela também não pensava demais no futuro. Agora, havia apenas o presente. E, no presente, ela estava um passo mais perto de encerrar aquela jornada infernal. Mas primeiro ela precisava de um cavalo.

35

Loulie

Na manhã seguinte à luta no gabinete, Loulie acordou com o coração pesado. Seu pavor só aumentou quando, depois de acordar com a luz do sol nos olhos, ela se viu deitada em um dos quartos de hóspedes do wali, sem sinal de Qadir. No início, ficou irritada com ele por ter desaparecido. Mas então se lembrou de que tinha sido *ela* quem se afastou.

Loulie o tinha confrontado. Ele tinha se desculpado. O que mais havia para ser feito além de aceitar seu pedido de desculpas e seguir em frente? Qadir havia salvado sua vida, dado a ela a magia para se proteger. O vínculo deles era mais forte do que aquela luta. E ainda assim ela ainda se sentia quebrada. Ainda se sentia magoada.

Loulie suspirou enquanto pensava nos preparativos do dia. Banhou-se em uma das salas de banho privadas do wali, vestiu as vestes e a bolsa de mercadora, delineou os olhos com kohl e então partiu para se encontrar com Ahmed.

Os guardas a conduziram através do pátio, passando pelo gabinete, até uma paisagem de lagoas e pontes cruzadas. O wali estava na ponte mais longa, uma bela construção de madeira com trilhos que se curvavam e espiralavam como redemoinhos. A ponte pendia sobre um lago: cactos floridos cercavam a água e margaridas douradas cresciam entre as pedras lisas que saíam da superfície do lago. Árvores assomavam acima deles, salpicando a água prateada com fragmentos de luz do sol.

Ahmed encarava tudo com o rosto inexpressivo. Ele se virou apenas quando os guardas anunciaram a presença de Loulie. Então, como sempre fazia, forçou um sorriso no rosto. Era o sorriso mais indiferente que ela já tinha visto em Ahmed, ainda menos convincente pelas olheiras sob seus olhos. Ela notou que ele estava vestido inteiramente de branco: a cor da oração.

— Ah, se não é minha convidada favorita. Como vai sua manhã, Mercadora da Meia-Noite?

— Mundana. — Loulie desprezava o mundo por continuar normal embora a vida de Ahmed estivesse desmoronando.

O anfitrião suspirou.

— De fato. — Ele acenou com a mão para os guardas. — Vocês estão dispensados. — O comando conduziu os guardas até a ponte seguinte. Ahmed riu sem humor com a confusão dela. — Eles estão sendo cautelosos comigo, e por uma boa razão. — Ela percebeu que era a verdade. Os guardas não estavam protegendo a área, eles estavam protegendo *Ahmed*. Ela podia sentir seus olhos à distância.

Ela se indignou.

— Mas por quê? O que aconteceu ontem à noite não foi culpa sua.

Loulie estava nos aposentos de Ahmed na noite anterior quando ele explicou o que havia acontecido. Sem saber por que, ele estivera carregando o colar enquanto se preparava para sua reunião. Estava na floresta feita de sangue jinn quando o objeto começou a falar com ele. Antes de entender o que estava fazendo, colocou o colar no pescoço e se tornou um prisioneiro em sua própria mente.

Era um pesadelo. Loulie sabia, ela quase caíra sob o mesmo feitiço.

Ahmed sorriu. Um sorriso triste e rígido.

— Infelizmente, é difícil culpar um jinn morto e sem forma por assassinato.

Não se esse jinn for a lendária Rainha das Dunas.

— Por que não? O príncipe Mazen foi possuído. Ele feriu pessoas também. — Ela se aproximou dele lentamente, os dedos traçando os trilhos de madeira.

— A lesão não é permanente. A morte é. — A garganta dele pulou com as últimas palavras, e ele ficou olhando o reflexo dos dois enquanto se recompunha. Loulie ansiava por encostar nele e... lhe dar um tapinha no ombro? Puxá-lo para seus braços? Ela não sabia. O pensamento de tentar confortá-lo aterrorizava. Ela era boa em atiçar chamas, não em apagá-las.

— Vou a Madinne em alguns dias — disse Ahmed, tirando-a de seus pensamentos. — Já enviei uma carta ao sultão. Deixo meu destino nas mãos dele.

Loulie o tocou então, agarrando sua manga e puxando-o para si a fim de olhar furiosamente para ele.

— Você não quer dizer isso. Você não é um criminoso, Ahmed.

Ele piscou para ela, boquiaberto. Loulie queria sacudi-lo.

— Você disse meu nome. — Havia admiração em seus olhos.

Dadas as circunstâncias, ela não tinha absolutamente nenhuma razão para corar. Mas, maldita idiota que era, corou mesmo assim.

— Sim, eu disse. Mas seu *nome* não era a questão.

Os dedos de Loulie ainda estavam apertados sobre sua manga quando Ahmed puxou a mão dela. Ele afrouxou o punho de Loulie e entrelaçou os dedos nos dela. A mercadora enrijeceu. Eles tinham dado as mãos assim antes, mas o aperto de Ahmed nunca tinha sido tão forte, tão desesperado.

Normalmente, era nesse momento que Loulie se afastava. Ahmed sempre lhe dava espaço quando ela se sentia sufocada. Nunca a perseguia. Simplesmente sorria e esperava que ela voltasse.

Mas o homem que segurava a mão dela agora era uma versão quebrada de si mesmo. O mínimo que Loulie podia fazer era estar ali por ele. Não, ela *queria* estar ali por ele. Então, dessa vez, não se afastou.

Ahmed sorriu para ela — aquele sorriso triste que fazia o coração de Loulie apertar — antes de voltar seu olhar para a água.

— Um criminoso é acusado por suas ações, não por suas intenções. — Quando viu o reflexo de Loulie fazendo uma careta para ele, suspirou. — Vou contar ao sultão o que aconteceu. Nada mais, nada menos. Ele é um homem justo, eu confio na sentença dele.

Justo. Era a última palavra que ela usaria para descrever o sultão.

Loulie não sabia quanto tempo eles haviam ficado ali, observando as ondas se espalharem e quebrarem na superfície da água, antes de Ahmed quebrar o silêncio.

— Eu sinto muito. Não queria te machucar. Mas a jinn... — A mão dele tremia contra a dela. — Eu não conseguia me mexer. Eu...

— Eu já te disse. Não foi culpa sua.

— Eu poderia ter matado você. — Sua voz era um sussurro suave agora. — *Quase* matei.

— Mas não matou.

— Loulie. — Ela se assustou quando ele se virou para ela. Havia uma urgência nos olhos dele que não estivera lá antes. — Aquela relíquia... Você não planeja levá-la com você, não é? Ela vai te consumir.

— Não. — Loulie hesitou, e então, porque a situação parecia exigir isso, apertou a mão dele e continuou. — Eu sou a Mercadora da Meia-Noite. As relíquias não me possuem, *eu* as possuo. — Ela pretendia que o comentário aliviasse o clima, mas a expressão de Ahmed só pesou ainda mais com suas palavras. — Você se lembra do meu guarda-costas? Ele tem uma maneira de neutralizar a relíquia, eu confio nele.

— Seu guarda-costas... — Ahmed franziu a testa. — Ele não estava lá ontem à noite, estava?

— Não, ele estava... — *Rastreando rumores sobre um assassino*. Ela o mandara embora por causa de sua própria bravura, e provavelmente condenara Ahmed no processo. *Não*. Ela esmagou o pensamento de culpa. Não havia sido ela que tinha segurado a relíquia. Tinha sido o príncipe...

— Wali. — Loulie se assustou com a voz, que viera de um guarda que se materializara do nada. Atrás dele, como se convocado por seus pensamentos, estava o sumo príncipe. De maneira bem característica, ele passou pelo guarda sem esperar que sua presença fosse anunciada.

— Espero não estar interrompendo. — Omar olhou incisivamente para as mãos unidas deles.

Loulie puxou a mão com o máximo de orgulho que conseguiu reunir. Ahmed pareceu esvaziar sem o contato. Ele caiu de joelhos e pressionou a testa no chão.

— Sayyidi — murmurou ele. — Eu lhe devo minhas mais sinceras desculpas pelo que aconteceu ontem à noite. Não era minha...

— Por favor, não preciso de desculpas. Você é uma vítima, Ahmed. — O príncipe cruzou os braços. — Vim oferecer minhas condolências pela perda que você sofreu e te assegurar que escreverei pessoalmente a meu pai e atestarei sua inocência. E... — Ele desviou o olhar, com o cenho franzido. — Vim pedir desculpas pelo meu descuido. Vou me certificar de que o sultão saiba que fui eu quem deixou a relíquia em sua mansão.

Loulie o encarou, assustada com a confissão do príncipe. Até Ahmed ergueu os olhos abruptamente. Suas bochechas estavam coradas, mas Loulie não sabia dizer se de vergonha ou alívio.

— Por favor, sayyidi, não há necessidade disso. Você não se submeteu ao jinn. Fui eu.

A ruga apreensiva entre as sobrancelhas de Omar tornou-se uma ruga de irritação.

— Você está contestando a importância do meu relato, bin Walid?

Ahmed endureceu.

— Não, claro que não. Sou grato por sua honestidade, sayyidi.

Os lábios de Omar se curvaram levemente.

— Humildade não combina com você. — O meio-sorriso desapareceu quando ele se virou para Loulie. — Você, por outro lado, roubou a cena, al-Nazari. Estou impressionado. Nunca vi alguém empunhar uma adaga tão bem com uma mão ferida.

O coração dela estremeceu, parou. *Merda.* Ela havia se esquecido da lesão inexistente. Todo o seu foco durante a luta tinha sido manter a si mesma e Ahmed vivos.

Por que ele tem que ser tão observador?

Loulie notou que até Ahmed a olhava com curiosidade agora, seus olhos sonolentos esvoaçando para a mão dela. Após um segundo de hesitação, levantou a mão enfaixada e mexeu os dedos.

— Sangue jinn é sempre muito útil para se ter à mão. — Seu coração trovejava tão alto no peito que parecia impossível que ninguém o ouvisse no silêncio. — Você não achou que eu daria todo o sangue que tinha para Rasul al-Jasheen, achou?

— Eu acho que você não teria motivos para esconder a existência de tal sangue.

Loulie bufou. Pediu aos deuses que não estivesse suando tanto quanto temia estar.

— Alertar você sobre um estoque inestimável de sangue jinn para que você pudesse roubá-lo de mim? Não sou idiota.

Só que ela era idiota. Tão idiota que queria rir de si mesma.

Omar pareceu cético em relação à alegação dela, mas misericordiosamente deixou a desculpa passar. A conversa deles passou do pátio para o gabinete e depois para os corredores enquanto Ahmed lhes oferecia provisões para o restante da viagem. A próxima — e última — cidade pela qual passariam era Ghiban, e levaria pelo menos uma semana para chegarem lá.

A conversa entre os três era formal e desconfortável, cheia de silêncios e gentilezas forçadas. Loulie notou uma estranha tensão entre os homens. Teve a impressão de que eles dançavam em torno das palavras um do outro. Entreteve o pensamento por pouco tempo; não se importava. No entanto, estava muito interessada nas longas pausas do sumo príncipe. Elas pareciam mais pensativas do que o normal, como se ele estivesse considerando cuidadosamente suas reações antes de agir.

De repente, Loulie se lembrou de outra coisa que a incomodara: o comportamento dele durante a batalha. O príncipe não havia lutado, ele tinha *observado*. Era uma revelação desconcertante, e Loulie resolveu que o confrontaria a respeito.

No entanto, ela não teve a oportunidade.

O príncipe Omar pediu licença antes que ela pudesse exigir respostas, explicando que tinha preparativos de última hora antes que eles partissem naquela tarde. Depois de se despedir de Ahmed, ele desapareceu, deixando-a sozinha com o wali.

Àquela altura, a fonte de normalidade com que conversavam tinha secado, deixando-os desprovidos de qualquer coisa a dizer. Assim, os dois simplesmente caminharam de volta pelos corredores ao ar livre em direção ao pátio. Loulie notou que Ahmed olhava com cautela para as árvores. Muito provavelmente, estava se lembrando do sangue que fora derramado sob elas na noite anterior. Ela suspeitava de que, mesmo no futuro, quando as manchas tivessem sido lavadas da grama, ele nunca fosse deixar de enxergá-las. O que tinha sido um lugar estranho, porém tranquilo, era agora uma lembrança permanente de um pesadelo vivido.

Loulie não conseguia conceber a vergonha arrebatadora que deformaria o coração de Ahmed toda vez que ele entrasse em sua propriedade e visse essas árvores. Se Qadir estivesse aqui, ele teria dito a ela que o wali merecia conhecer o medo de suas vítimas. Talvez ele estivesse certo. Mas, ainda assim, isso não impediu que Loulie sentisse pena dele.

Eles estavam se aproximando da beira do bosque quando Ahmed finalmente se virou para ela.

— Lamento que sua visita tenha sido tão desagradável, Loulie al-Nazari.

Ela piscou.

— Não, eu é que deveria me desculpar. Se o príncipe e eu não tivéssemos trazido a relíquia até Dhyme, nada disso teria acontecido.

Ahmed balançou a cabeça.

— Não tenho desculpas para minha incompetência.

Loulie quase disse: *Ontem, o sumo príncipe foi tão incompetente quanto você!*, mas segurou a língua. Não seria bom insultar Omar bin Malik na frente de um de seus súditos.

Ahmed continuou.

— Eu falhei em meus deveres como seu anfitrião e devo desculpas a você.

Por baixo desse pedido de desculpas havia outro: *Lamento não ter conseguido convencê-la a aceitar minha proposta*. Toda vez que ela ia a Dhyme, o wali tentava conquistá-la. Não com fichas, ouro ou flores, mas com conversas honestas. Ele era o único homem que Loulie visitava por prazer e não por negócios. O único homem de cuja companhia ela gostava. De cuja companhia ela *sentia falta*.

Algum dia, Loulie teria que enfrentar a realidade de que Ahmed nunca poderia ser seu futuro, mas, por enquanto, continuaria sonhando que as circunstâncias de suas vidas eram diferentes.

— Não há necessidade de pedir desculpas. — Ela estendeu a mão. — Quando eu voltar, contarei a você tudo sobre minha aventura. — Porque ela tinha fé que Ahmed bin Walid voltaria à ativa. Ele era um caçador, afinal, e caçadores eram criaturas tenazes.

Loulie esperava que o wali apertasse sua mão. Em vez disso, ele a segurou e beijou seus dedos.

— E finalmente, adorável Loulie, falaremos de estrelas e histórias.

Loulie estava muito surpresa para dizer qualquer coisa.

Foi só depois que deixou a residência dele que ela notou as palmas da mão úmidas e o coração acelerado. Mas então Qadir apareceu ao seu lado, e sua ansiedade desapareceu no ar.

Eles não falaram. Não precisavam. Qadir estava ali porque era hora de partir.

A mercadora olhou para trás uma única vez — e testemunhou a visão desconcertante de um wali cabisbaixo enquanto ele se afastava. Naquele momento, ele parecia um general derrotado. Ela sufocou seu pressentimento e se virou.

36

Loulie

O retorno dos viajantes ao deserto foi um assunto solene. O príncipe não sorria mais quando ela olhava para ele; Aisha só falava incisivamente sobre a relíquia que pertencia a Omar; e Qadir estava reticente e carrancudo. Era uma atmosfera abismal, ainda mais sombria por causa da tensão entre eles.

Na primeira noite, Loulie falou apenas o necessário, inclusive com Qadir. Ela seguiu o jinn em uma caçada, apontou para um ninho de toutinegra e concordou em depenar os pássaros com nada além de gestos silenciosos. As palavras que trocavam eram superficiais, limitadas a perguntas simples e respostas monossilábicas enquanto montavam acampamento e cozinhavam suas presas em uma fogueira feita pelos ladrões.

No segundo dia, a tensão se intensificou em um silêncio sufocante, tão pesado que pressionava os ombros de Loulie como um peso físico.

— Estranho — murmurou Aisha bint Louas, e Loulie percebeu que ela estava certa. Embora o deserto fosse normalmente quieto, aquele silêncio era tão denso que chegava a ser opressivo. Mas, apesar de toda a sua estranheza, era familiar.

— Carniçais — disse Qadir, verbalizando o que ela pensava.

O príncipe endireitou-se na sela.

— Onde?

— Não muito longe — Aisha resmungou. — Dá para saber pela quietude.

Loulie se moveu sobre o cavalo para examinar o horizonte. Até onde podia ver, não havia criaturas mortas-vivas se aproximando. Mas carniçais eram incrivelmente lentos, e ela e Qadir nunca haviam tido problemas para passar por eles no deserto aberto antes.

— Devemos alterar nosso curso, apenas por segurança — falou Qadir.
Omar suspirou.
— Melhor isso do que perder tempo em um combate desnecessário. — Talvez fosse um truque da luz, mas... Loulie podia jurar que a testa dele se franzira brevemente com consternação.

Os viajantes mudaram de direção, desviando das planícies abertas para viajar entre as dunas. O silêncio acabou desaparecendo, apenas para ser substituído por um vento uivante. Não o suficiente para moldar uma tempestade, mas o suficiente para ser um incômodo. Eles cavalgavam cada vez mais rápido nas horas da tarde para encontrar um abrigo mais seguro, e, quando as estrelas se espalharam pelo céu, estavam acampados à sombra de uma grande pedra. Pouco antes de se retirarem para dormir, Loulie ouviu Omar dizer a Aisha:

— Nunca há um momento de tédio com carniçais por perto, não é?
Aisha respondeu com um dar de ombros cansado.
— Criaturas estúpidas. Mas pelo menos podemos escapar delas. O silêncio na duna era horrível.

Felizmente, eles não reencontraram os carniçais. Loulie ficou feliz por isso. Na terceira noite, sua coragem havia sido reduzida a uma lasca. Suas coxas estavam doloridas de tanto cavalgar, seus músculos dos ombros estavam cheios de nós que ela não conseguia desfazer, e ela havia acumulado uma camada desconfortável de areia sob as vestes. Então, quando encontraram um dos acampamentos beduínos no mapa de Omar, não conseguiu evitar um suspiro de alívio.

Loulie se inclinou para a frente em sua sela para dar uma olhada melhor no acampamento. Mesmo àquela distância, ela podia dizer que era pequeno, tinha apenas quatro círculos interligados por tendas e dois currais — um para ovelhas e outro para camelos. Os membros da tribo estavam reunidos no centro, provavelmente para um banquete ou histórias. Não demorou muito para que um mensageiro se separasse do grupo e fosse ao encontro deles. Sua pele morena tinha constelações de sardas — uma prova dos muitos anos que vivera sob o sol.

Ao notar os detalhes das roupas de Omar, ele os cumprimentou com uma graciosa reverência de cima de seu cavalo.

— Sumo Príncipe. — Seus olhos percorreram o restante do grupo: Loulie envolta em seu inexpressivo xale marrom; Qadir, alto e imponente em seu cavalo; e Aisha, os lábios pressionados em uma careta apertada sombreada sob seu capuz.

Incerto, o mensageiro olhou para a ladra.

— Mercadora da Meia-Noite?

Loulie se eriçou. Ficou feliz por seu cachecol naquele momento, porque ele escondia sua carranca severa quando Omar tossiu em seu punho e Qadir desviou o olhar.

A careta permaneceu fixa no rosto de Aisha enquanto ela apontava com o queixo para Loulie. Perturbado, o mensageiro se virou.

— Minhas desculpas, mercadora. — Ele se curvou novamente. — É uma honra conhecer vocês dois.

Loulie suavizou sua expressão com a saudação.

— A honra é toda nossa. Poderíamos pedir refúgio esta noite?

— É claro. Ficaríamos honrados em hospedá-los pelo tempo que for necessário — respondeu o mensageiro com um aceno respeitoso. Pelo laço elaborado que usava nas costas, Loulie podia dizer que ele era um caçador. De animais, se não de jinn. Ela continuou admirando o laço enquanto o caçador e ela trocavam boatos a caminho do acampamento.

Os boatos sobre Loulie e o sumo príncipe eram, claramente, os mais famosos. Aparentemente, todo o deserto sabia de sua jornada. Depois que ela saciou a curiosidade do homem da tribo e o alertou sobre a presença de carniçais nas planícies ocidentais, o homem contou a ela sobre outros acontecimentos: as mudanças nos padrões climáticos — tempestades esparsas e ventos incômodos, rotas de viagem alteradas, o aparecimento de hienas pelas falésias.

— E ouvimos rumores de um caçador — disse ele. Eles estavam quase no acampamento agora, e Loulie viu crianças curiosas espiando pelas frestas do portão de madeira. — Ele trabalha sozinho. Veste-se inteiramente de preto para se camuflar na noite, dizem.

Loulie quase caiu do cavalo. Ali estava, finalmente, o boato que ela buscava.

— Conte-me mais sobre esse caçador. — Seu coração batia na garganta.

O homem da tribo balançou a cabeça.

— Ele é um enigma. Dizem que esta área está livre de jinn porque ele coloca armadilhas tão eficazes que nenhum jamais conseguiu escapar.

— Onde ele mora?

— Ninguém sabe. Ele desaparece antes que nossos caçadores possam se aproximar. — O mensageiro franziu a testa. — Esta é apenas a minha opinião, mas eu manteria distância dele. Nenhum nômade que viaja sozinho é confiável.

Loulie ouvira isso de sua própria mãe muitas vezes. Os beduínos viajavam em tribos. Aqueles que vagavam sozinhos provavelmente tinham sido banidos, e isso nunca era um bom sinal.

— É claro. Meu interesse em saber mais é apenas para que eu possa fazer o possível para evitá-lo. — Ela pegou Qadir franzindo a testa para ela acima da cabeça do homem. *Mentirosa*, seus olhos semicerrados diziam. Ela o ignorou.

Logo passaram pelo portão e chegaram ao acampamento, onde o xeique da tribo os recebeu com enorme hospitalidade. Ele levou os cavalos do grupo para serem cuidados enquanto todos se sentavam ao redor de uma grande fogueira localizada no centro de um aglomerado de tendas marrons.

Uma ovelha foi abatida em homenagem a eles, e receberam uma variedade de pães, carnes e vegetais. Era o tipo de comida com que se sonhava acordado: fresca, apetitosa e preparada com conforto familiar. Fazia Loulie sentir saudade de casa. Quando criança, ela se sentava em um círculo como aquele com sua mãe e seu pai, comendo pão e fingindo ouvir os adultos enquanto eles falavam sobre rotas de viagem, produtos e política. Ela se lembrava de pensar que era tudo tão *mundano* e que a maturidade parecia uma tarefa árdua.

Mas, embora nem sempre se dedicasse às conversas ao pé da lareira, as refeições eram sua parte favorita do dia. Eram o alívio depois de um longo dia de trabalho, um momento para trocar não apenas palavras, mas histórias, boatos e desabafos. Para Loulie, também tinham sido o melhor momento para pregar peças em seus primos. Enfiar insetos em suas mangas, trocar pratos, esconder alimentos — truques que ela praticava em seu tempo livre com o pai.

Embora já tivesse superado as pegadinhas, sua afeição pela comida era imortal. Isso era especialmente verdade quando se tratava de leite de camelo, cujo sabor rico e salgado a deixava melancólica. Loulie bebia aquele leite agora, enquanto observava a conversa animada ao seu redor.

O xeique sentou-se à frente do círculo, ouvindo atentamente os relatos dos caçadores da tribo. Uma mulher idosa com fios de prata no cabelo repreendeu um grupo de crianças briguentas que desperdiçavam comida em um intenso jogo de adivinhação. Um membro da tribo de aspecto agitado lançou olhares tímidos para uma mulher que trabalhava em um tear do lado de fora de uma das tendas próximas. Quando ele não estava olhando, ela virou a cabeça para observá-lo com um sorriso secreto.

Família. Foi a palavra que veio à cabeça quando Loulie absorveu a cena doméstica que agarrou seu coração como uma prensa, tornando difícil respirar. Ela havia se acostumado a — *preferia* — viver uma vida solitária, mas era mais fácil esquecer o que havia perdido nas cidades, onde as famílias estavam espalhadas e escondidas. Sentada ao redor dessa fogueira, Loulie podia ver a interligação das vidas ao seu redor — e podia ver a si mesma, sentada no coração da teia, à deriva.

Ela se repreendeu mentalmente por seu desânimo enquanto mastigava um pedaço de carne e bloqueava suas memórias antes que pudessem dominá-la. Já estavam no segundo prato quando Loulie percebeu que o círculo tinha se acalmado. Ela não notara o motivo, até que ouviu o sumo príncipe contando uma história. Olhou para cima e o viu acenando com as mãos. Sorridente. Não o sorriso condescendente que ele normalmente usava, mas um sorriso *honesto* que fazia seus olhos brilharem.

— ... E, embora o jinn estivesse preso, ele não fraquejou. Vocês sabem por quê?

— Porque ele tinha magia! — gritou um menino.

— Sim, mas não qualquer magia. Esse jinn era mais forte que os outros, pois seu exército era composto de sombras imortais. Ele escorregava para dentro e para fora das sombras tranquilamente, como se fossem raios de sol...

Loulie reconheceu a história da jinn das sombras. Quanto mais se prolongava, mais fictícia se tornava, a ponto de soar mais como lenda do que como verdade. Ela se viu estranhamente encantada. Talvez não fosse a história que a cativasse, mas o sumo príncipe, que parecia uma pessoa diferente e mais agradável quando a contava.

— No final... — Ele se inclinou para a frente, parando de forma dramática. — As sombras se dispersaram. Porque mesmo o mais poderoso jinn sucumbe à lâmina de ferro de um caçador.

No silêncio que se seguiu, o príncipe ficou rígido, a expressão fechada. Mas, em seguida, o público aplaudiu, e seu sorriso arrogante voltou. Loulie se virou, descontente. Será que sempre houvera tamanha discrepância em sua personalidade?

Mais tarde, ela ainda refletia sobre isso quando estava se deitando para passar a noite em uma tenda de hóspedes. Normalmente, teria desabafado sobre suas frustrações com Qadir, mas o jinn escolhera lhe dar espaço naquela noite. Até onde Loulie sabia, ele estava vagando pelo acampamento, observando-a à distância através do fogo aceso em sua lanterna. Ela olhou para as sombras projetadas pelas lanternas até que elas desapareceram na escuridão atrás de suas pálpebras. Pensamentos sobre Omar a conduziram ao sono.

Loulie sempre o via de canto de olho, oscilando dentro e fora de sua vista como se fosse uma miragem. Cada vez que ele reaparecia, estava com uma expressão diferente. Primeiro, um sorriso condescendente. Em seguida, uma carranca dura. Então, de modo desconcertante, um sorriso estrelado. Ele levantou a mão para apontar na direção dela. E riu.

Loulie percebeu que estava afundando.

A areia suspirava enquanto a devorava. Ela agarrou o ar, sem sucesso. Não conseguia enxergar. Não conseguia respirar. A escuridão se apertou sobre ela...

Abruptamente, uma chama se acendeu.

Loulie se levantou e saiu de debaixo dos cobertores. Apertou os olhos para o brilho repentino até distinguir a figura sombreada de Qadir, e relaxou quando viu o fogo entre a palma das mãos dele.

— Pesadelo? — perguntou ele suavemente.

Ela gemeu enquanto esfregava os olhos.

— Eu estava me afogando no Mar de Areia.

O fogo de Qadir cintilou em um branco suave. Quando ela apertou os olhos, viu as tatuagens nos braços dele brilharem da mesma cor.

— Eu posso manter este fogo aceso, caso te ajude a dormir.

— E atrair atenção indesejada? Não. — Seus membros estalaram quando Loulie se esticou. Ela percebeu que não estava mais com vontade de dormir.

Qadir soprou a chama até que não passasse de brasas na palma das mãos. Suas tatuagens escureceram também, até quase desaparecerem na escuridão. Loulie tinha aprendido muito tempo antes que as tatuagens só apareciam quando ele usava sua magia de fogo. Ela traçou os padrões com os olhos, imaginando algumas das marcas menos esteticamente agradáveis.

— Então — disse ele. — Vejo que você está falando comigo de novo.

Ela respondeu com um grunhido evasivo.

Os lábios de Qadir se curvaram.

— Que conveniente! Eu só estava pensando que seria estranho contar uma história e não sofrer com suas perguntas depois.

Loulie puxou os cobertores ao redor do corpo como um escudo.

— História?

— Você ficou com raiva de mim por esconder a verdade, então pensei em me desculpar dando a você uma aula de história.

— Qual o tema?

Qadir ergueu uma sobrancelha.

— Eu mesmo.

— E sobre o que você vai falar? — Ela manteve os olhos nas tatuagens dele. Qadir a percebeu olhando e colocou a mão no bíceps.

— Vou te contar sobre minhas marcas.

Loulie se inclinou para a frente, perto o suficiente para que pudesse ver onde os padrões se conectavam e onde divergiam. Ela pensou na maneira como eles queimavam como fogo.

— Elas são feitas com magia?

— De certa forma.

— Como você as adquiriu?

Qadir ponderou por alguns segundos antes de responder.

— Algumas delas eu recebi como presente. Outras, como castigo. Na minha cultura, cada marca tem um significado.

— Que tipo de significado?

Ele se mexeu para que o interior do braço ficasse visível e correu os dedos por suas veias. As tatuagens voltaram à vida sob seu toque. Elas brilhavam em vermelho e dourado, piscando suavemente enquanto ele traçava as linhas curvas em direção aos dedos.

Loulie as observou.

— Têm o formato de... fogo?

Qadir sorriu.

— Agora veja esta. — Dessa vez, ele traçou a curva de seu cotovelo. As marcas ali eram finas e curtas, e pareciam menos pinceladas e mais cicatrizes feitas por uma faca.

Ela franziu a testa.

— Não vejo uma forma.

— Porque é uma marca de desonra.

— Parece que você foi arranhado com uma lâmina.

Qadir abaixou o braço com um suspiro, e as tatuagens desapareceram.

— Sim. Minha desonra foi esculpida em mim com uma faca para que eu não a esquecesse. Eu mereci.

Loulie juntou os joelhos no peito e aguardou. Ela não esperava que ele prosseguisse, então ficou surpresa quando ele continuou falando.

— Eu lhe disse uma vez que não era mais bem-vindo em Dhahab. Isso porque cometi um crime, e os criminosos raramente são perdoados na minha cidade. — Ele tocou as marcas na pele. — Essas marcas são prova disso.

— O que você fez?

Qadir abriu a boca, em seguida a fechou.

— Prefiro não falar. É uma longa e terrível história, e eu gostaria de contá-la sem qualquer chance de que fosse ouvida. — Ele exalou suavemente. — Posso te dizer uma coisa, pelo menos. A bússola que carregamos contém a alma de uma jinn chamada Khalilah. — Sua expressão suavizou ao dizer o nome. — Eu estava condenado a apodrecer em uma cela, mas ela me salvou. Khalilah me levou ao deserto humano e me guiou com sua magia.

Qadir enfiou a mão na bolsa da mercadora e pegou a bússola. Loulie sempre se perguntara por que ele olhava para aquilo com tanta ternura.

— Ela pode... encontrar coisas?

— Ela é uma erafa que nasceu com a capacidade de ler o futuro. Mesmo na morte, pode localizar itens e pessoas e prever um destino antes que ele aconteça. — Qadir fez uma pausa, a testa franzida. — Nós nos separamos cedo demais, e ela foi morta por caçadores antes que eu pudesse salvá-la. Quando a localizei, seu pai já a tinha encontrado na forma de bússola. Eu segui o rastro dele até o seu acampamento.

Layla Najima al-Nazari, parece que salvar sua vida era meu destino.

Loulie nunca esqueceria aquelas palavras. Elas tinham mudado a vida dela. E a bússola — seus olhos vagaram para o objeto empoeirado nas mãos de Qadir —, a bússola a salvara.

Quando ela olhou novamente para Qadir, os olhos dele estavam escuros e tempestuosos.

— Quem ela era para você? — perguntou Loulie suavemente.

— Uma amiga — murmurou Qadir. — Minha maior e mais querida amiga.

O silêncio que se seguiu era tão frágil que Loulie foi incapaz de quebrá-lo. Num impulso, arrastou-se para a frente e pousou a mão no ombro de Qadir. O jinn se assustou.

— O que é isso? Você está tentando me confortar? Eu esperava mais perguntas.

— Eu não sou idiota, Qadir. Posso ver quando você está sofrendo. — Loulie ficou surpresa com o choque dele. E, francamente, um pouco ofendida. — O quê? Quão insensível você acha que eu sou?

Milagre de todos os milagres, o jinn começou a rir. Era um som genuíno, um que ela tivera a sorte de ouvir apenas algumas vezes na vida. A última vez que o ouvira, ela havia acabado de presentear Qadir com a shamshir. Ele começou a rir quando Loulie sugeriu que ele a usasse para parecer intimidador, e não para qualquer propósito prático. A memória ainda iluminava seu coração.

— Meus deuses. — Ela sorriu. — Quem é você e o que você fez com meu parceiro sombrio?

Qadir estava muito ocupado rindo para responder. Loulie se perguntou, não pela primeira vez, se era o passado dele que o mantinha tão ancorado na melancolia.

— Estou perdoado? — perguntou ele quando finalmente recuperou a compostura.

Loulie suspirou.

— Sim, com a condição de que não minta para mim novamente.

— Combinado. — Qadir olhou para a bolsa deles. — Isso significa que posso carregar a bolsa?

— Por quê? *Eu* sou a mercadora. — Ela fez uma pausa, notando que ele tinha tirado o colar dos deuses sabe onde em sua capa. Ela recuou ao ver o objeto.

— Pode relaxar. Ainda está selado. Mas seria mais fácil carregar na bolsa.

Loulie ignorou o comentário e olhou para o colar.

— O que vamos fazer com isso? — Uma coisa era encontrar um lar para relíquias perdidas, outra era doar um perigoso tesouro antigo. — Talvez devêssemos enterrá-lo em algum lugar no deserto.

Qadir ergueu os olhos bruscamente.

— Ou podemos ficar com ele.

— Essa é a *pior* ideia de todas.

— Confie em mim. — Ele guardou a relíquia de volta nas vestes. — Sei que, nas suas histórias, ela é uma entidade malévola, mas, nas nossas, os ifrit são moralmente ambíguos. Deixe-me tentar falar com ela.

— Falar com uma assassina? — Loulie fez uma careta. — Faça como quiser, mas não vou perdoá-la pelo que fez com Ahmed.

Qadir ergueu uma sobrancelha.

— Você se incomoda com um assassino matar outros assassinos?

— Eu me incomodo com qualquer tipo de assassinato, ponto-final. — *Assassinato*. A palavra a fez pensar no assassino de preto sobre o qual ela discutira com o homem da tribo.

Era como se Qadir pudesse ler sua mente.

— Que bom. Se você detesta assassinato tanto assim, presumo que não buscará vingança contra algum assassino que possa ou não conhecer.

— Claro que não. — Loulie sabia, antes mesmo de avaliar a reação de Qadir, que havia falado rápido demais. Sempre fazia isso quando estava mentindo. Então se levantou abruptamente. — Vou dar uma volta pelo acampamento antes de voltar a dormir.

Qadir silenciosamente entregou a ela uma lanterna queimando com o fogo que conjurou.

— Você se preocupa mais do que minha mãe se preocupava. — Ela pegou a lanterna dele.

Qadir suspirou.

— Você tem tendências autodestrutivas. Eu preciso me preocupar.

Loulie revirou os olhos e saiu. Estava feliz por Qadir não poder ver seu rosto, porque tinha certeza de que a batalha travada em seu coração se manifestaria em sua expressão. Loulie não sabia o que faria, mas faria alguma coisa.

Não estava em sua natureza deixar o passado para trás.

37

Mazen

— Acorde, Príncipe. — A voz de Aisha era suave como uma pena e, no entanto, no silêncio extremo da tenda, ele acordou assustado. Mazen sentou-se lentamente, esfregando os olhos enquanto sua mente nebulosa se situava no presente: estava no meio do deserto, a quilômetros de distância do acampamento beduíno que tinham deixado três dias antes, a caminho da cidade de Ghiban.

Com a visão turva, ele examinou a tenda envolta nas sombras douradas do amanhecer. Seus pertences estavam intocados, seus arredores inalterados. Mas o silêncio... aquilo era novo.

Aisha estava agachada ao lado dele, com um sulco severo entre as sobrancelhas. Ela levou um dedo aos lábios e murmurou uma única palavra.

Carniçais.

Trêmulo, Mazen se levantou. Não disse nada enquanto Aisha sussurrava comandos, instruindo-o a embalar a barraca e manter os suprimentos a salvo.

O silêncio sobrenatural era tão pesado que tornava cada expiração muito alta, cada passo muito pesado. O silêncio sufocava até o suspiro do vento. Era como se o próprio mundo estivesse prendendo a respiração. Aquilo era obra dos carniçais que eles tinham evitado dias antes?

Foi preciso um grande esforço para conter o medo quando Mazen e Aisha desmontaram a barraca e encontraram a mercadora e seu guarda-costas do lado de fora. Eles pareciam muito infelizes, embrulhados em camadas de roupa para combater o frio gelado da manhã. Loulie tinha até colocado suas vestes de Mercadora da Meia-Noite por cima do traje simples, embora ainda tremesse sob eles. Mazen sentiu empatia: a capa de seu irmão parecia inadequada.

Loulie e Qadir os cumprimentaram com acenos breves, depois montaram seus cavalos em silêncio.

Era uma regra tácita que ninguém falasse.

Mazen não tinha percebido quão barulhento era o deserto até que ficou completamente silencioso. Ele tinha ficado nervoso da última vez que haviam contornado aquele silêncio sinistro, mas dessa vez era pior — muito pior. O sussurro da areia e o suspiro da brisa desapareceram. Ele nunca havia prestado muita atenção ao barulho que os cascos de seu cavalo faziam no chão, mas agora não conseguia parar de pensar em quão alto soavam.

Viajar pelo deserto era um esforço exaustivo, mas fazê-lo tentando sufocar todo e qualquer som tornava a viagem duplamente cansativa. De repente, parecia que cada movimento era perigoso: o farfalhar de seu equipamento quando Mazen se mexia na sela, o clique dos estribos cada vez que ele incitava o cavalo em uma direção diferente e até mesmo o silvo da areia que se acumulava e deslizava de sua roupa em córregos imperturbáveis.

Mazen esfregou as mãos em um esforço para aquecê-las e tentou não pensar em como sua garganta estava ressecada, em como estava tenso demais para pegar o odre enfiado em seus alforjes. Os outros pareciam existir em um estado semelhante de incerteza. A infelicidade do grupo era perceptível, gravada em seus rostos como carrancas e apoiada em seus ombros como um peso invisível. Aisha poderia muito bem ser uma estátua, seu olhar treinado à frente, seus dedos tão rígidos nas rédeas que mal parecia que ela as estava segurando.

Horas se passaram. Mazen gastou seu tempo se preocupando e observando. Principalmente, observava a mercadora, que, quando não estava olhando sua bússola, o observava de volta. Aquilo era um incrível indutor de estresse. A cada olhar que ela lançava em sua direção, Mazen ficava mais convencido de que, de alguma forma, ela o enxergou através de seu disfarce. Em algum momento, sua paranoia e sua exaustão combinadas cresceram de tal maneira que obscureceram sua visão, e a mercadora transformou-se em uma mancha hostil em meio às colinas de areia vermelho-dourada. Ele se afastou dela, perturbado.

Mazen pensava demais em cada movimento, olhar e ruído até que, milagrosamente, o mundo voltou a ter som. O sol já havia mergulhado no horizonte e as sombras esculpiam as ondulações na areia. Um falcão distante quebrou o silêncio, e então... o vento passou por eles assobiando e jogou areia no rosto deles. Qadir soltou um suspiro longo e profundo.

Aisha grunhiu.

— O perigo passou. — Sua voz estava rouca pela falta de uso.

Mazen entrou em ação, imediatamente enfiando a mão no alforje para pegar o odre. O líquido era insípido, e ainda assim parecia a coisa mais doce que ele já bebera. Ele teve que se forçar a tomar só alguns goles e entregar o odre para Aisha.

Loulie olhou cautelosamente por cima do ombro.

— Você acha que esses são os mesmos carniçais que evitamos da outra vez?

Qadir franziu a testa.

— Provavelmente. Embora a tenacidade deles seja... incomum.

A mercadora resmungou.

— É pedir demais *um* dia de viagem sem problemas? — Ela flexionou os dedos na direção de Qadir. Ele lhe entregou o odre de água. Mazen não percebeu que estava olhando para ela até que a garota abaixou o odre e franziu a testa para ele. — Tem alguma coisa no meu rosto?

Os pensamentos de Mazen estavam tão disformes e dispersos que ele não soube como responder. Estava tão *aliviado* de ver que a aparência dela tinha tomado uma forma concreta novamente.

Felizmente, Aisha preencheu o silêncio constrangedor.

— É bom que os carniçais sejam lentos — disse ela. — Caso contrário, pelo ruído que emitem, teríamos que lidar com um exército.

Mazen guardou aquela informação. Ele havia percebido que os carniçais amorteciam o barulho por onde andavam, mas era útil saber que dava para estimar o tamanho de um grupo pelo silêncio que provocava. Útil e extremamente perturbador.

Loulie fez uma careta.

— Eles provavelmente sentem o cheiro de morte em vocês dois.

Aisha bufou.

— Não aja como se fosse tão virtuosa, vendedora de relíquias. Se tem alguém aqui que eles estão rastreando, é você. Você tem um saco de relíquias. Está praticamente andando por aí como isca de carniçal.

Uma memória estalou com as palavras de Aisha; Mazen se lembrou da história que sua mãe lhe contara uma vez sobre os carniçais. Uma de cujo início ele ainda se lembrava...

— No deserto, existe um grupo de jinn mortos-vivos que têm um pé na morte e outro na vida. O que lhes falta em força eles compensam com seus sentidos aguçados. Embora sejam quase cegos, eles podem sentir o cheiro de magia a quilômetros e quilômetros de distância.

Houve uma pausa na narrativa enquanto ele tentava se lembrar do resto.

— *Sayyidi*. — A voz de Aisha era um silvo.

Mazen olhou para cima e viu a mercadora olhando para ele. Ela parecia perplexa.

— Ah. — Ocorreu-lhe que tinha dito as palavras em voz alta. — Desculpe, eu estava... lembrando de uma história.

A mercadora olhou para ele atentamente, os olhos apertados como se tentasse lê-lo. O coração de Mazen disparou. Não, era como se ela estivesse olhando *através* dele...

Ele viu um lampejo com o canto do olho.

Um assovio de vento em seu ouvido. Um baque quando algo perfurou o chão.

Mazen seguiu os olhares assustados do grupo até uma flecha cravada na areia. Ele pressionou a mão na bochecha, mas não havia nenhum corte, nenhum sangue. Apenas uma dor fantasma perseguida por uma corrente de medo.

Então: pandemônio.

Outra flecha passou por eles. Uma, duas — uma *saraivada* delas, passando por uma cortina de poeira. Uma passou zunindo pelo ombro da mercadora. Outra atingiu de raspão o cavalo de Mazen. Ele se ergueu com um relincho aterrorizado, e Mazen grunhiu enquanto enfiava os calcanhares em seus flancos. Ele foi capaz de permanecer na sela apenas segurando firme nas rédeas.

Mazen acalmou o cavalo o suficiente para estabilizar sua visão e olhar para além da parede de poeira. Seu coração parou quando ele viu os agressores: um exército de formas brancas cambaleantes vestidas de preto, com órbitas oculares afundadas em sombras sob capuzes. Se não fosse por seus membros anormalmente longos e rígidos e seus olhos vazios, eles poderiam ter se passado por humanos.

Mazen estava dividido entre querer gritar e chorar.

— De onde eles saíram? — A voz da mercadora era apenas um sussurro.

Seu guarda-costas estendeu a mão, colocou os dedos em seu pulso.

— Loulie — disse ele suavemente. — São muitos, temos que fugir.

A mercadora olhou para sua bússola. Até Mazen percebeu que era inútil, pois o ponteiro girava em círculos malucos. Loulie a enfiou no bolso com um suspiro trêmulo.

Então eles fugiram.

Mas não havia como escapar dos carniçais. O ar se encheu de lamentos e gritos enquanto as criaturas mortas-vivas atiravam neles de várias direções. Mazen deu uma guinada na sela para evitar uma flecha, mas outra fez um buraco na perna da sua calça. Ele não pôde evitar o som de aflição que escapou de seus lábios quando se encostou em seu cavalo. Foi necessária toda a sua concentração para contornar as criaturas que tropeçavam em seu caminho.

Loulie não fez o mesmo esforço. Pelo canto do olho, ele a viu cavalgar direto para cima de um carniçal sem pestanejar. Mas a criatura retaliou antes de cair, varrendo a espada pelo ar e rasgando a parte inferior de sua capa. Loulie gritou, e o som chamou a atenção de seu guarda-costas. Qadir olhou por cima do ombro com os olhos arregalados de pavor. Só relaxou quando Loulie acenou com a mão para tranquilizá-lo de que estava em segurança.

Mas os olhos dele... havia algo estranho. Estavam assustadoramente brilhantes e... cintilando?

Mazen ficou boquiaberto. Não, eles estavam *faiscando* como fogo.

O olhar de Qadir se virou para ele bruscamente. O guarda-costas piscou e, com a mesma rapidez que havia aparecido, o fogo desapareceu. Ele se virou sem dizer nada.

Mazen olhou para as costas dele, preocupado. Perguntou-se se estava perdendo a cabeça.

Mas não se detêve na estranheza da visão por muito tempo. Não podia, não com as hordas de mortos-vivos vestidos de preto se aproximando deles. O grupo havia se tornado mais denso, os corpos das criaturas tão juntos que pareciam uma nuvem tempestuosa em movimento. Mazen ficou com o coração apertado quando percebeu que estavam cercados.

— Emboscada! — Aisha gritou, ao mesmo tempo que Mazen pensou: *Como vamos sobreviver a isso?*

A ladra cerrou os punhos sobre as rédeas.

— Eles são muito bem organizados para uma horda normal — falou ela, a voz alta sobre o caos. — Alguém deve estar controlando esses carniçais.

— *De onde?* — A voz da mercadora falhou quando ela se esquivou de uma flecha. — Onde está esse mentor de que você fala? Porque, se não conseguirmos encontrá-lo, estamos mortos. Nós...

— Loulie. — A voz de Qadir era quase inaudível, mas a resignação nela fez Mazen estremecer. Ele observou Qadir erguer um braço. O guarda-costas bateu no próprio pulso, um movimento leve que fez sua pele brilhar estranhamente sob o sol.

A mercadora enrijeceu na sela.

— Não. — Sua resposta foi tão imediata, o terror em seu rosto tão palpável, que fez os nervos de Mazen se esfiaparem.

— O que foi? — Mazen corria o olhar por cada um deles freneticamente. — O que está acontecendo?

Mas o guarda-costas apenas olhou para Loulie.

— Confie em mim — disse ele suavemente. Alguma mensagem silenciosa pareceu passar entre eles dois. Por fim, com relutância, Loulie assentiu.

— Continuamos cavalgando até o centro da multidão, então — comandou Qadir.

Aisha o encarou.

— Você *quer* morrer?

Quando nem Loulie nem Qadir responderam, Aisha virou-se para Mazen. Havia um desespero nos olhos dela que ele nunca tinha visto antes. Ele sabia que ela estava esperando que ele se opusesse. Mas...

Mazen não tinha poder ali. Nunca tinha.

— Estamos sem ideias. — Sua garganta estava apertada, e ele mal conseguiu manejar as palavras seguintes. — Seja qual for esse plano, é melhor que nada.

— Não é um plano — retrucou Aisha, mas sua voz não tinha o calor habitual. Havia desespero em cada linha tensa de seu corpo. — É suicídio.

Mazen abriu a boca. Então a fechou. Não tinha coragem de oferecer garantias, não quando ele mesmo não acreditava nelas.

Aisha estalou as rédeas, incitando o cavalo com mais força, mais rápido.

— Fique atrás de mim — ordenou ela. — Se seus deuses forem gentis, talvez eles nos poupem.

Ela se virou e disparou atrás de Loulie e Qadir, em direção ao centro do caos.

Mazen murmurou uma oração baixinho e foi atrás dela.

38

Loulie

Eu confio em você, Qadir.

No momento em que Qadir tocou as tatuagens em seu pulso, Loulie soube o que ele pretendia fazer. Havia carniçais demais para eles derrotarem com lâminas e facas. Então Qadir sugeriu um tipo diferente de arma: magia. A magia *dele*. Fogo que os salvaria, mas que também o condenaria.

Ele havia implorado para que ela confiasse nele. E ela confiaria. Loulie havia confiado sua vida a Qadir muitas vezes, e o mínimo que podia fazer agora era confiar que ele poderia proteger a sua própria. E Loulie... ela o protegeria também. Não era tão fraca a ponto de não poder zelar por seu amigo como ele zelava por ela.

— Eu confio em você, Qadir.

Loulie murmurou as palavras com os lábios dormentes enquanto os carniçais corriam na direção deles. Enquanto as criaturas disparavam flechas e a visão dela ficava turva de lágrimas. Enquanto Qadir fixava seu olhar à frente e as tatuagens serpenteando em seus braços começavam a brilhar.

Eu confio em você. Eu confio em você. Eu confio em você. As palavras martelavam em sua mente.

Qadir ergueu a mão. As pontas dos dedos faiscaram. As marcas em sua pele queimavam cada vez mais brilhantes, até que brilhavam tão vivas que pareciam incendiar seu corpo, e ele se tornou uma faixa ofuscante de ouro e vermelho.

Loulie teve que desviar os olhos. Ela se forçou a respirar. Inspirar e expirar. Inspirar e...

Ela ouviu algo estalar sob os cascos de seu cavalo. O som foi seguido por um suspiro estranho, mas familiar — um silvo de areia caindo e se movendo.

Loulie olhou para baixo bem a tempo de ver a paisagem sob seus pés se abrir em um fosso. O choque nublou sua mente quando a areia caiu, revelando uma armadilha que não estava lá momentos antes.

Ela abriu a boca — para gritar, para pedir ajuda — quando algo empurrou seu cavalo para longe do abismo. Loulie girou na sela. Viu Qadir cavalgando sobre o buraco aberto, a mão estendida, a luz desaparecendo de sua pele.

Houve um momento de quietude. Qadir olhou para ela com urgência. Seus lábios se separaram.

E então ele e seu cavalo caíram no abismo.

Loulie teve a vaga consciência do nome de Qadir saindo de sua boca em um grito. Da areia sendo esmagada sob seus pés quando ela saltou do cavalo que estava em pânico e correu em direção ao fosso.

Ela podia ouvir o príncipe e a ladra em seu encalço. Gritando o nome dela.

Não.

Ela correu para o fosso.

Não.

O abismo estava preenchido com ferro. Lâminas cruzavam as paredes, projetando-se em direção ao centro como dentes tortos. Nas pontas dessas lâminas: sangue prateado e carmesim. O cavalo de Qadir, dilacerado e sangrando até a morte. E, no fundo do poço, empalado em um cemitério de ferro quebrado, com sangue prateado na pele...

Qadir.

Loulie começou a gritar.

39

Loulie

Há um tempo, Loulie teve um pesadelo.

Como todos que sonham, ela por fim acordaria e enterraria esse sonho em sua mente. Mas, embora tivesse se tornado muito boa em esquecer, as memórias ainda a assombravam quando dormia. Ela via os corpos despedaçados de seus pais. Via seu acampamento pegando fogo. Sentia o cheiro de sangue e morte e esquecia como respirar.

E então Qadir a sacudia até acordá-la.

— Você estava fazendo uma careta enquanto dormia. Achei rude continuar olhando.

E assim, o pesadelo se dissipava. Porque, enquanto Loulie evitasse pertencer a qualquer lugar — pertencer a qualquer *pessoa* —, nunca teria que reviver aquele desgosto.

Mas ela estava errada.

Porque estava vivendo um pesadelo, e Qadir não estava ao seu lado para acordá-la. Agora ela gritava o nome dele. Mas, independentemente de quantas vezes o chamasse, ele não respondia.

— Porra. — Loulie percebeu que Aisha estava de pé ao lado dela, olhando para o fosso, o rosto pálido. — Seu guarda-costas era um *jinn*?

Eu preciso acordar Qadir. As palavras eram raízes, atraindo-a para um lugar seguro intocado pelo tempo. Quando Aisha pousou as mãos nos ombros de Loulie, ela a empurrou.

— Eles estão vindo. — Ela mal podia ouvir a voz de Omar sobre seu coração acelerado.

No fundo de sua mente, estava ciente da mancha de sangue prateado nas lâminas, da forma cuidadosa como haviam sido construídas ao redor do fosso. Mas nada daquilo importava. Ela só tinha olhos para Qadir. Ainda desejava que ele abrisse os olhos e *olhasse* para ela quando ouviu os sons de uma briga atrás de onde estava.

Passos frenéticos. O assobio das lâminas. Um silvo alto e inumano.

Quando Loulie se virou com a adaga em punho, já era tarde demais. Um grupo de carniçais a agarrou por trás, e nenhum esforço poderia fazê-los soltar. Eles se agarravam a ela como sanguessugas.

Ela gritou.

— Shh, nada disso. — Uma voz falou em meio ao caos, e Loulie congelou. A voz riu, um chiado suave que parecia vir de pulmões cheios de areia. — Que honra encontrar não uma, mas *duas* lendas.

Loulie ergueu o olhar. E o encarou.

O estranho estava vestido inteiramente de preto, mais sombra que homem. Suas feições estavam escondidas, tudo exceto seus olhos escuros, que mal eram visíveis entre camadas de lenços.

O Caçador de Preto. O assassino de jinn sem nome.

Ela se lembrou de uma faca contra sua pele. Uma risada. Sangue escorrendo pelo pescoço.

Você deseja a morte ou a escravidão, menina?

Uma névoa escura encapsulou sua mente. Loulie se moveu sem pensar, avançando com um grito feroz. O homem observou, sem expressão, enquanto os carniçais a dominavam e a faziam se ajoelhar. Seus olhos brilharam, e neles Loulie viu suas memórias encharcadas de sangue.

Ah, uma garotinha? Que grande recompensa você renderá...

As memórias se misturaram à realidade quando Loulie caiu no chão. A escuridão cobriu sua visão, e ali ela viu a série de pesadelos que pensara ter enterrado muito tempo antes. Viu sua mãe gesticulando para uma jarra, indicando que ela se escondesse, enquanto assassinos invadiam seu acampamento. Viu as tendas pegando fogo. Viu os corpos de sua mãe e de seu pai destruídos no chão.

E agora Qadir...

Não. A dor fragmentou seus pensamentos. *Não pense nisso.*

— Não imaginei que você tivesse garras tão afiadas, Mercadora da Meia-Noite. — O caçador se virou antes que ela pudesse formular uma resposta, seu olhar pousando em Omar, que tinha sido empurrado de joelhos por carniçais. — Eu me divirto ao vê-lo reduzido a uma mera escolta, príncipe.

Aisha, que estava sentada perto do príncipe o suficiente para roçar em seu ombro, assobiou entre os dentes.

— Como você se *atreve* a falar com meu rei desse... — O caçador a esbofeteou tão rápido e forte que a cabeça dela pendeu. Loulie não tinha certeza de quem parecia mais chocado: Aisha ou o príncipe.

O caçador estalou a língua.

— Você nunca sabe a hora de ficar quieta, bint Louas. — Seus olhos se estreitaram. — Segure a língua ou eu a arrancarei de sua boca.

Aisha piscou, com força e devagar.

— Espere aí. *Imad?*

O caçador não respondeu. Não no idioma deles, pelo menos. Estranhos sons guturais escaparam de sua garganta — mais rosnados que palavras. Os dois carniçais segurando Aisha empurraram sua cabeça para baixo até ela ficar prostrada no chão.

— O próprio. Sinto-me humilhado por um dos ladrões de Omar se lembrar do meu nome. — A voz do caçador gotejava veneno. Ele desviou o olhar de volta para o príncipe. Omar parecia querer afundar na areia. Imad parecia querer enterrá-lo.

— Que irônico que nossas posições estejam agora invertidas, príncipe. Você se lembra do nosso último encontro? Quando me forçou a rastejar e implorar perdão por *seus* crimes? — Ele deu um passo à frente, os pés deslizando silenciosamente pela areia. Os olhos de Loulie se fixaram em suas mãos, que estavam enfaixadas e deformadas.

— E então? — Imad olhou para o príncipe. Omar o encarou impotente. Não havia reconhecimento em seus olhos.

— Meu rei não precisa perder o fôlego falando com um traidor como você — retrucou Aisha.

Imad nem mesmo se virou para encará-la.

— Não vou avisá-la novamente, pequena ladra. Cale a boca ou vou me certificar de que você nunca mais a abra.

Os olhos de Aisha brilharam em desafio, mas o príncipe a cortou de forma ríspida.

— Pelo amor dos deuses, Aisha, preste atenção no homem. — Ele encarou Imad com uma bravura que rapidamente murchou sob seu olhar. — O que é que você quer? Se for ouro...

— Ouro? Rá! Você poderia me oferecer todo o seu reino e eu nem piscaria. Não, eu não me importo com o seu ouro. Quero você. — O homem fez uma pausa, seu olhar se desviando para Loulie. — E ela.

— Vá para o inferno. — As palavras escaparam da boca de Loulie antes que ela pudesse pensar.

Imad estendeu a mão e tirou o lenço da boca para revelar um sorriso enviesado de dentes tortos e brilhantes.

— Igual ao seu patético amigo jinn?

A visão de Loulie ficou vermelha. Ela avançou com um grito, derrubando um dos carniçais. Deu apenas um único passo antes que três deles se afastassem do grupo que observava a fim de contê-la. Um deles acertou um punho ossudo em seu estômago, e ela tombou.

Imad suspirou.

— Todas as mulheres são assim indisciplinadas agora?

Lágrimas rolavam pelas bochechas de Loulie, mas não eram de dor.

— Devolva-o — ela sussurrou.

Imad levantou uma sobrancelha.

— Você acha que eu sou um deus? Estou lisonjeado, mercadora. Mas, embora seja minha profissão tirar vidas, temo que não faça parte do negócio devolvê-las.

Os últimos vestígios da raiva de Loulie se dissiparam, deixando para trás nada além de uma tristeza úmida. A onda de dor a invadiu de repente, levando consigo o que restava de suas forças. Ela caiu de joelhos com um soluço.

— Eu nunca imaginaria que o poderoso Rei dos Quarenta Ladrões viajaria com um jinn. — A voz de Imad estava calma sob a dor gritante de Loulie. — Não acreditei nos meus carniçais quando eles disseram que haviam sentido o cheiro de um. Mas então pensei: que mal faria montar uma armadilha? Estou feliz por ter feito isso. Não quero pensar no caos que seu jinn teria causado com sua magia.

Imad estalou os dedos e disse alguma coisa na estranha língua estrangeira composta de sons distorcidos e grunhidos. Uma ordem, Loulie percebeu enquanto os carniçais a cutucavam. Eles roubaram a adaga de Qadir e tiraram os anéis dos dedos dela. Um deles pegou a bolsa infinita da sela.

Sem expressão, ela os observou roubarem as lâminas de Aisha e o cinto de adagas negras de Omar. O príncipe estremeceu quando eles tocaram a pulseira em seu braço. Ele murmurou algo — uma oração — inaudível. O carniçal abriu o bracelete.

Em um instante, Loulie via o sumo príncipe. No instante seguinte, Omar foi substituído por um homem com olhos dourados brilhantes. Confusa, ela encarou o príncipe Mazen.

O sorriso de Imad desapareceu abruptamente.

— Que trapaça é essa?

O homem na frente dela era inegavelmente o príncipe desajeitado e curioso que ela havia resgatado no azoque. O contador de histórias que ansiava por aventura. O único membro da realeza cuja companhia Loulie achara tolerável.

Independentemente de quantas vezes ela piscasse, o príncipe Mazen continuava lá. As histórias, a delicadeza... não faziam sentido para ela. Até agora.

Todo aquele tempo, Loulie estava viajando com o príncipe errado.

O príncipe não respondeu, apenas olhou para Imad com cautela.

— Mas como? — Imad estendeu a mão, como se fosse tocá-lo.

Muitas coisas aconteceram então.

Aisha bint Louas, que estava caída no chão, de repente se lançou na direção de um dos carniçais. Ela roubou uma de suas lâminas de volta e decepou a cabeça dele. Houve um borrão de movimento quando ela girou sua shamshir na direção de Imad. E então...

Um grito. Respingos carmesim na areia. As mãos enfaixadas de Imad, vermelhas de sangue.

— Sua cadela!

Os olhos dele brilharam com sede de sangue quando ele pegou uma faca e atacou Aisha. O primeiro golpe ricocheteou na shamshir. O segundo arrancou a lâmina de suas mãos. O terceiro atingiu seu rosto e arrancou um grito de seus lábios. O quarto rasgou um corte em seu ombro.

Imad atacou de novo e de novo, até que a areia sob Aisha estivesse manchada de sangue.

Imad virou a adaga, a ergueu no ar e...

— Pare! — O príncipe deslizou na frente de Aisha, de braços estendidos. — Por favor. — Sua voz falhou.

Imad parou. Ele olhou com tanta raiva para o príncipe que Loulie temeu que ele o matasse. Mas então, lentamente, ele embainhou sua adaga e gritou uma ordem para os carniçais.

A última coisa que Loulie viu foi o príncipe Mazen agachado sobre o corpo inerte de Aisha, lágrimas desesperadas nos olhos. Em seguida, Loulie foi atingida na cabeça. Ela sentiu uma dor tão terrível que tirou o ar de seus pulmões. Então, finalmente, felizmente, escuridão.

40

Mazen

Mazen acordou no que parecia uma cela de prisão em ruínas. O luar se infiltrava na câmara através de buracos no teto, iluminando a poeira no chão e pintando-a de um branco sinistro como osso. A cela era estéril, cercada por três paredes de pedra e uma feita de grossas barras de ferro. Atrás das grades estava Imad, e ao lado dele um carniçal.

— Sabah al-khair, príncipe.

— O quê...? — Mazen sentou-se lentamente. Ele esperava estar amarrado e amordaçado, mas não havia algemas em seus braços ou pernas.

— Dormiu bem? — Imad levantou uma sobrancelha.

Mazen piscou. Ele abriu a boca e congelou quando suas memórias voltaram correndo. Ele se lembrou de Qadir, morto. Loulie, gritando seu nome. Aisha, sangrando na areia. Aproximou-se das barras, o coração batendo na garganta.

— O que você fez com Aisha?

A última coisa de que ele se lembrava era de sacudi-la, de implorar para que ela *aguentasse firme* — Aisha era um dos Quarenta Ladrões de Omar, como poderia ser morta por um assassino aleatório? E então: dor e escuridão.

— Bint Louas está inteira — disse Imad. — Ferida, mas viva. Ela tem sorte. Eu deveria tê-la punido mais severamente. — Ele estendeu a mão e enrolou os dedos em torno de uma das barras, e Mazen pôde ver as feridas sangrentas que Aisha havia rasgado em suas bandagens.

Ele deu um passo cauteloso para trás.

— O que você quer de nós?

Os lábios de Imad se curvaram.

— Honestamente? De você eu nunca quis nada. Mas, agora que está aqui, parece que devo mudar meus planos. — Ele se inclinou para mais perto das barras, perto o suficiente para Mazen distinguir os detalhes de seu rosto ao luar. Ele devia ser tão velho quanto o sultão, com rugas ásperas gravadas na pele queimada de sol e pelos grisalhos cobrindo as bochechas e o queixo.

Não subestime um homem com base em sua aparência. Era o conselho que seu pai dava quando eles lidavam com políticos da corte.

Imad era uma lâmina velha, mas não cega.

Mazen fez uma pausa, lembrando-se da conversa anterior.

— Você estava procurando pelo meu irmão?

— Correto. No momento em que ouvi que Omar bin Malik liderava a caravana da Mercadora da Meia-Noite nessa direção, decidi investigar. No entanto... — Ele ergueu uma sobrancelha pontuda. — Não é o sumo príncipe que vejo diante de mim, mas seu irmão mais novo. Como isso aconteceu?

Idiota que sou, me permiti ser chantageado. Mazen engoliu uma risada. Ele realmente era um idiota. Por pensar que essa caminhada pelo deserto seria preferível a sofrer as consequências de fugir do palácio. Por pensar que seria uma *aventura*.

— Foi vantajoso para meu irmão e eu trocarmos de lugar.

— É mesmo? Dificilmente parece vantajoso agora, não é?

Mazen não conseguia decidir se queria dar um soco em si mesmo ou em Imad.

— Não — respondeu ele suavemente. — Não parece. — Ele olhou longa e duramente para o homem. — Por que investigar boatos sobre meu irmão em primeiro lugar? O que você quer com ele?

A expressão de Imad endureceu.

— Você está querendo me dizer que não sabe quem eu sou?

— Acho que não estaríamos tendo essa conversa se eu soubesse.

Imad assobiou. A princípio, Mazen pensou que fosse uma resposta destinada a ele, mas então notou o carniçal atrás de Imad se mexer. Ele lhe entregou um chaveiro.

— Como você... — Mazen olhou de Imad para o carniçal. — Como você os controla? — Nas histórias da mãe dele, os carniçais eram monstros livres, não soldados obedientes.

Imad levantou uma sobrancelha.

— Deixarei você refletir. Isso lhe dará algo em que pensar enquanto esperamos por seu irmão.

Mazen começava a compreender a realidade de sua situação. Ele vasculhou desesperadamente suas memórias, tentando se lembrar das palavras de Imad. Se ele conhecia Omar *e* Aisha...

— Você é um ladrão?

— Não sou *apenas* um ladrão, garoto. Sou um dos lendários Quarenta Ladrões. — Imad deu um passo à frente, os olhos negros semicerrados. — Até trabalhei com o sultão no passado.

Mazen hesitou. Então Imad não era um dos ladrões de Omar — ele era um dos ladrões de seu pai. Mas como? Seu pai havia declarado que seus ladrões tinham morrido em um trágico incidente muito tempo atrás, quando Omar assumiu o cargo de Rei dos Quarenta Ladrões.

— Se você era um dos ladrões do meu pai, por que guarda rancor de Omar?

Imad sorriu levemente.

— Isso é entre mim e ele, não é da sua conta. Seu único trabalho, príncipe, é sentar aqui e esperar enquanto eu envio a nota de resgate. — Ele cruzou os braços e se encostou na parede. — No entanto... embora você seja meu prisioneiro, não precisa ser tratado como um. Conte-me uma coisa e garantirei conforto a você até a chegada dele.

Mazen o encarou com cautela.

— O quê?

Imad enfiou a mão no bolso. Mazen esperava que ele sacasse uma arma — em vez disso, ele tirou a pulseira de lá. Ele a fechou no pulso e, um segundo depois, vestia a pele de Omar. Mazen ficou boquiaberto enquanto ele flexionava os dedos, que não estavam mais malformados.

— Verdadeiramente notável. — Imad olhou para Mazen. — Conheço a história de sua família e sei que esta é a relíquia de um dos reis jinn. Mas o que eu quero saber é: seu irmão possui relíquias de outros reis?

Mazen hesitou.

Por que isso importa?, ele queria perguntar, mas sabia que Imad não responderia. Quando ficou mudo, o ladrão suspirou.

— Não sei quem você pensa que está protegendo, mas espero que saiba disso: você pode idolatrar seu irmão — Mazen quase riu alto —, mas ele não é um bom homem. O que quer que ele tenha feito para convencê-lo a tomar o lugar dele, fez isso porque tem segundas intenções.

Mazen franziu a testa. Havia uma conexão entre as relíquias dos reis e os "motivos ocultos" de Omar, ele tinha certeza, mas se recusava a cavar fundo o suficiente para encontrá-la. Omar era insuportável, mas ainda era seu irmão. Ele teria que ser louco para confiar em um assassino em vez de confiar em Omar.

— Faça sua pergunta ao meu irmão — disse Mazen. — Isso não é da *minha* conta, afinal.

Ele não sabia de onde havia tirado coragem para dizer as palavras, mas ficou evidentemente mais surpreso do que Imad, que se afastou com um dar de ombros.

— Você tem sorte de eu precisar de você vivo, príncipe. Mas lembre-se, qualquer desconforto que você ou seus companheiros sentirem é culpa sua — sentenciou ele com os olhos brilhando.

Tudo que saiu da boca de Mazen foi um fraco som de protesto. Imad o ignorou. Deu um comando ao carniçal, que obedientemente se colocou na frente da porta da cela de Mazen com uma espada na mão.

— Tente não irritar o guarda. — Imad se virou e foi embora.

— Espere! — Mazen agarrou as barras. — Não machuque Aisha ou a mercadora. Por favor.

Mas Imad nem sequer olhou para trás. Mazen chamou seu nome novamente, mas a única resposta que recebeu foi a própria voz, ecoando de volta para ele na lúgubre infinitude do corredor.

Um tempo depois, percebeu que o carniçal o encarava. Arriscou uma olhada para seu rosto pavorosamente dilacerado e recuou até sentir as costas contra a parede. *Respire*, ordenou a si mesmo, e assim o fez. Devagar. Inspire. Expire. Ele reprimiu o desejo selvagem de gritar para as paredes.

Não podia ficar ali. Isso era evidente. Também era evidente a impossibilidade de escapar. Mazen não tinha nenhuma arma, nenhum plano. Seus olhos vagaram pela cela. Os buracos no teto eram altos demais para ele alcançar. Quanto ao carniçal, mesmo que ele pudesse de alguma forma convencê-lo a entrar na cela, não tinha arma para enfrentá-lo. E mesmo que tivesse, era inútil. Seus únicos talentos incluíam fugir, correr, se esconder...

Mazen parou. E olhou para sua sombra no chão.

Ah.

Ele cutucou a silhueta. Alívio correu por suas veias quando a sombra se curvou sob seus dedos. *Imad pode tomar minhas facas, mas ele nunca poderia roubar minha sombra.*

O carniçal girou, farejando o ar. Tarde demais, Mazen lembrou que ele podia sentir o cheiro de magia. Quando o carniçal se virou para ele,

Mazen tinha a sombra — certamente uma relíquia mágica agora — apertada nos dedos.

O carniçal o encarou. Mazen encarou de volta. Ele pensou no sangue carmesim de Aisha na areia e no sangue prateado de Qadir nas espadas. E tomou uma decisão.

Seu alívio se transformou em determinação. *Se ninguém vem me ajudar, não tenho escolha a não ser salvar a mim mesmo.*

— Ah! — Ele ergueu a sombra com um suspiro dramático. — Que tipo de magia é essa?

O carniçal enfiou a chave na porta e entrou na cela, cambaleando em passos frenéticos. Ele rosnou e estendeu uma mão ossuda. Mazen reuniu coragem e o chutou assim que ele se ajoelhou diante dele. A criatura cambaleou para trás, mas não antes de deslizar a lâmina por seu braço, tirando sangue.

Mazen tentou roubar a lâmina. Ele agarrou o cabo. O carniçal deu uma cotovelada em seu peito e cortou o ar de seus pulmões. Mazen retaliou empurrando todo o seu peso contra a lateral do carniçal. Ou pelo menos tentou. Mas perdeu o equilíbrio e caiu sobre a criatura. Eles desabaram no chão em um amontoado de membros.

Houve um momento de pânico quando Mazen se apressava para se desvencilhar do carniçal. Ele segurou as lágrimas quando o cheiro pungente do corpo apodrecido da criatura invadiu seus sentidos e mal conseguiu se recompor antes que o carniçal atacasse novamente. A lâmina acertou seu braço. Mas, dessa vez, ele conseguiu agarrar o cabo.

Eles disputaram o controle da lâmina.

Finalmente, Mazen conseguiu arrancar a arma das mãos frias do carniçal. O pânico lhe deu coragem para brandir a lâmina e força para cravá-la no peito da criatura repetidas vezes, até que se transformasse em uma bagunça de sangue e músculos. Mazen cutucou os restos com o pé. Quando o cadáver não se moveu, ele sorriu, riu e em seguida vomitou bastante em um canto da cela.

Mazen tremia quando limpou a boca com a mão. Todos os seus instintos gritavam para ele escapar, mas ele empurrou o desejo para o lado. Loulie e Aisha haviam salvado sua vida; ele se recusava a sair dali sem elas.

Não importava que ele fosse um covarde. Os covardes sabiam como fugir e se esconder, e isso bastava. Mazen se cobriu com sua sombra e escapou da prisão.

41

Loulie

Loulie se equilibrava à beira de um inferno dividido em duas prisões: tristeza e ódio. Mas, no momento em que acordou e viu seu captor, a raiva triunfou sobre ambas. *Assassino*. Ela reconheceu suas vestes. Nunca se esqueceria delas encharcadas no sangue de sua tribo.

Loulie se forçou a se sentar e, ao fazê-lo, notou que seus pulsos e tornozelos estavam algemados a um chão de pedra salpicado de prata. Sangue jinn, ela percebeu. Quando olhou de perto, pôde ver o que pareciam ser raízes tortas espreitando através de rachaduras na pedra. O resto da cela estava completamente vazio, uma prisão com quatro paredes e uma única porta de ferro.

A mercadora se concentrou em Imad, que estava sentado à sua frente em um banquinho, os braços cruzados sobre os joelhos. Viu seus olhos abissais e suas sobrancelhas grisalhas. As sardas desbotadas que corriam pelo nariz dele como sangue. Loulie pensou em como queria arrancar os olhos dele e jogá-los no fogo.

Fogo. A palavra trouxe de volta uma memória, uma pessoa. Ela empurrou sua dor para longe antes que criasse raízes.

— Percebi uma coisa enquanto você dormia — disse Imad. — Suas vestes... você era da tribo Najima, não era?

Loulie soltou uma respiração entrecortada.

— Você sabe que sim, não sabe? Assassino.

A única resposta de Imad foi um suspiro exasperado. Ele se mexeu em seu banquinho. O coração de Loulie se alegrou e se entristeceu quando ela viu a bolsa infinita atrás dele. Todas as suas provisões e relíquias estavam naquela bolsa. Tudo, exceto o colar da Rainha das Dunas.

E a shamshir de Qadir.

Mais uma vez, a tristeza atravessou seu peito. Mais uma vez, ela a empurrou para longe e forçou sua atenção de volta para Imad.

— Como nos encontrou? — Loulie havia passado todos aqueles anos pensando que seu passado tinha ficado no passado... E então esse homem havia aparecido diante dela.

Imad a olhou pensativo.

— Sem dúvida você já enfrentou carniçais antes. Deve saber da habilidade deles de rastrear magia. — Ele balançou a cabeça. — Não sei se meus carniçais sentiram seu jinn ou sua bolsa de relíquias, mas não importa. Nenhum dos dois pode ajudá-la agora.

Essa não era toda a história. Não podia ser. Ela e Qadir haviam viajado pelo deserto muitas vezes sem serem atacados por carniçais. Por mais que Imad controlasse suas criaturas, ele as usava para encontrar algo. A mente de Loulie se desviou para a memória do príncipe Mazen ajoelhado na areia. Ela ainda estava muito chocada para se sentir traída.

— Você estava procurando o príncipe Omar — falou Loulie.

— Sim, eu estava procurando pelo sumo príncipe. — Ele confirmou com sua expressão ilegível. — Imagine minha surpresa quando encontrei você e o príncipe Mazen em vez disso.

Loulie não disse nada. Príncipe Mazen, Imad, Aisha — havia muitas variáveis desconhecidas para ela bolar um plano. E, mesmo que conseguisse, estava presa.

— Onde estamos? — Ela olhou ao redor da cela vazia.

— Um lugar onde ninguém nunca vai te encontrar. — Palavras enigmáticas. Mas não importava se eram mentira ou verdade. De alguma forma, ela escaparia. — Que tal uma troca, Mercadora da Meia-Noite? — Ele se inclinou para a frente. — Você me dá a informação que procuro e eu respondo às suas perguntas. Você não tem nada a perder.

Loulie cerrou os punhos.

— E por que eu iria querer falar com *você*?

Os lábios de Imad se curvaram em um sorriso astuto e sinistro.

— Você não quer saber quem contratou meus companheiros e eu todos aqueles anos atrás?

As palavras a atravessaram como uma espada, perfurando sem esforço a armadura que Loulie havia construído ao longo de tantos anos. *Ele pode estar mentindo*, ela pensou. Mas, mesmo que estivesse, o desgraçado tinha razão. Ela não tinha nada a perder.

— O que você quer saber? — Sua voz falhou. Estava desesperada demais para se envergonhar.

— Mulher inteligente. — Imad enfiou a mão no bolso e tirou a pulseira de ouro que os carniçais haviam roubado do pulso do príncipe, aquela que ele tinha usado durante toda a jornada. — Vamos falar de magia — disse ele. — Diga-me, você sabe de onde veio essa relíquia?

Ela fez uma careta.

— Como vou saber onde o príncipe consegue essas bugigangas?

Loulie queria se esbofetear por usar aquela palavra. Não bugigangas, *almas*. E era claro que o príncipe estivera usando uma — o sultão provavelmente tinha uma relíquia para cada ocasião.

— Eu pensei que, se alguém soubesse, seria você, famosa colecionadora de magia. — Imad encarou a pulseira por um longo momento antes de fechá-la no braço. Entre uma piscada e outra, ele desapareceu. Em seu lugar surgiu o sumo príncipe, com o sorriso de Imad fixo em seu rosto. Loulie fechou a boca quando percebeu que estava boquiaberta.

— Diga-me, mercadora. Era o seu jinn que a guiava até as relíquias que você possui? — Estranhamente, a voz que saiu de seus lábios era a do príncipe Omar.

Loulie se eriçou.

— Isso não é da sua conta.

— Você é estupidamente reservada para alguém cuja vida está em minhas mãos. — Ele juntou as mãos e inclinou a cabeça. Loulie se perguntou se ele estava mesmo no corpo de Omar ou se era uma ilusão. — Esse seu jinn, foi ele quem queimou meus companheiros anos atrás?

— O próprio. Como diabos *você* sobreviveu?

— Os deuses acharam adequado fazer de mim seu mensageiro — respondeu Imad calmamente. — Eu estava nos arredores do acampamento quando o inferno do seu jinn explodiu. Fui o único a sair vivo. A tribo Najima morreu, meus camaradas morreram, e ainda assim... minha missão não foi cumprida.

Loulie estremeceu com o vazio nos olhos dele.

— Sua missão?

— Sou um ladrão acima de tudo, depois um assassino. Eu apenas destruo aqueles que estão no caminho do meu objetivo.

Ladrão. O deserto era o lar de muitos ladrões, mas... um bando deles habilidoso o suficiente para massacrar uma tribo? E se Imad conhecia Omar e Aisha...

Ele é um dos ladrões do príncipe?

Imad ainda estava falando, sua voz subjacente à confusão dela.

— Havia um tesouro em seu acampamento, mercadora. Uma relíquia tão valiosa que nos ordenaram matar qualquer um nas proximidades para que nunca revelassem sua existência. Era a relíquia de um rei jinn.

A mente de Loulie ficou nublada com as lembranças. *Há muitas coisas misteriosas no deserto, Foguinho,* seu pai dissera uma vez. *Se alguma vez você encontrar tais itens, deve tomar muito cuidado com eles, pois podem ser relíquias encantadas por jinn.*

Ela se lembrou de seu ceticismo. *Esta bússola é mágica, então?*

De sua risada. *Não funciona para mim, mas talvez guie seu caminho.*

E então de um jinn ajoelhado diante dela, apontando para a mesma bússola depois que todos que ela amava haviam morrido. *Layla Najima al-Nazari, parece que salvar sua vida era meu destino.*

Uma relíquia que era capaz de localizar outras relíquias. Que era capaz de prever o futuro. Uma relíquia tão poderosa que só poderia pertencer a um rei jinn. Um *ifrit.* Loulie esqueceu como respirar.

Os olhos de Imad brilharam de alegria.

— Ah, então você se lembra. Vai me dizer como ela é? — Ele deu um tapinha na bolsa dela. — Prefiro me poupar do trabalho de testar todos os seus suprimentos.

Loulie estava sem rumo. O que deveria fazer? Ele levaria a maldita bolsa com ele de qualquer maneira, e ela não conseguiria detê-lo. Ela tentou puxar suas algemas, mas o metal era inflexível, cortando seus pulsos sem piedade.

— Não? — Imad suspirou. — Receio que nossa conversa tenha acabado, então. — Ele colocou a bolsa no ombro e caminhou em direção à porta da cela.

— Espere. — Ela se levantou. — Espere! Você me prometeu respostas! — Imad fez uma pausa longa demais antes de responder.

— Eu prometi a você uma resposta por outra, mas, já que você não me deu nada, tentarei a sorte em outro lugar.

Como ele se atreve! Loulie não era prisioneira de ninguém. Ela era a Mercadora da Meia-Noite, Loulie Najima al-Nazari, e iria se vingar desse homem que havia matado sua família e...

Qadir.

O peso da morte dele caiu sobre Loulie por completo naquele momento, até ela se curvar sob seu peso, o corpo atormentado por soluços. Qadir não estava vindo resgatá-la. Ninguém estava. Ela estava presa naquele maldito lugar no meio do nada, sem magia nem lâmina, e, pelos deuses, ela sempre tinha sido assim tão fraca? Tão *inútil*?

O último som que ouviu antes de o silêncio cercá-la completamente foram os passos do ladrão ecoando por corredores distantes e vazios.

42

Mazen

Mazen atravessou corredores decrépitos que estavam felizmente vazios e infelizmente escuros. Tropeçou em rochas, perdeu o equilíbrio em trechos afundados de areia e esbarrou em carniçais momentos depois de saber da existência deles. As criaturas não podiam vê-lo sob o manto de sombra, mas podiam sentir o cheiro da magia nele quando estava por perto, e Mazen estava começando a perceber que tinham o olfato muito bom.

No entanto, por mais inútil que fosse sua sombra, ele não conseguia se desfazer dela. Embora não oferecesse a mesma segurança que o corpo de Omar, ainda era uma ilusão revigorante. Ele sempre se sentira mais confiante quando disfarçado, independentemente de a camuflagem ser um nome, um corpo ou uma sombra mágica.

Felizmente, as escaramuças estavam silenciosas, e a prisão pela qual ele vagava não tinha nenhum humano. Ainda assim, Mazen estava extremamente desconfiado da facilidade que era se manter vivo. Tanto que, quando chegou às portas marcadas com os dizeres *Makhraj*, teve certeza de que eram uma armadilha.

Por favor, que não haja carniçais do outro lado desta porta, pensou.

Obviamente, havia carniçais do outro lado da porta.

Mazen saltou para a frente antes que eles pudessem reagir, empurrando um no chão e enfiando a lâmina na garganta do segundo. Ele caiu, mas, antes que Mazen pudesse sacar a espada, o outro se recuperou e atirou a lâmina na direção dele. Mazen desviou com um uivo. Caiu de joelhos, cambaleou para trás em direção ao segundo cadáver e puxou a espada com um reflexo. Quando o primeiro carniçal foi até ele novamente, Mazen o atingiu nas pernas e o jogou no chão. Ele correu a lâmina pelo tórax da criatura. Uma, duas vezes. Uma terceira vez, só para ter certeza.

Quando conseguiu silenciar os dois guardas, seu corpo tremia de adrenalina.

Respirou fundo, firmou as mãos trêmulas e arrastou-se por um corredor felizmente mais claro do que aquele por onde chegara. Enquanto caminhava, percebeu o vento assobiando pelas frestas do teto. Finalmente, as rachaduras se alargavam em buracos grandes o suficiente para que ele pudesse ver o céu, a lua. Então os tetos desapareceram completamente, revelando uma extensão infinita de preto salpicado de estrelas.

Mazen olhou para as paredes: o único trecho de cor no interior da ruína. Havia uma parede tão espetacularmente detalhada que o fez parar. O mosaico mostrava os sete reis jinn que ele vira na ruína da Rainha das Dunas. Havia o jinn metamorfo na forma de um pássaro flamejante, e abaixo dele o jinn com a túnica partida em duas metades. Ele identificou o jinn-peixe com escamas luminescentes, o jinn feito de madeira e flores, o jinn feito de névoa e... lá estava, um jinn liderando um exército de carniçais. A Rainha das Dunas. Ele encarou a última figura, que, na duna, era apenas uma sombra com olhos brilhantes.

Mazen havia assumido que aquele último rei fosse a jinn das sombras, mas a figura nessa representação muito mais clara deixou evidente que ele estava enganado. Aqui, o rei jinn era uma figura encapuzada com um turbante de joias, inabalável em meio ao caos, a mão erguida em direção ao céu ardente. A cor lembrou Mazen dos olhos de Qadir brilhando durante o ataque dos carniçais.

Pelo menos agora ele sabia que não estava louco. Os olhos do homem — do jinn — realmente *estavam* em chamas. O pensamento o fez refletir. Se não tomasse cuidado, Imad o mataria também. Mazen não achava que o ladrão cometeria o erro de subestimá-lo duas vezes.

Ele voltou a andar, seguindo o corredor em curva e entrando em um beco sem saída. Não... uma passagem. Mazen se deparou com um buraco na parede, grande o suficiente para atravessar. Cuidadosamente, deslizou através da passagem e, de repente, se viu na entrada do deserto. Inalou bruscamente quando a areia rangeu sob suas botas. Era real. Ele estava *do lado de fora*.

No entanto, sua alegria durou pouco, pois Mazen percebeu que não havia realmente escapado. Estivera em apenas uma das muitas ruínas; a paisagem decadente se estendia por quilômetros, um labirinto de paredes quebradas e estradas sinuosas de pedra que levavam a um palácio que mal se sustentava em pé. Ao longe, Mazen avistou formas que pareciam carniçais, e mais adiante...

Ah, deuses.

As dunas que cercavam as ruínas estavam se movendo. Não apenas se movendo, mas *caindo*. Não havia base — a areia simplesmente espiralava em um vazio que se agitava sem parar, cercando as ruínas como um rio de areia movediça.

De alguma forma, essas ruínas ficavam no centro do Mar de Areia. Não a parte ocidental, para onde estavam indo, mas um segmento desconhecido que Mazen não se lembrava de ter visto no mapa de Hakim.

Mazen inspirou várias vezes de modo entrecortado, em pânico. Então, em um esforço para se acalmar, respirou fundo alguma vezes. *Imad consegue deixar este lugar. Deve haver uma saída.*

Cautelosamente, ele abriu caminho pelas ruínas. A atenção de Mazen estava focada apenas nas criaturas amaldiçoadas, então, quando ele se esgueirou até o coração decadente do palácio e viu um homem — um homem *humano* — do lado de fora, quase teve um ataque cardíaco.

O homem era alto e de peito largo, com braços e pernas musculosos. Seu rosto parecia ter sido entalhado por um escultor incompetente, marcas irregulares em forma de gancho marcavam suas bochechas, e seu nariz era tão torto que parecia quebrado. Mazen não tinha certeza do que o assustava mais: o fato de o homem ser humano ou o fato de ele não ser Imad.

Ele ainda assimilava o espanto quando ouviu uma voz, distintamente humana, gritar.

— Yalla! A reunião vai começar sem você se não colocar sua bunda aqui dentro.

O homem de peito largo resmungou, depois se virou e atravessou a entrada. Mazen esperou um segundo. Dois. Três. Então o seguiu para dentro.

De imediato, ficou evidente que a ruína estava em melhor estado de conservação que as outras estruturas, com a maior parte das paredes ainda de pé. O corredor pelo qual eles passavam tinha um teto alto e era forrado por portas de ferro. Carniçais segurando lanternas ficavam de sentinela entre as portas, seus olhos vazios olhando fixamente para a frente.

Até que um deles se virou na direção de Mazen. Farejou o ar, deu um passo à frente e...

— Ss! — assobiou o homem. — Sem perambular, filho do diabo. — O carniçal recuou instantaneamente.

Mazen conteve um suspiro de alívio. Qualquer que fosse o idioma que Imad usava para ordenar os carniçais, parecia desnecessário para comandos básicos. Ele ficou grato pela hierarquia da autoridade humana aqui, por mais intrigante que fosse.

Eles chegaram a um grande arco guardado por dois carniçais, que congelaram a um comando do homem. A câmara do outro lado era enorme. Exceto por algumas tapeçarias rasgadas penduradas nas paredes e alguns tapetes empoeirados espalhados pelo chão, o espaço estava praticamente vazio. Parecia ter sido eviscerado por ladrões. Candelabros iluminavam a sala com uma luz fraca e misteriosa. Abaixo deles, Mazen viu pedestais nus que provavelmente já haviam exibido tesouros.

Talvez no passado a sala tivesse sido gloriosa, mas agora parecia um depósito. E, de pé no meio dela, estavam homens de formas e volumes variados. Alguns eram velhos, outros jovens, e *todos* portavam armas.

Mazen tinha acabado de entrar no ambiente quando a conversa cessou. Ele ouviu passos e se virou para ver Imad entrar na câmara, seguido por um homem que se movia lentamente.

— Onde você a quer, Imad? — perguntou o companheiro de Imad.

Mazen recuou para as sombras quando Imad passou por ele.

— Aqui. — Imad parou no centro e apontou. Os homens armados recuaram, dando-lhe um espaço maior. — Coloque-a aos meus pés — disse Imad.

O homem empurrou sua prisioneira — uma mulher — para a frente. Mazen hesitou ao ver o ódio no rosto dela. A raiva que brilhava em seu único olho, pois o outro estava selado por sangue. Então percebeu quem era a mulher e teve que se controlar para não correr até ela.

Porque, embora ele pudesse vê-la, Aisha bint Louas não podia vê-lo.

Ela parecia ter passado pelo inferno e voltado. Suas roupas estavam imundas, envoltas em camadas de sujeira. Sangue manchava sua pele, e seu cabelo era uma bagunça de ondas emaranhadas. Mazen nunca estivera mais apavorado por ela.

E *com medo* dela.

— Então, bint Louas, está pronta para conversar? — Imad levantou uma sobrancelha. Aisha cuspiu aos pés dele.

— Não tenho nada para dizer a você, cobra.

— Hum. — Imad se mexeu. Mazen viu o brilho da pulseira momentos antes que Imad a prendesse no pulso e se tornasse Omar. — E agora? Vai falar com o seu príncipe? — Sua voz era suave, zombeteira.

Aisha tremeu em suas amarras, mas não disse nada.

— Você acha que Omar apreciará seu martírio? Você é facilmente substituível.

— Diz o homem que foi jogado fora. — Os olhos de Aisha varreram a sala, observando os rufiões de rosto impassível que os cercavam. — Vejo que você substituiu seus camaradas por bandidos. Do céu ao inferno.

Um silêncio pesado seguiu as palavras. Sem se importar, Aisha continuou falando.

— O que é você senão um velho que se recusa a se aposentar? Um velho que não conseguiu roubar uma única relíquia para o seu príncipe? Eu não devo nada a você. O meu rei...

Imad a atingiu no rosto.

— O seu *príncipe* é um monstro — retrucou ele.

— Você só amaldiçoa o nome dele porque foi fraco demais para honrá-lo. Você assassinou uma tribo inteira, e para quê? Voltou sem relíquia alguma, apenas com sangue nas mãos!

— Seu príncipe também nunca encontrou a relíquia. — Imad enfiou a mão no bolso. — Mas eu consegui o que ele não conseguiu. — Ele puxou um objeto. Um pequeno disco feito de madeira e vidro.

Uma memória se encaixou no lugar certo. Mazen se lembrou de Qadir sentado ao lado da fogueira em al-Waha al-Khadhra'a, com uma bússola no joelho. Era a mesma bússola. A que Loulie usara para guiá-los pelo deserto. Ele tinha certeza.

Aisha riu.

— Uma bússola? Você está caducando.

Imad sorriu.

— Leve-me a Jassem — disse ele. Mazen mal conseguia distinguir a flecha estremecendo sob o vidro antes de Imad jogar a bússola para o homem de peito largo que Mazen seguira até ali.

— Santo inferno — exclamou Jassem. Os outros homens começaram a murmurar.

Os olhos de Aisha se estreitaram.

— Você roubou aquela coisa insignificante da bolsa da mercadora pensando que fosse uma relíquia jinn? — Ela zombou. — O que ela vai fazer? Levar você em direção a tesouros?

— Tesouros? Não, pretendo usá-la para localizar outros alvos mais importantes. *Pessoas* mais importantes. — Imad flexionou os dedos, e

Jassem jogou a bússola de volta para ele. Ele colocou a bússola de volta no bolso e a trocou por uma faca escondida na manga. — Agora me diga. — Ele segurou a arma contra a bochecha de Aisha. — Quantas relíquias de outros reis jinn o príncipe possui? Responda, bint Louas, e talvez eu poupe seu outro olho.

Mazen viu a garganta de Aisha se mover sob a ponta prateada. Ela não disse nada.

Os homens começaram a zombar. Imad apenas sorriu quando pressionou a lâmina na pele dela e o sangue subiu à superfície.

Mazen deu um passo à frente e parou quando um par de carniçais entrou na sala. Imad puxou a faca com um silvo.

— *O que foi?* — Seguiu-se uma breve troca unilateral, com os carniçais gritando e gesticulando freneticamente pelo corredor.

— O que vocês querem dizer com "não há relíquia"? — Imad se pôs de pé em segundos, passando por uma Aisha trêmula. — Fiquem de olho na ladra — ordenou e então saiu da câmara.

Um silêncio frágil reinou por alguns segundos antes que um homem zombasse.

— "Fiquem de olho na ladra." Ele fala como se fôssemos os cachorros dele!

Outro riu.

— Você prefere não estar por dentro de tudo isso? Pense no que temos a ganhar se Imad realmente matar o lendário Ladrão de Estrelas. — Murmúrios de aprovação soaram, mas Mazen abafou as palavras e se concentrou em Aisha. Era sua chance de salvá-la, se ele conseguisse encontrar alguma maneira de tirá-la dali sem morrer.

— Qual relíquia você acha que desapareceu? — um dos homens estava dizendo.

— Talvez uma das relíquias da bolsa da mercadora?

Houve mais murmúrios. Mazen avançou silenciosamente. Aisha tinha caminhado até ali, suas pernas não estavam amarradas. Ele só tinha que criar uma abertura para ela escapar. Mas como? Como...

Seus olhos se fixaram em uma tapeçaria delicada com um rosto intricadamente tecido, tão cheio de angústia que o fez estremecer. Lembrou-o de um shabah. Aqueles espíritos vingativos que ele tanto temia quando era criança. Como Mazen poderia não ter sido cauteloso em relação a eles quando seu pai havia assassinado tantas de suas noivas no pátio do palácio? Tomar conhecimento disso quando era jovem o encheu de tanto terror que ele imaginou as noivas executadas o perseguindo pelos corredores e o observando através das janelas na calada da noite.

Mas aquele horror se transformara em uma tristeza esmagadora havia muito tempo. Embora fossem as mãos de seu pai que estivessem cobertas de sangue, Mazen ainda fazia parte daquele legado horrível. As vítimas do sultão podiam não ter assombrado os corredores como shabah, mas...

Mazen fez uma pausa, inalou. Tinha uma ideia.

Ele olhou ao redor da sala. Seus olhos caíram sobre um pote rachado exibido sobre um dos pedestais. Foi até lá. Pegou o pote.

E o jogou do outro lado da sala.

Ninguém o notou voando pelo ar. Eles não perceberam nada, na verdade, até o objeto virar uma bagunça estilhaçada no chão. Todos pararam para encarar os cacos.

Mazen mergulhou em suas memórias. Lembrou-se da forma como o vento havia murmurado em seus ouvidos quando ele se escondia dos espíritos sob seus cobertores. Da forma como os pelos dos braços se eriçavam e como sua garganta ficava seca enquanto seu quarto esfriava. Ele transformou a memória em um sentimento e, depois, em um som. Um murmúrio suave e assustador.

Os homens ficaram inquietos, murmurando uns para os outros enquanto Mazen deslizava silenciosamente pela sala, assobiando e gargalhando. Ele reprimiu um sorriso enquanto roçava em bandeiras e tamborilava os dedos nas paredes, agitando o tecido em seu rastro e criando um som sinistro de batidas que fez seus espectadores se encolherem de medo.

Estranhamente, Mazen percebeu que estava se *divertindo*.

Quando um homem se aproximou, Mazen deslizou para seu lado cego e o cortou com sua espada. O bandido se virou e golpeou o ar.

— Shabah! — gritou ele, e os homens imediatamente pegaram suas armas e se dispersaram.

Apenas Jassem permaneceu ao lado de Aisha.

— Isso não existe, seus idiotas — retrucou ele.

Mazen se aproximou, segurando a espada com força suficiente para deixar seus dedos dormentes. Transformou seu medo em convicção. *Sobrevivi à Rainha das Dunas. Sobrevivi à jinn das sombras. Isso não é nada.*

Ele desviou de Jassem e se ajoelhou atrás de Aisha, que endureceu quando ele serrou suas amarras. Ela virou a cabeça quando as amarras caíram, e Mazen empurrou a espada nas mãos dela.

— Corra — sussurrou. E, embora Aisha tenha tremido ao som de sua voz, não hesitou. Mesmo ensanguentada e fraca, ela se levantou rapidamente. Jassem se virou, boquiaberto.

— O que...

Foi a única palavra que ele conseguiu dizer antes que Aisha o cortasse com a lâmina, desenhando uma linha carmesim em seu peito. O grande homem se recuperou rapidamente, mas Mazen o atacou antes que ele pudesse correr. O bandido caiu para trás com um grito que foi mais de espanto que de dor.

Mazen usou a abertura para projetar um soco, mas Jassem agarrou seu pulso no meio do golpe. A sombra se abriu entre os dedos de Mazen como uma cortina.

Jassem o encarou. Mazen imaginou o que ele via: a realidade se abrindo à sua frente e um pedaço do rosto de Mazen aparecendo. Jassem estava chocado demais para se mexer. Mazen não estava.

Ele deu uma joelhada na virilha de Jassem. O homem soltou sua mão com um rugido de dor.

Mazen se virou e fugiu.

43

Loulie

Quando Imad voltou à cela de Loulie, ela imediatamente soube que algo estava errado.

Havia homens *humanos* com ele. Mercenários ou assassinos, se as armas em seus cintos fossem algum sinal de sua ocupação. Os homens foram a primeira indicação de que algo havia mudado. A segunda foi a expressão tempestuosa de Imad. Antes, ele era o retrato da calma. Agora, seus olhos — os olhos de Omar — brilhavam com uma luz perigosa.

Antes que Loulie pudesse falar, Imad atravessou a cela e a agarrou pela gola de sua veste.

— Que trapaça é essa, mercadora? — As palavras salpicaram saliva no rosto dela.

Trapaça? Sua mente girou enquanto ela olhava para ele.

Ele a sacudiu com força suficiente para fazer seus dentes baterem.

— Pare com joguinhos! — Loulie olhou bem nos olhos de Imad e cuspiu no rosto dele. Imad deu um tapa nela. Estrelas explodiram diante de seus olhos enquanto sua cabeça pendia.

— Não se faça de idiota. Você sabia sobre a relíquia do príncipe. — Ela cerrou os dentes contra a dor. Sentiu gosto de metal na boca, percebendo que havia mordido a língua acidentalmente.

— Eu já disse que não sei nada sobre a maldita pulseira.

— Não a pulseira. — Ele a pressionou contra a parede. — A *sombra*.

Loulie o encarou. *Ele ficou louco?*

Quando ela não disse nada, Imad a empurrou para trás e se afastou. Ele olhou entre os homens que o flanqueavam.

— Vocês têm certeza do que viram?

Eles trocaram um olhar sobre a cabeça de Imad.

— Sim, aconteceu logo depois que você partiu. A princípio, pensamos que houvesse um shabah na sala — disse o mais novo. — Mas então vimos o rosto do príncipe...

— E ele e bint Louas fugiram?

Os homens não disseram nada, apenas o encararam impotentes. Imad fixou sua carranca em Loulie. O estômago dela revirou quando ele se aproximou.

— Você sabia — murmurou ele.

Não. Ela não disse a palavra em voz alta. Imad não acreditaria. Inferno, ela mesma não acreditava. Em nada daquilo. A ladra e o príncipe haviam escapado? Uma relíquia de sombras? O que isso *significava*?

— Não me importo se tiver que cortar a sombra do menino do corpo dele, eu vou tê-la. — A máscara de calma havia retornado ao seu rosto. — E você vai me ajudar a roubá-la.

Não. Loulie tentou falar, mas sua garganta estava seca. Quanto mais o olhar de Imad a penetrava, mais difícil era respirar. Ela se lembrou do fio de uma faca contra sua garganta.

Você deseja a morte ou a escravidão, menina?

A mercadora cerrou os dentes. *Não.* Ela era Loulie al-Nazari, não a garota indefesa de quando sua tribo fora assassinada.

Ela atacou Imad. O desespero alimentou Loulie enquanto rasgava as vestes dele e abria cortes em seus braços. Imad a empurrou com o mesmo esforço que alguém usaria para espantar uma mosca. Ela avançou até ele de novo, indiferente à razão.

Havia apenas aquele vazio de perda e raiva dentro dela. *De novo não, de novo não.*

Os homens de Imad a agarraram pelos braços.

— Você quer se fazer de difícil, al-Nazari? — O vazio em seu olhar era mortal. — Então faremos isso da maneira mais difícil. — Ele enfiou a mão no bolso e tirou um objeto prata. Uma algema, ela percebeu quando viu a corrente despontando da lateral.

Imad latiu um comando. O homem mais velho pegou uma faixa de seda e enfiou na boca de Loulie. O outro segurou seu nariz. *Não, não, não...*

O mundo dela escureceu.

Loulie acordou em uma câmara antiga e extravagante. O teto retratava uma guerra entre jinn envoltos em fogo e humanos empunhando armas de ferro. As cores estavam desbotadas, os rostos eram um borrão, mas os respingos de sangue vermelho e prateado estavam reproduzidos perfeitamente. Loulie desviou o olhar da representação medonha enquanto se sentava e olhava ao redor. Viu montanhas de ouro e colunas de mármore cintilantes. Longos tapetes lindamente detalhados e tapeçarias elaboradas que pareciam pertencer ao tesouro do sultão, não àquela ruína empoeirada. Então ela viu os homens humanos — um pouco menos de uma dúzia deles, observando-a de todos os cantos da sala.

— Bem-vinda, mercadora, à nossa câmara do tesouro. — O sumo príncipe apareceu. Loulie se assustou, então se lembrou da pulseira que ele usava. Não era Omar.

Imad sorriu.

— Confesso que é divertido ver você hesitar com a minha aparência.

Loulie fechou a boca, engolindo uma resposta. Olhou para os homens posicionados ao redor da câmara.

— Quem são eles?

No momento em que falou, ela sentiu um arrepio surpreendente em seu pescoço — um frio tão cortante que entorpeceu todas as outras sensações, exceto a dor. Ela caiu com um suspiro silencioso.

Imad riu.

— Desculpe. Você falou antes que eu pudesse explicar. — Ele se agachou ao lado dela e ergueu seu queixo para poder olhá-la nos olhos. — Achei que seria melhor se eu falasse mais. E, para esse fim, dei-lhe um pequeno presente. — Loulie sentiu as unhas dele contra a pele dela. — Esta relíquia pune você por falar atirando uma agulha em seu pescoço.

Ela se soltou dele, respirando com dificuldade. Imad se levantou, os olhos brilhando enquanto gesticulava para os homens que assistiam ao espetáculo com olhos famintos.

— Para responder à sua pergunta: meus companheiros são camaradas fora da lei. Foram eles que me trouxeram notícias de suas viagens. — Ele inclinou a cabeça. — Estas ruínas são o nosso santuário.

Loulie sabia que deveria se concentrar. Planejar. Escapar. Ninguém estava vindo salvá-la. O príncipe não se colocaria em perigo por ela, nem a ladra. Para eles, ela era um peão facilmente dispensável. O único que se importava era Qadir. E ele estava...

Morto. A tristeza a invadiu novamente. *Ele está morto.*

De longe, ela ouvia Imad falando. Ele andava de um lado para o outro enquanto falava de seu plano para capturar o príncipe. Loulie deveria ser a isca, sim, e ele tinha carniçais — Imad gesticulou para todos eles, escondidos em cantos escuros — que farejariam o príncipe quando ele chegasse e...

Ele parou de repente.

— Vamos falar de algo mais interessante, hum? — O homem enfiou a mão no bolso e sacou uma faca. Loulie hesitou ao vê-la. *Perigo*, sua mente letárgica gritou, e ela se moveu para trás, para longe. Mas então Imad abaixou a lâmina e ela viu o qaf dourado no punho. A primeira letra do nome de Qadir.

— Quando seu companheiro jinn morreu, fiz meus carniçais retornarem à armadilha para procurar uma relíquia. Eles não encontraram nada. Apenas um cavalo morto e flores e hera se enrolando nas lâminas. A princípio não percebi por que, até que me lembrei da lâmina estranha que você carregava. — Ele sacudiu a adaga para a frente e para trás. Ela brilhava em um azul suave sob as arandelas da parede.

A voz de Qadir, nada além de uma memória, ecoou na mente de Loulie. *Nós, jinn, vivemos nos itens mais preciosos para nós. É assim que guiamos os vivos, mesmo após a morte.*

Loulie não sabia o que havia acontecido com o colar e a shamshir, mas sabia que a faca que Qadir lhe dera tantos anos antes era importante para ele. Além da bússola, era o único pertence que ele trouxera do reino dos jinn.

Imad sorriu ao ver o horror no rosto dela.

— Ah, então eu estava certo. Você tem, *sim*, a relíquia dele. — Ele embolsou a faca.

Loulie engoliu em seco. Precisava daquela faca, mesmo que fosse apenas um pedaço de Qadir.

— Devo me desculpar, al-Nazari. — Imad lançou a mão para o lado. Ela percebeu apenas quando sua cabeça foi arrastada na mesma direção que ele estava puxando a corrente da algema. — Não quero te odiar. Você é uma vítima em tudo isso tanto quanto eu, e ainda assim prosperou enquanto eu sofria. Enquanto eu desaparecia na obscuridade, você se tornou uma lenda.

Por alguns momentos, a câmara ficou em silêncio, o único som era o ruído do ouro sob as botas dos homens. Loulie se concentrou na areia que formava uma teia entre os ladrilhos. Era a única maneira de manter seu pânico sob controle.

Imad se aproximou. Ele a puxou pelos cabelos, forçando o olhar dela para cima. E foi quando ela viu a faca. Não a lâmina de Qadir, mas uma arma indescritível que ela não reconhecia. Imad a pressionou contra a garganta dela.

— É um silêncio tão feliz. Eu me pergunto o que seria necessário para você quebrá-lo. Você deveria gritar, mercadora. O príncipe nunca vai te encontrar de outra forma.

Ela não era fraca. Não gritaria. Não iria...

A dor foi repentina e feroz, atravessando suas veias com uma intensidade que fez seu mundo embranquecer. Um gemido angustiado deixou seus lábios.

— Já parou para pensar o que seria de você se não tivéssemos matado sua tribo, al-Nazari? — Loulie podia sentir o sangue escorrendo por sua clavícula, penetrando em seus lenços. — Você não seria nada. Apenas uma mulher, casada com algum homem beduíno.

Ela podia sentir a pulsação. Na cabeça, nas orelhas, na ponta dos dedos.

— Seja grata por ter vivido uma vida plena. Por não ter sido como eu, banido. — Imad afrouxou o aperto no cabelo dela. Loulie caiu no chão, ofegante.

Lágrimas picavam seus olhos. *Não chore.* Correram por suas bochechas. *Não chore.*

— Mesmo quieta, você é teimosa como uma mula. — Ele inclinou a cabeça para ela, com o olhar pensativo. — Segurem-na.

Seus companheiros a agarraram. Loulie conseguiu dar um soco no braço de um homem e morder o outro no pulso antes que eles a jogassem no chão.

— Virem-na e segurem as pernas.

Ela se contorceu sob seus captores, mas eles eram muito fortes. Loulie sentiu o beijo da faca contra seus tornozelos.

— Por favor. — Ela sentiu a agulha apertar sua garganta. A dor fez seu corpo estremecer. E ela não se importou. — *Por favor.* — Sua voz subiu uma oitava.

— Você deveria ter implorado por misericórdia mais cedo. Talvez eu tivesse pena de você.

Imad enfiou a faca no tornozelo dela.

44

Aisha

Nove anos antes, quando Aisha se tornara uma ladra, ela fizera uma promessa ao seu rei.

Não vou fugir.

Quando criança, ela havia fugido do perigo. Havia corrido por campos em chamas enquanto sua família era massacrada, e sua aldeia, destruída. Então os jinn a encontraram e fizeram uma marca em sua pele para cada membro da família que morrera tentando salvá-la.

Então Aisha havia prometido nunca mais fugir. Jurou se tornar poderosa o suficiente para enfrentar seus adversários de frente, para que eles não tivessem mais a capacidade de arrastá-la de volta, gritando.

Nove anos depois, ela havia quebrado a promessa.

Os corredores eram um borrão enquanto Aisha disparava pelas ruínas, o mundo inclinado e fora de ordem enquanto ela lutava para enxergar com um olho só. Ela correu desajeitadamente, a espada do príncipe nas mãos, pensando: *Não quero morrer.*

Imad havia dito que ela era substituível. Ela sempre havia se considerado acima de tais medos. Mas ele estava certo. Embora tivesse sido escolhida por Omar, ele jamais arriscaria a vida por ela.

Aisha desabou contra uma parede quando teve certeza de que os passos de seus agressores haviam desaparecido, usando o momento de alívio para se recompor e recuperar o fôlego. Precisava encontrar o príncipe.

O príncipe, que, com alguma magia estranha, a *salvara*.

Aisha se agachou e olhou ao redor. Tentou ignorar a dor latejante atrás do olho. Era inútil agora; ela só esperava que não estivesse infectado.

Ela ouviu o baque suave de passos atrás de si e girou o corpo, o coração batendo na garganta enquanto procurava pelos homens de Imad em sua visão periférica.

— Aisha — sussurrou uma voz no ar. Então o príncipe Mazen apareceu do nada. Ou melhor, seu *rosto* apareceu. Aisha encarou, boquiaberta, a cabeça flutuante.

— Sou eu — disse o príncipe. Ele parecia sem fôlego, como se tivesse acabado de correr pelo corredor. — Mazen.

Ela se lembrou da magia que Imad usara para aparecer no corpo de Omar. Ergueu a espada.

— Prove. Em Dhyme, eu disse que você estava confundindo duas profissões. Quais eram elas?

Por alguns momentos, o príncipe apenas olhou para ela. Então inalou bruscamente e falou.

— Eu me lembro. Você me disse que deveria ser minha guarda-costas, não minha babá.

Aisha reprimiu um suspiro de alívio enquanto se levantava lentamente de sua posição agachada e se aproximava dele. Ela estudou a magia que o príncipe estava usando. Parecia ser uma capa — quando olhava de perto, era possível distinguir o contorno difuso de seu corpo.

— Então foi assim que você entrou na câmara. Que tipo de magia perversa é essa?

— Do tipo útil. — Mazen riu sem força. — Pelo menos, é útil quando você não está sendo perseguido por carniçais que farejam magia. — Ele lançou um olhar nervoso por cima do ombro. Aparentemente satisfeito por não estar mais sendo perseguido por criaturas mortas-vivas, despiu-se da magia, revelando tanto seu corpo anteriormente invisível quanto o manto que o havia tornado assim. Ele largou o tecido no chão. Aisha assistiu com admiração enquanto Mazen se estendia como sua sombra. — Eu acho que é da jinn das sombras.

Tudo fez sentido. Omar havia confidenciado a ela que não conseguira encontrar a relíquia da jinn das sombras depois de derrotá-la no gabinete do sultão. Agora Aisha sabia por quê.

Ela bufou.

— É uma magia que combina com você.

O príncipe franziu o cenho.

— Porque eu sou um covarde?

Aisha fez uma pausa, lembrando-se de que o chamara assim no Santuário do Andarilho. O fato de ele trazer à tona uma farpa tão impertinente agora, quando eles estavam em tal perigo, a fez rir.

— É uma maneira de dizer. É...

Passos. Dois pares. Vindos da esquina.

Aisha se moveu por instinto, apertando-se contra a parede e desembainhando a espada. Seu aperto na lâmina estranha era desajeitado, mas seria suficiente. Ela não era sentimental em relação às suas armas. Tudo o que importava — tudo o que *sempre* importara — era que elas fossem capazes de cortar. A ladra pressionou um dedo nos lábios enquanto o príncipe jogava apressadamente sua sombra sobre a cabeça e desaparecia.

Logo os passos estavam bem ao lado dela. Aisha saltou. Os homens reagiram muito devagar. Ela enrolou os braços em volta do pescoço de alguém, pressionou a ponta da lâmina em sua garganta e olhou por cima do ombro para seu companheiro.

— Mais um passo e eu corto a garganta dele.

O segundo homem não se deixou intimidar. Ele se moveu na direção dela com a lâmina. Mas o ataque nunca aconteceu.

Em um momento ele corria em direção a ela. No seguinte, lutava com o vazio, o braço da espada dobrado desajeitadamente atrás de si. Aisha não podia ver o príncipe, mas ouvia sua voz trêmula vindo de trás do homem capturado.

— Diga-nos onde está a mercadora.

O agressor sob a lâmina de Aisha estremeceu.

— Em nossa câmara do tesouro.

Aisha hesitou. *Uma armadilha?*

O prisioneiro do príncipe se mexeu. Então se libertou, empurrando a mão invisível de Mazen e se jogando contra a parede. O príncipe gemeu.

O homem que Aisha havia capturado a derrubou no mesmo momento, quase arrancando a lâmina de sua mão. Aisha cambaleou. Mal conseguiu se esquivar de um ataque vindo de seu agressor enquanto corria contra o outro homem. A sombra do príncipe havia caído de seus ombros, e Aisha o viu esmagado contra a parede, as mãos inutilmente estendidas para se proteger de seu atacante, que levantava a lâmina.

Aisha o esfaqueou nos pulmões antes que ele pudesse baixá-la.

O príncipe Mazen emitiu um som sufocado de angústia quando o moribundo desmoronou na frente dele.

O homem ainda vivo veio até eles com um rugido. Aisha esticou a mão para a espada, mas a arma estava presa no ombro da vítima. Felizmente, o príncipe foi mais rápido. Agarrou a espada do cadáver do chão e cortou o ar. O movimento foi desajeitado, em pânico, mas ainda assim aterrissou. A espada se alojou no ombro do vilão.

O homem gritou. O príncipe Mazen gritou.

Aisha experimentou um momento de clareza surpreendente. Deslizou atrás do príncipe quando o assassino puxou a espada de seu ombro com um grunhido. Mazen cambaleou para trás, segurando a lâmina agora ensanguentada com as mãos trêmulas.

Aisha estava pronta.

Assim que ele caiu sobre ela, ela passou os braços ao redor dele por trás e agarrou as mãos dele no punho da espada. O príncipe enrijeceu. Aisha ficou maravilhada com a suavidade das mãos dele nas mãos calejadas dela. Ela podia sentir a pulsação dele, frenética e frágil, sob seus dedos.

Aisha afastou suas sensações e se concentrou em guiar sua lâmina. O oponente ainda cambaleava por causa do primeiro ferimento, então, quando ela e Mazen enfiaram a espada em seu peito, ele não revidou.

O homem gemeu, sangrou. E, lentamente, morreu.

As mãos de Mazen tremiam tanto que Aisha mal conseguia segurá-las. No momento em que ela se afastou, ele tombou como uma marionete com as cordas cortadas.

— Príncipe? — Ela deu um passo à frente.

Mazen se endireitou abruptamente. Parecia desequilibrado, como um passageiro de um navio tentando se aclimatar ao turbulento balanço do oceano.

— Estou bem.

Aisha franziu a testa.

— Você já matou carniçais antes, não matou?

O príncipe respirou fundo.

— Sim — disse ele com os dentes cerrados.

Aisha olhou para ele por um longo momento antes de devolver a espada.

— Então venha. Vamos encontrar essa câmara do tesouro. — Ela se abaixou para arrancar a espada do cadáver fresco, então seguiu em frente com o príncipe em seu encalço.

Passaram por mais corredores em ruínas, viram mais pinturas empoeiradas nas paredes. Aisha não estava acostumada a preencher silêncios, mas tentou confortar o príncipe nitidamente desequilibrado comentando em voz alta sua opinião de que as ruínas haviam pertencido aos jinn. Ela esperava que a especulação o distraísse, talvez até o persuadisse a contar uma das histórias pelas quais era tão obcecado, mas Mazen não respondeu. Estava olhando para suas mãos. Para o vermelho manchado sobre elas.

— Príncipe?

Mazen não respondeu. Seus olhos estavam embaçados, sem foco.

Aisha pensou novamente em seu batimento cardíaco frenético. Suas mãos suaves. O homem diante dela não era um guerreiro. Era um pacifista. E ao protegê-lo, ela pode ter destruído isso nele.

Ela colocou a mão no ombro dele. O príncipe se assustou e olhou para cima.

— Você mentiu para mim. — Aisha franziu a testa. — Você não está bem.

— Não — respondeu Mazen. — Não, eu não estou. Eu... — Ele inalou trêmula e profundamente. — Acabei de matar um homem.

Olhando para a expressão enrugada e chorosa dele, ocorreu a Aisha que ela havia parado de lamentar suas vítimas havia muito tempo. Uma pequena e silenciosa pontada percorreu seu peito.

— Se faz você se sentir melhor, fui eu quem brandiu a espada.

Mazen riu baixinho, desanimado.

— Certo. Porque sou um covarde incompetente.

Covarde. Lá estava aquela palavra de novo, aquela que Aisha havia lançado para ele na taverna. Evidentemente, tinha causado mais danos do que havia previsto. Ela não tinha percebido que era possível o filho de um político ser tão sensível.

Por outro lado, muito tempo antes, Aisha vivera sua vida sem armadura também.

— Todos nós começamos como covardes.

A expressão de Mazen murchou. Aisha colocou a mão na bochecha dele antes que ele pudesse se virar, guiando seu olhar de volta para o dela.

— Estamos todos com medo, príncipe. A única diferença entre um herói e um covarde é que um esquece seu medo e luta, enquanto o outro sucumbe e foge. — Aisha sentiu algo se libertar nela com as palavras, embora não pudesse dizer o que era. — Seu medo da morte não o torna fraco. Apenas humano.

Finalmente, o príncipe ficou completamente quieto. Ele a encarou com os olhos arregalados.

Aisha soltou seu ombro com um suspiro. Era ele quem estava à beira das lágrimas, então por que *ela* de repente se sentia tão vulnerável?

— Eu não deveria ter transformado essa palavra em uma arma — murmurou. — Eu estava errada sobre você. Se fosse realmente um covarde, teria me deixado e fugido.

O príncipe engoliu em seco. Seus olhos estavam vazios.

— Pode chorar o quanto quiser depois que isso acabar. Mas agora eu preciso de você. — O príncipe deu um aceno fraco de cabeça. Aisha se virou e continuou pelo corredor. Ela estava aliviada por poder se afastar daquela conversa, só que ainda havia uma coisa que precisava dizer. Uma palavra que estava na ponta de sua língua desde que ele a resgatara.

— Príncipe?

— Sim?

— Shukran. — Foi uma única palavra, mas aliviou seu coração.

Ela inclinou a cabeça ligeiramente, o suficiente para ver o sorriso do príncipe voltando.

— Afwan.

Quase não era uma conversa, e ainda assim, de alguma forma, parecia que era a primeira vez que eles se falavam. Não como ladra e príncipe, mas como Aisha e Mazen.

Talvez por isso a conversa tenha fluído mais facilmente depois, e, também por isso, quando eles retomaram a caminhada e o príncipe perguntou a ela sobre o rancor de Imad contra Omar, ela tenha respondido com sinceridade. Aisha confirmou que Imad tinha sido um dos Quarenta Ladrões do sultão e que, depois que Shafia morrera e o título de rei fora legado a Omar, Imad trabalhara para o príncipe. Mas a camaradagem deles havia sido breve.

— A primeira e última ordem de Omar para os ladrões do sultão foi capturar uma relíquia de valor inestimável. — Ela hesitou, sabendo que Mazen não apreciaria essa próxima verdade. — Eles rastrearam o objeto até um acampamento beduíno e dizimaram toda a tribo para chegar até ele.

O príncipe olhou para ela com horror.

— Mas por quê?

— As relíquias dos reis jinn são um segredo. Omar não queria que rumores se espalhassem. — Aisha se encolheu. Soou como uma desculpa superficial até mesmo para seus próprios ouvidos. — Seus esforços foram em vão, no final. Os homens morreram nas mãos de um jinn misterioso, e apenas Imad sobreviveu para contar a história. Ele voltou para Madinne e culpou Omar pela morte de seus companheiros. Então, por ser um idiota arrogante, desafiou seu irmão para um duelo e perdeu.

Mazen franziu a testa.

— Então as mãos dele...

— Uma lesão do duelo. — Aisha parou em uma curva do corredor. Quando verificou que o que havia do outro lado era apenas mais um corredor vazio, acenou para Mazen segui-la. — O sultão puniu Imad por seu insulto banindo-o — continuou ela. — E Omar não teve escolha a não ser começar do zero.

Essa parte da história ela conhecia bem, pois foi quando havia entrado na narrativa.

— Ele escolheu pessoalmente os quarenta de nós, e nós o servimos desde então. — Aisha fez uma pausa, seu olhar caindo sobre uma série de intrincados padrões de diamantes que se desenrolavam na superfície rachada da parede como fios de ouro. — Eu estava lá quando Omar e Imad brigaram — disse ela. — Seu irmão e eu nos esbarramos pelas ruas de Madinne, e ele me recrutou antes de Imad retornar.

— Como vocês se conheceram?

— Tentei roubar os bolsos dele. — Quando Mazen simplesmente olhou para ela, ela deu de ombros e continuou. — Ele viu potencial em mim. De qualquer forma, foi por isso que testemunhei a derrota de Imad. É por isso que ele me odeia.

— Eu acho que ele odeia todo mundo — murmurou Mazen.

Aisha se lembrou de Imad atacando Omar no pátio nove anos antes. Ela se lembrou do jeito que ele a encarara. *Você nos substituiu por uma mulher? Uma garota? Você amarrou seu próprio nó!*

Aisha afastou a memória da mente com uma carranca.

— Sim, ele é uma criatura miserável.

Houve um silêncio momentâneo. Então, Mazen falou.

— Quer dizer que Imad tem uma relíquia de um rei jinn agora?

Aisha franziu a testa. Ela esperava que Imad fosse querer o colar amaldiçoado. Em vez disso, ele pegou a bússola muito menos impressionante da mercadora. Ela assumiu que ele pretendia usá-la para rastrear Omar — um uso bastante decepcionante para uma relíquia supostamente poderosa.

— Duvido. Achei que ele fosse capturar aquela relíquia da duna, mas ou ele não sabe do poder dela ou a mercadora a perdeu em algum lugar.

Eles tinham acabado de virar uma esquina quando ela ouviu um grito tão estridente que perfurou seus tímpanos. Por alguns momentos, Aisha ficou abalada demais para pegar sua lâmina. O príncipe deu um passo à frente durante a hesitação dela. Começou a andar. Cada vez mais rápido, até que estava correndo.

— Príncipe! — Ela correu atrás dele. — O que você está fazendo?

Mas Mazen aparentemente havia perdido todo o senso de razão e disparou sem pensar em direção à câmara de onde o grito tinha vindo. A câmara do tesouro, sem dúvida.

Era uma armadilha, tinha que ser. E o príncipe estúpido estava indo direto para ela.

Aisha foi atrás. Sua visão ficou borrada enquanto ela corria, mas Aisha ignorou a exaustão. Mazen havia salvado sua vida, e ela estava decidida a retribuir o favor.

Aisha não lamentava o passado e não pensava demais no futuro. Mas o presente, isso era algo que ela podia moldar para melhor com sua lâmina.

E ela não fugiria dele.

45

Mazen

Mazen virou a esquina e empalideceu com a visão diante de si. No final do corredor havia uma porta que levava a uma sala cheia de montanhas de ouro. A câmara do tesouro. E vindo daquela câmara, o grito. Mazen nunca tinha ouvido uma agonia tão alta, tão exposta.

A Mercadora da Meia-Noite. Pânico tomou conta de seu coração.

O grito veio de novo, um gemido cheio de soluços que dava arrepios na espinha.

Ele puxou sua sombra ao redor de si e parou diante das portas abertas. A câmara estava inteira: sem brechas, sem luz natural. Havia apenas a luz do fogo das arandelas. Imad e a mercadora mal eram iluminados pelo brilho nebuloso.

Loulie estava imóvel no chão, as estrelas em suas vestes perdidas sob uma constelação de respingos de sangue. Imad a rodeava como um abutre no corpo de Omar, girando uma faca nos dedos.

Mazen avançou. Ele não tinha nenhum plano. Não tinha *tempo*.

Ele não viu os carniçais até que fosse tarde demais. Até que as criaturas estivessem gritando e correndo na direção dele. O príncipe continuou correndo, mesmo quando os homens humanos se mexeram e Imad procurou por ele no vazio. Mazen se chocou contra o antigo ladrão antes que ele pudesse atacar a mercadora, arrancando a faca de sua mão. Foi tudo o que o príncipe conseguiu antes de ser atacado por trás. Ele tombou, e o manto de sombras caiu no chão.

Um homem estendeu a mão para a sombra enquanto outro o prendia no chão.

— Não desprende — disse ele a Imad.

— Procure por bint Louas no perímetro. — Quando ele olhou para Mazen, seu olhar, o olhar de Omar, estava terrivelmente vazio. — Então nos encontramos novamente, príncipe. Você criou uma grande confusão.

O fogo atrás de Imad cintilou e diminuiu. O sangue nas roupas da mercadora parecia berrante sob a luz. Mazen estremeceu.

— O que você fez com ela?

— Qualquer um com olhos pode ver. — Imad estendeu a mão e o agarrou pela camisa. Mazen viu uma adaga em sua mão. Era uma arma diferente daquela que ele havia derrubado, uma adaga com uma letra dourada incrustada no punho. — Cometi o erro de subestimá-lo uma vez, príncipe, mas não o farei novamente. Se devo arrastar seu irmão aqui para vingar seu cadáver, que assim seja.

Imad ergueu a faca. Ela cortou o ar mais rápido do que Mazen conseguiu gritar. Ele sentiu a frieza da lâmina contra sua pele e...

Nada.

Lentamente, abriu os olhos.

A lâmina era reta antes, mas agora estava inexplicavelmente no formato de um crescente, a ponta curvada para longe de sua garganta. Mazen ainda encarava a adaga quando Imad o esfaqueou novamente, e ele viu o momento em que a lâmina atingiu seu peito e se *dobrou*.

O rosto de Imad empalideceu.

— O quê?

O fogo atrás deles vacilou novamente. Tornou-se um verde profundo e sinistro. Imad se virou, agarrando-se a algo escondido sob a capa. Mazen viu uma corrente pendurada em seu pescoço, um brilho de ouro entre os dedos. Um amuleto.

— Me ajude — sussurrou Imad enquanto segurava o amuleto. Seu olhar nervoso varreu a sala. Quando falou novamente, as sílabas guturais da língua carniçal saíram de sua boca. Mas os carniçais que cercavam o perímetro não responderam. Estavam congelados, as cabeças inclinadas de forma estranha, como se estivessem ouvindo alguma coisa.

Houve movimento. Não do fogo, que dançava loucamente nas arandelas como se estivesse possuído, mas da faca ainda na mão de Imad. Mazen viu um par de olhos em chamas piscar para ele da superfície da lâmina.

Atrás deles, as portas da entrada se fecharam, e o fogo na sala diminuiu, suspirou e morreu, mergulhando-os na escuridão. A câmara ficou estranhamente silenciosa.

Então uma força invisível varreu a sala como um redemoinho, tirando o ar dos pulmões de Mazen. O caos se desenrolou em todas as direções. Ele ouviu o estalo de passos apressados, o silvo de maldições murmuradas. Ouviu Imad, falando em meio ao caos com a voz de Omar.

— Que feitiçaria é essa? Quem... — O ladrão gemeu. — Não. *Não!*

De algum lugar próximo, veio um uivo inumano. Mazen ouviu a tagarelice de carniçais na escuridão. Movimento. Laceração. E então um grito.

Imad murmurava baixinho o que parecia uma oração fervorosa. Mazen ouviu o homem tropeçar e algo metálico cair no chão.

A lâmina de Imad?

Mazen estendeu a mão para a adaga. Em seu domínio, a lâmina não tinha mais a forma de meia-lua, mas... um par de olhos vermelhos piscou para ele da superfície levemente brilhante. *E então?*, disse uma voz em sua mente. *Vai ficar aí parado?* Mazen reconheceu a voz. Os olhos. Era impossível, e ainda assim...

Não é impossível. Jinn não morrem como humanos.

Ele apertou os olhos no escuro.

— Al-Nazari? Lou...

Dedos agarraram seu pulso por trás. Mazen girou em pânico. Ele relaxou apenas quando, na penumbra que vinha da lâmina, viu Loulie o encarando com olhos sem expressão. No momento em que ela viu a faca, arrancou-a das mãos dele.

Mazen percebeu o sangue nos lenços dela, no manto. Ela nunca havia parecido tão pequena. Tão exausta.

— Precisamos sair daqui — falou ele gentilmente. — Você consegue se mexer? — Um músculo se contraiu na mandíbula de Loulie. Ela balançou a cabeça.

Mazen olhou para os pés dela, mas não conseguiu ver nada sob a bainha ensanguentada do manto. Respirou fundo, estremecendo.

— Vou carregar você, o.k.?

A mercadora não disse nada enquanto Mazen passava um braço por baixo das pernas dela e apoiava a mão em suas costas: apenas pressionou a palma da mão no peito dele enquanto ele se levantava. O príncipe não tinha certeza de qual dos dois tremia mais quando se virou e saiu aos tropeços pelo escuro. A lâmina, como se para escondê-los, havia parado de emitir luz, tornando impossível ver qualquer coisa, inclusive a saída.

A escuridão era impenetrável. Mazen mal conseguiu dar alguns passos antes de congelar, dominado pelo caos invisível. Ele ouviu carniçais gemendo, homens gritando, espadas guinchando...

A mercadora o cutucou, depois apertou algo nas mãos dele. Mazen passou os dedos sobre vidro, madeira... uma bússola? Ele se lembrou do instrumento nas mãos de Imad. Como diabos Loulie conseguira tomar isso dele? Antes que pudesse perguntar, uma coisa estranha aconteceu.

A madeira sob seus dedos começou a esquentar, e uma música familiar martelava em sua cabeça. *As estrelas queimam a noite e guiam o caminho do xeique...*

O mundo sumiu aos poucos. Ele estava se afogando. Acorrentado a uma pedra, caindo sob a água...

A memória se dissipou abruptamente.

Me desculpe. Ele parou de respirar quando ouviu a voz em sua cabeça. *Achei que você fosse outra pessoa*, disse a Rainha das Dunas. *Confesso que todos os homens humanos me parecem iguais.*

Sua mente espiralou. A voz definitivamente pertencia à Rainha das Dunas, mas... como? Imad havia roubado o colar da bolsa da mercadora e o levado consigo? A pergunta foi substituída por uma percepção mais desconcertante: por alguma razão, Mazen de repente sabia como navegar pelo cômodo escuro. Era como se houvesse uma flecha em sua mente apontando-o para a saída.

No momento em que ele tropeçou nas portas, a magia fazia seu sangue correr mais rápido. O príncipe estava tonto quando a mercadora tomou a bússola dele e estendeu a mão para a porta — e então se afastou com um suspiro silencioso quando a lâmina em sua mão se iluminou, revelando um dos homens de Imad montando guarda.

Mazen piscou, desconcertado, na luz nebulosa.

— Você acha que pode passar por mim, príncipe? — O homem ergueu a arma. Foi nesse exato momento que as portas atrás dele se abriram. O assassino foi derrubado e esfaqueado nas costas. Aisha estava atrás dele, segurando a espada enfiada em seu peito.

Seu olhar arregalado encontrou o de Mazen.

— O que você está fazendo? Corra!

O aperto de Loulie sobre ele aumentou quando Mazen saiu da sala e correu atrás de Aisha, de volta aos corredores abençoadamente iluminados por tochas. Ele se virou apenas uma vez, para testemunhar os companheiros de Imad os perseguindo. No momento em que ele e Aisha viraram a esquina, ela o parou.

— Você não está indo rápido o suficiente. Me dê sua sombra.

Mazen franziu a testa.

— Eu não posso simplesmente te *dar* a minha sombra...

— Você consegue destacá-la da parede, não consegue? — Aisha gesticulou com impaciência. — Me dê.

Mazen alcançou a sombra. Ele a arrancou da parede e, deixando sua hesitação de lado, jogou-a sobre Aisha. Ficou chocado quando ela realmente desapareceu. Ela pareceu igualmente surpresa, embora sua reação tenha durado pouco, desaparecendo quando Aisha colocou a capa de sombra no ombro. Ela estendeu a mão para a mercadora.

— Vou levar sua adaga também. — O olhar de Loulie se tornou assassino. Ela balançou a cabeça. — Se vou ganhar tempo para vocês, preciso de uma arma. *Me dê* a adaga. — Aisha estendeu a mão para a arma. Mazen gritou quando a lâmina pegou fogo na mão de Loulie.

Aisha puxou a mão.

— *Merda*.

Loulie olhou para o fogo, piscando rapidamente. Por alguns momentos, ficou imóvel, seu olhar desfocado enquanto olhava para a lâmina. Mas então pareceu voltar a si mesma. Empurrou a adaga na direção de Aisha sem dizer uma palavra. A ladra gemeu quando enrolou os dedos ao redor do punho.

— A lâmina *fala*? — Ela fez uma pausa, o rosto empalidecendo. — Espere aí, isso é...

— Sim. — Mazen recuou um passo. — É Qadir. Não o perca. — Aisha assentiu, puxou a sombra sobre a cabeça e desapareceu. Mazen ouviu o tamborilar suave de seus passos e, em seguida, os gritos surpresos de homens caindo sobre um espectro invisível.

Ele voltou a correr. Pela primeira vez desde que escapara da câmara, olhou para a bússola. A flecha em sua mente havia desaparecido quando Loulie colocara a bússola no colo, mas Mazen ainda podia ler a bússola nas mãos dela. A flecha trêmula os guiou por um lance de escadas, apontando decisivamente para a frente. Ele se lembrou do que Imad havia dito sobre seu poder.

— Isso... isso é uma relíquia de um rei jinn? — Ele olhou para a mercadora.

Loulie deu de ombros. Mazen fez uma pausa, percebendo que ela ainda não tinha falado. Ele olhou para a garganta dela. Para o grilhão e a corrente pendurada nela.

Seu coração se apertou com a visão.

— A razão pela qual você não pode falar...

Ela tocou a corrente com um dedo.

— E não pode andar...

Ela apertou os lábios e não disse nada.

Imad. Mazen engoliu a raiva. Concentrou-se em seguir a bússola, em se mover pelos corredores em ruínas, empurrando as frágeis portas de madeira com o pé e...

Por que a relíquia estava o levando mais para dentro das ruínas?

Ele parou, notando pela primeira vez a forma como as paredes os pressionavam. As lacunas e os buracos aos quais ele estava tão acostumado estavam ausentes. Tinham chegado a um beco sem saída.

— Al-Nazari — disse Mazen suavemente. Sua voz estava rouca. — Onde estamos?

Mas a mercadora parecia igualmente confusa. Ela balançou a cabeça, com o rosto pálido.

— Eu deveria ter saído por onde entrei. Mas o Mar de Areia... — Ele caiu de costas contra a parede, desespero e exaustão tomando conta de si. A mercadora puxou sua manga, uma pergunta silenciosa nos olhos. O príncipe percebeu que Loulie não sabia que eles estavam cercados pelo Mar de Areia. Que, se havia uma saída, ele não sabia onde estava.

Mazen olhou freneticamente ao redor, mas não havia portas nem passagens. Nenhuma escapatória.

Seu olhar foi em direção ao chão. E se fixou em sua sombra. Ele piscou. Se sua sombra havia retornado, então Aisha...

— Fim da linha, príncipe.

Mazen se virou para ver Imad atrás dele, ainda no corpo de Omar e ladeado por homens humanos. Um prendia Aisha no peito e segurava uma faca contra a garganta dela. Embora ela lutasse contra ele, o aperto era inabalável. A lâmina em seu pescoço estava enfeitada com vermelho. Mazen encarou horrorizado. Ele correu os olhos por entre os homens, procurando uma abertura, um...

O príncipe fez uma pausa, percebendo quem — o que — estava faltando.

— Onde estão seus carniçais? — perguntou fracamente.

Imad deu um passo à frente e abriu a capa. Mazen recuou, mas a parte de dentro da capa estava vazia. O amuleto que ele vinha usando não estava mais lá.

— Enlouquecidos. — A voz do ladrão assumiu um tom estridente. — Sua jinn tornou minha relíquia inútil. Ela assumiu o controle dos *meus* carniçais e nublou minha mente com sua música terrível.

Uma memória passou pela mente de Mazen, da canção da Rainha das Dunas. Ele se lembrou da fissura que se abrira em sua mente para deixar entrarem memórias que não eram suas. De onde ela viera? *Como* ela estava ali?

Imad deu mais um passo à frente. Mazen viu um brilho prateado entre seus dedos. Facas de arremesso.

— Agora, por causa da sua jinn, devo recorrer à tortura à moda antiga. — Ele levantou a mão, estalou os dedos. — Mate-a.

Mazen estava muito ocupado segurando Loulie, muito ocupado temendo pela vida *dela*, para notar o assassino atrás de Aisha se mexer. Ele não percebeu o brilho da faca até que fosse tarde demais.

Até ter aberto um corte na garganta de Aisha.

Não houve grito. Nem gemido.

Apenas o olhar caolho de Aisha, perfurando-o desesperadamente. E então nada. A faísca do pânico se desvaneceu, e Aisha bint Louas desabou.

O mundo estremeceu.

Mazen estava ciente de sua pulsação. De inspirar e inspirar e inspirar. De um grito, batendo descontroladamente em seu peito. Da mercadora, mordendo o punho com tanta força que o sangue escorria pelos nós dos dedos.

— Seu irmão tirou tudo de mim. — Imad estava perto o suficiente para esfaqueá-lo, para matá-lo. — Agora vou tirar tudo dele.

Mazen não conseguia parar de olhar para Aisha. Para seu corpo impossivelmente imóvel.

Levante-se, ele pensou desesperadamente. *Levante-se!*

Mas Aisha não se mexeu.

Ela tinha sido tão confiante, tão poderosa. Uma força inabalável. Se ela não sobreviveu, como ele poderia?

— Sinto muito — sussurrou ele. Para Aisha. Para a mercadora.

Mais uma vez, o mundo tremeu. Mazen tropeçou em seus pés enquanto as paredes estremeciam. Ele não tinha mais força suficiente para segurar a mercadora, para se manter de pé — nem mesmo o suficiente para *enxergar* direito. Ele piscou.

O mundo se endireitou.

Então, novamente, tremeu. Desabou.

E se abriu.

Ouviu-se um som — Mazen o reconheceu como o suspiro de uma cascata de areia.

Imad se virou. O príncipe seguiu o olhar do antigo ladrão para a teia de rachaduras que rompia a superfície das antigas muralhas. Elas se espalharam e se esticaram como veias, pulsando, pulsando, até que as paredes estouraram e uma torrente de areia atravessou a sala na forma de uma onda gigantesca.

Mazen cambaleou para trás quando Imad foi engolido.

O mundo desapareceu, substituído por um véu nebuloso de escuridão.

E então havia areia em seus olhos, nariz e garganta, e a mercadora não estava mais em seus braços, e *Deuses, não consigo respirar, não consigo respirar, socorro...*

Ele estava afundando, afundando, afundando. Até que...

A areia abaixo de Mazen cedeu, e ele caiu no vazio.

46

Loulie

Layla não conseguia parar de olhar para a faixa de areia brilhante e fluida. Era a primeira vez que via o Mar de Areia de perto. Era de tirar o fôlego.

— Majestoso, não é? — Ela se virou para ver sua mãe cavalgando ao lado dela em um dos camelos da tribo.

Layla olhou para trás, para as marés vermelho-douradas.

— Parece o oceano. — Algumas pessoas diziam que o mar era infinito, que não tinha fundo. Seria o Mar de Areia do mesmo jeito?

— Os jinn vivem lá — disse a mãe. — Até hoje só os mais fortes conseguiram sair.

Layla inclinou a cabeça.

— Isso significa que, se mergulharmos fundo o suficiente, podemos visitar o mundo dos jinn como eles visitam o nosso?

Sua mãe sorriu ironicamente.

— Os jinn têm magia, querida. Magia para ajudá-los a atravessar uma maré de areia sem fim. Não temos esse mesmo poder, pararíamos de respirar antes de chegar ao fundo. — Layla se assustou quando a mãe colocou a mão em seu ombro. — Somos andarilhos, mas mesmo nós nunca devemos nos aventurar no Mar de Areia. É muito perigoso. — Ela levantou uma sobrancelha. — Você me ouviu, Foguinho? Nunca entre no Mar de Areia.

Layla se virou para esconder seu rubor. Não que ela estivesse realmente considerando fazer aquilo. Só que ela estava... curiosa. Ela pigarreou.

— Você me disse uma vez que o Mar de Areia foi feito de fogo jinn?

O olhar de sua mãe ficou melancólico.

— O Mar de Areia é uma fenda no mundo, feita a partir de um fogo tão

feroz que nunca parou de queimar. Esse tipo de magia... você deve ficar longe dela. Entendeu, Foguinho?

✦⋯✦

Loulie não entendia.

Não entendia por que o Mar de Areia de repente havia engolido as ruínas e por que ainda não a havia matado. Tinha areia para onde quer que ela olhasse. E, no entanto, aquela areia era mais um túnel que um oceano, um redemoinho agitado de vermelho e dourado que girava em torno dela como um tornado.

Loulie caiu, e foi como cair no sol.

É isso que o Mar de Areia tem sido esse tempo todo? Um túnel em direção ao centro do mundo?

Mas então, finalmente, o fim chegou.

Ela bateu no chão com força suficiente para sentir o ar sendo arrancado de seus pulmões. Lentamente, forçou-se a se sentar. A primeira coisa que viu foi o príncipe. Ele estava de joelhos a poucos metros dela, desenterrando a bússola da areia. Loulie havia recuperado o objeto na câmara do tesouro escura quando Imad o atirara longe durante o susto — ela estava feliz por a bússola ter vindo até ali com eles.

Loulie olhou ao redor, notando que estavam cercados por todos os lados por paredes de areia caindo. Então voltou o olhar para cima. E viu o buraco gigantesco acima deles. A areia caía das bordas, polvilhando seus cílios. Ela mal conseguia distinguir as ruínas decadentes, o que significava que estavam... abaixo delas? Como isso era possível?

— Mercadora da Meia-Noite? — O príncipe tirava areia dos olhos.

Ela acenou para ele. Mazen se levantou, ergueu o olhar. Sua boca se escancarou.

— Ah — disse ele, sem força. E então seus olhos se arregalaram e ele se virou para ela. — Aisha? — O nome era uma súplica.

Loulie engoliu em seco, balançou a cabeça. Ela vira Aisha morrer, assim como vira Qadir morrer.

Qadir. Ela congelou. *A faca!* Ela a procurou ao redor desesperadamente. Mas só havia areia. O chão era areia, as paredes eram areia, e não havia mais nada, mais ninguém. *Não, não, não!* Ela era uma maldita idiota. Loulie tinha entregado a faca para Aisha, e agora a faca tinha sumido. Mas não — ela tinha perdido Qadir uma vez, recusava-se a perdê-lo novamente.

Ao longe, Loulie ouviu o príncipe gritando seu nome. A voz dele estava tomada por pânico. Ela não entendeu por que até seguir seu olhar horrorizado em direção ao buraco. Foi quando ela viu o terror sem nome — um ser sombrio revestido de fogo azul — caindo pela abertura. A coisa foi na direção deles tão de repente que Loulie não teve tempo de reagir. Em um momento, o mundo estava morno e dourado. No seguinte, estava quente, vermelho e *queimando*. Se cair no Mar de Areia havia sido como cair no sol, isso era como mergulhar de cabeça no inferno.

A lasca de metal em sua garganta ficou insuportavelmente quente. Quando ela tocou o metal, sentiu fogo. Fogo acariciando sua pele e aquecendo suas palmas.

Fogo ela reconhecia.

Dedos invisíveis pressionaram os dela. Houve um último clarão de calor e então... liberdade. A algema se desfez em cinzas e se soltou de seu pescoço. Loulie engasgou, olhou para cima e viu uma parede de chamas.

O fogo passou de azul para dourado, para vermelho e para preto, e depois para a forma de um homem. Um homem tão desbotado que era quase inexistente. As espirais em sua pele corriam juntas como água, e seus olhos vermelho-rubi eram tão brilhantes que não tinham íris.

Familiar, mas desconhecido. Loulie estava em choque demais para dizer seu nome.

O fantasma se abaixou para pegá-la no colo. Ser segurada por ele era como ser segurada por fumaça. Houve uma pressão suave em sua cabeça, um calor gentil penetrando sua pele. Mas, acima de tudo, alívio. Um alívio que corria por suas veias e gritava *segurança*.

— Você. — O príncipe deu um passo para trás, segurando a bússola. — *Como?*

A aparição de fogo o ignorou e sacudiu o pulso em direção a uma das paredes de areia. Ela se partiu como uma cortina, queimando em brasas crepitantes e se abrindo em um túnel. O fantasma olhou para Loulie e pressionou uma lâmina nas mãos dela. A faca de Qadir. Seus olhos vermelhos piscaram para ela da superfície.

— Qadir. — Ela agarrou a lâmina.

Ele estava de volta; ele estava *de volta*.

— Bússola — murmurou Qadir com a voz fina como um pergaminho. Ele apontou para o túnel e olhou para Mazen com expectativa.

O príncipe deu um passo para trás.

— Como você está aqui? Como *nós* estamos aqui? Que tipo de magia...

As paredes estremeceram. Loulie ergueu os olhos bem a tempo de ver areia entrar pelo buraco acima deles. Estava quase os atingindo quando Qadir ergueu a mão e conjurou um escudo de chamas. A areia se dissipou em faíscas com o impacto, mas estava vindo forte e rápida, e a pressão estava quebrando o escudo.

— *Vão!* — rugiu ele.

O príncipe disparou em direção ao túnel. Qadir o seguiu. Ele era fumaça e vento e se movia tão rápido que Loulie sentia como se estivesse voando. O jinn mantinha uma mão estendida em direção à areia, partindo-a com calor enquanto eles corriam. Loulie ouviu o silvo da areia caindo atrás deles, enchendo o túnel.

Ela pressionou o rosto manchado de lágrimas no ombro dele.

— Estou aqui — disse Qadir suavemente. Se Loulie se concentrasse o suficiente, quase podia fingir que ele não era fumaça, que era de carne e osso e que estava ali. Verdadeiramente *ali*.

— Que maneira patética de morrer — falou ela.

— Você não vai morrer.

— A flecha não para de mudar de direção! — Mazen gritou à frente.

— Estamos quase lá — Qadir gritou de volta, sua voz tão suave que Loulie mal podia ouvi-lo por cima do rugido turbulento da areia atrás deles. Ela virou a cabeça e piscou quando a luz assaltou seus sentidos, enquanto a areia se inclinava para cima em direção a um buraco brilhando com a luz do sol. Um buraco que levava *para fora*.

— Está vendo? Estamos quase lá. — A voz dele era tênue. *Ele* era tênue. Ela mal podia sentir suas mãos agora.

— Não me deixe. — Loulie se agarrou a ele ferozmente. — Você não tem permissão para me deixar.

Ela podia sentir a luz pressionando seus olhos agora, podia sentir o beijo do vento contra sua pele enquanto eles serpenteavam por ruínas afundando e subiam uma colina de areia em queda, cada vez mais alto, até que...

Um grito rasgou o ar. Loulie olhou para cima e viu o príncipe, nada além de uma sombra rodeada por uma luz ofuscante. Ela o viu cair de joelhos e deslizar ladeira abaixo, segurando o próprio braço. A mercadora percebeu a segunda sombra apenas quando uma faca assobiou em sua orelha e cortou a forma esfumaçada de Qadir. Os braços do jinn cederam e, de repente, ela estava caindo, tossindo areia enquanto rolava pela encosta.

— *Você*. Era você que estávamos procurando. — Ela reconheceu a voz de Omar. E, quando olhou para cima e o viu na colina, apontando para o corpo enevoado de Qadir com loucura nos olhos, reconheceu o olhar também. Lembrou-se das correntes. Do colar. Da faca contra sua garganta.

Não era Omar.

A risada que saiu da garganta de Imad era uma coisa destruída.

— Você *mentiu* para mim, mercadora. — Ele mancou em direção a ela, arrastando uma perna claramente fraturada atrás de si. Sua pele estava manchada com estranhos respingos pretos que brilhavam como sangue. — Sua bússola não é a relíquia que fomos ordenados a encontrar. A relíquia do rei que procuramos... não existia. E o seu jinn... — Sua respiração era de uma aspereza úmida. — É mais que apenas um jinn, não é?

Loulie, olhe para mim.

Loulie encarou o ladrão, sem entender.

LOULIE. A adaga em suas mãos ficou quente como fogo. Ela olhou para baixo e viu os olhos estreitos de Qadir. *Você ainda quer sua vingança?* A voz dele ecoou em sua mente mesmo quando sua forma muda e sombria deslizou colina abaixo em direção a ela.

A risada de Imad foi tão alta e selvagem que fez seu corpo tremer.

— Não é à toa que ele vive! Você sabe o que ele é, garota?

Ele matou sua família, disse Qadir.

— Tudo o que aconteceu... é culpa dele! — gritou Imad.

Ele destruiu sua tribo.

O fogo brilhava com tanta intensidade que queimava manchas escuras em sua visão. E, naquelas manchas de escuridão, ela viu o pesadelo. Seu acampamento em chamas. Sua família, morta.

— Mercadora da Meia-Noite! — O título a puxou para fora das memórias. Ela ergueu o olhar, passando por Imad e Qadir, e viu o príncipe. Ele estava sentado no topo da duna, segurando o braço ensanguentado e gritando o nome dela. *Loulie. Mercadora da Meia-Noite*.

Ela agarrou a adaga. Ela não era Layla. Não era fraca. Não mais.

Não importava que não conseguisse andar. Loulie podia rastejar. E foi o que fez, abrindo caminho pela areia até poder cortar as pernas de Imad. Ele retaliou chutando poeira no rosto dela. Loulie piscou para conter as lágrimas e mirou na perna ruim. E cravou a adaga no pé dele.

O fogo que cobria a lâmina era uma coisa viva. Ele se espalhou pela perna de Imad, cobriu sua roupa. Então começou a queimar sua pele. Imad cambaleou com um grito, rasgando seu traje com selvageria. Loulie alcançou o tornozelo dele. O fogo se afastou de seus dedos apenas o suficiente para que ela puxasse Imad para baixo. Para prendê-lo no chão. Quando ele tentou se defender, ela desviou o golpe e enterrou a faca no peito do ladrão.

Não é o bastante. Loulie o esfaqueou novamente.

A pele dele queimou. *Não é o bastante.* Desintegrou-se em carvão. *Não é o bastante.* Ela cortou e esfaqueou e gritou e soluçou, e era estranho, tão *estranho* que não importava quantas vezes ela o golpeasse, não havia sangue. Apenas aquela tinta bizarra que continuava vazando dele. *Por que ele não sangra? Ele merece sangrar, ele merece SOFRER.*

Loulie estava soluçando tanto no final que deixou a adaga cair. Sentiu o calor em suas costas, os braços ao redor dos ombros.

— Não olhe — sussurrou Qadir enquanto levantava a garota e a lâmina caída. E ela não olhou. Não até que eles tivessem subido a duna e Imad não fosse nada além de uma mancha distante de cinzas.

Então: luz do sol. Ela teve que piscar para afastar as lágrimas e conseguir enxergar. E quando conseguiu, viu o rosto desvanecido de Qadir acima de si. Seus olhos vermelhos haviam se iluminado num tom de marrom humano, mas eram apenas uma impressão.

Loulie se agarrou ao peito dele.

— Qadir — disse ela, desejando que ele se solidificasse com o nome.

Ele sorriu fracamente para ela.

— Você conseguiu. Vingou sua família.

A primeira coisa que desapareceu foi seu sorriso, seguido pelo restante do corpo. Ele a colocou no chão enquanto desaparecia, enquanto passava de homem a fumaça e a pó.

O príncipe segurou Loulie antes que ela desabasse e a colocou cuidadosamente no chão. Os dois ficaram sentados lado a lado, observando as ruínas afundarem no Mar de Areia. O príncipe agarrou o braço ferido e rezou. Loulie olhava resolutamente à frente, tentando não chorar e falhando.

Ela tivera sua vingança, mas era um triunfo vazio.

47

Aisha

Aisha estava morrendo.

Ou talvez já estivesse morta. Era difícil dizer.

A dor era uma corrente de agonia correndo por suas veias e fazendo o mundo escurecer. Ela estava muito ocupada concentrando-se nisso para sentir qualquer outra coisa. Então, não percebeu que o mundo havia se despedaçado debaixo de si até seu corpo colidir com o chão.

Aisha não gritou. Não conseguia gritar. Sua garganta estava cortada, e suas últimas palavras se derramaram na areia com seu sangue.

Viver é uma questão de crença, Omar lhe dissera certa vez. *Pessoas perversas vivem mais simplesmente porque acreditam que são invencíveis.*

Seu rei havia mentido para ela. Todo aquele tempo, ela havia acreditado. Que era a melhor. Que era impossível que morresse.

E, no entanto, ali estava a ladra. Destruída.

Aisha abriu o olho. Queimava como o inferno, mas ela se recusava a morrer na escuridão. No mínimo, morreria cravando punhais em seu assassino.

Mas Imad se fora, e o príncipe e a mercadora não estavam à vista. Havia apenas infinitas colinas de areia. Quando ela tinha escapado das ruínas? Talvez ela estivesse *mesmo* morta.

Foi então que viu uma sombra de pé no meio das dunas. Uma silhueta de fumaça com olhos vermelhos brilhantes, usando uma faixa de ouro em volta do pescoço. *Jinn*. A visão de Aisha ficou embaçada. Seu corpo convulsionou sem permissão. A dor, tão terrível que forçou um grito silencioso de sua garganta, atormentou seu corpo.

Quando ela conseguiu se concentrar novamente, o jinn estava de pé diante dela. Era... o guarda-costas da Mercadora da Meia-Noite?

A silhueta piscou para Aisha. Não disse nada. Não fez nada. Ela estava começando a se convencer de que era uma alucinação quando ele estendeu a mão e tirou o colar de seu próprio pescoço. O jinn pegou a mão dela — ela mal pôde sentir, certamente não podia *mover* a mão — e depositou o colar ali antes de ir embora.

A visão de Aisha obscureceu. Ela piscou rapidamente para limpá-la. Um esforço inútil. Quando sua visão se estabilizou, ela ainda estava alucinando. Dessa vez, viu uma mulher fantasmagórica que era esquelética. Seus olhos eram como poços de tinta, e seu cabelo trançado balançava como um pêndulo.

Aisha se perguntou se aquela era a deusa da morte.

Mas então os lábios da mulher se abriram em um sorriso malicioso e desarmante, e Aisha soube que ela não era uma deusa benevolente.

— Salaam — disse a mulher. — Você gostaria de morrer?

Aisha se assustou com a voz. Pertencia à rainha morta-viva que havia zombado dela no deserto. A mesma jinn que tinha possuído o wali de Dhyme. Era a voz que sussurrara *Encontre-me, assassina de jinn* em sua mente. No fim, parecia que a jinn a havia encontrado primeiro.

O rei — rainha — jinn se agachou. Inclinou a cabeça. Sua trança continuava balançando em uma brisa fantasmagórica.

— Ou talvez queira fazer um acordo?

Sem acordo. Aisha não havia evitado ser vítima de um jinn em vida apenas para sucumbir a um na morte. Jinn eram monstros. Jinn haviam sido a *razão* pela qual ela se transformara em uma arma.

A rainha ergueu uma sobrancelha.

— Tem certeza? — Ela se inclinou e, antes que Aisha pudesse se afastar, entrelaçou os dedos nos dela. Gelo e fogo, morte e luz e *vida* estalaram nas veias de Aisha, atravessando-a com potência de veneno.

— Eu posso consertar você.

Aisha estremeceu. Ela podia sentir seu corpo. Conseguia *respirar*.

— Você não tem coisas que ainda precisa fazer?

Aisha pensou em Omar. Omar, virando-se para ela na escuridão de seus aposentos com um sorriso no rosto. *Posso confiar em você para levar isso até o fim?*

É claro.

Promete não morrer?

Ela havia zombado. *Ladrões roubam vidas. Eles não têm suas vidas roubadas.*

— Vou preencher as partes de você que estão destruídas — falou a rainha. — Mas essas partes pertencerão a mim também. Você entende? Vou pegar um dos seus olhos. E... — Ela bateu no peito de Aisha. Seu coração pulou. — Vou pegar seu coração e compartilhar seu corpo.

Aisha estremeceu. *Você tirou tudo do wali de Dhyme.*

A rainha estreitou os olhos.

— Aquilo foi possessão. Isso é um acordo.

Por que me oferecer um acordo quando sou um dos assassinos de jinn que você despreza? Quando eu *te despreza?*

— Porque é benéfico para nós duas. A única maneira de eu realmente existir em seu mundo é com um hospedeiro. Uma mente. E para isso preciso de um acordo.

O olhar de Aisha se fixou na paisagem atrás da jinn. Não era nada além de uma faixa de escuridão cintilante. Lembrou-a do céu noturno.

Quando criança, ela sempre se perguntara se o céu era infinito. Sabia que o que estava diante de si agora *era* infinito. Que não haveria como voltar atrás.

Uma imagem estava suspensa diante dela: um sonho invadindo a realidade.

Aisha estava caindo. O príncipe Omar a observava de longe, os olhos escuros de decepção. Ela estava muito envergonhada para alcançá-lo, então se deixou cair, se deixou desvanecer...

— Eu sinto muito. — A voz a fez parar. Não era de Omar.

Quando ela olhou para cima, Mazen estava diante dela, a vergonha gravada em seu rosto. Irritação borbulhou no peito de Aisha. Era ultrajante que ele se sentisse no dever de se desculpar com ela quando a tinha salvado.

Ela queria estrangulá-lo. Queria abraçá-lo.

Mas... agarrou-se desesperadamente à parte de sua mente que insistia que nenhum dos príncipes valia isso. Ela não havia se recusado a usar recursos jinn por tanto tempo apenas para se tornar um deles. Essa magia tinha destruído sua vida.

— Magia não é apenas destruição. É também salvação. — A jinn estendeu a mão. — Você é realmente tão teimosa em suas crenças que deixaria escapar esta última oportunidade?

Aisha pensou nas palavras que dissera a Mazen: *A única diferença entre um herói e um covarde é que um esquece seu medo e luta, enquanto o outro sucumbe e foge.*

Aisha não era convencida o suficiente para se chamar de heroína, mas não era covarde.

Ela não desistiria. Não *morreria*.

Seus olhos encontraram os da rainha jinn. *Se isso é um acordo, então você deve concordar em honrar meus termos também.* A ladra esperava uma objeção da jinn e ficou surpresa quando a rainha sorriu, seus dentes brilhando em um branco misterioso no escuro.

— Humana inteligente — disse ela.

Você tem que prometer que nunca vai me usar como um fantoche.

— Eu disse a você que isso era um acordo, não uma possessão. — A rainha baixou a cabeça. — Mas, se minha palavra é tão importante, você a terá, caçadora. Prometo que nunca vou forçá-la a fazer nada contra sua própria vontade. Sua vontade é sua.

Aisha não deveria ter sido capaz de mover a mão. Mas, de alguma forma, conseguiu agarrar os dedos estendidos da rainha. *Combinado.*

A jinn deu um sorriso de raposa.

— Uma caçadora de jinn e uma jinn. Que grande dupla faremos. — Ela apertou a mão de Aisha. Seu coração começou a bater. Mais alto e mais alto e mais alto, até que ela pôde senti-lo pulsando atrás de seus olhos e batendo em suas veias.

Lentamente, com dificuldade, voltou à vida.

48

Mazen

Certa vez, quando Hakim havia acabado de se tornar prisioneiro, ele disse a Mazen que a liberdade era um direito apreciado apenas por aqueles que a tivessem perdido. *Esse é o caminho de todas as coisas perdidas. Não se compreende verdadeiramente o valor de uma coisa até que ela desapareça.* Mazen nunca havia sentido isso tão profundamente quanto agora, sentado em uma caverna com nada além das roupas mal ajustadas de seu irmão nas costas.

O Mar de Areia era um oceano distante e em constante mudança, a superfície ocasionalmente perturbada por um edifício afundando. Era difícil acreditar que ele tivesse estado naquelas ruínas horas antes. Ainda mais difícil acreditar que havia quatro deles antes de entrarem.

Mazen agarrou o braço recém-atado — havia rasgado uma manga para estancar o sangramento — e lançou um olhar furtivo por cima do ombro para a mercadora. Loulie al-Nazari ainda estava de frente para uma parede, ignorando-o. Seus tornozelos cortados estavam escondidos sob o manto.

Nenhum deles havia falado sobre o que viria a seguir.

Entretanto, ele não estava pronto para continuar sua busca como se nada tivesse acontecido. Continuar avançando em direção a Ghiban quando a memória de tantas mortes pairava no ar. Não quando Aisha...

Quando Mazen piscou, viu-a caída sobre uma poça de sangue no chão. Aisha bint Louas, um dos Quarenta Ladrões, morta antes que ele pudesse gritar seu nome.

Ele abraçou os joelhos contra o peito e expirou lentamente. Não choraria. Tinha chorado o suficiente mais cedo, quando levara a mercadora para aquela caverna na beira do Mar de Areia. Ela havia apenas o encarado fixamente enquanto ele desabava contra a parede e soluçava: sua dor ou já havia secado, ou gritava silenciosamente dentro dela.

Talvez a mercadora encontrasse consolo no silêncio. Mazen não. Para ele, o silêncio sempre fora um vazio a ser preenchido. Mas ele não sabia como preencher esse silêncio. Havia muitas perguntas e muita culpa entre eles. Loulie ainda não tinha perguntado sobre seu disfarce ou seu propósito, e ele não queria tocar no assunto. Estava envergonhado demais.

Um movimento no deserto chamou sua atenção. O príncipe ergueu o olhar e congelou.

— Al-Nazari. — A mercadora não se virou. Ele a chamou novamente, e ela girou o corpo com um olhar que se transformou em uma careta de dor enquanto ela mexia os tornozelos. Mazen apontou para fora da caverna, na direção de uma mancha que se aproximava. — Alguém está vindo.

Mazen tinha visto a mercadora reduzir Imad e a pulseira — *Deuses, era uma relíquia antiga de família!* — a cinzas. Tinha visto Qadir desaparecer em fumaça e Aisha morrer. Não tinha ideia de quem estava vindo atrás deles, mas, quem quer que fosse, estava seguindo uma linha reta direto para a caverna.

Sem pensar, Mazen procurou o cinto de adagas de Omar e não sentiu nada. As lâminas de seu irmão não estavam mais lá. A única arma que eles tinham era a faca de Qadir, e ele tinha certeza de que Loulie os deixaria ser massacrados até a morte antes de entregá-la ao príncipe.

Ainda assim, tinha que tentar. Tinha…

Ele piscou. Estreitou os olhos.

— O que…?

— *O quê?* — retrucou a mercadora.

— Aisha — disse ele suavemente.

Era uma miragem induzida pela dor. Uma alucinação. Magia jinn. Tinha que ser.

E, no entanto, Mazen se viu tropeçando no deserto, correndo em direção a Aisha — *Não é uma miragem, não é uma miragem* — até que estivesse perto o suficiente para notar o sangue que a cobria. Estava em toda parte, colado nela como uma segunda pele. Só que as lacerações tinham sumido. E onde estivera o corte em sua garganta, havia agora uma fileira de crânios que brilhavam sob o verniz de sangue.

A relíquia da Rainha das Dunas.

Mazen se lembrou do wali de Dhyme, falando com aquela voz estranhamente suave, rindo enquanto esfaqueava seus companheiros e pintava o chão com o sangue deles.

Antes que ele pudesse correr, Aisha bint Louas deu um passo à frente e o agarrou pelo ombro.

— Não vai me dar as boas-vindas? — Ela sorriu, e isso fez seus olhos brilharem com uma travessura que ele nunca tinha visto antes. Então, abruptamente, o sorriso desapareceu. — Precisamos conversar — falou Aisha com a voz repentinamente rouca, e então, sem cerimônia, o arrastou atrás de si em direção à caverna.

Como se nada tivesse acontecido.

Como se ela não tivesse, de alguma forma impossível, ressuscitado dos mortos.

Aisha lhes contou a história de sua ressurreição em frente à fogueira. Mazen notou a maneira como suas mãos corriam pelo ar e o modo como seus lábios às vezes se inclinavam em um sorriso torto. Mudanças sutis. Mas havia outras diferenças mais óbvias também — suas cicatrizes, por exemplo. Elas haviam se transformado em um cinza sobrenatural, que o lembrava de coisas mortas. E seu olho direito — o que havia sido selado com sangue — estava mais preto que castanho agora. Brilhava como obsidiana à luz do fogo.

Era uma visão perturbadora, que evidentemente também deixava Loulie nervosa. Mazen não deixou de notar a forma como ela apertava a lâmina cada vez que Aisha olhava para ela. A paranoia também havia criado raízes em Mazen. Mais de uma vez, ele se viu procurando facas que não tinha mais. Era impossível olhar para Aisha sem lembrar que a Rainha das Dunas tentara matá-los. Duas vezes.

A cautela se agarrava a ele como uma mortalha quando Aisha terminou sua história. Antes que ele pudesse falar, a mercadora se inclinou para a frente.

— Então quem é você? Aisha bint Louas? Ou a Rainha das Dunas?

Aisha abriu a boca, fez uma pausa e depois a fechou. Mazen podia dizer pelo aperto de sua mandíbula que ela estava cerrando os dentes. Mas então, lentamente, a tensão desapareceu de seu corpo.

— Não desperdice seu fôlego com perguntas estúpidas. Eu nunca poderia ser ninguém além de mim mesma.

Ela e Loulie se olharam em silêncio. Mazen se afastou. Sentar-se entre elas era como ser golpeado de ambos os lados por um vento gélido.

A mercadora balançou a cabeça.

— Não acredito em você.

Aisha fez uma careta.

— Eu nunca sucumbiria a um jinn.

— Então como você chama isso? — A mercadora fez um gesto brusco. — Coexistência?

— Você acha que eu queria isso? Eu já disse: fechamos um acordo, porque esta é a única maneira de ela... — Aisha fez uma pausa, respirou lentamente. — A única maneira de *nós* existirmos neste mundo. Se a jinn quisesse matar vocês, ela poderia ter usado meu cadáver para isso sem barganhar.

Mazen se sentiu inquieto. Acalmou as mãos.

— Então, só para esclarecer, ela não quer mais nos matar?

— Eu não quero. — Aisha pronunciou a afirmação tão rapidamente que até ela pareceu surpresa. Endireitou-se. Novamente, houve aquele lampejo de irritação em suas feições. — A jinn erroneamente pensou que vocês fossem assassinos por causa das relíquias que carregavam. Mas *eu* sou a caçadora de jinn. Se ela quisesse se vingar de alguém, seria de mim. — Um sorriso sardônico cruzou seu rosto. — Mas, em vez disso, fizemos um acordo. Vocês podem ver que as prioridades dela mudaram.

Houve um momento de silêncio enquanto eles olhavam um para o outro. Embora Mazen se sentisse um pouco mais à vontade, Loulie olhava para Aisha com um ceticismo sepulcral.

— Então nos conte o resto da história. O que aconteceu com o jinn que lhe deu o colar? — *Qadir*. Mazen ouviu seu nome, mesmo que Loulie não tivesse dito.

Aisha ergueu as sobrancelhas e inclinou a cabeça.

— O que ele é para você, mercadora?

Loulie franziu a testa.

— Não vejo razão para responder à sua pergunta se você não responder à minha.

Aisha cruzou os braços.

— Ele partiu. Desapareceu. Mas ele teria voltado por mim. — Loulie fez uma careta. — Pelo *colar*. Qadir e — ela apertou as mãos — a rainha se conhecem. Ele usou o poder dela para controlar os carniçais na câmara do tesouro.

A memória se desenrolou na mente de Mazen. Ele estava de volta à câmara do tesouro de Imad, escura como breu, quando alguma força invisível passou por ele. Só que, nessa lembrança, via que a força era Qadir, e que ele andava no escuro com o colar no pescoço, cantarolando uma música silenciosa. A canção da Rainha das Dunas. Mazen se perguntou quanto tempo levara para os assassinos perceberem que os carniçais haviam se voltado contra eles.

— Eu deveria ter percebido que algo estava errado quando Imad não mencionou ter encontrado o colar — murmurou Loulie. — Mas nunca pensei que Qadir seria... — Ela parou, com o olhar inexpressivo.

Aisha olhou para a adaga nas mãos de Loulie.

— Então seu guarda-costas era um jinn.

Era. Mazen não deixou de notar a forma como os olhos da mercadora brilharam com a palavra. Mas ela não disse nada, apenas encarou Aisha silenciosamente, a faca presa entre os dedos trêmulos.

— Parece que você conhecia Qadir antes mesmo de recuperarmos sua relíquia das ruínas. — Mazen se pegou desviando o olhar para o olho mais escuro de Aisha quando ele falou. Se havia alguma parte dela que pertencia à jinn, era aquele olho.

Os lábios de Aisha se curvaram. Nada além de uma contração, presente apenas por um momento, mas Mazen experimentou a sensação desconcertante de ser julgado não por uma, mas por duas mulheres.

— Sim — ela disse. — Mas não posso contar essa história sem a permissão dele. — A garota se levantou e se espreguiçou, então começou a se afastar.

— Espere! — Mazen se levantou e a seguiu. — Aonde você está indo? Você não pode simplesmente...

Aisha se virou para encará-lo.

— Quando foi a última vez que você comeu?

A pergunta o pegou de surpresa. Seu estômago, que estava apertado, de repente se revirou de fome. Quanto tempo fazia *mesmo*?

— Exatamente. Podemos continuar essa discussão depois que eu caçar. — Mazen olhou para as roupas dela, encharcadas de sangue. Até onde podia ver, Aisha não tinha armas. Ela deve ter lido a pergunta em seu rosto. — Os humanos usam falcões para caçar. — A ladra apontou para fora com o polegar. — Eu tenho carniçais.

Mazen abriu caminho até a entrada. No momento em que viu os seis carniçais de sentinela do lado de fora, caiu para trás com um grito.

Aisha suspirou.

— Como você acha que eu saí das ruínas? Carniçais são muito bons em cavar. — Quando ele simplesmente a encarou, ela continuou. — Imad os forçava a cumprir suas ordens com uma relíquia que ele *roubou*... — a voz dela gotejava desgosto —, mas eu posso convocá-los e dispensá-los com minha magia, desde que estejam por perto.

— Mas... — Mazen tinha tantos *mas* que nem sabia por onde começar. Olhou impotente para Loulie, porém ela não olhava para ele. Sua atenção estava fixa na adaga. Ele percebeu, com certo choque, que havia lágrimas em seu rosto.

Aisha deu um tapa no ombro dele.

— Junte-se a mim, príncipe.

— Mas... — começou ele novamente. Não estava interessado em ficar sozinho com uma jinn mortal.

A cautela lutou contra a culpa. Nas ruínas, Aisha tinha o salvado. Ele queria confiar nela. Queria acreditar que, se ela era forte o suficiente para contornar a morte, era forte o suficiente para manter a mente intacta. Ele lançou outro olhar nervoso por cima do ombro na direção de Loulie.

— Os carniçais estarão do lado de fora — disse Aisha. *Ela vai ficar bem* foi a afirmação implícita, mas Mazen ainda estava preocupado.

Aisha não lhe deu chance de reconsiderar; puxou-o para fora da caverna antes que ele pudesse protestar novamente.

Loulie

Assim que ficou sozinha, Loulie ergueu a adaga e murmurou o nome de Qadir.

Não houve resposta.

Nas ruínas, ele tinha voltado para ela. Tinha sido fumaça, fogo e sombra, mas estivera *vivo*. Agora até mesmo seu reflexo tinha partido.

— Você afundou ruínas para me salvar. — Ela esfregou furiosamente as bochechas, irritada com suas lágrimas, mas incapaz de impedi-las de cair. — E agora, o quê? Vai simplesmente desaparecer? Achei que você fosse mais forte do que isso. — As lágrimas agora vinham mais rápido, sacudindo seu corpo e tornando sua visão embaçada.

Você é que é fraca, disse uma voz baixa dentro de sua cabeça.

E foi essa confissão, essa verdade, que finalmente a destruiu. Todos aqueles anos Loulie vinha tentando se distanciar de seus fracassos passados. *Layla* tinha sido muito jovem e indefesa para salvar todos que amava. Então, como Loulie, ela havia prometido se tornar mais forte, mais sábia. Alguém que, sem dever nada a ninguém, seria capaz de salvar a si mesma sem se preocupar em perder os outros.

Mas havia falhado — não salvou nem Qadir nem a si mesma.

Não sabia quanto tempo tinha ficado ali chorando, mas, quando suas lágrimas secaram, nem o príncipe nem a ladra tinham voltado. Ela não se importou.

O vazio dentro de Loulie era um abismo que foi ficando cada vez mais profundo até engoli-la por inteiro, puxando-a para um sono sombrio e fragmentado. Quando os pesadelos insistiram em acordá-la, ela desistiu do sono e decidiu procurar pelo príncipe desaparecido e pela ladra. Ficou de pé e gritou quando uma dor excruciante atravessou seus tornozelos.

As pernas. Ela havia esquecido.

Loulie ergueu o olhar ao som de passos. Eram suaves, tão fracos que ela mal podia ouvi-los. Ela viu uma forma nebulosa. Uma sombra em forma de homem.

Apertou os olhos.

— Príncipe?

O homem deu um passo à frente e, à luz bruxuleante do fogo, viu que não era o príncipe Mazen. Não, este homem estava gravemente queimado e ferido, e mal se sustentava de pé.

Seu coração disparou.

— Não, mas... você está morto. — Ela cambaleou para trás, apenas para se chocar contra a parede da caverna, as pernas tremendo de dor.

O homem que ela havia queimado, o homem que ela havia *matado*, aproximou-se, com a faca erguida.

— Se eu tenho que morrer — murmurou Imad —, vou levá-la comigo. — Ele avançou.

Loulie gritou quando uma mão pousou em seu ombro. Ela gemeu e tentou se afastar.

— Não! — A palavra era um apelo, uma oração. — Não, não...

— Loulie, você está sonhando. — A voz era tão suave que quase chegava a ser inaudível, e ainda assim a invadiu como uma onda calmante, suavizando as arestas de seu pânico. Ela abriu os olhos devagar.

Uma sombra de olhos vermelhos estava diante dela. Quando piscou novamente, a sombra se tornou um homem sólido de pele escura e tatuagens desbotadas. Ela se concentrou em seus olhos: gentis, castanhos e humanos.

— Você estava fazendo uma careta enquanto dormia — disse Qadir. — Achei rude continuar encarando.

Loulie se atirou contra ele com um soluço sufocado. A dor atravessou seus tornozelos, mas, naquele momento, a lesão não importava. Ela esperou que Qadir se dissipasse em fumaça. Em vez disso, ele passou os braços ao redor dela e a puxou para si. O jinn não disse nada, apenas ficou sentado em silêncio enquanto Loulie chorava em seu ombro. Por um tempo, eles permaneceram assim, o silêncio interrompido apenas pelos soluços, e, quando ela se acalmou, pelo crepitar da fogueira.

Houve silêncio. Leve e confortável.

Por fim, Loulie se afastou para olhar no rosto dele. Qadir parecia perfeitamente humano. Ela estendeu a mão para tocar sua bochecha. Perfeitamente *sólido*. Sua expressão suavizou.

— Você estava sonhando, então eu te acordei.

Loulie olhou para ele, desafiando os traços de seu rosto a se desfazerem em pó. Mas ele continuou ali.

— Você morreu — falou ela finalmente, com a voz rouca.

Loulie não percebeu que havia se afastado até Qadir estender a mão para repousá-la sobre a dela.

— Nunca morri. Fiquei incapacitado, mas não morto. Sinto muito por ter demorado tanto para encontrar você.

— Mas a armadilha...

— O suficiente para me ferir. Me atrasar.

— Você era como fumaça...

— Reconstruir um corpo tão danificado não é uma coisa simples.

Loulie engoliu em seco.

— Mas as espadas eram de *ferro*.

Qadir zombou.

— Quem você acha que eu sou?

As palavras de Imad flutuaram na mente dela como fumaça venenosa. *Não é à toa que ele vive! Você sabe o que ele é, garota?*

— Não sei. — Ela mal podia dizer as palavras através do nó em sua garganta.

Uma teia emaranhada de memórias se desenrolou em sua mente: Qadir, confessando que não poderia voltar para casa. Imad, falando de uma relíquia tão valiosa que qualquer um que a visse era assassinado — a relíquia de um rei jinn. Ela se lembrou da fome em seus olhos quando as ruínas desmoronaram. A forma como sua voz tremera quando ele se aproximou dela e de Qadir. *Você. Era você que estávamos procurando.*

Sua mãe lhe contara histórias sobre os sete reis jinn, que tinham poder suficiente para afundar seu mundo. *Ifrit*, Qadir os chamara. Mas essa era uma palavra para jinn terríveis e temíveis. Para a criatura que revivera Aisha com magia das trevas. Para o lendário jinn da lâmpada.

Não Qadir.

Ela afastou a mão. Os olhos de Qadir se ofuscaram.

— Loulie... — Ele parecia estar prestes a alcançá-la novamente quando se virou, os olhos apertados.

Aisha bint Louas estava encostada na entrada da caverna, os braços cruzados sobre o peito e um tornozelo cruzado sobre o outro enquanto os observava com um sorriso felino que Loulie sabia que não era dela. O olhar fez seu coração bater de nervoso. Ela mal tinha confiado na ladra quando ela era apenas uma humana. Agora que hospedava uma jinn mortal, confiava menos ainda.

Mas Qadir parecia despreocupado.

— Vejo que você selou o seu acordo.

Aisha estalou a língua.

— O meu nome não é *você*. Pode dizer "Aisha"?

— Meus deuses. — Essas palavras foram ditas pelo príncipe Mazen, que entrou na caverna segurando uma lebre ensanguentada pelos pés. Ele correu os olhos arregalados por entre eles. — Como você está vivo?

Qadir franziu a testa.

— Quem está perguntando? O príncipe Mazen, ou este é outro disfarce?

O príncipe teve ao menos a decência de corar. Loulie queria dar um soco em seu rosto envergonhado. Por muito tempo, sua raiva por ele havia sido silenciada por sua dor. Mas agora estava de volta, faiscando dentro dela como uma chama incontrolável. A primeira vez que ele mentira sobre sua identidade, ela simpatizara com sua situação. Evidentemente, isso não significava nada para ele.

Aisha zombou.

— Que agradável saber que *todos* nós temos guardado segredos. — Ela pegou a lebre de Mazen, caminhou até o fogo e começou a esfolá-la com algum caco que aparentemente havia adquirido no deserto. — Talvez devêssemos ter uma conversa franca?

Ninguém falou no silêncio que se seguiu. Loulie sabia que deveria tentar assumir o comando. Ela era a Mercadora da Meia-Noite, afinal. Ela era... *inútil*. A percepção a atingiu novamente, tão forte que a fez estremecer. Era verdade. O que ela era sem suas relíquias? Sem *Qadir*?

Foi Qadir quem finalmente quebrou o silêncio. Não com uma palavra, mas com um suspiro que fez o fogo na frente deles vacilar.

— Certo. — Ele fez um gesto com a mão e a fogueira se ergueu, torcendo e se estendendo até se transformar em uma paisagem maravilhosa de minaretes brilhantes e prédios abobadados. — Vamos falar de mentiras e verdades e da história escondida entre elas.

E então ele lhes contou a história dos sete reis jinn, mas sua versão era diferente da história humana. Na história de Qadir, os reis jinn não eram um grupo de vilões sem nome; eram um coletivo de jinn tão poderosos que haviam recebido seu próprio nome. *Ifrit*: seres de fogo cuja magia desafiava tanto a ordem natural que era temida até entre os jinn.

Ele passou os dedos pela miragem de fogo da cidade e ela se formou novamente sob seus dedos, separando-se em sete figuras.

— Os ifrit eram diferentes dos jinn normais, pois podiam aprender várias magias, não apenas aquela com a qual nasceram. Eles foram nomeados, no entanto, pela afinidade em que se especializaram.

Qadir alcançou a silhueta de fogo mais próxima e alterou sua forma, transformando-a em um grande pássaro flamejante com muitas caudas.

— O Metamorfo — disse.

Ele tocou a segunda figura, que saltou e girou no ar.

— O Dançarino.

A terceira figura empoleirou-se em um tapete voador e ergueu uma caveira.

— A Ressurreicionista.

Loulie olhou para Aisha, que captou seu olhar e desviou os olhos, com a testa franzida.

— Então você *é* a Rainha das Dunas — murmurou o príncipe.

— Pare de me chamar assim — falou Aisha bruscamente. — A jinn pode falar através de mim, mas apenas quando eu lhe der permissão. Eu ainda sou eu mesma.

Qadir limpou a garganta incisivamente ao alcançar a quarta figura, que deslizou pelo ar com seu corpo esquelético.

— O Portador da Maré — indicou ele.

A quinta figura juntou as mãos em oração.

— O Místico.

A sexta figura pressionou as mãos no chão. Árvores em chamas formaram um círculo em torno de sua forma curvada.

— O Andarilho.

Em seguida, Qadir passou os dedos pela última forma. Ele criou um turbante feito de fumaça para a cabeça e um manto de fogo azul para as costas. A figura caminhou ao redor de sua fogueira como uma sentinela, a capa azul ondulando silenciosamente em um vento inexistente.

— O Inferno — declarou ele suavemente.

O príncipe emitiu um som de admiração. Loulie não disse nada. Ela sentia o olhar de Qadir sobre si. Mesmo sem vê-lo, sabia o que a expressão no rosto dele diria: *Sinto muito por nunca ter lhe contado.*

Uma tempestade de emoções emergiu dentro dela, um matagal tão espinhoso que Loulie mal podia discernir um sentimento venenoso de outro. Toda vez que tentava se concentrar, sua concentração se quebrava e ela se lembrava da dor nas pernas. Nunca se sentira tão despedaçada antes. Tão profundamente cansada.

Quando Loulie não disse nada, Qadir voltou seu olhar para o fogo. Ele moldou a chama novamente, desta vez em oito formas. Ele colocou uma das formas em um trono e fez as outras se ajoelharem diante dela.

— Os ifrit serviam a um rei que governava de seu trono em Dhahab. Ao mesmo tempo, eram seus guerreiros e seus conselheiros, e juraram proteger seu país. Por centenas de anos, houve paz. — Ele olhou para a imagem bruxuleante dos jinn curvados por um longo tempo. Então suspirou, e o fogo perdeu sua forma. Loulie se assustou ao ver gotas de cinzas em seu rosto. Seu peito chacoalhava cada vez que ele respirava. *Reconstruir um corpo tão danificado não é uma coisa simples*.

— Nas lendas... — O príncipe fez uma pausa, as bochechas coradas como se estivesse ciente de quão estranho era se referir à história como mito. — Nas lendas, os sete reis trouxeram a ira dos deuses sobre eles. Enterraram o mundo jinn sob o Mar de Areia.

Aisha riu, uma risada suave que parecia fora de lugar vinda de seus lábios oblíquos.

— Deuses? Não havia deuses, apenas vocês, humanos.

Até Loulie ergueu os olhos, mas Aisha — ou a Ressurreicionista, quem quer que ela fosse no momento — apenas olhou desamparada para o fogo.

— Um dia, humanos vieram para nossas terras. Nós os achávamos criaturas inofensivas. Um povo incompetente e sem magia. Nosso rei ficou curioso, então ele os recebeu em nossa cidade.

— Foi imprudente — murmurou Qadir. Ele falava de forma gentil, como se tivesse perdido a força para projetar a voz. — Quando eles descobriram que nosso sangue podia curar e que nossas relíquias podiam ser usadas como armas, vieram atrás de nós com espadas e lanças de ferro.

— Eles eram implacáveis — disse Aisha. — Nós não conseguiríamos destruir todos eles, então...

Qadir se virou.

— Fugimos deles. Desobedecemos ao nosso rei e enterramos nosso país nas profundezas da areia para que nenhum humano pudesse nos alcançar.

O peso daquelas palavras se assentou lentamente. Afundar uma paisagem de ruínas era uma coisa. Fazer desaparecer um país inteiro era outra. Loulie cruzou os braços e engoliu em seco. Imaginou-se caindo para sempre, imaginou sua casa e seus entes queridos sufocando sob a areia.

— Eles nos fizeram sofrer por nossa traição — murmurou Qadir.

Loulie olhou para as cicatrizes desbotadas subindo por seus braços. *Minha desonra foi esculpida em mim com uma faca para que eu não a esquecesse. Eu mereci.*

— Aqueles de nós que não queriam sofrer fugiram para o mundo humano — comentou Aisha. Ela ergueu o coelho sem pelos e, após uma pausa significativa, atirou o animal ao fogo. O príncipe emitiu um som de protesto que rapidamente se desfez num suspiro, pois o fogo não queimou a lebre, apenas a cozinhou. — É claro que todos nós sofremos no final.

Um silêncio taciturno, mas curto, permeou a caverna antes de Mazen limpar a garganta e falar.

— Em nossas lendas, eles chamam você de Rainha das Dunas. Dizem...

— Chega. — A voz de Aisha era afiada, fria. — Estou cansada dessas histórias de jinn.

O príncipe piscou, parecendo completamente perplexo. Ele virou para olhar para Qadir, que balançou a cabeça.

— Meu passado é meu passado. Eu o enterrei há muito tempo e pretendo mantê-lo assim. — Ele olhou para cima e encontrou os olhos de Loulie. *Me perdoe.*

Não havia nada para perdoar. Aquilo não era culpa de Qadir. E, no entanto, ela não conseguia parar de reviver o momento em que Imad os prendera nas ruínas. *Você. Era você que estávamos procurando*, ele dissera. Nem a bússola, nem uma relíquia. Os ladrões, sem saber, estavam procurando um ifrit — uma criatura que tropeçara no acampamento em chamas de sua tribo naquela noite, procurando sua bússola, e que a encontrara nas mãos de uma garota atormentada. Foram os ladrões que mataram sua família. Qadir a *salvara* deles. E, no entanto, se Qadir não estivesse vagando por seu acampamento em primeiro lugar, se os ladrões não o tivessem rastreado até aquela área...

Eles ainda estariam vivos.

A constatação abriu um buraco em seu coração. Não importava que fosse irracional. Suas memórias eram mais fortes, afastando tudo até que não houvesse nada além de uma angústia profunda, que deveria ter sido extinta com Imad. Mas a chama não se apagou, ardia em algum lugar dentro dela, gritando: *E se, e se?*

— Loulie — disse Qadir, delicadamente.

— Já ouvi o suficiente por esta noite. — Ela se sentia vazia. Drenada. — Falaremos mais amanhã. — Suas palavras tinham a força de um machado de carrasco. O silêncio persistiu durante a refeição desanimada. Mais tarde, o príncipe e Aisha levaram sua conversa para o lado de fora, deixando-a sozinha com Qadir.

Nenhum deles falou. Não até que Loulie estivesse pronta para dormir, então Qadir estendeu a mão e tocou seu ombro enquanto ela se afastava mancando.

— Peço desculpas — falou ele. — Foi egoísta da minha parte querer ser apenas Qadir aos seus olhos. — Gentilmente, o jinn apertou o ombro dela. — Obrigado por lutar tanto para recuperar minha adaga nas ruínas.

Qadir exalou suavemente, então deslizou a mão do ombro dela.

— Eu consegui salvar isso também. — Ele bateu em algo em seu quadril: uma bainha desgastada familiar. O coração de Loulie pulou em sua garganta ao vê-la. Imad não havia mencionado a lâmina quando seus carniçais investigaram o fosso.

Como sempre fazia, Qadir pôde ler a dúvida em sua expressão.

— Escondi a lâmina no deserto antes de me infiltrar nas ruínas. — Ele balançou a cabeça. — Você cuidou da minha adaga todos esses anos, é natural que eu proteja um presente seu da mesma maneira.

Loulie não tinha palavras. Mesmo que tivesse, não seria capaz de falar, apertada como sua garganta estava. Então ela não disse nada quando Qadir lhe ofereceu um sorriso fraco e disse:

— Amanhã, quando eu recuperar mais do meu poder, você me deixa curar seus ferimentos?

Tudo que ela conseguiu responder foi um aceno de cabeça antes de se virar, os olhos ardendo com lágrimas não derramadas.

Quando Loulie finalmente dormiu, seu descanso foi assolado por pesadelos.

50

Mazen

Mazen se levantou com o sol. Depois de horas tentando e não conseguindo adormecer na caverna gelada sem cobertores, ele se deslocou até a boca da caverna para assistir ao nascer do sol. O céu estava lindo, sem nuvens e pintado em tons de azul e dourado. Ele imaginou as cores estendidas pelo céu do deserto como uma tapeçaria; imaginou seu pai, as mãos cruzadas atrás das costas, um sorriso gentil no rosto, observando o mesmo nascer do sol da varanda do palácio.

O sultão sempre fora muito amável antes do nascer do sol; Mazen gostava de pensar que era porque ainda não tinha colocado a máscara social que apresentava no tribunal. Às vezes, quando seu pai estava particularmente de bom humor, ele contava histórias a Mazen. Histórias sobre Amir, o primeiro sultão, e seu irmão, Ghazi, o primeiro comandante.

Mazen deslizou contra a parede da caverna. Ele sentia falta daquela versão do pai.

— Sabah al-khair. — Ele se assustou quando Aisha apareceu à luz do sol, parecendo incrivelmente bem descansada para alguém que tinha morrido e ressuscitado no dia anterior. — Já que acordou cedo, quer ir caçar comigo?

Mazen se encolheu. No dia anterior ele tinha visto carniçais matarem uma lebre. Não tinha sido exatamente uma "caça", mas uma distração. Foi só mais tarde que o príncipe percebeu que Aisha queria afastá-lo de Qadir, que ela sentira chegando. Talvez ela quisesse dar ao jinn e à mercadora tempo para resolver qualquer rachadura que houvesse crescido entre eles.

Mazen lançou um olhar por cima do ombro. Loulie e Qadir estavam deitados em lados opostos da caverna, de costas um para o outro. Parecia que o plano de Aisha havia falhado.

— Venha. — Aisha agarrou o pulso dele e o puxou para fora.

Mazen gemeu enquanto esfregava os olhos.

— Pensei que eu tivesse escolha.

— Não. Apenas pensei em te dar a opção antes de te forçar a ir.

E assim os dois "caçaram" mais uma vez, levando dois carniçais com eles e se aventurando no deserto em busca de presas. Mazen passou os braços em volta de si mesmo em um esforço inútil para lutar contra o frio. Estava mais quente lá fora sob a luz do sol nascente, mas apenas marginalmente. Ele tinha inveja de Aisha, que parecia não sentir o frio em seu manto esfarrapado.

Os dois seguiram os carniçais até que um silêncio familiar e sobrenatural caiu sobre o deserto. Mazen estacou. A mesma coisa acontecera na noite anterior quando os carniçais avistaram um animal. A princípio, ele estava convencido de que ele e Aisha eram seus alvos, de que qualquer magia estranha que Aisha houvesse ganhado com o ifrit finalmente se voltara contra ela. Mas então os carniçais trouxeram de volta uma lebre, e Mazen quase chorou de alívio.

Ele e Aisha observaram os carniçais escalando uma formação rochosa distante até desaparecerem. Eles ficaram juntos em um silêncio tenso, esperando. No dia anterior, Mazen temera que uma Aisha possuída o levasse para o deserto e o matasse. Mas até agora a Rainha das Dunas tinha respondido a ele com exasperação, não com violência. Mazen esperava que continuasse assim.

Espontaneamente, ele encontrou seus olhos vagando para as cicatrizes nos braços de Aisha, nada além de um flash de cinza sob sua capa. Ela flagrou seu olhar e levantou um dedo.

— Meu rosto está aqui em cima, Príncipe.

Mazen corou.

— Desculpe, eu estava apenas olhando...

— Minhas cicatrizes, eu sei. Você é sempre curioso demais para o seu próprio bem.

Ela cruzou os braços e desviou o olhar para o Mar de Areia. Mazen lançou um rápido olhar para o oceano de areia sempre em movimento e se virou, perturbado por sua calmaria. Tanta coisa havia acontecido naquelas ruínas submersas — eventos que ele sabia que ficariam marcados em sua memória pelo resto de sua vida.

Mazen não conseguia esquecer, então fez a melhor coisa possível: tentou se distrair fazendo uma pergunta.

— Como funciona? Esse acordo entre você e a Rainha das Dunas?

Os olhos de Aisha se voltaram para ele.

— É *Ressurreicionista* para... — Ela se interrompeu para encarar os pés, com a mandíbula cerrada. Gradualmente, a tensão em seu corpo se aliviou. — Ainda estamos trabalhando nisso. O acordo era que eu oferecesse meu corpo a ela em troca da minha vida.

— Então ela ocasionalmente controla seus movimentos?

— Não. Mas os pensamentos dela... esses são mais difíceis de desembaraçar dos meus.

Houve outro silêncio. Mazen não mencionou os sorrisos afiados que vira deslizar no rosto dela ou os gestos atípicos que notara no dia anterior.

— E o que você ganhou com esse negócio? Além de, hum, sua vida?

— Além de uma voz interior que nunca se cala? A habilidade de comandar um bando de brutos mortos-vivos, aparentemente. — Cada palavra era afiada, amarga.

Mazen não tinha certeza se deveria oferecer um pedido de desculpas ou um consolo. Ele meditou em silêncio sobre sua resposta até que Aisha ergueu o olhar e... talvez fosse um truque da luz, mas sua expressão pareceu suavizar.

— Eu escolhi este destino para mim, Príncipe. Não preciso da sua piedade.

Mazen ficou triste. *Empatia não é pena*, ele queria dizer.

Não era a primeira vez que Mazen se perguntava sobre a infalibilidade cínica da ladra. *Todos começamos como covardes*, ela lhe dissera nas ruínas. Mas era difícil imaginar que ela já tivesse sido covarde. A única vez que ele a vira vacilar, quando ela estava desesperada por ajuda...

Foi preciso muito esforço para deixar de lado a lembrança da faca cortando a garganta dela e acalmar sua mente cambaleante. Felizmente, o retorno do som ao deserto dispersou seus pensamentos. Ele olhou para cima quando os carniçais voltaram, carregando... outra lebre.

Seu estômago roncou desanimado.

Aisha ergueu uma sobrancelha.

— O que foi, estava esperando um chacal? Um lobo?

— Sem expectativas. — Ele suspirou. — Mas eu estava esperançoso.

Cerca de uma hora depois de saírem, eles voltaram para a caverna. O sol tinha nascido completamente quando voltaram, lançando a paisagem em uma luz nebulosa e empoeirada que borrava as dunas distantes. Ventos suaves roçavam seus tornozelos, perturbando a grama raquítica e ondulando a areia. Não era o pior tempo para viajar, mas Mazen achava difícil ficar aliviado quando estava tão exausto.

Quando chegaram à caverna, encontraram a mercadora do lado de fora, esperando por eles. Aisha deu uma risadinha — o som suave e ofegante que ele ouvira no dia anterior.

— Ah, o milagre do sangue jinn. Então você consegue andar agora?

— O suficiente — disse Loulie rígida. Mazen observou sua postura. Do jeito que ela estava encostada na parede, era evidente que estava tentando manter o peso fora de seus tornozelos. Mazen se lembrou de sua própria lesão. De como, mesmo curado, o ferimento continuou doendo por dias. E ele tinha conseguido *descansar*.

Aisha passou por Loulie com a lebre pendurada no ombro.

— Você é uma criatura tão orgulhosa. Recomendo ficar sentada pelo menos até eu terminar de preparar a comida. — Ela desapareceu na caverna. Loulie permaneceu teimosamente encostada na parede.

Um pensamento ocorreu a Mazen quando Qadir se juntou a eles do lado de fora.

— Não temos cavalos. — Eles o encararam. Ele pigarreou e continuou. — Como vamos chegar a Ghiban sem cavalos?

Qadir claramente não se impressionou.

— Você tem duas pernas, não tem?

Mazen piscou. *Essas pessoas são loucas. Não podemos cobrir essa distância a pé!*

Mas, na verdade, eles podiam, sim, e o fizeram. Só que Mazen odiou cada momento da jornada.

Com provisões, a viagem de dois dias não teria sido tão terrível. Mas caminhar pelo deserto em seu próprio corpo, vestindo nada além das roupas mal ajustadas de seu irmão, foi uma experiência angustiante. No primeiro dia, nenhum deles falou. Falar só deixava Mazen mais consciente de quanto o ar frio secava seus pulmões, então ele caminhava em silêncio, tentando o tempo todo ignorar a exaustão que pesava em seus membros.

A bússola, pelo menos, era uma bênção. Quando não os guiava pelo caminho mais indolor para Ghiban, mudava abruptamente de direção para alertá-los da presença de comida e água. A primeira, Aisha "caçou" com seus carniçais. A água eles encontraram principalmente em cactos e plantas, que Loulie cortou com sua faca e drenou com um pano. Eles não tinham odres de água para armazenar o líquido, então beberam o máximo que puderam antes de seguir em frente.

Mesmo quando o sol se pôs e a lua se levantou, eles avançaram. Sem nenhum abrigo para protegê-los dos ventos gelados, tiveram que continuar se movendo para conservar o calor. Foi apenas pela manhã, quando o sol nasceu, que eles cochilaram.

No segundo dia, Mazen acordou e encontrou Aisha assando lagartos sobre o fogo enquanto Qadir compartilhava a notícia de que havia encontrado um riacho nas proximidades. Depois daquela triste refeição, eles seguiram Qadir até a fonte de água e a usaram para se refrescar e saciar a sede. Todos estavam de bom humor quando retomaram a viagem. Aisha estava até cantarolando — aquela música horrível que a Ressurreicionista tinha cantado no gabinete de Ahmed.

Loulie se virou.

— Essa música — retrucou ela. — O que é?

Aisha fez uma pausa.

— Uma velha canção de ninar de Dhahab. Quando estou perdida no mundo dos mortos, ela me traz de volta ao presente. — Ela olhou para Qadir. — Ele também conhece.

— Eu não estava mentindo sobre a música ser de Dhahab — disse Qadir suavemente.

Loulie olhou para a areia e não comentou nada.

Gradualmente, as dunas desapareceram, substituídas por penhascos que brilhavam como fogo sob o sol. Um caminho rochoso se revelou, e a areia ficou cheia de pedras vermelhas. Mazen, que nunca tinha visto uma paisagem assim antes, ficou maravilhado.

— Sua boca está aberta. — Ele se virou para ver a mercadora caminhando ao seu lado. Seu rosto estava pálido e o suor umedecia sua testa. Ele queria perguntar se ela estava bem, mas era uma pergunta tola.

— Eu nunca estive nesta parte do deserto antes — falou Mazen.

— Não? É por isso que você está aqui, tomando o lugar de seu irmão? — Loulie franziu a testa. — Para passear?

Mazen fez uma careta. Ele vinha se preparando mentalmente para essa conversa desde que tinham partido, mas agora estava sem palavras.

— É complicado — ele finalmente murmurou.

A mercadora estreitou os olhos.

— Então vamos parar. Nós precisamos conversar.

Então, por ordem da mercadora, eles fizeram uma última parada, estabelecendo-se em uma caverna escavada em um dos penhascos. Mazen desenrolou os lenços do rosto, cuspiu areia da boca e falou. Ele se reteve à verdade, nua como era. Tinha sido chantageado por causa de sua própria covardia. Estava naquela viagem porque seu irmão tinha negócios importantes relacionados à segurança em Madinne, e o sultão não sabia, porque, é claro, ele nunca teria permitido.

Mazen esperava que a mercadora gritasse com ele quando a história acabasse. Que o agarrasse pela túnica e o sacudisse até seus dentes baterem. Em vez disso, ela balançou a cabeça.

— Você é um idiota.

Mazen piscou.

— Eu admito que me faltou sagacidade, talvez, mas...

— Você acha que seu irmão enviaria você nesta missão para que ele pudesse ficar para trás e implementar medidas de *segurança*? — ela zombou.

Mazen sentiu algo dentro dele se esgarçar.

— O que você sabe sobre meu irmão?

— Sei que ele é um assassino.

— E? Você não parece se importar com o sangue nas mãos de Ahmed bin Walid.

A mercadora congelou, de olhos arregalados, o corpo tremendo. Quando falou novamente, sua voz era um sussurro letal.

— Como você ousa comparar seu irmão com o wali de Dhyme? Ahmed não deu ordem para matar uma tribo de humanos por uma maldita *relíquia*.

Mazen recuou. Aisha tinha contado a ele sobre aquilo nas ruínas, como ele tinha esquecido? *Porque Omar é família*, pensou. *E quando se trata de família, sempre tentamos esquecer.*

Mas como Loulie sabia? Por que Imad contaria essa história a ela, a menos que... Ele a encarou. Ela estava respirando rápido como uma pessoa faz quando está segurando as lágrimas.

... A menos que tivesse sido a tribo dela.

Ele engoliu em seco.

— Loulie, eu...

— Sente muito? Suas desculpas não têm importância para mim, Príncipe. Eu não tenho razão alguma para confiar em sua sinceridade quando você esteve mentindo para mim esse tempo todo. — Ela se virou para olhar com raiva para Aisha. — E *você*. Eu confio em você ainda menos, quer que diabos você seja. Uma ladra, a Ressurreicionista... de qualquer forma, é uma assassina a sangue frio.

Loulie se levantou e saiu mancando da caverna.

— Deixe-a em paz — disse Qadir bruscamente quando Mazen começou a se levantar. — Ou você planeja segui-la como um cão de caça agora? — Algo cintilou em seus olhos, algo que pode ter sido fogo.

Mazen murchou. O que mais ele tinha a oferecer além de desculpas, vazias como eram para ela? Não podia nem mesmo lhe dar respostas. Ele olhou para Aisha, que deu de ombros sob seu olhar.

— Não olhe para mim. Não conheço a mente de Omar. Mas... — Ela ergueu uma sobrancelha. — Seu pai nos enviou em uma missão igualmente perigosa. Às vezes o poder requer sacrifício.

Mazen olhou para ela com raiva.

— Não vale a pena se esse poder exige que *outros* sejam sacrificados.

Os lábios de Aisha se curvaram em um sorriso sardônico.

— Você realmente não sabe pensar como um príncipe, não é? — Ela riu, e sua voz assumiu a suavidade que ele passara a associar à Rainha das Dunas. — Nosso mundo não é construído sobre moral. Humanos, jinn... somos todos criaturas egoístas. Seu irmão buscou o poder, então ele colocou o pescoço dos outros em risco por isso. É assim que é o mundo.

Mazen se eriçou.

— E possuir um homem inocente e matar seus camaradas... é assim que é o mundo também?

Aisha fez uma careta.

— Se por "homem inocente e camaradas" você quer dizer assassinos que matam jinn sem motivo, então sim. — Ela não interrompeu o contato visual enquanto se levantava. — Eu diria até que matá-los é justiça — respondeu friamente, então se afastou.

Qadir inclinou a cabeça.

— Você é muito hábil em cavar buracos para si mesmo, príncipe. — Ele se levantou com um suspiro. — Ainda não confio em você, mas confio menos em seu irmão. Não sei o que ele está tramando, mas saiba de uma coisa. — Seus olhos escureceram com a fumaça. — Se sua família tentar prejudicar Loulie, afundarei sua cidade. E se você disser uma única palavra da minha história para eles... — Ele sorriu. Um sorriso insensível que fez um arrepio percorrer a espinha de Mazen. — Farei, pessoalmente, você se arrepender.

A promessa mortal pairou no ar, espessa como a fumaça nublando os olhos do ifrit quando ele saiu da caverna. Mazen teve que se forçar a segui-lo. *Ele* tinha se metido nisso e não tinha escolha a não ser terminar essa jornada infernal.

Depois disso, não demorou muito para chegarem à estrada para Ghiban. Aisha baniu os carniçais com um comando enquanto eles pisavam no caminho de terra, desintegrando-os em areia com um estalar de dedos. Mazen não tinha certeza se deveria ficar aliviado ou nervoso por Aisha poder controlar tão facilmente a magia da rainha.

Sua ansiedade diminuiu um pouco quando eles se juntaram a outros viajantes na estrada principal. Depois de dias de viagem isolados, foi um alívio ver outras pessoas. Mazen se sentiu mais à vontade entre a multidão. A mercadora, por outro lado, foi forçada a se despir de suas camadas estreladas. Ela parecia menor sem elas, reduzida a uma túnica simples, uma calça e sapatos tão empoeirados que pareciam mais marrons que dourados.

Os viajantes serpentearam por penhascos e encostas rochosas até chegarem à cidade. Pináculos e cúpulas de pedra se estendiam por um planalto rochoso exuberante com jardins vibrantes e lagos azuis cristalinos. A cidade ficava no centro de um pequeno vale, cercada em três lados por cachoeiras que desaguavam nos rios prateados ao redor do assentamento que brilhavam sob o luar.

Mazen exalou suavemente, admirado.

Finalmente, haviam chegado a Ghiban.

A última cidade antes da lâmpada.

51

Loulie

Ao contrário de Madinne ou Dhyme, onde a natureza era reservada para a elite, Ghiban estava cheia de maravilhas naturais. Até mesmo o declive acentuado na cidade era repleto de verde; girassóis espreitavam entre os penhascos, grama amarela brotava entre as rachaduras do solo e lanternas de madeira tecidas com flores penduradas acima deles iluminavam o caminho. Daquela altura dava para ver todos os bairros da cidade: terrenos divididos por riachos e ligados por pontes.

Era lindo. Tão lindo que fez o coração de Loulie doer. Pois essa beleza natural, assim como as demais, nascera de sangue jinn. Contavam-se histórias sobre a batalha travada nesses penhascos entre os humanos e os marid, os lendários jinn concessores de desejos que diziam ter permanecido no mundo humano depois que suas cidades afundaram no Mar de Areia.

A mãe de Loulie tinha contado a história uma vez: depois de muitos anos das pessoas se aproveitando deles, os marid se revoltaram, posicionando-se no topo das falésias para que pudessem atrair cachoeiras para esmagar o exército humano no vale. Mas os humanos eram implacáveis: empregaram milhares de homens como distração, sacrificando-os à magia dos marid para ganhar tempo para o restante deles escalar os penhascos do outro lado.

Diz a lenda que, depois de matar os marid, os humanos penduraram seus cadáveres no topo dos penhascos, e havia tanto sangue prateado escorrendo pelas rochas que se transformou em uma cascata de água. Às vezes, quando Loulie olhava fixamente para os riachos que serpenteavam pela cidade, achava que brilhavam como poeira estelar.

Era lindo. E era horrível.

O caminho descia para o azoque principal de Ghiban, um espaço composto de pequenas lojas de tijolos e pedra com expositores e barracas ao ar livre. Loulie se virou para a multidão que lotava a praça. Ela normalmente detestava bandos de pessoas, mas agora deslizava agradecida para as hordas, querendo colocar a maior distância possível entre ela e os outros. Principalmente, tentava escapar de Qadir, que a observava constantemente com aquele olhar suplicante. Loulie não queria, não *podia* falar com ele. Porque, no momento em que o fizesse, ela se lembraria do passado. Lembraria de sua própria inutilidade. E desmoronaria.

Loulie mordeu o lábio quando uma onda de autopiedade a agarrou. Essas malditas emoções seriam o seu fim. O mundo caiu em um palimpsesto de manchas coloridas sem sua permissão, pressionando enquanto ela abria caminho através de uma multidão de pessoas.

— Layla!

Os comerciantes enfiavam joias em seu rosto, os frequentadores do mercado sorriam para ela sob as sombras de seus capuzes. Ela esbarrou em um homem. Um batedor de carteiras. Ele se desculpou enquanto enfiava a mão no bolso dela.

— Layla!

Loulie deu um tapa na mão dele, tentou fingir que estava com raiva. Mas a constatação estava lá, inevitável: *Não há nada para ele roubar*. Ela se entristeceu.

— Layla! — Ela sentiu uma mão no ombro e a afastou por instinto. Percebeu, tardiamente, que pertencia ao príncipe. Abriu a boca para gritar com ele... e parou.

Ele havia se lembrado de usar o nome dela. O que ela usava quando entrava no azoque como cliente. Era para ser um escudo, então por que o fato de ele dizer isso em voz alta a fazia querer chorar?

— Devo te chamar de outra coisa? — Mazen a olhou com cautela enquanto esfregava a mão.

— Não. — Loulie inalou bruscamente, odiando quão pequena sua voz saiu. — O que você quer?

— Principalmente, quero saber para onde estamos indo.

— Uma pousada. — Dizer isso em voz alta deu a ela um objetivo para se manter focada. Mas a calma durou pouco, pois, quando finalmente chegaram, ela percebeu que não tinham ouro. O pânico tinha acabado de voltar quando Aisha bateu um punhado de moedas na mesa.

— Você se esquece de que eu sou uma ladra — disse ela como explicação. Aisha colocou a mão no ombro do príncipe e o guiou para longe, pela taverna da pousada, em direção ao único corredor onde ficavam os quartos de hóspedes. Ele olhou por cima do ombro. Loulie estremeceu com a compaixão em seu rosto. Ela o odiava, esse príncipe mentiroso que fingia ter um coração de ouro. Mas, acima de tudo, odiava a si mesma por inspirar tal empatia nele.

— Vou ao hamame — avisou ela a Qadir, e saiu antes que ele pudesse impedi-la.

O hamame comunitário mais próximo era um lugar espaçoso, uma coleção de câmaras menores cheias de banheiras de tamanho médio esculpidas diretamente no chão de pedra. A última vez que Loulie estivera ali, o local estava lotado de mulheres reunidas para algum encontro semanal. Ela ficou aliviada ao ver que a multidão estava ausente: não seria capaz de manter uma conversa mesmo se tentasse.

Loulie guardou suas roupas no vestíbulo, passou pela primeira câmara de banho — queria evitar as mulheres rindo lá dentro — e foi até a arcada do meio, onde ficava a câmara com a temperatura mais amena, nem muito fria nem muito quente. O quarto cheirava a jasmim e era iluminado por lanternas dispostas em cada canto do banheiro. Um pouco da tensão deixou o corpo de Loulie quando ela deslizou na água e fechou os olhos.

Por sorte, sua mente se esvaziou durante algum tempo.

Ela não sabia quanto tempo havia ficado ali sentada antes de abrir os olhos e perceber que os respiradouros do teto tinham sido abertos para permitir a entrada do ar. Olhando para o céu estrelado, lembrou-se de quanto tempo o dia — a jornada — tinha levado. E foi nesse ponto que as memórias que Loulie tentava suprimir vieram à tona. Aos poucos, ela começou a filtrá-las.

Nove anos antes, Qadir tinha perdido uma bússola no deserto. Uma bússola que fora encontrada por seu pai. Um grupo de ladrões rastreara o jinn em busca daquela bússola e matara sua tribo para proteger o segredo da busca. O jinn — *ifrit* — os matara e a colocara sob sua proteção. Por redenção, ele dissera, mas como ela saberia se era toda a verdade, quando ele tinha escondido tantas coisas dela?

Mas o que era mais doloroso para Loulie não eram as mentiras. Era a verdade.

Que a tribo dela não tinha sido nada além de dano colateral. Que, por todos aqueles anos, a pessoa que ordenara a morte de seus pais estava escondida atrás de portas douradas. E que agora ela viajava com o irmão dele e trabalhando para o pai dele.

Estava encurralada, e não havia uma maldita coisa que pudesse fazer a respeito.

Loulie não percebeu as lágrimas rolando por suas bochechas até que as ondulações se espalharam na superfície da água do banho. Ela se permitiu chorar sem reservas. Porque estava sozinha e não havia ninguém lá para vê-la desmoronar.

Era uma prova da intensidade de sua dor, ela pensou, *sua mente ter vagado até Ahmed bin Walid*. O que Loulie não daria para estar na companhia dele agora. Dançando em seu gabinete, conversando em seu pátio — não importava. Quando ela estava com Ahmed, conseguia esquecer sua reputação e suas inseguranças. Por um tempo, pelo menos.

Esse era o problema das pausas: eram temporárias. Sonhos frágeis, na melhor das hipóteses.

E, no entanto, Loulie ainda ansiava pelo conforto silencioso que a invadia quando se sentava com Ahmed em seu gabinete. Naquele momento, desejou viver uma vida mais simples. Uma na qual não tivesse tanto medo de perder outras pessoas.

Era lamentável que os desejos, assim como os sonhos, fossem imaginários.

Mais tarde, quando Loulie enxugou as lágrimas e voltou para a pousada, o quarto dela e de Qadir estava vazio. Exceto pelas poucas relíquias que carregava, junto com a shamshir de Qadir, que estava encostada na parede ao lado da cama, eles não tinham mais pertences. Havia, no entanto, uma lanterna solitária em cima da mesa, piscando com uma luz azul suave.

Loulie caiu na cama sem perceber. O fogo se manteve plácido. Nunca oscilou, nunca se apagou e nunca parou de zelar por ela.

52

Mazen

Mazen estava piscando para despertar do sono quando Aisha jogou uma trouxa de roupas nele.

— Parece que você esteve rolando na terra — disse ela como forma de saudação.

— Sabah al-khair para você também — murmurou ele enquanto olhava para a roupa: uma calça barata e uma camisa. Havia até um pano para ele moldar em um ghutra. Mazen olhou para Aisha, que já havia se lavado e se trocado. Ficou surpreso ao ver que ela não tinha coberto os braços: tanto as cicatrizes quanto a henna desbotada que as cobria estavam visíveis. Um lenço estava enrolado frouxamente em torno de sua cabeça, mantendo suas feições na sombra. Mazen mal podia dizer que seus olhos eram de cores diferentes.

— Deixe-me adivinhar. — Ele ergueu a túnica. — Roubo?

Aisha deu de ombros.

— Os comerciantes não vão sentir falta. Agora yalla, vá se lavar. Não temos o dia todo.

Mazen a encarou.

— Nós não estamos indo já, estamos? Acabamos de chegar.

— Você acha que podemos continuar nossa jornada sem cavalos e equipamentos? — Ela bufou. — Vou me certificar de dizer ao seu irmão que foi sua própria estupidez que matou você.

— É necessário sempre usar minhas palavras contra mim?

Ela se encostou na parede e cruzou os braços.

— Sim, quando você diz coisas idiotas.

Aisha não o seguiu quando ele saiu em busca do hamame masculino. Mazen o encontrou não muito longe da pousada, em um prédio simples enfiado em um canto dos penhascos. Lavar-se lá foi... estranho.

Principalmente porque, tendo sua própria câmara de banho pessoal no palácio, ele nunca se banhara na companhia de outros homens. Era uma experiência profundamente peculiar, que o deixou bem ciente de sua falta de músculos. Por outro lado, era um alívio não estar no corpo de seu irmão. Sendo *ele mesmo*. Ele só se lembrou do que isso significava quando estava se vestindo.

Tinha perdido a pulseira. Uma relíquia antiga e inestimável encantada por um ifrit.

Um peso repentino e terrível caiu sobre Mazen, fazendo-o tropeçar no lugar. Havia sentido a perda do objeto antes, mas não tinha percebido quão monumental era até agora, parado ali, seminu em seu próprio corpo. O corpo de Omar havia sido uma armadura. Embora tivesse certeza de que não precisava se preocupar em ser reconhecido em Ghiban, ele ainda se sentia vulnerável.

Mas talvez eu não precise *ser eu mesmo*. Sem suas vestes de mercadora, Loulie era Layla. E, sem seus ornamentos reais, ele era Yousef.

Yousef. O nome tinha gosto de escapadas inofensivas e sonhos grandiosos. Essa identidade, pelo menos, era um personagem que ele se sentia confortável em interpretar. Mazen decidiu que iria usá-lo ali. Voltou para a pousada, encontrou Aisha na taverna e contou isso a ela.

Ela bufou.

— Incrível como até agora você está com a cabeça nas nuvens. — A ladra se levantou e caminhou em direção à porta. — Venha, vamos atrás de uma loja de chai.

Ele a seguiu.

— E a mercadora?

Como se Mazen a tivesse convocado, Loulie al-Nazari saiu da multidão, vestida com roupas simples. Havia colocado um xale solto sobre seus cachos rebeldes, que eram uma auréola felpuda ao redor de seu rosto.

— Vou com vocês. — Sua voz, dura como aço, não deixava espaço para argumentação. Ela caminhou na frente deles, Qadir em nenhum lugar à vista.

Eles a seguiram, passando por casas de madeira escalonadas e lojas pitorescas, por trechos de vegetação repleta de flores, povoados por cidadãos aproveitando o clima frio e fresco. Mazen sentiu inveja de seu desapego, de seus sorrisos brilhantes e de suas risadas despreocupadas.

Ele olhou para os riachos borbulhantes que corriam por eles e pensou em sangue prateado. Em Qadir, atravessado por uma dúzia de facas. Em Aisha, sangrando até a morte nas ruínas antigas. Ambos mortos. Ou assim Mazen pensara. Mas ali estavam os dois, revividos com magia que ele não entendia. O que seu pai diria se soubesse que estava viajando com um ifrit?
Ele teria tentado matá-los há muito tempo.
Mazen reprimiu um suspiro quando eles chegaram aos arredores do azoque, onde trabalhadores da manhã se amontoavam em grupos, desabafando sobre seus problemas mundanos sob copas sombreadas e dentro de pequenas lojas. Mazen notou as impressionantes vitrines ao ar livre: mesas exibindo desde tecidos vibrantes a pratos vitrificados e fileiras de latas cheias de especiarias. Como ainda era cedo e muitas das mercadorias não estavam sendo supervisionadas, a guarda da cidade patrulhava a praça à procura de clientes ansiosos com dedos escorregadios.

Os três passaram pelas lojas ainda silenciosas e foram em direção a uma butique de chai com um pátio ao ar livre. Lá, sentaram-se a uma mesa e, com o ouro restante do furto, pediram pita, homus e uma travessa de azeitonas.

— Quero esclarecer uma coisa — disse a mercadora depois que o garçom entregou os pratos. Ela arrancou um pedaço de pão fumegante e o jogou na boca com uma careta. — Posso ser obrigada a seguir nesta jornada, mas me recuso a terminá-la cegamente. — Seus olhos brilhantes, muito parecidos com cacos de fogo, dispararam entre eles. — Quero respostas. — Foi um esforço não hesitar sob seu olhar. — Vou começar por você, príncipe. Conte-me o que aconteceu nove anos atrás com Imad.

Ela olhava para ele com raiva, e ainda assim... isso poderia ser considerado um passo em direção ao perdão, se Loulie confiava em Mazen para fornecer respostas verdadeiras, certo? Embora não tivesse muito a dizer, ele compartilhou ansiosamente o que sabia. Nove anos antes, Mazen tinha apenas treze anos, e não se lembrava das ordens de Omar. Tampouco conseguia se lembrar da suposta luta entre Imad e Omar. Mas sabia o que Aisha havia dito a ele e o que seu pai havia dito.

— Meu pai sempre alegou que seus ladrões haviam morrido em um acidente bizarro — contou Mazen. — Que tinham lutado contra um terrível jinn e não sobreviveram. Eu nunca soube sobre Imad. E... — Ele hesitou. — Nunca soube que tinham sido tantas vítimas. Não até que Aisha me contasse.

Ambos olharam para Aisha, que deu de ombros.

— Tudo o que sei sobre o incidente é que Omar estava desesperado para colocar as mãos na relíquia de um rei jinn e estava disposto a fazer o que fosse necessário para obtê-la. Como você pode ver, os ladrões que ele enviou para matar o ifrit falharam. Ele não foi a tais extremos novamente. — Ela ergueu uma sobrancelha. — Duvido que ele saiba que você sobreviveu, al-Nazari.

Se soubesse, você não estaria aqui foram as palavras não ditas.

Algo ocorreu a Mazen então. Algo que ele não tinha pensado antes.

— Como Omar localizou a relíquia... ou, hum, Qadir, em primeiro lugar? Como ele soube para onde enviar os ladrões?

Aisha abriu a boca — e a fechou, um olhar interrogativo passando por suas feições. *Ela não sabe*, pensou ele com espanto.

A mercadora zombou.

— Mais uma pergunta que pretendo fazer a ele quando voltarmos a Madinne. — Ela olhou fixamente entre os dois. — Espero que você não tenha planejado me usar para encontrar a lâmpada apenas para me jogar no Mar de Areia depois. Porque me recuso a morrer pelas suas mãos.

Mazen hesitou.

— Claro que não!

Mas, no momento em que disse as palavras, percebeu que não tinha como saber. Claramente, seu pai não se importava com a segurança dela. Ele a contratara por suas habilidades de rastreamento. Sua bússola.

A mercadora não pareceu convencida, mas não se deteve no assunto. Em vez disso, voltou a conversa para Imad.

— Quando cortei Imad nas ruínas, havia... — Ela vacilou. — Tinta sob a pele dele. Ou sangue preto? — Ela os olhou desconfiada. — Por quê?

Mazen suspirou. Ele não havia sido capaz de assistir Loulie al-Nazari cortar o ladrão em pedaços, mas vira o sangue preto. Os efeitos colaterais da pulseira revelados. Quando contou isso à mercadora, ela cruzou os braços e disse:

— Nunca ouvi falar de uma coisa dessas. — Ela fez uma pausa, olhando para a sombra de Mazen. — Mas acho que ainda há muito que não entendo sobre magia jinn.

Loulie perguntou sobre a sombra dele por fim. Felizmente, era uma história simples. Depois que ele contou, a mercadora suspirou.

— Foi sábio da parte da jinn fazer da sua sombra a relíquia dela: isso manteve a magia dela fora das mãos de seu irmão.

Mazen fez uma pausa. Não tinha pensado dessa forma antes. Mas agora se lembrava de que seu pai e Omar *haviam procurado* algo no gabinete. Uma relíquia que nunca encontraram.

O silêncio pairou entre eles depois disso, interrompido apenas pelo barulho do pão e pelo som agressivo das xícaras de chai das mulheres toda vez que as apoiavam nos pratos. Por força do hábito, Mazen preencheu o silêncio da única maneira que sabia: conversando.

— Eu gostaria de começar de novo, em um novo pergaminho. — Ele colocou a mão no peito e abriu o que esperava ser um sorriso sincero. Fazia tanto tempo que não usava seu *próprio* sorriso que meio que temia que ele tivesse se tornado permanentemente torto, como o de Omar. — Gostaria de me reapresentar. Meu nome é Mazen, e eu sou...

— Um mentiroso. — Loulie fez uma careta.

Aisha olhou para a sombra dele.

— O Príncipe das Trevas?

Mazen empalideceu.

— O quê? Por quê?

— Você tem uma sombra mágica e muitas vezes se esconde em corredores escuros.

— Mas Príncipe das Trevas me faz parecer um vilão!

Aisha deu um sorriso torto, e a mercadora — apenas por alguns segundos — sorriu. Não um sorriso torto, nem debochado, mas uma contração genuína dos lábios.

— Pensei que você estivesse se passando por Yousef — disse Aisha.

O sorriso de Mazen ficou tímido.

— Estou. Acho uma boa ideia nas cidades, pelo menos.

A expressão da mercadora suavizou o suficiente para que o vinco entre as sobrancelhas relaxasse até desaparecer. Parecia que tinham se passado séculos desde que ele se apresentara a ela como Yousef.

— Bem, então, *Yousef*. Mercadora. — Aisha pousou a xícara vazia e se levantou. — Vou ver se consigo "adquirir" mais alguns equipamentos. O mínimo que vocês podem fazer é juntar moedas suficientes para comprar cavalos.

Era uma tarefa muito mais fácil na teoria do que na prática. Mazen nunca trabalhara um único dia em sua vida, e Loulie estava acostumada a vender mercadorias, não habilidades. Não era surpresa alguma que eles não encontrassem empregos adequados.

O bom humor de Mazen só diminuiu quando, enquanto procuravam emprego, eles se depararam com informações de Madinne. Loulie ficou visivelmente aliviada quando souberam que Ahmed bin Walid fora declarado inocente das acusações e estava hospedado no palácio como hóspede. Mazen não pôde deixar de ficar ansioso. Ahmed o havia notado usando a relíquia em Dhyme: seria ele capaz de desmontar o disfarce de Omar quando visse a mesma pulseira?

Ainda estava pensando na possibilidade quando o dia se transformou em noite. Os dois estavam vagando pelo coração do azoque quando sua ruminação deu lugar à inspiração. Mazen avistou um contador de histórias — marcado como tal por sua bengala ornamentada, que retratava esculturas de vários animais míticos — sentado à sombra de um dossel de pano e contando histórias para uma multidão fascinada.

Mazen parou para observá-lo, para admirar a agitação de suas mãos no ar e a fluidez de sua expressão inconstante. Quando a história acabou, o velho contador de histórias se curvou e sua plateia se inclinou para colocar moedas em uma lata.

Loulie o cutucou.

— Príncipe?

Ele sorriu.

— Tenho uma ideia.

Era uma ideia simples e modesta que, menos de uma hora depois, se traduziu em uma realidade simples e modesta. Mazen convenceu o dono de uma barraca a lhe emprestar um tapete empoeirado enquanto a mercadora "pegava emprestada" uma das lanternas penduradas nas tamareiras ao redor do azoque.

Ela colocou a lanterna na frente dele enquanto ele se sentava no tapete.

— Uma lanterna para dar clima ao ambiente? — Mazen abriu um sorriso para ela. — Que grande ideia.

— Foi ideia de Qadir. Ele quer te ajudar.

Mazen se virou, meio que esperando que o guarda-costas estivesse atrás dele, mas o ifrit mal-humorado não estava à vista. Ele olhou intrigado para a mercadora, que apontou para a lanterna. Ele seguiu o olhar dela até a base.

Um pequeno lagarto preto com olhos vermelhos brilhantes piscou para ele.

— Qadir pode mudar de forma — disse Loulie. Quando Mazen continuou encarando, ela suspirou. — Ele monta no meu ombro às vezes. É menos chamativo.

Sem aviso, o lagarto ifrit subiu pela perna e pelo braço de Mazen até se sentar em seu ombro.

— Estou fazendo isso por Loulie — falou com uma voz tão suave que parecia vir de dentro da cabeça de Mazen. Mas a aspereza... Mazen se assustou com a lembrança. Ele se lembrava da voz. Era a voz que falara com ele durante seu primeiro encontro com a jinn das sombras, que o tirara do transe.

Então Qadir estivera com ela.

— Achei que estivesse louco — murmurou Mazen.

— Porque você está. Um homem são não teria vindo nesta jornada — retrucou Qadir.

Ele franziu a testa.

— Isso não é...

A mercadora assobiou entre os dentes.

— Pare. Parece que você está falando sozinho. — Ela se abaixou para enrolar a ponta do ghutra em torno de seus ombros e de sua boca. O ifrit imediatamente se enfiou nas dobras. — Pronto. Agora você ao menos parece misterioso. — Loulie deu um passo para trás, de braços cruzados. — Mas mistério não vende. Como você vai fazer dinheiro sem uma reputação? Ninguém nunca ouviu falar de Yousef, o Contador de Histórias.

— *Ainda*. Mas eles vão. — Ele sorriu com a surpresa que cintilou em sua expressão. Podia ser um homem de poucos talentos, mas contar histórias estava em seu sangue.

— Você pode manipular o fogo? — sussurrou Mazen para o ifrit.

Uma chama ganhou vida dentro da lanterna, brilhando em vermelho, azul, verde e amarelo. O príncipe a examinou. Então sorriu.

— Quero que você faça o seguinte...

Começou com palmas. Com um sorriso brilhante, ele piscou para os transeuntes. Bateu palmas novamente, e o fogo na lanterna cintilou.

Uma terceira vez e chamuscou em branco.

Uma quarta vez e a chama escureceu para um azul obscuro como as profundezas do oceano. Alguns dos cidadãos pararam para inspecionar o fogo misterioso.

Na quinta vez, a chama diminuiu para um verde que lançou a área em sombras profundas. Nesse momento, a multidão já havia se reunido. Um menino abriu caminho e apontou para a lanterna, boquiaberto.

— Como você está fazendo isso?

— O quê? Isso? — Mazen ergueu a lanterna, olhou para ela por um longo momento, depois soprou no vidro. A plateia ficou admirada enquanto o fogo lá dentro desaparecia; e então rugia de volta à vida. As pessoas aplaudiram, como se ele tivesse feito algum truque de mágica.

Mazen ergueu a lanterna com um floreio.

— Vejam! Este não é um fogo comum. — As chamas diminuíram ainda mais, de modo que o público ficou envolto na escuridão. — É uma chama imortal, criada por ninguém menos que o Rei Jinn do Fogo.

Qadir zombou em seu ouvido.

— Que mentiras bonitas você inventa.

Mas Mazen não achava que fosse mentira. Para ele, as histórias eram verdades pintadas de ouro.

Ele abaixou a lanterna.

— Nem aqui nem lá, mas muito tempo atrás...

A primeira história que ele contou foi sobre o chamado Rei do Fogo, que era tão temível que podia queimar qualquer coisa, até a areia em que estavam. Mas o Rei do Fogo não era alguém sem coração e se apaixonou por uma humana, uma garota que se vestia de estrelas. O rei a amava muito. Tão profundamente que, ao morrer, ordenou que a garota engarrafasse sua chama para que ele sempre pudesse zelar por ela. A garota o honrou dando seu fogo para seus descendentes e fazendo com que eles cuidassem dele para sempre.

— E é esse mesmo fogo que está diante de vocês.

Quando a história acabou, o público aplaudiu e vibrou. Mazen ficou bêbado com a adulação. Ele se esqueceu do ouro. Esqueceu-se de tudo, menos das histórias, que contou noite adentro. Contou a eles histórias sobre o Hemarat al-Gayla, a temível criatura jumenta que devorava crianças que se afastavam demais de casa no calor do dia; sobre Bu Darya, um homem-peixe que atraía suas presas para o oceano fingindo ser um humano que se afogava; e sobre o pássaro de fogo, a ave majestosa que arrastava rastros de chamas pelo céu.

Loulie al-Nazari falava entre as histórias, estendendo uma bolsa de seda e proclamando:

— O contador de histórias Yousef viajou por toda parte para compartilhar essas histórias com vocês! Elas são raras e preciosas, como relíquias. Mas todo tesouro tem um valor mensurável em moeda...

Ele e Loulie formavam um bom time. Ela sabia como atrair as multidões, e ele sabia como mantê-las. O público permaneceu fascinado mesmo quando o azoque escureceu e os mercadores começaram a embalar suas mercadorias. Àquela altura, os que haviam permanecido estavam sonolentos, mas ansiosos, esperando para ver se ele contaria outra história.

Loulie olhou para ele. *Mais uma?*, ela murmurou.

Mazen considerou. Se fosse a última, ele precisava torná-la impactante. As histórias de fim de noite eram sempre as que permaneciam mais tempo na memória de um ouvinte.

Uma ideia se encaixou tão de repente na cabeça dele que era como se sempre tivesse estado lá. Mazen havia viajado com lendas e visto histórias ganharem vida nessa jornada, mas fizera tudo isso enquanto vivia uma mentira na pele de Omar. Agora, no entanto, não era mais seu irmão e estava livre para contar suas próprias verdades. Livre para dar vida à sua *própria* história.

A maioria das histórias de sua família eram segredos. Mas havia uma história que todos conheciam, uma cujos detalhes estavam enraizados no coração de Mazen desde criança: uma parte da história de sua família, comprimida em ficção e transformada em lenda. Uma que ele conhecia melhor que ninguém.

— Se vai haver apenas mais uma história esta noite, que seja aquela sobre a contadora de histórias que mudou seu destino com suas fábulas. Que seja uma história sobre histórias e o poder que elas têm de influenciar corações mortais. — Mazen sorriu. Ele juntou as mãos e começou a contar sua última história.

A história de sua mãe.

O conto de Shafia

    Nem aqui nem lá, mas não muito tempo atrás...
    Vivia uma beduína contadora de histórias chamada Shafia, que era conhecida por sua memória quase perfeita e suas performances evocativas. Linda, de olhos brilhantes e sábia além de sua idade, dizia-se que ela tinha a anedota perfeita para qualquer situação. Sua reputação era tão difundida que até os que moravam nas cidades conheciam seu talento. Foi assim que a notícia dela chegou ao ministro do sultão, que viajou sete dias e sete noites para encontrá-la. Quando ele chegou à terra de sua tribo, prostrou-se diante do xeique e implorou por uma audiência.
    Shafia se encontrou com o ministro em sua tenda de hóspedes e lhe pediu que contasse suas aflições. Ele compartilhou com ela uma história perturbadora: seu sultão outrora benevolente fora afligido por uma dor tão profunda que nublara seu julgamento. Havia perdido sua primeira esposa no parto e a segunda por traição, e, desde que a matara como punição, suspeitava que todas as mulheres conspiravam para envergonhá-lo.
    — Toda semana, desde o assassinato da segunda esposa, o sultão pede que uma nova mulher seja trazida para ele — disse o ministro. — E, no final de cada semana, ele a acusa de algum desrespeito e a mata. — Ele encostou a testa no chão e falou humildemente. — Dizem que você curou corações partidos e encantou feras com seus contos, sábia contadora de histórias. Então eu lhe suplico: me diga como acalmar a raiva sobrenatural de Sua Majestade.
    Shafia ponderou. Então respondeu.
    — Há uma verdade em cada história, e eu ainda não discerni esta. Vou me encontrar com seu sultão e falar com ele pessoalmente.

O ministro balançou a cabeça freneticamente.

— A única maneira de se encontrar com o sultão agora é consentir em ser sua esposa. Você não vai sobreviver à semana!

Shafia simplesmente sorriu para ele.

— Leal ministro, não se pode saber o resultado de uma jornada se não se for corajoso o suficiente para empreendê-la. — E assim, ela foi se preparar para sua partida.

Sua família se desesperou com a decisão. Eles tentaram convencê-la a ficar, alegando que ela teria pouco a ganhar e muito a perder. Mas Shafia estava decidida, então não havia nada a fazer além de honrar sua coragem e rezar por sua segurança enquanto cavalgava com o ministro. Sete dias e sete noites se passaram antes que eles chegassem aos portões de Madinne, então o ministro a guiou pela cidade e para o palácio, onde o sultão estava sentado em seu trono.

— Trouxe uma lenda para conhecê-lo, Vossa Majestade — anunciou o ministro. — Uma contadora de histórias chamada Shafia, que tem um pedido para você.

Shafia fez uma reverência.

— Eu pediria a honra de ser sua esposa, Vossa Majestade.

A surpresa do sultão foi inferior à sua desconfiança, mas mesmo assim ele concordou com o pedido da contadora de histórias. Cautelosamente, ele recebeu Shafia em seu palácio e fez com que servos de olhos tristes a vestissem com as mais ricas vestes e o mais puro ouro. Eles atenderam a todas as suas necessidades até o final da semana, quando o sultão a chamou para seus aposentos. Nenhuma mulher havia sobrevivido ao encontro com o sultão, mas Shafia não teve medo ao entrar em seu quarto.

— Tenho uma pergunta para você — falou ele quando ela chegou. — Vai responder com sinceridade?

— Tem minha palavra, Vossa Majestade.

— Então me diga: por que se ofereceu para mim?

Shafia pensou por alguns momentos e então falou.

— Você já ouviu a história do altivo comerciante que acordou e se tornou rei por três dias? Assim como ele acreditava estar alucinando, eu também pensei que estivesse sonhando quando o ministro me procurou. Como eu poderia não ser compelida a segui-lo até seu palácio e buscar a verdade quando tive a oportunidade?

O sultão sibilou de raiva.

— Você me disse que responderia à minha pergunta, mas em vez disso fala em enigmas! Continue assim e pagará por seu engano com sua vida.

Foi exatamente como o ministro tinha dito. O sultão havia encontrado algum defeito bizarro nela e pretendia matá-la por isso. Mas Shafia não vacilou diante da ameaça inesperada.

— Minhas desculpas, Vossa Majestade. Como contadora de histórias, extraio a maioria das minhas verdades de alegorias. — Ela olhou pela janela para o sol poente. — Se me permitir, eu lhe conto a história completa antes que você tire minha vida. — O sultão hesitou, mas no final pediu a Shafia que continuasse.

Foi assim que a contadora de histórias lhe contou a história do mercador orgulhoso e do rei astuto. Na história, um rei ouviu um mercador ridicularizando seus decretos e decidiu pregar uma peça nele. Ele ordenou a seus servos que trouxessem o mercador ao seu palácio na calada da noite e se dirigissem ao homem como rei quando ele acordasse. A princípio, o mercador acreditou que estivesse vivendo um sonho, mas logo percebeu quão difícil era governar. Por fim, o verdadeiro rei se revelou ao mercador e, embora originalmente pretendesse puni-lo por sua ousadia, decidiu recompensá-lo por sua coragem, tornando-o seu conselheiro.

— O mercador não entendia o verdadeiro fardo do rei até que teve a oportunidade de se colocar no lugar dele — explicou Shafia. — Foi por isso que eu vim quando fui chamada: para conhecer a história completa. Mas devo confessar: não sou nem de longe tão sábia quanto o mercador, que aconselhava o rei em vários assuntos. Havia, por exemplo, a questão dos jinn ardilosos que haviam se infiltrado no exército do rei...

Shafia foi esperta, tecendo uma história em outra até o sol nascer, momento em que fez uma pausa. O sultão exigiu que ela continuasse, pois queria saber como o rei lidaria com os jinn. Mas Shafia fingiu cansaço e perguntou humildemente se ele adiaria seu julgamento em uma noite para que ela pudesse se recuperar antes de concluir a história. O grande governante pensou consigo mesmo: *O que é mais uma noite?* e concordou com o pedido dela. Ele teria soldados vigiando-a o dia inteiro até que ela voltasse naquela noite. Mais uma vez, Shafia teceu uma história em outra. Na aventura seguinte, o rei concordava em perdoar o jinn por suas tramas se ele viajasse com o mercador para encontrar uma relíquia: um anel de concessão de desejos que se dizia pertencer a um rei jinn.

— E como eles desenterraram este anel de debaixo do Mar de Areia? — perguntou o sultão.

Shafia olhou melancolicamente pela janela.

— Posso ter mais uma noite para terminar a história, Vossa Majestade?

E assim continuou. Todas as noites, a contadora de histórias respondia a uma pergunta, provocava outra e pedia mais tempo. Dias se transformaram em semanas, e semanas em meses, até que as histórias se tornaram conversas. O sultão pedia conselhos a Shafia sobre política e jinn, e ela compartilhava sua sabedoria na forma de fábulas. Logo, todos no reino do deserto sabiam que ela havia evitado a morte. Foi só então, ao ouvir os rumores, que o sultão percebeu que havia caído na armadilha da contadora de histórias. Pior, percebeu que tinha se apaixonado por ela. Temendo ter se condenado a outra traição, ele disse a si mesmo que avaliaria a lealdade de Shafia permitindo que ela falasse em seu nome durante suas audiências.

Mas Shafia era tão humilde quanto sábia. Quando mercadores briguentos, mães soluçantes e soldados magoados vinham pedir conselhos, ela respondia:

— Sou apenas uma contadora de histórias que extrai suas verdades da alegoria, enquanto o sultão fala por experiência. Eu nunca seria tão presunçosa a ponto de oferecer conselhos em sua distinta presença.

O rodeio era tão eficaz quanto lisonjeiro, pois o sultão ainda acatava o julgamento de Shafia quando chegou a hora de dar seus veredictos. Um ano se passou e todos se alegravam com o milagre das histórias de Shafia. Todos, exceto o sultão, que ainda nutria a persistente suspeita de que tinha sido feito de bobo. Ele elaborou um plano final para salvar seu coração. Uma noite, quando Shafia estava prestes a adormecer em seus braços, ele pegou uma faca de sua mesa de cabeceira e a segurou contra a garganta dela.

— Eu tenho uma pergunta para você — disse ele. — Você vai responder com sinceridade?

Shafia olhou para ele sem vacilar.

— Você tem minha palavra.

— Então me diga: você tem um último desejo antes de enfrentar a morte?

E Shafia respondeu, com lágrimas nos olhos.

— Você se lembra da história do mercador que acordou para se tornar rei por três dias? Uma vez, comparei minha situação com a dele. Mas eu sabia que não éramos iguais. Você vê, eu sabia que isso era um sonho o tempo todo e que algum dia teria que acabar. — Ela colocou as mãos sobre as mãos trêmulas dele e continuou. — Embora eu nunca pudesse entender seu fardo, imploro que você se lembre do meu conselho. Eu vim até você porque queria o que fosse melhor para este reino. E acredito que você também. Que você prospere, Vossa Majestade.

O sultão arremessou a adaga para longe com um grito.

— Eu te concedo um desejo, mas em vez disso você deseja fortuna a *mim*! Sua criatura tola. — Ele pressionou a testa na dela. — Mas eu sou o mais tolo, por me blindar com violência por tanto tempo. Perdoe-me, meu amor.

Os dois ficaram nos braços um do outro, lamentando tudo que havia sido perdido. Mas, na manhã do dia seguinte, havia esperança. O sultão era um homem mudado, que jurou se redimir ao lado da contadora de histórias que salvara seu reino. Por um tempo, os dois governaram com compaixão. Mas a morte, o grande divisor do amor, vem para todos. No final, até nossa amada contadora de histórias teve um fim prematuro.

Mas devemos ter coragem! Embora apenas os deuses saibam quanto tempo podemos viver, nós, humanos, somos os únicos que decidem quando os legados morrem. Embora Shafia não esteja mais entre nós, sua memória continua viva através das vidas que ela tocou.

Esse, gentis amigos, é o poder que uma história tem.

53

Mazen

Havia uma linha tênue entre ser libertado pela verdade e ser algemado por ela. Tendo vivido em um mundo de sutilezas forçadas e sinceridade calculada a vida toda, Mazen conhecia os perigos da honestidade. E, no entanto, ao terminar sua história, ele se sentiu leve como nunca. Havia liberdade em compartilhar a verdade quando outros não sabiam que era a verdade dele.

Seu coração ficou leve com o espanto no rosto de seus ouvintes. A história de sua mãe sempre havia sido uma história sussurrada, entrelaçada por rumores. Mas agora ele tinha dado vida a ela.

Não houve aplausos dessa vez. Em vez disso, Mazen recebeu a imensa gratidão de seu público em forma de moedas. Quando lhe perguntaram como conhecia a história, ele lhes disse uma meia-verdade: visitara Madinne e falara pessoalmente com o sultão. Acreditaram nele. Ou, pelo menos, estavam encantados o suficiente para *querer* acreditar nele.

O triunfo brotou em seu peito enquanto seus ouvintes se afastavam, mas a sensação se dissipou quando ele notou Loulie estreitando os olhos para ele.

— Você não mencionou a si mesmo na história — disse ela.

Mazen piscou para ela, assustado.

— Não, porque essa história é... minha.

As lembranças de sua mãe não eram forragem para histórias contadas em azoques escuros. Elas eram preciosas, delicadas, e ele preferia mantê-las escondidas como joias de um tesouro.

Loulie balançou a cabeça.

— Não foi isso que quis dizer. Você disse que a memória de Shafia vive nas vidas que ela tocou, mas foi você quem contou essa história. Você deveria dar a si mesmo — ela ergueu uma sobrancelha pontuda —, ao príncipe *Mazen*, algum crédito por continuar o legado dela.

O reconhecimento fez um calor suave irradiar no peito de Mazen. Ele não pôde evitar o sorriso que curvou seus lábios.

— Da próxima vez, então.

A mercadora se virou e pegou a bolsa de seda. Ela a colocou entre eles, então fez uma pausa, seus olhos se movendo rapidamente para encontrar os dele.

— Estou curiosa: quanto dessa história era verdade?

O sorriso dele vacilou. A verdade era que seu pai nunca havia explicado por que matara tantas mulheres a sangue frio. A *verdade* era que sua mãe também nunca tinha entendido.

Era como se ele estivesse possuído, ela lhe dissera uma vez. Mazen se lembrava da expressão distante nos olhos da mãe ao falar isso, do jeito que ela enfiara as mãos nas mangas como se estivesse lutando contra um calafrio. *Mas o sultão era diferente quando eu lhe contava as histórias. Não desconfiado, mas pensativo. Não zangado, mas arrependido. Ele era ele mesmo quando estava comigo.*

O relato de sua mãe era o mais próximo que Mazen já havia chegado da verdade, mas ainda era apenas um pequeno pedaço dela. Foi exatamente o que ele contou a Loulie.

— Essa é apenas uma faceta da história — disse o príncipe. — Um fragmento de diamante polido. Só meu pai sabe toda a verdade e... não acho que a história seria tão animadora se ele a contasse.

Doía em Mazen dizer aquilo, mas era uma confissão fácil. O sultão não era um bom homem, mas era mais suave com ele. Talvez fosse por isso que, embora Mazen sempre tivesse temido seu pai, ele o amasse apesar do terror.

— Não, seria uma história completamente diferente. — Loulie inclinou a cabeça, pensativa. — E não seria tão lucrativa quanto esta versão, eu acho.

Mazen sorriu sem querer.

— Não, suponho que não.

Ele se aproximou para ajudar a contar as moedas na bolsa. Qadir, que tinha permanecido quieto em seu ombro o tempo todo, espreitou a cabeça para fora do ghutra de Mazen para observar o ouro enquanto eles o somavam. Mazen ficou surpreso com a contagem final. Embora não fosse o suficiente para comprar cavalos, eles mesmos haviam ganhado aquele dinheiro, e ele se orgulhava de contá-lo.

— Você é uma boa gerente, Layla — elogiou Mazen.

Ele ficou surpreso ao ver um sorriso triunfante no rosto dela. Brilhante, honesto e adorável. Então ela riu, e o som fez o estômago dele revirar.

— E você é um bom contador de histórias — respondeu Loulie. — Embora eu questione a precisão do primeiro conto que você compartilhou, sobre o Rei do Fogo e a humana de olhos estrelados.

Mazen corou.

— Eu tive que pensar em algo às pressas. Qadir pareceu gostar.

— Hunf — resmungou Qadir.

O sorriso de Loulie desapareceu à menção do ifrit. Mazen imediatamente se arrependeu de tê-lo mencionado, mas não havia nada que pudesse fazer para trazer de volta o sorriso dela. Embora tenha tentado conversar com ela muitas vezes enquanto caminhavam até a estalagem, Loulie não parecia mais com disposição para conversa-fiada.

Mazen só conseguiu perguntar uma última coisa antes que ela e Qadir se retirassem para dormir: se Loulie viria contar histórias com ele amanhã.

A mercadora considerou.

— Você tem outras histórias familiares emocionantes na manga?

O coração de Mazen palpitou.

— Não, mas gosto de pensar que conheço mais algumas que sejam lucrativas.

Ela sorriu vagamente.

— Amanhã, então.

Mazen sorriu para as costas de Loulie enquanto ela se virava.

— Amanhã — repetiu ele.

Mas, quando o amanhã chegou, havia apenas Aisha sacudindo-o para acordá-lo e insistindo que tomassem café. Depois de uma refeição de pão e zaatar, Mazen perguntou a ela aonde a mercadora tinha ido.

— Saiu com Qadir — respondeu Aisha com um encolher de ombros. — Aparentemente, há rumores de tesouro nas falésias. A mercadora foi ver se era vendável.

Ele não conseguiu esconder sua decepção, porque Aisha continuou:

— A mercadora me contou sobre suas aventuras de contar histórias. Não tema. Eu serei sua empresária hoje.

— Você não tem coisas para roubar?

— É claro. Mas posso arranjar tempo para ver você trabalhar. — Seus olhos brilharam com algo que parecia diversão. — Eu nem sabia que você era capaz disso.

No fim, "trabalhar" estava muito longe do que Mazen fazia. Na maior parte do tempo, ele ficava sentado olhando mal-humorado para o azoque, imaginando como traria as pessoas para o seu espaço sem um fogo mágico. Era mais difícil convencer o público a ouvir histórias no calor do dia, mais difícil mantê-lo interessado quando tinham trabalho e quando os comerciantes ao redor falavam tão alto que quase abafavam seus pensamentos. O que ele tinha a oferecer não era tão atraente — ou *material* — quanto as comidas apetitosas e os acessórios chamativos à venda no azoque.

Aisha parecia bastante indiferente a ele. Mazen fez o possível para ignorá-la até que ela se sentou na sua frente.

— Me conte a história da Rainha das Dunas. — Seus lábios estavam curvados daquele jeito revelador que lhe dizia que não era apenas Aisha sentada diante dele.

Ele hesitou.

— A versão humana?

— Não, me conte a *sua* versão. Aquela com a duna e o exército de carniçais.

Mazen se assustou. No dia anterior, havia compartilhado uma parte da história de sua família, mas nunca pensara em contar *suas* histórias. Não tinham sido as aventuras mais heroicas, mas ele as tinha vivido, certo?

E assim, com uma voz grandiosa que se espalhou pelos becos, o príncipe contou a Aisha a história de Yousef, o Aventureiro, que havia tropeçado no covil da Rainha das Dunas, a terrível jinn que comandava exércitos de carniçais.

— Então Yousef se viu em um corredor glorioso! Um que brilhava do chão ao teto com belos mosaicos. Parecia algo saído de um sonho. Mas, lamentavelmente, era um lugar de pesadelos...

Ele não se lembrava em que momento a multidão se reunira, apenas que começara a ouvir suspiros e murmúrios e, quando olhou para cima, havia um grupo de clientes do mercado. Sua história se tornou mais exuberante na presença de uma plateia.

— E ele correu! — gritou Mazen. — Ele correu e correu e correu enquanto a areia caía ao seu redor e as ruínas desabavam. *Yalla!*, gritava sua voz interior. *Yalla, yalla!*

E as crianças começaram a cantar com ele, batendo palmas e gritando.

— Yalla, Yousef! Yalla, yalla!

— E então... — Mazen estendeu as mãos, e as crianças se aquietaram. Ele se inclinou para a frente e, com uma voz muito mais suave, continuou. — Yousef escapou. E vocês sabem o que ele tinha na mão?

— A coroa da rainha? — Aisha parecia tentar não rir.

Mazen soltou um suspiro doloroso.

— Nada! — Ele abriu os dedos, revelando a palma da mão vazia. Seu público ficou perturbado. A história terminava com uma nota de incerteza, com a promessa de que a Rainha das Dunas ainda estava lá fora.

Ele contou mais histórias baseadas em suas próprias aventuras depois disso, histórias que orgulhosamente apelidou de "Os contos de Yousef". E, assim como Loulie, Aisha pediu doações. Ela não era tão hábil em brincar com a multidão, mas, com um sorriso enganosamente gentil, juntou dinheiro suficiente para algumas refeições.

Por mais ou menos uma hora, as coisas correram bem. Eles haviam garantido um público cativo, e as histórias de Mazen não pareciam conhecer a escassez.

Mas então houve uma carga no ar, e um caos repentino tomou conta do azoque, envolvendo o espaço tão rapidamente que não houve tempo para compreendê-lo. Em um momento tudo estava calmo e, no seguinte, havia gritos de clientes do mercado aturdidos e em pânico enquanto um menino corria pela rua, gritando a plenos pulmões.

Ele não passava de um borrão, um lampejo de cor que entrava e saía da visão de Mazen. Alguns dos membros da plateia avançaram para investigar, enquanto outros recuaram com murmúrios ansiosos. Aisha cruzou todos eles até a frente da multidão. Mazen se levantou e a seguiu, a respiração presa em seus pulmões enquanto olhava para a praça que se esvaziava rapidamente.

— Por favor! — gritou o menino que estava correndo. Desesperadamente, ele olhou ao redor para os espectadores nervosos. — Por favor, me ajudem! Eu...

Algo atravessou o ar e atingiu o menino nas costas. Suas palavras cessaram em um suspiro quando ele caiu no chão. Mazen olhou, sem entender, para a flecha despontando das costas do jovem. Sua confusão só se aprofundou quando viu sangue prateado se acumulando no chão. *Um jinn*. Ele olhou entorpecido. *Um jovem jinn?*

O azoque estava tão quieto que Mazen não ousava respirar. Quando ele tentou se aproximar da estrada, Aisha agarrou a bainha de sua túnica e o puxou para trás. Havia um aviso em seus olhos. Mazen olhou novamente para o menino, depois para as testemunhas escondidas nos becos e espiando pelas janelas. A multidão estava congelada em choque ou medo. Ninguém se aproximou do jovem.

Até que um homem solitário veio andando pela rua. Ele caminhou até chegar ao jinn moribundo, então arrancou a flecha de suas costas tão facilmente como se estivesse arrancando uma rosa de um jardim. Cortou a garganta do jinn antes que ele pudesse gritar.

— Não há nada com que se preocupar! — o assassino disse em uma voz cantante. — O monstro está morto.

Ele jogou o corpo sobre o ombro e se virou para voltar para onde estava. O azoque ganhou vida com sua proclamação, de repente cheio de uma cacofonia de vozes enquanto os clientes do mercado se amontoavam nas ruas para ver o assassino sair com o jinn. Mazen sentiu o desejo inexplicável de se esconder enquanto o assassino passava — então parou para olhar para eles. Ele tinha dentes brilhantes e olhos escuros como botões.

— Aisha! A bela e venenosa Aisha! Eu sabia que tinha visto um rosto familiar. Como tem passado? Já faz meses desde que nos falamos.

— Tawil. — A voz de Aisha estava dura, fria.

Tawil riu, um som irritantemente alto que fez o sangue de Mazen ferver.

— Só você daria a um colega ladrão uma recepção tão fria, bint Louas. — Seu sorriso desapareceu quando viu Mazen. — Parece que temos muito o que discutir. Espere por mim, sim? Eu tenho um cadáver para sangrar.

O sorriso voltou enquanto ele se afastava, enquanto os clientes do mercado o agradeciam por livrar Ghiban de um jinn imundo. *Ladrão abençoado*, eles o chamavam. *Salvador. Herói.*

— Assassino — murmurou Aisha. Seus olhos, tanto o castanho quanto o preto, brilharam de raiva.

54

Loulie

A bússola os levou a um declive rochoso a duas horas de caminhada de Ghiban. Loulie subiu por caminhos íngremes cheios de cascalho e poeira vermelha, serpenteou por trilhas tortuosas e avançou por entre gotas que caíam com água corrente.

Não era a jornada mais perigosa que ela já tinha feito, mas era facilmente a mais difícil por causa da dor que atravessava seus tornozelos feridos a cada passo. No momento em que estavam perto do topo, suas pernas tremiam e suor cobria sua testa e o pescoço.

Sendo sincera, ela não deveria ter feito essa viagem. Mas precisava. Para provar a si mesma que era capaz. Que não precisava confiar em Qadir.

E, no entanto, ali estavam eles. Os dois. Qadir se recusara a deixá-la ir sozinha e a seguia à distância, observando silenciosamente enquanto ela se esforçava. Ele não tentou ajudá-la e, como estava claro que Loulie não estava com disposição para conversar, não falou com ela. Mesmo no dia anterior no azoque, Qadir estivera quieto, contente em acompanhá-la apenas para se certificar de que nem ela nem o príncipe "fariam nada estúpido", como ele colocou.

Loulie estava tão absorta em seus pensamentos que não percebeu o declive na borda do penhasco. Ela deu um passo muito forte e teria escorregado se Qadir não a tivesse agarrado por trás. Ela percebeu apenas tardiamente que havia procurado por ele no mesmo momento.

Os dois ficaram ali, tremendo, olhando um para o outro.

Então Loulie se afastou, fechou os dedos em punho e continuou andando.

Ela ainda estava abalada quando chegaram ao topo do penhasco, um tão alto que ela podia ver toda a Ghiban: os riachos sinuosos, as áreas verdes e o azoque vibrante no centro, cheio de multidões e paisagens encantadoras. Olhou para a água que caía do penhasco, então para sua fonte: um grande lago a poucos passos de distância.

— A água é infinita — disse Qadir quando viu a confusão no rosto dela. — Criada a partir de sangue jinn, sem dúvida.

Como aquela maldita ampulheta que se recarrega para sempre. No passado, Loulie pensara que não valia nada. Agora que conhecia a verdadeira natureza das relíquias, ela percebia que era tudo menos isso.

Ela sacou a bússola — a última magia que restava além da faca de Qadir — e apertou os olhos para a flecha. Apontava para o lago. *Claro* que a relíquia estava debaixo d'água.

— Ideias? — Qadir estava atrás dela, encarando o lago com raiva. Nunca havia gostado de água.

Loulie suspirou quando começou a se despir de suas camadas. Quando estava com suas roupas mais básicas, deslizou para fora dos sapatos, colocou a bússola e a faca no chão e foi em direção à água.

— Tenha cuidado — advertiu Qadir.

A areia molhada grudou entre os dedos dos seus pés quando ela entrou no lago. Loulie viu rochas, musgo, e então, ali estava: um brilho prateado. Àquela distância, ela não podia dizer o que era, apenas que estava enterrado sob o lodo. Deu um passo à frente. Uma, duas vezes, e então a areia se moveu sob seus pés e ela deslizou. No momento em que recuperou o equilíbrio, a água havia subido até seu peito.

Loulie xingou baixinho.

— Loulie? — chamou Qadir da margem.

— Estou bem — resmungou ela, e continuou andando. Logo a água alcançou seu queixo, mas a relíquia estava perto. Ela podia ver agora que era um anel.

A mercadora fez uma pausa para fazer uma contagem regressiva mental — *thalathah, ithnan, wahid* — e mergulhou. Afundou em uma escuridão que a agarrou com mãos frias e invisíveis. Empurrou o medo para longe enquanto nadava mais fundo, arranhando a areia em sua busca cega pelo anel. A pressão aumentou em seus ouvidos. Tinha som: um gemido que penetrava profundamente em seus ossos.

Vamos lá! Vamos lá...

Ela sentiu algo frio e duro sob os dedos e tentou alcançar o objeto desesperadamente. Alívio inundou seu corpo quando ela o agarrou.

Então a coisa se moveu. Não era um anel. Era muito grande, muito escorregadia. Muito *afiada*.

Loulie se afastou, mas era tarde demais. A coisa agarrou seu pulso e a puxou para baixo. Seus olhos se abriram. Ela olhou para a escuridão, e a escuridão olhou de volta. Olhos branco-leitosos com pupilas dilatadas piscaram para ela das sombras. E sob aqueles olhos: uma boca em forma de meia-lua cheia de fileiras de dentes afiados.

Não. Ela cravou as unhas na carne escamosa. O que só fez com que a coisa a segurasse com mais força.

Não! Os dentes afiados se separaram sob seus pés e os olhos brancos vidrados piscaram, a centímetros dos dela. Desesperada, Loulie arranhou a fera, que rugiu, fazendo o lago inteiro estremecer. Lampejos de prata atravessaram a escuridão. Nadadeiras, ela percebeu. Grandes e afiadas, brilhando com escamas opacas. E uma daquelas nadadeiras de formato estranho começava a afrouxar o aperto em seu pulso.

Loulie cerrou os dentes e chutou. A escuridão com pontas prateadas se debateu contra ela, mas ela foi persistente. Outro chute e conseguiu se soltar. Seus pulmões estavam sem ar e seus tornozelos estavam em chamas, mas Loulie se impulsionou para a superfície. Ou, pelo menos, tentou. Seu corpo ficou pesado de repente, e a água a puxava para baixo, para baixo, para baixo...

Quando a coisa a agarrou novamente, ela estava muito fraca para lutar.

Mas não, espere aí — ela estava sendo puxada... para cima?

Loulie chegou à superfície da água com um arquejo, mesmo enquanto alguém — *Qadir?* — a puxava para a margem. Ele a colocou na beira da água e ordenou que ela respirasse até que a pressão em seus pulmões diminuísse e ela parasse de tossir água.

Quando ele falou, sua voz estava irregular.

— Loulie?

Qadir se sentou tremendo ao lado dela, riachos de água escorrendo por suas costas e seu peito musculosos. Embora ele tivesse evitado encharcar a camisa, ela teve a impressão de que ele havia encharcado muito mais do que apenas a pele, pois seus olhos estavam de um amarelo pálido e fraco. Da cor de uma chama moribunda.

— Então você *sabe* nadar. — As palavras eram um sussurro áspero e, por algum motivo, isso a fez rir. Tanto que Loulie começou a chorar.

Qadir a puxou para si.

— Sinto muito — disse ele suavemente. — Não percebi que tinha alguma coisa na água.

— O que é? — foi tudo o que ela conseguiu dizer entre os soluços.

— Um dendan — respondeu Qadir. — Você se lembra das histórias que o Velho Rhuba costumava contar?

Loulie se lembrava, *sim*. O Velho Rhuba sempre descrevera o dendan como um peixe monstruoso, uma criatura grande o suficiente para comer navios inteiros. Mas, em suas histórias, a criatura morria depois de devorar carne humana ou ouvir uma voz humana. Este monstro não parecia tão frágil para ela.

— O sangue jinn muda as coisas vivas — falou Qadir, como se lesse seus pensamentos. Ele lançou um olhar desesperado por cima do ombro para a água parada. — Como carniçais, todos os tipos de criaturas são atraídos pela nossa magia. Isso é o que acontece quando um monstro desses é encharcado por sangue jinn.

Loulie pensou no massacre entre os marid e os humanos. Como o mítico dendan havia encontrado seu caminho até ali, na água doce, ela não sabia, mas se era sensível às lamentações dos mortos, então podia ver por que desenvolvera o gosto pela carne humana. Não era de admirar que a relíquia tivesse estado ali por tanto tempo.

A relíquia! Loulie se afastou de Qadir e olhou para a água, com o coração apertado. Ela falhara. Falhara em uma coisa *simples*...

— Procurando por isso? — Qadir estendeu um objeto reluzente: um anel incrustado com uma joia azul-celeste. Com os olhos arregalados, Loulie a tomou dele.

— Como você conseguiu pegar? — Ela deslizou o anel no dedo. Nada aconteceu.

— O dendan tinha olhos apenas para você. — Ele se inclinou sobre o ombro dela para tocar a pedra no centro. — Ele permite que você respire debaixo d'água. Eu o coloquei no dedo quando estava sob a superfície. A magia não durou muito. Talvez sete ou oito batimentos cardíacos, no máximo.

Era, como a ampulheta, uma magia humilde. E ainda assim Loulie estava aliviada.

— Vai vender, então.

— Você sabe que magia sempre vende.

Ela assentiu em silêncio. Agora que o perigo havia passado, percebeu com maior clareza onde estava. Com quem estava. Fora até ali para provar a si mesma que não era inútil. E, novamente, tinha precisado da ajuda de Qadir.

Seus ombros murcharam quando Loulie desviou o olhar.

— Obrigada por me salvar.

— Você parece decepcionada.

Decepcionada não, apenas envergonhada.

— Loulie. — Ele deslizou para mais perto, até que seus ombros se tocaram. — Fale comigo.

Loulie puxou os joelhos contra o peito e olhou resolutamente para a água.

— Não tenho nada para dizer. — As palavras ficaram presas em sua garganta quando ela as disse. A verdade era que sentia falta de conversar com Qadir. Sentia falta *dele*.

— Certo. Então eu vou falar, e você pode ouvir. — Com o canto do olho, Loulie o viu passar um braço sobre o joelho. Ele estava seco, nem uma única gota de água no corpo. Mas isso não era surpreendente, já que ele podia queimar em chamas. — Você se lembra do que eu te disse em Dhyme? Que a bússola me levava às relíquias para que eu pudesse encontrar um lugar para elas existirem após a morte?

Seu suspiro foi pesado o suficiente para fazer seus olhos nublarem com a fumaça.

— Era verdade. Não pude buscar redenção em meu país depois do que fiz, então busquei aqui, no mundo humano. Meu maior medo era que Khalilah me levasse a meus companheiros ifrit. — Ele sorriu, uma contração autodepreciativa de seus lábios que era quase imperceptível. — Eu te disse antes que eu era um covarde; isso também é real. Foi por isso que não contei a você que era um ifrit. A razão pela qual não procurei meus antigos companheiros. — Seu sorriso vacilou. — A razão pela qual eu afundei um país.

Houve silêncio. E então, algumas respirações depois, Qadir falou novamente.

— Achei que poderia fugir para sempre. Mas então aquele estúpido sultão humano pediu para você rastrear a relíquia de um ifrit, e percebi que tinha que fazer uma escolha. Eu poderia fugir ou poderia encarar meu passado. — Loulie sentiu o olhar dele se deslocar para ela. — Eu tinha planejado contar a verdade quando encontrássemos a lâmpada. Mas então você recuperou a relíquia da Ressurreicionista e testemunhou sua magia. Eu vi raiva e medo em você, e ocultei toda a verdade, pensando que você me evitaria se eu lhe dissesse que tinha o mesmo poder.

Loulie reprimiu uma risada nervosa. Ele só podia estar tirando uma com a cara dela. Como ele não percebia que ela dependia dele? Que sempre dependera?

— Por que ficar comigo? — perguntou. — Você não precisa de uma garota humana fraca para ajudá-lo a enfrentar seu passado. — As palavras escaparam antes que Loulie pudesse detê-las. O pânico ecoou pelas câmaras ocas de seu coração, crescendo até que ela mal conseguisse respirar.

Qadir a encarou com os olhos arregalados. Quando ela tentou deslizar para longe, ele a agarrou pelo ombro e a virou.

— Fraca? — Seus olhos brilharam com uma luz azul feroz. — Então é disso que se trata? É por isso que você está de mau humor?

Loulie ficou sem palavras pela intensidade do olhar dele. Ela estava esperando exasperação, não essa raiva brilhando nos olhos de Qadir.

— É a verdade, não é? — Loulie odiava quão amargas as palavras soavam. Pequenas e autopiedosas. Mas, no momento em que as disse, uma barragem se rompeu dentro dela, e o restante da confissão saiu como uma torrente de palavras. — Eu não pude fazer nada. Nem quando minha tribo foi assassinada nem agora. Eu *nunca* posso fazer nada sem a sua ajuda. Se eu não tivesse sua faca nas ruínas... — Ela piscou para conter as lágrimas. — Se você não estivesse lá...

— Não é fraqueza contar com a ajuda de outros — falou Qadir. Loulie não sabia quando, mas em algum momento havia pegado a mão dele. Agora estava segurando-a como se ela fosse uma corda salva-vidas. *Fraca*, disse a voz em sua mente. *Fraca, fraca, fraca.*

— Loulie. — Delicadamente, tanto que a fez tremer, Qadir colocou a mão em seu rosto e o virou para que ela o olhasse. — Você se apoia em mim, mas eu também me apoio em *você*. Somos uma equipe, você e eu.

— Mas eu não...

— Você é a pessoa mais corajosa que conheço, Loulie al-Nazari. Sem você, eu ainda estaria vagando sem rumo pelo deserto, perdido em minha dor. Você *não* é fraca. É por isso que eu a sigo por onde quer que vá: porque confio em você. — A expressão dele se suavizou. — Eu realmente sinto muito pelo que aconteceu com a sua família, Loulie...

Ela não percebeu que tinha começado a chorar de novo até que Qadir passou o polegar pela bochecha dela, enxugando uma lágrima perdida.

— Eu nunca teria seguido o rastro da sua família se soubesse que alguém estava me rastreando. Estava apenas andando para onde a bússola me mandava ir. Estava...

— Perdido? — Loulie esfregou os olhos. — Sim, eu sei. — Ela se forçou a olhá-lo nos olhos. A sustentar seu olhar. — Não é culpa sua.

Algo dentro dela se libertou com as palavras, fazendo-a se sentir... não vazia, mas esvaziada. Não fraca, mas vulnerável. Ela poderia ter se afastado naquele momento. Poderia ter prestado atenção à voz em sua mente que dizia *Você deveria deixá-lo ir*, mas Loulie percebeu que não queria. Ela queria ficar com Qadir. E Qadir — ele poderia ter partido muitas vezes. Mas ainda estava ali.

— Você não vai desaparecer de novo, não é?

Qadir não interrompeu o contato visual.

— Não.

— Mesmo que a bússola te leve a outro lugar?

— Eu te disse antes, não disse? Estamos conectados. A bússola me levou a você, e é com você que ficarei até que o destino exija que nos separemos.

— Você faz parecer que não é escolha sua ficar ou ir.

— Algumas coisas *estão* fora do nosso controle. Você sabe disso tão bem quanto eu. Tudo que podemos fazer é escolher com base nas cartas que o destino nos dá. Mas, enquanto o destino me permitir, não vou te deixar, Loulie. Isso é uma promessa.

Foi a resposta no estilo mais Qadir possível, e a fez rir mesmo sem querer. Pareceu mais um som de asfixia do que uma risada, mas foi o suficiente para fazê-la sorrir.

— Eu vou chutar sua bunda se você mentir para mim de novo, Qadir.

O jinn deu de ombros.

— Justo. — Ele se levantou e estendeu a mão.

Em resposta, Loulie pegou a túnica dele do chão e a atirou em Qadir.

— Coloque sua camisa. Você está indecente. — Ela juntou suas próprias camadas de roupa enquanto olhava para a cidade, que, depois de tudo o que acontecera, parecia mais enérgica de repente. Mais convidativa.

— Loulie. Pelo seu esforço. — Qadir estendeu a mão entregando algo para ela. O coração dela se alegrou ao ver a moeda de duas caras.

— Eu não sabia que você tinha mais de uma — disse enquanto pegava a moeda dele.

Qadir puxou a túnica sobre a cabeça com um dar de ombros.

— Você nunca perguntou. Mas essa é a última, então não perca.

Loulie olhou para o ouro. *Qadir está dizendo a verdade sobre querer ficar comigo?*

Ela jogou a moeda. Caiu no lado humano. Ela reprimiu um suspiro de alívio.

— Certo. Vamos lá. Já perdemos tempo suficiente.

Qadir ergueu uma sobrancelha.

— Hora de ganhar um pouco de ouro?

Loulie sorriu através das lágrimas.

— Sim. Vamos vender uma relíquia.

55

Aisha

Aisha nunca gostara de Tawil. Não, desgosto não era a palavra correta. *Ódio* era mais preciso. Ela odiava Tawil desde que Omar o transformara em ladrão. Ele era um bastardo insuportavelmente arrogante que matava jinn por glória em vez de justiça. Um exibicionista que fazia de cada assassinato um espetáculo.

A matança dessa vez havia sido, como das outras, uma performance. Tawil levou o menino jinn para o azoque, drenou o sangue dele na frente de uma plateia e, depois, teve a audácia de se curvar. Pior, as pessoas bateram palmas para ele. Antes, Aisha teria achado essa recepção irritante. Agora sentia uma raiva profunda e escura ferver em seu sangue. Ela culpou a Ressurreicionista, cujo ódio alimentou o seu.

Que humano desprezível, ela sussurrou na mente de Aisha. *Devemos matá-lo.*

— Não me provoque — Aisha murmurou sob os aplausos da multidão.

Depois, Tawil voltou para falar com eles. Quando ele perguntou a Aisha por que o plano deles — a troca de Omar e Mazen — havia dado errado, ela respondeu simplesmente:

— Houve algumas circunstâncias inesperadas. — Tawil mal reparou no príncipe. Na verdade, insistiu que ele e Aisha terminassem a conversa em algum lugar mais privado.

— Negócios de ladrões — foi a desculpa que deu a Mazen.

A irritação do príncipe ficou aparente na curva de seus lábios. Aisha quase ficou desapontada quando ele não se opôs. Estava convencida de que ele estava desenvolvendo sua coragem, mas aparentemente não.

Depois de prometer encontrar o príncipe mais tarde, Aisha seguiu Tawil pelo azoque e atravessou uma ponte para outro setor de Ghiban. Era fácil acompanhá-lo na multidão, as ilhas espaçosas e separadas da cidade eram mais fáceis de navegar do que as camadas agrupadas de Madinne e as ruas sinuosas de Dhyme. Embora o azoque central fosse o mais próspero, cada distrito continha lojas e uma área residencial, tornando mais fácil para os viajantes estocar equipamentos e encontrar acomodações.

Tawil a conduziu por quatro pontes e quatro distritos até chegarem ao azoque de peixes, onde os frutos do mar locais estavam expostos. Aisha roubou uma tigela de camarões e olhou para pilhas de trutas com olhos mortos e peixes de rio enquanto passavam.

Por fim, chegaram a um casebre nas docas. Tawil entrou pela porta dos fundos, caminhou por um corredor cheio de teias de aranha e abriu um alçapão escondido na cozinha. Aisha hesitou na entrada. Ela não tinha certeza do porquê, exatamente. Já estivera naquele lugar antes. Tinha, de fato, ficado lá enquanto passava por Ghiban em caçadas. Afinal, era um esconderijo de ladrões.

E ainda assim estava nervosa.

A risada de Tawil ecoou na escuridão.

— Preocupada que eu possa te matar no escuro?

Aisha se eriçou. *Ele deveria estar preocupado com a possibilidade de* eu *matá-lo no escuro*. Ela desceu a escada e percebeu apenas depois de fechar o alçapão atrás dela que não sabia de quem eram aqueles pensamentos. Dela ou da ifrit?

Isso importa? Somos uma só agora.

Aisha cerrou os dentes em aborrecimento. *Não somos*. Ela conteve sua irritação ao entrar na câmara subterrânea: um espaço de armazenamento das mercadorias dos ladrões cheio de tapeçarias, móveis, armas, pergaminhos e relíquias repousando em prateleiras inclinadas. Embora o lugar pertencesse a todos os ladrões, era a fortaleza de Tawil. Ghiban era o campo de caça *dele*.

Quando Aisha entrou, Tawil se virou para ela com aquele sorriso irritante nos lábios. Aisha não perdeu tempo em repreendê-lo.

— Que merda foi aquela no azoque?

Ele piscou para ela, de olhos arregalados.

— Às vezes o povo da cidade esquece que existimos; pensei em lembrá-los. Mas isso não é importante. Olhe aqui. — Tawil enfiou a mão na bolsa em seu quadril e retirou uma esfera de vidro, que jogou para Aisha. — Isso parece uma relíquia de que nosso rei gostaria, hein? Ele mostra suas memórias.

Aisha não tinha como testar a afirmação de Tawil, pois, quando tocou o orbe, não foram suas memórias que ela viu. As memórias pertenciam ao dono do orbe: um jovem jinn chamado Anas. Aisha foi capaz de discernir por suas memórias nebulosas que ele carregava o orbe consigo porque era uma lembrança de sua mãe. Que era a única coisa que ele conseguira trazer com ele para o mundo humano.

O apelo final de Anas ecoou em sua mente. *Por favor! Por favor, me ajudem!*

Aisha jogou o orbe de volta para Tawil e enfiou as mãos nos bolsos para esconder o tremor. Ela conhecia a verdadeira natureza das relíquias desde que Omar a recrutara. Nunca a incomodara que elas contivessem almas. Mas como ela poderia ignorar o fato agora, quando uma das malditas coisas estava falando com ela?

Você disse antes que os mortos não falam. A voz da Ressurreicionista roçou suavemente em sua mente. *Mas como você saberia, quando não tinha a capacidade de ouvir?*

Tawil deve ter confundido o desconforto dela com irritação. Ele riu.

— Não precisa ficar com inveja.

Aisha pigarreou.

— Podemos falar sobre o que é realmente importante? Como está Omar?

— Pelo que ouvi, tem passado a maior parte de seus dias na companhia de um wali irritantemente atencioso. O homem é como um sanguessuga; ele se recusa a voltar para sua cidade e faz muitas perguntas. Omar tem gente da guarda o vigiando.

Políticos irritantemente observadores à parte, se Omar estava comandando pessoas na guarda agora, pelo menos significava que seu plano de incorporar ladrões à força do comandante tinha corrido sem problemas.

Tawil levantou uma sobrancelha.

— Claramente, ele está se saindo melhor do que o *seu* príncipe. Se importa de explicar por que o príncipe Mazen não está mais disfarçado? — Ele cruzou os braços. — E talvez você me conte sobre a relíquia lendária que encontrou em uma duna? Junaid parecia muito impressionado na carta que mandou.

Aisha reprimiu uma carranca. Ela não se *importava* em dizer nada ao ladrão, mas, se Junaid já o havia informado, não tinha escolha. Ela retransmitiu a versão curta do que havia acontecido, a lembrança mais importante sendo a provação com Imad. Não disse a ele que quase morrera ou que o colar a salvara da morte, e ainda assim seus olhos vagaram para a seda em volta do pescoço dela.

Tawil se lançou em direção a Aisha sem preâmbulos.

Ela agarrou seu pulso antes que ele a tocasse. Uma dor ardente percorreu suas veias com o contato. O ladrão puxou a mão na mesma hora que ela. Ambos se encararam.

Tawil riu fracamente.

— O que foi isso?

Aisha se afastou com um rosnado. Aquele calor — de onde vinha? Tawil tinha algum tipo de relíquia?

— Fale por si mesmo, seu imbecil.

— O colar da rainha: você o tem em volta do pescoço. Consigo ver.

Ela puxou a seda para mais perto do queixo.

— E?

— Não vai entregar para Omar? Você sabe que ele está procurando relíquias dos reis jinn. — Ele inclinou a cabeça, arregalando os olhos. — Ou não me diga que você está realmente a *guardando*, bint Louas? Isso não fazia parte do plano, você sabe.

Nada disso faz parte do plano!, ela queria gritar, mas não conseguiu dizer as palavras. A memória daquele calor estranho ainda estava sob sua pele, e isso a deixou cautelosa.

— Me dê isso. — Tawil estendeu a mão. — Vou entregar para ele.

Aisha ficou grata que o ladrão fosse mais baixo que ela, então podia olhar para ele de cima.

— Não recebo ordens de crianças arrogantes.

A fachada brilhante de Tawil rachou. Ele a encarou com uma intensidade que fez sua pele formigar.

— Você é uma vadia, bint Louas, sabia disso?

— E você é um desgraçado. Agora, quer continuar jogando xingamentos um para o outro, ou devemos falar de negócios como adultos? — Ela estava prestes a retornar à discussão quando ouviu um som e fez uma pausa. Aisha e Tawil olharam para uma pilha de moedas de colecionador num canto. Enquanto observavam, algumas gotejaram no chão.

Tawil deu de ombros, mas ela soube imediatamente que algo estava errado. Houve um zumbido em seus ouvidos. Ela se concentrou até que o som se tornou uma voz: *Estou aqui*, dizia. Então Aisha não apenas ouviu; ela viu: a relíquia da sombra, visível através do olho que a ifrit lhe dera.

E abaixo da sombra: Mazen bin Malik, espionando-os.

Ele os tinha seguido. Havia sido por *isso* que não se opusera a ser deixado para trás.

Aisha ficou dividida entre raiva e orgulho. O último venceu. Ela ainda não havia revelado coisas que o príncipe não podia saber, estava segura. Omar estava seguro. Mas, agora que ele estava aqui, bem, ela não podia lhe dar informações, mas havia outras maneiras de recompensá-lo por sua coragem.

— Vamos continuar essa discussão fora daqui. Estou faminta. — Ela caminhou até a escada antes que Tawil pudesse protestar e se virou apenas uma vez para olhar incisivamente para o armário. — Você tem uma coleção e tanto, Tawil. Só posso imaginar quanto ouro você poderia obter com tudo isso.

Tawil era uma criatura orgulhosa. Mesmo que *percebesse* que algumas de suas relíquias tinham desaparecido, não contaria a Omar.

Aisha percebeu a compreensão nos olhos do príncipe. Em seguida, ele não era nada além de uma sombra na parede. Ela escondeu um sorriso enquanto seguia seu caminho para fora.

56

Loulie

Mazen bin Malik estava esperando na taverna da pousada quando eles voltaram. No momento em que os viu, passou correndo pelas mesas ocupadas com um propósito desconcertante e lhes entregou um saco de pano. Loulie espiou dentro da bolsa. E encarou com surpresa.

— Relíquias — disse Qadir, confirmando suas suspeitas.

Ambos olharam para o príncipe, que ergueu as mãos e disse:

— Posso explicar.

E, assim que Loulie colocou suas vestes de mercadora, ele contou a eles. Sobre o jovem jinn assassinado no azoque e o ladrão que o matara. Loulie presumiu que até Aisha bint Louas devia desprezar o homem se ela tinha encorajado Mazen a roubá-lo.

Havia apenas uma coisa que a incomodava na situação. O fato de a bússola não os ter levado ao esconderijo de Tawil. Qadir sorriu levemente quando ela falou isso.

— Khalilah conhece o futuro — falou ele. — Ela nos levou para onde precisávamos estar.

Loulie estava de bom humor demais para mencionar sua aversão ao destino. Estava feliz, pelo menos, que as relíquias tivessem acabado em suas mãos para que ela pudesse vendê-las para pessoas que *não fossem* membros dos Quarenta Ladrões assassinos.

Estava prestes a seguir o príncipe para fora da sala quando parou e, por hábito, se virou para procurar a bolsa infinita.

A dor da tristeza bateu de novo quando ela lembrou que tinha perdido a bolsa nas ruínas. *Mas ao menos recuperamos nossos pertences mais importantes. E...*

Seus olhos vagaram para a shamshir embainhada no quadril de Qadir. Ele ergueu uma sobrancelha para ela.

— Você não notou que eu a estava carregando o tempo todo? Por que eu iria deixá-la em um lugar que qualquer simples ladrão poderia invadir?

— Você a exibiu na parede do nosso quarto por *anos*.

— Dahlia ficaria insultada se soubesse que você era tão cética em relação à segurança dela.

— Você sabe que esse não é o meu ponto. — Ela seguiu Qadir pelo corredor até a entrada, onde o príncipe os esperava.

— Eu disse a você que manteria esta lâmina segura. Aqui, isso significa carregá-la comigo.

— Você acha que vai usá-la algum dia? Eu sei que dificilmente é uma faca encantada, mas...

— O valor de um objeto não é determinado pelo fato de ser ou não encantado. — Seus lábios se curvaram em um de seus familiares meios sorrisos. — Além disso, não tenho dúvidas de que esta lâmina me servirá. Só espero que o dia em que eu precise contar com ela esteja num futuro distante.

Loulie também esperava. Nos penhascos, Qadir dissera a ela que eles eram um time. E, como sua camarada, ela faria o possível para garantir que ele não tivesse que usar a shamshir. Loulie preferia que Qadir carregasse a lâmina como um acessório para sempre a que se sentisse pressionado a usá-la como último recurso. Mas, se *tivesse* que usá-la... ela esperava que fosse tão eficiente quanto era elegante.

Quando encontraram o príncipe na porta, ele insistiu em acompanhá-los até o azoque.

— Você me viu trabalhar — disse ele alegremente. — É justo que eu veja *você* lidando com os clientes.

Eles se estabeleceram no azoque dos estrangeiros, um pequeno mercado em uma ilha periférica onde os viajantes vendiam mercadorias de todo o mundo. Como o azoque estava cheio de comerciantes visitantes em vez de estabelecidos, havia mais barracas do que prédios ali. Os comerciantes faziam as malas e partiam a qualquer momento, de modo que o azoque estava sempre em movimento. Como resultado, sempre havia barracas disponíveis. Foi em uma dessas barracas humildes que Loulie começou a arrumar suas coisas.

Ela se acomodou na rotina confortável de ouvir conversas enquanto exibia suas relíquias. Normalmente, Loulie teria mantido os ouvidos atentos a possíveis clientes. Agora, se pegava ouvindo notícias sobre Ahmed. Desejou que ele estivesse ali para ver seu trabalho; os deuses sabiam que a última vez que ela tentara vender relíquias em sua presença tinha terminado em derramamento de sangue. E, mesmo depois do sofrimento daquela noite, ele ainda sorriu para Loulie quando ela partira. Ainda tinha sido capaz de fazer seu coração palpitar com nada além de uma promessa florida e um beijo na mão.

Hesitante, Loulie explorou uma possibilidade que sempre tentara descartar: um futuro em que ela aceitasse a proposta de casamento de Ahmed. Ela os imaginou vagando pelo deserto juntos, vivendo as aventuras que só podiam compartilhar como histórias. Imaginou-os dormindo juntos sob as estrelas e brincando sob o sol.

Então pensou em Qadir, e o sonho se dissipou.

Vergonha aquecia suas bochechas quando Loulie voltou sua atenção para a barraca. O que ela estava pensando? Não importava que Ahmed fosse gentil com ela. Ele ainda era um caçador de jinn e um crente devoto que mataria Qadir se descobrisse a verdade sobre ele.

Loulie reprimiu um suspiro enquanto voltava ao trabalho. De soslaio, notou o príncipe Mazen vagando pelo azoque, examinando com admiração as mercadorias importadas: lanternas de vidro com padrões intrincados do oeste, joias feitas de topázio do sul, amuletos que afastavam o mau--olhado de uma ilha a leste. Seus olhos arregalados a atraíram de volta ao presente. O príncipe achava aqueles produtos impressionantes? Ele que esperasse até ver os *dela*.

Ele não tinha ido longe quando Loulie anunciou a abertura de seu negócio. Uma multidão se formou imediatamente, olhando para a mercadoria com olhos famintos. Loulie sentiu uma paz profunda inundá-la enquanto encantava, negociava e piscava para clientes em potencial. Quando a barraca foi esvaziada, ela estava quase bêbada de euforia. Quando o príncipe se aproximou dos arredores de onde estivera observando, ela o agarrou pelos ombros e o sacudiu.

— Estamos ricos! — Loulie celebrou.

Era verdade: eles tinham ido de miseráveis a ter moedas suficientes para encher uma banheira e nadar nelas. Normalmente, teria sido uma quantia satisfatória. Hoje, era uma pequena fortuna.

O príncipe balançou a cabeça, parecendo atordoado.

— De verdade?

Qadir ergueu o olhar.

— Vamos precisar de uma bolsa maior. — Loulie ficou triste ao lembrar da bolsa infinita, mas depois se animou com a perspectiva de carregar o seu peso em ouro. Eles acabaram dividindo o dinheiro para carregá-lo e, como a mercadora estava com vontade de comemorar antes de partirem no dia seguinte, compraram entrada para um dos navios de entretenimento que serpenteavam pelos canais da cidade.

Em essência, era uma luxuosa taverna flutuante onde os clientes bebiam despreocupados e poetas e músicos subiam ao palco para contar histórias escandalosas e cantar músicas obscenas. A cabine do navio era grande, mas aconchegante. As mesas estavam espalhadas sob um mar de fumaça de shisha, ocupadas por convidados sorridentes que sussurravam e riam sobre bebidas caras. Acima da multidão, pendiam lanternas de luz fraca que balançavam como vaga-lumes sonolentos na escuridão, salpicando as paredes com a luz quente do fogo.

Pela primeira vez em meses, Loulie se deixou levar por aquele espaço de sonho. Ela bebeu e riu e saboreou a sensação agradável e confusa provocada pelo álcool. Maravilhou-se com as intrincadas lanternas balançando penduradas no teto do navio e sorriu para o contador de histórias que fumava no palco, que parecia estar flutuando em nuvens coloridas.

— Então agora vocês sabem! — gritou o contador de histórias. Suas bochechas estavam coradas, os olhos, atentos. — Se cortar uma árvore sem bater nas raízes, você convida um jinn para o mundo!

Loulie bufou quando o contador de histórias tropeçou para fora do palco sob aplausos ruidosos. Ele foi substituído por um pequeno grupo de homens tocando músicas animadas. Loulie balançou a cabeça e pegou seu vinho, apenas para descobrir que havia sumido.

— Seus lábios estão manchados — alertou Qadir. Ele girou o copo nos dedos, de sobrancelhas erguidas.

Ela sorriu.

— E os seus não estão nem um pouco. Me dê meu vinho, homem sem graça.

Quando Loulie tentou alcançar a bebida, Qadir se inclinou para trás e esvaziou o copo. Ela empurrou seu ombro, mas estava rindo. O vinho tornava tudo tão *agradável*.

— Quem é sem graça agora? — disse Qadir enquanto pousava o copo na mesa.

Loulie ergueu uma das sobrancelhas para ele.

— Eu desafio você a ficar absolutamente bêbado.

— Eu desafio você a não ficar. — Qadir suspirou. — Eu preferiria não ter que te carregar para a estalagem.

— Eu posso andar muito bem. — Ela ficou de pé. E cambaleou. Quando Qadir estendeu a mão para firmá-la, ela agarrou a mão dele e se inclinou para a frente com um sorriso conspiratório. — Dança comigo?

— Vou passar essa.

— Você é um velho rabugento. — Loulie soltou a mão da dele e girou para longe, em direção à multidão. No início, podia ouvir Qadir chamando seu nome, mas então a voz dele se reduziu a mais um ritmo junto aos tambores.

Uma corrente de ululações ondulou pelo salão. Loulie viu mulheres sacudindo os cabelos, homens batendo palmas. Havia algumas pessoas no centro, dançando uma coreografia de debka em fila. Ela reconheceu um dos homens. Príncipe Mazen. Ele estava sorrindo — estivera sorrindo por *horas* — e girando pelo navio com uma graça surpreendente. No meio do giro, ele flagrou o olhar dela.

Seu sorriso ficou mais brilhante quando Mazen estendeu a mão. Loulie não percebeu que ela havia se apressado para pegar a mão dele até que seus dedos estivessem pressionados juntos e estivessem circulando em volta um do outro.

O príncipe a puxou para perto.

— Ainda somos ricos?

Loulie sorriu.

— Criminalmente.

Ele riu, e era o riso cru e descontrolado de uma criança. Loulie ficou encantada com ele, aquele homem estranho que sorria mesmo quando seu mundo estava desmoronando. Mazen parecia à vontade ali, lembrava muito o contador de histórias bonito e de olhos brilhantes que se abrira para ela no azoque.

Bonito, hein! Ainda bem que Dahlia não está aqui para sugerir casamento.

Ela agarrou a palma da mão dele.

— Por favor, me diga que você sabe dançar.

O príncipe sorriu.

— É claro que sim. Que tipo de nobre eu seria se não soubesse? — Ele moveu a mão para que suas palmas estivessem pressionadas juntas. Então levantou as mãos unidas no ar, e eles dançaram. Mais de uma vez, Loulie quase tropeçou.

— Tem certeza de que *você* sabe dançar, al-Nazari? — O sorriso do príncipe era um traço de malícia em seu rosto. Loulie não sabia que ele podia sorrir assim, com desafio nos olhos.

As palavras dele acenderam algo nela: um fogo que normalmente só Qadir podia provocar. Quando voltaram a girar, Loulie pisou errado de propósito e bateu o pé perto do peito do pé dele. O príncipe cambaleou para trás, a boca aberta em um cômico O. Ela piscou e disse:

— Acho que você deveria tomar cuidado com seus próprios pés, Príncipe.

Ele rapidamente recuperou a compostura. Na vez seguinte em que giraram, foi Mazen quem esticou o pé, tentando pegá-la desprevenida. Continuaram assim, seus movimentos eram menos uma dança e mais uma pista de obstáculos íntima em que ambos tentavam evitar os pés um do outro. Loulie parou de balançar e começou a se esquivar, fazendo o mundo rodar a cada passo.

No último toque da corda do oud, ela estava exausta demais para antecipar o último movimento do príncipe: um movimento que, para todos os outros, parecia um arco. Em vez disso, ele a ergueu do chão.

Loulie se chocou contra Mazen. Ela sentiu o subir e descer de seu peito enquanto ele ria, o calor de suas mãos em seus quadris quando ele a firmou.

— Acho que isso significa que eu venci?

Ela ficou lá, os dedos agarrados na camisa dele enquanto lutava para se manter em pé. Ao perceber os batimentos cardíacos do príncipe e os contornos do corpo dele contra o dela, ela se perguntou, de repente, como seria poder se apoiar em alguém sem se sentir vulnerável. Confiar em alguém implicitamente, não apenas com o coração, mas com o corpo.

Pela segunda vez naquele dia, sua mente confusa evocou uma imagem de Ahmed. Loulie o imaginou sentado sob as estrelas, sorrindo suavemente enquanto levantava um copo em sua homenagem. *Esta noite, deixe-me servi-la*. Ela se perguntou como seria descansar a cabeça no colo dele, como seriam os lábios dele no pescoço dela...

Loulie se lançou para longe do príncipe, o calor manchando suas bochechas.

Ele piscou.

— Al-Nazari? — Ela se virou e foi embora antes que ele pudesse segurá-la.

Loulie empurrou a multidão, que se transformava em um borrão de cores vivas, sorrisos tortos e risadas muito altas. Tentou se concentrar, mas sua mente ainda estava no maldito wali. No sorridente e encantador Ahmed bin Walid, que ela recusara todas as vezes porque ele era um assassino. Porque ele matava jinn, como Qadir.

E porque, no fundo, Loulie tinha pavor de compromisso. De *confiar* em alguém.

Abruptamente, ela se chocou contra uma parede. Deu um passo para trás e ergueu o olhar, notando que não era uma parede, mas Qadir. Havia preocupação na linha dura de seus lábios. — Pronta para ir embora?

Loulie apertou os olhos.

— Ainda não. — Ela olhou para as garrafas efervescentes alinhadas nas prateleiras do bar. — Preciso de outra bebida.

Ela precisava parar de pensar. Precisava parar de sentir.

Caso contrário, teria uma noite difícil.

57

Mazen

Os viajantes voltaram para o deserto com cavalos e equipamentos no dia seguinte. Mazen sentiu como se tivesse acordado de um sonho. Por alguma razão desconhecida para ele, a mercadora se recusava a falar sobre a noite anterior. Ele pensara que ela estivesse começando a gostar de sua companhia da mesma forma que ele apreciava a dela, mas agora se perguntava se inadvertidamente fizera algo para reabrir a fenda entre eles.

Pelo menos Loulie tinha feito as pazes com seu guarda-costas: a presença dele suavizava sua raiva para uma irritação mais calma. Mazen tinha inveja do relacionamento deles. Como deve ser, ele se perguntou, ser tão próximo de alguém a ponto de poder exigir todos os seus segredos? Ele tinha Hakim, mas Hakim era seu irmão. *E o único membro honesto da família*, pensou sombriamente.

O passado de seu pai era um mistério, e quem sabia quantos segredos Omar guardava?

Mazen afastou seu desconforto, decidido a se concentrar na jornada. Embora tivessem perdido o mapa — ele se encolhia toda vez que pensava no belo trabalho de seu irmão enterrado no Mar de Areia —, não estavam sem direção. Afinal, tinham a bússola mágica da mercadora.

A flecha os guiou por caminhos tortuosos entre penhascos e por vales tranquilos cortados por cursos d'água ou riachos ocasionais. Embora o clima fosse mais hospitaleiro ali do que no deserto aberto, o terreno não era. Os caminhos eram mais esburacados, e não demorou muito para que Mazen descobrisse novas dores nas costas e nas coxas. Mas aquelas dores eram uma pequena queixa, insignificante em comparação com os carniçais tenazes e o assassino mortal que haviam enfrentado.

Durante o dia, Mazen seguia Aisha nas caçadas, ajudava Qadir a construir armadilhas e se juntava a Loulie nas viagens para reabastecer os odres. Ele não era especialmente bom nas duas primeiras tarefas — assustava a presa e possuía a incrível capacidade de sabotar armadilhas incompletas —, mas pelo menos podia falhar sem se preocupar em revelar sua identidade. E a coleta de água era uma pausa, um momento para ele absorver o ambiente sem se preocupar com a estrada à frente.

Uma pena que seu bom humor tenha sido passageiro, dissipando-se quando, alguns dias depois, chegaram ao primeiro entreposto depois de deixar as falésias. Quando foi buscar suprimentos, ele ouviu fofocas que fizeram sua mente girar. Ouviu falar de caos em Madinne: de ataques jinn mais frequentes, mais mortes no azoque. A notícia o deixou nervoso. Omar não tinha ficado na cidade para melhorar a segurança? Se sim, por que havia *mais* jinn indo para Madinne?

Mas os rumores mais desconcertantes eram sobre ele mesmo — havia relatos de que ele vinha escapando do palácio em suas roupas reais, sozinho. Mazen ficou perplexo, incapaz de entender por que Omar trairia sua confiança tão explicitamente.

Eu nunca deveria ter vindo. Ele segurou as palavras de arrependimento entre os dentes.

Em breve tudo aquilo acabaria. O príncipe levaria a lâmpada de volta e... o quê? Algum ifrit "salvaria" todos eles e seu pai o trancaria em seu quarto para sempre por desobedecer ordens? Parecia um pesadelo terrivelmente plausível.

Mais tarde, quando eles partiram para o deserto mais uma vez, Mazen compartilhou a notícia com os outros. Aisha ignorou suas acusações, insistindo que não estava a par dos pensamentos de Omar. Ele sabia que isso não era verdade: tinha escutado a conversa dela e de Tawil no esconderijo, afinal. Simplesmente não sabia como decifrá-la.

Quando não teve sucesso em obter respostas de Aisha, Mazen desviou a conversa para a lâmpada que eles estavam procurando. Perguntou a Qadir sobre o ser preso lá dentro.

— Você me disse que não sabia nada sobre a lâmpada — Loulie disse a Qadir, a voz carregada de acusação.

Qadir, que estava montado em seu cavalo com a habitual expressão indiferente no rosto, apenas levantou uma sobrancelha em resposta.

— Porque não sei. Eu não estava no mundo humano quando um dos meus companheiros ficou preso na lâmpada. Mas...

Aisha deu de ombros.

— Deve ser Rijah.

Qadir suspirou.

— Sim.

Mazen correu o olhar entre os dois.

— Rijah?

— O Metamorfo — falou Aisha. — Suas histórias falam de um rei jinn com o ego inflado. Se houver um indício de verdade nelas, então estão se referindo a Rijah.

Mazen pensou na história que havia sido transmitida através de sua família. Ele originalmente acreditava que as histórias humanas sobre os jinn eram fábulas, mas talvez fossem apenas uma versão da verdade, aumentada ao longo do tempo.

— Deuses, a criatura estará com ódio feroz — comentou Aisha. — Viver em uma prisão sob o Mar de Areia por centenas de anos? Que pesadelo.

Mazen piscou.

— Criatura?

Qadir deu de ombros.

— Rijah é o que quiser ser. Homem, mulher, criança, animal, todas essas coisas e muito mais.

Era um novo conceito de identidade, e Mazen ficou pensativo enquanto eles caíam em um silêncio pacífico. O silêncio permaneceu enquanto viajavam através de desfiladeiros e planícies planas desérticas, onde o sol finalmente reapareceu. Ele teria se deitado na areia e se aquecido em seu calor se os outros não estivessem tão decididos a chegar rápido ao destino. Mazen gostaria de compartilhar a ansiedade deles, mas não: tudo que esperava por ele era algum castigo desconhecido.

O príncipe se recostou na sela e tentou gravar os detalhes daquele momento em sua mente: o céu claro e sem fim, as sombras de tendas distantes no horizonte nebuloso, o silvo e o suspiro do chão sob os cascos do cavalo. Até saboreou o peso da areia em suas roupas e botas, sabendo que era um testemunho de suas viagens.

Isso não é uma história, disse a si mesmo. *É a realidade, e estou vivendo isso agora.*

Mesmo que seu futuro fosse sombrio, estava determinado a fazer esse adiamento final durar o máximo que pudesse. E foi assim que se concentrou em seu ambiente e na admiração que a paisagem inspirava nele. Mazen a observou ficar inundada nos tons vermelho-dourados do pôr do sol, e quando o céu escureceu, maravilhou-se com as sombras, que se espalharam pelo deserto como manchas de tinta.

Havia estrelas brilhando no céu quando chegaram a um oásis. A mercadora e seu guarda-costas aceleraram à frente, brincando enquanto corriam em direção ao destino. Mazen segurou um suspiro enquanto os observava partir. Ele desejou que *ele* tivesse aquela relação descontraída com Loulie.

— Seu ciúme está transparecendo, sayyidi. — Aisha parou ao lado dele. Ela tomou um gole de seu odre antes de entregá-lo a Mazen. Ele bebeu para evitar responder.

Depois, limpou a boca com a mão e disse:

— O que você acha das notícias de Madinne? Vocês não deveriam *impedir* que os jinn invadissem a cidade?

— Esse era o plano. Obviamente, algo está errado.

Houve outro breve silêncio antes de Mazen falar.

— Eu sei que você e Tawil estavam discutindo algo que você não queria que eu ouvisse. Vocês estavam falando sobre um plano...

— Um plano para guiar *você* pelo deserto são e salvo.

— Não foi isso que pareceu. Parecia que Omar estava procurando relíquias ifrit.

Aisha suspirou.

— E? Coletar relíquias para ele é uma das minhas responsabilidades.

— Não relíquias *ifrit*. — Mazen franziu a testa. — Você está escondendo algo de mim. Deve haver uma razão para meu irmão ser tão cauteloso com Ahmed bin Walid. Uma razão pela qual ele está saindo escondido na minha pele.

Aisha refletiu a carranca dele.

— Não importa o que você pensa. Não sou obrigada a lhe dizer nada. — Ela olhou para o príncipe com indiferença antes de seguir em frente.

Mais tarde, depois de montarem acampamento, Mazen se sentou na beira do oásis, sob a sombra de uma tamareira, e olhou para as estrelas refletidas na água. Pensou em como, da primeira vez que viera a um lugar assim, estava vestindo a pele de seu irmão. Agora ele era Mazen — às vezes Yousef —, um príncipe tão covarde que não conseguia nem exigir segredos de seus próprios súditos.

— Não consegue dormir, Príncipe?

Ele foi despertado de seu devaneio pela mercadora, que, de repente, estava parada ao seu lado com o olhar fixo na água salpicada de estrelas. Ela não olhou para ele quando falou novamente.

— Isso te lembra de casa? Dos lagos no pátio do seu palácio feitos de sangue jinn?

— Isso não é justo — protestou Mazen calmamente. — *Eu* não matei nenhum jinn. Por que você acha que eu compartilho da moral do meu irmão?

— Por que eu deveria *não* achar? Vocês dois são mentirosos que compartilham o mesmo pai.

A acusação o entristeceu profundamente. Mazen esperava que Loulie estivesse começando a vê-lo como ele mesmo, sem máscaras. Mas, embora fosse desanimador, ele supôs que fosse natural que a animosidade dela contra sua família influenciasse sua opinião sobre ele.

Mas Loulie o surpreendeu ao continuar.

— Pelo menos, é o que eu teria dito antes de ouvi-lo no azoque. — Os olhos dela finalmente pousaram nele. — Meus pais costumavam dizer que uma história pode revelar o coração de quem a conta. Eu vejo essa verdade em você. Quando você compartilhou a história de sua mãe, ouvi o otimismo dela refletido em suas palavras. Você não é como Omar.

Mazen engoliu. Por que de repente parecia que seu coração estava na garganta?

— Espero que não. — Seu olhar mergulhou na água. — De qualquer forma, tenho mais em comum com Hakim do que com Omar, e não compartilhamos nenhum sangue.

— Vocês dois sempre foram próximos?

— Sempre. Desde que ele chegou ao palácio. — Mazen murchou com um suspiro. Fazia muito tempo que não se lembrava dos momentos que passara com toda a família. Ele se lembrou das refeições que compartilhavam no pátio, das histórias noturnas que sua mãe contava. Lembrou-se do jeito que seu pai sorria, com alegria interminável nos olhos. Da maneira como Hakim perambulava pelos jardins, de olhos brilhantes e livres, apontando para diferentes flores e as descrevendo para Mazen.

— Quando minha mãe era viva, o palácio era um santuário para nós, não uma prisão. — Sua voz falhou, e ele teve que fazer uma pausa para respirar fundo. — Meu pai também era uma pessoa diferente. Ele era mais gentil, mais paciente. Minha mãe o ensinou a confiar nas pessoas de novo depois que... bem, você sabe.

— Os assassinatos de esposas — a mercadora murmurou. — Ele realmente nunca explicou por que fez isso?

Mazen balançou a cabeça, em silêncio. Os rumores sempre diziam que havia sido a mãe de Hakim que inspirara sua desconfiança, mas isso nunca pareceu ser a verdade completa. O próprio sultão nunca falava desses assassinatos. Mazen suspeitava que ele nunca falaria.

— Bem, Shafia foi uma bênção por conseguir mudá-lo — disse Loulie.

— Ela foi. — Ele puxou os joelhos contra o peito, descansou o queixo neles. — Naquela época, meu pai também era. Ele não se importava com jinn e relíquias. Falava sobre redenção.

Certa vez, eu quis ser como ele.

Mazen podia ver a mercadora o observando com o canto do olho. Ela o surpreendeu quando disse:

— Bem, se tem alguém que pode mostrar a ele o significado de redenção, é você.

Mazen olhou para ela.

— Eu?

A mercadora deu de ombros.

— Do jeito que eu vejo, você poderia ter me deixado para trás nas ruínas, mas voltou. E quando te perguntei sobre Imad, você me respondeu honestamente. — Seus lábios se curvaram. — Eu pude perceber; você é fácil de ler.

— Você me salvou antes também. Duas vezes. — Ele suspirou. — Meu pai foi quem a enviou nesta missão. O mínimo que posso fazer é tentar te ver em segurança ao longo dela.

A mercadora se virou, bufando.

— Sua honestidade é uma fraqueza, Príncipe. — Ela fez uma pausa. — Mas também um tesouro. Não subestime sua capacidade de influenciar os outros.

Loulie o deixou sozinho para pensar nas palavras.

58

Aisha

Algumas noites, quando Aisha estava sozinha, o deserto falava com ela sobre a morte. Ela ouvia o grito distante de almas enterradas sob a areia e os murmúrios de relíquias perdidas no tempo. E algumas noites, quando deixava sua mente vagar, ouvia uma voz de lembranças que não lhe pertenciam. Era suave e ritmada e cheia de risadas.

Quando Aisha fechava os olhos, podia ver seu dono: um homem alto e bonito com um sorriso brilhante. E, embora não o conhecesse, seu coração ainda assim disparava. *Minha rainha*. Ele agarrava sua mão e beijava seus dedos. *Eu te amo, habibti. Por todo o sempre.*

Mas então a memória entrava em colapso, substituída por uma imagem de seu amado sangrando carmesim na areia e gritando enquanto os membros de sua tribo o torturavam. *Traidor*, diziam. *Infiel*. E então ele estava morto, seu precioso Munaqid, sobre uma poça de seu próprio sangue enquanto eles avançavam para ela, e ela não conseguia respirar; havia apenas raiva e uma tristeza tão profunda que era infinita.

— Pare — Aisha gemeu. Sua respiração estava irregular, sua visão turva com lágrimas. — *Pare*.

Ela afastou a memória com um grito, o corpo tremendo enquanto lutava para abafar emoções que não eram suas. Aisha fez uma careta, odiando que, mesmo agora, uma visão do amante humano da ifrit estivesse presa atrás de suas pálpebras. Ela reconhecia o nome — *Munaqid*. Era o nome do humano que salvara o mundo da Rainha das Dunas na lenda.

A ifrit zombou em sua mente. *A única coisa que Munaqid salvou fui eu.* Ela fez uma pausa. *Mas nosso tempo juntos só poderia durar por certo prazo. A tribo dele nos matou no final.*

A primeira vez que a rainha mostrara a Aisha essa visão, em Dhyme, ela não conseguira decifrá-la. Agora que as respostas estavam diante dela, não queria nada além de esquecê-las.

— Eu não me importo — disse Aisha, mas sua voz estava embargada. Ela xingou enquanto se levantava e andava. Olhou por cima do ombro para as barracas que haviam montado para a noite. Sabia que Qadir estava acordado. Sentira os olhos dele sobre ela quando saíra do acampamento.

A ifrit riu na mente de Aisha. *Você sabia que, naquela época, eu era conhecida como Naji? Fiz um acordo com aquela garota humana da mesma forma que fiz um acordo com você. Éramos uma, Naji e eu.*

Aisha estremeceu. Era difícil descartar a realidade da ifrit afundando em sua própria mente quando, com tanta frequência, ela era incapaz de distinguir entre seus pensamentos. Fiel à sua palavra, a Ressurreicionista não a forçara a fazer nada contra sua vontade, mas o que isso importava se sua presença continuasse a corroer a autonomia de Aisha de qualquer maneira?

— Não é isso que as histórias dizem. Dizem que você a enganou e roubou o corpo dela.

E? Suas histórias humanas nascem do medo. Mais fácil acreditar que uma jinn possuiria uma humana em vez de trabalhar com ela. Que um humano a mataria, não se apaixonaria por ela.

Aisha não disse nada. Encarou a noite escura e silenciosa e pensou em como a ifrit falava um monte de merda. Jinn não ajudavam humanos, e humanos não ajudavam jinn. Seu trato com a Ressurreicionista fora feito puramente por necessidade.

Mas as memórias — essas eram reais. Aisha podia sentir. Mesmo as memórias de Qadir que às vezes vinham à tona gritavam a verdade. Eram raras, essas memórias, mas surgiam na mente de Aisha quando ela baixava a guarda. Nelas, Qadir usava mantos brilhantes e uma carranca nada brilhante. Seus olhos eram nublados como fumaça, cheios de uma tristeza tão profunda que partia seu coração.

— Chega. — Aisha pressionou um punho na testa e inspirou e expirou lentamente até que sua mente estivesse clara e ela pudesse se concentrar em seus problemas. Ela se deteve na memória de sua conversa com Tawil. Quanto mais se lembrava, mais sua pele arrepiava. Não percebeu que estava respirando com tanta dificuldade até que a ifrit falou suavemente em sua mente. *Você está angustiada.*

— Não diga. — Aisha voltou a andar. Isso a mantinha centrada.

Mas, toda vez que se lembrava daquela conversa, estremecia. Tawil dissera a ela que o plano de Omar logo chegaria à sua conclusão. O wali suspeito havia sido tirado do caminho, e mesmo o desconfiado comandante não chegara nem perto de descobrir sua trama.

Aisha não se importava. Ela nunca se importava verdadeiramente com os planos de Omar quando eles eram secundários para seus próprios objetivos. Mas esse não era o caso com Mazen. *Eu invejo você, Aisha*, Tawil dissera. *Você tem um trabalho fácil! Tudo o que precisa fazer é levar uma ovelha ao matadouro.*

As mãos de Aisha tremeram. Deuses, ela ia vomitar.

Ela sempre tinha feito o que Omar ordenara. Ela lhe devia isso. Ele vira potencial nela quando ninguém mais tinha visto. Quando Aisha era uma ladra sem amarras em Madinne — sem pais, sem aldeia —, Omar se colocara em seu caminho, e quando ela tentou roubar um medalhão de seu bolso, ele agarrara seu pulso e dissera: *Você gostaria de ser a ladra de um rei?*

Omar lhe dera o poder de se vingar do jinn que havia roubado sua vida. Ela nunca havia o questionado. Mas agora...

O príncipe Mazen salvou você, disse a Ressurreicionista suavemente. As pernas de Aisha estavam tão fracas que ela teve que se sentar em uma pedra próxima.

Eu pensaria profundamente sobre...

— Me deixe em paz! — Sua voz saiu tão estridente que a fez estremecer.

Aisha lançou um olhar por cima do ombro, procurando movimento no acampamento, mas não havia nada. Qadir podia ouvi-la, provavelmente. Ela teria que avisar Omar sobre ele. Eles precisariam alterar o plano para explicar sua magia. Talvez Tawil, o desgraçado arrogante, tivesse algumas ideias.

Aisha fez uma pausa, lembrando-se do calor que queimara seus dedos quando ele a tocara. Ela expulsou a memória da mente. Não era importante.

A ifrit zombou. *Ignorância deliberada não a levará a lugar algum.*

Pela primeira vez, a ladra se perguntou se talvez tivesse sido mais fácil morrer. Mas morrer era semelhante ao fracasso, e ela nunca tinha falhado, *recusava-se* a falhar desde que perdera sua família.

Não tinha chegado tão longe apenas para ceder por um príncipe de coração mole.

Então Aisha respirou fundo, reuniu sua determinação vacilante e voltou para a tenda compartilhada com o príncipe. Mazen estava deitado em seu saco de dormir, enrolado de lado com um braço cruzado sobre a testa. No começo, ela se lembrava de que ele tentava tirar a poeira do cabelo antes de se deitar todas as noites. Agora, ele jazia imperturbável em um saco de dormir muito empoeirado, roncando levemente. *Embora Mazen* ainda *só conseguisse fazer fogo e não soubesse nada sobre empunhar uma espada, tinha se tornado mais competente*, ela pensou. *Mais corajoso*.

Aisha se virou com uma careta. Ela tirou a poeira de sua capa, enrolou-a em torno de si mesma como uma segunda pele, então se esticou em seu saco de dormir. Apertou os olhos e tentou parar de pensar. Mas, embora a ifrit tivesse misericordiosamente ficado quieta em sua cabeça, o deserto ainda sussurrava. Ela precisou de toda a força que tinha para silenciar sua voz e manter a mente em branco. *Os mortos não falam*, pensou desesperadamente.

O som do vento do deserto soou como uma risada em resposta.

59

Mazen

O futuro pressionava os braços e as pernas de Mazen como algemas. Seu corpo estava pesado quando chegaram ao topo da duna com vista para o último entreposto. Além do oásis, o Mar de Areia Ocidental era um oceano cintilante de areia reluzente e movediça. De acordo com o mapa que eles tinham perdido, havia caminhos — tanto por terra como subterrâneos — que permitiriam que eles navegassem.

Se os caminhos existiam, estavam bem escondidos. Do ponto de vista dos viajantes, o Mar de Areia parecia impenetrável, infinito. No entanto, era o destino deles. Mazen deveria ter ficado aliviado. Em vez disso, estava cheio de pavor.

Ele tentou acalmar os nervos falando em meio ao silêncio. Dirigiu-se a Aisha, que cavalgava ao seu lado. Ela parecia especialmente mal-humorada naquele dia, muito distraída até mesmo para revirar os olhos para ele.

— Então, sobre a ifrit na sua mente...

O olhar dela se moveu rápido para ele. Mazen sorriu nervoso.

— Estive me perguntando se você tinha um nome. "A Ressurreicionista" é um bocado de letras.

Aisha ergueu uma sobrancelha.

— Você já sabe quem eu sou. Sou Aisha bint Louas. — Quando Mazen simplesmente olhou para ela, a ladra suspirou e continuou. — Preciso de um corpo para agir neste mundo, príncipe. E, embora eu possa forçar minha mente sobre os outros através da posse, não é assim que um *acordo* funciona. Não, sua ladra e eu somos a mesma coisa. — Ela fez uma pausa, um sorriso irônico em seus lábios. — Mesmo que ela ainda não tenha aceitado isso.

— O nome dela costumava ser Amina — disse Qadir, lançando um olhar para ela por cima do ombro.

Aisha fez uma careta.

— *Costumava* ser.

Loulie, que cavalgava ao lado de Qadir, bufou.

— Vocês, jinn, são todos tão melodramáticos.

As bochechas de Aisha coraram com isso, mas ela não disse nada até eles chegarem ao entreposto, momento em que pediu licença para procurar suprimentos. Depois de prometer encontrá-los nas tendas, ela partiu, deixando Mazen seguir Qadir e Loulie.

Ele ficou chocado com o número de viajantes. Enquanto os demais oásis eram pequenos e tranquilos, este estava repleto de pessoas. Mazen imediatamente identificou duas áreas: um azoque em miniatura feito de pequenas construções de barro e barracas espalhadas e uma área maior de acampamento junto à água, que tinha um curral para cavalos e camelos. No mercado, viajantes vestidos com trajes estrangeiros trocavam fofocas, mercadorias e moedas de todo o continente. Mazen viu artistas e cartógrafos, poetas e contadores de histórias, soldados e ferreiros.

Ele não percebeu até chegarem à área do acampamento que o oásis estava cheio porque o lugar era um destino turístico, uma maneira de os viajantes verem o Mar de Areia de perto. Estava confuso. Mas, enquanto a mercadora e seu guarda-costas estavam obviamente descontentes com a multidão, Mazen ficou aliviado. Multidões o faziam se sentir seguro.

Por isso, depois de ajudar Loulie a amarrar os cavalos no curral, ele voltou ao azoque. Mazen respirou os aromas de especiarias, comida e almíscar e sorriu. Sem querer, abriu aquele sorriso para uma jovem da tribo que fazia compras com a mãe. Ela sorriu de volta antes de se afastar com um rubor. A mãe, de aparência severa, o viu e franziu a testa. Havia algum escrutínio intenso em seu olhar que ele não entendia.

Certamente eu não pareço tão suspeito? Ele não pôde deixar de ficar ofendido.

Claro, *fazia* alguns dias que Mazen não tomava banho, e seu cabelo e suas roupas estavam cheios de poeira, então talvez ele parecesse uma criatura de areia. Ele recuou para a multidão, para longe da mãe fulminante. As conversas passavam pelo príncipe como fumaça.

— Blasfêmia! Nenhum homem seria capaz de fazer isso...

— ... Ele foi aprisionado pelo pai por anos! Isso não é motivo suficiente?

— ... em Madinne! Uma tragédia absoluta. Deuses abençoem os inocentes que morreram nessa luta.

Mazen parou tão abruptamente que um mercador quase o derrubou. Ele xingou o príncipe enquanto passava correndo. Mazen mal o ouviu. Ele se virou e viu o fofoqueiro vagando por um beco com seu parceiro de conversa.

O príncipe o seguiu, parando só por tempo suficiente para colocar sua sombra sobre a cabeça antes de persegui-los. Ele correu para o outro lado do azoque, mas, quando chegou, os homens haviam desaparecido na multidão.

De joelhos fracos, Mazen caiu contra uma parede próxima para recuperar o fôlego. Estava tudo bem; ele poderia perguntar por notícias de Madinne. Certamente havia outros que poderiam esclarecê-lo.

Enquanto se levantava, um lampejo de cor chamou sua atenção. Uma ilustração pregada na parede. Curioso, ele recuou para examiná-la em detalhes.

Seu próprio rosto, ilustrado em detalhes notavelmente vívidos, franzia a testa para ele. Havia palavras impressas abaixo da imagem: *Mazen bin Malik, príncipe exilado de Madinne. Traidor do trono. Procurado pelo assassinato do sultão.*

Mazen encarou o pergaminho.

Assassinato.

Ele tentou respirar e falhou. Seu coração saltou para a garganta e depois para a boca do estômago. Ele experimentou a sensação peculiar de se afogar em si mesmo.

Procurado pelo assassinato do sultão.

Havia números abaixo de seu nome, mas Mazen não conseguia lê-los. Ele tropeçou no chão. Pressionou a palma da mão na parede, respirando com dificuldade.

Assassinato do sultão.

Mazen estava vagamente consciente da sensação do pergaminho sob seus dedos. Da pisada pesada de seus pés enquanto cruzava o azoque de volta. Do ar preso em seus pulmões. Do estômago revirando. *Não consigo respirar, não consigo respirar.* Seu coração batia tão rápido que parecia que iria explodir no peito.

Ele não sabia como havia conseguido chegar à tenda, apenas que, quando o fez, seus pulmões estavam sem ar. A sombra deslizou de seus ombros enquanto ele tropeçava para dentro, onde Loulie o esperava.

— O que...? — Ela fez uma pausa quando viu o rosto dele.

Sua respiração engatou, e ele gaguejou, tentando falar, mas sem conseguir.

— O que... o que há de errado com você? — Loulie deu um passo à frente e franziu a testa para o pergaminho nas mãos dele. Mazen o tinha roubado da parede sem perceber. Estendeu o papel para ela. *Respire*, ordenou a si mesmo, mas cada respiração era um soluço que fazia seu coração apertar.

No momento em que Loulie pegou o pergaminho, ele desabou. Qadir estava lá para colocá-lo delicadamente no chão enquanto ela desenrolava o pergaminho e olhava com os olhos arregalados para o cartaz de procurado.

— Ah. — Sua voz falhou. — Ah, *porra*.

60

Loulie

— Onde está Aisha?

O pânico, em vez de obscurecer a mente de Loulie, a tornara mais nítida.

Ela passou pelo príncipe caído e colocou a cabeça para o lado de fora. O cavalo de Aisha ainda não estava no curral.

— Merda — murmurou ela enquanto voltava para dentro.

O príncipe estava soluçando agora, um som de lamento miserável que fez o coração dela disparar. Qadir estava agachado ao lado dele, segurando seu ombro. Ele olhou para Loulie e franziu a testa.

— Partiu?

— Partiu. — Loulie passou a mão pelos cachos. *Buscar suprimentos. Que mentira.*

Ela queria gritar. Todo aquele tempo, estivera temendo a pessoa errada. Mazen bin Malik nunca tinha sido um perigo para ela. E o sultão... estava morto agora. Assassinado pelo próprio filho. Omar havia planejado isso. Mesmo que Mazen ainda estivesse disfarçado, o estrago estava feito. *Ele* era um homem procurado agora.

Loulie rasgou o cartaz de procurado em pedaços e o jogou para Qadir, que o queimou antes que caísse no chão.

— Quão longe você acha que ela foi?

Qadir balançou a cabeça.

— Com mais de meia hora de vantagem e um cavalo? Longe.

— Acha que a Ressurreicionista vai detê-la?

— Ela teve ciência da mente de Aisha no momento em que a salvou da morte. Se não a impediu naquele momento, não impedirá agora. — Ele olhou para o príncipe. — Você consegue falar?

Mazen estava tremendo como um filhote de camelo recém-nascido, mas conseguiu assentir.

— Aisha disse alguma coisa para você, *alguma* coisa que possa explicar o que aconteceu?

O príncipe abriu a boca para falar. Algum som saiu de sua garganta, mas não era uma palavra. Ele apertou os lábios e abaixou a cabeça enquanto as lágrimas se acumulavam em seus olhos. Quando ele finalmente falou, sua voz era baixa.

— É culpa minha.

Loulie deu um passo em direção a ele.

— O que você quer dizer?

— É culpa minha. Eu fugi. Eu não deveria ter fugido.

Antes que ela pudesse pedir que ele esclarecesse, Qadir a fitou com um olhar. *Não insista*.

Piedade caiu sobre Loulie enquanto olhava para o príncipe de coração partido. Ela conhecia a dor de perder a família. Lembrou-se de como a perda havia roído seus ossos e se cravado em seu coração. Ela se lembrava de não ser capaz de falar nem pensar. De ter um buraco dentro de si, um vazio que consumia tudo.

Sem Qadir, Loulie teria se perdido naquele vazio.

O príncipe não tinha ninguém. E pior, o mundo se voltara contra ele. As palavras lhe faltaram. O que dizer para um homem que perdeu a família e também foi traído por ela?

Qadir se afastou e pegou a lanterna. No momento em que seus dedos tocaram o metal, uma chama azul brilhante se acendeu dentro do vidro. Ele a entregou a Loulie.

— Vou colher informações. Me chame através do fogo se alguma coisa acontecer. Ele apertou o ombro dela, pegou a shamshir e saiu da tenda.

Loulie se virou para o príncipe, que felizmente havia parado de chorar, mas agora olhava fixamente para o chão com os olhos sem brilho. Um tremor sacudiu seu corpo enquanto ela observava.

Loulie hesitou. *E agora?*

Ela era boa em falar, mas apenas quando era *para* as pessoas. Ela sabia usar as palavras como arma e escudo, mas nunca havia sido boa em usá-las para confortar os outros. Mesmo quando era criança, seus pais lamentavam sua falta de empatia e sua incapacidade de ouvir.

O príncipe não a notou quando Loulie se aproximou. Nem sequer se mexeu quando ela se sentou desajeitadamente ao lado dele e colocou a mão em seu ombro.

Ambos se encolheram com o contato.

Então, lentamente, a tensão no corpo dele diminuiu, e ele ficou ali sentado, mudo e trêmulo. De perto, Loulie podia ver as rugas formadas por sorrir nos cantos dos olhos dele, o rubor de sua pele bronzeada. Ele era um homem cortês, inadequado para as duras realidades do mundo.

E ali estava Mazen, enfrentando-as sozinho.

O príncipe respirou fundo, estremecendo.

— Se eu não tivesse sido tão egoísta... — Ele tremeu. — Se eu não tivesse *partido*...

— Se você não tivesse partido, estaria morto.

O príncipe a encarou. Loulie estremeceu. As palavras tinham saído espontaneamente. Elas eram um fato, percebeu, e embora não fosse adepta a navegar em suas próprias emoções, sabia que podia confiar nos fatos.

— Você foi um bode expiatório, Príncipe. Um homem determinado ao parricídio... — Loulie vacilou quando mais lágrimas se acumularam nos olhos dele, mas continuou. — Claramente, Omar tinha o objetivo de levar isso adiante. Se você estivesse lá, teria sido um obstáculo. Não se culpe por um crime que não cometeu.

Lágrimas escorriam pelo rosto dele.

— Eu *menti* para meu pai.

— Suas mentiras não mataram o sultão. Seu irmão matou.

O príncipe pressionou o punho na testa e se virou, os ombros tremendo. Loulie xingou interiormente. E ela estivera indo tão bem também...

A aba da barraca se abriu. Loulie suspirou.

— Finalmente. Demorou bastante.

Mas, quando ela olhou para cima, não era Qadir parado na entrada, e sim uma mulher mais velha vestida com camadas de seda. Um homem com uma espada no quadril estava ao lado dela. A mulher apontou para Mazen.

— É ele. Olhe para o rosto dele e me diga que *não* é ele.

O homem com a espada — um mercenário encarregado de manter a paz, ao que parecia — olhou para Mazen. Parecia prestes a se desculpar quando o príncipe olhou para cima. Os olhos do mercenário se arregalaram. O príncipe olhou para ele em silêncio.

Loulie pegou a lanterna.

— Qadir?

O fogo crepitou e parecia rir. Mas... nada. Ela não tinha tempo para pensar sobre o que aquilo significava. O mercenário gritou chamando reforços que já se aproximavam deles. Loulie bateu a lanterna no joelho do homem e agarrou o pulso do príncipe ao mesmo tempo. O mercenário recuou quando ela avançou, arrastando Mazen com ela.

Do lado de fora, os visitantes olhavam para os dois descaradamente, primeiro com curiosidade e depois com medo, quando mercenários entraram no espaço gritando o nome do príncipe Mazen. Loulie agarrou o príncipe e correu em direção ao curral. Mas já havia mercenários lá, esperando por eles.

— Deixe eles me pegarem — pediu o príncipe. — Que utilidade eu tenho para você, afinal?

Loulie cravou as unhas no pulso dele. Mazen gritou.

— Cale a boca e me ouça. — Eles estavam perto do curral agora. — Quando eu der o sinal, corra para os cavalos. Estou contando com você para libertá-los.

— Q-qual é o sinal?

Mas não havia tempo para explicar. Os mercenários estavam se aproximando, dizendo a Loulie para se afastar do príncipe.

Qadir dissera que ela era a pessoa mais corajosa que ele conhecia. Agora ela iria provar isso a si mesma.

Quando os mercenários chegaram perto o suficiente para serem tocados, Loulie enfiou a mão no bolso e tirou a adaga de Qadir. Ela cortou um mercenário no braço e se jogou contra o outro, caindo no chão com ele. No momento em que soltou a mão do príncipe, ele parou, tropeçando e olhando para ela de olhos arregalados antes de correr para o curral.

Loulie se levantou, mas devagar demais. Um mercenário a agarrou pelo cabelo e a puxou para trás. Ela tentou dar uma cotovelada nele, mas sem sucesso: o homem estava longe o suficiente para que ela não conseguisse alcançá-lo.

Ele disse alguma coisa, mas o que quer que tenha sido se perdeu sob o som estridente de um grito.

Seu captor fez uma pausa, ofegante.

— O que em nove infernos é isso?

Loulie esticou o pescoço para ver o que ele estava olhando. Havia fumaça — fumaça e *fogo* — vindo do azoque. Antes que o mercenário pudesse se recuperar do choque, Loulie inclinou a faca e a passou por seus cachos, cortando seu cabelo e se libertando de seu captor.

Foi o momento perfeito: as portas do curral se abriram e o príncipe veio correndo em direção a ela em seu cavalo. Ele estendeu a mão. Loulie a agarrou, jogando-se sobre a sela e segurando firme enquanto o azoque em chamas borrava em sua visão.

61

Loulie

Naquela noite, nenhum dos viajantes dormiu. Loulie estava muito agitada, nervosa que os mercenários fossem atrás deles. Ela ordenara à bússola que os levasse a um esconderijo, e isso os levara a um planalto com vista para o Mar de Areia. Foi lá que eles esperaram por Qadir.

Durante todo o tempo, Loulie se amaldiçoou por ter esquecido os suprimentos no oásis. A perda de sua roupa de comerciante a fez estremecer por dentro e por fora. O deserto estava congelando, tão frio que ela se enterrou ao lado do príncipe sem sequer pensar em pedir sua permissão. Mazen não pareceu se importar; ele estava ou muito entorpecido ou com muito frio para notar. Ficaram sentados assim até o sol nascer e Qadir aparecer no horizonte — uma figura solitária caminhando na direção deles. Foi um alívio ver a bolsa de suprimentos pendurada em seu ombro.

Loulie abraçou o próprio corpo e se levantou para encontrá-lo.

— O que aconteceu? — Ela teve que cerrar os dentes para impedi-los de bater um no outro.

— Os rumores dizem que um fogo mágico queimou o azoque. — Qadir parou diante de Loulie. Mesmo à distância, ele exalava um calor que derretia o frio nos ossos dela. — Aparentemente, embora parecesse real, não passava de uma miragem.

— Imagine só.

Qadir estendeu a mão para tocar os cachos desfiados de Loulie.

— Obra sua, presumo?

Ela conseguiu dar um tênue sorriso.

— O que, você achou que um mercenário cortaria para mim?

— Suspeito que até um mercenário faria um corte mais ajeitado. — Seu olhar suavizou quando ele se virou para olhar para o príncipe, que não se movera. Qadir estalou os dedos e um fogo explodiu à sua frente. Mazen se aproximou do calor.

Depois que Loulie vestiu sua roupa mais quente de mercadora e todos estavam sentados em frente ao fogo, Qadir contou a eles o que havia descoberto. Pouco depois de ser visto em Madinne por plebeus, o "príncipe Mazen" foi trancado em seus aposentos indefinidamente por seu pai. O ato granjeou simpatia — ou talvez compreensão — pelo que o príncipe fez em seguida. Ele convertera alguns dos soldados reais, encenara um golpe e enfiara uma faca no coração do pai.

Mazen parecia mal conseguir se sentar ereto.

— Esses não são soldados reais. — Ele estremeceu. — São os ladrões do meu irmão. Eu ouvi Aisha falando sobre eles. — Mazen ergueu o olhar em desespero, olhos inexpressivos presos nos de Qadir. — Meu irmão — disse fracamente. — O que aconteceu com Hakim?

Qadir fez uma careta.

— Não houve notícias do príncipe Hakim. Ele parece ter desaparecido em meio ao caos. — Ele se virou para olhar para Loulie. — Já que o golpe foi contido principalmente nos terrenos do palácio, eu confio que Dahlia esteja segura.

Loulie conseguiu dar um aceno fraco de cabeça. Dahlia era uma mulher do mercado clandestino. Se ela precisasse escapar, usaria os túneis subterrâneos. Mas ainda havia outra pessoa cujo destino Loulie não conhecia. Quando ela tentou travar olhares com Qadir, ele se virou, a hesitação vidente no sulco de sua testa. O coração de Loulie martelava no peito.

Não havia nada que ela pudesse fazer para se preparar para as palavras seguintes dele.

— Ahmed bin Walid está morto — anunciou ele.

As palavras a atingiram como uma martelada. Loulie cambaleou. Era como se o mundo tivesse sido arrancado de debaixo de seus pés. Ela teve que apoiar a mão no chão para se equilibrar.

— O corpo foi encontrado nos portões do palácio — continuou Qadir. — Os rumores variam. Alguns dizem que o wali liderou a insurreição do príncipe. Outros dizem que ele estava ajudando funcionários do palácio a escaparem quando foi emboscado por soldados. Ele morreu com uma lâmina na mão. Um guerreiro até o fim.

Loulie olhou para ele entorpecida. *Não*.

Ela não percebeu que estava cravando as unhas na palma das mãos até que Qadir estendeu a mão até a dela e gentilmente desenrolou seus dedos. Ele apertou as mãos trêmulas dela nas suas. O calor normalmente reconfortante de sua pele mal a aqueceu. Loulie não conseguia parar de tremer.

O príncipe se mexeu.

— Acho que Ahmed soube que algo estava errado no momento em que me viu em Dhyme. — Ele abaixou a cabeça. — Acredito que ele tenha suspeitado que Omar estava tramando alguma coisa e tentado impedi-lo.

Se as palavras tinham a intenção de confortar Loulie, elas falharam.

Ela não conseguia parar de reviver sua partida de Dhyme. Não conseguia parar de ver o sorriso melancólico nos lábios de Ahmed. Lembrou-se do modo como ele lhe beijara a mão e das palavras que lhe dissera: *E finalmente, adorável Loulie, falaremos de estrelas e histórias.*

Uma lágrima solitária deslizou por sua bochecha. Uma, duas, e então ela estava soluçando, seu corpo tremendo com a força de suas lágrimas quando Qadir passou um braço ao redor dela. Ele a puxou para si.

Loulie se sentia vazia, como se algum pedaço de seu coração tivesse sido esmagado. Não tinha dado o devido valor a Ahmed bin Walid. Ele parecera imortal, um carismático e querido caçador. Um herói, para alguns.

Como um homem assim podia ter ido embora? Sem cerimônia? Sem um adeus sequer?

A dor destruiu o resto dos pensamentos dela, e Loulie enterrou o rosto no ombro de Qadir enquanto chorava. Chorou até que a garganta ficasse rouca e as lágrimas acabassem.

Então ela deixou a raiva consumir sua tristeza.

Mergulhar na dor não levaria a nada. Mas a fúria a ajudaria a abrir caminho. E, no final desse caminho, se fosse persistente, haveria vingança.

Para a família de Loulie. Para Ahmed. Para *ela*.

A mercadora se afastou de Qadir e olhou para o príncipe. Viu seu vazio refletido nos olhos dele. Ele era uma vítima agora, assim como ela.

E, assim como Loulie, poderia provar que fora subestimado.

Ela se virou para Qadir.

— O que aconteceu depois do golpe?

A boca de Qadir se torceu em uma careta.

— O príncipe fugiu. Rumores dizem que o Conselho do sultão assumiu o controle da cidade até o retorno de Omar. Se o que o príncipe Mazen diz for verdade, então o exército atual provavelmente está sendo liderado pelos ladrões de Omar.

Loulie franziu a testa.

— Se Omar não voltou, então...

— Ele está procurando por magia ifrit — disse o príncipe.

Qadir suspirou.

— Então ele deve estar procurando pela lâmpada. Duvido que Aisha bint Louas tenha vindo até aqui só para evitar que você voltasse para a cidade.

O príncipe se encolheu ao ouvir isso, mas não disse nada.

Loulie cruzou os braços.

— Bem. Pelo menos sabemos por que seu irmão o enviou nesta jornada, Príncipe.

— Ele merece morrer — sussurrou o príncipe. Sua expressão era de uma dureza sobrenatural quando disse as palavras, uma calma mortal tão diferente dele que fez Loulie estremecer. Mazen olhou para ela com os olhos perturbados. — Não há necessidade de me chamar de príncipe mais. — Ele passou os braços em volta dos joelhos e olhou fixamente para o fogo.

Loulie franziu a testa.

— Você está falando sério? Sobre seu irmão? Porque eu não quero que você se oponha quando eu enfiar uma lâmina na garganta dele.

— Eu mesmo o mataria. Mas eu... — Mazen balançou a cabeça, engolindo em seco. — Por que eu deveria ficar? Vocês não são mais obrigados a me arrastar com vocês. Nem precisam procurar pela lâmpada.

Loulie se irritou com o olhar sombrio no rosto dele. Com a derrota expressa em seus ombros.

— Loulie e eu fomos encurralados no momento em que seu pai nos forçou a aceitar esta missão, bin Malik — disse Qadir, com a voz gentil. — Não temos o luxo de fugir, mesmo agora. Seu irmão acabará encontrando o caminho até a lâmpada, e não pretendo deixá-lo levar um dos meus antigos camaradas.

— Você poderia se juntar a nós — falou Loulie. — Provavelmente somos os únicos no deserto que não vão te entregar pela recompensa.

Mazen a olhou com cautela.

— Como vocês vão encontrar a lâmpada? Vocês nem sabem onde ela está.

Loulie zombou.

— Você está esquecendo que temos Qadir, que pode queimar buracos na areia.

Qadir ergueu a bússola.

— E uma bússola que pode localizar qualquer coisa.

A bússola e Qadir. Ela nunca tinha pensado que seria tão simples. Certa vez, Qadir dissera a ela que o sultão os subestimava. Ela ainda conseguia se lembrar de sua resposta: *Ele vai se arrepender de nos ameaçar*.

Agora Loulie fez outra promessa.

— Nós vamos fazer seu irmão se arrepender disso. Eu prometo.

O inimigo deles havia mudado, mas seu objetivo era o mesmo: encontrar a lâmpada e enganar um nobre corrupto. Loulie faria o príncipe Omar sofrer. Ela havia perdido tudo por causa dele. Agora tomaria tudo *dele*. Ela o destruiria tão completamente que nem mesmo as cinzas permaneceriam.

Loulie se levantou e estendeu a mão.

E, depois de alguns longos momentos, Mazen pegou a mão dela.

— Venham. — Qadir encarou o deserto com um sorriso sombrio. — A lâmpada nos espera.

62

Aisha

Aisha tinha sido uma assassina por muitos anos, mas só agora ela se sentia como uma criminosa, esperando por Omar no ponto de encontro que Tawil havia especificado. Estava sentada em uma caverna nos arredores do Mar de Areia, assistindo ao pôr do sol. O céu parecia estar pegando fogo, com as nuvens parecendo fios de fumaça.

— Por que você ainda não me parou? — sussurrou para o ar.

A ifrit se mexeu em algum lugar em sua mente. *Porque eu fiz um acordo com você.*

Aisha zombou.

— Um péssimo acordo. Uma assassina de jinn e uma jinn não podem coexistir.

Silêncio. E então uma risada suave. *Eu nunca faço acordos ruins.*

Aisha abriu a boca para protestar, mas decidiu que não valia a pena. Havia se acostumado com as não respostas da ifrit. Cravou os calcanhares na areia com um suspiro enquanto observava o horizonte, esperando a sombra familiar de seu rei. Ela se perguntava que forma ele tomaria.

Quando as vozes dos mortos-vivos começaram a murmurar no silêncio, Aisha falou novamente, fazendo uma pergunta que estava em sua mente havia muito tempo.

— Você pode reviver pessoas dos mortos. Então, por que não "se tornou um só" com Munaqid?

Porque ele, ao contrário de você, já havia passado para o outro lado. Se eu o trouxesse de volta, ele teria sido estúpido como um carniçal. Aisha respirou fundo e estremeceu. *Foi por isso que deixei os integrantes da tribo dele desmembrarem meu corpo. Porque, sem Munaqid, eu estava perdida.*

— E agora? — perguntou Aisha.

Eu encontrei você, e estamos perdidas juntas.

Aisha não sabia como responder, então não disse nada. Ela havia sentido a perda da ifrit em suas memórias. Não podia negar que ambas haviam sofrido nas mãos de assassinos — jinn *e* humanos. Tentou não refletir muito sobre aquela linha tênue. Se começasse a pensar em crimes cometidos por humanos — crimes sem sentido como o massacre da tribo de Loulie al-Nazari —, começaria a questionar tudo sobre seu senso de justiça.

E ela não podia se dar ao luxo de questionar as coisas, não agora.

Aisha apertou os olhos para um borrão de movimento no horizonte e piscou algumas vezes para ter certeza de que não estava vendo coisas. Mas não, havia a sombra. À medida que se aproximava, Aisha viu que era Tawil cavalgando em sua direção. Um falcão descansava em seu ombro, mas, no momento em que ele parou na caverna, o pássaro voou para o chão. Ele puxou a pulseira pendurada em sua perna e se transformou em um homem. Um homem que Aisha respeitava. Um homem que ela temia.

Instintivamente, Aisha caiu sobre um joelho e abaixou a cabeça.

— O que é isso? Você sabe que não precisa se curvar para mim, Aisha. Levante-se. — Quando ela olhou para cima, o príncipe Omar sorria para ela. Ele mal parecia a realeza em sua túnica simples e calças. Mas *parecia* um ladrão com o cinto de adagas na cintura.

— Você não é o sultão agora? Eu deveria lhe mostrar o devido respeito.

Omar riu.

— Como posso ser sultão quando estou viajando com a Mercadora da Meia-Noite? — Os olhos brilharam com alegria. — Não, levará semanas até que a honra passe para mim.

Aisha se levantou. Normalmente, ela conseguia olhar Omar nos olhos sem pestanejar. Agora ela achava difícil sustentar seu olhar.

— Eu... perdi a pulseira — murmurou Aisha.

Omar ergueu sua relíquia.

— Um pequeno sacrifício. Eu tenho a gêmea dela. Além do mais... — Ele deu um passo à frente, aquele sorriso descontraído em seu rosto enquanto se aproximava dela. — Junaid e Tawil me disseram que você tem algo muito mais valioso. — Ele empurrou o lenço dela para o lado. Aisha estava ciente da frieza do colar ao redor de seu pescoço.

Omar tocou a relíquia com um dedo.

Aisha ficou inexplicavelmente, violentamente enjoada. O mundo virou um borrão. Ela fechou os olhos com um silvo. *Não*, disse a Ressurreicionista. *Olhe.*

Aisha forçou os olhos a abrirem.

E viu um fantasma. Uma linda mulher com suaves olhos castanhos estava atrás de Omar, observando Aisha por cima do ombro dele. Aisha não a conhecia, mas a *reconheceu*.

Uma vez, elas tinham sido amigas. Enquanto ambas lidavam com memórias, Aisha — a Ressurreicionista — tinha sido a morte, e a magia dessa mulher tinha sido a vida. *Eu amo humanos*, ela dissera uma vez. *Eles são criaturas dos deuses, assim como nós, então por que devemos prejudicá-los?*

Porque eles procuram nos destruir, respondeu a Ressurreicionista.

Mas sua amiga, sempre a pacifista, recusara-se a acreditar nisso. *Eles nos temem somente porque somos mais poderosos. Se mostrarmos a eles que somos iguais, eles não nos prejudicarão.*

E os jinn tentaram. O rei deles havia tentado. Mas os humanos abusaram de sua bondade. Eles massacraram jinn e roubaram relíquias, e ainda assim a amiga de Aisha dissera: *Não acredito que sejam incorrigíveis*. Essas foram as últimas palavras que ela falou antes que seu mundo afundasse e ela desaparecesse para sempre. Mais tarde, a Ressurreicionista sentiu à distância a morte de sua amiga. Mas ela nunca soube onde estava ou qual era sua relíquia.

Aisha encarou. A ifrit — a Mística, como ela já havia sido chamada — sorriu para ela com tristeza.

Então a jinn se foi, dissipada no ar quando Omar tirou a mão da relíquia.

— Você ouviu uma única coisa que eu disse, Aisha?

Ela engoliu em seco.

— Sim. Eu só estava... distraída com as vozes.

Omar ergueu uma sobrancelha.

— Vozes?

— Os mortos — Aisha esclareceu. — A relíquia me permite ouvir suas vozes. — Omar olhou para ela. Ela conhecia aquele olhar, era a fachada estoica que ele usava para impedir que outros avaliassem sua reação. Aisha se forçou a sustentar o olhar dele.

Por que um ifrit o estava seguindo? Omar havia prometido que contaria a eles quando encontrasse a relíquia de um rei. E ela conhecia Omar, ele nunca permitiria que alguém o seguisse, nem mesmo um fantasma.

— Na minha opinião pessoal, sayyidi... — Tawil sorriu. — Não acho que bint Louas possa lidar com a relíquia. Mesmo em Ghiban, ela estava um pouco confusa.

Aisha fez uma careta.

— Eu, confusa? *Foi você* quem teve o tesouro roubado.

Ela ainda podia se lembrar do rosto dele quando a encurralara na manhã seguinte à venda da mercadora. Estava em pânico, gaguejando enquanto a amaldiçoava. Agora seu rosto se contorceu novamente enquanto ele olhava para ela.

— Isso é porque *você*...

— Chega. — A voz de Omar era suave, mas perigosa, e Tawil parou de falar. — Não temos tempo para brigar. Pedi reforços e não quero me atrasar para nosso encontro. — Ele franziu a testa. — Você sabe por quanto tempo procurei por essa lâmpada. Não vou esperar mais.

Aisha *sabia*. Omar tinha vasculhado aquela área por anos, procurando a relíquia. Mas só recentemente, quando o sultão ordenara ao príncipe Hakim que traçasse a localização com base nos escritos de Amir, Omar finalmente havia identificado sua localização. Aisha se perguntou se ele adiara matar o sultão por causa dessas coordenadas. Se havia esperado pacientemente por uma oportunidade de incriminar seu irmão pelo assassinato.

Ela empurrou os pensamentos do príncipe para longe antes que pudessem criar raízes. Aisha sempre soubera que o príncipe Mazen era um bode expiatório. Mas isso não diminuía o peso de sua culpa. Ela *devia* algo a ele por ter salvado sua vida. Além disso, havia achado a companhia dele tolerável. Agradável, até. E agora o tinha traído, e ele nunca a perdoaria por isso.

Você ainda pode se afastar disso, murmurou a Ressurreicionista em sua mente.

Aisha cerrou os punhos. Não, ela não podia. Ela não iria.

Você enganou a morte; enganar um rei seria fácil.

— Chega. — Aisha retrucou. Não percebeu que tinha falado em voz alta até que notou Omar e Tawil franzindo a testa para ela.

— Vozes de novo? — disse Tawil com um sorriso de escárnio.

Eu gostaria de matá-lo, murmurou a ifrit. Isso, pelo menos, era uma coisa na qual elas concordavam. Mas Aisha reprimiu o aborrecimento da Ressurreicionista e se forçou a assentir.

Ela respirou fundo quando Omar passou. Tawil o seguiu, bufando. No momento em que o cotovelo dele tocou o ombro dela, Aisha estendeu a mão e agarrou seu braço. Calor — repentino, brilhante e *raivoso* — pulsou por entre seus dedos.

Tawil arrancou o braço de seu aperto com uma carranca, mas ela viu um músculo se contrair em sua mandíbula quando ele cerrou os dentes.

— Deixe-me esclarecer — falou Tawil. — Meu rei pode confiar em você, mas eu não confio.

Aisha observou suas costas até que desaparecessem. Ela ouviu o eco de passos enquanto Omar e Tawil desciam por um caminho sob o Mar de Areia. Como aquele caminho existia sob a areia movediça, Aisha não sabia, mas de repente teve medo de segui-lo.

Eu também não confio em você, ela pensou.

Não lhe ocorreu até mais tarde que as palavras não eram apenas direcionadas a Tawil.

63

Loulie

Eles viajaram pelo Mar de Areia por muitos dias, usando a bússola para guiá-los pela árdua paisagem. Como os caminhos que atravessavam a areia movediça eram estreitos, eles optaram por deixar os cavalos para trás, onde alguém do Entreposto pudesse encontrá-los. Já era uma jornada bastante perigosa sem eles. Ainda assim, Loulie estava feliz que a travessia tirasse toda a sua concentração, porque, quando ela não estava preocupada em sobreviver, caía no luto por Ahmed bin Walid. Ao final de cada dia, ela se sentia física e emocionalmente esgotada.

No entanto, o sono lhe escapava. Quando fechava os olhos, via Ahmed.

Ahmed, dançando com Loulie ao redor do gabinete. Ahmed, os olhos brilhando de admiração enquanto ela lhe contava sobre sua última aventura. Ela se lembrava de sua risada alegre, seu sorriso brilhante. E se lembrava da palavra tatuada em seu pulso: *Mukhlis*. Leal. A ela.

As memórias abriram um buraco em seu coração. Mas, embora Loulie se sentisse vazia, sabia que aquilo não era nada comparado à tristeza de Mazen. Por mais que ele tentasse abafar os gemidos, ela podia ouvi-lo soluçar. Foi apenas na última noite da jornada que suas lágrimas secaram e sua expressão endureceu. Ele estava vestindo uma armadura, ela percebeu. Preparando-se para o que estava por vir.

Naquela última noite, os viajantes montaram acampamento em um pedaço de terra estável no meio do Mar de Areia. Qadir acendeu uma fogueira e tirou o restante de suas provisões de comida da bolsa.

— Chegaremos à lâmpada amanhã.

— Finalmente — Loulie murmurou.

— O ifrit da lâmpada, Rijah... — Mazen se mexeu. À luz do fogo, seus olhos dourados ficavam mais brilhantes, mais ferozes. — O que acontece quando o libertarmos?

Qadir deu de ombros.

— Não vejo Rijah há centenas de anos. É difícil dizer o que o cativeiro fez com sua mente. Mas, de todos os ifrit, Rijah é o mais propenso a se vingar. — O silêncio pairava no ar enquanto Qadir assava tiras de carne-seca no fogo. Depois de alguns momentos, ele continuou. — Se tivesse escolha, acho que ele mataria seu irmão em vez de você.

— Isso não é muito reconfortante — disse Mazen.

Loulie gemeu.

— *Nada* disso é reconfortante.

Ainda que estivesse calma por fora, internamente ela estava em pânico.

O presente não era um problema; Loulie poderia se jogar em uma briga desde que não tivesse que considerar as consequências. Mas não conseguia parar de se preocupar com os "e se".

E se Omar encontrasse a lâmpada primeiro? E se ele os capturasse? E se ela *fosse* capaz de matá-lo? Assassinar um ladrão esquecido para vingar sua família era uma coisa. Mas assassinar um príncipe destinado a tomar o lugar de seu pai? Ela nunca seria capaz de mostrar seu rosto naquele país novamente.

Qadir suspirou.

— Não pense muito nisso. O que tiver de ser será.

As palavras despertaram uma lembrança: um momento mais calmo a bordo de um navio. Loulie sorriu.

— Conselho sábio, ó poderoso jinn.

Qadir sorriu de volta para ela.

Mazen parecia confuso.

— Vocês dois ficam sempre assim tão calmos antes de se meter em perigo?

— O truque é fingir estar calmo até você acreditar — disse Loulie. Era o conselho de Qadir, e ela nunca se agarrara a ele com tanta força como agora.

No dia seguinte, Loulie avançou no trajeto seguindo a bússola, fazendo lentamente as curvas e pisando em caminhos tortuosos até que a seta parou. A flecha da bússola estava tão agitada que parecia possuída.

— Chegamos — anunciou Qadir.

Loulie olhou ao redor com ceticismo. Até onde ela podia ver, esse trecho do Mar de Areia parecia igual a qualquer outro. Ela olhou interrogativamente para Qadir, que deu de ombros e foi em direção à areia. Ao redor dele, a areia queimou, revelando um túnel inclinado que levava para dentro do Mar de Areia. Quando Qadir se virou para encará-los, as marcas em sua pele brilharam em vermelho e dourado, e seus olhos dançaram com fogo. Ele suspirou, e fios de fumaça saíram de seus lábios como shisha da boca de um fumante.

Loulie revirou os olhos.

— Exibido.

Mazen simplesmente olhou, boquiaberto.

— Não fiquem para trás — alertou Qadir, e então se virou e caminhou mais fundo Mar de Areia adentro, abrindo um buraco no mundo enquanto andava. Por alguns momentos, Loulie encarou a escuridão em silêncio. O medo, repentino e primitivo, a congelou no lugar.

Mazen deu um passo à frente para que os dois ficassem juntos diante do Mar de Areia. Ele lhe deu um sorriso fraco.

— Finja até acreditar, certo?

Loulie olhou uma última vez para o mundo exterior — para o sol no céu azul cristalino e as nuvens esfumaçadas ao longe. Sua determinação foi despertada. *Eu vou voltar*, ela pensou.

O trio mergulhou na escuridão do Mar de Areia.

64

Mazen

Muito tempo atrás, quando Mazen era menino e seu pai lhe contou a história da lâmpada pela primeira vez, ele perguntou por que, em todos os anos de existência da lâmpada, a família real nunca a havia recuperado.

Diga-me, Mazen, você conhece uma maneira de adentrar o Mar de Areia?

Mazen sugeriu um navio que mergulhasse na areia movediça. Seu pai riu — uma daquelas risadas raras e honestas que sacudiam todo o seu corpo — e respondeu: *O que você sugere é mágica, meu filho. Você precisaria de magia.*

Agora, enquanto Mazen vagava pelo Mar de Areia, sentia aquela magia se acumular em sua pele como orvalho invisível. Ela pairava como névoa no ar úmido e fazia a escuridão diante deles tremeluzir. Ele teria ficado maravilhado se não estivesse tão ansioso. Porque não tinha ideia do que estava fazendo.

Por outro lado, sua vida tinha saído de suas mãos no momento em que partira nessa jornada. Agora seu futuro tinha sido reduzido a cinzas, e suas memórias estavam nas profundezas de um buraco cavernoso. Toda vez que Mazen se sentia na beira do poço, toda vez que pensava em seu pai, em Hakim, era preciso reunir tudo o que ele tinha para resistir à queda e não sucumbir à sua miséria.

Então ele não remoeu. Seguiu adiante cegamente, o tempo todo pensando: *Isso é tudo que me resta.*

Em algum momento, os túneis escuros se alargaram em câmaras cavernosas cheias de colinas de areia branco-azulada. Rios de areia vindos da escuridão acima deles desciam pelas paredes. A câmara era apenas a primeira de muitas maravilhas impossíveis. À medida que prosseguiam, a paisagem se tornava cada vez mais espetacular. Logo havia árvores crescendo na areia. E depois florestas inteiras, *edifícios* inteiros.

Eles passaram por portões dourados entre estátuas de divindades que Mazen não reconheceu e entraram no que parecia ser um azoque abandonado. À esquerda de Mazen: potes de especiarias e nozes; um carrinho cheio de tecidos que mudavam de cor e estampa; e cerâmica brilhante. À sua direita: lanternas de vidro cheias de fumaça multicolorida; espelhos quebrados que refletiam seu rosto com múltiplas expressões; e caixas de lokum delicadamente decoradas. Ele desviou o olhar para cima e encarou boquiaberto os dosséis das barracas, que mudavam de cor diante de seus olhos. Alguns eram decorados com intrincados e brilhantes padrões dourados que se moviam com fluidez, como água.

— Qadir. — disse a mercadora quase sussurrando. — O que é tudo isso?

Qadir não respondeu. Ele foi em direção a um bosque de árvores frutíferas reluzentes no centro do azoque. Mazen o seguiu. Sua opinião inicial sobre as maçãs era que elas tinham um formato estranho: menos redondas e mais... afiadas? Ele pegou uma das frutas penduradas em uma árvore e exclamou em voz alta quando seus dedos roçaram a superfície.

A fruta era de vidro.

Qadir arrancou uma maçã da árvore e a mordeu sem hesitar. Mazen podia ouvir o estalo agudo de vidro enquanto o ifrit mastigava, mas o jinn parecia despreocupado. Estava sorrindo.

— Eu cresci com essas árvores — disse ele. Embora estivesse olhando para Loulie, seu olhar estava distante. — Elas só cresciam na capital, e os frutos que produziam eram cinco vezes mais caros porque vinham de sementes mágicas.

Mazen cautelosamente deu uma mordida na maçã. Ele experimentou a estranha sensação de vidro se quebrando entre seus dentes e derretendo em açúcar em sua língua. Imediatamente deu outra mordida. *Delicioso* era uma descrição inadequada.

Qadir se afastou, adentrando mais a fundo o azoque vazio. Loulie foi atrás dele. Mazen a seguiu depois de enfiar o restante da maçã na boca.

— Como tudo isso está aqui embaixo? — Loulie perguntou. — Qadir!

Mas Qadir andava tão rápido agora que eles tiveram que correr para acompanhá-lo. Ele os conduziu por becos tortuosos e por avenidas ocupadas por prédios extravagantes com impressionantes vitrais e portas douradas reluzentes. Então, por fim, parou em uma ponte feita de ouro maciço. Mazen ofegou quando parou ao lado dele e olhou para cima — para cima, para cima, para cima. Pois, do outro lado da ponte, havia um palácio com minaretes tão altos que desapareciam na escuridão infinita acima deles. O edifício estava estranhamente embaçado, com os detalhes indefinidos.

Uma miragem?

— Qadir! — Loulie agarrou o braço de Qadir, mas o ifrit apenas a arrastou conforme caminhava pela ponte. Ela lançou um olhar desesperado por cima do ombro, e Mazen correu para agarrar seu outro braço. O ifrit os empurrou com força suficiente para lançá-los rolando sobre a ponte.

Um fogo vivo que respirava e crepitava brilhou em seus olhos quando o ifrit se virou para eles.

— *Não toquem em mim* — ele retrucou, e sua voz era tão alta e profunda que fez a ponte estremecer.

O ifrit se virou e foi embora, deixando os dois encarando as suas costas.

— Algo está errado — murmurou Loulie. Ela se levantou e bateu a poeira de suas vestes. — Precisamos ir atrás dele.

Atravessaram a ponte brilhante e irromperam pela entrada. Quando avistaram Qadir novamente, ele havia chegado ao final de um corredor escuro. Mazen continuou a persegui-los até que a mercadora parou de repente, e ele teve que derrapar até parar para evitar colidir com ela.

Mazen olhou por cima do ombro dela.

— O que foi?

A mercadora havia tirado a bússola do bolso e estava olhando para o objeto. A flecha tremia, apontando para um arco mais adiante no corredor.

Loulie franziu a testa.

— A lâmpada?

A flecha estremeceu em resposta. Ela mordeu o lábio.

— Não posso perder Qadir. Mas a lâmpada...

— Eu vou encontrá-la. — Mazen tentou sorrir, porém estava nervoso demais para levantar os cantos dos lábios.

A expressão de Loulie se iluminou enquanto ela o conduzia pelo corredor até a arcada indicada pela bússola. Mazen ficou impressionado com a visão lá dentro.

Era uma câmara do tesouro. A mais completa e impressionante câmara do tesouro que ele já tinha visto. O chão era impossível de ver sob montanhas de ouro tão altas que os topos se perdiam na escuridão. Joias brilhantes e artefatos luxuosos estavam espalhados no topo das pilhas como se fossem meras bugigangas. Era uma visão impressionante, como algo saído de uma das histórias de sua mãe.

 Loulie expirou suavemente.

— Caramba.

— O que *é* este lugar? — murmurou Mazen. — Isso tudo é... real?

— É o que pretendo perguntar a Qadir. — Loulie hesitou, então empurrou a bússola nas mãos de Mazen. — Eu vou voltar. Mas, se eu não voltar logo, use a bússola para nos encontrar. — Ela se virou e disparou pelo corredor de onde eles tinham acabado de vir.

 Mazen encarou os montes de tesouros. Ele seguiu a bússola até um canto da sala banhado pela luz do sol que, até onde podia dizer, vinha do vazio acima dele. Ele guardou a relíquia e começou a vasculhar o monte, que certamente *parecia* real ao toque. Tesouros deslizavam por entre seus dedos enquanto Mazen procurava pela relíquia. Então, finalmente, ele encontrou o que procurava: uma simples lamparina de cobre a óleo.

 Ele a arrancou da pilha com as mãos trêmulas. Essa coisa pequena e nada espetacular era realmente o que eles tinham procurado por todo aquele tempo? Não *parecia* uma relíquia. Mazen a girou para um lado e depois para o outro. Quando nada aconteceu, abriu a tampa e olhou dentro. Estava vazia.

 Ele esfregou o corpo da lâmpada, pensando que talvez houvesse instruções na superfície sob toda a sujeira.

 Mas não havia nada.

 A lâmpada era apenas aquilo: uma lâmpada.

65

Loulie

Tentar parar Qadir era como tentar mover uma rocha: impossível. Loulie tentou tirá-lo do transe gritando seu nome, mas ele não pareceu enxergá-la. Ela o seguiu por corredores escuros e por câmaras cheias de móveis antigos. Os dois passaram por baús feitos de ouro maciço, mesas com tampo de azulejo lindamente coloridas, armas montadas com punhos de jade e prata, armários de vidro cheios de pequenas criaturas de porcelana em movimento — e Qadir nem sequer piscou ou questionou onde eles estavam.

Loulie sacou a moeda de duas faces do bolso.

Qadir está possuído? Ela jogou a moeda. O lado jinn apareceu. *Não.*

Ele está sendo influenciado por magia? O rosto do sultão apareceu franzindo a testa para ela. *Sim.*

Quando ela olhou para cima, eles estavam em uma câmara semelhante àquela por onde haviam entrado, só que era menos uma sala e mais uma *paisagem* interminável cheia de estalagmites sem fim aparente. A areia branco-azulada escorria pelos pináculos, acumulando-se no chão como água. Um lampejo de movimento chamou sua atenção, e Loulie olhou para baixo para ver seu próprio reflexo encarando-a do chão.

— O que em nove infernos é este lugar? — Ela guardou a moeda e puxou a adaga de Qadir, observando o espaço com cautela enquanto avançavam. Não gostava daquele lugar com a areia estranha e reflexiva que espelhava seu medo de vários ângulos. Ainda mais alarmante: quando olhou por cima do ombro, viu que a entrada — e a saída — da sala haviam desaparecido.

O pânico zumbiu em suas veias. *Que tipo de magia é essa?*

Qadir parou. Loulie quase trombou com as costas dele. Ela fez uma pausa, o coração trovejando em seu peito enquanto se movia para ficar na frente dele.

— Qadir?

— Khalilah. — A voz dele vacilou no nome. Ela piscou, seguiu seu olhar em direção a uma colina de areia a cerca de um quilômetro e meio de distância. No início, não viu nada fora do comum. Apenas areia caindo sem parar e seus próprios reflexos olhando para eles à distância. Mas então percebeu que um dos reflexos era uma pessoa sólida: uma mulher de pele morena com um ninho de tranças descendo pelas costas. *Khalilah*. Loulie reconheceu o nome. Era o nome da jinn na bússola.

Qadir passou por ela, os olhos fixos na jinn com um desespero que fez o pânico borbulhar em seu peito. Era uma ilusão — tinha que ser.

Ou uma distração. Mas de quê?

Foi quando ela ouviu o som de uma flecha e viu um lampejo vermelho no ar. E então dor em sua bochecha. Sangue escorrendo pelo queixo.

— Qadir! — Loulie o empurrou para fora do caminho quando outra flecha passou zunindo por seu rosto. O jinn tropeçou, se virou e piscou, o olhar aguçado.

O arqueiro invisível não lhes deu tempo para pensar. Outra flecha veio, e depois outra e outra, até que o ar estivesse cheio delas. Qadir se moveu lentamente, levantando a mão e conjurando uma parede de fogo para queimar os projéteis que se aproximavam.

No entanto, as flechas explodiram através das chamas, implacáveis. Uma acertou a manga de Loulie, outra roçou sua perna. Qadir foi atingido por uma flecha no ombro, outra no estômago e a última no peito. Loulie gritou quando ele caiu de joelhos, as cinzas escorrendo pelo rosto. Ela se agachou ao lado dele enquanto seu fogo queimava baixo e desaparecia e olhou com horror para o sangue prateado escorrendo das feridas.

As flechas eram feitas de ferro.

Loulie ouviu risos, lentos e zombadores.

— Bem, *isso* foi decepcionante. — Ela se virou para ver um homem com um sorriso largo e brilhante se aproximando. Ele caminhava com seu arco armado, a flecha encaixada e apontada para Qadir. — Não se mova, mercadora.

O arqueiro parou a alguns metros de distância e fez um gesto amplo com a mão. Outra figura se aproximou. Um instante depois, Aisha bint Louas estava atrás de Qadir, a espada no pescoço dele.

— Você pode ser imortal, ifrit, mas até você precisa de tempo para se curar.

A raiva, sombria e retorcida, queimou o coração de Loulie. A expressão de Aisha era totalmente impassível. Ela ergueu as sobrancelhas.

— Salaam, al-Nazari.

— Traidora — Loulie cuspiu.

O homem riu.

— *Traidora?* Para quem você achava que ela estava trabalhando? Nós somos os Quarenta Ladrões, servimos a um homem, e a um homem apenas. — Loulie olhou para o estranho, o ladrão com as flechas de ferro claramente destinadas a incapacitar os jinn, e então olhou para Aisha, que estava pacientemente de pé atrás de Qadir.

Esperando. Ambos estavam esperando.

Omar, ela pensou, com o coração apertado. *Omar bin Malik está aqui.*

66

Mazen

Mazen jogou a lâmpada no chão e pressionou as palma das mãos nos olhos. *Viemos de tão longe para nada.* A percepção o puxou de volta ao seu desespero. Independentemente do que acontecesse, ele ainda sairia daquilo como um criminoso. Não havia nada esperando por ele lá fora. Seu pai estava morto, sua casa tomada, seu irmão desaparecido, seu título perdido.

Mazen ficou sentado tremendo por um longo tempo, os pulmões apertados, o corpo tenso. Embora os minutos fossem imensuráveis, ele teve a impressão de que uma quantidade significativa de tempo se passara antes que finalmente levantasse a cabeça. Ocorreu a ele que Loulie não tinha retornado.

Depois de alguma hesitação, o príncipe pegou a inútil lamparina a óleo, se levantou e se dirigiu à entrada. Tinha dado apenas alguns passos quando notou o homem sentado em um monte de areia próximo, observando-o em silêncio.

Omar.

Mazen não conseguia respirar.

Uma das sobrancelhas de Omar se ergueu o suficiente para ele franzir a testa.

— Salaam, Mazen. — Ele se levantou e bateu o pó da roupa. — Você está pálido como um fantasma.

Corra, disse uma voz em sua cabeça. Mas outra voz, uma que não falava em palavras, insistiu para que ele ficasse. Essa voz era sombria e difusa, e tão alta que bloqueava a razão.

— Como foi sua aventura? — perguntou Omar.

Perturbação se espalhou pela visão de Mazen. Ele viu Hakim fugindo de soldados rebeldes. Seu pai deitado em lençóis ensanguentados. Omar com o rosto encharcado pelo sangue do sultão.

— Que engraçado. Normalmente você é mais falante. — Omar parou a alguns metros de distância, as mãos cruzadas atrás das costas, os ombros eretos como os de um general. Como os de um sultão.

— Permita-me contar o que acontece a seguir, Mazen. Primeiro, você me entregará a lâmpada. Em segundo lugar, retornaremos a Madinne, onde você será julgado por seus crimes. Se você não obedecer, eu mato a mercadora. — Ele sorriu depois de dar as instruções, o mesmo sorriso carismático que usava no tribunal. Isso fez Mazen ver sangue.

— Como você ousa. — As palavras saíram através da perturbação obscura zumbindo em sua mente.

Omar piscou para ele, sorriu.

— Você terá que ser mais específico.

E foi aquele sorriso, aquele maldito sorriso, que deixou Mazen sem chão. A razão sumiu. Havia apenas aquela voz sombria e sussurrante e o desejo de destruir. Ele se moveu sem pensar, lançando-se em direção a Omar com um grito. O mundo desabou na escuridão. Fúria. Desespero. E uma tristeza tão profunda que pintou tudo de um cinza sem alma.

E então, uma dor aguda na barriga. Mazen percebeu que Omar tinha lhe dado um soco. Cambaleou para trás, ofegante.

— Todo esse tempo e você ainda não sabe lutar, akhi? — Seu irmão o esmurrou novamente, dessa vez no rosto. Ele sentiu gosto de sangue na boca ao cair.

Quando Omar o alcançou de novo, Mazen agarrou seu braço e cravou as unhas em sua pele.

— Sua *cobra* mentirosa. — Ele cravou fundo o suficiente para tirar sangue.

Mazen cedeu apenas quando Omar torceu seu braço, e algo estalou. A dor atravessou seu ombro, tão terrível que o fez gritar. Havia lágrimas nos olhos dele quando o irmão se afastou, segurando a lâmpada roubada em uma mão e escondendo seu ferimento com a outra.

— Você matou nosso pai. E a troco de quê? Você não ganhou nada!

— Você realmente acha isso, Mazen? — Omar riu. Um som suave e oco. — Ao contrário de você, nunca fiz nada sem razão. Eu simplesmente peguei o que era meu por direito. — Ele nivelou seu olhar vazio com o de Mazen. — O velho idiota ia dar a você o título de sultão.

O coração de Mazen despencou até a sola do pé. A perturbação em sua mente desapareceu, substituída por uma lembrança de seu pai sentado diante dele no gabinete. *Quem já ouviu falar de um príncipe que não sabe usar uma arma? Você carrega o peso de um reino em seus ombros, Mazen. Não pode protegê-lo apenas com boas intenções.*

— Não — ele disse fracamente.

— Sim. — Omar zombou. — Como sempre, você é cego demais para ver o que está bem na sua frente. Você não merece Madinne.

— E você merece? Você é um covarde. — Algo brilhou nos olhos de Omar, mas Mazen insistiu. — Você matou nosso pai e colocou a culpa em *mim*.

Omar não respondeu. Ele se aproximou lentamente, com todo o pressentimento de uma tempestade que se aproximava. Afastou a mão do ferimento, revelando a mancha de sangue no braço.

Era preto.

A respiração de Mazen falhou. Ele havia se esquecido do sangue preto, o mesmo sangue que corria em suas veias quando estava no corpo de Omar. O mesmo que corria pelas veias de Imad. Aisha tinha chamado de efeito colateral da pulseira. Ele acreditara nela.

— Você entendeu tudo errado, Mazen. Foi pelo fato de *você* ser um covarde que eu pude culpá-lo por esse crime. — Mazen mal estava ouvindo. Ainda estava olhando para o sangue.

O sangue humano era vermelho. O sangue jinn era prateado. Sangue preto...

Sentiu o braço de Omar de repente. Mazen sentiu dedos frios em seu pulso, um calor gelado em suas veias. Algo brilhou estranhamente na orelha de Omar. Seu... brinco?

Mazen se engasgou quando o mundo desapareceu em uma tela de cores suaves. Abaixo dela, a voz de Omar era um sussurro quase imperceptível.

— Se você soubesse, Mazen, como nosso pai era terrível. — As cores se remodelaram em uma imagem cristalina do sultão, que pairava acima dele.

— *Olhe para suas mãos* — o sultão ordenou, e ele não teve escolha a não ser obedecer.

Suas mãos estavam cobertas de sangue preto. O sangue dele.

— Você tem o sangue de um pecador em suas veias — disse o sultão. — Você é uma praga neste mundo. — Cada palavra era como o estalar de um chicote. — Há apenas uma maneira de remediar isso. — Ele se agachou e agarrou seu queixo, forçando-o a olhar em seus olhos. Eles tinham os mesmos olhos; ele sempre odiara o fato de terem os mesmos olhos.

— Mostre para mim que você não é como ela — exigiu o sultão. — Os jinn são monstros; mate-os.

— E eu? — Sua voz, a voz de Omar, era tênue, fraca. — Eu sou um monstro?

O sultão empurrou uma adaga preta nas mãos dele. Ele a reconheceu, era a adaga que o sultão o havia forçado a mergulhar em seu sangue. Sangue jinn pode curar as coisas, dissera ele. Vamos ver se seu sangue contaminado pode destruí-los.

— Isso ainda não foi determinado. — O sultão apontou para a faca. — Se você não for um monstro, vai fazer o que eu mando e matar os jinn. Você entendeu?

Ele engoliu em seco.

— Entendi.

A memória se dissipou e Omar parou diante dele novamente, sorrindo. Só que esse sorriso não era tímido nem contido. Era desanimado. Dolorido.

— Se quer culpar alguém por isso, Mazen, culpe nosso pai. Ele me disse uma vez que a única maneira de ganhar alguma coisa legitimamente era roubando. Isso não é nada pessoal. — Omar o ergueu e o arrastou para fora da câmara.

Cores fantasmagóricas ainda dançavam diante dos olhos de Mazen, um resquício da visão que ele tivera. Tinha que ser mágica, mas ele não entendia de onde tinha vindo.

O príncipe olhou para as facas pretas no cinto de seu irmão — aquelas que Mazen havia usado para dizimar carniçais com apenas um golpe — e para a mancha de sangue preto no braço de Omar. *Você tem o sangue de um pecador em você.*

As palavras pairaram sobre sua cabeça, prestes a aniquilá-lo.

67

Aisha

A primeira coisa que Aisha viu foi o reflexo de Omar. Ele estava sorrindo — do jeito que sorria quando ostentava uma vitória. Nunca a havia incomodado antes, mas vê-lo grudado em seu rosto agora, enquanto ele arrastava o príncipe Mazen atrás dele, a fez se eriçar.

Omar passou sem olhar para ela. Mazen, no entanto, ergueu o olhar. O filho mais novo do sultão parecia ter lutado, havia uma mancha de sangue em sua mandíbula inchada, e ele segurava o braço em um ângulo estranho, como se estivesse com dor.

Aisha se forçou a olhar estoicamente de volta para Mazen mesmo quando sua expressão se desfez e seu coração murchou. Ela voltou sua atenção para a lâmpada que Omar segurava na outra mão.

O objeto não falava com ela como as relíquias, e ainda assim Aisha teve a nítida impressão de que estava vivo. Vivo e infeliz.

Omar parou diante da mercadora.

— Mercadora da Meia-Noite — disse ele.

Loulie o encarou.

— Vejo que você adicionou o parricídio à sua lista de realizações.

— Você nunca foi boa em saudações, não é? — Omar gesticulou em direção a Tawil, que baixou o arco e ficou atrás de Mazen. Então olhou para Aisha e fez um movimento rápido em direção à mercadora.

Ele comanda você como um cachorro, observou a Ressurreicionista.

Aisha se afastou silenciosamente de Qadir e agarrou a mercadora. O jinn olhou para cima atento enquanto ela arrastava Loulie para longe.

Aisha conseguiu puxá-la para trás alguns metros antes que a mercadora se soltasse de suas mãos, girando e a ferindo com sua faca.

Aisha deu um passo para trás. Vislumbrou as gotas vermelhas em sua pele e exalou trêmula.

Não importava que ela tivesse sido trazida de volta à vida por uma ifrit. Ainda era humana. Ainda era *ela mesma*, e não deixaria uma ifrit ardilosa manipulá-la.

A Ressurreicionista suspirou. *A única pessoa a quem você está enganando é a si mesma, humana.*

Aisha fez uma careta para a compaixão na voz da ifrit. Ela se forçou a se concentrar em Omar, que se agachara diante da mercadora.

— Espero que você tenha sido igualmente agradável com Imad — falou ele em tom de conversa. — Aliás, falando nisso, devo lhe agradecer por lidar com ele. Quando percebi que Imad era uma ameaça, você já o tinha transformado em cadáver.

Se a mercadora fosse uma jinn, Aisha suspeitava que seu olhar furioso teria incendiado Omar.

— É isso que você faz com ladrões que são pegos? Você os mata para destruir evidências dos assassinatos que *você* os fez cometer?

O sorriso de Omar diminuiu.

— Ah. Temo que, a respeito disso, eu pareça meu querido falecido pai. — Ele se afastou deles. — "Onde há jinn, sempre há baixas", ele costumava dizer. As relíquias dos reis são um segredo real bem guardado, não faria sentido deixar sobreviventes para trás.

Aisha cruzou as mãos atrás das costas, expirou suavemente. Essa história nunca a havia incomodado antes. Então, por que a perturbava agora?

Porque você finalmente *percebeu que os mortos falam*, disse a Ressurreicionista. *Que, mesmo quando se vão, falam através dos entes queridos que deixaram para trás.*

Aisha encarou a mercadora. A curva triste de seus ombros e a raiva queimando em seus olhos.

— Então você matou minha tribo porque era inconveniente deixá-los viver?

Uma sombra passou pelo rosto de Omar enquanto ele olhava para ela.

— Nem todos nós temos a sorte de morrer mártires. Para a maioria, a morte é apenas um acaso. Você acha que é especial, al-Nazari? Que sua tribo era especial? Todos vocês são apenas humanos. Fracos, falíveis e mortais. — Seus olhos brilharam. — Ahmed acreditava ser invencível também. Essa convicção foi sua ruína.

A mercadora enrijeceu, seu rosto ficando perigosamente vazio.

— O que você fez com Ahmed?

— O wali era curioso demais para seu próprio bem. Ele pensou que podia se esgueirar pelo *meu* palácio e desvendar meus planos. Ele chegou perto. — Ele suspirou. — Mas até os caçadores podem ser abatidos.

Aisha, presa em sua própria mente, não viu o movimento da mercadora até que fosse tarde demais.

Loulie se lançou em direção a Omar, a adaga brilhando com fogo enquanto ela a empunhava para a frente...

E esfaqueava o príncipe no ombro.

Aisha estava chocada demais para se mexer. O fogo lambeu as roupas e o rosto de seu rei enquanto ele olhava para a lâmina empalada em seu ombro. Então ele sorriu.

E desapareceu.

Uma relíquia?, pensou Aisha ao mesmo tempo que a rainha disse: *O brinco. É magia ifrit.*

A mercadora caiu, ainda segurando a adaga que havia cravado no ombro de Omar. Aisha virou ao som da voz de Omar, que vinha de seu lado direito.

— Diga para mim, guarda-costas. Você é o rei jinn que mandei meus ladrões encontrarem anos atrás? — O príncipe estava na frente de Qadir, completamente ileso. Aisha ficou olhando sem entender.

Qadir não respondeu com palavras. Seus olhos brilharam vermelhos quando ele sacudiu uma mão no ar.

E incendiou o príncipe.

Desta vez, Aisha viu Omar *ondular* como água antes de desaparecer. Ela se assustou quando ele apareceu bem ao lado dela.

— Não importa. — Ele sorriu. — Meus ladrões podem ter falhado comigo naquela época, mas eu terei sua relíquia agora. — Em um único movimento, ele puxou uma adaga da manga e a passou pela palma da mão, fazendo escorrer... sangue preto?

Uma memória se acendeu na mente de Aisha, do sangue preto escorrendo do ferimento do príncipe Mazen. Ele estivera no corpo de Omar naquele momento. Aisha presumira que fosse um efeito colateral da relíquia, mas não havia pulseira no braço de Omar agora quando ele pressionou a mão ensanguentada na lâmpada.

Houve um momento de silêncio, seguido por uma onda de calor intenso. Aisha firmou os pés quando uma densa fumaça saiu da lâmpada e varreu a área. Ela mal podia ver, mal podia *respirar*. Mas podia ouvir a voz de Omar sob a tempestade crepitante.

— Rei jinn! — gritou ele. — Você está ligado a mim e me *servirá*.

De repente a fumaça recuou. Aisha inspirou fundo para encher os pulmões enquanto olhava para cima.

A criatura parada ao lado de Omar era uma silhueta de fumaça, de feições indefinidas, exceto pelos olhos, que eram de um azul-turquesa que brilhava como diamante. Seu corpo era feito de nuvens de tempestade ondulantes, e o fogo pulsando sob sua pele brilhava como um relâmpago.

Aisha ousou olhar para os outros. A mercadora e o príncipe pareciam fascinados, olhando para o ifrit com a boca aberta.

Tawil estava em um estado semelhante de choque.

— O Metamorfo — murmurou ele.

O título fez a pele de Aisha formigar; ela o reconheceu.

Omar se virou para Qadir, que havia se levantado e estava puxando as flechas de Tawil de sua pele. Sangue prateado jorrou de suas feridas quando elas começaram a cicatrizar.

— Rijah — disse Qadir suavemente.

Rijah. A voz da Ressurreicionista era um eco triste, sua dor um buraco no coração de Aisha.

A massa de fumaça estremeceu ao ouvir o nome.

— Jinn da lâmpada — falou Omar. — Ordeno que você mate o rei jinn diante de mim.

Sem preâmbulos, a criatura de fumaça atacou, transformando-se em uma pantera que derrubou Qadir no chão. Qadir agarrou a mandíbula da pantera enquanto ela se lançava para seu pescoço, mas suas mãos tremiam, seu rosto estava pálido de terror.

A mercadora tropeçou em seus pés e correu em direção a ele. Sem pensar, Aisha foi atrás. Era mais fácil agir do que pensar. Mais fácil seguir o plano do que questioná-lo.

A voz da Ressurreicionista passou por sua mente vazia. *E eu aqui pensando que você tinha voltado à vida para entalhar seu próprio caminho.*

— Meu caminho, não *o seu* — Aisha retrucou. Ela avançou sobre a mercadora até estar perto o suficiente para atacá-la por trás. Pressionou uma espada em sua garganta. Loulie lutou, mas sem sucesso. Juntas, elas assistiram a Qadir lutar contra o ifrit. Quando ele conjurou uma parede de chamas, o ifrit passou por ela na forma de um grande pássaro flamejante e avançou para seu rosto com suas garras, gritando enquanto Qadir estendia a mão e jogava uma rajada de vento nele.

— Desista, mercadora. — Aisha ouviu a voz de Tawil atrás de si. — Sente-se e aproveite o show. O Metamorfo com certeza nos proporcionará um espetáculo.

Metamorfo. Ali estava aquele título novamente. O da história de Qadir sobre os sete ifrit.

A versão jinn.

Aisha estremeceu quando Tawil se aproximou. Lembrou-se da risada nervosa dele quando havia tocado sua pele em chamas. Da maneira como ele se afastara dela quando ela agarrara seu braço.

Finalmente, falou a Ressurreicionista. *Você enxerga com clareza*.

Tawil se aproximou. Ele chegou mais perto, arrastando Mazen atrás dele. Mais perto. Mais perto.

A surpresa de Aisha se transformou em indignação. Ela girou, afastando a espada da garganta da mercadora e cortando Tawil. Ele gemeu e agarrou a ferida no braço, mas não rápido o suficiente para esconder o sangue prateado escorrendo por seus dedos.

Aisha agarrou o punho de sua espada.

— Eu sabia.

Tawil empalideceu.

— Eu posso explicar...

Mas ela não precisava de uma explicação, não quando a percepção já tinha tomado conta dela. Sem vacilar, ela sacou uma faca do cinto e esfaqueou Tawil na garganta. Prata jorrou de seus lábios quando ele caiu no chão.

Ele mereceu. O prazer da ifrit era uma corrente sob a raiva da própria Aisha.

Com o rosto pálido, Mazen desviou do corpo do ladrão. Os olhos arregalados da mercadora correram entre ela e o cadáver. Houve uma pausa tensa enquanto observavam Tawil sangrar. Em seguida, todos encararam Omar, que não se moveu. Aisha olhou para ele.

— Eu ia contar a você depois que tudo isso acabasse — disse ele, a voz estranhamente calma.

Depois que ele terminasse de usar você, falou a Ressurreicionista.

Aisha olhou para o sangue prateado se acumulando no chão. Pensou na lembrança nos olhos de Junaid quando ela falou sobre a existência do colar para ele. A estranha lesão no braço de Samar, curada rápido demais.

— Quantos de nós são jinn?

Omar a encarou estoicamente.

— Mais da metade.

Ela ficou perplexa. Ela havia se tornado um dos Quarenta Ladrões para matar jinn. Como era possível que tantos de seus companheiros fossem jinn? Que estivessem matando *outros* jinn?

Omar se aproximou.

— Os jinn que fogem para as terras humanas são criminosos no mundo deles. É tão estranho assim que eu trabalhe com jinn que querem exterminá-los? Nossos objetivos se alinham. — Ele fez uma pausa, ousou um sorriso. — Você é diferente, Aisha. Eu não fiz um acordo com você. Eu *escolhi* você.

Eu escolhi você. Por quanto tempo ela se agarrara a essas palavras, acreditando que eram a verdade? Aisha sempre acreditara que a razão pela qual Omar a havia recrutado era que ele tinha visto nela uma alma gêmea. Ela nunca o considerara um amigo, mas tinha confiado nele.

E Omar usara essa confiança contra ela. Ele a tinha *usado*, mesmo sabendo que Aisha odiava os jinn.

Omar se aventurou um passo mais perto. A ladra respondeu jogando uma adaga no rosto dele. Ela ficou irritada quando a arma passou direto.

— Uma ilusão? — murmurou Mazen.

— Magia ifrit — respondeu Aisha. Ela sempre achara que a furtividade de Omar não era natural, mas nunca a questionara. Agora não conseguia parar de olhar para o brinco — para a relíquia em sua orelha que tornava possível aquela discrição. Quantas outras ilusões ele havia criado com aquela magia? Em todos os anos que eles haviam caçado juntos, Aisha nunca o vira sangrar sangue preto. Até isso tinha sido um truque? Um engano elaborado criado pelo brinco de sua mãe?

A última peça do quebra-cabeça se encaixou.

Vamos mostrar a verdade para eles, incitou a Ressurreicionista.

Aisha colocou as mãos nos ombros de Mazen e Loulie.

— Olhem — disse ela, e a magia amaldiçoada correndo em suas veias envolveu todos os sentidos deles, permitindo que eles vissem o fantasma atrás de Omar. As semelhanças entre eles eram impressionantes; tinham o mesmo formato de rosto. O mesmo nariz fino.

A mercadora inspirou fundo.

— Um ifrit?

A Ressurreicionista falou através de Aisha.

— Aqui, vocês a conhecem como a primeira esposa do sultão. Mas, em nosso mundo, ela é uma poderosa ilusionista. Em nosso mundo, ela é uma ifrit: Aliyah, a Mística.

Certa vez, Aliyah poderia ter sido o alvo de Aisha. Mas Aisha não caçava os mortos.

Ela nunca acreditara em perseguir o passado, mas o presente... ali estava uma vingança que poderia reivindicar com sua lâmina.

A voz da ifrit passou por sua mente. *E com a minha magia, se escolher empunhá-la.*

Aisha podia sentir aquela magia batendo em sincronia com seu coração. Até agora, havia permanecido um sentido extra e indesejado — uma maneira de ela ouvir e falar com os mortos. Mas agora estava sendo oferecido a ela como uma arma.

Aisha hesitou. A magia havia destruído sua vida. Mas talvez, quando afiada em uma arma de sua fabricação, a magia pudesse ajudá-la a recuperar o controle. Ela assentiu em silêncio.

Juntas, então. Aisha podia ouvir o sorriso triunfante nas palavras da ifrit enquanto seu poder queimou em suas veias. O calor daquilo era emocionante. Esmagador.

Ela respirou fundo para relaxar o coração acelerado e o corpo trêmulo. Pensou em Samar, que prometera elogiá-la quando Aisha voltasse a Madinne, e em Junaid, que havia proposto um brinde à sua lealdade. Que pena que ela teria que desapontar os dois.

Aisha olhou para Omar e fez um novo voto.

Eu prometo que vou te matar, pensou.

Ela sempre cumpria suas promessas.

68

Mazen

Aliyah, a Esquecida. Era assim que os cidadãos de Madinne chamavam a primeira esposa do sultão a portas fechadas. Para Mazen, ela sempre fora um espectro, uma história que seu pai nunca contara. Ela era de uma época anterior aos assassinatos das esposas, uma memória inacessível a todos eles, até mesmo a Omar. Pelo menos, era nisso que Mazen acreditara.

Mas agora, todas as peças díspares haviam se encaixado. Aliyah, uma ifrit. O sultão, um assassino de jinn. Finalmente, Mazen entendeu por que o sangue de Omar era preto. Por que ele odiava o sultão. Mas...

— Por quê? Por que você mataria jinn se sua mãe é uma?

Omar suspirou.

— Como sempre, você faz as perguntas erradas, Mazen. — Ele deslizou uma faca da manga e a apontou na direção deles. Mazen ficou tenso, pronto para fugir. Então ouviu a voz do irmão vindo de trás dele. Quando se virou, Omar estava perto o suficiente para esfaqueá-lo. A mercadora disparou para a frente com sua faca, mas o golpe apenas rompeu o corpo de Omar em fumaça.

O primeiro Omar — *real ou uma ilusão?* — avançou contra eles com sua lâmina. Houve um guincho de metal quando Aisha ergueu sua espada bem a tempo de receber o ataque.

— Vou libertar você da relíquia do rei agora, Aisha. — Omar deslizou a adaga da espada dela e apontou-a para seu coração.

A ladra retaliou com um golpe, mas ele desapareceu antes que o atingisse.

Omar reapareceu atrás dela. Aisha se virou.

E ele enterrou a faca no peito dela.

Não! Mazen empurrou o irmão para longe. Ele havia deixado Aisha morrer uma vez. Como poderia...

Aisha sorriu, mostrando os dentes cobertos de carmesim. Seus olhos ficaram escuros como a meia-noite.

— Você vai precisar se esforçar mais que isso, assassino de jinn.

Ela estalou os dedos, e o cadáver que tinha sido Tawil estendeu a mão e agarrou o tornozelo de Omar. Pela primeira vez na vida, Mazen viu medo no rosto de seu irmão. Então o cadáver *puxou* Omar e ele tombou, a lâmpada escapando de suas mãos e caindo no chão. Um instante depois, estava nas mãos de Loulie. Ela se virou e correu em direção a Qadir.

Mazen a seguiu.

Qadir e Rijah lutavam em uma tempestade furiosa, os ventos ao redor deles eram tanto uma barreira quanto uma jaula. Loulie ficou parada ao redor, impotente, as vestes estreladas ondulando em meio às rajadas. Antes que ela pudesse protestar, Mazen roubou sua faca e cortou a palma da própria mão.

A compreensão iluminou os olhos dela. Ela lhe entregou a lâmpada.

No momento em que pressionou a palma ensanguentada na superfície, ele sentiu: poder, vibrando sob sua pele. Centenas de anos antes, seu ancestral havia enganado um ifrit para encantar esse objeto para ele. Seu pai havia avisado a Loulie que a relíquia funcionava apenas para aqueles que compartilhavam de seu sangue. Havia sido por isso que Omar conseguira usar a lâmpada, e por isso que o sultão nunca tivera medo de que Loulie a usasse contra ele.

— Rijah! — Mazen gritou para a tempestade. — Você está ligado a mim e me servirá! — Ele ergueu a lâmpada. — *Pare!*

Os ventos cessaram. No momento em que a tempestade passou, Loulie correu em direção a Qadir e jogou os braços em volta do pescoço dele. Por alguns momentos, Rijah simplesmente ficou de pé, observando-os. Então deu um passo à frente e, no meio do caminho, transformou-se de sombras em uma mulher esquelética com feições afiadas e angulares e uma coroa de tranças no topo da cabeça. Quando Mazen se aproximou, o jinn avançou em sua direção.

— *Humano.* — Seus olhos turquesa brilharam. — Vou arrancar sua garganta. — Mazen se viu segurando a lâmpada estupidamente como se fosse um escudo. — Você acha que eu, o mais poderoso dos jinn, vou tolerar seu abuso? Você acha que eu...

— Rijah. — O ifrit parou ao som da voz de Qadir. — Ele é um amigo, não um inimigo.

Rijah olhou para Mazen com uma veemência tão intensa que ele quase temeu que o olhar o incendiasse. Em vez disso, Rijah se virou.

— Quem, então? Me apresente para que eu possa matá-los.

— Ali — disse Qadir. Ele levantou um braço e apontou para Omar, que lutava contra Aisha e seu cadáver reanimado. Então Qadir indicou uma mancha em forma humana se aproximando do leste. — E lá... — Mazen seguiu seu olhar para o oeste, para outra sombra. Havia figuras se aproximando de todas as direções.

Mazen não conseguiu compreender de onde estavam vindo — a estranha sala era tão grande que ele não conseguia ver paredes nem portas.

— Reforços? — O rosto de Loulie estava pálido.

Dali, tudo o que Mazen conseguia distinguir era o traje preto e o brilho das armas escondidas. Se o que Omar dissera fosse verdade, então era possível que fossem jinn. Ou ladrões. Ou as duas coisas.

— Eles não podem ser apenas ladrões do meu irmão — murmurou Mazen. — Há muitos.

Loulie fez uma careta.

— Mas *como*? Seu irmão esteve escondendo essa força o tempo todo? Como eles chegaram aqui?

Quando ela olhou para ele com expectativa, Mazen apenas balançou a cabeça, impotente. O sultão havia dito que havia vários caminhos sob o Mar de Areia, mas Mazen não sabia qual Omar tinha usado. Os negócios de seu irmão sempre tinham sido um segredo, o príncipe não tinha ideia de como começar a desvendar seus planos.

O jinn da lâmpada passou por ele, estalando os nós dos dedos.

— Não importa se há um ou mil. Vou queimar todos até o chão. — Rijah lançou um olhar por cima do ombro. Mazen se encolheu com a violência nos olhos dele. — Você pode ser capaz de me comandar, humano idiota, mas se ficar no meu caminho, eu mato você.

Mazen piscou. Olhou para a lâmpada. Um ifrit... seu para comandar? Era um pensamento vertiginoso. Um que não tinha criado raízes completamente.

A mercadora estendeu a mão e pegou sua adaga de volta, despertando-o de seu devaneio. Ela olhou para seu guarda-costas.

— Qadir, fogo?

A lâmina obedientemente explodiu em chamas, mas o jinn parecia cauteloso.

— O que você está fazendo?

Loulie zombou.

— Matando um assassino de sultão. — As palavras trouxeram Mazen de volta ao presente. Ele respirou fundo quando Loulie passou correndo por ele, Qadir mancando atrás dela. Rijah correu para oferecer uma mão ao jinn, virando as costas para Mazen e deixando claro que não esperaria por ordens.

— Como posso ajudar? — ele ouviu Rijah dizer.

— Eu não mereço sua ajuda — foi a resposta fraca de Qadir.

Loulie suspirou.

— Mas nós *poderíamos* nos beneficiar dela. Se você é o mais poderoso dos jinn, prove.

Ela e o ifrit continuaram trocando palavras acaloradas até que Qadir os fez ceder a vigiar as costas um do outro. Então eles foram para a batalha, deixando-o para trás.

Mazen queria segui-los, mas seu corpo não obedecia aos seus comandos.

— Eu... — Ele sentiu olhos nele e olhou para cima para ver Omar. Omar, que escapara de sua batalha com Aisha, deixando-a para lidar com seus reforços. Omar, que o olhava fixamente à distância, os dedos roçando sua orelha.

Mais uma vez, Mazen viu aquele brilho estranho e abafado vindo do brinco do irmão.

E então o mundo pareceu estremecer. E se quebrar. A areia pálida desapareceu, os ladrões desapareceram e tudo caiu em uma escuridão tão completa que Mazen teve a nítida sensação de ter sido arrancado do mundo como um fio arrancado de uma tapeçaria. Quando sua mente finalmente alcançou a realidade, ele não estava mais na escuridão.

Mazen estava nos aposentos de sua mãe. No começo, ficou confuso. *Por que estou aqui?* Mas então se lembrou: ele estava entregando uma mensagem de seu pai.

— Uma?

Sua mãe estava deitada na cama, imóvel. Ele a chamou novamente, suavemente. Quando ela não respondeu, Mazen se aproximou o suficiente para olhar seu rosto. Seus olhos estavam abertos.

Ele recuou, o coração batendo na garganta. Foi quando o pavor começou a se instalar, quando percebeu que os olhos dela não focavam. Mazen viu o sangue manchando sua pele e a faca saindo de seu peito, onde uma mancha carmesim se espalhava.

Ele cambaleou para longe da cama, do corpo. Percebeu que estava gritando. Ouviu passos, gritos dos soldados do lado de fora, mas suas vozes eram distantes, sem importância. Mazen caiu contra a porta, arfando, a visão turva e...

Entrou nos aposentos de sua mãe.

De novo? Piscou.

Sua mãe estava deitada na cama, imóvel. Mazen hesitou.

— Uma? — Ele deu um passo para dentro da sala antes de congelar, pego de surpresa quando alguém passou por ele. Omar.

— Omar! — Mazen sussurrou. — Você não vê que ela está dormindo?

Mas Omar não estava ouvindo. Ele parou na frente da cama, uma expressão vazia no rosto. Então: um lampejo de movimento. Um vislumbre de prata na manga. A mãe de Mazen se mexeu, os olhos se contraindo sob o peso do sono. Mazen estendeu a mão para ela. *Não.* Omar baixou a faca. *Não!*

Os olhos dela se abriram com um gemido de dor. Um tremor percorreu seu corpo quando ela olhou para Omar. Seus lábios se moveram, formando palavras silenciosas. Ele se aproximou o suficiente para que seus lábios roçassem a orelha dela.

— O sultão roubou minha mãe de mim. Agora vou roubar *você* dele.

Omar se afastou e rasgou os cobertores, encenando uma luta. Acendeu um fósforo e queimou as cortinas, criando evidências de um fogo jinn inexistente. Então fugiu pela janela sem olhar para trás. O sultão alegava que a mãe de Mazen fora morta por um jinn.

Ele tinha morrido sem saber a verdade.

A visão mudou para que Mazen estivesse na frente da cama de seu pai. O sultão, pálido e doente, olhou para ele com olhos arregalados e assustados. Mazen já tinha visto o pai com raiva antes, até mesmo com o coração partido. Mas nunca com medo.

— Você me avisou para nunca confiar em ninguém, yuba — disse ele. As palavras eram de Omar, mas a voz... Mazen ficou horrorizado ao perceber que estava em seu próprio corpo e que havia uma faca preta em suas mãos. — Você deveria ter ouvido seu próprio conselho. — Ele cortou uma faixa de sangue no pescoço do sultão com sua faca. *Não! Yuba. Este não sou eu. Este não sou eu!* Ele queria estender a mão e sacudi-lo. *Yuba, por favor. Por favor, acorde...*

— Levante-se!

A visão estremeceu.

— *Levante-se*, príncipe. — Mazen sentiu uma mão em sua bochecha. E então... um tapa. O mundo girou. Num momento ele estava nos aposentos do pai; no momento seguinte, estava caído de joelhos na areia, respirando com dificuldade e segurando a lâmpada. Alguém puxou seu rosto para cima.

Mesmo que o mundo estivesse nebuloso, ele podia ver cada cicatriz nos braços de Aisha bint Louas. Seus olhos negros eram opacos como carvão em cinzas, e o colar em seu pescoço era tão brilhante que quase cegava. Mazen apertou os olhos, piscou. Havia lágrimas em seus olhos.

— Meu pai...

— Morto. Mas você ainda está vivo. A menos que planeje sucumbir à magia ifrit?

Mazen ainda podia sentir aquela magia pressionando sua mente, cavando para dentro de seus sentidos. Toda vez que ele piscava, as memórias ameaçavam derrubá-lo. Talvez um pesadelo fosse melhor do que isso. Em um pesadelo, ele poderia se perder em autodesprezo. Ele poderia... correr.

A palavra aguçou sua mente. *Todos começamos como covardes,* Aisha lhe dissera uma vez. *A única diferença entre um herói e um covarde é que um esquece seu medo e luta, enquanto o outro sucumbe e foge.*

Mazen se estapeou. O mundo clareou de forma horripilante. Ele viu fogo e fumaça, espadas e sangue. Os misteriosos reforços tinham chegado com força total.

— As ilusões mais poderosas são criadas a partir de memórias. — Aisha se levantou. Mazen viu que ela usava duas espadas. Sem dúvida tinha furtado a segunda de um cadáver. Parecia haver muitos agora. Enquanto Mazen estava preso no passado, o mundo tinha ido para o inferno.

— Este lugar todo é uma miragem, então? — Sua garganta estava seca. — Estávamos em um azoque antes, depois em um palácio, e agora...?

— Aliyah pode pintar o mundo em tons de memória, incluindo a dela própria. Suponho que tenha juntado essas ilusões para confundir você.

Mazen pensou no sorriso desesperado de Qadir no azoque. Em sua raiva repentina na ponte dourada. Talvez Aliyah tenha planejado ao mesmo tempo enganá-los e confundi-los.

— E a lâmpada? Por que estava em um local que parecia uma sala do tesouro?

Aisha suspirou.

— Talvez tenha sido coincidência que a relíquia estivesse nessa ilusão em particular. Talvez a magia de Aliyah tenha reagido à de Rijah. Como eu vou saber? Nossas magias são semelhantes, mas não iguais. — Ela balançou a cabeça. — Aliyah é forte, algumas de suas ilusões são tão reais que se pode tocá-las e saboreá-las. Mas são apenas isso: ilusões elaboradas que alteram a mente.

Aisha começou a se afastar, de volta à luta, quando Mazen a chamou.

— Você traiu meu irmão. Por quê?

— Porque eu não sou um *instrumento* — a ladra retrucou. Ela saiu correndo sem dar outra palavra. Mazen observou a batalha de longe. Viu uma criatura de fogo entrando e saindo do combate — Rijah — e o que parecia ser a mercadora ondulando através da fumaça. Era puro caos. Mazen sabia que seria facilmente derrotado. No momento em que o vissem...

Ele olhou para sua sombra no chão, esquecida em meio a toda aquela confusão.

Então eu simplesmente não vou deixar que eles me vejam.

Enfiou a lâmpada na bolsa, jogou a sombra sobre a cabeça e foi procurar o irmão.

69

Loulie

No início, ela e Qadir lutaram lado a lado. Mas logo ficou claro que, embora Tawil tivesse sido fácil de despachar, os outros ladrões não seriam derrotados tão facilmente. Eles tinham fogo nos olhos e magia no sangue. Loulie estava fora de seu elemento e sem ideias.

E pior, Qadir estava quase sem energia. Embora suas feridas tivessem cicatrizado, havia hematomas onde as flechas tinham perfurado sua carne, e cinzas percorriam sua pele.

Ela precisava encontrar Omar. Precisava matá-lo. Loulie se virou para contar a Qadir seu plano e vacilou quando viu que ele não estava lá. Estava no fundo da duna, empurrando dois ladrões para trás com torrentes de vento — uma afinidade mágica que ela nunca tinha visto antes. Um dos jinn conseguiu firmar os pés contra a rajada. A areia ondulava estranhamente sob seus pés. Então, com um gesto, ele fez a areia se erguer em uma onda sob os pés de Qadir.

Ele caiu para trás, o vento cessou, e o jinn disparou para a frente com sua lâmina. Qadir deu um passo para o lado, tropeçou. Então fez uma coisa chocante. Talvez fosse porque ele tinha perdido a concentração. Talvez fosse um reflexo desesperado. Em um movimento rápido, deslizou a shamshir para fora da bainha e esfaqueou seu atacante no peito. Houve um momento de quietude. Então Qadir puxou a arma do corpo do jinn. Choque ondulou brevemente em suas feições, então endureceu e se transformou em determinação.

O jinn rosnou — menos de dor e mais de aborrecimento — enquanto se dissipava em fumaça e voltava a se formar a alguns metros de distância.

Loulie corria em direção ao jinn solidificado com sua faca quando Qadir estendeu a mão.

— *Pare.* — A autoridade em sua voz a fez congelar.

O chão gemeu e estremeceu. Ela quase perdeu o equilíbrio quando Qadir queimou areia a centímetros de seus pés. A paisagem desmoronou, abrindo-se em um enorme buraco. O segundo jinn se transformou em um pássaro e voou para longe antes de cair. Aquele que enfrentara Qadir com uma espada e magia de deslocamento do solo não teve tanta sorte: seu grito desapareceu quando ele caiu na escuridão.

— Qadir! — Ela lançou a ele um olhar severo através do buraco. *Não morra.*

Ele franziu a testa. *Você também.* Qadir se virou para a próxima batalha, com a shamshir na mão.

Loulie voltou sua atenção para as hordas de luta. A maioria dos jinn lutava entre si — Aisha bint Louas reanimava cada cadáver e os forçava a enfrentar seus camaradas. Loulie também podia ver Rijah, rasgando e esmagando corpos como se fossem paredes a serem destruídas. Ela usou esse caos a seu favor, contornando as margens da batalha e se abaixando sob as lâminas em sua busca por Omar.

Tinha acabado de vê-lo lutando contra um cadáver quando colidiu com alguém. Deu um passo para trás, com a faca em chamas erguida, e não viu nada. Mas então o ar à sua frente oscilou e se *abriu*, e Loulie inexplicavelmente viu olhos dourados a encarando através de uma fenda no mundo.

— Mazen? — Ela o olhou.

Ele abriu a boca para responder, mas as palavras foram lançadas em um grito.

— Atrás de você! — Loulie se virou a tempo de ver um ladrão ensanguentado segurando uma espada a centímetros de seu rosto. Estava perto demais para desviar. Perto demais para bloquear. Ela apertou os olhos.

E os abriu quando o golpe não veio. Ela viu o ladrão no chão, lutando contra uma força invisível.

Mazen. Ele estava invisível, mas ela podia ouvi-lo rezando baixinho.

A mercadora se lançou em direção ao ladrão caído com sua adaga. Seu fogo era inútil contra os jinn, mas a lâmina ainda cortava. Acertou a arma direto no peito do jinn. Ele revidou atacando-a com a faca. Loulie recebeu o golpe no braço. A dor floresceu sob sua pele.

Então, abruptamente, ela e o jinn foram ambos arrebatados do chão. Um instante depois, Loulie caiu de volta, a faca de Qadir ao lado dela.

Olhou para cima e viu o ladrão. E viu o pássaro gigantesco agarrando-o em suas garras.

— *AFWAN* — gritou Rijah em uma voz alta e retumbante que escorria com desdém. Loulie desviou o olhar enquanto ele rasgava o jinn em pedaços.

— Shukran — Mazen falou fracamente quando o Metamorfo voou para longe. O príncipe se virou e se aproximou dela, metade do rosto descoberto. Era uma visão assustadora.

Loulie falou antes que o orgulho bloqueasse sua garganta.

— Shukran. — *Por me salvar.*

Mazen piscou, assentiu.

— Meu irmão... você me prometeu vingança.

Ela hesitou. Era estranho ver sua própria vingança refletida nos olhos de um contador de histórias de coração mole. *A violência não combina com ele*, pensou, mas afastou o pensamento. Violência não combinava com ninguém.

— Fique atrás de mim. — Loulie seguiu o caminho de volta para a luta. Quando olhou por cima do ombro, o príncipe havia desaparecido, mas estava perto o suficiente para que ela pudesse ouvir sua respiração.

Omar estava em toda parte e em lugar nenhum. Às vezes ele sorria para ela zombeteiramente à distância. Outras vezes estava no meio da batalha, desaparecendo momentos antes que seus oponentes o atacassem. Uma ilusão, Loulie percebeu.

Ela olhou por cima do ombro para a paisagem em ruínas. Qadir estava no centro do caos, linhas de fumaça saindo de seu corpo enquanto ele enfrentava os oponentes com a lâmina. Embora ainda estivesse queimando buracos na areia, os reforços eram intermináveis, e estava claro que sua força estava diminuindo. Quem *eram* esses jinn com quem o príncipe estava trabalhando? Como ele os encontrara em primeiro lugar?

— Você parece perdida, al-Nazari. — Loulie se virou para ver Omar atrás dela, com um sorriso condescendente nos lábios. — Por que não usa essa sua bússola para me encontrar? — Ele riu da surpresa no rosto dela. — Ah, sim, Aisha me contou tudo sobre sua magia.

Loulie se encolheu. Em todo aquele caos, ela havia se esquecido da bússola. Que a deixara com Mazen. Ela quase lançou um olhar por cima do ombro, mas se conteve. Se Omar estava sugerindo, tinha que ser uma armadilha.

— Não? Então tente a sorte. — O príncipe ergueu as mãos.

Loulie correu em sua direção, brandindo a adaga flamejante. Assim como antes, a lâmina de Qadir o atravessou. Omar riu enquanto ela se lançava para a frente. Ela caiu, e quando olhou para cima, havia três dele em pé ao redor dela em um círculo, cada um com sua faca preta apontada para seu corpo.

— Adeus, mercadora — eles disseram em uma voz que ecoou três vezes. Loulie caiu de joelhos rápido o suficiente para evitar o arco das lâminas. Seus olhos deslizaram para o chão arenoso.

Para o único reflexo de Omar pairando acima dela.

A epifania a atingiu como um relâmpago quando Mazen, invisível, mas gritando, correu para a frente e empurrou as ilusões. Os três ficaram chocados.

Loulie sentiu uma mão invisível em seu ombro.

— Akhi! — Os olhos de Omar brilhavam, e seu imenso sorriso parecia o de um homem fora de si. Todos os três príncipes tinham a mesma expressão. — Aisha me contou que você roubou a relíquia da jinn das sombras. Que magia perfeita para você!

A mente de Loulie zumbiu. O reflexo — o reflexo era a chave. A relíquia do ifrit poderia evocar a semelhança de Omar, mas não poderia replicar um reflexo. Seus olhos dispararam entre os fantasmas e o reflexo, até que ela viu o verdadeiro Omar, aquele que se aproximava pela esquerda. Ele lutaria, mas Loulie poderia derrotá-lo. Ela poderia...

Não. Ela cravou os dedos na areia. Quantas vezes ela havia se atirado em perigo para provar que era invencível, apenas para precisar ser resgatada?

Não é fraqueza contar com a ajuda de outros, dissera Qadir.

— O reflexo — murmurou Loulie. — O verdadeiro tem um reflexo. — Ela estremeceu. E então falou palavras que nunca havia dito antes. — Me ajude.

O príncipe apertou seu ombro, e então sua mão desapareceu.

— Eu sei por que você matou o sultão. — A voz fantasmagórica de Mazen veio de algum lugar à sua direita. Um dos príncipes, não o verdadeiro, se virou para ele. Os outros continuaram a encará-la incisivamente, os olhos semicerrados. Como se suspeitassem dela.

— Eu sabia que você entenderia, com o tempo — disse o Omar que tinha se virado para ele.

— Ele matou sua mãe? — Mazen estava circulando a área. Outra ilusão se mexeu, procurando por ele.

— Matou — respondeu Omar levemente. — Disse a todos que ela havia morrido no parto, mas a verdade é que ele a viu sangrando prata e a assassinou. — Ele riu. — Você sabe por que o sultão matou tantas de suas esposas, Mazen? Porque, após a traição de sua segunda esposa, ele estava convencido de que minha mãe as *possuía* por vingança.

Em algum lugar próximo, Mazen respirou fundo.

— Como você sabe?

Um dos príncipes zombou.

— Porque ele me contou. Você sabe como o sultão gostava de se gabar de suas mortes. Ele me disse que ela era um monstro e que, se eu quisesse provar que não éramos iguais, teria que matar por ele.

— E o sultão lhe disse para matar a minha mãe?

Todos os três príncipes sorriram. O pânico de Loulie se transformou em choque.

— Você me mostrou essa memória por despeito, Omar? Para me fazer sofrer?

Um dos príncipes riu.

— Nada tão complexo quanto isso. Eu apenas gosto de ver você com raiva.

Outra ilusão avançou, mas atingiu o ar. A voz de Mazen veio de algum lugar próximo:

— Talvez nosso pai fosse um monstro, mas você também é um. — O segundo Omar atacou. Dessa vez, Loulie ouviu um ganido, passos embaralhados. — Você disse a todos que salvaria Madinne dos jinn, mas os *atraiu* para a cidade, não foi? A jinn das sombras... você a provocou. Você a *levou* até nossa casa. Tudo para que você pudesse convencer o sultão a colocar seus ladrões no exército dele. Tudo para que você pudesse enganá-lo.

A jinn das sombras tinha alertado Loulie sobre assassinos de preto. Agora ela percebia que a jinn não estava se referindo aos ladrões que tinham assassinado sua tribo, mas aos Quarenta Ladrões de Omar.

O príncipe inspirou fundo.

— E Hakim, ele nunca fez nada para você. E ainda assim você...

O terceiro Omar sibilou:

— Aquele *bastardo* escapou. Ahmed bin Walid se condenou quando interveio para protegê-lo. Ele morreu por seu irmão patético e inconsequente.

Loulie enfiou as mãos na areia. Lágrimas queimavam atrás de seus olhos, mas ela não iria chorar. O wali de Dhyme sempre fora leal à coroa. Tudo o que Loulie podia fazer era esperar que tivesse encontrado alguma paz ao se sacrificar por um dos príncipes.

E ela... ela faria seu sacrifício valer a pena. De alguma forma.

Loulie não via Mazen, mas pôde ouvir o alívio trêmulo em sua voz quando ele respondeu.

— Ahmed bin Walid era um homem leal. Mas você... papai nunca colocaria Madinne em perigo. Você é pior do que ele.

— Às vezes — disse Omar baixinho —, você precisa queimar e reconstruir uma cidade para salvá-la. — Então ele se moveu, e suas sombras se moveram com ele, todas elas esfaqueando o mesmo espaço.

Mazen gritou.

Loulie correu para a frente. Ela se jogou sobre o verdadeiro príncipe. Omar teve apenas tempo suficiente para parecer assustado antes de ela enfiar a faca em sua garganta — ou tentar. O príncipe a empurrou e, em vez disso, a faca acertou seu ombro. Mas foi o suficiente para desequilibrá-lo. Para criar uma abertura suficiente para Mazen agarrá-lo por trás enquanto a sombra caía de seus ombros.

— Não me interessa quantas injustiças você sofreu. — Ele enrolou os braços em volta da garganta de Omar. — Você roubou tudo de mim! — Ele apertou.

Loulie atacou Omar novamente. Mal conseguira puxar a faca do ombro dele quando ele a chutou, com força, no estômago. Ela gemeu quando a dor queimou através de seu corpo. O choque tirou o ar de seus pulmões, e Loulie caiu de joelhos. Havia lágrimas em seus olhos quando ela olhou para cima e viu Omar jogar Mazen de cima dele com um rugido de raiva. Mazen se agarrou às pernas dele e o puxou para o chão.

As ilusões tinham desaparecido, mas havia reforços se aproximando. Loulie afastou essa imagem da cabeça enquanto se arrastava em direção a Omar.

Mazen ainda estava agarrado a ele, tentando pegar sua orelha.

— Você roubou minha mãe. Mas ainda tem a sua, não é? Nesta maldita relíquia!

Loulie viu o brilho prateado na orelha de Omar. Seu brinco de lua crescente. *A relíquia ifrit*. A maldita magia por trás de todas aquelas ilusões.

Ela se preparou. Cerrou os dentes contra a dor e saltou na direção do príncipe. Esticou a mão para a orelha dele. Omar deu uma cotovelada no estômago dela. Loulie sibilou e segurou firme até que... até que... até que...

Ela arrancou o brinco da orelha dele.

Omar gritou.

Loulie cambaleou para longe, o brinco ensanguentado preso em seu punho. Um dos reforços a agarrou por trás.

O sangue escorria pela lateral do rosto do príncipe quando ele se aproximou.

— Eu vou matar você. — Sua voz era suave, calma. Atrás dele, Mazen estava de joelhos, a mão pressionada contra um ferimento no braço. Ele olhou para Loulie em um desespero silencioso.

Mas ela não conseguiu fazer a relíquia funcionar. Estava fria e morta nas mãos dela. O desespero tomou conta quando seus inimigos se aproximaram. Alguns reforços iam na direção de Mazen com arcos preparados, enquanto outro grupo se aproximava de Omar.

Omar se aproximou. Estava a três metros de distância. Dois e meio. Então parou de repente. Seus olhos se arregalaram de confusão. Ele olhou para baixo e viu que estava afundando.

A compreensão surgiu momentos antes que o aperto de seu captor desaparecesse. Loulie se encolheu quando Omar desabou ao lado dela, suas costas tão retalhadas que ela podia ver sua coluna. Acima dela assomava Rijah, transformado em um pássaro majestoso com penas de quase dez metros de comprimento.

Um rukh lendário.

E, no entanto, ali estava a ave, pousando no chão ao lado dela. Loulie se assustou quando Rijah estendeu uma asa respingada de sangue prateado. Ficou ainda mais surpresa quando Qadir desceu da asa. Antes que pudesse dizer qualquer coisa, ele agarrou as mãos dela, alarmantemente transparentes.

— Tenho uma ideia — disse ele em uma voz fina como um pergaminho que fez o coração dela afundar. — Você confia em mim?

A risada de Omar soou atrás deles.

— Seja qual for o plano de que você fala, ele falhará! — Loulie se virou para ver reforços o ajudando a sair da areia movediça.

Qadir lançou um olhar para Rijah. Em alguma deixa silenciosa, o pássaro ensanguentado se ergueu no ar e voou na direção de Mazen. Os arqueiros ao lado do príncipe entraram em ação, soltando suas flechas enquanto o ifrit voava acima. Rijah varreu os projéteis com uma batida de asa, mas os arqueiros foram implacáveis. Golpearam o grande pássaro com flechas, fornecendo cobertura para Omar e dificultando o pouso de Rijah.

— Você não entende? — A voz de Omar era suave, zombeteira. — Não há escapatória. Você é inimiga do povo agora, mercadora. Se eu não te encontrar, outra pessoa o fará. — Ele sorriu, os olhos brilhando. — Você está condenada.

O futuro — era a preocupação que Loulie se recusara a considerar. Ela não tinha mais o luxo da ignorância. Não com tantos inimigos pressionando-a, com Qadir reduzido a fumaça.

— Loulie. — Qadir pressionou a palma da mão na bochecha dela. — Você confia em mim?

— Ele tem razão. — Ela não conseguia mais esconder o tremor na voz. — Não há futuro para nós.

O jinn piscou seus olhos vermelho-rubi para ela.

— Não há futuro *aqui*.

Loulie o encarou, sem entender.

— Se você não pode se esconder neste mundo, então se esconda em outro.

As palavras dele a atingiram em uma onda grande e gelada. De repente, ela não conseguia respirar.

— Não — disse Loulie suavemente. — O mundo jinn...

— Uma fuga.

Ela o encarou.

— Esse era o seu plano o tempo todo.

Qadir agarrou as mãos dela.

— Confie em mim.

Era a razão pela qual ele estivera tão calmo. Porque estivera arquitetando um plano reserva. E não tinha contado a ela.

— Eu vou te encontrar de novo. Mas preciso ter certeza de que ninguém me perseguirá. Preciso mantê-la segura.

— Eu disse que chutaria sua bunda se você escondesse algo de mim novamente.

— Você precisa estar viva para fazer isso. — Qadir olhou por cima do ombro de Loulie. Omar estava recuperando o equilíbrio em terra firme. Seus reforços estavam ao seu redor, armas em punho, aguardando ordens. Em algum lugar distante, incêndios se espalhavam. Aisha bint Louas era um borrão de cores, escondendo-se atrás de um exército de mortos-vivos. — Por favor — pediu Qadir, com a voz embargada.

O rukh atormentado pousou ao lado deles novamente, Mazen montado em suas costas. O pássaro estremeceu de exaustão ao baixar uma asa.

— Eu confio em você — falou Loulie suavemente. — Prometa não morrer.

Qadir se inclinou para a frente e pressionou a testa na dela. Uma última vez, ela sentiu seu calor envolvê-la.

— Prometo — murmurou ele. E então se afastou. — Cuide deles, Rijah. E... me desculpe.

O grande pássaro fez uma reverência.

— *DEVE SER FEITO*. — Seus olhos brilhantes cintilaram com impaciência quando Loulie pisou em sua asa e se acomodou em suas costas. Ela fixou os olhos em Omar enquanto o pássaro subia no ar. Ergueu o brinco para ele ver, depois o enfiou no bolso. Não estava fugindo. Estava simplesmente se retirando para viver outro dia.

— Espere. — Mazen se mexeu. Loulie seguiu seu olhar e viu Aisha bint Louas parada a uma curta distância de seu exército de mortos-vivos, olhando para eles. — Nós não podemos simplesmente *deixá-la* aqui — sussurrou ele. — Temos que salvá-la.

Aisha bint Louas os encarou por mais um momento.

Então ela se virou e caminhou de volta para seu exército.

Loulie piscou.

— Eu não acho que ela *queira* ser salva.

Flechas cortaram o ar antes que o príncipe pudesse protestar novamente.

Rijah desviou para evitá-las, e ela e Mazen mal conseguiram se manter sobre ele.

— *SEGUREM FIRME* — guinchou o pássaro gigantesco.

Loulie teve apenas tempo suficiente para agarrar as penas do rukh antes que ele mergulhasse em um dos buracos. A última coisa que ela viu antes que o mundo desaparecesse foi Qadir, enfrentando o exército reunido com sua lâmina. Então houve escuridão, e um calor terrível os perseguia pelo vazio. Mazen apertou as mãos sobre as dela. Loulie segurou as dele de volta.

Eles caíram e caíram, a areia os seguindo, bloqueando a luz e o caminho de volta. Desceram por muito tempo. Por tanto tempo que Loulie temeu que não houvesse fim. Mas então... areia. Bendita, bendita areia. Chão sob seus pés. Um fim.

Ou, talvez, um começo.

70

Loulie

No fundo do fosso havia uma caverna tão fria que imediatamente drenou o calor do corpo de Loulie. Ela estava tremendo quando desceu do rukh, as lágrimas que escorriam por suas bochechas congelaram assim que ela caiu no chão. Mazen a seguiu, o rosto manchado de sangue.

Ele olhou para o buraco, o olhar vazio.

— *VOCÊS SÃO ESTÚPIDOS?* — berrou o grande pássaro. — *MOVAM-SE*.

Na deixa, ouviram um gemido baixo, e então a areia que os estivera perseguindo pelo buraco correu em direção a eles em uma torrente. Rijah os tirou do caminho com um bater de asas. Loulie caiu contra a parede da caverna e viu a areia se acumular, o montículo crescendo cada vez mais alto até se tornar uma coluna que atravessava o teto.

O pássaro soltou um suspiro.

— *HUMANOS IDIOTAS*. — Rijah começou a se encolher, suas penas amolecendo e se transformando em pele, seu corpo desmoronando até assentar a forma humana. Tudo isso aconteceu em apenas alguns minutos. Loulie ficou impressionada quando o ifrit estalou seu pescoço agora muito humano e gemeu. A criatura tinha se transformado em um homem com maçãs do rosto salientes, sobrancelhas ferozes e longos cabelos castanhos. Os ferimentos escondidos sob suas penas eram agora emblemas sangrentos, um tanto escondidos por roupas simples. Rijah a flagrou encarando as feridas e fez uma careta.

— O que foi? Você também está com uma aparência de merda — disse ele.

— Eu não disse nada — ela retrucou. Mas o desejo de combate tinha deixado seu corpo. Quando ela pensou em Qadir lutando contra uma horda de jinn...

— Vocês vêm, humanos? — Rijah estava andando na frente e parou apenas para olhar para eles. Uma chama azul deslizou entre seus dedos como uma cobra. O jinn levantou uma sobrancelha. — Fui ordenado pelo meu rei a cuidar de vocês, mas não pretendo ser sua babá.

Loulie estava preparando outra réplica quando sentiu o peso das palavras de Rijah.

— O que você quer dizer com *rei*? — A palavra saiu como um sussurro dos lábios dela. — Vocês são todos reis jinn. Vocês são todos ifrit.

Rijah olhou para Loulie como se ela fosse uma idiota.

— Como assim, ele não disse a vocês?

Segredos, segredos. Tantos segredos. Ela pensara que Qadir tinha revelado tudo a ela quando confessara que era um ifrit. Mas agora se lembrava da história que ele havia contado sobre os sete reis jinn. Qadir a fizera acreditar que havia sete ifrit, com um oitavo rei para governá-los. Mas a história humana sempre foi sobre *sete* jinn.

Loulie não percebeu que seus joelhos estavam tremendo até que Mazen parou ao lado dela. Ele colocou a mão em seu ombro para equilibrá-la.

— Ele chamava a si mesmo de Inferno — disse Mazen.

— Um nome apropriado para um rei cuja magia é tão antiga quanto a chama da criação, não?

Idiota. Loulie conteve uma risada autodepreciativa. *É claro que ele nunca diria nada*.

Qadir já havia dito a ela que fugia de seus problemas. Que tivera medo da reação dela à sua confissão de ser um ifrit. Isso... o que era isso senão uma camada adicional? Outro segredo. Ela já estava insensível a eles.

Loulie olhou sem expressão para Rijah. Lentamente, Mazen segurou a mão dela.

— Vamos — falou ele gentilmente. — Vamos ver onde estamos. — Apesar do rosto ensanguentado, ele parecia... bem, não surrado. Embora a luz em seus olhos estivesse desbotada, havia um vislumbre de curiosidade neles.

Mazen havia mudado, ela pensou. Mas, pensando bem, talvez ela tivesse mudado também.

Loulie permitiu que o príncipe a conduzisse pela caverna fria atrás de Rijah. Depois que Mazen ofereceu suas condolências ao ifrit pelo que deveria ser ao menos cem anos de rancor, ele falou:

— A propósito, meu nome é Mazen. Eu sou de sangue real, mas não tenho mais direito ao trono.

Rijah se virou e inclinou a cabeça.

— Seu irmão te exilou?

— Sim — respondeu Mazen. — Tenho certeza de que ele ia usar você para... — Ele hesitou, olhou para Loulie. Ela desviou o olhar com um suspiro. Por que ele estava olhando para *ela*?

— Para destruir os jinn? O mundo? — Loulie não podia ver a carranca de Rijah, mas podia ouvir o desgosto nas palavras dele. — O que mais um tolo com fome de poder quer além de destruição?

Essa era a pergunta que nenhum deles poderia responder. Omar bin Malik estivera trabalhando com jinn para roubar magia ifrit. Mas *por quê*? E para que objetivo?

Memórias inundaram sua mente: Dahlia, rindo com ela na taverna enquanto fumava seu cachimbo shisha. Ahmed bin Walid, sorrindo enquanto a girava pelo gabinete. Qadir, pressionando sua testa contra a dela. *Confie em mim.*

Quantas pessoas mais ela perderia até que os deuses estivessem satisfeitos?

Mazen parecia igualmente incerto.

— Eu me pergunto se Aisha sabe. — Sua expressão murchou. — Espero que ela esteja bem.

— Mesmo que ela tenha traído você?

Mazen assentiu. Não disse nada depois disso, apenas apertou a mão dela enquanto se aproximavam da entrada. Loulie sentiu a mudança antes de vê-la. O ar ficou mais quente, e uma brisa suave começou a balançar suas vestes. Então: luz do sol.

Rijah parou na entrada da caverna. Loulie e Mazen congelaram ao seu lado.

— Deuses — sussurrou Mazen com admiração.

Onde normalmente estaria o céu, havia um oceano. Cardumes de peixes nadavam na água como nuvens coloridas, e a água caía na forma de cachoeiras. Pássaros gigantescos patrulhavam o ar enquanto, lá embaixo, lindas cidades de prata e ouro reluzentes pontilhavam a paisagem vibrante.

— Bem-vindos — disse Rijah — ao mundo dos jinn.

Loulie apertou a adaga. *Estou aqui, Qadir*, pensou ela. *E estou esperando por você.*

AGRADECIMENTOS

Durante cinco anos, *O Ladrão de Estrelas* foi um santuário pessoal, um mundo que carreguei comigo em várias reviravoltas e mudanças. Que sensação surreal saber que agora estará nas prateleiras de outros lugares e que criará raízes além de mim. Há tantas pessoas a quem preciso agradecer por me ajudarem a moldar essa pequena e humilde ideia no livro que se tornou agora.

Em primeiro lugar, agradeço Jennifer Azantian, minha agente: obrigada por ser uma campeã tão corajosa e por me ajudar a fortalecer a narrativa da história. Seu entusiasmo e amor por esses personagens (especialmente por Aisha!) significam muito. Obrigada também a Ben Baxter por me ajudar a aprimorar os pequenos detalhes.

Trabalhar com a equipe da Orbit tem sido um sonho. Às minhas editoras dos Estados Unidos e do Reino Unido, Brit Hvide e Emily Byron: sou muito grata por sua perspicaz percepção editorial. Obrigada por me encorajarem a ultrapassar os limites deste mundo e por me garantirem que estava tudo bem dar a esses personagens mais tempo para respirar. Brit, muito obrigada pelas conversas sobre carniçais e interlúdios e por sua sabedoria a respeito de chapéus — você sabe quais!

Obrigada a Tim Holman, Anna Jackson e Alex Lencicki por receberem este livro na família Orbit; a Nadia Saward, Angeline Rodriguez e Joanna Kramer por sua perspectiva editorial; a Ellen Wright, Angela Man, Nazia Khatun, Madeleine Hall e Casey Davoren pela divulgação; a Rachel Hairston e todo o pessoal do comercial por acharem um lugar nas prateleiras das livrarias para esta história; a Lauren Panepinto, Lisa Marie Pompilio, Stephanie Hess e Alexia Mazis por torná-la uma obra de arte; a Tim Paul pelo lindo mapa; e a Bryn A. McDonald, Rachel Goldstein e Tom Webster por embalá-la em um fantástico pacote em forma de livro.

Para minha primeira leitora, Jasmine Peake: obrigada por torcer por mim enquanto eu lutava com aquele primeiro rascunho gigante. Serei eternamente grata a você por lidar com meu trabalho com tanto cuidado e por amar Loulie e Mazen desde o início. Você é a melhor parceira na crítica.

Emily Rives, você dá vida aos meus personagens em uma tela como ninguém. Obrigada por aqueles primeiros esboços de Loulie e Mazen, que tanto inspiraram.

Gates Palissery e Elizabeth Anderson, sua crítica me ajudou a solidificar a base desta história para que eu pudesse fortalecê-la. Obrigada por serem tão atenciosas e cuidadosas.

Monica Bee e Morgan Paine, obrigada por me manterem funcionando durante esse processo com suas amáveis palavras e feedback incrível. Além disso, obrigada por me lembrarem dos cavalos!

Alanna Miles, obrigada por me receber em sua casa e comemorar cada sucesso criativo comigo, os grandes e os pequenos.

Angeline Morris, obrigada por sempre estar lá para ouvir minhas divagações de brainstorming e por me enviar todos aqueles incríveis "MAZEN, POR QUÊ?" por mensagem de texto enquanto lia.

Arianna Emery, obrigada por me garantir várias vezes que, sim, eu poderia cortar todas aquelas palavras, e que, sim, a história seria melhor assim. (É mesmo!)

Sarah Mughal, obrigada por ser uma líder de torcida tão maravilhosa. Sou muito grata por nossas conversas edificantes e esclarecedoras.

George Jreije, obrigada por ser o melhor *hype man*. Você é uma das pessoas mais gentis e solidárias que conheço, e estou muito feliz em compartilhar um ano de estreia com você.

A Kamilah Cole e Jennifer Elrod: obrigada pelas risadas, pelos memes e pela alegria. Fico muito grata pelo seu entusiasmo.

Um grande abraço a todos os incríveis leitores beta que deram feedback sobre um rascunho completo: Mallika, Sravani, Ani, Devon, Leta, SJ, Rebecca, Jessica, JJ, Yasmine, Mallory, Kit — obrigada por seus comentários úteis!

Minha maior e mais sincera gratidão vai para minha família. Para minha irmã, Neesa: você foi meu primeiro e melhor público. Obrigada por me deixar divagar e por rir de todas as vozes dos meus personagens. Pai, o coração deste livro foi inspirado pelos contos que você compartilhou conosco, então obrigada — pelos contos, pelas lições de história e por me inspirar a mergulhar na tradição da história oral. Mãe, obrigada por me cercar com livros da biblioteca e por ser minha maior e mais otimista defensora. Sua crença no meu trabalho sempre significou o mundo para mim.

Para Nama: algumas das minhas primeiras lembranças são das torres de livros que você tinha em seu quarto e das histórias que você contava com aquele brilho malicioso nos olhos. Eu gostaria de ter dado a você uma cópia deste livro para uma de suas torres, mas levarei para sempre a lembrança de sua empolgação pelo lançamento iminente. Obrigada por tudo.

Por fim, obrigada a *você*, leitor. Um contador de histórias dá vida às palavras, mas são os leitores que mantêm a história viva. Obrigada por levar este livro para uma nova aventura.

GLOSSÁRIO

Afwan não tem de quê.
Akhi irmão.
Azoque palavra portuguesa que designa feiras e mercados árabes.
Baba pai.
Bakhoor incenso.
Dallah bule de café árabe.
Debka dança popular do Oriente Médio, envolve seis ou mais pessoas dançando em ritmo de pisada.
Dhow palavra de origem árabe, refere-se aos tradicionais veleiros utilizados na região do mar Vermelho e do oceano Índico.
Ghutra lenço usado pelos homens em volta da cabeça.
Habibi querido.
Habibti querida.
Hamame sala de banho.
Iftar refeição ingerida à noite para a quebra de jejum durante o mês do Ramadan.
Ithnan dois (numeral).
Kohl espécie de lápis preto de olho, seu uso é muito comum nas culturas árabe e asiática.
Lokum doce conhecido como goma árabe ou manjar turco no Brasil.
Makhraj saída.
Oud cordofone, semelhante ao alaúde.
Rawi poeta.
Rukh ave de rapina típica da mitologia árabe, caracterizada por sua grande estatura e força.
Sabah al-khair bom dia.
Sadiqi amigo.
Salaam expressão usada como saudação.
Sayyidati senhora, mestre.
Sayyidi senhor, mestre.
Shabah espírito, fantasma.
Shamshir cimitarra, tipo de espada de lâmina curva.
Shatranj antiga forma de xadrez.
Shisha narguilé.
Shukran obrigado(a).
Thalathah três (numeral).
Tesbaheen ala khair expressão usada para desejar boa noite; semelhante a "durma com Deus".
Uma mãe.
Wa inta min ahlah resposta a "tesbaheen ala khair" para desejar boa noite a outra pessoa.
Wahid um (numeral).
Wali guardião.
Ya interjeição "oh".
Yalla depressa.
Yuba pai

E guiam o caminho do xeique...